KB155669

인류, 너 따위에게 희망은 절대없어

장대웅 판타지소설

인류, 너 따위에게 희망은 절대없어

초판 1쇄 인쇄일 2019년 5월 23일
초판 1쇄 발행일 2019년 5월 29일

지은이 장대웅
펴낸이 최길주

펴낸곳 도서출판 BG북갤러리
등록일자 2003년 11월 5일(제318-2003-000130호)
주소 서울시 영등포구 국회대로72길 6, 405호(여의도동, 아크로폴리스)
전화 02)761-7005(代)
팩스 02)761-7995
홈페이지 http://www.bookgallery.co.kr
E-mail cgjpower@hanmail.net

ISBN 978-89-6495-135-4 03810

이 도서의 국립중앙도서관 출판시도서목록(CIP)은 e-CIP홈페이지(http://www.nl.go.kr/ecip)와 국가자료공동목록시스템(http://www.nl.go.kr/kolisnet)에서 이용하실 수 있습니다.
(CIP제어번호 : CIP2019019751)

장대웅 판타지소설

인류, 너 따위에게 희망은 절대 없어

북갤러리

****

이 여정이 끝나는 순간,
당신은 선악에 대한 새로운 기준을 마련하셔야 합니다.
당신이 생각하는 선악과(果)는 무엇입니까.

– 신은 주사위를 던지지 않는다 –
알버트 아인슈타인(Albert Einstein)

****

주요 등장인물

*

*

*

1. 유현민

내로라하는 유명대학의 교육학 교수이자 진실한 크리스천. 공중파 방송사의 각종 시사 및 토론 프로그램을 통해 국민적 지지와 인기를 한몸에 받고 있는 30대 초반의 건실한 남자이다. 불운하게도 예상치 못한 특정 사건을 계기로 인간의 영역에서 벗어나 천사와 악마들의 세력 싸움에 휘말린다.

2. 송희수

벗겨지고 반질반질한 머리에 배가 불룩한 작다리의 노신사. 문화칼럼의 대표직을 맡고 있으며 각종 토론에 나와 국민의 공분을 살 만한 자극적인 궤변을 논리적으로 늘어놓는다. 구체적인 정체는 알려져 있지 않고, 냉소적이고 비판적인 사상으로 무장한 채 유현민 교수와 일생일대의 끝장토론을 벌인다.

3. 루시퍼

지옥의 유일무이한 군주이자 악의 지배자. 평소에는 기억을 망각한 채 인두겁을 쓰고 인간세계를 자유롭게 활보한다. 태초에는 루시퍼엘이란 이름의 천사장이었으나 창조주(신)의 부재를 틈타 천국에서 반란을 일으키고 열세 천사와 함께 지옥으로 내려왔다. 고대 악마 벨제부브의 권좌를 빼앗은 뒤부터는 새로운 지옥의 왕으로 군림하며 모든 악과 영혼들을 심판한다.

4. 벨리알

거짓과 파괴의 지배자이자 인간의 공포를 먹이로 삼는 대악마. 그 잔인함과 괴팍함은 상위천사와 대악마들 사이에서도 회자될 만큼 충격적이다. 구더기(지옥세계의 최하위 악마)에서 대악마로 차근차근 진화해온 존재로서, 유구하고 방대한 지옥의 역사를 온몸으로 겪어온 장본인. 강력한 힘과 잔인함을 이용해 상대를 공포와 증오 속에 완벽하게 함몰시킨다. 지금은 루시퍼가 잃어버린 유물을 찾아 몸소 인간세계를 떠돌아다니고 있다.

5. 가브리엘

잿빛 머리카락의 아름다운 여인이자 상위천사들의 수장인 천국의 대천사장. 신성한 천국을 다스리는 존재이면서 루시퍼에 대한 개인적인 원한과 분노가 극에 치달아 있다. 창조주의 은물인 하늘반지의 권능을 등에 업고, 루시퍼로인해 쪼개져버린 신들의 정원(에덴)을 회복하는 데 총력을 기울인다. 루시퍼와 유일하게 견줄 수 있다 여겨지는 천국 최대의 권능자이다.

6. 미카엘

지혜의 수호자로 불리는 대천사로, 황금빛의 잔잔한 눈망울을 가졌으며 현실과 미래에 대한 뛰어난 혜안을 지니고 있어 그에 대한 천사들의 신임은 매우 두텁다. 천국의 실질적인 경영자이기도 하나 이욕에 대한 관심이 없고, 말없이 사라진 창조주(신)의 복귀만을 학수고대 기다리고 있다. 가브리엘과는 유구한 세월을 함께 해온 지기이며, 지금은 천사장과 대천사라는 상반된 지위에서 서로를 보완한다.

7. 세베알

지옥 제2서열의 집정관으로 루시퍼를 대신해 지하세계의 모든 실무를 총괄적으로 담당하고 있다. 외모는 가련한 여인의 그것과 닮아있으나 실제로는 대악마를 구성하는 막강한 권력자 중에 하나. 인간세계의 일에는 직접 관여하지 않으며 지금은 루시퍼의 명령에 따라 잃어버린 유물을 찾는 데 온 정신이 팔려있다. 루시퍼가 망자의 도끼를 맡겨둘 만큼 그녀에 대한 지옥군주의 신임은 두텁다. 그녀에겐 지옥군의 편성권한과 대악마를 부릴 수 있는 막강한 권리가 부여되어 있다.

8. 벨제부브

루시퍼에게 권좌를 빼앗긴 불운한 고대 악마. 지옥세계의 태생 이래, 당시의 소용돌이 같은 내전을 이겨내고 지옥의 최종 패권을 차지한 존재이다. 기록으로 전해지지는 않지만 벨리알을 가볍게 능가하는 선동가이자 모든 악마들을 두려움에 떨게 한 잔인한 폭군이었다고 회자된다. 루시퍼와의 싸움에서 밀린 뒤, 무참히 죽임을 당한 것으로만 알려졌다.

9. 마몬

비늘처럼 들러붙은 거죽에 시커먼 눈동자를 지닌 몸피 얇은 대악마. 그의 일거수일투족은 순전히 비밀의 울타리 안에 상자처럼 밀봉돼 있다. 벨제부브의 생전에는 그의 충실한 종복으로서 총애를 한몸에 받았다고 전해진다. 눈치가 빠르고 교활하며 절대적 권력 앞에서는 지나치다 싶을 만큼 순종적이다.

10. 프리엘

죽음을 관장하는 대천사로 강력한 신성력과 힘을 이용해 천지를 호령하는 얼음창의 권능자이다. 강직하고 올곧은 성품은 때론 불같은 성미와 만나 사소한 일을 크게 키우는 역할도 한다. 웨인마커가 나타나기 전까지는 힘으로 그를 상대할 수 없다는 말이 생겼을 정도로 타의 추종을 불허하는 강력함을 지녔다. 강인함을 추종하는 천사들 사이에서는 하나의 상징으로 여겨지는 전설과도 같은 존재. 그러나 6년 전 발발한 메데우스 전쟁 석패 이후, 자신의 경솔함이 몰고 온 비극을 곱씹으며 차가운 회한 속에서 하루하루 갇혀 지낸다.

11. 웨인마커

프리엘의 뒤를 잇는 강력함의 대천사. 이지스 방패와 신성 검을 이용해 그 어떤 대악마도 순식간에 몰살시킨다. 프리엘과는 스승과 제자의 격을 유지하며 거의 붙어 다니다시피 하는 관계. 복수와 호기심을 충족하기 위해 루시퍼와 조우하게 될 날만을 손꼽아 기다리고 있다.

12. 나이트메어

인간세계에 거하면서, 사람이 되고자 노력하는 매우 독특한 성격의 대악마. 악마들 사이에서는 이미 그 존재를 인정받지 못해 몰락한 양반지위 아래 처해 있다. 벨리알과는 유독 사이가 좋지 않으며 지금은 미국의 유명 배우로서 화려한 대저택을 짓고 그 위에서 호화로운 생활을 영위하고 있다. 천사와 악마들의 세력 싸움을 경계하며 지옥의 일에 극도로 관여하기를 꺼린다.

13. 피카소

루시퍼의 소유물인 파괴검(창조주의 은물)을 들고 달아난 장본인. 도망에 능숙하고 공간을 부리는 솜씨가 탁월하여 그를 잡아들이기 위한 노력들이 매번 수포로 돌아가고 있다. 고대 유물과 은물을 복사한다는 의심을 받고 있으며, 바퀴벌레와 인육을 주식으로 삼는다는 것 외에는 행적이 묘연하고 하는 일에 대해서 알려져 있지 않다. 유별난 점 하나는 루시퍼에 대한 관심이 병적이라고 보아도 좋을 만큼 집착적이라는 것이다.

14. 헤롯왕

태초의 지옥세계에 세력들이 난립하고 그들 간에 치열한 내전이 일어났을 때, 벨제부브의 편에 서서 그가 패권을 쥐도록 도운 천재적인 전략가. 지금 남아있는 지옥의 모든 건물과 운영체계들이 사실은 그의 의도에 따라 설계된 것들이라고 한다. 벨제부브의 원한을 사서 저주를 받았다는데 그 이유와 후일에 대해서는 풍문만 무성할 뿐 명확한 사실이 알려져 있지 않다. 벨제부브가 몰락한 뒤에, 몇몇 악마들 사이에선 그를 일컬어 지옥의 실질적인 왕, '설계자 헤롯'이라고 부르고 있다.

15. 리바이어던

벨리알조차도 함부로 건드리지 못하는 지옥세계의 숨겨진 실세. 광활한 메데우스(쪼개진 에덴)를 누비며 자신의 영지뿐만 아니라 남북으로 갈라진 분계선을 천사들의 세력권에서 지켜내고 있다. 범접하기 힘든 독을 뿌리고 다니며, 본체로 현현했을 때는 한눈에 담지도 못할 만큼 그 크기가 거대해진다. 병력과 전술을 운영하는 데 뛰어나며 루시퍼에 대한 충성심이 강하다.

16. 아스모데우스

델피오르(메데우스 최서단에 세워진 성벽)를 관장하는 대악마이자 지옥과 메데우스의 연결문을 지켜온 수문장. 메데우스 병력편성은 집정관 세베알의 지시에 따라 최종적으로 그에 의해 집행된다.

이게 어떻게 된 일이지?

내 정체는 뭐고, 여긴 도대체 어디란 말인가? 남자는 철저하게 분리된 하나의 우주 속에 감금되어 있었다. 보이는 것은 시커먼 어둠. 사지는 코브라 독에 당한 쥐새끼처럼 꼼짝없이 마비되어 있었다. 그렇다고 튼튼하고 질긴 포승줄에 결박된 것도 아니다. 도대체 무슨 일이 일어나고 있는 걸까. 무엇보다 괴상한 건 생명의 위협에 대한 일말의 공포심조차 생기지 않는다는 사실이었다.

난 결국 죽었단 말인가.

남자는 손과 발을 세차게 흔들며 저항했다. 살결마저 떨리지 않는 신체적 사망. 그러나 의식이 또렷하게 살아있는 죽음은 없을 터. 결국 남자는 자신이 허황된 꿈속에서 심하게 허우적거리고 있다고 확신했다.

꿈을 깨야 했다. 목적도 의미도 불분명한 악몽은 절대로 꾸고 싶지 않았다. 그때 오싹한 한기가 기습적으로 쳐들어와 남자의 땀구멍 사이를 비집고 들어갔다. 찰나의 순간, 머릿속이 섬광처럼 번쩍였고, 극악한 고통에 실려 몸뚱이가 심하게 요동치기 시작했다. 그러나 비명도 눈물도 새어나오지 않았다. 이게 대체 어떻게 된 일일까. 만 볼트 이상의 강력한 전류. 그것이 남자의 몸을 관통하고 있었다. 정점의 순간, 고통의 무게는 뉴턴의 사과처럼 급속도로 거벼워지기 시작했다.

꿈은 아니다.

남자는 점점 더 혼란스러워졌다. 밖에서는 무슨 일이 벌어지고 있는 걸까. 새하얀 손수건이 보였다. 끼익 문 열리는 소리가 났고, 한가운데서 새하얀 문틈이 벌어졌다. 그 문틈의 바깥에서 낯선 그림자와 함께 희망이 안쪽으로 흘러들어왔다. 그리고 계단을 다급히 내려오는 발걸음과 바닥에 질질 끌리는 두꺼운 천 조각 소리도 들었다.

남자는 자신이 납치를 당했다고 생각했고, 어쩌면 구조될지도 모른다는 부푼 기대에 사로잡혔다. 그 순간, 제6의 감각이 마법처럼 점멸했다.

내가 위험하다.

남자는 이제 그 미지의 존재가 자신에게 죽음을 전하려 한다는 걸 알아차렸다. 지척 거리에 당도한 이방인의 살기가 느껴졌고, 그 존재의 불규칙한 숨소리 때문에 온 내장이 차갑게 얼어붙고 말았다. 남자는 마지막 한 모금의 공기를 들이마셨고, 차분하게 생의 마지막 순간을 준비했다. 미지의 생명체가 남자의 몸 바로 가까이까지 왔다는 걸 알 수 있었다.

"이럴 수밖에 없는 절 용서해주십시오."

남자는 미지의 생명체가 자신의 가슴에서 빡빡한 무언가를 힘껏 잡아당기고 있음을 알아차렸다. 그러나 전혀 고통스럽지 않았다. 오히려 모르핀에 중독된 환희가 예견된 고통을 대신해 폭풍처럼 들이닥쳤다. 그 기쁨이 인간의 성적 오르가슴을 능가하며 수십 배로 불어나기 시작했다. 남자는 황홀경을 맛본 나머지 소리를 지르고 싶어 미칠 지경이 되었다. 뱀이 그 허물을 벗는 듯한 요란하고도 절묘한 쾌락이었다.

그건 새로운 탄생을 의미했다. 완전한 탈바꿈. 그리고 남자는 가슴에 박힌 말뚝이 몸 안에서 푹 하고 홀가분하게 분리되는 걸 느꼈다. 동시에 솜털 하나하나에 일던 환희의 소용돌이가 쥐죽은 듯 잦아들었다. 시간이 정지했고, 머릿속의 영사기에서 영겁의 필름이 돌아가기 시작했다. 역사 다큐를 보는 듯한 장면, 장면. 잔혹했고 신성했으며 완전무결했다. 프레임 속의 인간들은 사지가 절단되고 뜯겨나가 비참한 죽음을 맞이하고 있었다. 필름의 마지막에서 둥그런 빛 응어리가 보이기 시작했고, 그것은 정해진 시점에서 핵탄두의 번쩍이는 섬광으로 끝없는 쇠락의 길을 향해 넓디넓게 번져나갔다.

거친 날갯짓이 우중충한 하늘을 수놓았고, 불기둥의 등장으로 세계는 끊임없이 타들어갔다. 누군가가 불안한 동공을 흔들며 서있었다. 상대를 경멸하는 듯한 미소. 남자 그 자신이었다. 그리고 자신의 이름 세 글자를 떠올렸다.

루시퍼.

결국 또 다시 창조주에 대한 증오가 일기 시작했다.

* * *

"10분 남았습니다. 방송 스탠바이 하세요."

무대 세트 위로 밝은 조명이 들어왔다. 가운데 원탁 형식의 테이블이 보이고 그 중앙에 이번 토론회의 사회자로 지명된 남자가 몇 장의 서류 뭉치를 들고 앉아 골몰하고 있었다. 현민은 자신의 손목에서 흐르는 초침이 유난히 크게 들린다는 사실에 주목했다. 분명 최고조의 긴장감에 다다른 게 틀림없었다. 3년이 넘는 방송 경력을 깡그리 무시한 저

급한 신체적 증상. 현민은 심호흡을 크게 한 뒤, 비장의 무기로 챙겨둔 논거와 반박증거들을 하나부터 열까지 머릿속에서 다시 정리했다. 그의 앞으로 20대 초반으로 보이는 방송국 FD가 총총걸음을 하고 다가왔다. 검정색 면 티를 맵시 좋게 차려입은 여자가 현민의 비뚤어진 넥타이를 정중앙으로 고정시켰다.

"이따가 감독님이 5분 남았다는 사인을 주실 거예요. 그때 세트 지정석에 앉으시면 돼요."

그녀가 중심축을 기점으로 현민을 한 바퀴 빙 돌아 나왔다. 그러더니 현민의 눈을 맞추고 진하게 윙크를 했다.

"제가 교수님 팬인 거 모르시죠? 이번에 꼭 이겨주셔야 해요. 꼭이요, 꼭."

국민의 눈이 이 한 번의 TV 토론에 집중되어 있다. 현민의 몸이 심한 부담감을 느끼며 무거워졌다.

그때, 입구 반대편에서 그녀를 애타게 찾는 목소리가 짜증 섞인 음성으로 찾아들었다. 그녀는 주먹을 야무지게 들어 보이더니 울상을 지으며 사라지고 말았다.

얼마 후, 5분 사인을 알리는 마이크소리에 방송 관계자들의 움직임이 엉덩이 데인 다람쥐처럼 재빨라졌다. 현민은 당당하게 세트장으로 걸어 나갔다. 무조건 당당해야 한다. 토론의 달인들 사이에선 기선제압이 무엇보다 중요하니 말이다.

송희수 문화칼럼 대표. 그가 현민의 맞은편에 무표정하게 앉아 있었다. 생방송이든 녹화방송이든 상관 않고 토론을 여유롭게 즐길 줄 아는 강심장. 세상의 고뇌에는 완전히 초탈해버렸다는 저 표정까지. 앉아 있는 자태로만 보면 그 무얼 옆에다 끌어놔도 눈 하나 꿈쩍하지 않을 것 같이 보였다.

피곤에 찌든 송희수의 안면에 신경질적인 짜증이 간간이 내비췄다.

어떻게 저 불성실한 자세로 그 많은 달변들을 꺾어왔을까. 현민은 그를 의식하지 않기 위해 노력했다. 시작부터 저자에게 압도되어선 곤란하다. 현민은 강하게 저항했다.

"시청자 여러분 안녕하십니까. 토요 맞장 대결의 사회자 윤중원입니다."

사회자가 윤현민과 송희수 대표를 번갈아 쳐다본 뒤 부드럽게 미소를 지으며 메인 카메라를 응시했다.

"자, 오늘의 토론 주제는 6개월 앞으로 다가온 대선 정국의 핵심 이슈. 사형제 폐지의 가부에 대한 상반된 입장입니다."

세기의 대결을 앞에 두고 눈치 없는 사회자는 쓸데없는 부연설명을 길게 늘여놓고 있었다. 그걸 못마땅케 여긴 감독관이 재빨리 수신호를 보내 토론의 빠른 진행을 요구했다. 사회자가 토론의 주도권을 송희수 대표에게 황급히 넘겨줬다.

"인권이란 무엇입니까. 사람의 권리 아니겠습니까? 사람이 무엇입니까? 지구를 두 발로 걸어 다니는 현존하는 최고의 지능동물입니다. 그런데 요즘 세 발로 기어 다니는 짐승이 극성을 이루고 있다죠? 누가 그들을 양산했겠습니까. 범행의 피해자보다도 가해자의 인권을 중히 여기는 어처구니없는 작금의 현실이 그딴 공식을 만든 겁니다."

송희수 대표는 썩은 고기를 깨문 것 같은 비린내 나는 조소를 온 국민들 앞에 내보였다. 그건 국민 전체를 향한 일종의 희롱이었다. 그가 덧붙였다.

"고로 죄인에게는 인권에 상응하는 그 어떤 권리도 보장해줄 필요가 없습니다. 그동안 정치권이 좌파 논리에 치여 아주 어리석은 정책기조를 유지해 온 걸 보십시오. 당장에 강간살해범들의 목을 따고, 무기징역 역시 사형제 아래 복속시키는 극약 처방을 해야 합니다. 최근 빈번히 일어나는 반인륜적 범죄들을 보시지 않았습니까. 그것들이 사문화된 형법 집행과 무관하다고 볼 수 없어요."

송희수 대표의 출발이 늘 그렇지만 어딘지 모르게 극우적이고 논리가 비약되어 있다. 다시 말해 허점이 많다는 의미다. 하지만 항상 이런 식의 열세를 우세로 바꿔놓는 게 그의 힘이 아닌가. 그의 이분법적 논리는 항상 조심해야 한다.

"제가 잠시 반론해도 되겠습니까?"

사회자가 현민이 앉은 쪽으로 시선을 돌렸다.

"아시다시피 한국은 사형제에 대해서는 뚜렷한 입장을 지니고 있지 않습니다."

송희수 대표가 언성을 높여 반박했다.

"무슨 소리죠? 한국은 1997년 12월 30일을 전후로 사형 폐지국이 된 것과 진배없습니다. 집행을 하지 않는데 무슨 사형제 유지국입니까? 한심하군요."

사회자가 송희수 대표에게 끼어들지 말라는 경고를 내렸다. 현민이 다시 자기 말을 이어나갔다.

"네, 인정합니다. 그러나 논리만을 가지고 사실 여부를 판단해서는 안 됩니다. 제도적으로 봤을 때 아직 한국은 사형제를 유지하고 있으니까요. 물론 전 사형제 자체가 완전히 사라져야 한다고 봅니다만."

현민을 지지하고 있던 방송관계자들의 얼굴에 쾌재의 웃음이 번져 나왔다.

극우와 과격의 대명사. 송희수 대표를 지지하는 국민은 거의 없었다. 단지 국민들은 그가 쓰러뜨릴 수 없는 강적이라는 사실에 치가 떨릴 뿐이다. 최근엔 그의 논리에 설득당한 네티즌들이 팬 카페를 개설했다는 소문도 들렸다. 그러나 그가 가진 안티에 비하면 발톱의 때나 마찬가지일 뿐이다.

현민은 국민을 대신해 그의 저격수 자격으로 출전했다. 그리고 오늘

반드시 그 염원을 해소해줘야 한다. 안 그럼, 울분을 참지 못한 국민들은 송희수를 목표물로 하는 난폭한 테러분자가 될지도 모른다. 상황이 그렇게까지 몰리면 이 비열한 송희수는 분명 그런 일화마저 에피소드로 삼아 좌파의 득세니, 전 국민의 좌향좌라느니, 무정부주의의 현실화라느니, 국민의 저열한 의식수준이라느니, 하는 불난 집 부채질 소리를 주구장창 칼럼에 실어댈 게 분명했다.

현민은 그를 반박하기 위한 논리를 풀어냈다.

"일단 이 사형제가 국민의 존엄성을 지나치게 저해한다는 얘기부터 해야 할 것 같습니다. 우리나라 헌법 10조, 37조, 110조 4항도 이 문제에 대해서는 명시적 근거를 두고 있습니다. 뿐만 아니라 사법 절차의 오판 가능성은 더 심각합니다. 무고한 시민이 사형 집행을 받은 뒤, 사후에 무죄로 밝혀지기도 하니까요. 거기다 미국을 제외한 대부분의 유럽 국가에선 사형제를 폐지하는 추세라는 걸 아셔야죠. 인간성에 역행하는 사형제 옹호는 결국 국제인권단체의 압력으로 나라 운영의 동력을 상실하게 될 뿐입니다. 그 뿐입니까? 사형제가 범죄의 발생을 낮춘다는 가설 역시 아직은 검증조차 제대로 이루어지지 않았다는 게 현실입니다. 차라리 긴 시간을 두고 그들을 교화시키는 것이 후손들에게 생명에 대한 존엄성과 정신적 폐해를 줄일 수 있는 최상의 대책이 아니겠습니까?"

송희수 대표가 도끼눈을 뜨고 노려봤다. 당장이라도 그를 주먹으로 한 대 먹일 기세였다. 그러다가 얼굴을 누그러뜨리며 입 꼬리를 살짝 치켜들었다. 매끈하게 벗겨진 그의 이마가 반질반질 빛나며 윤을 냈다. 현민의 손에서 식은땀이 살짝 베어 나왔다. 토론이 시작된 지 5분이 채 되지 않은 시간. 이제 서로가 내놓은 증거와 논거들로 피 튀기는 혈전이 벌어질 게 분명했다. 송희수의 그 비릿한 웃음은 항상 그 시작점을 예견하는 전조가 되어 왔다. 방송 관계자들의 얼굴이 무거워지고 토론

테이블 주변에 삭막한 전운마저 감돌았다. 과연 송희수의 입에서 어떤 말이 튀어나올까.

사회자가 방송 부적격 용어를 사용할지도 모를 송희수를 번뜩이는 눈으로 경계했다.

"존엄성? 웃기는 소리하고 있네. 도대체 범죄인을 두둔하는 거요, 아니면 피해자를 두둔하자는 거요? 토막 살인에 강간 살해, 부녀자 납치, 마약 강제 주입, 치정 살인, 길거리 묻지 마 살인. 내가 더 말해야겠소? 이게 모두 어쩔 수 없이, 어쩌다보니 생긴 미치광이의 뜨문뜨문 소란인 것 같소? 자, 이걸 보시오. 이 모두가 올 한 해 동안 한국이란 나라에서 일어난 범죄동향들이니까. 전자발찌며 화학적 거세니 하는 것도 다 무용지물이었소. 결론은 극단의 처방이 필요하다 이거요. 무조건 반대만 해서 될 일이 아니라니까."

그는 수십 장의 범죄 기록지를 현민의 앞으로 과장되게 들이밀었다. 현민은 그의 빈약한 연결고리를 파고들기로 작정했다.

"급증하는 반인륜 범죄는 사형제의 존폐 여부로 결부될 사안이 아닙니다. 사회의 병리적 문제로 보는 게 타당하죠. 사형제의 집행 정지가 그 사건을 일으켰다고 보는 건 완전한 비약입니다. 난 왜 여기서 오비이락이란 사자성어가 떠오를까요. 팩트와 가설의 문제를 너무 쉽게 혼동하고 있는 거 아닙니까? 토론 자리에서 그런 희한한 논리를 접해보긴 처음이군요."

송희수가 무덤덤한 표정으로 대꾸했다.

"올해, 사형제 유지에 대한 여론조사 결과를 보았소? 국민의 75%가 찬성을 하고 있지."

현민이 즉각적으로 반박에 나섰다.

"그것이 일반 국민의 보편적 정서라고 볼 수는 없습니다. 일례로, 범죄율이 낮았던 작년에는 같은 조사에서 사형제 폐지에 대한 찬성이

82%나 되는 걸로 나왔습니다. 국민의 격해진 감정을 교묘하게 이용해서 이 문제의 본질을 호도하지 마세요."

얼핏 둘러 본 방송 스태프들 사이에선 방송 시작 전의 그 FD 모습이 보였다. 그녀는 파란 점퍼를 입고 심각하게 여기를 쳐다보는 중년 인사의 두 발 옆에 서있었다.

송희수가 발끈했다.

"그런 건 없어요, 없어! 지금 나타나는 현상을 민심으로 보는 게 옳습니다. 냄비근성처럼 끓어오르는 그게 바로 민심이란 말이에요!"

현민도 지지 않고 맞받았다.

"무슨 말씀. 제대로 된 민심은 뜨거운 흥분이 가라앉았을 때의 이성으로 판단하는 겁니다."

그가 의미심장한 눈빛으로 노려봤다.

"정말 그렇게 생각합니까, 윤 교수?"

"당연하지요."

"참 재미있군, 윤 교수."

그가 비웃더니 말을 덧이었다.

"내가 일전에 아주 흥미로운 칼럼을 하나 읽었는데 여기서 낭독해봐도 되겠소?"

순간, 현민은 갈퀴에 피부가 긁히는 듯한 불안에 시달렸다.

"자, 8월 21일자 모 일간지 칼럼입니다."

[나는 이번 부산에서 벌어진 삼호중공업 해고사태에 대해서 묵과할 수 없는 분노를 느낀다. 유럽 발 경제 위기로 조선 산업이 침체기에 들긴 했어도 삼호중공업의 자금력이 200명에 달하는 해고 노동자들 감당하지 못할 정도는 아니기 때문이다. 그간 사측은 노동자와의 협상을 통해 적당한 퇴직금과 보상금으로 해직자를 선정해왔다. 그러나 지금은 상황이 달라졌다. 노동자들

은 보상금보다는 꾸준히 일할 수 있는 안정적 일자리를 원하고 있다. 게다가 노조 스스로 임금 대폭 하향이라는 뼈를 깎는 자구책까지 내놓지 않았는가. 해고방식이 그간의 합의된 관행이었다고 해서 지금도 정당화 될 수 있는 건 절대로 아니다. 새로운 시대적 변화가 있다면 응당 그것에 따르는 것이 한 사회의 산업구조를 건전화 할 수 있는 토대가 될 수 있는 것이다. 이 칼럼을 쓰고 있는 지금도 크레인 위에서 농성을 벌이고 있는 해직 노동자들의 눈물이 떠오른다. 정부와 사측은 이 사태의 조속한 해결을 위해 시대의 변화에 걸맞는 새로운 해법을 찾아 협상의 초안을 제시할 필요가 있다. 국민들도 이 사태를 남의 일 쳐다보듯 대해서는 안 될 것이다.]

"윤 교수의 칼럼이 맞죠? 자, 그럼 생각해봅시다. 삼호중공업의 해직자들은 지금 무척 화가 나있습니다. 사측이 자신들을 해고했다고 말이죠. 그간엔 뒷돈도 받고, 두둑한 해직금도 받았는데 이번엔 회사 자체가 어려워서 그것도 어지간해진 거죠. 말이야 바른 말로 배알이 뒤틀린 거 아니겠습니까. 뭐, 생존권이니 뭐니 하는데 그게 그거 아니에요? 그래서 아예 이번엔 해고하지 말라고 생떼를 쓰고 있어요. 회사가 망하든 말든 자신들은 이익을 받아야 한다는 놀라운 상상력이죠. 받아들여지지 않자 난데없이 자기 것도 아닌 크레인에 올라가서는 천막을 묶고 농성이라 불리는 지랄을 떱니다. 좀처럼 흥분을 가라앉히지 못하는 거죠. 그런데 윤 교수의 논리대로 하면 이건 정말 민심도 뭣도 아닌 그냥 흥분한 거 아닙니까? 흥분이 가라앉아야 그것이 정말 민심이라면서요. 그래놓고는 칼럼에다가 국민들을 향해 선전선동을 하고 있어요. 국민들이여, 관심을 가지라고? 이거야말로 정말 이중 잣대 아닙니까? 보편성과 시대적 변화. 대체 이 둘 중 무엇을 주장하고 싶은 겁니까? 확실하게 하세요, 확실히. 그 가벼운 입술을 놀리기 위해 상황에 맞춘 회색분자 놀음을 하지 말라 이겁니다. 남자가 줏대도 없이 부끄러운 줄이나 아세요."

세트장 주변이 술렁거렸다. 논지에서 벗어났음에도 사회자는 시청률을 의식해서인지 제지를 가하지 않았다. 방송국의 얄미운 행태이리라.

얼굴에 열이 오르고 당장에 토론 자리를 떠나고 싶었다. 그는 융통성에 대한 간극을 교묘히 파고들어와 폭탄을 심어놓은 것이다. 이제 그 폭탄은 심지가 다 타오르면 터질 것이고, 시청자들은 다시 한 번 울분과 억울함에 휩싸일 것이다. 어쩌다 이런 족쇄에 갇힌 거지? 그는 어디서부터 이런 의도성을 가지고 접근했을까. '민심이 흥분하면 패망의 지름길이다.' 평소의 생각을 설파한 것뿐인데 송희수 대표는 역설이란 다리를 지어 두 난간 사이를 가지런히 잘도 이어놓았다. 완전한 패배다. 현민은 뱃머리의 방향타를 이제 자신이 조절할 수 없다는 사실을 알아차렸다. 패색이 짙어진다.

다섯 대의 카메라가 모두 그를 찍고 있었다. FD의 간절한 얼굴이 어두컴컴한 스태프 석에서 뚜렷이 들어왔다. 5,000만 국민의 시선들이 한꺼번에 쏟아지는 느낌. 등줄기로 식은땀이 쭉 떨어졌고, 손끝의 마디마디가 20년 묵은 쇳덩이처럼 삐걱거렸다. 물론 실수를 자백하면 토론은 이어나갈 수 있다. 그러나 그건 자존심이 허락하지 않는다. 현민은 완벽한 한 방을 먹이고 싶었다. 위기는 기회라는 말도 한국에는 존재하지 않은가. 시간이 없다. 사회자가 이제 현민을 향해 재촉어린 발언을 들이댔다.

"반박하시겠습니까?"

바로 그때, 파란색 점퍼 차림의 사내가 난입해서 송희수 교수의 안면을 주먹과 발로 가격하기 시작했다. 송희수의 턱이 건전지 빠진 고무인형처럼 그의 주먹질에 따라 하느작거렸다. 깜짝 놀란 사회자와 방송 관계자들이 하던 일을 모두 멈추고 황급히 사내를 제지하기 위해 달려들었다. 현민도 합세해서 그의 뒷다리를 붙잡다가 턱을 치이고 말았다.

생방송으로 모든 장면이 중계되고 있으리라.

송희수의 코뼈는 부러졌는지 한쪽이 비뚤어지고 그 밑으로 굵은 피가 줄줄 흘러내렸다. 그의 머리맡에는 부러진 이가 나뒹굴고 있었다. 그런데 서슬 시퍼런 식칼이 파란점퍼 사내의 허리춤에서 덱데구루루 굴러 떨어져 나오는 게 아닌가.

사내의 완력에 송희수의 얼굴은 호떡처럼 뭉개지고 있었다. 사내는 스태프들에게 사지를 붙들리자마자 철근 같은 머리통으로 송희수의 광대뼈마저 들이 박았다. 기운이 쇠하고 나서야 사내는 여섯 명의 스태프들에 질질 끌려 나왔다. 현민은 그 점퍼의 가슴에 부착된 물결표시의 하얀 갈매기 세 마리를 확인했다. 삼호중공업의 심벌마크. 그는 해직된 삼호중공업 노동자 중 한 명이 분명했다. 어떻게 방송국 안으로 들어왔을까. 방송은 삽시간에 전국으로 중계됐다. 이제 삼호중공업의 해직농성은 여론의 뭇매를 맞고 더욱 어려운 난항에 빠질 것이다. 그날 현민은 들것에 실려 나가며 송희수가 하는 말을 똑똑히 들었다.

"미친놈의 종북 좌파새끼들은 꼭 이런다니까. 멍청한 새끼들 엿이나 먹으라지."

그는 말을 삼가라는 구급대원의 충고에도 아랑곳하지 않고 홍소를 띄며 사람들을 비웃었다.

* * *

침대 머리맡에 놓인 알람소리에 현민은 의식을 주워 담으며 현실세계로 귀환했다. 뒤척이며 팔을 뻗는 중에 그의 손아귀에서 미끄러진 자명시계가 바닥으로 다이빙을 치며 떨어졌다. 뚜껑이 빠지고 데굴데굴 건전지 구르는 소리가 났다.

이불을 걷고 눈을 떴다. 으레 일어나는 시각(아침 7시)이지만 여느 때와는 감정이 사뭇 달랐다. 그러다가 어제 일이 불현듯 떠올랐다. 낯간지러운 일이 아닐 수 없었다. 송희수 대표의 궤변을 한방에 받아칠 수 있었다면 어땠을까. 송희수의 공격은 의도된 한 수였을까? 아니, 차라리 같은 궤변으로 나갔으면 상황이 급반전 됐을지도 모른다.

아침부터 얼굴이 달아오를 것만 같았다. 무엇보다 강단에 서서 학생들을 마주할 엄두가 나지 않았다. 건투를 빈다는 팬레터들을 얼마나 많이 받았던가. 스타 교수로 입지를 굳힌 근 몇 해 동안 그를 알게 모르게 시기하던 동료교수들의 비웃음은 또 어떻게 하지? 이를 어쩐단 말인가. 마침 이럴 때, 아무것도 모르는 자녀들이 내 품에 안겨준다면 얼마나 위로가 될 일인가. 그러나 그럴 일은 없었다. 아내와 나 사이에는 결혼 초의 불꽃같은 열정도 그로 인해 태어난 아이도 없었으니 말이다.

침대에 걸터앉아 눈을 비비는 와중에 현관문 열리는 소리가 들렸다. 아내의 외출이다. 잠정적인 이혼상태나 다름이 없으니 서로의 사생활에 신경을 쓰지 않았다. 같이 해온 5년의 무게를 나만이 느끼고 있는 걸까. 역시나 그녀는 밥통을 비워놓았고, 세탁실의 빨랫감에도 손길 하나 주지 않았다.

온 집안엔 먼지가 쌓여 한 걸음을 내딛을 때마다 먼지구름이 피는 기분이 들었다. 현민은 그런 생활이 익숙했다. 하늘에 계신 부모님이 아시면 천인공노할 일이지만 부모님의 반대를 무릅쓰고 한 결혼이니 누구를 탓할 일도 아니었다. 현민은 커피메이커에서 진한 에스프레소를 우려내 담았다. 그러고는 큼지막한 컵에 담아 한가득 거실을 누볐다. 아사 상태에 있는 물고기들에게 염소 똥처럼 생긴 밥알을 던져줬다. 서재에 어기적어기적 들어가서는 이혼에 관한 법률 책도 펼쳐들었다. 책의 첫 50페이지만 새까맣게 때가 껴있는 그런 책이었다. 현민은 가죽의자에 앉은 뒤, 책의 뒷면에 덧 끼워 놓은 조그만 노트를 꺼내들었다. 스탠드를 켰고, 여덟 장을 더 넘겼다. 서재 비치용 안경을 끼고 만년필을

챙긴 뒤 이렇게 기록했다.

[분담하기로 했던 거실 청소는 내 몫이 됐고, 빨래는커녕 밥도 해주지 않는다.]

현민은 이혼소송에 관한 서적들이(몇 권은 아직 밀봉된 채로) 책장 세 번째 칸에 수북이 꽂혀 있음을 확인했다. 힘없고 절단난 가장의 초라한 모습을 확인하자 아지랑이 같은 한숨이 눈물처럼 피어올랐다. 에스프레소를 한 모금 더 들이켰다. 뜨끈하게 목줄을 타고 내리는 느낌이 좋았다.

시계를 보니 8시가 조금 넘었다. 오전엔 교회를 나가고, 점심은 레스토랑으로 불알친구들을 초청해 위로를 받는 게 좋을 것 같았다. 오후 늦게는 학교로 들어가서 강의를 마치기만 하면 된다. 그러고 보니 어제 치인 발길질에 안경이 부러졌다는 걸 깜박했다. 현민은 집을 나서면 곧장 안경집부터 들러야겠다고 생각했다.

* * *

"이상, 마치도록 할까?"

윤 교수의 맺음말에 강의실 뒤편에 앉은 학생이 손을 번쩍 들었다. 현민은 고갯짓을 해서 여드름투성이 남학생을 올려 세웠다. 그가 벌떡 일어났다.

"할 말 있나?"

"아니… 그게… 오늘 기대했던 얘기를 못 들어서요."

순간 분위기가 무겁게 가라앉았다. 옆에 앉은 여학생이 그를 강하게 질타하며 앉으라고 외투 밑단을 잡고 툭툭 잡아당겼다.

"음… 뭘 듣고 싶은 거지? 송희수 대표의 코뼈가 제대로 붙었는지를 알고 싶은 건가, 아니면 송 대표에게 한 방 맞은 내 논리의 취약함을 말하려는 건가?"

"둘 다입니다."

침체된 분위기 곳곳에서 키득거리는 웃음이 삐져나왔다.

"일단, 송 대표의 코뼈에 대해서는 확인해보지 않아 모르겠네. 그리고 나의 논리는 송 대표의 궤변이 아니라 해직 노동자의 분노로 인해 좌절됐다는 걸 알려주고 싶네만. 이제 좀 답변이 됐나?"

유난히 따르던 제자들 몇몇이 환호를 지르며 현민의 이름을 연호했다. 나름의 명분과 구색을 갖춘 변명으로 들렸던 모양이다. 이럴 때 빠져나가는 게 가장 멋있는 일이다. 그는 두꺼운 교수가방을 둘러메고 서둘러 강의실을 나가 지하주차장으로 쭉 내려갔다. 나름 운치 있는 선방을 했다는 생각에 구겨진 마음에 잔주름이 좀 펴진 느낌이었다.

시동을 걸고 내리막 도로를 달리자 끼니를 때울 대상이 없다는 사실을 깨달았다. 집으로 들어가 봤자 반겨줄 사람은 없었고, 금붕어 먹이도 지겨울 정도로 넉넉히 줬으니 더 이상 신경 쓰지 않아도 됐다. 그러면서 순도 높은 브랜디를 매력적인 여성과 함께 나누고 싶다는 생각이 간절하게 찾아들었다. 그를 알아보는 이 아무도 없는 어두컴컴한 지하공간. 그곳에서 억눌렸던 욕망을 풀어내고, 보드라운 살갗과 뒹굴며 몇 개월 동안 쌓아둔 욕정을 한꺼번에 해소하고 싶었다. 그런데 오전 예배 중 드린 기도문이 떠올랐다. 죄송합니다, 주님이시여. 합법적 욕구 해소의 길을 말살한 아내를 증오해야 했다.

문뜩 아내의 괴상한 행적이 궁금해졌다.

어디로 사라지는 거지? 하루 종일 어딜 돌아다니다 늦게 들어오는 거냐고. 애인이라도 생겼나? 나 몰래 정말 바람이라도 피는 건가? 아내의 냉담하고 정나미 떨어지는 몇 마디 문장이 생각났다. 신경 꺼. 우리 각자 따로따로 살기로 했잖아. 아내에 대한 애증이 수그러들자 서재

노트에 그녀의 의심스런 행태를 낱낱이 기록하고 싶었다. 아무튼 나의 인생은 엉망이 돼 가는 중이었다.

현민은 대학로 변두리에 정차를 하고, 휴대폰의 주소록을 뒤지며 적절한 대상을 물색했다. 그러다가 일간지 칼럼을 부탁하는 편집장의 메시지를 몇 개 확인했다. 기한까지 시간이 넉넉해서 알았다는 답변만 짤막하게 해주고 다시 주소록을 뒤지기 시작했다. 스크롤이 맨 밑바닥에 내려가서야 현민은 자신이 기댈 곳 없는 외톨이란 사실을 철저하게 알아차렸다. 그는 무명의 바를 찾아가기로 마음먹었다. 오늘은 정말 취하고 싶었다. 브랜디와 함께 멋진 꿈을 꿔보고 싶었다.

* * *

현민은 2시간을 넘게 달려서 서울에서 떨어진 시외의 낯선 중심가로 들어섰다. 마땅히 차를 세울 곳이 없어 그 주변을 세 바퀴나 돌고 돌다가 그곳이 밤의 도시이자 남자들의 도시, 술의 도시, 윤락의 도시임을 한눈에 알아차렸다. 올챙이배와 두꺼비다리를 한 중년 신사가 한쪽 품에 한참이나 어려보이는 작부를 끼고 술에 흠뻑 취한 엉덩이를 씰룩거렸다. 그는 반쯤 풀린 넥타이에 두툼한 지갑을 흔들면서 지나는 뭇 사내들의 부러움을 한 몸에 받아내고 있었다. 동태 같이 취한 눈이 작부의 움푹 파인 앙가슴과 허벅지 사이를 상당히 만족스럽게 쳐다보고 있었다.

현민은 차를 서행모드로 바꾸고 그 작부의 아슬아슬한 다리 사이를 음탕한 눈길로 도둑질했다. 한 걸음을 내딛을 때마다 두드러지는 작부의 타이트한 스커트 주름이 위험할 정도로 관능적이었다. 그는 사이드미러 사이로 그것을 즐기다 아쉬움과 함께 반대쪽으로 고개를 돌렸다. 거기엔 스포트라이트를 받으며 젊은 남녀가 무릎을 꿇고 앉아

있었다. 긴 생머리의 여자가 시궁창에 주둥이를 대고 토악질을 해대는데 허옇고 끈적끈적한 액체가 진득한 침과 함께 막 쏟아져 그 아래로 흘러내렸다. 그녀의 등 뒤에서 멀거니 서있는 남자가 가련했다.

또 다른 쪽에선 시시껄렁해 보이는 한 무리 불한당들이 징 박힌 재킷에 가지각색의 머리색을 하고 뿌연 담배연기 안에서 장난을 치고 있었다. 서로의 가슴을 툭툭 쳐가며 웃고 있는데 현민의 눈에는 그저 한심하고 꼴사나운 짓거리로 보일 뿐이었다. 순시에 나선 두 경찰관을 보고 슬며시 자리를 피하는데 아마도 그들 사이에 내키지 않는 모종의 허물이 있는 모양이다.

현민은 적당한 바를 찾아 눈을 굴리다가 외지고 좁은 골목길에서 나팔 부는 천사 마크가 새겨진 노란색 입간판을 발견했다. 달랑 입간판 하나가 있다는 사실이 그렇게 동병상련일 수 없었다.

현민은 지하로 이어진 계단을 따라 밀문을 열고 들어갔다. 도어벨이 울렸고, 불현듯 덮친 담배연기는 매스껍다 못해 토악질이 날 것 같았다. 사람들의 욕설 섞인 웃음들이 노란 조명등 아래서 커다란 확성기처럼 흘러 다니고 있었다. 낭패감에 휩싸여 돌아서려는데 블랙 벨벳의 40대 여성이 현민의 팔을 확 붙들어 잡았다.

"어? 이분 누구시더라?"

아차, 하는 생각에 현민은 미리 두르고 있던 챙 모자를 푹 눌러썼다. 그러고는 바깥계단을 향해 몸을 민첩하게 돌려세웠다. 그러다가 다급히 내려오는 여성을 못보고 접촉사고를 일으키고 말았다. 넘어지는 여성을 껴안다가 얼굴 깊이 눌러 쓴 챙 모자가 대리석 바닥에 툭 떨어졌다.

현민은 모자를 잽싸게 주워서 정수리 위에 눌러 썼다. 품에서 빠져나온 여성은 현민의 얼굴을 보고 다소 놀란 표정을 지으며 입술을 떨었다. 그러더니 이내 상큼한 미소로 돌아와 옷을 가볍게 털어내기 시작했다. 벨벳 차림의 여주인은 단단히 화가 나 있었다.

"전화한 게 언젠데 이제 오는 거야. 서 회장님 오셨다고 몇 번이나 말을 하니. 회장님이 너 아니면 배석도 안하시겠다고 버티잖아."

여주인은 비밀담화라도 되는 것처럼 여인에게 속사포로 조잘거렸다.

"그게 나랑 무슨 상관이야. 오든 말든. 근데 손님을 이렇게 세워놓는 거 실례 아냐?"

두 여성의 시선이 한꺼번에 현민쪽으로 몰려왔다. 그러다가 파란 눈의 젊은 아가씨가 현민의 한쪽 팔을 보듬고 흰 우유 같은 목소리로 속삭였다.

"감사 의미로 오늘은 제가 한 잔 쏠게요. 설마 지금 나가려던 건 아니겠죠?"

현민은 티 없이 맑은 미소에 온전히 사로잡혔다. 착각이 분명하겠지만 짙게 먹힌 분칠 뒤로 어디서 본 것 같은 기시감마저 들었다. 곱고 보드라운 손길. 이 얼마 만에 느껴보는 따스함인가. 대뇌 깊숙한 곳에서 음흉하고 못된 호르몬들이 용솟음쳤다.

"들어오세요, 나의 구세주님. 하마터면 이 많은 사람들 앞에서 구경거리가 될 뻔했군요. 오늘 저의 파트너가 돼 주지 않으시겠어요?"

현민은 목줄이 감긴 셰퍼드처럼 그녀의 숨결에 질질 끌려 안으로 들어갔다. 여기저기서 시샘어린 남자들의 곁눈질이 느껴졌다. 그녀가 카운터 뒤의 긴 통로로 들어가기 직전에 돌연 방향을 바꿔 초롱초롱한 눈으로 물끄러미 현민을 내다봤다. 붉어지는 얼굴빛을 감추느라 애를 먹어야 했다.

"잠깐 자리에서 기다려 주실래요. 저도 일을 시작해야 하거든요."

그녀가 쌩긋 눈웃음 짓고 돌아섰다.

현민은 홀 중앙의 빈 테이블에 앉아서 그녀를 기다렸다. 그런데 10분을 기다려도 여자는 나타나지 않았다. 퇴폐적인 분위기와 아름다움에 마비됐던 이성이 되돌아오자 초라하고 질척한 감정이 그의 외로운 마음을 에우며 비판의 날을 세우기 시작했다. 인생 최대의 탈선이라는 악감정도 찾아들었다.

현민은 자존심을 지키기 위해 벌떡 일어났다. 그러나 통로에서 걸어나오는 요염한 여인에 반해 다시 주저앉고 말았다. 그녀는 곧장 현민을 향해 딸깍딸깍 걸어왔다. 주위의 뭇 남성의 눈동자가 1.5배 커지고 그에 따라 숙연해지는 느낌마저 받았다. 블랙 계열의 시스루 원피스를 입고 있었는데 아슬아슬 비치는 속살 때문에 소위 생식기 달린 사내들의 심금은 하나도 빠짐없이 경련을 일으키고 있으리라. 그녀의 연회색 웨이브 펌 몇 가닥이 투명한 핑크 입술을 때리며 찰랑거렸다. 와인과 글라스를 양손에 각각 들고 그녀가 가지런하고 정제된 자세로 현민의 테이블에 나머지 다리를 모아 앉았다. 현민의 이성은 다시금 마비됐다. 다시는 풀리지 못하도록 하는 아주 강력하고 새로운 마약이었다. 그녀의 몸에서 은은한 자스민 향이 났다.

"윤현민 교수님 맞죠?"

현민은 소스라치게 놀라 하마터면 그녀의 입을 손 막음할 뻔했다. 시궁창처럼 변하는 현민의 얼굴을 그녀는 상당히 재미있어 했다.

"아… 아닙니다. 닮았다는 말은 들어봤지만 전혀 다른 사람이죠. 달라요, 아주 많이."

"농담하지 마세요. 다른 사람은 몰라도 저는 교수님 점 하나 하나의 위치까지 아는 사람인 걸요."

"……"

현민은 달변이라고 생각했던 입이 이렇게 쉽사리 묵비권을 행한다는 사실이 곤혹스러웠다.

"왜 그러세요, 교수님. 얼굴까지 빨개지시는데요?"

그녀의 웃음소리가 남자들의 시선도 아랑곳없이 또르르 구슬 굴러가는 옥구슬 소리를 냈다.

"교수님 정말 순진하시네요. 이거 한잔 받으세요. 마음을 좀 차분하게 해줄 거예요."

여인이 포도주 잔에 와인을 따르기 시작했다. 전문적인 솜씨는 아니었지만 그런 게 중요하지 않았다.

"저 안 주실 거예요?"

와인 병을 받은 현민이 투박한 솜씨로 잔을 채웠다.

"제가 사드리는 거니까 부담 가지지 마세요. 싸지도 비싸지도 않지만 15년산이라 맛은 괜찮은 편이에요. 과일 향을 싫어하신다면 모르겠는데 일단은 제 취향이니까 어쩔 수 없어요. 샤또르 봉 파스퇴르. 프랑스산이죠."

현민은 눈치를 봐가며 조금씩 맛을 보았다. 코끝으로 블랙베리의 풍부한 향과 상큼한 과일 맛이 났다. 괜찮은 맛이었다. 그러나 그녀의 바람과는 달리 좀체 마음은 차분해지지 않았다.

"어때요. 괜찮죠?"

"맛이 좋네요."

여자가 다시 한 번 까르르 웃었다. 주변 남정네들은 술집 작부들을 하나씩 껴안은 상태에서도 성이 차지 않은지 현민을 곱지 않은 시선으로 공격했다. 그때 말쑥한 차림의 종업원이 다가와 그들의 테이블 앞에 과일 샐러드와 햄 훈제를 가지런히 놓고 섰다. 그러고는 허리를 굽혀 여인의 귀에 무언가를 속닥거렸다. 여자의 얼굴이 일순 일그러지다 펴지길 반복했다.

"알았어. 내가 알아서 할 거니까. 언니한테 걱정 말라고 해. 그리고 다시 한 번 귀찮게 굴면 다시는 내 얼굴 볼 생각하지 말라고도 전해. 정말 귀찮게 군다니까."

의도치 않게 그녀의 풍만하고 봉긋한 가슴 쪽으로 시선이 돌아갔다. 보일 듯 말 듯 내비치는 속살에 순간적으로 얼굴 주변이 화끈거렸다.

종업원이 돌아가자 여자의 시선이 다시 테이블 쪽으로 돌아왔다.

"어디 아파요?"

"아… 아니에요."

그녀가 좁은 어깨를 으쓱하며 배시시 웃었다.

"윤 교수님이 이런 곳에 나타나실 줄은 몰랐어요. 정말 의외인 걸요? 저도 정치 좋아하는데 그쪽 얘기를 나눠보는 건 어때요?"

"……."

여자가 현민을 빤히 쳐다보며 뇌쇄적인 눈빛을 가열했다. 아니, 어쩌면 착각일지도 몰랐다.

"더 이상 부인은 하지 않겠소. 이거 정말 부끄럽고 낯간지럽게 됐군."

여자의 표정이 싸늘하게 식어갔다.

"그 말투는 뭐죠. 내가 부끄럽다는 건가요?"

순간 분위기가 삭막해졌다. 현민의 다급한 손사래에 여자가 홍소를 터뜨리며 즐거워했다. 여자의 가늠할 수 없는 장단에 맞추다보니 머리통이 얼얼했다.

"성격은 여전하시군요."

그러고는 자신의 역할을 분명히 설명하며, 남정네들의 치근대는 술시중에는 동석하지 않는다고 털어놨다. 그녀 말을 빌리면 전망 좋은 테이블에 앉아 지나는 객들의 발길이나 붙들면 된다는 얘기였다. 그러다가서 회장이라는 인물에 대해서 상당히 불편하고 혐오해하는 심기를 드러냈다.

"이 반지 보여요?"

여자가 1캐럿가량의 다이아몬드 반지를 자랑하듯 내보였다.

"나잇값도 못하고 저한테 결혼하자는 거예요. 여든 넘은 노인네가 치매에 걸린 거죠."

빛을 머금은 다이아몬드가 무지개 색을 뿌리며 자신의 존재를 한껏 드높였다.

"그럼, 반지를 왜 받은 거죠?"

"주는 걸 안 받을 이유가 없잖아요."

그녀는 아주 당당하게 말했다.

"그럼 결혼 승낙을 한 거예요?"

문뜩 그녀를 조심해야겠다는 생각이 번개처럼 스쳐 지났다.

"그런 구역질나는 말은 그만 두세요. 최소한 전 돈으로 제 인생을 사고팔지는 않아요. 교수님이라면 모를까."

"예?"

침이 꼴깍 넘어가면서 그녀의 은근한 유혹에 몸까지 슬슬 달아오르려고 했다. 이제 그를 제지하고 질책하는 건 오로지 마지막 유산처럼 남은 그의 정신력뿐이다. 여자가 잔에 남은 와인을 기울이여 마시기 시작했다. 그 자태 또한 매혹적이었다.

"근데 저 사람 아는 사람이에요? 아까부터 계속 교수님만 쳐다보고 있어요."

"누구 말이죠?"

현민이 고개를 돌리려고 하자 그녀가 간발의 차로 눈을 붙들었다.

"쳐다보지 마세요. 얼굴을 들키고 말 거예요."

현민은 그녀의 말투 때문에 필요 이상으로 불안해지고 말았다.

"혹시 기자요?"

"겉모습만 보고 제가 어떻게 알겠어요. 그나저나 기자라면 정말 할 일이 없는 사람인가 보군요. 쓸데없이 남의 사생활이나 들추려고 하다니. 전 그런 치들을 정말 혐오하는 편이에요."

여자는 007영화의 주연처럼 행동하며 의문의 사내와 현민 사이를 수시로 오가기 시작했다.

“아무튼 뒤는 돌아보지 마세요. 눈이 마주치면 곤란할 테니까요.”

“어떻게 들어왔죠? 분명 뒤따라 들어온 손님은 없었던 것 같은데…….”

의문의 사내를 의식하느라 목이 뻣뻣해지고 있었다.

“착각하신 거예요. 이집 정문은 따로 있어요. 단골들은 모두 그리로 들어와요. 교수님만 특별히 후문을 이용하신 거고요.”

아차 싶었다. 입간판 하나만 덜렁 서있었던 이유를 이해할 수 있었다.

“교수라고 부르지 말아줘요.”

여자가 뒤쪽을 재차 염탐한 뒤 부연설명을 했다.

“접대부 한 명이 저 남자한테 가고 있어요.”

“남자가 요청한 건가요?”

“교수님… 아니, 당신… 이쪽엔 정말 문외한이군요. 마치 이런 곳에 처음 들른 사람 같아요.”

“…….”

당당해야 할 일인데도 오히려 뒷골이 머쓱했다.

“여긴 유흥점이에요. 손님이 부를 때까지 기다리는 접대는 없다고요. 장사 말아먹을 일 있어요? 가만 가만… 뭔가 좀 이상한데요?”

여자가 기나긴 방송 중계를 하다가 잠시 멈칫거렸다.

“무슨 일이죠?”

“그게… 가만….”

“뭡니까, 정말.”

현민은 하마터면 신경질을 낼 뻔했다.

“왜 저러지? 이상해요. 접대를 물리고 있어요.”

뒤이어 둘이 앉은 테이블 옆으로 팽을 당한 접대부의 신경질적인 하이힐 소리가 지나갔다.

“어머, 저자가 다시 교수님… 아니 당신을 쳐다보고 있어요. 기자가 틀림없어요. 이제 어떡하죠?"

현민은 내일 아침 주간지에 대문짝만하게 실릴 표제어를 떠올렸다.

[주색에 빠진 유명 대학교수. 토론 패배를 잊기 위한 고통의 몸부림인가.]

정신이 아찔했다. 잠시나마 색에 눈이 멀었다는 사실이 한탄스럽고 치욕스러웠다. 그것도 모든 학생의 모범이 되어야 한다는 유명 대학의 교육학 교수다. 유흥업소의 작부를 상대로 스캔들이 나게 생겼으니 세상의 조롱거리는 물론이거니와 품위 손상을 가했다는 이유로 윤리위원회에까지 회부될지도 몰랐다. 송희수 대표의 비뚤어진 입에서 나온 목소리도 떠올랐다. 종북 좌파 새끼들이란 꼭 저런다니까. 겉과 속이 다른 법이지.

현민은 빈틈없이 움직여야겠다고 생각했다. 일단 그녀의 입막음부터 하고 저 후문을 향해 쏜살같이 튀어나가는 거다. 그러자면 정확한 각도를 계산하고 뒤통수만 보이게끔 만들어야 한다. 현민은 눈앞의 여인을 향해 불안한 시선을 고정했다.

"정말 미안하게 생각하지만 날 보았단 얘기는 비밀로 해주시겠소?"

여자가 묘한 웃음을 흘리며 와인 한 잔을 더 따라 부었다. 순간적이지만 그녀가 거래를 요구해올지도 모른다는 생각이 들었다. 그 예감은 적중했다.

"이런… 교수님은 정말 순진하다니까. 상황이 이렇게 되고 나니 저도 좀 욕심이 생겨서 말이죠. 그렇다고 절 그렇게 저속한 눈으로 보실 필욘 없잖아요. 좀 기분이 나빠지려고 하니까. 눈을 좀 풀고 쳐다보시죠, 교수… 아니 당신. 아, 내 목소리가 너무 높았나요? 혹여나 저 기자가 당신의 정체를 눈치채 버리면 안 되는데 말이죠. 전 정말 당신 팬이에요. 이걸 의심하진 말았으면 좋겠네요."

현민은 먹다 남은 와인을 그녀의 얼굴에 던져버리고 싶었다. 그녀의 아름답던 얼굴도 이제는 치근덕거리는 요부처럼 능글맞아 보였다.

"당신도 한낱 접대부에 지나지 않았군. 아니 그보다 훨씬 더 지독해."

여자가 입술을 내밀며 대꾸했다.

"혹시 제가 저 기자를 불렀다고 생각하는 거예요? 미안하지만 제게 그런 선견지명까지는 없어요. 그런 능력이 있었다면 진즉에 돗자리를 깔았을 테니까요. 사실 전 교수님과 뜨거운 사랑을 나눌 수도 있다고 생각했는데. 어찌됐든 제 성적 만족을 빼앗아 가신 꼴이 되셨어요. 이 허탈감을 어떻게 보상하실 건가요?"

"그 저급한 몸에 흥분을 주고 싶다면 여기에 남자는 널린 것 같소."

현민은 주먹을 불끈 쥐었다. 몸이 사시나무 떨리듯 노기를 감추지 못했다. 그러면서도 뒤에 앉아서 상황을 주시하고 있을 기자의 이목이 자꾸 신경에 거슬렸다.

"제가 지금 일어나 저 의문의 남자에게 다가가길 원하나요?"

여자는 현민의 우두망찰한 표정을 지켜보더니 테이블을 짚고 일어나 유혹적인 살 냄새로 입술을 밀착해 들었다. 그러고는 아슬아슬한 거리에서 옅은 숨결을 토해냈다. 여자가 요사스럽게 속삭였다.

"이걸로 교수님은 더 위험해진 거예요."

여자가 현민의 아랫입술을 빨아 당기기 시작했다. 얼굴이 맞닿은 상태에서 그녀의 분 냄새와 입속에 남은 와인의 달콤한 과일 향, 그리고 차가운 혓바닥이 느껴졌다. 현민은 얼른 정신을 차리고 입술을 떼어냈다. 그러나 교활하게 웃는 여인을 통해 일이 더 심각해졌음을 깨달았다. 이제 기자에게 변명을 늘어놓을 여지마저 사라진 것이다.

유부남 대학교수의 일생은 이것으로 종말을 맞을 것인가. 아니다, 희망을 잡아야 한다. 계략에 빠져 인생을 나락으로 몰 수는 없다. 주위의 남정네들이 질투를 대신해서 퇴폐적인 환호를 부르짖기 시작했다. "까짓 거, 옷 벗고 뒹구는 게 어때?"라고 적나라하게 외치는 이들도 적지 않았다. 현민을 향해 소심하다느니, 물렁해 빠졌다느니, 싫으면 날 달라느니 하는 원색적이고 음란한 비난들까지 서슴없이 쏟아냈다. 평상시라면 상상도 못한 치욕스런 저주였다.

"좋소. 거래하겠소."

현민은 기자의 시선을 최대한 피한 채로 흥정을 시작했다. 그리고 입가에 흐른 그녀의 침을 벌겋게 달아오른 얼굴(자괴감 때문에 생긴) 그대로 닦아냈다.

"이제 좀 말이 통하는 것 같군요."

여자는 자리에 다시 앉아 테이블 위에 놓인 훈제를 칼질하기 시작했다. 현민은 그녀의 당돌함이 참으로 어처구니없었다.

"얼마면 되겠소?"

"요즘 제가 궁한 편이 아니니까. 사천으로 하죠."

"뭐요?"

"너무 적죠? 제 생각도 그래요. 오천으로 하는 게 좋을 거 같군요."

여자는 잘게 썬 햄 조각을 오물오물 씹으며 웃었다.

"미쳤군."

"명문대 교수에다 유명인사인 당신의 일 년치 봉급엔 훨씬 못 미치는 액수 아닌가요? 일 년을 버리실지 인생을 버리실지 선생님이 알아서 판단하세요. 아! 그리고 기자가 인내심을 느꼈는지 자꾸 안절부절 못하는군요. 시간이 없을 것 같아요."

시간이 없다는 말에는 현민도 동감하고 있었다.

"좋아요. 그렇게 합시다. 하지만 지금 당장에 그 큰돈을 마련해 줄 수는 없소."

여자가 이번엔 홍소를 터뜨리며 좋아했다.

"당연한 거 아니에요? 이 많은 사람들 앞에서 사과박스라도 들이미시려고? 명함이나 한 장 주세요. 다시 연락을 드릴 테니까."

현민은 연락처가 적인 명함을 건네며 다시 한마디 덧붙였다.

"혹여 나와 또 다른 거래를 하려거든 꿈도 꾸지 마시오. 나도 그땐 이판사판이요."

"좋아요. 저도 그렇게까지 질척거리지는 않아요."

"아무튼, 내가 저 기자에게 잡히면 이 거래도 끝나게 되는 거요. 날 도울 수 있소?"

"물론이죠. 걱정 마세요. 이 고기를 씹으면서 당신의 도피 루트까지 머릿속에 그려놨으니까요. 일단은 화장실에 가는 척하면서 아까 들어온 문으로 천천히 빠져나가세요. 그러면 외부 주차장 반대편에 어두컴컴한 골목길이 보일 거예요. 거길 쭉 따라가다 보면 택시 승강장이 나와요. 거기서 아무거나 잡아타고 어느 곳이든 떠나시면 되죠. 시간을 두고 다시 돌아와도 되고요. 아마 저 기자가 당신을 따라가는 일은 없을 거예요. 내 매력에서 벗어나지 못할 테니까 말이죠."

현민은 마지막 남은 한 모금의 와인을 벌컥벌컥 들이켰다. 그러고서 투박한 말투로 대꾸하듯 입을 열었다.

"기자들은 그리 간단히 넘어가지 않소. 주색을 좋아하긴 해도 사냥감을 앞에 두고 이성을 잃는 법은 없으니까."

여자가 고개를 갸웃거리다 다시 고기 한 점을 포크로 찍어 눌렀다.

"바지춤을 잡고 늘어져서라도 막아드릴게요. 걱정은 확~ 붙들어 매세요."

여자가 주먹을 불끈 쥐며 볼썽사나운 파이팅을 했다.

현민은 기자의 눈을 의식하며 천천히 의자를 밀고 일어났다. 홀 안의 짐승들은 엄지를 내리 깔고 농밀한 야유를 이곳저곳에 뿌려댔다. 급기야 멍청이, 고자, 병신 같은 내시란 욕지거리가 튀어나왔다.

여자가 마지막 중계를 했다.

"기자가 일어났어요."

현민이 그녀를 뚫어져라 쳐다봤다.

"당신을 믿어보겠소. 다시 말하지만 일이 틀어지면 우리 계약은 없는 거요."

"알았어요. 그리고 하나 더 알려드리면 저 사람은 온 몸을 블랙계열로 치장하고 있어요. 머리엔 검은색 중절모를 썼고, 어딘지 모르게 불쾌하고 기분 나쁜 냄새가 나요."

여자가 자리에서 일어나 볼에 작별의 입맞춤을 했다.

"전 정말 교수님을 사랑했어요."

여자의 말이 떨어지기 무섭게 현민은 멱살 잡힌 상태에서 그대로 고꾸라졌다.

"내 여자한테 무슨 짓거리야? 이 개자식이!"

불현듯 나타난 사내는 이제 바닥에 뒤집어진 현민을 상대로 두꺼운 발길질을 해대기 시작했다. 얼마나 드센지 내장이 발겨지고 갈비뼈마저 산산이 조각나는 느낌이 났다. 숨을 한 번 들이킬 때마다 등골이 아리고 복통이 얼굴까지 들이닥쳤다. 뒤통수가 밟히는 바람에 밀착된 입술이 으깨져서 진득한 피가 흘러나왔다. 잠시 후에는 등 뒤쪽에서 사정없이 후리는 뺨따귀 소리까지 났다. 홀이 어수선해지고, 불구경난 짐승들이 하나, 둘 둥그렇게 모여들었다. 통로 너머에서 나타난 주인장은 사태를 수습하지 못해 발만 동동 구르고 서있었다.

"네년이 날 무시했다 이 말이지?"

현민의 귓바퀴를 휘감아오는 음성은 걸걸한 데다 정력이 넘쳤으며 노기까지 차있었다.

"노인네가 정신이 나갔군, 정말."

그녀의 앙칼진 목소리였다.

"뭐? 이년이 정말 미쳤나. 반지고 목걸이고 다 해 처먹을 때는 언제고. 이제 와서 뭐 어째?"

싸대기 후리는 소리가 오금이 저릴 정도로 짝 소리를 냈다. 그러더니 테이블 위에 놓인 식기들이 바닥으로 우르르 쏟아져 내리며 와장창 쪼개져버렸다. 그 위에 가녀린 그녀의 몸이 힘없이 무너지고 말았다. 노인네가 여자를 가리키며 손가락질했다.

"이 갈보 같은 년이. 몸은 내주지도 않으면서 대놓고 날 엿 먹인다 이거냐? 날 무시하는 거지? 그렇지 이년아?"

노인네의 외투가 바닥에 던져지고, 현민의 허벅지는 다시 한 번 구둣발에 채였다. 상황이 나아질 기미를 보이지 않자 주인장이 현민의 쓰러진 몸을 넘어왔다.

"서 회장님, 노여움 가라앉히세요. 얘가 요즘 제정신이 아니라서 그래요. 오늘도 늦게 온 거 보셨잖아요. 부모도 없고, 동생 하나랑 사는데 그 동생마저 최근 실종이 돼서…."

"너도 똑같아, 이 쌍년아!"

여 주인장이 뺨을 얻어맞고 현민의 옆으로 풀썩 주저앉았다. 주인장은 자신의 얼얼한 한쪽 뺨을 어루만지며 하늘이 무너져 내린 얼굴로 멍하니 앉아 있었다.

그때 퍽하고 유리병 터지는 소리가 났다. 그 소리가 예사롭지 않았다. 현민은 상체를 벌떡 일으키고 소란의 중심지 쪽으로 목을 돌려세웠다. 1톤 거구의 노인네가 반질반질 벗겨진 이마에서 자기 손으로 떨어지는 핏물을 하릴없이 바라보고 있었다. 그 앞에서 여자는 와인 병의 깨진 목 부분만 쥔 채 바들바들 떨고 있었다. 금방이라도 흐를 듯한 눈물이 그녀의 눈가에 위태롭게 걸려있었다. 그녀가 슬금슬금 뒷걸음질 치자 젊은 수행비서 둘이 어디서 준비했는지 모를 손수건을 들고 노인네의 터진 출혈 부위를 압박했다. 이제 여자는 소리 내 울기 시작했다.

"회장님, 일단 병원으로."

젊은 수행비서가 노인의 팔을 끌어당겼다.

"이거 안 놔!"

노인이 수행 비서를 밀쳐내고 쏟아지는 피 분수를 맞으며 여자에게 달려들었다. 여자가 비명도 못 지르고 엉켜 넘어져서 목 졸림이라는 인생 최대의 수모를 겪는 순간이었다. 그녀의 눈물이 귀 뒤쪽으로 흘러 떨어졌고, 사람들이 쏟아져 들어와 노회장의 몸을 끌어당기기 시작했다. 사람들이 노인의 몸을 분리하려고 할 때마다 여자의 몸도 덩달아 들썩이고 있었다.

심각함을 느낀 현민은 노인의 등 뒤로 뛰어 들어가 팔 하나를 목에 휘감은 채 뒤쪽으로 있는 힘껏 끌어당겼다. 효과는 곧바로 나타나서 여자를 압박하던 거뭇거뭇한 손이 그녀의 경부에서 서서히 풀려나왔다. 노인의 핏대는 도드라질 대로 도드라졌고, 얼굴은 홍당무처럼 새빨개져 있었다. 장정 서넛이 더 붙고 나서야 탁 소리를 내며 어우러진 영혼이 분리되듯 여자와 노인의 연결고리가 뚝 끊어졌다. 동시에 현민도 노인의 목을 풀고 바닥을 데굴구루루 빠져나왔다.

여자와 노인이 연달은 헛기침을 해대며 자신들의 소중한 목을 위아래로 쓰다듬었다. 그때 종업원들이 뛰어나와 여자를 일으켜 세우더니 피신하듯 다른 장소로 옮아갔다. 그 중 하나는 다급한 목소리로 경찰과 긴급한 대화를 나누고 있었다. 숨통이 트였는지 노인이 비척비척 일어나 서럽게 악을 뻗지르기 시작했다. 현민도 엉거주춤 일어섰다. 하도 얻어맞아 정수리 밑으로는 이미 성한 곳이 없었다.

갑작스레 종업원들의 비명소리가 터지고 사람들이 경직된 자세로 뒷걸음치기 시작했다. 위협을 느끼며 돌아선 자리에는 일그러질 대로 일그러진 노인네가 깨진 유리파편을 움켜쥐고 시뻘건 눈을 부라리며 현민을 경멸스럽게 쳐다보고 있었다. 고대 로마의 콜로세움에 두 투사가 나란히 서있는 느낌이랄까.

그런데 순간, 황소처럼 돌진해 들어온 노인이 현민의 목을 향해 유리파편을 반원 모양으로 휘둘러버리는 게 아닌가. 칼날을 피하려다 나동그라진 현민의 가슴으로 뜨뜻한 핏물이 줄줄 떨어지는 게 느껴졌고, 그것은 이제 거대한 물줄기를 이루며 현민의 가슴골과 배꼽을 넘어 허리 뒤쪽으로 유유히 흘러넘치고 있었다. 질끈 감아버린 암흑 속에서 죽음은 이렇게 한 순간에, 어이없이 찾아오고 말았다.

헌데 뭔가 좀 이상하다. 흐릿해야 할 정신은 또렷하고, 감각마저도 여느 때보다 멀쩡하니 살아있다. 내가 제대로 맞았다면 이건 불가능한 일이 아닌가.

눈을 떴을 때, 노인은 단말마의 비명조차 못 지르고 목뼈가 하늘 높이 꺾인 상태에서 폭포수 같은 핏물을 토하고 있었다. 아니, 피가 살아서 그의 몸을 콸콸 빠져나온다고 하는 게 맞았다. 현민은 엉덩이를 쓸며 그 공간을 빠져나왔다. 너무나 끔찍했다. 노인의 통절한 괴로움이 느껴졌고, 죽는 과정 자체가 복기하기도 싫을 만큼 너무나 생생하게 남아있었다. 술집 아낙과 남정네들이 입과 코를 틀어막고 연신 헛구역질을 해대기 시작했다.

검은색 중절모 신사 하나가 그 비탄의 현장 안으로 윤곽을 드러냈다. 그 사내는 변사체의 등과 팔을 거리낌 없이 눌러밟더니 현민의 눈앞까지 성큼성큼 걸어 넘어왔다. 검정색 양복 상의에 넥타이 없는 화이트 셔츠를 골라 입었는데 창백한 얼굴에 박힌 입술은 동사한 노인장처럼 푸르스름했다. 그런데 그가 웃고 있다. 그리고 너무나 자연스럽게 현민을 향해 쭈그려 앉는다. 그러더니 행커치프를 꺼내 얼굴에 튄 핏물을 닦아주는 것이 아닌가.

"오랜만이야, 윤 교수."

이럴 수가. 믿을 수 없었다. 현민의 눈앞에 있는 이 자는 송희수 대표가 아닌가. 어째서 저자가. 왜 이런 장소에. 이런 모습으로. 나타난단 말인가.

"다… 당신이 왜… 여기에."

사람들의 절반 이상이 밖으로 달아나고 있었다.

"미안하게 됐네만 당신에겐 선택의 여지가 없다네."

송 대표가 현민을 일으켜 세우더니 양 어깨를 부여잡고 먼지를 툭툭 털어주었다.

현민은 머리가 백지처럼 하얘졌다.

"송 대표… 다… 당신, 무슨 짓을 한 거요?"

송희수가 쓰러진 변사체를 돌아봤다.

"저런 사소한 일에 우리 계획이 방해되어선 안 되지. 자네와 난 절대 사소해져선 안 돼. 그런 사이가 아니지 않나."

그때 술 냄새 풍기는 남자가 그들 사이로 튀어나왔다.

"이봐. 당신들 꼼짝 말고 있어. 경찰이 올 때까지 움직이지 말란 말이야. 죽은 시체를 훼손하는 걸 내 눈으로 똑똑히 봤다고. 이봐, 움직이지 말라니까!"

송희수가 검지를 세워 사내의 오른쪽 눈을 가리켰다. 그러자 남자의 안색이 창백해지며 갑자기 양손으로 우측 안구를 파내기 시작했다. 이윽고 남자의 손가락 사이에서 질펀한 액체와 함께 흐물흐물 거리는 안구 껍질이 시신경과 연결된 상태로 흉물스럽게 딸려 나왔다. 그 즉시 주점은 고통과 절망감만이 가득한 아수라장으로 변모하며, 끔찍한 비명이 터지고 달음질을 치는 행렬이 비좁은 양쪽 입구를 향해 개미 떼처럼 몰려들었다. 그러나 꿈쩍 않는 문과 마주했을 뿐이다.

현민 역시 그 무리 중에 끼어있었다. 그는 사람들의 어깨를 매몰차게 밀치면서 불만스런 목소리로 고함질렀다.

"뭐하는 겁니까. 빨리 문을 열라고요!"

사람들이 둔해지고 있다는 것도 모른 채, 현민은 사람들 사이를 빠져나가 혼자 남은 입구 앞에서 손잡이를 마구잡이로 흔들어댔다. 그러다가 뒤에서 잡아채는 강한 마력의 힘을 느꼈다. 삽시간에 몸이 치솟으며 사람들 무리를 축구공처럼 데굴데굴 빠져나왔다. 그러다가 아래를 내려다보는 심령술사와 눈이 마주치고 말았다.

"너무 애쓰지 말았으면 좋겠군. 선택의 여지는 없다니까."

현민은 무릎을 꿇고 앉아 두 손을 바싹바싹 비볐다.

"살려주시오. 대체 왜 이러는 거요, 송 대표."

송희수가 재미있다는 표정으로 입 꼬리를 올렸다.

"내가 아는 윤현민 교수가 아니군 그래. 내가 정말 그 바퀴벌레만도 못한 송희수로 보이나?"

현민은 눈을 부릅뜨고 그 자를 다시 쳐다봤다. 정수리까지 벗어진 이마에 지푸라기 같이 성긴 머리카락. 부리부리한 눈매에 세상을 향해 토해내는 염세적 눈빛. 눈꼬리에서 퍼진 방사형 주름살과 하늘을 향해 우뚝 솟은 매부리 콧날까지. 그는 분명 송희수 대표가 맞다. 대체 그의 정체는 무엇이란 말인가. 정녕 말로만 듣던 심령술사인가?

"우린 따로 해야 할 일이 있소, 교수. 시간이 아주 부족하지."

현민을 팽개쳐 두고 그가 사람들이 몰린 입구로 걸어갔다. 거기엔 눈먼 좀비들이 먼 허공을 응시한 채 서있었다. 그러더니 시체 같던 사람들의 얼굴이 연노랑 빛으로 물들면서 한꺼번에 타들어가기 시작했다. 매캐한 냄새가 났고, 그들의 머리 위에는 희뿌연 수증기가 연기처럼 피어올랐다. 정점에 이르러서는 큰 폭발을 일으키며 산산이 터져나갔다. 검붉은 살점들이 테이블보, 카펫 할 것 없이 사방 군데에 들러붙었다.

현민은 공포와 혐오에 짓눌렸다. 경련하는 다리를 부여잡고 비명을 질러댔다. 차라리 죽고 싶다는 생각을 했다. 아니 악몽일 거라고 믿고 싶었다. 다시 한 번 비명을 질렀다. 울부짖었다. 귀를 막고 몸을 웅크렸다. 하염없이 눈물이 났다. 여기에 생명의 그림자며 희망의 끈은 없었다. 입구 쪽으로 아까의 그 중력감이 다시 한 번 휘몰아쳤다. 몸이 붕 떠올랐다. 정신을 잃고 싶었지만 그것마저도 뜻대로 되지 않았다. 솟구친 허공에서 사람들의 잔해를 다시 한 번 확인했다. 숫제 공포감 하나만으로 난생처음 눈두덩을 눈물로만 적시게 됐다. 그때 악마가 내뱉는 나지막한 목소리가 들려왔다.

"젠장 할……."

톱날에 쇠가 갈리는 자극적인 소리와 함께 강력한 빛이 섬광처럼 번져 들어왔다. 현민은 눈과 귀를 막고 엉거주춤 바닥에 웅크렸다. 심장이 벌렁거리면서 온몸이 따뜻해졌다. 혈류 속에 뜨거운 수은이 흐르는 느낌이었다. 빛과 소음이 사라지자 그는 자신이 누군가의 따사로운 손에 매달려 있다는 걸 알아차렸다.

어둠이 다시 찾아왔고, 하나의 목소리가 들렸다. 찬란한 날개에 감싸였던 몸이 바닥으로 천천히 가라앉았다. 새로이 나타난 존재는 황금빛 머리칼을 이마 아래로 흩뜨리고 하얀색 별빛의 아름다운 옷을 두르고 있었다. 어깨에는 눈부신 깃의 커다란 날개가 달려있고, 그 끝에서 오컬트 빛의 신비로운 여광이 흘러나왔다. 흰색 비단으로 휘감은 발끝은 새로 태어난 아이의 그것처럼 생명과 환희의 기운이 실려 있었다.

"악의 진물이 네 몸에서 흐르는 구나. 사악한 사탄의 존재여."

존재가 물었다.

"라피엘? 예상 밖이군. 어째서 가브리엘이 아닌 네가 나타난 거지?"

수호천사 라피엘의 표정이 굳어졌다.

"어떻게 네놈 따위가 내 이름을."

송희수가 눈을 지그시 감더니 기껍게 비웃기 시작했다.

"라피엘, 정말 어리석구나. 상대가 누군지도 모르고 우쭐대며 찾아 들다니."

존재가 어금니를 꽉 깨물고 대꾸했다.

"닥쳐라. 하찮은 사탄 따위가 감히 천사를 능멸하려드는 것이냐."

라피엘의 움직임을 간파한 악마가 선제적으로 지옥의 불기운을 뿜어대기 시작했다. 라피엘의 날개가 반사적으로 휘어져서 그 앞에 반원 모양의 천연 방패를 만들었다. 그러나 라피엘의 왼쪽 날개깃이 종당엔 이글이글 타들며 회색빛 날개 뼈를 여지없이 드러내고 말았다. 고통에 찬 라피엘이 한쪽 무릎을 꿇고 그 앞에 주저앉았다.

"라피엘, 죽음을 자초한 건 너의 그 시건방진 태도였음을 기억해라."

불기둥은 그의 오른 날개까지 파들기 시작했다. 그럼에도 라피엘은 인간을 등진 상태에서 한 치도 물러서려 들지 않았다.

"주님의 이름으로 말하노니, 하찮은 사탄 따위가 내 이름을 더럽히지 못할 지어다."

라피엘의 분노는 바닥에 짚고 있던 손끝에서 시작됐다. 구슬 모양으로 형성된 얼음가루들이 격렬한 불기둥을 피해 악마의 안면 위에 쏟아져든 것이다. 성수에 닿은 살갗에서 악마의 궤사한 근육이 흉측하게 드러났다. 그러나 녹아내렸던 살들이 순식간에 차오르며 눈앞에 서있는 천사의 전의를 상실케 했다. 라피엘의 눈에서 참담한 기운이 서리기 시작했다.

그때 천둥소리가 터지고 거센 돌개바람이 갑작스레 불어 닥쳤다. 홀 벽감에 누워있던 양주병들이 수없이 터져나갔고, 테이블 꽃병을 위시한 집기들이 파도에 휩쓸리듯 후문을 부수고 빠져나갔다. 현민은 네 발로 기었다. 두 발이 아닌 네 발로. 어서 그곳을 빠져나가야만 했다.

"루시퍼!"

공간이 열리고 그 안에서 황금빛 여명과 함께 파란 눈의 아름다운 여인이 이글거리는 눈으로 튀어나왔다. 그녀는 천사장의 휘장인 은빛 날개와 완전한 황금(순도 100%)으로 제련된 하늘반지를 끼고 있었으며 세상 그 무엇에도 비견될 바 없는 투명한 얼굴을 지니고 있었다. 별빛 눈썹과 머리칼의 끝에서 성스런 기운이 연기 춤을 추며 피어올랐다.

"가브리엘?"

라피엘이 가까스로 눈을 떠보니 천사장 가브리엘이 버티고 서있었다. 그녀는 날개 뼈를 갉아대는 어둠의 불기둥을 찬란한 진리의 창으로 연금해버린 뒤 루시퍼의 머리를 향해 냅다 던져버렸다. 엄청난 폭발이 곁따라 일었지만 루시퍼는 어떤 외상도 없이 말짱하게 서있었다.

"결국엔 나타나는구나. 가브리엘."

루시퍼가 조소하듯 입술을 떨었다.

"비열한 배신자, 사악함의 뿌리. 이 더러운 존재, 루시퍼."

가브리엘이 라피엘의 옆으로 걸어 나왔다. 라피엘의 한쪽 날개는 뿌리 뼈가 끊어진 채 너덜거리고 있었다.

"저… 저 자가 진정 타락 천사 루시퍼란 말씀입니까, 가브리엘?"

가브리엘이 라피엘의 휘둥그레진 눈을 쳐다봤다. 그때, 루시퍼가 빈정거리며 그들 사이로 등장했다.

"가브리엘, 정말 오랜만이로구나."

라피엘이 루시퍼를 노려보며 일갈했다.

"가브리엘님과 맺은 계약을 잊었단 말이냐? 네놈이 어째 아직까지 인간세계에 거하고 있단 말인가!"

루시퍼가 중절모를 눌러쓰며 여유로운 표정을 지었다.

"계약은 깨졌다, 라피엘."

라피엘이 가브리엘의 투명한 피부를 올려다봤다. 그녀에게선 아무런 대답도 들을 수가 없었다. 순간, 루시퍼가 호통하듯 소리쳤다.

"계약을 어긴 건 내가 아니라 네가 모시는 천사장 가브리엘이다."

분노한 가브리엘이 루시퍼의 한 치 앞으로 걸어 나왔다.

"닥쳐라, 루시퍼. 이 살인자여. 네놈이 한 짓을 내가 정녕 모르고 있을 것 같은가."

루시퍼가 눈을 게슴츠레 뜨며 가브리엘을 응시했다.

"내가 한 짓이라고? 뭔가 대단히 큰 착각을 하는 모양이군."

가브리엘이 대꾸 없이 이를 갈기 시작했다. 루시퍼가 곁달아 말을 이었다.

"하나 물어보자, 가브리엘. 우주가 태어난 이래, 창조주의 이름을 내건 계약은 단 한 번도 깨어진 적이 없다. 어째서 먼저 그 계약을 파기했느냐?"

가브리엘이 열변을 토하며 힐난했다.

"네놈의 그 사악함이 인간세계에 도를 넘어 뻗쳐들었기 때문이다."

루시퍼가 비웃었다.

"우습군, 가브리엘. 그딴 변명이 나에게 통할 것이라고 생각했느냐. 네가 무슨 꿍꿍이로 그랬는지는 모르겠으나 이것 하나는 반드시 기억해두는 게 좋을 것이다. 너의 권능은 절대로 날 따라올 수 없다."

라피엘의 얼굴이 발개졌다.

"그 입을 닫아라, 타락 천사 루시퍼. 주님의 이름을 빌어 6년 전의 치욕을 이곳에서 갚아주마."

그의 노기는 그 즉시 얼음 안개가 되어 루시퍼의 전신을 휘감고 들어왔다. 그러나 루시퍼의 피부는 불그죽죽한 생채기를 내다가 쉽게 아물어버리고 말았다.

"가소롭구나, 라피엘. 정녕 하나 남은 날개마저 잃어버리고 싶은 것이냐? 허나 오늘은 이쯤에서 그만두지."

그러고는 루시퍼가 모자의 챙을 미끄럼 타듯 쭉 잡아당겼다.

"멈춰라."

라피엘의 부름에도 루시퍼는 이미 주점에서 사라지고 없었다. 라피엘이 가브리엘 곁으로 돌아섰다.

“어째서 배신자를 그냥 돌려 보내시는 것입니까, 가브리엘.”

“여긴 천국이 아니다. 우리는 여기서 루시퍼를 상대할 수 없다. 인간 세계에서 우리의 권능은 저자를 미치지 못한다.”

“받아들일 수 없습니다, 가브리엘. 창조주께서는 항상 우리를 보호하고 계시지 않습니까.”

가브리엘이 그에 대한 답변을 얼버무렸다.

“그만 가자, 라피엘. 언젠가 루시퍼는 내 손에 소멸되고 말 것이다.”

가브리엘의 손길 한 번에, 사라졌다고 생각한 날개 뼈들이 라피엘의 등줄기에서 그물처럼 자라나기 시작했다. 뒤이어, 날개 표면에 하얀 살점이 붙고, 그 위에 촘촘한 깃들이 뒤덮였다. 생명의 힘을 쏟아 부은 가브리엘이 그의 턱을 어루만지며 캐물었다.

“자네는 어쩌다 여기까지 오게 됐는가?”

라피엘이 예를 갖추며 고개를 조아렸다.

“악의에 쫓긴 인간들의 비명 소리를 들었습니다. 하지만…….”

라피엘이 뼈와 살점이 뒤엉킨 처참한 시체들을 둘러봤다. 그의 눈가에서 애도의 눈물이 굴러 떨어졌다.

“슬퍼하지 마라, 라피엘. 이곳에 있던 인간들에겐 너의 그 눈물조차도 값비싼 것이다.”

그러더니 손끝을 내밀어 노란 기운을 뻗쳐내기 시작했다. 곧장 널브러진 시체 표면에 희끗희끗한 곰팡이들이 자리를 잡고 피어났다.

“하지만 그들 역시도 우리와 같은 피조물입니다. 그들도 하나의 생명이지 않습니까.”

딱딱하게 굳어지는 살덩이들은 이제 하얀 재가 되어 가루처럼 부서져 내렸다.

"라피엘, 너의 선함은 이미 나의 사랑까지도 넘어 선 것 같구나. 그만 돌아가자."

"자… 잠시만 기다리십시오, 가브리엘."

그러고는 라피엘이 얼른 뒤쪽으로 돌아섰다. 가브리엘의 시선이 그를 좇아 따라갔다.

"뭘 찾는 것이냐, 라피엘?"

"분명 한 인간을 제가……."

거기엔 흩어진 잡동사니 외에 아무것도 남아있지 않았다.

* * *

네 발로 기어 나온 현민은 정신없이 지하계단 위로 뛰어 올라갔다. 바깥은 짙고 차가운 하늘이 장승처럼 서서 그를 환영처럼 기다리고 있었다.

일단은 사람들이 많이 모인 곳으로 뛰었다. 주요 골목길마다 화려한 네온사인들이 그를 구세주처럼 맞이했다. 지나는 사람들의 복잡한 행렬 속에 호객꾼의 기름진 음성도 차지게 들려왔다. 차량 진행의 우선권을 주장하는 신경질적인 클랙슨, 차창으로 얼굴을 내민 침 튀기는 욕지거리가 그렇게 반갑기는 처음이었다. 곁가지로 내비친 시야 속에는 여지없이 취한의 손바닥이 동행녀의 허벅지를 어루만졌다. 젊은 남자의 주둥이는 방금 먹은 분비물을 하수구에다 콸콸 쏟아냈다.

현민은 사람들의 어깨 사이를 툭툭 헤치고 계속해서 달음질을 놓았다. 멀어졌다는 생각이 들 때쯤엔 비로소 굳었던 종아리가 펴지고 참았던 숨이 한꺼번에 터져 나왔다. 그는 편의점 가장자리의 붉은색 칼라콘을 부여잡고 힘없이 주저앉았다. 눈물이 났고, 그럴 때마다 소매를 이용해 주섬주섬 닦아냈다. 팔짱을 낀 남녀 둘은 가던 길을 멈추고 현민의 추태를 손가락질했다. 밀문을 열고 나온 알바생은 경찰 신고를 하겠다며 썩 꺼지라는 엄포를 놓았다. 아니나 다를까 잠시 후, 경찰차의 사이렌 소리가 울렸다.

그때 딱딱한 고무밑창이 안면을 향해 힘차게 날아왔다. 눈을 뜰 수조차 없었고, 코밑으로는 뜨뜻미지근한 액체가 수도꼭지처럼 줄줄 새는 느낌이 났다. 연달아 뻗쳐 나온 손이 현민을 잡고 으슥한 공간으로 질질 끌고 갔다. 아스팔트의 우둘투둘한 표면이 그의 엉덩이를 바늘처럼 할퀴고 있었다.

구타 유발자들의 인정 없는 주먹질이 시작됐다. 현민의 귓가에 이제 사람들의 웅성임도 얄팍한 기척음도 들리지 않았다. 날아든 고무밑창이 이번엔 그의 코뼈마저 부러뜨렸다. 축 처진 몸이 또 다른 곳으로 끌려갔다. 엉덩이가 자갈과 흙바닥을 쓸고 있었다.

현민은 자신이 어떤 은밀한 장소에 도착했다는 걸 직감했다. 가늘게 뜬 실눈 사이로 활활 타오르는 드럼통과 착공이 덜 된 시멘트 건물들이 칙칙하게 내보였다. 사악한 웃음소리가 번졌고, 현민의 외투는 자동문처럼 벗겨졌다. 재킷 차림의 민머리 하나가 불타는 드럼통 안에 현민의 모직코트를 던져 넣었다. 곧장 검은 연기가 나고, 지독한 화학섬유 냄새가 났다. 현민은 드럼통 앞에 몸을 구부리고 누워있었다.

"이 새끼 뭐야. 완전 거지잖아."

"얼마나 들었는데?"

"딸랑 5만 원."

"카드 있나 확인해봐."

"카드는 종류별로 있는데?"

"어쩔 수 없지. 오늘 저녁에 왕창 쓰고 버리는 수밖에. 그나저나 저 새끼 어쩌지? 오늘 하루는 꼼짝 않고 있어야 되는데. 짭새한테 꼰지르면 골 때리잖아."

"무슨 걱정이야. 반쯤 죽여 놓으면 되지. 한두 번 하는 것도 아닌데."

곧이어 오토바이의 시끄러운 엔진소음이 들려오기 시작했다. 그것은 점점 커지다가 앞바퀴를 기우듬하게 꺾으며 시동 꺼지는 소리를 냈다. 새로운 목소리가 달뜬 목소리로 무리들에게 말을 걸었다.

"한 건 했다며?"

"씨팔, 카드밖에 안 갖고 다녀."

기존 일행 한 명이 현민의 지갑을 던지며 말했다.

"근데 저 새끼 코는 누가 저래놨냐. 민둥머리 너냐? 아무튼 넌 꼭 사람을 반죽하는 데 재미 붙였다니까. 그것도 부위가 정해져있어요. 코랑 불알. 남자 구실 못하게 하는 건 좀 심하다 싶지 않냐? 평생 재미도 못 보면 어찌 살라고, 시팔 놈 아무튼."

키득거리는 여자의 웃음소리가 들리고 민둥머리가 대꾸했다.

"취미 생활 터치 금지다. 근데 그년은 또 뭐냐. 맛있게 생겼는데? 나 함 빌려주라."

여자가 불쾌한 신음소리를 내며 오토바이 남자의 등허리에 착 달라붙었다.

"꺼져 인마. 그런 애 아니야. 빌려주고 말고는 얘 졸업하고 생각해볼게."

"학생이야? 시팔 놈 재주도 좋다니까."

그들 사이에서 웃음소리가 한소끔 퍼져나갔다.

"날도 추운데 정리할 거 빨리 정리하자."

민머리가 나서서 현민의 몸을 또다시 어딘가로 질질 끌고 갔다. 어떤 제물 의식을 치르려는 듯 나머지 일행들도 현민이 끌려가는 방향으로 따라 들어왔다. 민머리 남자가 현민의 어깨춤을 부여잡고 차가운 석벽에 세운 뒤 물러났다.

"누구 먼저 할래?"

민머리가 뒤를 돌아보며 물었다.

"네가 다 해. 누가 네 취미생활에 동조한다고 그러냐. 관중이 돼 주는 걸로 만족해라."

"다들 소심하긴."

민머리가 허리를 굽히더니 현민의 두 가랑이를 벌리고 물러났다. 여자가 인상을 찌푸리며 귀를 막았다. 민머리가 프리킥 자세를 취하자 여기저기서 남자들의 웃음소리가 들려왔다. 도중에 오토바이 사내가 뜬금없이 물었다.

"근데 왜 하필 이 새끼냐?"

"이 새끼가 내 어깨를 치고 지나갔거든. 이 새끼는 지 불알이 왜 깨지는지도 모를 걸?"

"암튼 사이코 새끼."

담배 연기가 손가락들 사이에서 피어올랐다. 그리고 그 연기는 중단된 공사장의 측벽을 타고 기어올랐다. 아지랑이 같은 실선을 그리다 사라진 담배연기들은 별빛 밤의 일부가 되어 하늘 높이 치솟았다. 민머리의 발뒤꿈치도 치솟았다. 힘껏 내지른 그의 발이 현민의 급소를 향해 공기를 갈랐다. 그런데 그의 발이 정자세에서 멈춰섰다.

"……."

"쟤 왜 저러냐?"

민머리의 발끝이 우두둑 소리를 내며 반 바퀴를 돌아 무리들이 서있는 뒤쪽을 쳐다봤다. 그 끝이 꿈틀거리다 다시 반 바퀴를 돌고 한 바퀴를 더 돌았다. 이내 그것은 무참히 뜯어나가 피를 뿌렸다. 공기 중에 드러난 무릎관절이 털썩 고꾸라졌다.

현민은 자신이 땅 바닥을 베개 삼아 누워있다는 걸 알아차렸다. 그리고 1톤짜리 이불을 덮고 있는 것처럼 몸뚱이가 경직돼 있다는 것도 알았다. 흐릿흐릿한 시야 속으로 남자들의 두꺼운 장딴지와 얇디얇은 여자의 하얀색 종아리가 들어왔다.

쿵하고 사람들의 얼굴이 흙바닥에 쓰러졌다. 그들의 텅 빈 눈알이 현민의 시선과 일직선에서 교차됐다. 몸은 서있고, 떨어진 얼굴이 현민을 쳐다보고 있었다. 주인 잃은 얼굴들에 몸뚱이가 붙어있지 않다. 현민은 사시나무 떨 듯 오열했다. 배꼽 위에는 잘려나간 시체가 이불처럼 덮여 있었다. 현민은 젖 먹던 힘까지 짜내 목 떨어진 민머리의 시체를 밀어냈다. 그러고는 바닥을 쓸며 뒷걸음치다 막힌 공간에 이르러 서러운 울음을 토해냈다. 섬뜩한 구둣발이 현민의 눈앞에 걸어왔다. 그러더니 그가 허리를 굽히고 눈높이를 맞췄다. 그는 송희수 대표의 얼굴을 한 악마였다. 그의 표정이 밝지 못했다.

"거참, 어린애처럼 울기나 하고."

"대… 대체 원하는 게 뭐요? 원하는 게 뭐냔 말이요! 다… 당신은 사… 사람들을 죽였어."

루시퍼의 눈가가 가늘어졌다.

"저들에 대한 슬픔이 목적이라면 교수의 눈물은 쓰잘데기 없는 것이오. 공포심 때문이라면 판단을 잘못한 것일 테고. 나는 교수를 죽이지 않을 거요. 교수는 나와 함께 가야 하오. 그것만이 모두가 사는 길이오. 헛된 죽음을 보기 싫다면 내 말에 복종하시오."

"그만 협박하고 어서 날 죽이시오."

현민은 이제 모든 걸 체념했다. 계속해서 이런 끔찍한 죽음을 맛봐야 한다는 것에 신물이 날 지경이었다. 거기다 자신이 그 모든 죽음들의 전조라는 사실이 괴로웠다. 구역질을 하고 싶었다.

"교수는 나와 함께 가야 하오. 일만 잘 풀리면 교수가 겪은 고통쯤은 내가 모두 거두어 주리다. 다시 교수의 일상으로. 원하는 행복으로 돌아갈 수 있게 해주겠소."

현민의 입에서 딸꾹질이 새어나왔다.
"내게… 거부권이 있소?"
그가 고개를 흔들었다.
"왜… 하필… 나요?"
"차차 알게 될 것이오."
"당신은 정체가 뭐요?"
"루시퍼."
현민은 머리에 총을 맞은 느낌이었다. 눈앞에 앉은 이 자가 성경에나 나올법한 그 사악한 악마 루시퍼란 말인가. 그런데 지금까지 확인한 현실만 보면 그것은 여지없이 사실을 뒷받침하고 있었다. 현민은 마음속에 성호를 크게 긋고 악의 근원이 사라지길 두 눈 감고 기도했다. 기도문을 외우고 또 외웠으되 뜬 눈으로 보이는 건 검정색 양복 차림의 악마, 송희수 대표였다. 이번엔 천사들도 나타날 것 같지 않았다. 현민은 마음을 여러 번 가다듬고 대답했다.
"당신을 따라가겠소."
루시퍼의 입가에 희미한 미소가 어렸다. 동시에 나뒹구는 사체들이 재티와 함께 불타오르기 시작했다. 루시퍼가 무릎을 펴고 일어나 현민을 내려다봤다.
"날 지옥으로 데려갈 거요?
"그렇소."
천국이 아닌 지옥이라니. 인생을 그 따위밖에 못살았단 말인가. 현민이 몸을 털고 일어나 체념조로 중얼거렸다.
"자, 데려가시오."
현민은 눈을 감고, 양손이 포승줄에 묶이는 시늉을 했다.
루시퍼가 피식피식 웃었다.
"또 이러는군. 자, 눈을 뜨시오. 다시 말하지만 일이 끝나면 교수는 일상으로 돌아갈 것이오. 나를 도운다고 해서 사후의 지옥행이 결정되는 게 아니다 이 말이지. 천국을 가고 싶거든 일상으로 돌아와 봉사활동이나 주기적으로 참여하시오."

그러더니 망설이는 듯 양 눈을 끔뻑였다.

"그리고 말이오. 당신 혹시 매일 까마귀 고기라도 먹는 거요? 그토록 질질 짜며 그리던 여인을 막상 만나고도 몰라보다니. 내가 이래서 인간들을 싫어하지."

"내가 그리던 여자?"

인생을 조준한 필름이 차례차례 역행하기 시작했다. 대결적인 토론, 30대 초반의 나이에 정교수 자리를 꿰찬 성공가도, 제자들의 고백 편지, 아내와의 결혼, 낭만적인 캠퍼스 생활, 동료 교사들의 꼴사나운 시샘, 주유소 아르바이트, 부모님의 죽음, 그리고 절대 잊을 수 없는 학창시절의 첫사랑. 첫사랑?

현민은 눈을 번뜩 떴다.

"오, 이럴 수가!"

현민이 주위를 빙빙 돌며 신음했다. 그리고는 갑자기 돌아서서 루시퍼를 쳐다봤다.

"그 여자는 어떻게 됐소. 죽었소? 빨리 말해 보시오. 오, 하나님. 제발."

루시퍼가 어깨를 으쓱했다. 현민의 창백한 얼굴엔 초조함이 그대로 묻어났다.

"살아 있소. 일을 치르기 전에 가까스로 빠져 나갔지."

"오, 맙소사. 내가 그 애를 기억 못했다니. 이 머저리!"

현민은 안도의 한숨을 내쉬며 양손으로 얼굴을 게걸스럽게 훔쳐냈다.

"그 애 몸에 털끝 하나라도 손대면 당신을 가만두지 않겠어!"

"정말 당신은 적응이 빠른 인간이야. 겁도 없지. 살려달라고 애원하던 게 바로 20분 전인데…."

루시퍼가 비릿한 웃음을 흘리더니 양 손을 올리고 뒷걸음질 쳤다.

"장난하는 거 아니야."

현민이 무섭게 쏘아봤다.

"키스를 몇 번 나누더니 지금 있는 와이프는 깡그리 잊어버렸군. 그런 식이면 천국행은 곤란한데 말이지."

"닥쳐. 일이 잘못되면 지옥 끝까지라도 쫓아가서 네놈 머리통을 날려버릴 테니까."

"미안하지만, 윤 교수. 거기는 내 고향이오."

현민이 달려들자 루시퍼의 몸이 연기처럼 사라지고 말았다. 드럼통에서 날린 재티가 현민의 콧등 위에 내려앉았다. 차가운 저음이 드럼통의 뜨거운 화염 속에서 들려왔다.

"내일 밤 자정에 다시 찾아가겠소."

소방 수를 뿌린 것처럼 드럼통 속의 화염이 치익 소리를 내며 꺼져버렸다. 암흑이 찾아든 공터는 이제 별빛만이 은은하게 남아있었다. 퍽치기 당한 거지가 그곳을 유유히 빠져나가기 시작했다.

* * *

거대한 철문이 열리고, 저택을 향한 진입로가 잔디 정원 사이로 다시 이어졌다. 벤츠 S600 차량이 서행으로 움직이다 수위실 앞에서 정지했다. 운전석 창문이 내려가고 그 안에서 모차르트의 미사곡(글로리아)이 잔잔하게 흘러나왔다. 정복차림의 노년 수위가 기다렸다는 듯 차량 앞으로 달려왔다.

"초대장을 보여주시겠습니까?"

"골드그룹 이충수 회장님이요."

"죄송하지만, 이번 연회는 꼭 확인하라는 명령이 떨어져서……."

차량 뒷좌석에서 불쾌한 헛기침 소리가 났다. 젊은 운전사가 회장의 눈치를 살피다 수위에게 인상을 찡그리며 속삭였다.

"지금 제정신이오? 골드그룹 회장님 차라고 하지 않소."

수위가 말소리를 낮추고 난감한 얼굴로 반박했다.

"국방장관이 참석하는 바람에 어쩔 수 없게 됐습니다. 가시다보면 또 검문이 있을 겁니다."

그때 뒷좌석 선팅창이 내려가고, 무표정의 백발노인이 모습을 드러냈다. 수위도 그를 알아보고 90도로 깍듯이 인사를 했다. 한국 재계서열 1위의 골드그룹 이충수 회장을 몰라볼 리가 없다. 이 회장 특유의 카리스마 넘치는 목소리가 빠져나왔다.

"5년짜리 임기직 하수인이 왔는데 대체 뭘 어쩌란 얘기야. 여긴 사람을 이렇게밖에 못쓰나? 돈이 부족해서 그래? 한심해가지고는."

노인의 볼기짝에 노기어린 경련이 일었다.

"출발해."

굴욕당한 수위의 얼굴이 싸대기라도 맞은 것처럼 투미해졌다. 그는 허락 없이 들어가는 벤츠 차량을 우두커니 쳐다봤다. 열린 차창문 밖으로 이충수 회장이 던진 수표 뭉치가 풀럭거렸다. 그것은 이충수 회장이 생각하는 불우이웃돕기 중의 하나였다.

* * *

경제연합회가 주최한 연회장 안에는 연미복과 이브닝드레스를 입은 신사숙녀들이 인성과 인품을 과시하며 카펫과 파티테이블 사이를 수준 있게 걸어 다니고 있었다. 말쑥하게 차려입은 시중꾼들 옆에는 유명인사와 정재계 고위인사들이 모여 와인잔을 부딪치고 가벼운 농담들을 주고받았다. 단상 위에 마련된 무대에서는 세계 최고의 아티스트, 피터 알렉슨의 바이올린 연주가 한창이고, 그 건너편엔 차장급을 대동한 국방장관이 하나씩 들어오는 경제계 인사들과 인사를 나누고 있었다.

바이올린에서 나온 평화로운 선율은 붉은 카펫을 타고 사람들의 가랑이 사이를 피해 다니다가 막 들어오는 한 노인 앞에서 뛰어 올랐다. 그것은 장인의 땀이 먹힌 프랑스산 벨루티 구두를 타고 벨트를 기어오른 뒤 불룩한 배와 축 처진 턱살을 경유해 귓바퀴 안의 검은 구멍 안에서 아름답게 부서졌다.

"음~ 역시, 연회 음악으론 차이코프스키가 제격이란 말이지."

이충수 회장의 등장으로 인사들이 몰리기 시작했다. 이중 삼중의 상견 줄이 형성됐고, 그는 자신의 기준에 따라 필요한 사람들과 악수를 해나갔다. 국방장관의 악수를 거부한 건 어쩌면 당연한 수순이었는지도 모른다. 수위실에서 빚어진 불쾌함보다는 지인이 운영하는 식품업체가 육군이 공시한 경쟁 입찰에서 제외된 것이 맘에 들지 않았다. 한 발 더 나아가면 정부가 시행하는 '기업출자규제' 정책에 대한 반발이기도 했다. 평소에 사이가 좋지 않던 총수들은 구석진 자리에 앉아 이쪽을 쳐다보지도 않았다.

이충수 회장의 장남 이현수 골드건설 사장이 아버지를 보려고 얼굴을 내밀었다. 이제 막 40 줄에 들어선 이현수 사장은 마르고 다부진 얼굴에 넓은 이마와 날카로운 눈매를 아버지와 쏙 빼닮았다. 업계에선 명석하고 변통을 부릴 줄 아는데다 부하들의 신임까지 받는 능력자로 막 부상하고 있는 참이었다. 단점이 있다면 그 아비의 성격까지 빼닮아 안하무인에 무소불위의 권력을 휘두르길 좋아한다는 것이다.

골드그룹은 이미 세계적인 산업제국으로 발돋움했다. 5년 임기에 불과한 대통령과는 비교할 바가 안됐고, 그것은 이충수 일가에서 전통처럼 내려온 가훈이기도 했다. 이를 반영하듯 그들 부자는 대통령의 초청에 단 한 번도 응해본 일이 없었다. 오히려 대통령의 아쉬운 부탁이 비서진을 통해 전달되고 있을 정도였다.

사회자의 개식사가 진행되자 귀빈들이 긴 테이블 앞으로 자리를 찾아 모여들었다. 골드그룹 계열사의 모든 간부들이 동원됐고, 맨 상석에는 이현수 골드건설 사장을 비롯한 이충수의 식구들이 옹기종기 포진해 있었다.

사회자의 입에서 한국 경제 발전의 공에 대한 경제연합회의 지대한 예찬이 흘러나왔다. 장내의 모든 사람들이 기계 같은 박수를 치고, 좌우 맞은편의 인사들이 허리를 조아리며 서로를 격려했다. 예정된 식순에 따라 단상에 오른 이충수 회장이 차기 경제연합회장 자리의 수락연설을 시작했다.

눈꼬리가 처진 중년 여성이 멋지게 장식한 보석 귀고리를 흔들며 이현수 골드건설 사장의 몸을 치댔다. 그러고는 조용히 귀엣말을 했다.

"오빠는 언제쯤 저 자리에 오를 거야. 노인네 정말 오래도 해먹는다니까."

"못하는 소리가 없다. 아버지 귀에 들어가면 어쩌려고 그래."

여자의 입이 비뚤어지다가 붉은 와인잔을 들고 홀짝거렸다.

"오빠도 좀 솔직해지는 게 어때? 언제고 아버지 뒤치다꺼리할 생각은 없잖아. 내가 오빠를 몰라? 보니까 서서히 뒤통수칠 계획도 세우는 거 같던데. 오빠 측근들을 필두로 골드생명 지분을 늘리는 이유가 뭐야?"

이현수의 똥 씹은 얼굴을 보고 그녀가 키득키득 웃었다.

"너 설마 아버지한테 말했어?"

"노 노……. 걱정 마. 발설하지 않는다고 맹세해. 그것보다 오빠보다 한 발 앞서서 골드생명 지분 2.5%를 준비해 뒀지. 그 지분이 누굴 위해 쓰일지 생각해봤어?"

여자가 보조개를 쏙 넣으며 눈웃음 지었다.

"어유, 이 예쁜 자식. 넌 내 하나뿐인 여동생이 확실하구나. 원하는 거나 말해봐."

여자가 좀 쑥스러운 듯한 표정을 짓다가 이내 주름이 가득한 입술을 동그랗게 말았다.

"골~ 드엔터테인먼트"

이현수 사장이 눈살을 찌푸렸다.

"뭐? 진심이야? 그딴 거 갖다가 어디다 쓰려고. 방송에 관심 있었어?"

"최근에 관심이 좀 생겼지. 영화 제작도 좀 해보고 싶고……."

"돈 안 되는 일에는 왜? 그냥 골드식품 사장자리나 잘 유지해라."

여자가 눈을 치뜨며 대꾸했다.

"그래서 오빠랑 내가 다르다는 거야. 이렇게 가치공유가 안 되어서야 동지라고 볼 수가 없잖아."

이현수가 절레절레 고개를 흔들었다.

"네가 본사 상황에 대해 잘 모르나본데. 아버지는 엔터테인먼트 사업을 만족스러워하지 않아. 여차하면 팔아버리고 해외 기업을 인수하려 하신다고. 없어져버릴 기업엔 관심을 끄는 게 좋지 않겠어? 영화제작? 솔직히 골드그룹 장녀가 할 일은 아니지."

여자의 입이 한 발이나 나왔다.

"오빠는 지금 내가 왜 이러는지 전혀 감을 못 잡고 있어."

"좋아, 말해봐. 엔터테인먼트를 너에게 준다 치고. 그걸 가지면 뭘 할 건데?"

그녀가 와인을 기울이는 척하다가 작은 목소리로 귀엣말을 했다.

"한솔미디어 인수할 거야."

이현수가 여동생과 자신의 거대한 마인드 차이를 감지하며 실소를 머금었다. 수락연설의 중간 박수가 터지고 그들의 대화가 다시 은밀하게 시작됐다.

"들어보지도 못한 그런 골동품 가게는 어디다 쓰게?"

"오빠는 우리나라 삼대 연예기획사도 몰라?"

이현수의 얼굴이 시큰둥하게 변했다.

"너 혹시……."

이현수는 여동생의 퇴폐적인 추문들을 떠올렸다.

"그런 눈으로 보지 마. 오빠도 똑같잖아. 6년 전, 언니 생일파티 때 기억 안 나? 미니스탑(아이돌 걸그룹) 멤버랑 호텔 들어가는 거 다 봤다고."

그가 발끈했다.

"내가 언제?"

"능청떨지 마, 오빠. 피도 안 마른 애들 데리고 뭐하는 짓이야. 잠자리 파트너를 구하는 거면 차라리 인지도가 있는 여배우들을 노리라고. 수준이 참. 이 방면으론 모델이랑 뒹구는 언니가 훨씬 낫다고 봐."

현수가 여동생을 입조심 시켰다. 또 다시 중간박수.

"요점만 말해. 그러니까 네 다음 상대가 한솔미디어 소속이다, 이거야?"

여자가 고개를 끄덕였다.

"너 그러다가 기업 이미지 망치면 어떻게 되는지 몰라서 그래?"

"그때는 오빠가 회장 자리에 앉아있을 거니까 걱정 없잖아? 내 돈과 오르가슴을 먹고 자란 애들은 함부로 입을 못 놀려. 어때? 이제 오빠 승낙만 떨어지면 될 거 같은데."

여자가 거리를 벌리고 서서 비단결의 연회색 드레스를 가다듬었다. 여동생을 바라보는 이현수 사장은 각진 아래턱을 쉼 없이 끄덕거렸다.

둘 사이에 흡족한 미소가 번졌다.

뜨거운 박수갈채를 받으며 이충수 회장이 연단 아래로 내려오기 시작했다. 수행비서가 뛰어갔고, 즉시 바흐의 선율이 홀 안에서 울려 퍼졌다.

다시 시중꾼들이 테이블의 열 사이를 오가기 시작했다. 사적인 농담에서부터 향후의 경제 전망까지 각각의 테이블에는 가지각색의 이야기 꽃이 피기 시작했다.

그런데 갑자기 장내의 구석에 한소끔 무리웃음이 터져 나왔다. 전염병처럼 사람들이 모이기 시작했고, 그건 이현수 사장도 예외가 아니었다. 스포트라이트를 받고 싶은 누군가의 당돌한 소행이리라. 정말 당돌한 녀석이었다. 이현수 골드그룹 사장을 몸소 찾아가게 만들다니.

"허허허, 젊은이 더 얘기해 보시오. 그래서 그 피닉스사의 마이클 회장을 어쨌다는 거요?"

태왕그룹 윤 회장의 배꼽이 늘어난 턱살과 함께 출렁이고 있었다. 사람들은 이제 구름관중을 이루며 장사진을 쳤다. 연사의 목소리가 가까이서 들리기 시작했다.

"헬기를 띄우고 2km 상공으로 올라갔습니다. 그 다음엔 마이클 회장의 등을 허공 아래로 밀어버리려 했지요."

물론 그걸 사실이라고 받아들이는 이는 없었다. 그저 전례 없고 무례한 이 허풍쟁이의 등장이 신기로울 따름이다.

"구두 밑을 싹싹 핥고 빌더군요. 살려달라고. 뭐든지 하겠다고. 전 한참이나 망설여야 했습니다. 마이클 회장의 낯짝이 정말 비참했거든요."

다시 웃음이 터졌다. 그런데 사람들이 입을 막고 경악스런 몸짓을 취하기 시작했다. 허풍쟁이 연사가 담배 한 개비를 꺼내 문 것이다. 그건 주최 측에 해당하는 이충수 회장을 철저히 무시하는 행동이었다.

"당신 너무 위험한 거 아니요? 빨리 불을 끄시오. 아무리 재미있는 얘기도 도가 지나치면 다치게 되는 법이요. 이 회장이 보기 전에 당장 그만 두시오."

한 남자가 그를 걱정 어린 안색으로 다그쳤다. 그런데 허풍쟁이의 다음 대사가 더 가관이었다.

"이번엔 이충수 회장 얘기를 한 번 해볼까요?"

사람들의 표정이 굳어지더니 화를 피해 앞 다퉈 자리를 떠나기 시작했다. 개중엔 호기심 반 걱정 반으로 자리를 지키는 사람들도 꽤 많았다.

"이 회장과 무슨 원한 관계라도 있소?"

허풍쟁이가 담배연기를 푸 내뿜었다.

"이충수에 왜 그리들 놀라는 거죠? 자, 다들 마음 푹 놓고 들으세요. 걱정할 거 없어요. 내가 다 막아드리죠. 아주 재미있는 이야기가 될 거예요. 누누이 강조하지만 허풍은 하나도 없습니다."

그러면서 하던 말을 계속 이어갔다.

"이건 이충수 회장도 알고 싶어 할 재미있는 모책인데 장남 이현수 사장에 관한 일이에요. 아마 지금쯤 그는 그룹 회장 자리 강탈을 위해 측근들과 밀담을 나누고 있을 겁니다. 여러분들은 조만간 골드그룹이 분할되는 장관을 목격하게 될 거예요. 뭣들 하세요, 박수 안 치고. 속으론 쾌재를 부르고 있잖아요. 세상에 둘도 없는 떠들썩한 기사거리가 될 겁니다. 보태서 여담이나 하나 해보죠. 이현수 사장 슬하에 6살짜리 아들, 딸이 있다는 거 아시나요? 쌍둥이라고 알려졌지만 사실은 터무니없는 얘기에 불과하죠. 남자애는 미니스탑이란 걸그룹 리더의 핏줄, 여자애는 제 와이프가 이탈리아 모델과 살을 나누다가 태어난 혼혈이지요. 눈 색깔도 다른데 쌍둥이는 무슨. 근데 왜들 안 웃죠? 재미없어요?"

얼굴이 사색된 사람들이 몽둥이로 뒤통수를 맞은 것처럼 서있었다. 그러다가 글라스 컵이 깨지고 한 여자가 바닥에 쓰러졌다. 드레스의 끈이 풀어지고 한 사내가 그 위로 올라 타 얼굴을 몇 차례 주먹질 해댔다. 사람들이 웅성거리고 시중꾼들이 쟁반을 버리고 달려와 이현수 사장의 허리를 잡아당겼다. 분기에 찬 이현수 사장이 여자의 드레스를 꽉 잡는 바람에 여자의 젖가슴이 훤히 드러났고, 드레스 밑단이 허벅지까지 찢어졌다. 황급히 달려온 이충수 회장이 대경실색한 표정으로 사고 현장을 쳐다봤다. 그러다가 허풍쟁이 남자를 알아보고 털썩 주저앉아 버렸다.

여자 얼굴을 보기 좋게 뭉갠 이현수 사장은 자기의 두 손만 멀거니 쳐다보고 있었다. 루시퍼가 다가서자 이충수 회장이 이를 덜덜 거리며 일어섰다. 악마를 다시 보게 된 건 5년 만이었다.

"일을 그 따위로 밖에 처신 못하나? 그깟 부적이나 끼고 다니면 내가 안 나타날 줄 알았어? 완전히 나를 잡귀 수준으로 생각했군."

루시퍼가 이충수의 노란 행커치프를 잡아당기자 붉은 종이(부적)가 딸려 나와 카펫 바닥으로 눈송이처럼 나풀거렸다. 루시퍼의 오른손이 노회한 이충수의 뺨을 사정없이 후려쳤고, 이충수는 그대로 나자빠졌다. 루시퍼의 검은 구둣발이 이충수 회장의 가슴팍에 신발자국을 내며 넘어갔다.

"주인님께서 어떻게 여길……."

"내 사업 아이템은 도대체 어떻게 되어가고 있는 거지? 5년 전에 신신당부를 했는데 아직도 뭉그적거리는 거야?"

담뱃재가 툭 끊어져 이충수 회장의 사타구니 쪽에서 타들었다.

이현수의 여동생은 소란스러운 광경이 펼쳐진 장내의 한 구석을 쳐다봤다. 척 보기에도 세상의 2대 진미(불구경과 싸움구경) 중 하나임이 틀림없었다. 구경에 나선 군중의 겹쳐진 다리 사이로 구둣발에 짓이겨진 노인이 흐릿하게 보였다. 취기가 오르고 있었다.

* * *

현민은 곧장 화장실로 들어가 세면 거울부터 쳐다봤다. 온 얼굴이 부어올랐고, 군데군데서 마른 피와 벗겨진 껍질이 볼썽사납게 말려있었다. 너무나 쓰라려서 물 묻힐 엄두조차 나지 않았다. 그는 고양이 세수하듯 대충 흙먼지만 씻어내고 거실 서랍장을 뒤져 연고를 듬뿍듬뿍 발랐다.

벽장에 놓인 시계가 밤 11시를 가리켰다. 아파트 열쇠를 바지 주머니에 넣어 뒀던 게 그나마 다행이었다.

현민은 다시 거실의 전신 거울 앞에 섰다. 흉측한 몰골이었다. 거리의 격투가는 저리 가라다. 그것도 형편없이 찌그러진 격투가. 온몸이 뻐근했고, 그냥 아무 생각 없이 수면욕에 몸을 내맡기고 싶었다. 그러나 몸은 아직도 흥분에 떨고 있었다.

현민은 거실을 빙글빙글 돌며 성마른 가슴을 진정시켰다. 그때 경각심을 일깨우는 발소리가 현관문 앞에서 멈춰섰다. 올 사람은 아무도 없는데. 누구일까. 불안이 점점 밀려들었다.

현민은 장롱 문을 열어젖히고 떨리는 손으로 서랍의 맨 밑단을 잡아 당겼다. 시간 강사시절, 수렵에 잠깐 취미를 붙였다는 게 여간 다행일 수 없었다. 그는 발작 난 손으로 나무상자에 누워있는 소형 공기총을 꺼내들었다. 대뇌가 보내는 진정신호를 수전증에 걸린 손발이 좀체 받아들이려하지 않았다. 현민은 부리나케 안방을 빠져나와 현관 입구에 총구를 겨냥했다. 손이 바들바들 떨렸다. 침이 넘어갔고, 등골은 한기가 든 것처럼 오싹해졌다. 악마든 사람이든 침입자를 오지게 한방 먹이기로 다짐했다. 밖에서 문을 거세게 흔들기 시작했다.

소심한 검지손이 방아쇠를 당기면서 총성이 크게 울렸다. 인터폰에 아내의 놀란 얼굴이 비춰들고 좌측 벽지에 뭉툭한 구멍이 생겼다. 아내는 경찰을 부르려했다. 현민은 재빨리 인터폰을 들고 목소리를 가다듬었다.

"안 들어오고 거기서 뭐해!"

긴장을 푼 아내가 렌즈를 들여다보기 시작했다.

"도둑 들었나 했네. 무슨 소리였어, 방금."

"물건이 떨어졌을 뿐이야. 한밤중에 경찰이라도 부르려는 거야, 지금?"

그는 현관문의 세 번째 잠금장치를 잠가버렸다. 곧이어 첫 번째와 두 번째 잠금장치가 탁 소리를 내며 오픈 위치에 돌아왔다. 아내가 문을 흔들지만 문은 당연히 열릴 리 없다.

"뭐야, 이거?"

아내의 신경질적인 목소리가 들렸다.

"뭘?"

현민은 노회장의 핏물 먹은 셔츠와 바지를 벗으면서 대꾸했다. 그리고 그것을 얼른 서재로 던져 넣었다.

"장난해? 안 열리잖아."

"기다려."

인터폰 액정에는 팔짱을 낀 아내가 귀찮은 표정으로 미간을 찡그리고 있었다. 현민은 갓 내온 평상복을 머리에 대충 구겨 넣고 총은 팬티 안쪽에 조심히 끼워 넣었다. 벽에 난 상처는 어쩔 도리가 없었다. 총기사고라고 둘러댈 수도 없지 않은가. 일단 현민은 세 번째 잠금장치를 풀고 현관문을 열어줬다. 그러고서 등으로는 총알 자국을 가렸다. 아내가 땅바닥을 쳐다보며 들어왔다. 그녀가 신발을 벗으며 현민을 올려다봤다.

"교수란 게 꼬락서니하고는."

아내가 통로를 지나서 웃옷부터 훌훌 벗기 시작했다. 그녀의 빈약한 가슴이 드러났고 매끈한 다리 살이 아주 오랜만에 현민의 눈앞에 모습을 드러냈다. 마지막으로 브래지어가 바닥에 떨어지며 욕실 문이 신경질적으로 쾅 닫혔다. 현민은 완전히 깨달았다. 그날 밤 현민은 아내가 들고 온 이혼서류에 사인을 했다.

* * *

11시 59분 55초, 56초, 57초, 58초, 59초…….

약속된 시간, 그는 CCTV의 빨간 점만 끔뻑이는 널찍하고 어두컴컴한 아파트 지하주차장에 있었다. 주차장 진입로는 텅 비었고, 아파트 입주인의 발길은 대략 1시간 전을 기점으로 끊겨 버렸다. 현민은 운전석에 홀로 앉아 6시간째 대상을 기다리고 있었다.

현민은 점퍼의 안주머니로 조심스럽게 손을 가져갔다. 다섯 개의 손가락 끝으로 딱딱하고 차가운 물건이 매만져졌다. 그것은 확실히 제자리에 꽂혀 있었다. 도움이 되지 않을 것임이 분명함에도 상징적인 위안이 되었다. 현민은 라디오의 볼륨을 높였다. 긴장한 탓에 와이퍼 스위치를 건드려 기다란 고무창이 좌우로 왔다갔다 부비 춤을 추기 시작했다. 와이퍼 스위치를 제 위치로 돌리자 차량 한 대가 쌍 라이트를 켜고 미끄러지듯 들어왔다. 그럴 리야 없지만 돌다리를 두드리는 심정으로 유심히 살폈다. 외제차에서 내리는 뒤통수로 보건데 아래층에 사는 임 씨가 분명했다. 바리바리 싸든 보따리에는 아이들의 장난감들이 한가득 담겨있었다. 휘파람 부는 모습이 기분 좋아 보였다. 처지가 너무 대조적이었다.

"날 찾고 있나?"

불현듯 들려온 목소리에 현민은 덜컥 겁을 집어먹고 핸들 아래에 머리를 처박았다. 총구를 겨누는 대신 이런 추태를 보이리라곤' 상상을 못했다. 헌데 지금, 그가 그런 꼴사나운 짓을 하고 있다.

눈을 질끈 감고 있는데 더 들려오는 목소리가 없었다. 고개를 들어 보니 룸미러 안에 송희수 대표가 버젓이 앉아 있었다. 목이 떨렸다.

"언제 들어 온 거요?"

"방금 도착했소. 기척 없이 놀래서 미안하게 됐군. 일단 대원빌딩으로 차를 움직이시오. 근데 인간들은 거북이요? 왜 다들 날 보면 목을 오그리는지. 하도 겪어서 이제 그러지 않는 인간이 더 이상할 지경이요."

시동이 켜진 차가 아파트를 빠져나가 한산한 서울의 대로 위를 달리기 시작했다. 루시퍼의 얼굴은 평온해 보였고, 인간의 버릇처럼 담배 하나를 베어 물었다. 룸미러로 훔쳐 본 그는 루시퍼라기보단 송희수 대표에 가까웠다. 최소한 뿔이 돋고 충혈된 눈에 흉측하게 일그러진 괴수의 모습은 아니니까. 어쩌면 살갗 안쪽에 고스란히 감춰진 걸지도 몰랐다.

현민은 정지 신호에 맞춰 브레이크를 밟고 섰다. 그 틈에 눈을 감고 성스런 기도문을 외웠다. 2절로는 인터넷으로 알아낸 엑소시즘 주문을 순서대로 대뇌었다. 실제로는 효과가 없어 허탈했다. 마지막엔 공기총에 희망을 걸어보기로 했다. 다시 생각하면 그건 더더욱 어처구니가 없었다. 성수를 구하지 못한 것이 통탄스러웠다.

"당신이 정말 루시퍼요?"

검은 중절모에 블랙 계열의 정장차림이 한결같았다.

"그렇소. 인간들은 눈으로 확인된 것들조차 받아들이지 않는 때가 있지. 방금도 그런 늙은이 하나를 만나고 오는 중이고……."

차가 다시 출발했다.

"당신이 사람이 아니란 건 인정하겠소."

"사람이 아니라 악마요."

차가 심하게 휘청거렸다. 룸미러 속의 루시퍼는 아무런 제약이 없는 것 같았다.

"길을 지났소. 다음 교차로에서 좌회전하시오."

"솔직히 내가 왜 당신의 인질이 되어야 하는지 모르겠소. 게다가 당신은 날 너무 혼란스럽게 하고 있소."

루시퍼가 일러준 대로 나아가자 아스라한 직선거리에서 대원빌딩 꼭대기의 첨탑 문양이 나타났다. 그곳은 12시가 넘도록 운영되는 대표적인 관광 명소 중 하나였다. 빌딩숲 중 가장 높은 곳으로 유명했다.

"당신이 꼭 해줘야 할 일이 있소. 이 세상에 우연은 없으니까. 당신은 신에 의해 선택된 거요."

"그게 뭔지 확실히 말하시오. 내키지 않는 일이면 차라리 죽는 걸 택하겠소. 당신은 내 신앙생활 최대의 오점이오."

루시퍼는 창밖을 멀거니 쳐다보고 있었다.

"우린 깊은 인연이 있지."

"난 악마와 거래한 적이 없소."

현민은 단호하게 외쳤고, 실지로 그를 본 적도 없었다. 물론 그게 송대표를 두고 하는 얘기면 다르지만.

"우린 이전에도 거래를 했소. 물론 당신은 기억을 못해. 기억을 없앤 장본인이 나니까."

현민은 악마의 꾐에 빠져선 안 된다고 생각했다.

"내 기억에 문제가 있다는 거요, 지금?"

"연전에 우리는 많은 일들을 했소. 우린 매우 긴밀한 교감을 나눴지."

"말도 안 되는 소리는 그만 하시오. 주님께서는 악마의 교활한 속임수에 절대 응하지 말라 이르셨소. 난 지금 악마에게 놀아나고 있는 거요."

루시퍼의 창백한 얼굴에 작은 파도가 일었다.

"지난 기억을 되돌려주고 싶을 지경이군. 그럴 권능이 없다는 게 참으로 안타깝소."

"날 그만 좀 가지고 노시오."

루시퍼의 표정 없는 얼굴에 침묵의 홍소가 번졌다.

"그때나 지금이나 윤 교수는 다른 인간들과는 좀 다르다는 생각이 드오. 공포를 인지하면서도 그에 대한 반항이란 것을 하지. 학자라는 것의 고루한 자존심 같은 건가?"

"난 교육학 교수요. 당신과 난 알파와 오메가만큼 어울리지 않소."

"우린 그동안 잘 어울려 왔소, 윤 교수. 뭐 그래봐야, 당신의 기억에도 없을 일이지만. 어쨌거나 당신과 나는 다시 해야 할 일을 찾은 거요."

"그래서 그게 뭐요? 도대체!"

"어차피 여기서는 이해할 수 없소. 지옥에 가서 천천히 설명하지. 지금은 운전이나 똑바로 하시오."

차체가 다시 한 번 균형을 잃었다.

"맙소사! 내가 정말 지옥에 가야 한단 말인가. 오, 주님."

"그렇게 불러봤자, 당신이 말하는 그 주님은 당신 목소리도 듣지 못하지."

"오, 주님. 사탄에 잡힌 제 영혼을 돌보소서."

루시퍼가 상관없다는 듯 고개를 젖히고 눈을 감았다.

"지옥에 있는 벨리알이 6년 째 당신을 기다리고 있소. 오늘 그 소원을 풀게 생겼군."

"벨리알이 누구요."

"또 다른 악마."

"오, 맙소사."

"신선한 피와 살을 그리워하는 종자요. 조심하는 게 좋을 거요."

현민이 악에 바친 괴성을 내질렀다.

"내게 왜 그런 쓸데없는 소리를 하는 거요?"

"진정하시오. 그 얘기부터 전하라고 한 건 교수 당신이었소. 난 벨리알과 교수 사이에 무슨 일이 있었는지 모르오."

현민은 6년 전의 자신이 정말로 어떤 불가사의한 일을 겪었을까 생각했다. 그러다가 현란한 머리끈답게 그걸 증명할 좋은 방법을 생각해냈다.

"기억을 지울 수 있는 권능이 정말 당신에게 있는 거요?"

"악마라고 항상 거짓말을 하진 않소."

"그럼 내 나이에 대한 기억을 한 번 지워보시오."

루시퍼가 몇 마디를 중얼거렸다.

"됐소."

현민의 입이 한순간 쩍 벌어졌다.

"오, 맙소사."

루시퍼가 배꼽을 잡고 웃어대기 시작했다.

"내가 알려 드리지. 당신은 서른셋이오."

"말도 안 돼. 정말 기억이 나질 않잖아. 내가 정말 서른셋이오?"

코미디에서나 나올 법한 일이 벌어지고 있었다.

* * *

새벽 1시가 다 돼 가는 시각에도 대원빌딩 앞은 서로의 팔을 엇걸고, 애정행위를 하는 연인들로 붐볐다. 삼각뿔 형태의 독특한 건축물은 번

화가 주변인데다가 공원까지 끼고 있어서 일몰, 일출을 구경삼은 인파부터 이벤트 프러포즈를 계획한 남자들까지 각양각색의 사람들이 저마다의 이유를 들고 찾아들었다. 연예인이 다녀갔다는 단순한 이유로 들르는 이도 적지는 않았다.

시각이 시각인지라 회전문 안에는 들어가려는 사람보다 나오려는 사람들이 많았다. 그 인파를 뚫고 두 남자가 걷고 있었다.

"여긴 왜 온 거요?"

현민은 차가운 바람을 피해 옷깃 주위를 여몄다.

"지옥에 간다 하지 않았소."

"이 빌딩이 당신 소유란 말이오? 어째서 여기가 지옥이오?"

"윤 교수는 6년 전이나 지금이나 겁도 많지만 말도 좀 많은 인간인게 확실하오. 특히나 그 호기심이 압권이지."

둘은 이제 막 회전문을 지나 내부로 들어왔다. 로비 전면에 거대한 라운지가 있고, 그 위에는 거대한 폭의 영화 포스터들이 줄지어서 붙어 있었다. 2층부터 5층까지는 수직 원통의 엘리베이터를 이용하거나 내부 계단을 이용하도록 설계돼 있었다. 스파이더맨 모빌을 배경으로 사람들이 셔터를 마구잡이로 눌러댔다.

"윤 교수, 이 길을 잘 숙지해 두시오. 당분간은 이 루트로 지옥과 현세를 갈마들 거니까."

"여기가 무슨 헬 게이트라도 된단 말이오?"

현민이 심드렁한 표정으로 대꾸했다.

"그것보단 인간을 배려해 설계된 출입구 정도랄까?"

현민은 이 화려한 건물이 어째서 그런 끔찍한 출입구로밖에 쓰일 수 없는지에 대해 의구심을 품었다.

"악마가 인간을 배려한다니. 도대체 내게 무슨 반응을 듣고 싶어 그러는 거요?"

"그 어기대는 성미도 여전하군. 이제야 느끼는 거지만 윤 교수의 타고난 성품은 원래부터가 그래먹은 것 같소."

현민이 토를 달았다.

"난 당신이 무섭지 않소. 좋을 대로 생각하시오."

"그렇게 생각하는 편이 교수에게도 이로울 거요."

말은 그렇게 했지만 착잡한 심정까지 금할 길은 없었다. 악마가 우글대는 지옥행이라니. 신앙인으로써 사형선고를 받는 것과 매한가지였다.

일행은 엘리베이터를 타고 꼭대기 층(75층)을 눌렀다. 잠시 후, 문이 열리고 사방이 유리 막에 둘러싸인 격조 있는 전망대가 나타났다. 늦은 시간임에도 야경을 만끽하려는 사람들이 꽤 있었다. 첨탑으로 향하는 철문에는 '이용시간 초과'라는 안내 문구가 적혀 있었다.

현민은 지옥으로 가는 길을 어디다 설치했다는 건지 도무지 가늠할 수가 없었다. 악마가 벼린 음모에 자신이 이용되고 있다는 생각이 들었다. 가슴께에 손을 넣어 공기총이 제대로 있다는 걸 확인하자 그나마 가슴이 진정되는 것 같았다. 그때 루시퍼가 철문 손잡이를 가리키며 말했다.

"첨탑으로 올라갈 거요, 교수."

"미쳤소? 이 많은 사람들 이목은 대체 어떻게 처리할 거요? 지금은 통제 시간이란 말이오."

루시퍼가 음험한 눈길로 창에 코를 박고 선 사람들을 죽 둘러보기 시작했다. 여남은 정도의 사람들이 전망대를 배경으로 카메라의 잿빛 플래시를 터뜨리고 있었다. 그때 사색이 된 꼬마아이가 루시퍼의 푸르스름한 입술을 가리켰다. 아이엄마는 누군가 찾는 시늉을 하다가 별안간 시선을 거둬버렸다. 그걸 본 루시퍼가 꼬마에게 발길을 옮기려고 했다. 현민이 루시퍼의 옷자락을 다급히 붙들었다.

"그만 두시오. 어제 같은 일은 다시는 보고 싶지 않소. 이 모두를 죽이려는 거요?"

"못할 것도 없지. 어차피 인간 따위는 모두다 쓰레기니까."

아이가 울음을 터뜨리며 발작을 하자 전망대 안에 있던 사람들이 하나같이 그의 부모를 향해 곱지 않은 시선을 보내기 시작했다. 분위기를 깨뜨린 데 대한 반감과 함께 잠이나 자고 있어야 할 어린애를 왜 이 시간에 데리고 왔는지에 대해 힐난을 퍼붓는 것 같았다. 바닥에 주저앉은 아이는 엉덩이로 먼지 바닥을 구르다가 루시퍼를 몇 번이고 힐끔거렸다. 사태 해결의 실마리를 찾지 못했는지 아이는 엄마의 외투 자락 안으로 숨어버렸다. 평소와 다른 아이의 반응에 부모들 역시 난감해했다. 그러다가 대뜸 전등이 나가버리고 어둠 속에서 사람들의 웅성임이 들려왔다.

"당신 짓이오? 다시 한 번 말하지만 어제 같은 일이 벌어지면……."

조명이 들어오자 루시퍼는 이미 아이의 얼굴 앞에서 코를 내밀고 있는 상황이었다. 현민이 아이 앞으로 달려가 얼른 그의 팔을 붙잡았다.

"아무리 악마라지만 이건… 완전히 묻지 마 살인이잖소. 이런 식이면 난 당신을 도울 수 없소."

순간 등허리에 충격이 일면서 현민의 몸이 고꾸라지듯 앞으로 휘어졌다. 루시퍼가 부축하지 않았다면 필시 꼴사나운 모습으로 무릎을 까였을 참이었다. 얼굴을 돌린 자리에는 엉덩방아를 찧은 여자가 아이의 머리를 보호하듯 감싼 채 넘어져있었다. 남편이 얼른 달려와 카메라를 버리고 그녀를 부축했다. 여자는 투명한 막에라도 부딪힌 것처럼 우두망찰한 표정을 짓고 멀뚱멀뚱 허공을 두리번거렸다.

"윤 교수, 당신은 이 사람들에게 보이지 않소. 귀신소동으로 오해받고 싶지 않으면 얼른 물러나시오."

그러고 보니 사람들 누구 하나 일행을 향해 시선을 맞추고 있지 않았다.

"이것도 당신 짓이오, 루시퍼?"

끄덕이는 루시퍼를 확인하고 현민은 얼른 사람들 옆에서 멀어졌다.

"내가 투명인간이 된 거란 말이오?"

"아니오. 저들의 기억에서 나와 당신이 사라진 거요."

현민은 강화유리에 비친 자신의 얼굴을 똑똑히 확인했다. 그의 말이 맞았다. 투명인간이라면 상이 맺힐 리 없었다.

"그럼 저들이 우릴 보고도 기억하지 못한단 말이오?"

"그렇소."

아이의 조그만 머리가 어미의 외투 안감에서 슬그머니 올라왔다. 두 살배기 남자아이의 새카만 눈동자가 그렇게 루시퍼를 또렷이 응시하고 있었다. 그러다가 루시퍼와 마주할라치면 곧바로 얼굴을 파묻고 숨어 버렸다.

"저 아이는 그럼 뭘 보고 있는 거요. 당신을 보고 있는 게 아니오?"

"날 보고 있지."

루시퍼의 사악한 미소에 아이가 다시 울음을 터뜨렸다. 콧물이 범벅이었다.

"아이의 기억만 온전하게 뒀다는 말이오? 장난마저 지나치군."

"그런 것 때문이 아니라 내 권능이 미치질 못하는 거요. 아이들의 머릿속은 매 순간이 하얀 도화지 같으니까."

루시퍼가 아이의 머리를 쓰다듬으려고 했다.

"또 무슨 짓을 하려는 거요."

"오지랖도 넓군, 윤 교수. 창조주의 피조물을 보는 게 그렇게 죄가 되오?"

현민은 속으로 콧방귀를 뀌었다. 타락한 악마 주제에 어찌 감히 신의 이름을 입에 올린단 말인가.

루시퍼가 아이를 향하던 손을 물리치고 천천히 물러나 섰다.

"아이에겐 안 된 일이지만 수명이 얼마 남지 않았소. 일주일을 못 버틸 거요."

"뭐요? 당신이 악마면 악마지 그걸 어떻게 아시오. 목숨은 하늘에 달렸다 했소. 주님만 아시는 거지."

"당신 말이 맞소. 난 인간의 명줄을 계산하지 못하오. 그러나 죽음을 코앞에 둔 인간의 보라색 영기를 구분할 순 있소."

아이는 이제 아빠의 품으로 안겨들었다. 그 배우자가 서둘러 내려갈 채비를 했다.

"보고만 있을 거요? 저대로 아이가 죽게 내버려둔단 말이오?"

"이 보시오, 윤 교수. 난 천사가 아니오. 설사 천사라 해도 생사에 관여할 순 없소."

"아무리 악마라지만 인정이라곤 털끝만큼도 없군."

루시퍼가 어깨를 으쓱하며 대꾸했다.

"하지만 방법이 없는 것은 아니요."

"그게 뭐요."

현민이 즉각적으로 반응했다.

"당신 심장에 깃든 영혼을 내게 파시오. 대신 명줄이 짧아질 각오는 해야 할 거요."

현민의 눈썹이 꿈틀거렸다. 그걸 보고 루시퍼가 가소롭다는 듯 비웃었다.

"인간은 역시 쓰레기야. 매우 이기적이지. 자, 이제 올라갑시다."

루시퍼가 첨탑 입구로 몸을 틀자 현민이 두 팔을 벌리고 당당하게 소리쳤다.

"좋소, 루시퍼. 거래를 하겠소. 꺼내가시오."

루시퍼가 설레설레 고개를 가로저었다.

"저 오지랖하고는. 농담도 못하겠군. 그만 두시오, 윤 교수. 당신은 먹을 것도 없으니까."

루시퍼가 손잡이를 돌리자 문이 철커덩 열리면서 나선형의 좁은 계단이 나타났다. 축축한 곰팡이 내가 났다.

"거래를 하겠다니까!"

루시퍼가 귀찮은 표정으로 돌아섰다.

"진심이오?"

"망가질 대로 망가져 지옥에나 가는 인생인데, 난 미련 없소. 자, 어서 의식을 진행하시오."

현민이 눈을 질끈 감고 귀엣말 같은 작은 소리로 속삭였다.

"아프게 하진 마시오."

"살을 째고 심장을 도려내는 게 아니오. 당신이 생각하는 고통 따위는 없지."

"꺼내지 않고 뭘 꾸물대시오. 이러다 그 가족들이 완전히 떠나겠소."

루시퍼가 현민의 꾹 감은 눈을 보면서 입술을 샐쭉거렸다. 그러고는 현민의 어깨를 톡톡 두드려 깨웠다.

"윤현민 교수?"

눈을 떴을 때, 루시퍼가 코를 긁으며 팔짱을 끼고 있었다.

"뭐요?"

"당신은 말이요. 사실… 심장이 없소."

현민은 루시퍼가 무슨 말을 하나 싶었다.

"뭔 말이요?"

"실망할까봐 얘기를 안했는데, 당신은 정말 하트가 없소."

"장난하시오?"

"미안하지만 윤 교수의 심장은 뛰지 않소. 못 믿겠으면 직접 확인해

보시던지."

현민은 손목의 맥을 짚었다. 그러다가 목을 더듬었다. 이내 가슴을 풀어 헤치고 그 안에 조용히 귀를 기울였다. 그의 얼굴이 새파랗게 변하더니 확대된 동공이 루시퍼를 향해 적절한 설명을 요구했다.

"이… 이게…… 어찌된 거요?"

"당신 가슴속엔 맥박 대신 펌프가 돌고 있소. 기계가 피를 돌리고 있는 거지."

"맙소사. 오, 하나님. 이럴 순 없어."

몇 번을 확인해도 수술자국은 보이지 않았다. 절망을 담은 안구에서 닭똥 같은 눈물이 흘러내렸다.

"대체 무슨 일이 있었던 거야, 루시퍼."

주저앉은 현민이 루시퍼의 바짓단을 길게 잡아챘다.

"윤 교수. 심장쯤 없다고 당신이 기계가 된 건 아니잖소?"

루시퍼의 요망한 입을 뭉개버리고 싶어졌다.

* * *

매의 황금빛 부리가 바람을 가르기 시작했다. 윤기 나는 깃털 끝에서 바람과 공기가 미끄러지고 있었다. 그 맹금류는 창공을 좀 휘젓다가 날개깃을 붙이고 맹렬하게 전진했다. 매의 날개 끝에 바람이 걸렸다. 양력을 얻은 매는 천정부지로 치솟아 구름을 뚫고 올라갔다. 다시 한 번 매의 날개가 퍼덕였고, 매서운 눈이 지상에 서있는 종탑을 향해 비스듬히 곤두박질쳤다.

무리가 선두의 궤도를 따라 구름을 뚫고 내려갔다. 종탑에 도착한 무리들이 충돌을 피해 아슬아슬하게 공중을 세 바퀴 선회했다. 매의 등이 광채를 맞아 황금빛으로 반짝였다.

매의 비행은 거기서 멈추지 않고, 고도를 좀 더 낮춰 푸른 언덕으로 질주했다. 수많은 계단이 보이고 잿빛 궁전들의 웅장한 외곽이 들어왔다. 아치형 문을 지나 그것들은 언덕 꼭대기에 있는 단단한 바닥에 내려앉았다. 차례차례 내려온 매들에게서 영롱한 기운이 감돌았다. 이내 그것은 무거운 그림자로 변모하여 거대한 형체로 모습을 바꾸기 시작했다. 형체가 입은 옷깃이 미풍을 따라 오른 쪽으로 나풀거렸다. 그들은 하나같이 전면에 있는 동굴 안으로 걸어 들어갔다.

우람한 나무줄기가 하늘을 향해 쭉 뻗어있고, 그 끝 모를 우듬지에는 생명을 상징하는 헤배 줄기와 꿩의 비름이 켜켜이 얽혀 하늘을 차양막처럼 가리고 있었다. 보라색 꽃잎이 날려 별빛 머리칼을 빛내는 가브리엘의 하늘반지 밑으로 떨어졌다.

천사장의 방에는 수호천사 라피엘과 지혜의 상징 미카엘이 있었다. 나란히 앉은 그들은 가벼운 미소를 곁가지로 방문자들을 환영하기 시작했다.

가브리엘 뒤에 숨어있던 파큡(요정)이 용수철 튀기듯 빠져나와 연약한 날갯짓으로 방문자들을 향해 날아올랐다. 우두머리 격의 점잖은 천사가 손가락으로 파큡의 환대를 튕겨냈다. 파큡이 노기를 띠어보지만 참새의 노랫가락처럼 작게만 들릴 뿐이다.

매정한 천사 프리엘이 지나가고 뒤이어 자애로운 큐리엘이 다가왔다. 파큡이 다시 날아올라 그의 볼에 껌 딱지처럼 들러붙었다. 파큡이 그의 목에 키스세례를 퍼부었다. 큐리엘 역시 호의를 표하며 요정의 날개를 어루만졌다. 엘리안, 웨인마커, 위시엘, 하시미엘을 위시한 천사 8인이 더 들어왔다. 참으로 오랜만의 만남이었다.

"인사를 올립니다."

가브리엘이 프리엘의 격식 있는 인사를 받았다.

"자네 소식은 전혀 듣고 있질 못했네. 어디 있었던가?"

"인간 세상을 떠돌아 다녔지요."

천사 시중꾼 비오터가 털이 난 엉덩이를 흔들며 그들 뒤로 뒤뚱뒤뚱 걸어왔다. 뭉툭하게 매달린 짧은 꼬리가 수시로 뱅글뱅글 돌며 진동을 일으켰다. 요정 비오터는 탁자 한 바퀴를 빙 둘러가며 엮은 잎사귀를 하나씩 내려놓았다. 그러고는 길쭉한 주둥이를 내밀어 선하품을 했다. 일과가 끝나자 그것은 나무기둥을 타고 다시 우듬지에 올라가버렸다. 비오터의 터럭이 공기 중에 뱅글뱅글 떠돌았다.

그릇 모양으로 엮인 잎사귀는 이내 꽃송이가 올라오듯 바닥부터 노란빛을 띠기 시작했다. 그리하여 그 안에 이슬 같은 수액이 차오르고 향긋한 수풀 냄새가 수증기처럼 피어올랐다. 몇몇 천사들은 그 냄새를 코로 음미하며 아름다운 신음을 내질렀다.

가브리엘이 잔을 들자 하나둘 맛을 음미하기 시작했다. 파큡은 큐리엘을 보채서 그의 몫 중 일부를 뺏어먹었다. 그런데 단 한 명, 하시미엘이 주저하고 있었다. 근심 가득한 그의 얼굴 위로 가브리엘의 빠른 눈이 머물렀다.

"어째서 마시지 않는가, 하시미엘."

시선이 한곳으로 모아지고, 하시미엘이 가브리엘의 파란색 눈과 마주했다.

"가브리엘께서는 어째서 루시퍼와 맺은 계약을 어기셨습니까?"

가브리엘의 숙인 몸이 올라왔다. 이제는 모두의 시선이 잿빛 아름다움 가브리엘에게 집중됐다.

"루시퍼는 인간의 몸을 하고 버젓이 세상을 돌아다녔네, 하시미엘."

"루시퍼는 인간의 껍데기를 가지고 세상놀음을 했을 뿐입니다. 그러나 가브리엘께서는 인간들 앞에 권능을 지닌 천사장의 모습으로 나타나셨지 않았습니까. 6년 전 맺은 금단의 계약을 스스로 어기셨단 말입니다. 이것이 어떤 형태의 파장을 몰고 올지 예상하지 못하겠습니다."

가브리엘의 동공이 찬란한 색으로 발광했다.

"하시미엘, 그를 겁낼 필요 없네. 창조주의 보살핌은 항상 우리들 곁을 떠돌고 있네. 나의 권능이 그깟 타락 천사 따위에 뒤질 거라고 생각하나? 나에겐 창조주가 내리신 은물이 있네."

가브리엘의 하늘반지가 영롱하게 빛을 발했다.

"가브리엘, 그것만으로 천사장께서 하신 행동이 정당화될 수 없습니다. 납득 가능한 설명을 요구합니다."

엘리안과 웨인마커도 동조의 의사를 표시했다. 가브리엘이 그 시선들을 받으며 조용히 고개를 끄덕였다.

"좋네."

"감사합니다, 천사장이시여."

하시미엘이 가슴을 숙이자 가브리엘이 자리에서 벌떡 일어났다.

"라피엘을 제외하면 6년 전의 소용돌이를 모두 기억하고 있을 거네."

천사장의 방이 숙연해졌다.

"루시퍼와 맺은 계약을 파기했음을 부인하지 않겠네. 그러나 그것이 창조주의 신의를 저버린 일이라고 생각하진 않네."

뜸을 들이던 가브리엘이 다시 말끝을 붙잡았다.

"5,000년 전, 그는 천사들을 배신하고 악의 우두머리로 들어갔네. 그러고는 지옥 밑에서 창조주 행세를 시작했지. 악마와의 계약? 그딴 건 애초에 존재할 수 없네. 난 그저 루시퍼의 소멸을 바라고 있네."

하시미엘이 반박했다.

"그러나 6년 전, 천사장께서도 보시질 않았습니까. 창조주께서 아직 그 자의 권위를 인정하고 있단 걸 말입니다. 루시퍼의 심장으로 꽂혀 들어간 프리엘의 얼음창. 루시퍼는 그 창에 가슴을 관통하고도 살아남았습니다. 그가 했던 말을 기억하실 겁니다. 주님은 절대 너희들을 돕지 않는다."

가브리엘의 시선이 프리엘에게 넘어갔다.

"프리엘, 솔직히 말해주기 바라네. 6년 전, 자네의 얼음창이 루시퍼의 심장을 관통했다고 확신할 수 있나?"

프리엘이 다부진 목소리로 대답했다.

"확신합니다."

"그런데도 루시퍼가 죽지 않았다는 말인가?"

"그렇습니다, 가브리엘. 루시퍼는 죽기는커녕 어떤 내상도 입지 않았습니다."

"그게 창조주께서 그 자를 비호한다는 의미가 될 수 있나?"

"그건……."

"좋네. 프리엘. 하시미엘과 같은 생각을 하고 있는 거겠지."

그가 대꾸하지 못했다.

"프리엘. 애석하지만 자네의 얼음창은 루시퍼를 관통하지 못했네."

프리엘이 상기된 얼굴로 벌떡 일어났다. 믿을 수 없다는 표정이었다.

"천사장이시여, 그걸 저더러 믿으라는 것입니까? 거기엔 루시퍼 말고는 아무도 없었습니다."

"아니네, 프리엘. 자네가 잘 못 본 것이네."

천사들이 일제히 일어나 가브리엘을 응시했다.

"그럴 리 없습니다. 두 눈으로 똑똑히 보았지만 루시퍼가 맞았습니다."

가브리엘이 이번엔 세차게 고개를 내저었다.

"자네가 찌르건 루시퍼가 아니라 인간이었네."

"불가능합니다, 가브리엘."

프리엘이 다소 경박한 움직임을 보였다.

"이걸 보면 이해할 수 있을 게야."

쪼르륵 빠져나온 눈물이 그녀의 턱밑에 점점이 고여 들었다. 그것은 천사장의 손가락 끝에 툭 떨어지더니 공간을 쥐고 흔들며 오컬트 빛줄기를 뿜어내기 시작했다. 이내 시야가 혀예지고 천사들이 가브리엘의 기억 속으로 섬광처럼 빨려들었다.

[드넓은 황야에 깨진 석상들이 나뒹굴었다. 꾸드러진 시체가 즐비하고 대기는 핏물을 머금은 상태로 비명을 내질렀다.

악마가 숨어있는 불기둥이 보였다. 루시퍼의 붉은 섬광. 그것은 푸르스름한 불기둥 속에서 검은 그림자와 함께 아른거렸다. 하늘에 빛이 번쩍했고, 박쥐 날개를 단 괴수들이 추풍낙엽처럼 떨어져 내렸다. 가브리엘이 그 서슬을 뚫고 루시퍼의 불기둥 속으로 뛰어들었다.

뒤이어 가세한 프리엘은 루시퍼의 화염을 맞고 그대로 주저앉아버렸다. 날개는 타들었고, 살갗에선 거무레한 연기가 피어났다. 하지만 그의 신념은 그리 호락호락하지는 않았다. 다시 일어난 프리엘이 불기둥을 향해 미친 듯이 돌진해든 것이다. 손에는 얼음창이 돋고, 그 끝에 푸르스름한 신성 기운이 어렸다.

얼음창이 루시퍼의 심장을 꿰뚫고 지나갔다. 그림자가 쓰러지고, 프리엘의 팔목에도 시퍼런 화염이 불티를 흩날리며 옮겨 붙었다. 그가 고통스런 비명을 내지르자 그를 구하기 위해 달려든 천사들이 괴수들의 습격을 받고 사지가 잘려나가기 시작했다. 프리엘이 울부짖고 있었다.

이제 기억의 회상은 가브리엘의 시점에서 전개됐다.

푸른 불기둥이 넘실거렸고, 그 밑에 악의 지배자 루시퍼가 하늘을 올려다보고 있었다.

불 너울을 뚫고 내려온 가브리엘이 루시퍼 앞에 서서 파괴검을 겨눠 들었다. 상대는 지옥의 군주 루시퍼. 광기에 사로잡힌 눈이 가브리엘을 험악하게 노려보고 있었다. 그때 느닷없이 한 남자가 불기둥 안으로 튀어 들어왔다. 손에는 같은 모양의 단검(파괴검)이 복제품처럼 들려있고, 환부에선 붉디붉은 선혈이 벌꿀처럼 흘러내렸다. 인간의 피 냄새였다.

돌연 들이닥친 얼음창이 남자의 심장을 여지없이 관통했다. 거둬들인 자리엔 텅 빈 구멍이 심장을 대신하고 있었다. 남자가 힘없이 쓰러지고 루시퍼가 그를 받아냈다. 가브리엘이 그 틈을 놓치지 않고 검은 단검을 악마의 심장 안으로 찔러 넣었다. 루시퍼의 가슴에 커다란 구멍이 생겼다. 그러나 돌아온 건 지옥군주의 분노어린 섬광. 그의 등이 갈라지고 검붉은 불기둥이 마구잡이로 솟구쳐 나왔다. 하늘반지의 방어막도 힘을 버티지 못하고 균열을 일으켰다. 가브리엘의 몸이 푸른 불기둥 밖으로 튕겨나갔다.]

회상에서 빠져나온 프리엘이 헛구역질을 해대기 시작했다. 균형의 수호자 엘리안과 영혼의 심판자 위시엘이 다급히 그의 팔을 부축해 들었다.

"그 인간은 누구입니까?"

하시미엘이 천사장의 앞으로 걸어 나왔다.

"모르네."

"감히 인간의 몸으로 메데우스(신들의 정원 : 천사와 악마가 균형을 이루는 옛 에덴동산)에 들어올 수가 있는 겁니까?"

"불가능하지. 아마 루시퍼가 인간의 몸에 불가능한 권능을 부여했을 거네. 그렇지 않고는 설명할 길이 없으니까."

이번엔 경계의 수호자 웨인마커가 전의에 가득 찬 얼굴로 돌아섰다.

"지옥군주는 천사장의 파괴검을 맞고도 살아남았습니다. 그는 정말 불사의 존재입니까?"

가브리엘이 고개를 가로저었다.

"내가 가지고 있던 건 파괴검의 진본이 아니었네. 그 거짓 검은 루시퍼의 심장에서 나와 산산이 부러지고 말았지."

경청하던 미카엘이 금빛 눈망울을 뿌리며 그들의 대화에 끼어들었다.

"천사장 가브리엘이시여, 어찌하여 이 사실들을 지금에 와서 밝히는 것입니까?"

가브리엘이 조용히 눈을 감자 천사들의 숨소리가 잦아들었다. 순간, 그녀가 눈을 번뜩 뜨고 대답했다.

"조만간 우리는 에덴을 수복하게 될 거네."

좌중이 침묵에 젖어들었다. 에덴 수복이란 바로 악마와의 되풀이되는 전쟁. 자연히 천사들의 희생이 뒤따르는 일일 수밖에 없는 것이다. 비통해하던 프리엘이 옷을 단정히 하고 일어섰다.

"찬성합니다, 가브리엘. 나는 형제들을 몰살한 그 간악한 루시퍼를 처단하고 말 것입니다."

웨인마커가 끼어들었다.

"그렇담 가브리엘께선 파괴검의 진본을 가지고 계십니까?"

그의 질문은 핵심을 찌르고 있었다. 그 검을 가진 자만이 루시퍼를 죽일 수 있다.

"애석하지만 나에겐 그런 행운이 찾아오지 않았네."

"그럼 이 전쟁은 무의미합니다. 어째서 천사장께서는 우리들의 무모한 희생까지 바라신단 말입니까?"

지켜보던 미카엘이 단호한 목소리로 웨인마커를 꾸짖었다.

"웨인마커, 말을 삼가시오. 당신의 눈앞에 있는 이분은 창조주가 선택하신 천사장 가브리엘이오."

"아닌 걸 아니라고 하는데 그게 죄가 됩니까?"

삭막한 조짐을 느끼고서 가브리엘이 그들 사이를 갈라놓았다.

"괜찮다, 미카엘. 웨인마커의 추궁은 틀린 것이 아니다. 나 또한 그것을 알고 있다."

가브리엘이 모두의 시선을 받으며 다시 말을 이었다. 그녀의 목소리는 옥쟁반을 흐르는 물줄기 같았으며 신성의 기운이 가득 깃들어있었다.

“창조주께선 우리 세계에 두 가지 은물을 내리셨네. 루시퍼엘의 파괴검과 이 하늘반지. 그러나 소유욕에 눈이 먼 루시퍼는 자신을 주체하지 못했지. 그 검으로 창조주마저 파괴하고자 했으니까. 거사가 실패한 루시퍼는 자신을 동조하는 열세 천사를 이끌고 지옥으로 내려갔네. 벨제부브의 권좌를 빼앗고 그때부터 절대 신 행세를 하기 시작했지. 그는 통일된 지옥 힘을 빌려 에덴을 둘로 쪼개버렸어. 불경스럽게도 우리들은 루시퍼를 막아내지 못했네.”

아픔을 간직한 진실의 역사 앞에 분위기가 숙연해졌다.

“6년 전, 에덴을 회복하려는 나의 진심은 날조된 파괴검에 속아 뼈아픈 고통을 일으켰네. 그러나 신께서는 우리를 외면하시지 않으려나보네. 한 번의 기회를 더 부여하셨어. 루시퍼는 파괴검의 진본을 잃어버린 것 같네.”

휘둥그레진 천사들 사이에서 웨인마커가 발 빠르게 치고 들어왔다.

“그건 루시퍼의 계략입니다. 어찌 가브리엘께서는 불확실한 정보에 의지하려 드십니까?”

가브리엘이 응수했다.

“자네 말이 맞아, 웨인마커. 천사장이라면 믿을 수 없는 정보에 귀가 팔랑거려선 안 되지. 그러나 천사들의 수장이라면 과거의 상처만 곱씹고 살 수도 없네. 확인해볼 가치가 있다면 머뭇거릴 필요는 없지. 난 인간세계에서 그 증거들을 찾기로 했네.”

이번엔 프리엘이 껴들었다.

“그럼 가브리엘께선 그 검이 인간세계에 있다고 보시는 겁니까?”

지혜의 미카엘이 선견지명으로 말끝을 달았다.

“피카소를 찾아갔군요.”

가브리엘이 고개를 끄덕였다.

"그 자밖에는 없다고 생각했네. 날조된 검으로 날 속여먹을 수 있는 자. 벨제부브의 심복, 피카소."

"그는 대체 누구입니까?"

프리엘의 요구에 가브리엘이 긴 설명을 이어나갔다.

"피카소는 쓸데없는 취미를 가진 구더기네. 은물을 본 떠 진본처럼 복사하는 일을 업으로 삼고 있지. 그리고 근일에 난 인간세계에서 이것을 찾아냈다네."

그녀가 소매 깊숙한 곳에서 검은 빛깔의 파괴검을 내던져졌다. 순간 끔찍한 소요가 일면서 천사들이 몸을 움츠리기 시작했다.

"놀라지 말게, 그대들이여. 이것은 6년 전, 우리에게 치욕을 안겨줬던 파괴검의 가본일 뿐이네."

하시미엘이 두려운 낯빛으로 그것을 주워들었다.

"이것은 6년 전에 부서지지 않았습니까? 어째서 이 물건이 온전한 모습을 하고 있단 말입니까?"

"피카소가 또 다른 가본을 빚었다는 의미일세. 진본을 가지고 있지 못하면 불가능한 일이지."

"그 자에게 파괴검의 진본이 있단 말입니까?"

가브리엘의 끄덕임을 보고 지혜의 미카엘이 좀 더 신중한 접근론을 주장했다.

"천사장이시여, 정황만으로 쉬이 단정할 순 없습니다."

"물론이지, 미카엘. 그러나 적절히 이용할 필요는 있어."

그때 구슬픈 종소리가 천사장의 거처로 파도처럼 밀려들어왔다. 종탑에서 시작된 열두 간격의 산울림. 그것은 천사의 비극적인 죽음을 암시하는 것이었다. 상위천사들이 날개깃을 펼치고 너나할 것 없이 바깥으로 빠져나가기 시작했다. 가브리엘과 미카엘 역시 불길한 시선을 주고받으며 그들을 뒤따랐다.

파란 하늘 위에서 한 떼의 비둘기들이 힘찬 날갯짓을 해오고 있었다. 그것들은 상위천사들의 머리 위를 선회하다가 보기 좋게 착지한 뒤 본래모습으로 모양을 바꿔나갔다.

"가브리엘이시여."

그 중 하나가 무릎을 꿇고 예를 표했다.

"무슨 일인가?"

"피카소를 쫓던 에리언과 세리언이 죽임을 당하고 말았습니다."

그의 목소리는 침울했고, 상처 난 손 주위를 와들와들 떨고 있었다. 상위천사들의 분노가 주위 공기를 뜨겁게 데우기 시작했다.

"누구의 짓인가. 피카소에게 당한 것인가?"

"아닙니다, 가브리엘. 저희를 습격한 것은 불시에 나타난 벨리알이었습니다."

대악마의 이름을 들은 상위천사들의 얼굴이 목석처럼 뻣뻣해졌다. 가브리엘이 무릎을 대고 앉은 중위천사를 무겁게 일으켜 세웠다.

"피카소는 어떻게 됐나?"

"그는 벨리알을 피해 달아났습니다."

미카엘이 그들 곁으로 걸어 나왔다.

"벨리알의 의도를 알아냈는가?"

중위천사가 미카엘을 쳐다보며 말했다.

"그는 파괴검을 찾고 있었습니다."

굳은 얼굴의 프리엘이 무리의 앞으로 걸어 나왔다.

"제가 찾아오겠습니다, 가브리엘."

그러더니 누구 하나 말릴 틈도 없이 성급히 언덕 바깥으로 날아가 버렸다. 그 뒤를 전투욕에 불타는 웨인마커가 지근거리로 따라붙었다. 미카엘의 입에서 얕은 신음이 터져 나왔다.

"저렇게 보내도 되겠습니까, 가브리엘. 다시 마주칠 때 벨리알만 있으리란 보장도 없습니다. 루시퍼가 직접 나서기라도 하면……."

그녀가 미카엘 쪽으로 돌아섰다.

"그렇다고 저들을 강제할 수도 없지 않겠나. 저들의 본심을 이해한다면 말일세."

"하지만 너무 무모합니다, 가브리엘. 벨리알은 차치하고라도 루시퍼는……."

가브리엘이 미카엘의 근심어린 표정과 마주했다.

"걱정하지 말게, 미카엘. 웨인마커까지 따라갔는데 별 탈이야 있겠는가. 설사 루시퍼가 나타난다 해도 저들의 힘이라면 충분히 빠져나올 수 있을 걸세."

"그러나 저들의 급한 성미로 보면 장렬한 죽음을 택할 수도 있습니다."

상위천사 모두가 그것을 걱정하는 눈치였다. 가브리엘의 근심도 깊어졌다.

"나의 친구 미카엘이여. 그렇다면 자네가 저들의 뒤를 따라가 주지 않겠나? 자네라면 믿고 맡길 수 있을 것 같네만."

"무슨 뜻인지 알겠습니다, 가브리엘."

나머지 상위천사들이 자신들에게 떨어질 명령을 위해 한 줄로 도열했다. 그런데 유독 라피엘의 얼굴색이 이상했다. 가브리엘의 푸른 안광이 라피엘의 미묘한 심정변화를 정확하게 읽어냈다.

"왜 그런가, 라피엘."

"그 인간을 본 적이 있습니다, 천사장이시여."

모든 천사들이 탄성을 내질렀다.

"진본을 들고 있던 그 자를 말인가?"

"그렇습니다, 가브리엘. 저를 구해주셨던 일을 기억하십니까? 인간계에서 루시퍼와 조우했던 당시 말입니다."

생경한 소리에 상위천사들의 얼굴은 경악에 가까운 모습으로 물들었다. 라피엘이 말끝을 연달았다.

"그때 제가 구해줬던 그 자였습니다, 가브리엘."

하시미엘이 라피엘의 눈앞에 걸어 나와 대립각을 세웠다.

"확실한가, 라피엘? 그럴 리가 없잖은가. 프리엘의 얼음창을 맞고도 살아날 인간은 없어."

라피엘 역시 물러서지 않았다.

"분명하오, 하시미엘. 내 눈을 의심하지 마시오."

가브리엘이 그들을 만류하며 걸어 나왔다.

"불가능한 일이 아니다. 루시퍼가 가진 권능이라면 또 다른 심장을 붙여 넣을 수도 있지. 지금 중요한 건 그 자를 찾아내야 한다는 것이다. 라피엘, 자네에게 그 일에 관한 모든 사항을 전임토록 하지. 그 의심스런 인간이 어떻게 루시퍼의 파괴검을 들고 있었는지 알아내도록 하게. 반드시 그래야만 해. 어쩌면 그 자가 파괴검을 가지고 있을지도 모르겠군."

같은 일을 자청하며 하시미엘과 큐리엘이 나섰지만 이번엔 가브리엘이 단호히 거절 의사를 표시했다.

"인간 하나를 찾는데 상위천사 셋이 개입할 필요는 없다. 하시미엘과 큐리엘은 천상과 지상의 모든 천사들을 규합하여 전쟁 대비에 돌입하도록 하라. 엘리안과 위시엘이 그 일을 보조할 것이다. 파괴검을 회수하는 대로 메데우스에서 에덴 수복을 위한 성전을 벌여야 한다."

상위천사들이 저마다 맡은 임무를 안고 떠난 뒤, 가브리엘의 방 안에는 홀로 미카엘 하나가 남아있었다. 석양이 넘어가자 가브리엘의 거처 안에 진한 어둠이 깔리기 시작했다.

"무슨 일입니까, 가브리엘."

천사장 가브리엘이 슬픈 눈을 하고 미카엘을 건너다봤다. 그녀의 수려하고 투명한 낯빛 뒤에 깊고 깊은 고뇌의 흔적이 고스란히 남아있었다. 지금껏 어떤 연유로 그 감정을 숨겨왔는지 궁금했다.

"미카엘, 나의 친구여."

"말하십시오, 천사장 가브리엘이시여."

"그렇게 부르지 말게, 미카엘. 나는 지금 친구와 대화를 나누고 싶다네."

미카엘이 그녀에게 다가가 얇고 빛나는 손을 부드럽게 어루만졌다.

"왜 그러나, 가브리엘. 무슨 걱정을 하는 것인가. 어차피 에덴을 회복하는 것은 창조주의 오랜 뜻이지 않았나. 거기에 따를 희생은 우리들이 감내해야 할 몫이네. 천사장의 이름으로 너무 많은 부담을 지려하지 말게."

미카엘이 가브리엘의 가냘픈 가슴을 안고 토닥였다.

"고마워 미카엘. 자네마저 없었다면 오비엘이 없는 이곳에서 아픈 시간들을 견뎌내지 못했을 거야."

"아직까지도 오비엘을 생각하는가. 지난 일은 잊어버리게, 가브리엘. 그럴수록 자네의 영혼만 좀 먹힐 뿐이야. 그는 죽었어."

"나도 알아, 미카엘. 하지만 그를 잊는다는 건 내게 쉬운 일이 아니야."

미카엘이 그녀를 동정어린 표정으로 건너다봤다.

"물론 자네에겐 더 슬플 일이 되겠지."

가브리엘의 눈에서 눈물이 떨어지려고 했다.

"그래서 더 난 루시퍼를 용서할 수 없네, 미카엘. 그 자는 내 가장 중요한 것을 빼앗았어."

"가브리엘, 혹시 복수심을 내고 있는 것인가. 그것은 창조주의 뜻이 아닐 게야. 가브리엘, 자네가 어떤 위치에 있는지 그리고 얼마나 많은 이들이 자네만을 바라보고 있는지 깨달아야 하네."

"미카엘, 이 천사장의 자리는 내가 아닌 오비엘의 것이 되어야 했어. 그랬다면 에덴 수복은 벌써 이루어지고도 남았겠지."

"오, 가브리엘. 어찌 그런 생각을……. 오비엘이 죽은 이후로 이미 200년의 세월이 흘렀네. 자네는 정당한 자리에 오른 것이야. 자네의 자애로움과 지혜는 나를 비롯한 어느 누구도 능가하질 못하지. 자네는 전혀 부족함이 없네. 걸맞은 옷을 입고 있는 게야."

가브리엘이 미카엘을 지그시 바라보았다.

"미카엘, 비단 오비엘 때문은 아니네. 자네에게마저 진실을 숨길 수밖에 없었음을 용서하게."

미카엘이 가브리엘을 유심히 쳐다봤다.

"대체 무슨 말인가, 가브리엘."

미카엘은 그녀의 눈빛에서 강렬한 변화의 움직임을 포착했다. 겁이 나기 시작했다.

"이 짐을 지기가 너무 힘드네, 미카엘. 난 오늘 모든 것을 털어 놓고 싶네."

"내가 반드시 알아야 하는 일인가, 가브리엘?"

"주님에 관한 일이네, 미카엘."

미카엘이 흠칫 놀라 손을 떨었다. 으슥한 밤바람이 스며들었다.

"주님도 찬성하는 일인가?"

"그렇네, 미카엘. 나와 함께 창조주의 방에 가주지 않겠나. 거기서 모든 것을 설명하겠네. 아니 자네를 이해시키겠네."

미카엘이 아연실색한 표정을 지었다. 그리고 분노하기 시작했다.

"가브리엘! 가브리엘!"

"미카엘, 자네도 결국 날 이해할 수밖에 없을 거야."

미카엘이 그녀를 분노의 눈으로 흘겨봤다. 그리고는 공간이 떠나갈 듯한 목소리로 꾸짖었다.

"천사장 가브리엘, 어찌 그 입으로 신을 능욕하려하는가. 창조주께서 금하신 방을 우리의 하찮은 발로 들어가겠다는 것인가. 주님의 분노가 두렵지도 않은가, 가브리엘!"

노호하는 미카엘의 머리 위로 지붕을 덮고 있던 꽃잎들이 눈비처럼 쏟아졌다.

가브리엘이 미카엘의 소맷자락을 가냘프게 붙잡았다.

"기억나는가, 미카엘? 주님의 얼굴이 기억나느냐 말일세."

미카엘이 단호한 목소리로 선언했다.

"난 주님의 말씀과 얼굴을 한시도 잊은 적이 없네. 어째서 그런 불경스런 말을 일삼는 건가. 자네가 그러고도 천사장이라 할 수 있는가!"

미카엘의 얼굴이 일그러졌다. 그러자 가브리엘 역시 격앙된 목소리로 응수하기 시작했다.

"지난 오천년 동안 우리는 주님의 얼굴을 단 한 번도 뵙지 못했어, 미카엘. 그게 무슨 말인지 아나?"

미카엘이 기도서의 한 구문을 되뇌기 시작했다.

"창조주께선 우리의 맹약을 믿으시고, 금단의 방에 스스로 갇히시어……"

가브리엘이 미카엘의 언사를 가로챘다.

"그만! 미카엘, 그만하게. 주님께선 6년 전에도 우릴 지켜주지 않으셨어."

"가브리엘! 감히 무슨 망발을 지껄이느냐."

미카엘의 눈꼬리가 치켜 올라갔다. 가브리엘이 계속해서 말끝을 이어갔다.

"루시퍼는 버젓이 세상을 활보하고, 에덴은 두 쪽으로 나뉘어 우리의 영향력 하에서 벗어났네. 메데우스로 불리는 옛 에덴을 주님은 수천 년 전부터 방관하고 있단 말이네."

미카엘이 격노의 외침을 토해냈다. 그의 아름다운 머리칼 위에 가브리엘을 표적삼은 번개 화살이 활시위에 메였다.

"닥쳐라, 가브리엘. 신의 이름으로 더 이상 너를 용서할 수가 없구나."

화살이 가브리엘을 향해 날아가자 엄청난 충격음이 일고 기운에 닿은 나무들이 종잇장처럼 잘려나갔다. 그러나 그 화살 끝은 가브리엘의 오색 창연한 방벽에 가로막혀 먼지처럼 사라지고 말았다. 가브리엘이 슬픈 표정으로 입을 열었다.

"이 짐을 자네에게 지워서 미안하네, 미카엘. 자네가 이럴 수밖에 없다는 걸 이해해. 하지만 자네는 진실을 알아야 해. 금단의 방은 열려있고, 그곳에 있어야 할 주님은 사라졌다는 것을."

미카엘의 동공이 확장되고 그 지혜로운 얼굴이 우두망찰하게 변해갔다.

"가브리엘, 거짓으로 날 선동하지 마라. 창조주는 죽지 않는다!"

가브리엘이 슬픈 눈으로 고개를 흔들었다.

"창조주는 죽었네, 미카엘. 루시퍼에게 하사한 은물이 주님의 생명을 앗아갔어. 그 파괴의 검이."

미카엘이 뒷걸음치며 달아나려고 했다.

"그만, 그만해. 함부로 지껄이지 마, 가브리엘. 넌… 넌 불경을 행하고 있어."

가브리엘이 미카엘과 거리를 좁히며 들어왔다.

"정말이네, 미카엘. 열릴 수 없는 그 금단의 문은. 지금 열려있네. 자넬 부른 건 그걸 확인시켜주기 위함이었어."

미카엘이 털썩 주저앉았다. 그의 슬픔을 충분히 이해하고도 남음이었다. 가브리엘은 그것이 조만간 분노로 변할 것임도 알고 있었다. 그녀도 같은 과정을 겪지 않았던가.

"우리의 이 전쟁은 창조주에 대한 복수이자 에덴 수복을 위한 마지막 성전이 될 거네, 미카엘."

"믿을 수 없다, 가브리엘. 너의 말은 일어날 수 없는 일이다. 창조주는 전능하다. 불사의 존재로 태초의 모든 것이며 생명 그 자체다."

그러나 미카엘의 목소리는 힘을 잃은 상태에서 떨리고 있었다.

"이것을 보게 미카엘. 나를 이해할 수 있을 것이네."

가브리엘이 하늘반지를 낀 왼 손을 내밀자 에메랄드 색조의 조그만 홈 안에서 한 방울의 은빛 물방울이 달팽이처럼 기어 나왔다. 그것을 받아든 가브리엘의 손바닥이 주저앉은 미카엘의 절망스런 눈동자 위로 서서히 움직였다. 손바닥이 기울어지고 그 촉촉한 것이 부드러운 곡선을 타고 미끄러지다 미카엘의 안구 중심부로 툭 스며들었다. 미카엘의 눈앞이 창조주가 거하는 금단의 방으로 메워지기 시작했다.

팔각기둥의 으리으리한 석주가 세워지고 그 고요한 방 안에서 귀를 찢는 듯한 치열한 충돌 음이 들려왔다. 흡사 선악의 맹렬한 전투를 연상케 하는 소리로, 그것은 미카엘이 가진 지혜와 이해 범주를 한참이나 벗어나있는 것이었다.

그때 미카엘의 눈을 의심케 하는 장면이 거듭 펼쳐졌다. 황금으로 치장된 금단의 문이 스스로 열리기 시작한 것이다. 열려서도 열릴 수도 없는 문이 움직이고 있었다.

미카엘은 주위를 살피며 주님의 얼굴을 찾기 시작했다. 그러나 그곳은 찢을 듯한 소음과 고요한 적막감이 감돌 뿐이다.

루시퍼엘! 벌어진 문틈으로 예전의 천사장 루시퍼엘이 들어오고 있다. 어째서 저자는 이곳에 들렀단 말인가. 어찌하여 창조주는 저자의 방문을 인정하고 있단 말인가. 그도 아니면 금단의 문을 억지로 열어냈단 말인가? 미카엘의 두 눈에 충격의 장면이 연속해서 스쳐갔다.

루시퍼엘의 얼굴과 다리가 보였다. 그 조심성 넘친 발걸음이 미카엘의 시점 앞에 우뚝 멈춰섰다. 끔찍하게도 루시퍼엘의 손에는 파괴검이 들려있었다. 검이 미카엘의 시야 안으로 점점 커지며 들어왔다. 그 칼끝이 무언가에 닿자마자 엄청난 폭발이 일면서 공간이 휘어지기 시작했다. 순간, 미카엘의 몸도 폐허로 변한 가브리엘의 방 안으로 돌아왔다. 쓰러진 나무기둥 뒤에 가브리엘 그녀가 서있었다.

"이럴 수가. 이럴 수는 없어."

미카엘의 혼잣말을 지켜보며 가브리엘이 조용히 다가와 그의 어깨를 껴안았다.

"미카엘, 자네의 분노를 이해하네."

미카엘이 주먹을 불끈 쥐고 흐느꼈다.

"가브리엘, 난 용서할 수 없네. 루시퍼, 그 자의 존재 자체를 절대 용서할 수 없어."

가브리엘이 그의 갸름한 턱 주변을 어루만졌다.

"그렇네, 나의 소중한 친구, 미카엘이여. 루시퍼를 절대 용서해선 안되지. 그러나 에덴을 회복하기 전까지 우리는 그것을 비밀로 남겨두어야 하네. 우리만이 아는 비밀로. 그날이 왔을 때까지 침묵하며 기다리세. 꿋꿋이 견뎌내도록 하세. 결국 승리는 우리 천인들의 손에 쥐어질 것이네."

미카엘의 눈물이 가브리엘의 가지런한 손에 떨어져 축축하게 젖어갔다.

* * *

"미친 소리하지 마, 루시퍼. 여기서 뛰어내리라고?"

현민은 첨탑 난간 앞에 서서 바들바들 발광하는 두 다리를 억지로 붙들고 있었다.

난간 아래는 끝없이 뻗쳐 나간 차가운 암흑 구덩이였다. 비통스런 마음에 투신을 원하고자 한다면 그보다 더 잔인한 곳이 상상되지 않을 정도였다. 단단한 쇠뭉치마저도 으깨져버릴 그 높이에서 루시퍼는 지금 뛰어내리라는 황당한 주문을 내놓고 있었다. 허공에 빨린 현민의 몸뚱이는 분명 머리통이 아래로 역전하며 행인들이 걸어다는 보도 위에 지상에 닿은 미사일마냥 산산조각 폭사하리라. 현민은 생각조차 두려운 상상에 고개를 절레절레 흔들었다. 새벽의 매서운 돌풍이 두 사람의 옷깃을 흔들었다.

"내 말 안 들려? 오지 말랬잖아. 오지 말라니까!"

루시퍼가 발걸음을 멈추고 한쪽 손으로 난간을 감싸 쥐었다.

"윤 교수, 고약하리란 건 알지만 마음먹기 달렸소. 자꾸 하다보면 익숙해질 거요."

루시퍼의 미동을 감지하자마자 현민은 안주머니를 뒤져 총구의 위치를 관자놀이에 겨눴다. 루시퍼가 새침한 색시처럼 입을 삐죽 내밀었다.

"이 멍청한 놈 같으니라고. 보기 좋게 걸려 든 거야. 저 악마가 내 자살을 유도하고 있는 거라고. 주님이 금하신 악행을 악마가 내게 부추기는 거라고. 오, 주여. 정녕 나를 버리실 것입니까."

"윤 교수, 장난치지 말고 이리 내려오시오. 그쪽으로 떨어지면 정말 땅바닥에서 반죽이 될 거요. 방향은 이쪽이란 말이오. 그쪽엔 문이 없어."

현민은 악마의 속삭임을 무시하려고 두 귀를 밀봉했다. 그리고는 이내 결심을 했다.

인생이 정말 허무하다 싶었다. 이렇게 끝나다니. 현민은 손끝에 걸린 방아쇠를 차갑고 농밀하게 느껴냈다. 당기라는 신호만 주면 이제 곧 두개골에 구멍이 나고 그 속에서 공포에 짓눌렸던 시뻘건 혈액들이 철철 뿜어져 나오리라. 죽음을 각오하니 악마 따위도 그렇게 무섭게 느껴지지만은 않았다. 대신 그 영혼을 주님께서 걷어가길 간절히 바라고 바랄 뿐이다. 이혼 도장을 찍는 날이 내 제삿날이 되다니. 내 유산은 모두 아내에게 돌아가야 한단 말인가. 좀 억울하다. 사회에 기부라도 하는 게 나라의 장래를 위해 더 나을 텐데. 주여, 나의 이 희생이 어쩔 수 없음에서 비롯됐음을 이해하소서. 첫사랑과의 어긋난 재회도 이렇게 애달프고 가슴 아플 수가 없구나. 현민은 손가락에 당기라는 명령을 내렸다. 탕.

"……."

눈을 질끈 감았다. 이게 죽음이라는 건가. 육체의 껍질이 벗겨지고 순수한 영혼만 덩그러니 떠올랐다. 몸이 중력을 버리고 완벽한 깃털처럼 가벼워지는 게 느껴졌다. 강한 바람이 불고, 현민도 모르게 몸이 웅크려졌다. 방향 감각이 사라지고 뱅글뱅글 도는 것 같이 어지러웠다. 귓전에서 바람소리가 들렸다. 바람소리. 바람소리. 바람소리? 그는 눈을 뜨고 고래고래 비명을 질러댔다. 목이 쉬어라 질렀다. 세상에! 그가 떨어지고 있었다. 몸이 뱅글뱅글 돌고 있었다. 눈앞에 정자세로 떨어지는 악마의 무표정한 빈정거림도 보였다.

"생쇼 좀 그만 하시오, 윤 교수. 콩트도 그런 콩트가 없소."

몸이 회전하면서 시커먼 대리석 바닥이 메이저리그의 강속구처럼 그를 순식간에 덮치는 게 보였다. 눈을 질끈 감고 얼굴을 가렸다. 그러다가 미지근한 물속에 풍덩하고 빠졌다. 물이다. 물? 어째서? 몸이 반사적으로 허우적거렸지만 잘 움직이지 않았다. 발이 닿지 않았다. 가느스름하게 뜬 눈으로 연거푸 주위를 둘러봤다. 짜고 매운 것이 눈 안으로 들어와 시야를 방해했다. 시커먼 암초들이 가득한 바다의 한가운데였다. 망망대해의 바닷속에 빠진 것이다. 지나가는 배라도 찾아서 올라타야 한다. 아니다. 루시퍼를 찾자. 뭔지 몰라도 해괴망측한 일을 자주 벌이는 그 자가 이번에도 살려줄 것이다. 현민은 자맥질을 심하게 쳤다. 그럴수록 바닥에 빨려드는 느낌이 심해졌다.

"윤 교수?"

루시퍼의 목소리가 들렸다. 나를 찾고 있다. 아마도 다른 지점에 떨어진 것이 분명했다.

"루… 루시퍼. 여기… 여기 있소."

손전등이 탁 켜지고 눈이 부셨다.

"거기서 뭐하는 거요?"

"……."

"그만 좀 꼼지락 거리시오, 윤 교수. 자꾸 그러면 몸이 머리까지 들어갈 거요."

"나를 좀 잡아 주시오."

현민은 루시퍼가 내민 손을 잡고 구덩이에서 빠져 나왔다. 콧구멍으로 매캐한 먼지가 들어와 시금털털한 맛이 났다. 눈을 제대로 뜨고 사방을 둘러봤다. 자신은 바다의 한 가운데 서있었다. 그런데 모래라니.

현민은 루시퍼의 손전등을 낚아채서 찌푸린 눈으로 사방을 훔쳤다. 모래로 수놓은 물결이 마치 바다처럼 사방에 뻗쳐있었다. 현민을 놀려먹기라도 하려는지 사막 게가 옆걸음을 치고 차고 무거운 바위 속으로 숨어들었다. 옆을 비추어 보니 미세한 모래알들이 하수구멍에 빨리는 오물처럼 회오리치고 있었다.

"이게 다 뭐요, 루시퍼."

옷 표면에 달라붙은 모래들은 가벼운 털림에도 쉽게 떨어졌다.

"지옥으로 가는 길이오, 윤 교수. 여긴 그곳을 거쳐 가는 사하라의 한 복판이고."

"죽는 줄 알았잖소."

"공기총으로 자살을 시도하던 건 윤 교수였소."

현민은 말꼬리를 잡고 한 바탕 소리 지르려다 이내 그것이 무의미함을 알아차렸다.

"저건 뭐요?"

현민이 자기가 빠져나온 자리를 손전등으로 가리켰다.

"유사요. 모래 늪이지. 영화에서 많이 보지 않았소? 내가 한 가지 팁을 주자면 그렇게 허우적거리지 말라는 거요. 그럴수록 깊이 빠지니까. 사막의 모래 늪은 가만히 죽은 척만 하면 건들지 않는 법이거든."

"그건 됐고, 이제 어디로 가야 하는 거요. 여기 길이 있기나 한 거요?"

"따라 오시오. 거의 다 왔소."

현민은 루시퍼를 따라 바로 앞에 보이는 모래 언덕을 넘었다. 하늘엔 잿빛 별들이 촘촘히 박혀 있고, 으슥한 추위가 겨드랑이를 헤집고 자꾸만 들어왔다. 칠흑 같은 어둠 속에서 현민의 시야를 밝혀 주는 건 손전등이 내뿜는 노란색의 타원형이 전부였다. 그러다가 그 손전등이 사람 네 키 높이의 울퉁불퉁한 사막 바위를 가리켰다. 루시퍼가 경계를 따라 빙빙 돌자 현민도 그의 등 뒤에 바짝 붙어 움직였다.

"여기가 좋겠소."

"뭐가 말이요?"

"모래 바람을 피하기엔 이만한 장소가 없지."

"여기서 잠이라도 자겠다는 거요?"

루시퍼의 검은 실루엣이 고개를 끄덕였다. 현민은 허파에 구멍이 뚫리는 것 같은 허탈감을 맛보았다.

"지금은 때가 아니오. 문을 열고 들어가려면 여광이 좀 필요한데 지금은 태양 빛이 조금도 없질 않소. 새벽의 붉은 빛이 필요하오. 한 시간 후가 되겠군. 여기서 기다리면서 눈 좀 붙여두시오."

현민은 갈라진 엉덩이 같이 움푹 들어간 자리에 토라진 여인네 표정을 하고 군말 없이 둔부를 깔고 앉았다. 오슬오슬 떨려서 팔짱을 꼈고, 다리도 한곳으로 모아 세웠다. 루시퍼는 나무 작대기 같은 것을 주워서 모래바닥의 이곳저곳을 찌르기에 바빴다. 사람을 무참히 살해하는 그 흉악한 악마라고는 도저히 믿겨지지 않을 정도로 우스꽝스러웠다. 그의 춤이 멈추고 검은 실루엣이 현민을 향해 다가왔다.

"악마도 별거 아니군. 사막에서 춤이나 추고 있다니."

루시퍼가 꼬챙이 끝을 현민의 안면에 들이밀었다.

"윤 교수. 너무 타박 마시오. 여기 먹을 것을 준비했소."

꼬챙이의 끝에는 사막 게의 터진 내장이 뚝뚝 떨어지고 있었다. 비위가 상한 현민은 고개를 돌렸다.

"먹기 싫소? 구운 사막 게는 잘만 조리하면 일품인데 말이지."

현민은 불식간에 타오르는 사막 게를 쳐다보고 있었다. 그 노랑 불꽃너울이 게의 표면을 데우면서 치직하는 물거품이 일었다. 노르스름하고 구수한 냄새가 코끝을 자극하며 식욕을 일구기 시작했다.

"더 맛있는 건 없소?"

현민이 게의 집게를 뜯어내며 물었다.

"애석하지만 여기는 이게 전부요."

루시퍼가 마음을 지닌 인간처럼 현민의 옆에 등을 기대고 앉았다. 이제 지척거리에 있는 그가 낯설게 느껴지지 않았다. 설명은 안 되지만 오랜 친구 같다는 느낌도 들었다. 악마가 애완견을 길들이는 방식이 꼭 이런 과정일까도 싶었다. 게의 속살이 부드러웠다. 한국으로 돌아가 사막 게 전문점을 차려야겠다는 생각이 들었다. 교수로서의 인생이 망가졌으니 그런 거라도 해먹고 살아야 했다. 그러다가 문뜩 일상으로 돌아갈 수 있을까라는 회한이 불안하게 찾아들었다. 루시퍼를 물끄러미 쳐다봤다. 불 그늘이 너울거리는 그의 얼굴은 참으로 평온해보였다.

* * *

"일어나시오, 윤 교수."

현민이 소스라치게 반응하며 번쩍 눈을 떴다.

"어서 일어나시오."

설 잠에서 눈을 뜨자마자 그는 현민의 팔목을 잡고 강제로 일으켜 세웠다. 그의 등 뒤로 어슴푸레한 새벽의 사막 빛이 붉은 물감을 칠한 듯 부챗살처럼 뻗어 있었다.

"여기가 어디요?"

"이제 떠나야 할 시간이 왔소. 어서 갑시다. 거기 서있지 말고 한쪽으로 비켜 서 보시오."

루시퍼의 등쌀에 현민의 몸이 건초더미처럼 그의 옆으로 밀려났다. 현민은 눈을 몇 번 비빈 뒤 간밤의 일이 꿈이 아니란 사실에 더할 나위 없는 생경함을 느꼈다.

사막의 붉디붉은 불결이 이제 선명하게 들어왔다. 지평선처럼 펼쳐진 그 모래바다에 격랑의 파도가 일며 모래 바람이 불고 있었다. 가시광선에 반사된 그 고운 모래들이 다이아몬드처럼 눈부신 빛을 발했다. 게 껍질이 잔뜩 떨어져 있는 현민의 잠자리가 그 주변의 경관을 해치는 유일한 흉물로 전락해있었다. 그러다가 간밤의 사막 바람을 막아주던 바위 등에서 붉은 형광의 실선이 움직이는 걸 발견했다. 그 실선은 사막 바위의 끝머리에서 시작되어 아래를 향해 일직선을 긋다가 직각으로 꺾인 뒤 다시 수직을 그리며 올라가기 시작했다. 그 실선은 장방형의 직사각을 완성한 뒤 그 안에 낯선 기하학 형태의 암호를 그리며 손잡이를 끝으로 장엄한 스케치를 마쳤다. 루시퍼가 손잡이를 안쪽으로 밀자 하얀 벽지의 조그만 방이 나타났다.

"해가 더 뜨기 전에 자리를 옮깁시다. 하늘빛이 변하면 이 문은 조만간 사라질 거요."

현민은 루시퍼의 등을 좇아 안으로 들어갔다. 왼발의 뒤꿈치가 문턱을 넘어서자 석벽 깨지는 소리를 내며 실문이 꽝하고 닫혔다. 거기엔 철제로 된 또 다른 문 하나가 2층으로 된 작은 간이침대와 함께 놓여있었다. 그 침대 위에 이국적 외모의 소년 하나가 엉덩이를 걸치고 앉아 무덤덤한 얼굴로 이쪽을 주시했다.

"저잔 누구요, 루시퍼."

소년은 빡빡이 머리에 가슴이 움푹 파인 화이트 계열 파자마를 걸치고 있었다. 벌어진 품 사이로 보이는 속살은 기아에 허덕이는 아프리카 난민을 연상시켰고, 바짝 말라붙은 거죽은 울퉁불퉁한 윤곽을 그리며 위태로워 보일만큼 너덜너덜 걸려있었다. 얼굴은 어찌나 창백한지 그 위에 하얀 분칠을 해도 차이가 느껴지지 않을 정도였다. 매섭게 쏘아보는 그 자의 눈초리가 현민의 공포심을 불러 일으켰다.

"이제 저 문만 지나면 되오."

일행의 움직임을 소년의 조용한 눈이 뚫어지게 좇아왔다. 그러더니 벌떡 일어나 오른발을 내딛으며 절뚝절뚝 걸어오는 게 아닌가. 그 소년이 난데없이 윗입술과 아랫입술을 벌리며 칠판을 긁는 거친 신음소리를 냈다.

"저자는 왜 날 쳐다보는 거요, 루시퍼."

현민은 루시퍼 옆에 바짝 붙어 몸을 숨겼다.

"당신이 상당히 먹음직스럽기 때문이지."

"뭐요?"

마른 걸레 흔들 듯 양팔을 흔드는 그 소름끼치는 시체는 이제 현민의 코앞까지 와서 사지의 이곳저곳을 코끝으로 킁킁거렸다. 그러더니 살갗을 덥석 베어 먹을 심산인지 입을 벌리고 가지런한 이빨을 서슴없이 드러내는 게 아닌가. 현민은 질끈 감은 눈으로 루시퍼의 손목을 있는 힘껏 부여잡았다. 이제 그 소년의 입이 풍선처럼 부풀어 오르고 대번에 현민의 머리를 씹어 삼킬 만큼 지름이 늘어났다.

“걱정 마시오, 윤 교수. 이 파수 악마는 길들이기 나름이니까.”

루시퍼가 악마의 부푼 머리를 개털 쓰다듬듯 아래로 문지르자 입 구멍의 지름이 줄어들고 순종적인 애완견이 되더니 무릎을 꿇고 새카만 혀를 날름거렸다. 현민이 실눈을 뜨고 보니 루시퍼가 동그란 사탕 같은 걸 입 안에 던져주고 있었다.

“세피로스, 이 친구 기억하지? 그때나 지금이나 겁이 많아서 그렇게 대놓고 킁킁거려선 안 돼. 특히나 방금처럼 먹으려고 해선 절대 안 된단다. 인간치고는 정말 맛도 없어.”

우걱우걱 씹어 먹는 소년이 고개를 끄덕이며 현민을 올려다봤다. 현민은 그의 입술 주변에 도드라진 검은 실핏줄을 볼 수 있었다. 아마도 식사에 들어갈 때마다 그렇게 혈관들이 점멸하듯 생겨나는 모양이었다.

“잘 보았소? 개가 주인을 물기 전엔 반드시 이렇게 행동해야 하는 거요. 머리를 쓰다듬고 먹이를 빨리 던져줘야 하오. 중요한 건 타이밍이지.”

“뭘 준 거요, 도대체.”

현민이 루시퍼의 손바닥에 들려 있는 동그란 구슬을 가리켰다.

“눈깔이오. 요 녀석의 별미지.”

현민은 하마터면 토악질을 할 뻔했다. 녀석이 입술 밖으로 흘러내리는 물컹한 즙을 검은 혓바닥으로 쓸어 담고 있었다.

“나에겐 그런 게 없소, 루시퍼. 나중에 내 눈알이라도 줘야 된단 소리요?”

현민이 숨을 죽여 발끈하자 그가 태연하게 내뱉었다.

“그래서 내가 이렇게 길을 들이고 있지 않소. 다음번엔 윤 교수 혼자

드나들어도 문제가 없을 거요."

현민의 찡그린 인상을 보자 소년은 씹는 걸 멈추고 날 선 표정으로 경계하기 시작했다. 섬뜩한 그 창백함을 보고 있자니 발 달린 내장들이 현민의 식도를 타고 끔찍하게 넘어올 것만 같았다. 울며 겨자 먹기식의 미소를 보이고서야 녀석도 씹다만 어금니를 다시금 놀리기 시작했다. 루시퍼는 벌써 철문을 열고 문지방을 넘어서고 있었다. 녀석의 뒤통수를 쓰다듬어 볼까 생각하다가 이내 포기하고 얼른 그의 뒤꽁무니를 쫓기로 했다.

루시퍼의 뒤를 따라 어두컴컴한 통로를 빠져나온 뒤, 불타는 광막한 숲길에 도착했다. 사방이 붉은 물결을 이루고 빼곡한 나무들의 우듬지에서는 화학 섬유가 탈 때와 같은 시커먼 아지랑이가 솟고 있었다. 루시퍼가 현민을 향해 돌아섰다.

"지옥으로 온 걸 환영하오, 윤 교수."

그가 비릿하게 웃더니 계단을 뛰어 올라 숲길의 가장자리에 우뚝 서서 좌우를 둘렀다. 그러자 선로가 길게 늘어나고 그 위에 바람을 가르는 급행열차가 비명을 지르며 달려왔다. 너무 순식간에 일어난 일이라 어안이 벙벙할 정도로 황홀한 광경이 아닐 수 없었다. 바퀴에 불꽃이 튀면서 기차의 얼개가 모습을 드러냈다. 그것은 타다 남은 재를 뭉개 빚은 것처럼 잿빛과 흑색을 섞은 정체불명의 지옥 식 열차였다. 창문이라고 부를 것도 없이 밖이 휑하게 터져있고, 얼개 전체가 타다 만 숯불처럼 재티를 휘날리고 있었다.

그때 자동문이 열리고 한 여자가 내려섰다. 천망토를 휘두른 가냘픈 여자는 루시퍼의 앞에서 격식 차린 인사를 마친 뒤 새로운 손님을 확인하고 놀란 토끼눈으로 일행을 마주했다. 그러더니 이내 표정을 싹 숨기고 현민의 곁으로 천천히 미끄러져 왔다. 그녀의 겉치장은 두껍고 우중충했지만 한눈에 보기에도 누구나 인정할 수 있는 빼어난 미녀였다.

가까이서 본 그녀는 훨씬 더 아름다웠으나 인간의 것과는 다른 왠지 모를 섬뜩함과 외형적 느낌이 있었다. 섬세한 곡선을 그리다 떨어진 눈썹 밑 그리고 형성된 다섯 겹의 검은 동공. 그녀의 손가락 끝은 인간의 것과는 달리 송곳날처럼 길쭉하고 새발톱처럼 뾰족했다.

"오랜만이에요, 윤 교수."

그녀의 목소리는 무덤덤하고 얼음장처럼 차가웠다.

'이 여자가 날 알아보고 있다!'

현민은 엉겁결에 그녀의 손을 맞잡고 반응했다. 온기가 느껴지지 않았다.

"솔직히 난 당신을 모릅니다. 모든 것이 낯설 뿐이죠."

다섯 겹으로 된 여자의 흉측한 동공이 현미경의 조리개처럼 좁아지며 루시퍼를 향해 납득할만한 해명을 요구했다. 그 생경한 변화를 지켜보고 있자니 등골에서 오싹한 한기가 밀려오는 듯했다.

"세베알, 윤 교수는 예전의 기억을 잃었다. 너를 알아보지 못하는 건 당연하다."

수궁의 빛으로 바뀐 여자의 괴기한 눈동자가 다시 현민을 향해 돌아섰다. 현민은 도저히 그 시선을 맞추고 있을 엄두가 나지 않았다.

"그럼 당신에겐 이제 내가 초면이겠군요. 좋아요, 윤 교수. 내 이름은 세베알이에요."

열차가 코를 씩씩거렸다.

그는 루시퍼의 안내에 따라 지옥 열차에 몸을 넣은 뒤 하얀 석회질로 빚은 딱딱한 등받이 의자에 엉덩이를 조심스레 깔았다. 살이 배겨서 마뜩찮았지만 루시퍼의 표정으로 보아 악마들은 전혀 그런 아픔을 의식하지 못하는 모양이었다. 서로가 마주보는 방향에서 루시퍼가 현민의 오른쪽에 앉고, 세베알이 맞은편에 배석했다. 열차가 출발하자 기차의 겉면은 바람을 만나 회생하는 숯처럼 벌겋게 달아올랐다. 인간세계의 교통수단과 다른 점은 빠른 내달림에도 공기의 마찰이 전혀 느껴지지 않는다는 거였다. 먹구름 낀 하늘조차도 명도만 달리한 용광로처럼 새빨갰다. 인간세상의 지형지물은 분명 아니었다. 창가 너머로 보이는 지옥 세상은 아무리 타도 소실되지 않는 비탄의 방화현장처럼 보였다.

열차는 터널을 지나기도 했고, 각도를 이루며 땅 밑을 파고들기도 했다. 그럴 때면 칠흑 같은 어둠 너머에서 사람들의 비명소리가 들리는 것도 같았다. 루시퍼와 세베알은 현민의 생각이 정리되길 기다리는지 가만히 앉아 말을 아끼고 있었다. 그러다가 루시퍼의 중후한 목소리가 눈앞의 침묵을 깨고 오롯이 공기를 갈라놓았다.

"벨리알은 어디 있지?"

현민의 머릿속에 바늘이 꽂히며 침이 꿀꺽 넘어갔다.

"피카소를 잡겠다고 인간세계로 건너갔는데 아직 소식은 없습니다."

그녀의 목소리는 보고를 올리는 행정관처럼 기민했고, 현민은 그들의 대화를 엿들으며 자신의 처지와 연관짓기 위해 노력했다.

"가브리엘이 나타난 이유에 대해서는 확인해보았나?"

"물건을 찾아 인간세계를 뒤지고 다니는 것 같습니다. 어쩌면 6년 전에 있었던 전쟁을 대비해야 할지도 모르겠습니다. 일단은 대악마 베헤모스와 벨페고르를 메데우스의 전략지로 이동시키고, 나머지 리바이어던과 아스모데우스에게는 군대를 결집시켜 명령을 기다리도록 조치했습니다."

'물건?'

현민이 대화의 주요 단어들을 캐치하는 데 몰두하는 동안 루시퍼가 담배를 물었다. 라이터도 필요 없는지 그 끝에 단박에 회색 아지랑이가 피어올랐다.

"잃어버린 그 물건은 반드시 찾아야 한다. 그 물건의 진본이 가브리엘에게 넘어가는 순간 분명 천사들을 이끌고 메데우스를 장악하려 할 것이다. 거기에 만족할 가브리엘이 아니지. 그녀는 분명 지옥문을 봉쇄하고 우리들의 완전한 소멸을 위해 이 안까지 침범해 들어올 것이다. 이 세계에 악마의 씨를 남겨두려 하지 않을 것이야."

지옥 열차가 바퀴를 더욱 빠르게 굴리며 새로운 장소로 나아가고 있었다. 창문 밖으로 너울거리던 불나무들이 사라지고 광활한 평야의 시커먼 언덕들이 보이기 시작했다. 그리고 저 아득히 먼 지평선 근처에서 소행성 크기의 어마어마한 물체가 양 날개를 펄럭거리는 것도 목격했다.

"벨리알은 어떻게 하실 것입니까. 저로서는 도무지 통제가 되지 않아 불안합니다. 그 포악한 서슬이라면 분명 천사들의 눈에 쉽게 띌 것입니다. 당장 복귀 명령을 내리는 게 낫지 않겠습니까?"

루시퍼가 마지막 남은 재를 씹어 먹으며 크게 날숨을 내뱉었다.

"아니, 그럴 것 없다. 피카소를 잡는 일엔 앞으로 내가 나설 것이다. 당분간 여기는 계속해서 네가 맡아줘야겠다."

열차가 다시 깊은 터널 속을 내닫기 시작했다. 시커먼 암흑이 찾아오면서 사방은 아무것도 보이지 않게 됐다. 둘의 대화소리가 조근 조근 귀에 들려오기 시작했다.

"그런데 윤 교수를 다시 부른 이유는 무엇입니까?"

루시퍼와 현민은 어둠 속에서 시선을 교환했다.

"그때도 지금도 너는 알 필요가 없다. 우리들의 일이다."

'우리들.'

어둠 속에서 긴 정막이 흐르고, 살얼음 같은 냉기가 현민의 목구멍 안에 밀려 들어왔다. 열차가 터널을 빠져나옴과 동시에 하대를 받은 세베알의 굳은 얼굴이 드러났다.

"불만스러운가?"

"어찌 감히 그런 불손한 마음을… 아닙니다, 루시퍼."

"나의 일에 신경 쓰지 말고, 너의 일에만 집중해라. 모든 것을 알려고 애쓰지도 마라. 명령이자 경고다."

주변의 풍경이 많이 바뀌어 있었다. 시큼한 유황냄새가 코를 찌르고, 하얀 석조 건물들과 제단으로 보이는 축대들이 넓은 분지 같은 곳에 광활한 지하 도시처럼 사방으로 내뻗어 있었다. 축대의 끝에서는 검은 안개가 피어올랐고, 그 위를 머리가 두 개 달린 박쥐 인간이 꼬리를 흔들며 선회비행을 했다. 산림에 타오르던 불길은 사라졌고, 발목 높이의 관목과 늪지대가 도시의 곳곳을 진창과 수렁으로 장식하고 있었다.

열차속도가 느려지고 창밖의 광경이 점점 선명해지더니 얼개에서 허연 수증기가 올라오고, 울긋불긋한 열감이 서서히 이울어가기 시작했다. 그러다가 한 장소에서 끽~소리를 내며 멈춰섰다.

"2시간 후, 접견실로 마몬을 데리고 와라."

루시퍼의 명령이 떨어지기 무섭게 세베알이 벌떡 일어나 망토를 끌고 사라졌다. 기차는 다시 움직였고, 속도가 빠르지는 않았다.

"여긴 민주주의가 없는 완벽한 계급사회 같소, 루시퍼."

루시퍼가 피식하고 입 꼬리를 올렸다. 그 표정이 섬뜩했다.

"여긴 인간 사회가 아니오, 윤 교수. 내 위와 옆엔 아무도 없어야 하지. 아래만 있을 뿐이오. 이건 여기의 법칙이자 유일한 순리요. 약한 자의 권리 따위는 인정하지 않소."

"이제 날 어디로 데려갈 거요? 난 알다시피 아무런 설명도 듣지 못했소."

"걸어가면서 설명해 주겠소. 자, 이제 내립시다."

현민과 루시퍼는 열차 밖으로 내려왔다. 그들의 앞으로 곱게 다져진 소폭의 자갈길이 펼쳐져 있었고, 그 끝이 거대한 궁전의 입구와 퍼즐처럼 맞닿아 있었다. 발을 딛을 때마다 지면이 축축하고 바삭거리는 느낌이 났다. 그것이 하얀 뼈의 잔해들임을 이해하고 나서야 사람의 것과 형태가 다르다는 실정을 알아차렸다. 갑자기 기마병의 말발굽 소리가 들려오더니 자갈들이 진동하며 현민의 발등으로 팝콘처럼 튀어 올랐다.

"무슨 일이오, 루시퍼."

"구더기들이 몰려오는 거요."

"구더기? 여기서는 구더기들도 발이 달렸소?"

루시퍼가 자갈길을 따라 걸으며 현민을 고소한 얼굴로 쳐다봤다.

"윤 교수는 유머가 있는 사람이오. 내가 설명을 할 필요도 없게 생겼군. 교수를 환영하는 저것들이 구더기라 불리는 이곳의 청소부들이오."

현민은 좌우측에서 달려드는 시커먼 메뚜기 때를 보았다가 이내 그것이 네 발로 격동하는 인간 크기의 괴악망측한 생물체라는 사실을 알아차렸다. 두개골에는 썩은 눈알이 딱 하나 박혀있고, 코를 상실한 주둥이가 안면의 절반을 차지하며 달그락거렸다. 굵고 주름진 손에 네 방향으로 뻗은 손가락들이 붙었고, 발끝은 사람과 흡사했으나 모양새가 꼭 양서류의 갈퀴를 빼닮아 있었다. 깔끔깔끔한 살가죽은 엷은 비늘을 피부에 덧씌운 것처럼 보였고, 빛깔은 썩은 살구 색을 띠며 구역질나는 느낌을 주었다. 유황냄새에 시체의 썩은 악취가 섞여들었다.

구더기들이 루시퍼와 현민을 눈앞에 두고 정렬하듯 멈춰섰다. 대략 수백으로 보이는 그 치들은 얼굴의 반을 차지하는 입을 딱딱 부딪치며 침을 질질 흘려댔다. 현민과 지척거리에 있던 몇 놈들이 앞다리에 심한 경련을 일으키며 엉덩이를 들썩였으나 땅바닥만 긁어댈 뿐 현민과 그들 사이의 보이지 않는 경계선을 넘어오지는 못했다. 구더기들의 외눈이 하나같이 현민이 서있는 자리를 향해 증오와 분노의 살기를 내뿜으며 뒤룩거렸다.

맨 앞쪽에 앉은 하나가 유난히 뒷다리를 긁어대며 발광을 참아내지 못했다. 본능을 억제하려는 듯도 보였으나 한 순간 절제를 잃더니 현민의 목덜미를 향해 정중 비상해 들어왔다. 위와 아랫입술이 젖혀지고 엄지발가락만 한 이빨들이 들쭉날쭉 누렇게 드러났다.

손바닥 하나가 총알 같이 공기를 가르더니 구더기의 목을 뎅강 잘라버렸다. 루시퍼의 손에 들린 구더기가 잘려진 몸을 흔들며 뒷발을 힘없이 툭툭 찼다. 루시퍼가 그것을 무리중의 한 가운데로 던졌더니 만찬을 즐기기 위한 놈들의 치열한 몸싸움이 시작됐다. 구더기들 간에 신경전이 일고, 서로가 낸 상처에서 검은 즙이 유전처럼 번져나갔다. 승리자의 입에는 구더기들의 살점이 전리품으로 물렸고 우걱우걱 씹힌 살점들이 이내 그들의 목구멍 안쪽으로 맛있게 넘어갔다. 용기가 없는 치들은 멀찌감치 물러나 현민을 향해 텁텁한 입맛을 다시고 있었다. 루시퍼와 눈이 마주치자 놈들은 바닥에 웅크리고 앉아 귀를 털고 머리를 조아리기 시작했다. 군주에 대한 순종의 표식인 듯했다.

현민이 백지장이 된 얼굴로 루시퍼와 시선을 교환했다.

"여긴 위도, 아래도, 질서도 없는 것 같소, 루시퍼."

"여기는 힘에 의한 위계질서가 있지. 그러나 이따금은 주인의 생각을 무시하는 치들이 생긴다오. 인간세계의 사이코패스 같다고나 할까. 그런 놈들에겐 나의 자애로운 심판이 필요한 거요."

힐끗 웃음을 보이던 루시퍼가 다시 궁전의 입구를 향해 발걸음을 옮기기 시작했다. 현민은 그를 놓치지 않기 위해 구더기들의 강한 살의를 무시하며 잰 걸음으로 그를 따라 붙였다.

하늘을 빙빙 돌던 박쥐 괴물이 수직으로 낙하하더니 배가 불룩한 구더기 두 마리를 꼬리에 착 꿰어 날아올랐다. 놀란 구더기들이 사방으로 흩어졌고, 악을 지르는 몇 놈들이 주변의 묵직한 뼈를 던지며 괴수에게 의미 없는 반항을 했다. 대다수는 땅을 파고 들어가 꼬리를 내

빼버리기 일쑤였다.

* * *

현민은 부서진 성벽의 미로 같은 통로를 걷고 있었다. 간간이 인간의 비명소리가 벽의 벌어진 틈새를 통해 들려오기도 했다. 수많은 아치 입구를 지나쳤고, 잠시 후, 주황색 횃불이 넘실거리는 지하 입구의 초입에 도착할 수 있었다. 아래는 까마득한 계단이었다.

"여기가 어디요?"

루시퍼를 따라 내려가며 손끝으로 벽의 표면을 문질렀다. 얼음장처럼 차가운데다가 축축한 이물질이 묻어 나왔다. 현민은 그것을 코에 살짝 갖다 댔다. 썩은 달걀 냄새가 났다.

"접견실로 가고 있소. 그곳에 도착하면 당신의 궁금증이 조금은 풀릴 거요."

벽에 걸린 불 너울이 뺨을 얻어맞은 듯 좌우로 일렁였다. 춥고 으슥한 분위기가 산송장처럼 무섭게 내려앉아 있었다. 계단이 끝난 곳에는 찌를 듯한 천장에 원통형의 좁고 탄탄한 바닥이 일행을 기다리고 있었다. 그곳을 중심으로 여섯 개의 직사각 통로가 방사형으로 갈라져있었다.

"미로가 따로 없군."

현민이 혼잣말로 중얼거렸다.

"창세기적에 벨제부브란 악마가 이곳을 설계했소. 하위 악마들의 반란을 피하기 위해 최대한 미로처럼 만들려고 노력했지. 윤 교수는 지금 그 결과물을 보고 있는 것이오."

"그 자는 목적을 달성했소?"

루시퍼가 어깨를 으쓱했다.

"그는 아주 강력한 악마였소. 상대하기가 아주 버거울 정도의 힘과 권능 그리고 잔인함까지 두루 갖추었지. 그러나 운명이란 시간과 공간을 깨부수고 일어나는 현상이라오. 나는 그의 자리를 내 운명이라 간주하고 망설임 없이 빼앗았소. 미로 따위는 아무런 방해도 되지 않았지."

루시퍼는 갈림길에서 2시 방향의 통로를 선택했다. 또다시 한적한 복도 안으로 루시퍼의 구둣발소리가 아마추어 밴드의 쑥스러운 리듬처럼 퍼져나갔다. 좀 더 나아가자 벽과 바닥을 그물처럼 기어오르고 있는 가시 덩굴이 나타났다. 그것들은 뾰족한 가시 끝으로 하얀 입김을 내뿜더니 수축하고 부풀기를 반복했다. 마치 살아있는 인체의 혈관처럼 보였다. 공기를 들이마시자 성대에서 들큼한 피 맛이 났다. 현민은 헛기침을 토해냈다.

"이게 도대체 뭐요?"

"지옥에 떨어진 영혼으로 빚은 미스트. 악마들은 이걸, 피부건조를 막는 용도에 사용한다오. 곁달아 환각제 비슷한 기능도 들어있지. 이것 역시 벨제부브의 아이디어요. 난 그 자의 기발한 발명품들에 손을 대고 싶은 마음은 없소."

복도가 끝나고 정방형의 거대한 접견실이 모습을 드러냈다. 천장에는 등불을 대신한 노란 지옥불이 일렁거렸고, 그 밑으로 긴 식탁 하나와 해괴망측한 의자들이 빼곡 들어차 있었다. 루시퍼가 오른발을 넣으며 들어서자 상석에 있던 등받이 의자 두 개가 그들 쪽으로 쭉 밀려나왔다. 현민이 그 모습을 보고 기분 나쁜 탄성을 내질렀다.

"당장 치우시오, 루시퍼."

루시퍼가 미끌미끌한 의자에 엉덩이를 붙이고 앉아 탁자 위에 검은 중절모를 내려놓았다. 천장의 불꽃이 반사되어 그의 살짝 벗겨진 이마가 희롱하듯 일렁였다.

"윤 교수도 앉아보시오. 보기보다 꽤 쿠션감이 있소. 벨제부브의 발명품 중 가장 위대하다고 생각할 수 있지."

의자는 반들반들한 피부로 덮여있고, 손받이 부분이 사람의 잘린 팔목과 손가락으로 이어져있었다. 나체 토막으로 짜깁기 된 그것은 숨을 쉬듯 움직이며 자신을 깔아뭉개는 주인을 위해 열심히 살을 주물럭거렸다.

"당장 치우시오! 난 죽으면 죽었지 그런 흉측한 데는 앉을 수가 없소."

"6년 전에도 같은 반응을 했지. 알았소. 당신 같이 편견이 가득한 치에게 고급의자를 대령한 것이 문제였소."

루시퍼가 손가락을 까닥거리자 현민의 눈앞에 있던 의자가 심한 경련을 일으키며 재티를 뿌렸다. 그리고 그 자리에 검게 그을린 나무 의자가 서있었다.

루시퍼가 손 하나를 더 까닥하자 석문이 돌바닥을 긁으며 입구를 막아버렸다. 이제 그 접견실에는 둘만 남아 있었다. 현민이 그슬린 나무 의자에 앉자마자 그것은 찌익 바닥을 긁으며 루시퍼의 지근거리까지 당겨졌다.

"윤 교수."

"이제 설명할 시간이 된 게요?"

"물론이오. 우리는 앞으로 해야 할 일들이 아주 많소."

"그 전에 하나만 물어봅시다. 내 기억은 정말 돌이킬 수 없는 거요?"

루시퍼가 천천히 고개를 끄덕였다.

"내가 안 되면 아무도 안 되는 거요?"

현민은 포기가 빠른 생물처럼 그 문제를 더 이상 거론치 않기로 했다.

"좋소, 루시퍼. 난 이제 모든 준비가 됐소."

루시퍼가 앉은 의자의 꼼지락거리는 손가락들을 보자 구역질이 날 것만 같았다.

"나는 지금부터 당신의 능력을 해제시킬 거요."

"내 능력?"

루시퍼가 눈을 동그랗게 뜨고 미지근한 표정을 취하더니 한쪽 다리를 꼬아 다른 쪽에 걸쳤다.

"이리 좀 더 가까이 와 보시오."

"……."

현민은 가슴에서 요동치는 불안을 가까스로 잠재우며 루시퍼가 치켜 든 검지 끝을 쳐다봤다. 그 끝이 거리를 좁혀들며 현민의 미간에서 맞닿았다. 손가락에 온기가 존재했다.

그러던 중 고개가 홱 젖히고 머릿속에 총알이 탕 박혔다. 차가운 총알은 두개골을 깨부수고 살갗을 째며 전두엽 깊숙이 들어왔다. 총알이 주변의 조직들을 휘감기 시작했고, 그와 더불어 엄청난 충격과 고통이 모지락스럽게 찾아들었다.

의자가 벌렁 넘어지고 현민의 손마디가 바닥을 긁기 시작했다. 수많은 파편들이 혈관을 떠돌면서 내장을 찔러대는 느낌이었다. 그 서슬은 발바닥과 대퇴부를 지나 심장으로 몰려오고 있었다. 심장이 그 충돌을 늦추기 위해 본능적으로 박동을 가라앉혔다. 피의 순환속도도 떨어졌다. 고통은 일순간에 사그라졌다.

현민은 벌떡 일어나 숨을 몰아쉬었다. 살았다는 생각에 안도감이 급습했다. 그는 루시퍼와 시선을 교환하며 식은땀을 소매로 쓸어냈다.

"나에게… 무슨 일이 일어난 거요, 루시퍼."

루시퍼가 기지개를 펴며 말했다.

"지금부로 윤 교수는 나의 서기관이 됐소."

"서기관? 대체 그게 무슨……."

현민은 머릿속에서 쓱쓱 거리는 이상한 소리를 들었다. 그러면서 선명하고 노란 양피지가 육감을 통해 포획됐다. 거기에는 이렇게 쓰여 있었다.

[나에게… 무슨 일이 일어난 거요, 루시퍼. 윤 교수는 나의 서기관이 됐소. 서기관? 대체 그게 무슨.]

"맙소사."

양피지에 또 이렇게 쓰이기 시작했다.

[맙소사]

"이제 내 말이 무슨 뜻인지 알겠소?"

루시퍼가 의자에서 일어나 손을 뻗었다.

"내가 왜 이런……."

현민은 그 손을 맞잡았다.

"6년 전에도 윤 교수는 나의 서기관이었소. 지금이나 그때나 역할은 매한가지지. 이제 윤 교수는 나의 일거수일투족을 기록으로 남겨두는 사명이 생긴 거요. 재밌지 않소?"

루시퍼가 데면데면한 미소를 지었다. 그의 눈가에서 화살처럼 생긴 주름들이 뻗쳐 나왔다. 허연 잇새도 드러났다.

"왜 하필 나요?"

"나도 왜 하필 윤 교수인지 모르겠소. 그저 당신이 그런 운명을 지니고 태어났다는 게 내 눈에 보일 뿐이오. 하필 그 종이 인간이어야 한다는 것에도 설명을 붙일 수 없소. 정 궁금하면 윤 교수가 존경해 마지않는 신에게나 물어보시오."

"오, 하나님 맙소사."

루시퍼가 천장을 쳐다보며 등을 돌렸다.

"윤 교수가 짊어진 짐은 이 지하세계에서 아주 커다란 역할을 하게 될 것이오."

"천사들과의 전쟁을 말하는 거요?"

현민이 언성을 높여 되물었다.

"오, 윤 교수. 역시나 그대는 똑똑한 치에 속하오."

"난 그들의 편이오. 당신을 도울 수 없소. 난 악보다 선을 사랑하오. 날 그렇게 쳐다보지 마시오. 당연하다는 생각을 먼저 해볼 순 없소?"

루시퍼가 고개를 끄덕였다.

"그래 맞소. 윤 교수의 신앙에 악마 숭배를 강요할 순 없지. 허나 나는 악마를 위해 싸우라고 말하지 않았소. 악마의 역사를 기록하라는 거요. 그건 나도 당신도 어쩔 수 없는 교수의 타고난 운명이오."

"날 죽이든 살리든 마음대로 하시오."

루시퍼의 거만한 엉덩이가 탁자 위에 쇳덩이처럼 걸터앉았다.

"이제 와서 반항을 하겠단 거요? 실망이군. 여기까지 데려온 보람이 싹 사라졌어. 하지만 교수는 어쩔 수 없이 내 제안을 받아들이게 될 거요. 장담하지."

"천만에."

현민은 돌바닥이 움푹 파일 정도로 양 다리에 묵직한 힘을 실었다. 여차하면 오지게 한방 날려버릴 태세로. 그런데 루시퍼는 그를 내려다보며 조롱하듯 비웃고 있었다.

"주점에서 만난 여자를 어떻게 생각하시오. 난 그녀가 구더기들의 좋은 먹이가 될 거라 확신하는데."

눈앞이 시큰거리고 머리가 하얘지더니 억장이 무너지고 거기서 피고름이 새는 기분이었다. 현민은 주먹을 치켜들고 루시퍼에게 곧장 달려들었다. 그러나 형언할 수 없는 기운에 가로막혀 돌기둥처럼 붙박임을 당하고 말았다. 현민의 입속에서 신음소리만 낮게 흘러나왔다.

"이… 미친…… 자식."

"오, 윤 교수. 우리의 6년 우정은 그렇게 가볍지 않소. 진정하시오."

질긴 비닐에 구멍이 빡 뚫리듯 목소리가 터졌다.

"좋아, 좋다고! 대신에 그녀를 이 염병할 곳에 들여놓을 생각은 꿈도 꾸지 마. 내 조건은 그거다."

붙박인 다리가 풀리며 현민은 힘을 주체하지 못하고 쿵 쓰러졌다. 찌릿한 전기가 골반을 지나 가슴뼈까지 올라왔다.

"오케이. 이걸로 계약은 성사."

루시퍼가 진수성찬을 눈앞에 둔 거지처럼 두 손을 싹싹 비비며 미소 지었다.

"자, 오느라 수고가 많았소. 내일을 위해 단잠을 자두시오. 세베알에게 교수를 정중히 모시라고 부탁해놨소."

현민이 정강이를 세우며 몸을 일으켰다. 우두둑 소리가 나고 무릎께가 욱신거렸다.

"다시 한 번 말하지만 그녀는 건드리지 마시오."

루시퍼가 고개를 천천히 흔들었다.

"하찮은 사랑 따위에 너무 많은 의미를 두는 거 아니오?"

저 주둥이를 꿰매버릴 수는 없을까. 분노가 치밀었다.

"당신은 하찮게 생각할지 몰라도 인간들에게 있어 그것은 자기희생의 밑바탕이오. 당신 같은 악마들은 꿈에서도 이해를 못하겠지만."

루시퍼가 눈썹을 이마까지 끌어올린 뒤 쓴 웃음을 지었다.

"아무리 변명을 해봤자 교수가 불륜이라는 사실은 변하지 않소. 안 그렇소?"

"날 모욕하지 마시오. 난 아내의 권유로 이혼 도장까지 찍었소. 그녀가 바라던 대로 해준 게 불륜이라고 낙인찍어야 할 만큼 잘못됐소?"
"저런, 자백을 하시는군. 강한 부정은 강한 긍정의 반대말이라오."
벌겋게 달아오른 현민이 옆에 있던 의자를 박살냈다. 그걸 보고 또 루시퍼가 홍소를 터뜨리며 좋아했다.
"거봐, 인간은 사랑 때문에 쓰레기가 된다니까."
그러자 천장의 지옥불이 그의 기쁨을 추앙하듯 파도를 일으켰다. 그 너울은 간담이 서늘할 만큼 아래로 내려왔다가 주위가 고요해지고서야 제자리로 돌아갔다.
"윤 교수, 인간이란 원래 욕망의 산물이오. 욕망을 심어준 건 그 고귀하고 잘나신 창조주고 말이지. 왜 인간이 완벽할 수 없는지에 대해 생각해본 적이 있소?"
"완벽하지 않기에 그 자체로 더 완벽한 거요, 루시퍼. 주님께선 그것을 아시고 자유의지와 함께……."
루시퍼가 현민의 말을 가소롭다는 듯이 낚아챘다.
"아니오, 윤 교수. 교수는 신의 뜻을 완전히 곡해하고 있소. 신은 생각보다 그리 이타적이지 못하오. 아니 좀 더 정확히 말해. 완전히 이기적이지. 자기밖에 몰라. 그래도 어쩌겠소. 피조물은 그에게 숭배를 해야 하니. 원."
현민은 보란 듯이 손가락을 가슴에 대고 십자가를 그렸다. 그 모습을 보고 루시퍼가 다시 한 번 낄낄거렸다.
"윤 교수 여기서 그런 추태를 부리고 싶소?"
현민은 귀를 틀어막고 눈을 감았다. 그러자 루시퍼의 목소리가 이제 전언으로 머릿속에서 울려 퍼졌다. 귀에 확성기를 갖다 댄 느낌이었다. 봉인에서 풀린 능력 때문에 쓱쓱 연필 굴러가는 소리도 신경질 나게 들려왔다. 저주스럽다는 생각이 들면서 악이 바쳤다.
"윤 교수. 지옥의 서기관과 성경 역사. 뭔가 재밌는 얘기가 있을 것 같단 생각 안 드시오? 대략 이 천 년 전, 나의 첫 번째 서기관은 기억을 간직한 채 인간세상을 떠돌았소. 할 일이 없었는지 열심히 글을 쓰고, 사람들을 선도하더군. 내가 보기에 그것은 그럴싸한데다 허무맹랑하기는 이를 데 없는 엉터리 소설이었지. 그 책이 세상에 나오고 우린 예수란 자의 이름이 인간세계에서 전염병처럼 퍼지는 걸 보았소. 그 전염병은 십자군이란 이름하에 많은 이들을 죽음으로 내몰았지. 아무튼 마지막에는 이런 구절을 남겼다더군. '어찌하여 나를 버리시나이까.' 난 이제 기억을 가진 채로 사람을 살려 보내지 않소."

갑작스레 온몸에 까끌까끌한 닭살이 돋기 시작했다. 이마에는 진동하는 소리굽쇠가 달린 느낌이었다. 그러다가 완전하고 순수 무결한 공포가 독거미의 이빨처럼 덮쳐들었다. 다리에 천근만근의 모래주머니가 차곡차곡 쌓이는 느낌이 들었고, 입속은 텁텁하고 혓바닥은 메말랐다. 루시퍼가 안색을 바꾸며 나직하게 속삭였다.

"윤 교수. 대악마의 기운이란 이런 거라오. 교수는 인간의 몸으로 그것을 버티기가 힘들지. 세베알을 만나거든 숙소를 안내받으시오. 며칠 후에 우리는 벨리알을 만나러 갈 것이오."

석문이 드르릉 열렸다. 그 자리엔 긴 망토를 두른 익숙한 여자와 해골 뼈에 거죽만 남은 듯한 2m 신장의 몸피 얇은 악마가 서있었다. 눈은 움푹 파여 검은 그림자만 드리워 있고, 살가죽은 구더기의 그것과 닮았으나 표면이 반들반들했다. 그는 모든 것이 다 거추장스러운 듯 실오라기 같은 넝마조각 하나 걸치고 있지 않았다. 반들반들하고 질긴 살가죽은 짙은 갈색과 살색이 교묘하게 섞여있었다.

"어서 오너라, 마몬."

마몬의 그늘진 눈이 현민을 뚫어지게 응시했다. 그러다 이내 관심 없다는 듯 뾰족한 턱을 돌려 접견실 건너편에 앉은 루시퍼에게 걸어갔다. 뒤따라 들어온 세베알은 적정 거리에 선을 맞추고 묵념하듯 고개를 숙이고 있었다.

“윤 교수를 처소로 안내해라, 세베알. 그의 몸에 상처가 나는 것은 누구든 용서치 않겠다.”

“받들겠습니다, 루시퍼.”

그녀의 턱이 다시 가슴에 닿자 마몬이 그 무서운 시선으로 현민을 노려봤다. 그의 어두운 눈두덩이 당장에라도 현민의 영혼을 찢어 십자가에 걸어놓을 것만 같았다. 현민은 구토가 나올 정도의 강한 현기증을 느꼈다.

현민은 세베알을 비껴서 접견실의 외부로 도망치듯 빠져나왔다. 응축된 숨이 턱을 당기며 토악질을 하듯 빠져나왔다. 뒤따라 나온 세베알이 그녀의 뾰족한 손톱으로 현민의 굽은 등을 소름끼치게 긁었다. 그러더니 기침을 해대는 현민을 돌아 현민의 눈에 무덤덤한 시선을 맞췄다. 그녀의 기괴한 눈동자가 오히려 안전하게 느껴졌다.

“가시죠, 윤현민 교수. 당신을 위해 주인님이 아주 특별한 지시를 내렸습니다.”

* * *

현민은 좁고 긴 복도를 따라 발걸음을 내딛고 있었다. 한 발 앞에는 세베알의 망토자락이 휘날리고, 통로 양쪽엔 습기 머금은 측벽이 직각으로 세워져있었다. 횃대에서 흘러든 빛 너울 덕분에 그 아래 새겨진 이상한 그림들이 보였다. 그런데 등 뒤에서 자꾸만 이상한 발자국소리가 들려왔다. 고개를 돌렸으나 지나온 통로는 깨끗하게 비어있었다. 현민은 마몬의 기운을 느낀 이후로 자신이 지나친 긴장상태에 몰두했다고 생각했다.

“지도예요. 메데우스와 지옥에 대한 이상을 담고 있죠.”

세베알이 현민의 생각을 읽어낸 것처럼 허두를 뗐다.

"누가 그린 거죠?"

"태초의 지옥세계에는 벨제부브와 함께 헤롯이라 불리는 강력한 군주가 있었다고 전해져요. 벨제부브와 쌍둥이로 태어났다고는 하는데 사실이 무엇인지는 누구도 알 수가 없죠. 내가 생겨나기도 전에 일어난 일들이니까요. 하지만 벨제부브가 자신의 위업을 과장하기 위해 꾸며낸 얘기라는 소문도 있어요. 인간세계에 고대 신화가 존재하듯 말이에요. 어쨌거나 이 그림은 헤롯의 설계도라고 불려요."

세 갈래로 뻗은 갈림길이 나왔고, 그녀는 맨 우측의 좀 더 너른 길을 택해 들어갔다. 하수구처럼 시커먼 길에는 랜턴이 필요해보였다. 그러나 그녀가 들어섬과 동시에 이때를 기다렸다는 듯 유황냄새가 옅게 퍼지며 물결의 푸르스름한 불 너울이 천장을 타고 개천처럼 흐르기 시작했다.

현민은 이제 그녀의 오른편에서 어깨를 나란히 하고 있었다. 그녀의 차분한 숨소리가 느껴졌고, 때를 맞춰서 다시 한 번 뒤를 돌아보았다. 역시 아무도 없었다. 현민은 다시 세베알에게 눈을 돌렸다. 로브 두건에 가려서 그녀의 옆모습이 잘 보이지 않았다. 그늘진 실루엣만으로 그 모습을 짐작할 뿐이었다.

"메데우스는 여길 말하는 건가요?"

현민이 물었다.

"이 지옥과는 좀 더 다른 세상이죠. 천상과 이곳을 연결하는 중간지역을 말해요. 지금은 우리 악마와 천사들이 절반씩 균형을 이뤄 지배하고 있어요. 인간들은 한때 그곳을 에덴이라고 불렀지요."

조금은 놀라운 얘기였다.

"6년 전의 나를 알고 있다고 했죠?"

"그래요. 하지만 당신이 루시퍼와 어떤 일을 했는지는 몰라요. 나에겐 권한이 없어요. 그러나 그에게 당신이 아주 중요한 사람이라는 건 알아요. 그건 당신도 느끼고 나도 느끼는 거예요."

"나는 기독신앙을 가진 인간입니다. 루시퍼가 왜… 아니, 그건 당신도 모른다고 했으니 상관이 없겠군요. 그럼 다른 질문을 할 게요. 루시퍼는 이곳에서 어떤 존재죠?"

망토 끄는 소리가 서서히 느려졌다.

"이곳의 새로운 군주이자 주인이죠. 아무도 그의 말을 거역할 수 없어요. 옛 군주 벨제부브조차 지금의 루시퍼를 두려워했으니까요. 그분이 가진 권능과 힘은 이 지옥의 모든 악마들을 초월하죠. 그분의 힘을 온전히 알고 있는 악마는 아무도 없을 거예요. 벨제부브의 허망했던 패배를 통해 어렴풋하게 추측하고 있을 뿐이죠."

"당신은 벨제부브와 루시퍼 시대를 모두 겪은 산증인이겠군요?"

"그렇다고 할 수 있죠."

"누구를 더 선호하나요?"

세베알의 움직임이 건전지 빠진 초침처럼 고정됐다. 그러다가 다시 움직였다.

"벨제부브의 계획은 너무 무모했어요."

"그럼, 루시퍼는요?"

세베알이 조금은 뜸을 들이다 대답했다.

"생각을 알 수 없는 분이죠. 그것이 허락되지도 않고요. 분명한 건 벨제부브의 야심을 가지지 않았다는 거예요."

"야심이 없다니. 그건 도무지 이해할 수가 없군요."

세베알이 두건 덮힌 얼굴을 현민 쪽으로 내밀었다. 그 모습이 조금은 소름끼쳤다.

"가끔, 사람 탈을 쓰고 인간 세상을 떠돌아요. 그분이 이곳에 돌아온 지도 사실은 얼마 되지 않았죠. 보고해야 할 일이 생길 때마다 저는 그 여행에서 주인님을 불러들여야 해요."

"루시퍼에 맞서서 벨제부브를 도왔던 악마들은 없었나요?"

그녀가 어깨를 움찔했다.

"옛 군주는 목표를 위해서면 무엇이든 희생시켰어요. 그에 따라 소멸된 악마 수만도 헤아리기 힘들 정도죠. 특히나 구더기들이 피해가 심했어요. 그가 구더기의 대량 사육을 통해 대악마의 생산과 소비를 전술처럼 이용했거든요."

"대량 사육이라고요?"

"수백억 구더기를 강제 양산시킨 뒤, 그들이 편을 가르고 싸우게 만드는 거예요. 동족을 많이 잡아먹은 구더기가 결국 대악마로 진화하는 방식이죠. 이런 이유들 때문에 벨제부브에 대한 두려움은 역설적으로 루시퍼를 능가해요. 그에게 호의적인 악마들은 거의 없었어요."

"당신도 그런 과정을 겪어 태어났나요?"

그녀가 고개를 흔들었다.

"아니요. 지금 남아있는 대악마는 태초 무렵부터 이어져왔어요."

"태초부터 존재한다는 게 어떻게 가능하죠?"

"악마들은 삶과 죽음의 의미를 이해하지 못해요. 인간들과는 전혀 다른 굴레 속에서 태어났으니까요. 그게 전부에요. 우리는 원래 있었고, 그래서 죽음이란 것도 애매모호하죠. 변고가 아니면 죽음은 항시 악마들을 비켜나가게 되어 있어요. 그래서 인간들이 추구하는 영생은 악마에겐 관심의 대상조차 될 수가 없는 거예요. 물론 예외가 없는 것도 아니죠."

"예외라고요?"

"대악마 벨리알. 그는 진화를 거듭해온 구더기 태생이에요. 계속 먹어야만 영생을 유지할 수 있죠."

등골 끝이 섬뜩해졌다.

"벨제부브의 계획이란 건 도대체 뭐였죠?"

"최종적으로 창조신의 죽음을 바랐어요. 그 위에 자신이 주인이 되는 새로운 왕국을 세우길 원했죠. 믿기지 않겠지만 그럴 기회가 없었던 것도 아니에요. 그만큼 그는 치밀했어요. 하지만 그의 계획을 방해한 건 신도 무엇도 아닌 이방인 루시퍼였죠. 벨제부브는 자신이 내세운 힘의 논리에 엮여 루시퍼에게 권좌를 빼앗기고 말았어요."

통로 끝을 빠져 나오자 네 기둥을 의지한 사각의 너른 공간이 나타났다. 아파트 한 동 높이의 뻥 뚫린 천장 끝에는 지옥의 붉은 하늘이 은하수처럼 선명하게 내다보였다. 현민은 그 아찔한 깊이를 가늠하고 나서야 자신이 지옥궁전의 아주 깊숙한 자리에 도달해 있음을 알아차렸다.

"교수가 쓸 방은 저곳이에요. 지옥을 다녀간 몇 안 되는 인간들이 머물던 안식처죠."

그녀가 가리킨 자리엔 썩은 나무로 치장된 널문이 푸른색 이끼 분칠을 하고 서있었다. 현민이 천천히 문고리를 잡아당기자 경첩이 삐걱 소리를 내지르며 밀려났다.

"아! 그 벨리알이란 악마에 대해 알려 줄 수……."

그가 뒤로 돌아봤을 때 주위는 이미 텅 비어있었다.

* * *

구석에는 벽난로가 피어오르고, 그 옆에 너른 침대가 깔끔한 시트를 덮고 뽀송뽀송한 베개를 머금은 채 누워 있었다. 반대편엔 금방이라도 으스러질 듯한 낡은 책걸상이 놓였고, 벽걸이 시렁이 그 위를 책장처럼 두르고 있었다. 벽면엔 타원형 전신 거울이 서있으며, 그 오른쪽에 고풍스런 시계가 또각또각 초침을 흔들었다. 시침이 새벽 2시를 가리키고 있었다. 방의 한가운데는 1m 높이의 둥근 우물 턱이 올라와 있었다.

책상 시렁에 놓인 두툼한 양피지 고서들이 눈에 들어왔다. 갈팡질팡 하던 그는 학자적 본능에 따라 의자를 괴고 올라가 그것 중 하나를 책상 위에 내려놓았다. 갈색의 딱딱한 표지는 아무 표식이 없었고, 군데군데 헤진데다가 먼지 더께가 뿌옇게 덮여있는 책이었다.

입 바람을 불자 책 표면에 뿌연 먼지바람이 일었다. 그는 헛기침을 몇 번 하고, 표지 끝에 엄지를 엇걸어 왼쪽으로 한 페이지를 넘겼다. 그런데 이상하게도 책장이 넘어가지 않았다. 접착제가 눌러 붙은 느낌이었다. 몇 번을 시도했지만 결과는 똑같았다. 오기가 나면서 짜증이 밀려왔다.

그는 벽난로 옆에 쌓인 통나무 하나를 불구덩이 안으로 집어던졌다. 꺼져가던 불씨는 그것을 냉큼 집어먹고 화산 같은 기운을 되찾아갔다. 현민은 벽난로 정면에 쭈그리고 앉아 일렁이는 불꽃을 바라보며 고서와 팔씨름을 벌이기 시작했다. 그러나 표지는 찢어지지도 구겨지지도 넘겨지지도 않았다.

그는 나머지 서책들을 시렁 위에서 모두 끌어내린 뒤 침대 위에 일직선으로 부려놓았다. 그러고는 하나씩 집어 들고 일일이 표지를 넘겨보려고 시도했다. 그럼에도 결과는 항상 일관된 반응을 가져왔다. 넘어가지도 찢어지지도 구겨지지도 않은 것이다. 그러다가 얇고 누르스름한 맨 아래쪽 서책을 빼내 들게 됐다. 말랑말랑한 촉감이 다른 것들과는 왠지 떡잎부터 달라 보였다. 보관상태도 양호해서 기대를 갖지 않을 수가 없었다.

이럴 수가.

책장이 너무나 쉽게 넘어갔다.

현민은 오픈에 성공한 책을 가지고 벽난로 앞에 앉았다. 몇 장을 넘기다 익숙한 필체를 만났다. 도저히 믿을 수 없었다.

[내가 이곳에 기록을 남기는 건 루시퍼 서기관의 다음 후보를 위해서다. 내가 처음 겪은 황당함과 자괴감, 공포를 당신은 제발이지 비껴가길 바란다. 일단 당신에게 미리 말해둔다. 겁낼 것 없다. 모든 건 운명 지어졌고, 그 운명이 당신을 여기까지 끌어들인 거다. 절대 당신의 탓이 아니다. 누구도 원망하지 마라.

먼저, 목숨을 버려도 좋다고 생각해라. 무섭겠지만 그렇게 믿어라. 전혀 아까울 것 없는 가치 있는 일을 한다고 생각해라.

비밀을 알고 싶다면 초대 서기관의 고서들을 참조해라. 지옥과 천상, 에덴과 메데우스의 역사에 대해 방대한 양의 지식을 얻게 될 것이다. 물론 당신이 책에 걸린 봉인을 해제하는 데 실패했을지도 모른다. 그러나 길은 항시 우리들 곁에 있다. 이것 하나 만큼은 명심해라. 그 지식이 당신을 죽일 수도 살릴 수도 있음을. 결국, 난 그 지식을 잊기로 했다.]

현민은 열에 들떠 몇 장을 더 넘겼다. 휘갈겨 쓴 필체에는 필자의 불안함이 그대로 드러나 있었다.

[아직 끝난 것 같지 않다. 루시퍼의 굳은 표정에서 난 그걸 느낄 수가 있다. 어쩌면 나는 이 비밀에 대해 인간 대표로서 참가 허용된 유일한 1인인지도 모르겠다.

피카소가 전장의 혼란스러움을 틈타 파괴검을 들고 달아났다. 어째서일까. 피카소는 파괴검을 부릴 수 있는 권능을 갖고 있지 못하다. 혹시 배후가 있는 게 아닐까. 만약 그렇다면 전쟁은 또 다시 피할 수 없는 부메랑으로 되돌아 올 것이다. 천사와 악마. 그 사이의 인간. 희생을 피하지 못할 것이다. 어쩌면 영구불능의 죽음이 따를 지도.

다른 대안은 없다. 당신이 해결할 딱히 정해진 일도 없다. 루시퍼를 믿어라.]

현민은 책에서 눈을 떼고 허공을 쳐다봤다. 가슴이 두방망이질치고 있었다.

그는 책을 덮고 일어나 고서들이 쌓인 침대로 돌아갔다. 그리고는 그 중 한 권을 들어 먼지를 탈탈 털어냈다. 손톱으로 가죽 겉면을 긁어보기도 하고, 손바닥을 펴서 표지에 갖다 대기도 했다. 툭툭 때리기도 했고, 책등을 소매에 문지르기도 했다. 그러나 반응은 없었다. 어떻게 6년 전에 이것들을 열 수 있었는지 의아했다. 그러나 분명한 건 자신이 열었다는 사실이다. 현민은 양 손에 힘을 꽉 주고 다시 한 번 기운을 북돋았다. 그러다가 이럴 필요가 없다는 회의감이 찾아들었다. 굳이 이 고서들을 열고 내용을 확인할 필요가 있을까. 머릿속에서 즉각적인 답변을 냈다. 당연히 확인할 필요가 있다.

입을 꽉 깨문 현민은 가랑이 사이에 서적 하나를 끼고 완력을 이용해 표지 양쪽을 쭉 잡아당겼다. 그러다가 미끄러진 왼손이 허리춤에 있던 베개의 볼륨을 푹 눌러버렸다. 순간 투명한 수증 입자들이 현민의 얼굴 주위에 미스트처럼 뿌려졌다. 냄새가 달콤했다. 그러면서 몸에 붙은 근육이 늘어지고, 미간에 쌓인 긴장이 뱀의 몸짓처럼 스르륵 풀렸다. 그러다가 마법 같은 황홀감을 만끽했다. 늘어진 어깨가 뒤로 벌러덩 나자빠졌다. 몸을 일으키고 싶단 생각이 싹 사라졌다. 그냥 그대로 자고 싶었다. 이곳은 선대 서기관들이 묵었던 방이다. 여기보다 더 안전한 곳은 없으리라.

현민은 의식에 죄여 놓은 정신 줄을 한 가닥씩 잘라냈다. 마지막 하나를 잘라내면서는 오랜만에 지어보는 기분 좋은 미소를 머금을 수 있었다. 몸이 새우등처럼 굽어졌고, 실크처럼 미끈한 베개가 첫사랑과 나눴던 섹스만큼이나 부드럽게 다가왔다.

현민은 그녀의 목덜미와 입술에 진하고 깊은 키스와 애무 행위를 하고 있었다. 그녀의 타액이 혀를 통해 들어왔고, 현민은 그것을 곱게 받아 다시 한 번 좁고 축축한 입술 속에 넘겨줬다. 그의 혓바닥이 상대의 작고 따뜻한 우물 안으로 비비 꼬며 갈마들었다.

한 손으론 그녀의 목을 감싸 쥐었다. 귀를 애무했고, 입술은 굴곡진 눈과 코를 내려와 풍만한 언덕을 부드럽게 빨아댔다. 그녀의 봉긋하게 솟은 젖꼭지가 현민의 흥분을 최고조로 접근시켰다.

이제 그의 코 속에 그녀의 땀 섞인 체취가 욕탕의 수증기처럼 들어왔다. 현민은 그것을 핥고 맛을 보았다. 그러다가 모든 행동을 멈추고 가슴골 안에 얼굴을 파묻었다. 미안하다고 말했다. 그땐 그럴 수밖에 없었다고. 대체 너를 왜 몰라봤는지 나처럼 한심한 남자는 없을 거라고 고해성사를 했다. 달콤한 잠자리 위에서 때 아닌 눈물이 나왔다. 가슴이 미어졌다. 부모님을 설득 못한 건 미안하다고 말했다. 그런데 그녀의 조그만 손이 현민의 성기를 분위기 없이 주무르기 시작했다. 평소의 그녀답지 않았다. 하마터면 신음을 내뱉을 뻔했다.

그는 눈을 떴다. 그리고 자신의 옛 애인을 쳐다봤다. 그녀의 아름다운 얼굴이 자신을 쳐다보고 있었다. 현민은 악을 지르며 침대 밑으로 굴러 떨어졌다.

“어서 와요. 난 당신을 원해요. 도망치지 말아요.”

그녀의 피부는 침대 시트와 한 몸처럼 붙어서 마치 부드러운 츄잉껌처럼 탄력적으로 늘고 줄어났다. 그러다가 그 일부에 골이 생기더니 그것이 떨어져 나와 앙상한 팔이 되고 손가락이 됐다. 그 손가락이 연하게 떨리며 현민을 향해 손짓했다. 현민은 헐렁한 바지를 끌어 올리며 축축한 엉덩이로 바닥을 쓸었다. 그러고는 입속에 남은 오물을 모두 뱉어냈다. 그의 미간이 벌레를 씹은 것처럼 일그러졌다.

“나에요. 나라고요. 날 몰라보는 건가요?”

첫사랑과 똑같은 얼굴을 하고 있되 그녀는 망측한 침대괴물일 뿐이었다.

“닥쳐! 이 괴물아, 썩 사라져버려!”

현민은 손에 잡힌 딱딱한 물건을 괴물의 얼굴 위에 집어 던졌다. 그것은 책날개를 퍼덕이다가 벽에 맞고 아래로 굴러 떨어졌다.

"이러지 말아요. 난 당신의……."

침대 요괴는 얼굴에 잔물결을 일으킨 뒤, 뭉개진 반죽처럼 허옇게 변해갔다. 부글부글 끓어오르던 그것은 이내 침대 시트와 수평을 이루며 조용히 가라앉았다. 현민은 손에 베인 땀을 닦고 벗겨진 속옷을 동여맸다. 지퍼를 올린 뒤 풀어진 벨트도 단단히 조여 맸다.

"젠장 할……."

그는 셔츠 단추를 채운 다음, 벽난로로 걸어가 장작 하나를 더 던져 넣었다. 불길이 높아지며 주변이 환해지기 시작했다. 시계를 보니 새벽 3시였다.

그는 입술을 쓸리도록 닦아낸 뒤 난로를 바라보는 벽에 등을 기대고 앉았다. 다시는 잠이 올 것 같지 않았다. 현민은 난로 불을 멀거니 쳐다봤다. 그리고 그 속에서 자신의 살아온 세월을 엿보았다. 현민의 첫사랑 연희가 어딘가를 뛰어가고 있었다. 이국적인 파란 눈에 연갈색의 생머리를 휘날리는 여고생 시절의 그녀는 티 없이 맑은 미소를 머금고 문뜩 멈춰서서 고개를 돌렸다. 그 자리에 행복과 모든 것을 잃어버린 자신이 서있었다. 그녀는 다시 교복 치마를 휘날리며 달아나기 시작했다. 새하얀 종아리가 눈부셨다.

현민은 눈물을 쓸어 내렸다. 자신을 저주했다. 못난 모습이 싫었고, 시간을 되돌리고 싶었다. 그때 난롯불에 달궈진 공기가 현민의 안면 쪽으로 훅 끼쳐왔다. 그러더니 물을 끼얹은 듯 난롯불이 삽시간에 꺼져버렸다. 공포가 밀려왔다.

현민은 무의식적으로 침대괴물을 의심했다. 마귀의 농간이라면 이 방 안에 저 빌어먹을 물건밖에는 없다고 생각했기 때문이다. 어째서 루시퍼는 이 형편없는 공간을 그의 거처로 마련해준 것일까. 그를 만나면 단단히 따져 물어야겠다.

그때 쿵 하고 바깥에서 물건 떨어지는 소리가 났다. 너무 놀라 심장이 내려앉을 것 같았다. 그는 팔을 허우적거리다가 엉겁결에 길고 뭉툭한 막대 비슷한 것을 그러쥐었다. 그것이 무엇인지 확인할 순 없지만 어느 정도 불안의 깊이를 낮추는 데 도움이 되었다. 밖에서 쉭쉭거리는 소리가 들리면서 현민은 다시 한 번 긴장의 끈을 조였다. 이제 몸이 따가워지고 그 안에서 식은땀이 줄줄 흘러내렸다. 그 소리는 정확히 널문 밖에서 들려왔다. 다시 고요한 적막이 찾아들었다. 그 적막이 최고조 상태의 경고처럼 들렸다.

널문 이음새에서 엷은 빛 무더기가 흘러들고 있었다. 누구일까. 가까이 다가가 귀를 기울였지만 들리는 건 적막뿐이었다. 손잡이를 조심히 그러쥐고 작은 틈새에 눈 하나를 집어넣었다. 검은 그림자가 이쪽을 향해 걸어오고 있었다. 순간 나무문에서 형광의 문양들이 붉은 선으로 빛을 발하기 시작했다. 눈부심을 감당할 길이 없어 현민은 양 팔로 얼굴을 가려버렸다. 그때 나무로 된 문이 쾅 뜯어지고 우지직 금가는 소리를 냈다. 그러고는 폭발의 여파와 함께 현민을 종잇조각처럼 뒤쪽으로 날려버렸다.

먼지바람이 일고 나무파편의 일부가 비수처럼 생채기를 냈다. 현민은 들큼한 피 맛을 느꼈고, 썩은 생선 엇비슷한 냄새의 와중에도 코를 틀어막았다. 눈을 뜨기도 전에 차갑고 축축한 손이 그를 살벌하게 낚아챘다. 그러고는 얼굴에 복면을 씌웠다.

몸이 빙 회전했다. 허벅지가 쓰라렸고, 엉덩이는 차가운 돌바닥을 빗자루처럼 쓸기 시작했다. 정체불명의 납치범이 호의를 품고 있지 않음이 확실했다. 구더기들의 끔찍한 식욕이 떠오르자 더럭 겁이 나기 시작했다.

그때 낮익은 발자국 소리를 들었다. 인간의 것과 쉽게 구별되는 소리었다. 불현듯 통로를 지나칠 때 들었던 그 음산한 발소리라는 걸 기억했다. 하지만 지금에 와서 백 번 알아낸들 무슨 소용이 있단 말인가.

어느 지점부터 허공으로 몸이 빨려 들어가는 느낌이 났다. 벽을 기어오르는 게 분명했다. 손목이 당기다 못해 화끈거리기까지 했다. 악을 질렀으나 돌아온 건 번개 같은 몽둥이질과 그로 인한 기절뿐이었다.

* * *

문이 벌컥 열렸고, 거기에 어둠이 스민 60대 노인이 우두커니 서있었다. 노인이 지팡이로 바닥을 두드리며 들어오자 등받이 의자에 앉아 망을 보던 흑인 사내가 노인의 안면에 마리화나 연기를 뿜어대며 누런 이를 사납게 드러냈다. 오른편 선반 위에는 9mm 반자동 권총이 총열을 번득이며 놓여있었다.

"버르장머리 없는 녀석!"

매부리코가 인상적인 노인은 배가 불뚝하고 눈매가 차가웠다.

"이봐 할아범. 초대장은 가지고 왔어?"

벌겋게 상기된 노인은 갈색 재킷의 안주머니를 뒤적여 구겨진 종잇장을 보란 듯이 내밀었다. 거기엔 노인의 이름, '벤 스미스'와 초대인의 인장이 찍혀있었다.

"뭐야! 진짜야? 해밀턴은 정말 인심도 좋군. 들어가 보슈."

총을 들고 일어난 사내는 문밖의 어둠 속을 경계하다가 다시 제 위치로 돌아왔다. 노쇠한 젖소 울음이 건물 안으로 희미하게 들려왔다.

노인은 발을 절뚝거리며 마룻바닥을 찼다. 코너를 돌아 복도를 따라간 뒤 지하실 계단을 타고 천천히 내려갔다. 하마터면 미끄러질 뻔했지만 난간을 잽싸게 잡은 턱에 사고를 면할 수 있었다. 긴 계단을 내려가고 또 내려가자 밝은 빛이 문간에서 새어나왔다. 노인은 문간에 도착하기 전에 이마에 송알송알 맺힌 땀을 손수건으로 닦아냈다. 어두컴컴한 천장의 구석에 점멸하는 빨간 점이 보였다. 폐쇄회로 감시 장치가 분명했다.

"아무튼 이놈은 제정신이 아니야."

노인이 몸을 꺾어 넓은 공간에 들어섰다. 수십의 서양 젊은이들이 천장을 쳐다보며 영혼 없는 기도를 하고 있었다. 방 안의 이곳저곳에 주사기 바늘이 나뒹굴고 창백한 얼굴에 눈 밑이 새카만 작자들이 여럿이었다. 개중에는 얼굴을 피멍과 반창고로 덕지덕지 칠한 이들도 있었다. 발들이 축 처졌고, 좁은 침대 위에서는 발가벗은 남녀가 사이좋게 주사를 놓아주며 상대방의 성기를 주물럭거렸다. 그때 노인 앞으로 턱이 좁고 몸피가 얇은 아랍계 외국인이 앞을 가로막았다.

"돈을 꽤나 많이 지불했군. 여긴 노인들이 허락받기 쉽지가 않은데 말이야."

아랍인은 눈이 동양인처럼 올라가고 코가 높았으며 입술이 매끈했다. 마약을 오래한 치로는 생각하기 힘들었다. 노인이 그를 재치고 나아가자 남자는 귀찮은 표정으로 노인을 뒤쫓았다.

"어이, 노인장. 정해진 자리는 없으니까 알아서 빈 구석에 앉아. 종류는 어떤 걸로 할 거야? 코카인? 헤로인? 엑스터시는 없으니까 그런 싸구려는 찾지 말고."

"헤로인으로 하지."

"종류별로 즐기라고. 종류는 많아. 여긴 안전한 곳이니까. 경찰들도 여긴 못 찾아. 찾는다 해도 기막힌 비밀통로가 있지. 그게 우리 VIP회원들의 권리 아니겠어?"

아랍인은 밀실로 들어가서 검은 비닐봉투와 생수 한 병을 들고 왔다.

"조제는 자기 맘대로야. 알아서 조절 잘 해. 여기서 쇼크사하면 파묻을 수밖에 없으니까. 주사기가 필요하면 바닥에 널린 것 중에 하나를 쓰면 돼. 당신 나이면 주사흡입이 위험하단 건 알겠지? 따로 주의사항을 말할 필욘 없겠군."

노인은 구석 한 귀퉁이에 앉아서 지팡이를 가지런히 놓아두고 발을 뻗었다.

"해밀턴도 여기 있소?"

"해밀턴? 그런 건 신경 꺼. 네가 신경 쓸 거 아니잖아. 아무리 VIP라도 우리 회장님 신상은 이름 외에 더 알려고 해선 안 돼."

아랍인은 입을 이죽거리더니 엄지와 검지로 총 모양을 만들어 노인의 두개골에 갖다 댔다.

"이렇게 죽고 싶지 않다면 말이지."

노인은 고개를 끄덕였다. 그러고는 크게 심호흡을 하고 신발을 벗었다. 눈앞에는 백인 여자가 머리를 쿵 찧으며 쓰러졌고, 그 위로 이제 막 환각이 오른 곱슬머리 남자가 자신의 둔부를 문지르며 여자의 입술에 침을 발랐다. 노인은 고개를 절레절레 흔들었다. 노인은 검은 봉지를 들춰서 헤로인 한 스푼 정도를 떠먹었다. 물에 희석해서 혈관에 놓으면 빠르겠지만 그러면 쾌락 지속시간이 현격히 줄어든다. 바닥에 있는 주사기를 공유했다간 에이즈나 간염 바이러스, 황달, 매독, 말라리아에 노출될 수도 있었다. 물론 그 모든 게 노인에겐 상관없었다.

노인의 식도를 타고 내려간 헤로인은 곧장 혈액에 녹아 뇌를 타고 오른 뒤 효소에 의해 모르핀으로 바뀌었다. 그러나 그 모르핀은 노인의 두뇌에 작은 흥분을 일으킨 뒤 허망하게 사라졌다. 노인은 벌떡 일어나 지팡이를 짚고 밀실로 절뚝거렸다.

"어이! 이봐! 뭐 하는 거야?"

아랍인이 손에 든 것을 바닥에 버리고 얼른 뒤쫓아 왔다. 그러고는 어깨를 으스러지게 부여잡았다.

"해밀턴 좀 만나고 싶소."

"정말 죽고 싶어, 이 노인네야? 정말 겁이 없나 본데. 좋아, 공포가 뭔지를 보여주지."

아랍인은 청바지의 허리를 헤적여 길고 날카로운 단도를 그러쥐고 그 시퍼런 서슬을 노인의 목 끝에 맞댔다.

"해밀턴이 여기 있단 걸 알고 왔네. 젊은이. 안내해주게."

이 유례없는 소란에도 마약 중독자들은 상황이 주는 감흥보다는 약물이 주는 쾌락이 더 마음에 드는 눈치였다. 중독자들의 얄궂은 신음소리가 공기 중으로 퍼지며 말초 신경에 닿은 그들의 쾌락을 삽질하듯 퍼다 날랐다.

"네놈 피 맛이나 봐라, 이 멍청아."

칼날이 노인의 목에 얕은 칼집을 냈고, 곧장 검은 피가 물감처럼 쏟아졌다.

"……. 검은 피?"

아랍인의 동공이 미소 짓는 노인의 비릿한 웃음에 고정되더니 머리를 심하게 떨었다.

"나에게 안내를 하고 죽을 테냐, 아니면 여기서 그냥 죽을 테냐?"

노인이 아랍인의 칼을 단박에 뺏어 든 뒤 칼날에 묻은 피를 뱀처럼 날름날름 핥았다. 아랍인이 비명을 지르려고 하자 노인은 남자의 경동맥 사이로 시커먼 입술을 재빠르게 가져갔다. 그러고는 날카로운 이빨을 드러내고 인내하듯이 속삭였다.

"소란을 일으키고 싶지 않다. 어서 피카소에게 안내해라. 나 벨리알이 친히 녀석의 얼굴 좀 보러왔느니라."

"베… 베… 벨리… 알?"

몸을 흔들어 빠져나온 아랍인이 허겁지겁 밀실로 달아나기 시작했다. 그 뒤를 벨리알의 눈이 조용히 따라갔다. 우당탕 소리와 함께 유리병이 떠밀려 바닥으로 와장창 깨지는 소리가 났다. 집기들이 밀실 안에서 무차별적으로 넘어지고 부서졌다.

벨리알이 몇 걸음을 옮겨 아랍인의 미쳐 날뛰는 행동을 어둠 속에서 주시했다. 마침내 피카소의 밀실과 연결된 비밀 덧문이 공포에 휩싸인 남자에 의해 확인됐다. 아랍인이 그 안으로 몸을 쑥 집어넣고 있었다. 벨리알은 아랍인이 사라진 덧문을 다시 젖히고 밀실로 이어진 지하 통로를 내려다봤다. 신선한 바람이 올라오고 있었다. 아무래도 맞은편에 출구가 있는 모양이었다. 또 다시 놓칠 순 없었다. 반드시 피카소를 만나 그가 훔친 파괴검을 돌려받아야 한다. 벨리알은 들창 밑의 철제 사다리를 부여잡고 한 계단씩 내려갔다. 피카소 특유의 썩은 냄새가 전해지는 걸 느꼈다. 벨리알은 거실에서 아직도 환락에 취한 인간들을 아쉽게 쳐다봤다. 인간을 앞에 두고 식사를 하지 않은 일은 아마 이번이 처음이 아닐까라고 생각했다. 그는 입맛을 몇 번 다신 뒤에 밀실 통로 밑바닥에 내려서서 아랍인의 냄새를 뒤쫓기 시작했다.

* * *

"피카소. 문 좀 열어요. 빨리, 급하다고요."

9번 문이 쾅쾅 울렸다.

"누구야?"

"저에요, 저. 저라고요."

"저가 누군데? 이놈이 지금 나랑 장난하자는 거야?"

"이러고 있을 때가 아니에요. 벨리알… 당신이 그토록 혐오하던 그 벨리알이란 자가 여기까지 찾아 왔다고요."

스튜를 끓이고 있던 피카소는 순간 정신이 아찔해졌으나 이내 마음을 가라앉히고 냉정하게 대응했다.

"벨리알이 지금 이쪽으로 오고 있나?"

"그래요. 빨리 문 안 열고 뭐해요. 당신만 살겠다는 건가요?"

피카소는 조리용 장갑을 벗은 뒤 도마 위에 놓인 붉은 고기들을 냄비 안에 쓱 몰아 담았다. 그는 고기가 완전히 읽기 전에 불의 세기를 약하게 조절하는 것도 잊지 않았다. 한쪽에선 문을 덜컹거리는 소리가 이제 신경질적으로 바뀌기 시작했다. 그는 바퀴벌레 튀김을 입속에 한 움큼 털어 넣었다. 바삭바삭 거리는 식감에 내장의 쓸쓸한 뒷맛이 진미였다.

"시끄러워, 산티엔. 즐거워야 할 내 식사시간을 방해한 죄가 얼마나 큰 줄 알아?"

피카소는 고기 저장실의 냉동고 문을 닫고 부엌과 작업장의 문간을 넘은 뒤 타일로 장식된 넓은 공터로 나오며 투덜거렸다. 그러고는 원형의 수많은 문들 중에서 9번 방문의 손잡이 앞에 두 발을 버티고 섰다.

"산티엔, 아직도 거기 있나?"

"당장 문이나 열어요, 피카소. 그 작자가 쫓아올지도 모른다고요."

"당연히 쫓아오겠지. 그러려고 여기까지 온 거 아니겠어? 무식한 산티엔."

"여기서 날 버리는 건 아니겠죠? 난 당신을 위해 정말 많은 일을 했잖아요. 당신을 즐겁게 하는 일이라면 뭐든 도맡아 했다고요."

남자의 목소리는 정말 초조했다.

"조용히 해봐, 무식한 산티엔. 나도 좀 생각을 해봐야 할 거 아냐."

피카소는 혹시나 모를 불안감 때문에 문간에 귀를 가져갔다. 그러나 별다른 소리는 없었다.

"이봐요, 피카소. 정말 날 미치게 할 건가요?"

"잠깐 기다려, 산티엔. 지금 막 가고 있단 말이야."

피카소는 능청스럽게 목소리를 죽인 뒤 멀리서 오고 있는 시늉을 했다. 그러는 사이 재빨리 머리를 굴려 생각했다. 벨리알은 또 그 보물을 내놓으라고 할 것이다. 어떻게 해야 하지? 피카소는 이번엔 문밖에서 목숨을 구걸하는 노예를 생각해 봤다. 구해줘야 하나? 꼭 그래야 할까? 왜? 노예는 얼마든지 또 구하면 되는데. 그러다가 저 무식한 산티엔이 여러 인간 노예들 중에서는 그나마 제 역할을 충실히 해왔다는 생각에 도달했다. 다시 저 정도 되는 인간 노예를 키우기도 버겁거니와 새로운 놈을 찾아 교육시킨다는 것은 더더욱 귀찮았다. 그래 어차피 벨리알의 눈을 피할 장치는 다 해놓았다. 벨리알은 산티엔 만큼이나 무식한데, 뭐. 도망치는 건 간단한 속임수만 있으면 되는 거니까. 그는 손잡이 문을 돌렸다. 그러나 그는 산티엔의 상태를 보고 얼음처럼 굳어버렸다.

"벨… 리알?"

"안녕, 피카소? 정말 오랜만이지?"

벨리알의 손에 들린 산티엔의 목이 데굴데굴 굴러 탁자 다리에 부딪쳤다. 그는 사악한 미소를 지었다.

"어떻게 당신이."

"구해줘요, 피카소. 나를 버리려는 건 아니겠죠?"

벨리알이 산티엔의 목소리를 똑같이 흉내 내며 문을 쾅 닫고 걸어 들어왔다. 그러고는 제 목소리로 돌아와 무섭게 노려봤다.

"피카소, 언제나 날 따돌릴 수 있을 거라고 생각하면 오산이야. 이 세상에 완벽한 게 어디 있어. 안 그래? 저번처럼 날 실망시키지 말라고. 그랬다간 아주 작살을 내버리지."

늙은 노인의 키 작은 몸이 날렵하게 떠서 탁자에 엉덩이를 탁 걸쳤다.

"루시퍼가 보냈나요?"

"당연한 거 아닌가? 물건의 주인을 찾아주고, 난 그분의 신임을 얻을 거니까. 자, 어디 있지? 어디다 뒀는지 말해. 순순히 내놓으면 그분께 자네의 선처를 구해보지."

피카소는 천천히 뒷걸음치며 바지 뒷주머니에서 손가락을 끼워 넣었다. 그러면서 벨리알의 시선을 흩뜨리려고 억지로 입방정을 떨었다.

"일이 이렇게까지 된 이상 벨리알 당신의 손아귀를 벗어나진 못하겠죠. 물건은 작업실에 있어요. 바로 옆방이죠."

"거짓말 마라, 피카소. 보물을 그 흔해빠진 곳에 아무렇게나 놓아둘 네놈이 아니지. 더군다나 성물 수집광인 바로 네놈이 말이야."

피카소는 직접 개발한 연막탄을 이제 막 시험하려던 차였다. 제대로 작동해주길 바라는 수밖에 없었다. 그것만 제대로 터지면 그는 3번 방문을 통해 도망칠 참이었다.

"난 당신처럼 거짓말을 밥 먹듯 하진 않아요. 날 살려줄 건가요?"

"물론."

"내가 당신을 믿을 거라고 생각하나요? 당신은 구더기는 물론이고 영혼까지도 씹어 먹는 대식가인 걸 아는데 말이죠. 날 삼키지 않는다고 어떻게 장담할 수 있죠?"

피카소는 마음속으로 카운트다운을 셌다. 피카소의 뒷걸음질이 불안한지 벨리알이 펄쩍 뛰어내려 저벅저벅 다가왔다. 더 이상 시간이 없었다.

이때다. 피카소는 연막탄을 던지며 3번방 문으로 잽싸게 뛰어갔다. 그러나 고무줄처럼 늘어난 벨리알의 팔이 피카소의 정강이를 낚아채며 삶은 감자마냥 으깨버렸다. 쇳소리에 가까운 비명이 터지고 피카소의 눈에 심한 출혈이 생겼다.

늘어졌던 벨리알의 팔이 척 소리를 내며 제 위치로 돌아왔다. 그는 천천히 다리를 끌고 다가와서는 피카소의 구강을 억지로 벌린 뒤 가운데 있는 혓바닥을 잡아뜯어내서 작업장 쪽으로 휙 던져버렸다. 혐오스러운 그 물건은 포물선을 그리며 작업장 소도구들 위를 나뒹굴었다.

벨리알은 피카소의 몸을 아래로 굽어보고 있었다. 그가 뱀 같은 혀를 날름거리며 입맛을 다셨다. 그의 콧구멍이 주먹처럼 벌어지더니 그 안에서 깔끔깔끔한 테두리의 누르스름한 촉수가 튀어나왔다. 그러고는 피카소의 목을 거칠게 휘감았다. 그를 들어 올린 촉수는 팽이처럼 회전하며 그의 목을 반쯤 자른 뒤 벨리알의 콧구멍 안으로 들어갔다. 벨리알의 눈이 진노랑빛을 띠며 흥분을 감추지 못했다.

"맛있어. 인간보다 훨씬 맛있어. 음~ 역시 네놈은 인간의 살을 먹고 산 놈이라 다른 놈들과는 다르단 말이지. 완벽해."

피카소가 검은 핏물을 쏟아내며 몸을 떨었다. 벨리알은 그의 가느다란 신음에는 안중에도 없어 보였다. 그가 피카소의 목덜미에서 떨어지는 진물을 설탕물처럼 쪽쪽 빨아댔다.

"내… 내 보물… 이…."

벨리알이 피카소를 바닥에 내던지며 아쉬워했다.

"그래, 맞아. 난 그 물건을 받아야 하지. 어서 내놔. 어디다 숨겼지?"

피카소는 부서진 벽 틈 사이로 바닥에 고스란히 떨어진 연막탄을 발견했다. 그것은 터지지 않았다. 허탈한 웃음이 새어나올 것만 같았다.

"내가 왜……."

벨리알이 허리를 굽히고 앉아 두툼한 손으로 그의 멱살을 쥐었다.

"피카소, 인간과 몇 년을 섞이더니 너까지 인간인 줄 착각하나? 넌 하급이긴 하나 악마의 피를 가졌어. 쉽게 죽을 수가 없지. 아주 걸레가 되지 않는 이상."

벨리알이 비릿하게 웃으며 입 꼬리를 올렸다. 그러더니 움켜 쥔 멱살을 몇 번이고 좌우의 바닥에 내동댕이쳤다. 피카소의 얇은 몸은 바람 빠진 풍선처럼 흐느적거렸고, 찢겨진 정수리에서는 근육에서 분리된 두피가 진흙처럼 흘러내렸다. 벨리알이 피카소의 손목을 잡고 일어나자 하중이 허리까지 들렸다. 피카소의 발바닥이 벨리알의 움직임에 따라 질질 끌려 다녔다.

"이건가? 이거? 아님, 이거?"

벨리알은 작업대 위에 정렬된 성물 모조품을 쳐다보다가 피카소의 눈알 위에 하나씩 잡히는 대로 내던졌다. 어떤 것은 악력을 이용해 부러뜨리기도 했다. 부엌으로 끌고 가서 고기 저장고를 열고, 목에 갈고리가 걸린 남녀 시체들을 헤치며 박스 상자를 헤집기도 했다. 더러는 배가 쭉 갈라진 남자의 팔뚝을 뜯어서 뼈째로 게걸스럽게 씹어 먹었다. 인간의 질긴 힘줄이 길게 늘어지면서 벨리알의 입 안으로 튕겨져 들어갔다. 그의 입가가 인간의 새빨간 핏물로 보기 흉하게 얼룩졌다.

"어디다 숨겼지, 피카소?"

"멍청한 벨리…… 알."

"죽을 때가 되니 못하는 소리가 없구나, 피카소. 좋다, 좋아. 아무렴 상관이 없지. 분노란 것은 인간 같은 벌레들이나 향유하는 것임을 잊지 마라.

인간 고기에서 흘러나온 핏물이 피카소의 얼굴 위로 뚝뚝 떨어지며 그를 간질였다.

"루시퍼라면…… 어땠을까?"

"뭐?"

벨리알이 마지막 남은 엄지손가락을 입 안에 구겨 넣으며 흡족한 얼굴로 피카소를 내려다봤다.

"루시퍼라면… 너와는 달랐을 거다. 그래서… 네가 멍청하다는 거야… 벨리알."

"입은 살아있구나, 피카소."

벨리알의 콧구멍이 벌름거렸다.

"날 죽여도 결국은 아무것도 찾지 못할 거다. 아무것도."

벨리알이 코를 킁킁거리며 피카소를 위협했다.

"난 루시퍼와 달라. 나는 그분만큼 인내심이 강하지도 머리를 쓰지도 않지. 난 나만의 방식이 있다, 피카소. 난 죽이지 않고도 고통만 줄 수 있는 기술자니까."

벨리알이 피카소의 오른 팔을 비틀더니 그대로 뜯어서 바닥 위에 던졌다. 질긴 비명소리와 함께 뜯겨 나간 자리에서 시커먼 물과 즙이 흐르고 바퀴벌레들이 우글우글 쏟아져 나와 굼벵이 춤을 췄다. 어디서 냄새를 맡았는지 이름 모를 날벌레들이 날아와 왱왱거렸다. 너덜거리던 살점들은 악마의 피를 머금고 심한 경련을 일으켰다.

"이래도 헛소리를 할 테냐?"

"……."

벨리알은 가소롭다는 듯 고개를 젓더니 식칼을 들고 와서 피카소 위에 쭈그려 앉았다.

"너의 내장을 네 눈으로 보고 싶은 게냐, 피카소?"

"그… 그만… 그만 해, 벨리알."

형체를 알아보기 힘든 피카소의 몸뚱이가 뭍에 올라온 물고기처럼 꼬리를 치며 발악했다. 그때 그의 배꼽에 칼이 꽂히고 가죽이 심장 밑까지 쭉 갈라졌다. 악마의 검은 심장이 팔딱팔딱 눈에 훤히 드러났다.

"맛있게도 뛰고 있군."

벨리알의 뭉툭한 손끝이 피카소의 속살을 헤집으며 썩는 내가 진동하는 검붉은 창자를 끊어 몸 밖으로 길게 늘였다. 이제 피카소의 입 안에서는 거친 후음만이 들렸다.

"나와 더 씨름을 하고 싶은 게냐, 피카소? 난 너의 심장만큼은 건들지 않을 거야. 네 그 주둥아리가 진실을 토해내기 전까지 말이야. 차라리 죽음을 택하는 게 낫겠다는 생각이 들 걸?"

벨리알의 손이 피카소의 위턱과 아래턱을 붙잡고 천천히 벌려나갔다. 우두둑 소리가 나며 피부가 탱탱하게 늘어나더니 툭하고 뭔가 끊어지며 피카소의 눈동자가 썩어갔다. 벨리알이 재밌게 내려다보고 있는데 순간 엄청난 돌풍이 휘몰아치며 벽면의 남은 일부마저 한꺼번에 무너져 내렸다. 잘게 부서진 벽돌이 날아와 벨리알의 우뚝 솟은 코를 자빠뜨리고 여파에 힘입은 모조품들이 그의 두껍게 처진 등살을 갉아댔다. 옷가지에 검은 진물이 연기처럼 번지더니 우습게 휘어진 그의 콧구멍에서 끈끈한 콧물이 걸쭉하게 미끄러졌다. 벨리알이 무너진 벽 부스러기 사이로 돌아서서 새로이 등장한 세 명의 상위천사들 가운데 유독 가운데 있는 존재에 초점을 맞춰들었다.

"프리엘."

분노에 일그러진 벨리알이 그들을 마주하고 으르렁거렸다. 바닥에 쌓인 벽돌과 집기들이 그 기운에 반응하며 사방으로 튕겨나갔다. 무지막지한 포효에 이어 벨리알의 이빨이 뿌득뿌득 갈렸다.

"애송이들을 달고 왔구나, 프리엘. 그것도 아주 기가 막힌 타이밍에."

프리엘의 손에서 푸르스름한 얼음창이 돋아나고 좌우를 호위한 상위천사들의 몸에서도 각각 노랗고 붉은 섬광이 영롱하게 번뜩였다. 그러더니 그 섬광들이 구슬 달린 지팡이와 빛나는 단검으로 투박한 형태를 갖추어가기 시작했다. 프리엘이 두꺼운 턱수염과 긴 눈썹을 휘날리며 한 발 앞으로 나섰다.

"오늘 너의 목을 가져갈 것이다. 대악마 벨리알이여."

프리엘의 몸이 번개처럼 튀어나가고 좌우를 호위하던 천사들의 날개가 펄럭였다. 세 상위천사들의 기압이 진공을 찢어내는 파동을 일으키자 지진이 난 듯 건물이 흔들렸다. 그러다가 천장의 일부가 무너지고 밀실을 지탱하는 기둥들이 쏟아져 내렸다. 그 사이 프리엘의 얼음창이 벨리알의 명치로 강하게 파고들었다. 그러나 그것은 벨리알의 손바닥에 가로막혀 살갗도 뚫지 못한 채 멈춰섰다. 벨리알이 프리엘의 안면에 썩은 입 냄새를 풍겼다.

"떨거지 천사들이나 데리고 온 겁쟁이 천사, 프리엘. 넌 내 상대가 못 된다. 내가 친히 너의 목을 거두어주는 영광을 베풀도록 하지."

그의 악취 나는 입 냄새가 사라지자 벨리알의 코에서 기어 나온 촉수들이 프리엘의 얼음창을 뱀처럼 휘감기 시작했다. 그러고는 프리엘의 얼굴 앞에서 두꺼운 가시 이빨을 날름거렸다.

상위천사의 단검 하나가 그들 사이를 잽싸게 가로질렀다. 촉수의 중간이 잘려나갔고, 탄력을 이기지 못한 벨리알이 뒤로 껑충 밀려났다. 그러나 잽싸게 균형을 잡은 벨리알이 번개 같은 솜씨로 방해꾼의 날개를 잔인하게 꺾어버렸다. 날개 잃은 천사가 바닥에 쿵 소리를 내며 떨어졌다.

노기를 띤 동료 하나가 지팡이 끝에서 붉은 섬광을 눈부시게 내뿜었다. 그 섬광은 표면에 닿는 모든 것을 모조리 태워먹으며 벨리알의 가슴 위에 정확하게 명중했다. 벨리알이 입은 재킷과 함께 그의 살덩이가 타들며 검은 연기가 피어올랐다. 그러나 벌어진 상처는 순식간에 새로운 살들이 차올랐다. 벨리알이 거드름을 피며 우롱했다.

"간지럽구나, 잔챙이 천사 양반."

벨리알의 눈이 진노랑으로 발광하더니 늙은 노인의 형체가 흐물흐물 들끓었다. 가직한(가까운) 거리에서 그 모습을 지켜보던 프리엘이 당황한 낯빛으로 떨어진 상위천사들에게 명령했다.

"벨리알의 몸에서 떨어져라."

벨리알의 배꼽이 열 배 스무 배로 스멀스멀 부풀더니 피부가 코끼리 껍데기처럼 쭈글쭈글해졌다. 그러더니 그 표면에 칼 같이 생긴 주름들이 빨래판처럼 돋아나고, 울룩불룩 요동을 치던 몸뚱이에서는 여섯 개의 다리가 뚫고 나와 땀구멍에 감춰 키우던 지렁이들을 불러냈다. 벨리알의 안면은 역삼각의 흉측한 모습으로 휙 돌아가더니 턱과 이마가 튀어나와 샛노랗게 찢어진 눈을 정신없이 뒤룩거렸다. 질퍽질퍽한 연초록의 부식성 체액이 떨어지자 바닥에 흰 연기가 피어났다.

채찍소리가 나며 공중으로 수백의 촉수가 용솟음쳤다. 간신히 버티던 건물들이 와장창 무너지고 거기서 나온 먼지가 연막처럼 물안개를 피웠다.

프리엘이 얼음창을 둥글게 회전시켜 몸 주위로 방어막을 치자 나머지 상위천사들도 신성 기운을 넣은 날개바람을 일으켰다. 그러나 부상당한 천사의 발악만큼은 애석하게도 벨리알의 희생양이 되고 말았다. 촉수는 천사의 몸뚱이를 뚫고 들어가서 날개 째로 칭칭 감아올리더니 럭비공을 만들어 개구리의 혀처럼 확 끌어갔다.

벨리알의 목구멍이 맨홀뚜껑처럼 동그랗게 벌어지고, 그 안에서 가시돋은 혓바닥이 줄기차게 미끄러져 나왔다. 검붉고 길쭉한 섬유조직들은 둘로 나뉜 천사의 주검에 끈끈한 침을 바르더니 결국 바작바작 씹으며 저작운동을 하기 시작했다. 벨리알이 입술 끝을 바르르 떨며 미소 지었다.

“풍미가 제법이야. 너무 맛있어.”

프리엘의 눈물이 분노가 되어 번지더니 그의 몸에서 강력한 신성 기운이 뻗쳐 나오기 시작했다. 벨리알이 나머지 한 조각을 삼키며 낄낄 비웃었다.

프리엘의 푸르스름한 기운은 눈을 멀게 할 정도로 강해지다가 도화지에 튄 물방울처럼 응축되어갔다. 그것들은 하나의 구체를 형성하더니 얼음창의 모서리 끝에 달라붙었다.

“오, 프리엘. 드디어 나오는가. 루시퍼를 찔렀던 각성된 얼음창.”

프리엘의 수염이 연푸른 빛깔로 변색되고 그의 동공은 도끼날처럼 좁아지고 있었다.

“와라, 프리엘. 루시퍼를 찔렀던 그것으로 나도 한 번 찔러 보아라.”

프리엘의 몸이 날갯짓과 함께 벨리알의 정중앙으로 튀어나갔다. 천지가 진동했고, 그를 보조하던 상위천사가 서슬과 압력에 짓눌려 힘겹게 몸을 가눠야만 했다.

미사일처럼 나아간 프리엘의 얼음창은 그의 손을 떠나 벨리알의 흉부와 등껍질을 뚫고 사라져버렸다. 프리엘이 벨리알의 코앞에 멈춰서 숨을 죽이고 있었다.

"으하하, 이거란 말이냐. 단지 이거란 말이냐."

벨리알의 뻥 뚫린 흉부가 빠른 속도로 메워지고 있었다. 그는 승리에 도취된 얼굴로 도마뱀처럼 생긴 목을 하늘로 길게 빼들었다. 그러고는 프리엘을 깔보며 다시 한 번 콧노래를 불러댔다.

"상위천사 중의 으뜸이란 것들도 별 것이 아니구나. 이럴 바엔 가브리엘과 오지 그랬느냐."

벨리알은 등을 보이는 프리엘을 움켜쥐려고 했다. 그런데 천장 높이까지 솟은 그 손톱 끝은 프리엘의 등을 할퀴지 못하고 공포에 물든 시선으로 정지되고 말았다.

"뭐지?"

벨리알의 다리가 꺾이고 푹 주저앉았다. 그러면서 대악마의 전신으로 푸르스름한 빛줄기가 가시광선처럼 뻗어 나갔다.

"무슨 짓을 한 거냐. 프리엘? 프리엘!"

벨리알은 난생 처음, 시원의 끝에서 차오르는 근원적인 고통을 만끽하고 있었다. 그 고통은 뼈를 깎고 맨살을 째는 수준을 넘어서 자신의 존재 자체에 대한 엄청난 절망을 일으켰다. 벨리알이 흉측한 자기 얼굴을 감싸고 피가 나도록 긁더니 엄청난 빛과 함께 발광하기 시작했다. 푸르스름한 빛이 수그러들자 주위의 공기가 밑바닥부터 얼어붙었다. 공기 중의 먼지와 수분이 제자리에서 얼어버리고, 주위의 모든 것들이 고요해졌다. 빛과 소리조차 그 기온에서는 몸을 움츠리고 숨을 죽일 것 같았다. 온 사방에 얼음 꽃이 피었다. 멀어지던 프리엘이 나비 같은 날갯짓을 뿌리자 거기서 파생된 작은 들바람이 벨리알의 굳은 혓바닥에 촘촘한 흠집을 내어 머리부터 와장창 무너뜨렸다. 잔혹한 희생을 치른 전투가 대악마의 죽음으로 끝을 맺었다.

그런데 침묵이 찾아든 공간에 일순간 이상한 기운이 감돌기 시작했다. 그 힘은 솜털을 건드릴 만큼 희미하다가 머리털을 건드릴 정도로 점점 커지고 있었다. 프리엘은 잽싸게 얼음창을 뽑아들고 넋 놓고 있는 상위천사에게 날아갔다. 그러고서 그들 앞에 신성 기운을 이용한 방어진을 펼쳤다. 천사들의 둘레에 바닥에서 치솟은 노란 장막이 펼쳐졌다.

"어떻게 된 겁니까, 프리엘. 벨리알은 죽었습니까?"

"대악마의 기운이다."

"누구입니까. 루시퍼입니까? 저는 목숨을 버릴 각오가 됐습니다."

그러나 그것은 그들의 코앞에서 벌어지고 있었다. 바닥에 뿌려진 재들이 바퀴벌레처럼 하나의 점으로 모이다가 부글부글 끓기 시작한 것이다. 거기에서 역삼각의 미개한 얼굴이 다시 나타나고 촉수들의 분노한 펄럭임이 생겨났다.

"프리엘. 내가 너무 방심했구나. 정말 죽을 뻔했어."

그는 죽지 않았다. 끝난 게 아니었다. 더군다나 그는 이제 장난기어린 웃음을 완전히 걷어내고 그 빈자리에 악의와 경멸에 찬 새로운 결심을 녹여내고 있었다. 좀 전보다 강력한 대악마의 기운이 사방에 피어 있는 얼음 꽃들을 하나씩 지워나가기 시작했다.

프리엘의 몸 전체에 신성 기운이 불어나고 있었다.

"쉬울 거라고 생각하진 않았지, 벨리알."

"건방 떨지 마라, 프리엘. 넌 이미 모든 힘을 쏟아 부었어. 이게 너의 한계다."

"망상마저도 너 답구나, 벨리알."

프리엘이 노란 방어진을 지우고 푸르스름한 얼음창을 가볍게 그러쥐었다.

"프리엘, 그렇게 떠들어 봤자 넌 내 상대가 못 돼. 차라리 가브리엘을 데려와라."

형체를 갖춘 벨리알이 등줄기에서 지느러미 같은 가시를 못처럼 세우고 있었다. 바닥을 버티고 있는 육중한 다리에서 더 많은 촉수들이 쉭쉭 소리를 내며 돋아났다.

"천사장께서 동행했다면 넌 내가 안겨준 고통의 만 배를 경험했을 것이다. 다행인 줄 알고 그 오만한 유희에서 벗어나시지."

벨리알은 웃지 않았다.

"오늘 나의 먹이는 너희다. 갈보 같은 가브리엘의 둔부는 나중에 음미해도 늦지 않지."

얼음 꽃이 완전히 녹아버리고 이제 공간은 축축하고 음습하게 젖어들기 시작했다. 동시에 벨리알의 얼굴이 둘로 갈라지고 몸과 꼬리도 도끼날 박힌 장작처럼 쩍 쪼개졌다. 그러더니 그것들은 신속하게 손가락 깍지를 끼는 재생의 살을 덧붙여 완벽한 두 개체로 변모했다. 희번덕이는 싯누런 눈깔들이 프리엘과 상위천사를 표독스러운 얼굴로 겨냥했다. 두 진영 사이에 팽팽한 긴장감이 돌기 시작했다.

"각오하는 게 좋을 거야, 프리엘."

이빨을 드러낸 벨리알의 분신들이 바닥을 깊이 가르며 천사들의 전신 앞으로 뛰어들었다. 쭝긋 세워진 귓불이 휘날렸고, 혓바닥을 드러낸 입술들이 물결처럼 출렁이고 있었다. 그때, 쇳소리가 음속으로 번지더니 불현듯 찾아든 부메랑 두 개가 벨리알의 분신들 사이를 재빨리 타격해 들어왔다. 거대한 날개를 드러내며 구원자처럼 나타난 존재. 그는 다름 아닌 '웨인마커.'

"제가 너무 늦었군요. 유미엘의 비명소리를 들었습니다."

웨인마커가 거대한 날개를 접고 서서 방방 날 뛰는 벨리알의 분신들을 쳐다봤다.

"난 너무 노쇠했네, 웨인마커. 그를 지켜주지 못했어."

"아닙니다. 그의 슬픈 순교가 우리에게 힘을 가져다 줄 겁니다. 여기는 제가 맡겠습니다. 어서 피카소를 쫓으십시오."

기백을 되찾은 프리엘이 피카소의 핏물자국을 따라 3번 방문 앞에서 급히 멈춰섰다. 그러자 기회를 포착한 벨리알의 분신들이 방향을 틀고 프리엘을 향해 번개처럼 몰려가기 시작했다. 그 즉시, 웨인마커의 신성 기운이 터져서 프리엘의 뒤쪽으로 강력한 먼지바람을 일으켰다. 서슬에 묶인 분신들이 뒤로 데굴데굴 구르며 꼴사납게 밀려나고 있었다.

"넌, 누구냐?"

웨인마커가 찬바람을 일으키며 벨리알에게 돌아섰다.

"알 필요 없다. 늙고 나약한 벨리알이여."

분신이 날카로운 송곳니를 드러내며 으르렁거렸다.

"내 고명을 들어보지 못했단 말이냐?"

웨인마커가 콧방귀를 뀌며 응수했다.

"고명? 웃기고 있군."

벨리알이 갈렸던 양쪽 몸을 합쳐서 이전의 거대했던 형체로 되돌아가고 있었다.

"감히, 내 고명을 비웃어?"

웨인마커의 날개에서 수백의 깃털들이 뽑혀 나왔다. 그것들은 벨리알이란 목표물을 향해 비수처럼 날아들더니 대악마의 철갑 같은 피부에 가느다란 생채기를 내고 말았다. 벌어진 살점 속에서 끈끈한 부식성 핏물이 쏟아졌고, 발작에 가까운 분노가 좁아터진 공간 안에 두꺼운 충격파를 일으켰다.

"잔재주는 그만 부리고, 정면승부를 걸어라. 이 겁쟁아."

몸이 달뜬 벨리알이 성마르게 겅중겅중 뛰어들었다.

"후회나 하지 마라, 벨리알."

웨인마커에게서 흘러나온 빛 무리가 빙글빙글 회전하다가 그의 몸에 그물처럼 들러붙기 시작했다. 그것은 눈이 멀 만큼 황홀한 별빛으로 각성하다가 은빛 갑옷을 두른 찬란한 웨인마커의 모습으로 변화했다. 그의 손에는 십자 문양의 둥근 방패가 들려있고, 벨리알의 억지스런 발톱이 그 방패에 맞고 튕겨나갔다.

웨인마커가 방패 앞면을 그러쥐고 십자 문양을 들어올렸다. 곧장, 경계 없는 태양 빛이 쏟아지고 그 자리에 길쭉한 형태의 검 모양이 들려나왔다. 저돌적 권능의 상징, 신성 검이었다. 문양이 사라진 원형 방패가 성유를 바른 것처럼 번들거렸다.

"와라, 벨리알. 신성 검의 이름 앞에 네 무릎을 비참하게 꿇려주마."

빛의 속도로 치달은 웨인마커의 칼날이 벨리알의 목을 겨냥해 날아들었다.

* * *

"뭘 더 기다리는 거야! 이리 비키지 못해!"

"멈춰! 난 명령을 따르는 것뿐이야. 대악마의 명령을 거역하는 순간, 네놈이 어떻게 될지 상상은 해봤어?"

"지금 와서 무슨 소리야. 저렇게 토실토실한 먹이를 눈앞에 놓고 우리더러 기다리라니. 그게 가능하기나 해? 이리 비켜. 난 더 이상 참지 못하겠으니까. 그리고 난 명령 따위 들어본 적도 없어. 해당되는 건 오로지 너 하나야. 우린 널 그냥 도왔을 뿐이라고. 게다가 그 염병할 주술널문을 부수느라 우리 혈족이 희생됐어. 이게 다 무엇을 위해서였다고 생각하는 거지?"

쇡쇡거리는 끔찍한 후음이 바닥을 때리는 두꺼운 앙감질소리와 함께 현민의 복면 안으로 들어왔다. 현민의 의식은 격랑의 물살을 헤엄치다 가까스로 정신을 차린 날벌레와 같았다. 시간이 지나면서 흐릿한 기억들이 선명한 윤곽을 그리기 시작했다. 속이 메스꺼웠고, 손발은 꽁꽁 묶여 움직일 수가 없었다.

"다시 생각해. 이건 미친 짓이야. 대악마가 이 사실을 알면 너부터 잡아먹을 거야."

"대악마? 우리는 그저 그네들의 먹이일 뿐이야. 벨리알이란 놈은 제 뱃속이 채워질 때까지 우릴 잡아먹었고 그마저도 뱃가죽이 부풀어 오르면 우릴 노리개 삼아 하피들의 먹이로까지 던져줬어. 이런 기회가 어디 흔한 줄 알아? 인간족의 심장을 먹을 수 있는 기회라고. 그 안에 들어있는 영혼만 마시면 우리도 악의 권능을 가질 수 있어. 그럼 우리도 인간세계로 넘어가 대악마로의 성장을 거듭할 수 있단 말이지. 벨리알도 처음엔 우리 같이 졸개에 불과한 구더기였단 걸 넌 모르는 거야?"

"그건 지어낸 헛소문이야. 오지 마! 뭐하는 거야! 더 가까이 오면 너부터 죽여서 밥으로 던져줄 테니까."

"우린 다섯이고 넌 고작 혼자야. 누가 누구의 밥이 되는지 그 멍청한 머리로 셈 좀 해보시지."

"곧 그분이 오실 거야. 후회할 짓 하지 마. 난 동족이라면 누구에게도 힘에 밀려본 적이 없어."

"도대체 누굴 말하는 거지? 넌 우리에게 아무런 얘기도 해주지 않았어. 네가 따르는 대악마는 정말 누구야?"

현민은 의식을 완전히 차리고 나서야 온몸이 욱신거린다는 걸 알아차렸다. 복면 밖에서 들리는 대화가 길어지고 있었다.

"그건 말할 수 없어. 하지만 일이 성사되면 우릴 악마의 노리개가 아닌 하피(지옥의 날개달린 짐승)의 동급으로 인정해 주신댔어."

"웃기지 마. 우린 언제나 대악마들의 먹이일 뿐이야. 대악마가 하는 말을 신뢰한다니, 넌 정말 멍청해도 너무 멍청하구나. 우리가 진화할 수 있는 기회가 온 거라고. 이 기회를 이용하라는 벨제부브의 목소리가 들리지 않아? 너에게도 저 인간족의 심장을 나눠줄게. 정확히 내가 육등분을 해서 너의 몫을 챙겨 주겠어. 그런 다음에 악마들의 추적을 피할 새로운 은신처도 빌려줄 생각이야. 어때, 좋은 생각이지? 너도 대악마로 진화할 수 있다고. 인간세계로 넘어가기만 하면, 우리는 영혼이 담긴 심장들을 지천에서 뜯어 먹을 수 있단 말이야. 들리는 소문에 의하면 피카소는 벌써 대악마에 근접할 만큼 진화했다더군. 넌 왜 노예에서 벗어날 생각을 안 하는 거지? 그게 아니라면 저리 비켜. 저거 봐. 벌써 우리의 먹이가 깨어나서 군침을 돌게 하고 있어."

현민은 굼벵이처럼 다리를 놀리다 말고 심장이 얼어붙는 충격에 휩싸였다. 그 순간 복면이 훽 걷어지며 구더기들이 흉측한 이빨을 들이밀었다.

그는 입구 없는 석벽에 오롯이 갇혀 있었다. 천장은 휑하니 뚫려서 붉고 끄무러진 하늘이 오물처럼 내보였다.

대치 상황에 놓인 다섯 마리의 구더기 무리가 현민의 머리에 묻은 핏물을 보고 잇몸을 딸깍거리기 시작했다. 그러고는 경기어린 움직임을 보이며 머리를 심하게 흔들어댔다. 놈들은 불룩 튀어나온 외눈에 실핏줄이 늘어난 눈동자를 가지고 있었는데 아가리를 벌려 갈증에 목마른 혓바닥을 서슴없이 드러내고 있었다. 그럴 때마다 주위에는 썩는 냄새가 심하게 진동했다.

순간, 들뜬 마음을 주체 못한 녀석이 덥석 몸을 던져서 현민의 몸뚱이 위로 뛰어들었다. 그와 동시에, 인질을 보호하려는 주먹도 딴딴하게 뻗쳐 나와 그 서슬을 반대편으로 냉큼 받아쳤다. 덩치 큰 구더기는 낑낑거리는 동족의 머리통을 쥐어 올리더니 보란 듯이 목뼈를 으스러뜨리고 자기 힘을 과시하기 시작했다. 숨이 끊어진 사지가 축 쳐지면서 살갗이 검붉은 색으로 물들기 시작했다.

"대악마의 명령에 복종해라. 너희들은 꿈을 꾸는 거다. 아주 헛된 꿈을."

"저 놈을 죽여라!"

이제 구더기들이 한데 얼크러지며 서로의 몸에 상처를 내려고 안간힘을 쓰기 시작했다. 싸움은 우위를 가늠할 수 없을 만큼 숨 가쁘게 전개됐고, 개중 하나는 손등이 찢어지고 그 복부가 뚫려서 내장으로 바닥을 기는 난처한 처지로 전락했다. 그러다가 현민을 구해줬던 구더기가 놈들의 딱딱한 손톱에 찔려 등껍질이 갈라지고 말았다.

필사적으로 바닥을 기던 현민은 벽면을 타고 오는 공허한 소음을 포착했다. 공명관을 지나온 듯한 울림소리는 벽면 너머가 아무것도 채워지지 않은 빈 공간이란 사실에 확신을 갖게 만들었다. 현민은 젖 먹던 힘을 짜내서 발바닥으로 벽을 쿵쿵 치기 시작했다. 지성이면 감천이라 했던가. 마침내, 오래된 석벽이 패이고 조그만 구멍 너머에 어둡고 텅 빈 공간이 신기루처럼 모습을 드러냈다.

그는 구멍을 넓히기 위해 허리를 활처럼 굽힌 뒤 묶여있는 손으로 여러 차례 그곳을 헤집었다. 손톱이 부러졌지만 살기 위한 본능이 뒤따르는 고통을 기적처럼 억제하고 있었다. 그는 벽간을 밀고 당기면서 남아있는 벽돌을 하나씩 하나씩 차분히 뜯어냈다.

바깥쪽으로 떼밀린 돌들은 구멍 너머의 기우듬한 사면 속으로 데굴데굴 떨어져 내렸다. 몸피 하나가 겨우 들어갈 크기였다. 그는 얼굴부터 집어넣고 발끝으로 돌바닥을 긁어댔다. 어깨가 걸렸지만 탄력을 좀 붙이자 살갗이 찢기며 가슴까지 한 번에 쑥 들어갔다. 엉덩이와 허벅지가 차례로 통과하면서 몸이 우뚝 기울어졌다. 중력에 몸을 내맡기려는 찰나 무자비한 손이 그의 발목을 낚아채며 꽉 끌어당겼다. 승리자의 소름끼치는 목소리가 들렸다.

"네놈의 심장은 내거야."

현민은 몸을 비틀어 놈의 끔찍한 면상과 마주했다. 깊고 두꺼운 창상의 흔적이 눈두덩부터 윗입술까지 검게 그어져 있었다. 되는 대로 발을 차고 흔들었지만 억센 손아귀는 먹이의 살갗을 점점 깊고 깊이 파고들었다. 현민은 그 구더기가 자신의 가슴속을 후벼봐야 녹슨 깡통밖에 발견할 수 없음을 얘기해주고 싶었다. 그러나 그런 설득이 먹힐 거라고 믿는 건 그 자체로 정신 나간 짓이 아닌가.

송곳으로 찔리는 끔찍한 느낌이 전해졌다. 이내 종아리에 난 터럭들 사이로 핏물이 미끄러지며 쓰라린 고통이 밀려들었다. 탈출 실패. 이건 모두다 그놈의 탓이다. 오, 하느님.

루시퍼를 저주하는 마지막 기도를 올리려는데 건너편에서 휙 낚아채는 소리가 들리더니 무자비한 손이 풀리고 몸이 어둑어둑한 사면을 따라 쉴 새 없이 구르기 시작했다.

현민은 어둠 속에서 팔을 허우적거렸다. 그러나 손톱 끝에 걸리는 것이라곤 먼지 부스러기와 눅눅하고 미끄러운 이끼들뿐이었다. 곧장 가속도가 붙으며 몸이 허공 아래로 거침없이 굴러 떨어졌다. 그렇게 몇 분을 보냈더니 먼지가 혓바닥에 들어와 입 안을 텁텁하게 만들었다.

갑자기 몸이 휙 꺾이고 방향이 기울어졌다. 어느 순간부터는 사면을 에운 벽돌들이 배수구나 굴뚝처럼 온몸을 좁혀오기 시작했다. 그는 마지막이라는 생각으로 수족을 놀려 힘껏 브레이크를 걸었다. 추락의 속도가 늦춰지더니 이내 몸이 플랫폼에 닿은 기차처럼 정지했다. 하지만 다리 근육이 힘겨운 비명을 지르며 후들후들 경련을 일으켰다. 결국 몸뚱이는 다시금 아래로 곤두박질쳤다. 몸을 내맡기며 추락하는데 주변이 트이며 시야가 환하게 밝혀졌다. 살필 새도 없이 몸뚱이가 엉덩이부터 첨벙 빠져들었다.

그는 물장구를 치며 위아래로 손을 휘저었다. 그런데 뒤에서 누가 확 잡아당겨 수심 깊숙한 곳으로 끌고 들어가는 게 아닌가. 현민은 도리질을 치며 반항했고, 허리춤을 잡고 있는 미끌미끌한 손을 뿌리치려고 노력했다. 상대를 확인했다. 어째서 저자가.

공포가 밀려드는 찰나 몸이 부력을 싣고 급속도로 솟구쳤다. 아니, 머리채가 한 움큼 잡혀 떠오르고 있었다.

물 밖으로 기어 나온 현민은 바닥에 대고 연거푸 토악질을 해댔다.

"윤 교수! 정신 차리시오. 이게 어찌된 일이오?"

목소리가 낯익었다. 현민은 그를 와락 껴안고 가슴골에 어린애처럼 얼굴을 파묻었다. 차갑고 물컹한 그의 살결이 유난히 따뜻하고 포근했다. 드디어 살아났다. 오, 루시퍼. 오, 지옥의 신이여 감사합니다.

"죽는 줄 알았… 소. 죽… 는 줄 알았다고."

험악한 표정으로 일어난 루시퍼가 집정관의 이름을 연호하며 불호령에 가까운 괴성을 내질렀다. 천장이 쩌렁쩌렁 울리고 지축이 뒤흔들렸다. 그러자 통로를 누비는 다급한 발소리가 들려왔다. 뒤이어, 터널처럼 생긴 입구에서 세베알 그녀가 상기된 표정으로 나타났다.

루시퍼의 분노는 배알 전의 그녀에게 모욕적인 물고문을 일으켰다. 응축된 물방울을 얻어맞고 그녀는 물웅덩이 속으로 처박혔다. 시간이 지나자, 그녀가 젖은 망토를 늘어뜨리고 젖은 빨래처럼 기어 나왔다. 넙죽 엎드린 그녀의 턱 밑에서 굵은 물방울이 뚝뚝 흘러내렸다. 대악마의 지위에서 볼 때 엄청난 수모를 당한 것이 틀림없었다.

"부르셨습니까, 루시퍼."

"난 그의 몸에 상처가 나는 걸 원치 않는다고 했다."

"죄송합니다, 루시퍼. 한 번만 자비를."

"자비?"

루시퍼의 주먹이 파르르 떨리더니 그의 발등이 그녀의 턱 끝을 무자비하게 가격했다. 그러고는 발뒤축을 움직여서 넘어진 세베알의 목을 모지락스럽게 짓눌렀다. 낑낑거리던 그녀는 루시퍼의 바짓단을 구슬프게 부여잡더니 호소에 가까운 발버둥을 쳤다.

"내가 누군지 잊었느냐, 세베알."

"루… 루시퍼. 우리들의 주인입니다."

"난 창조주의 부름을 받은 천사 따위가 아니다. 나에게 자비가 어울린다고 생각하나? 내가 언제 그런 것을 한 번이라도 내린 적이 있던가?"

"그렇지 않습니다."

루시퍼의 발이 그녀의 목을 더욱 깊이 조이고 있었다. 결국 누가 말릴 틈도 없이 우두 소리가 나며 홱 비틀어졌다. 보다 못한 현민이 루시퍼를 막아섰다.

"그녀의 탓만은 아니오, 루시퍼. 일이 이렇게 된 건 주의가 부족했던 내 책임도 있소."

천천히 떨어지는 발을 보며 그녀는 땅에 코를 박고 허리를 깊숙이 조아렸다.

"어떤 벌이라도 받겠습니다, 주인이시여."

루시퍼의 손짓에 맞춰 그녀의 몸이 붕 떠올랐다. 그러더니 거죽이 딱딱하게 굳어져서 세탁물을 짜내듯 좌우로 심하게 뒤틀렸다. 이내 기름을 끼얹은 듯한 불길이 달라붙고 그녀의 고통에 찬 비명소리가 벽 마디를 긁어댔다. 살이 터져 나오고, 비릿하고 썩은 내가 교묘하게 섞여 들었다. 여지없이 드러난 그녀의 속살은 머리칼과 함께 플라스틱처럼 꼬드러졌다. 더불어 아름답던 그녀의 얼굴 역시 흉측하고 기괴하게 갈라지며 진물 같은 체액을 뿜아냈다. 지글지글 끓어오르던 얼굴은 펑 소리가 나며 육신과 함께 튕겨나갔다.

현민은 구역질나는 몰골을 차마 눈뜨고 볼 수가 없었다. 고개를 돌렸더니 냄새가 더 심해졌고, 그녀의 온몸에서는 시커먼 연기가 피어올랐다. 군데군데 드러난 붉은 근육들이 난도질당한 피사체를 보고 있는 느낌이라 너무나 끔찍하고 처참했다.

바들거리던 세바알이 땅띔을 하듯 천천히 가슴을 일으켰다.

"감사합니다, 루시퍼시여."

루시퍼가 그녀 앞으로 천천히 걸어나왔다.

"주동의 무리를 반드시 색출해라. 그마저 실패하면 너의 그 타다 만 몸뚱이는 구더기의 위장 속에서 깨끗이 소화될 것이다."

도망치듯 자리를 뜨는 세베알을 향해 루시퍼의 열린 동공이 자석처럼 고정됐다. 그녀는 계단으로 이어진 통로 벽을 짚어가며 주인의 예리한 시선을 마주할라치면 기겁에 가까운 신음 소리를 뱉어냈다. 세베알의 뒤꽁무니가 완전히 사라지자 그가 기습적으로 돌아섰다.

"윤 교수, 그렇게 쳐다보지 마시오. 지옥과 루시퍼란 이름에는 나름의 율법이란 것이 있소."

그는 손을 탈탈 털고 걸어오더니 표정을 싹 바꾸고 목을 가다듬기 시작했다. 그것은 마치 조울증에 시달리고 있는 미치광이의 변덕 같았다. 어처구니없게도 그는 갑자기 서서 포복절도를 하기 시작했다.

"어찌나 웃음이 나던지."

"왜 웃는 거요?"

"아까 교수의 모습이 어땠는지 아시오? 물에 빠진 생쥐가 치즈를 달라고 생떼를 쓰는 것 같았단 말이지."

현민의 안면이 벌겋게 달아올랐다.

"지금 날 놀리는 거요? 그래 뭐, 웃든 말든 알아서 하시오. 어쨌든 당신이 반가웠던 게 사실이니까."

루시퍼가 껄껄 웃다가 입술을 걸터듬었다.

"주님 타령만 하던 사람이 악마의 가슴골로 나살려라 뛰어들다니."

그는 긴 손을 뻗어 이불처럼 현민의 어깨를 감싸고 일어났다. 그러고는 길을 안내하듯 보조를 맞추며 계단을 향해 걸어갔다. 그가 억지웃음을 지으며 물었다.

"그런데 내 선물은 어땠소. 마음에 들었소?"

"당신 웃음은 왜 그리 경박한지 모르겠군."

"정말 모르는 게요?"

현민은 우뚝 서서 루시퍼의 장난기 섞인 눈을 말끄러미 쳐다봤다. 식도를 타고 욕지거리가 나오려고 했다.

"이런, 맘에 들지 않았던 모양이군. 혹시나 했는데 역시나였어. 예전 서기관은 그 침대를 무척이나 애용했소. 오죽하면 인간세계로 돌아가기 전에 그걸 대여해 달라 한참이나 떼를 쓰지 않았겠소."

현민은 어깨에 놓인 루시퍼의 손을 뚝 떨어내며 한 걸음 물러났다.

"장난하시오, 루시퍼? 난 그런 물건은 필요 없소. 하마터면 정말……."

고마움이 싹 사라졌다.

"하마터면 지옥의 안식처에서 침대와 격렬한 정사를 벌이다 달뜬 정액을 쏟아버릴 뻔했다? 이 걸 말하는 거요?"

그러면서 그는 불뚝한 배를 움켜쥐고 박장대소했다. 과연 좀 전의 형벌을 내리던 그가 맞는지 의구심이 들 정도였다.

"그런 웃음이 나시오, 루시퍼? 아무리 악마의 수장이라지만 부하를 그 꼴로 만들고 그 천박한 웃음이라니."

현민의 입술이 씰룩이고 송곳니가 드러났다.

"아까 말했잖소. 나의 율법이라고. 당신은 악마에게까지 연민을 보이는 것이오? 내 앞에서 매번 성호나 긋고 하나님 운운하더니 많이도 변했구려."

뜸을 들이던 루시퍼가 눈을 동그랗게 뜨고 코를 벌름거리더니 피식 웃음을 머금고 말끝을 이었다.

"그 침대 말인데……."

"그만하시오."

"그 침대가……."

"닥치라지 않소."

"난 당체 이해하지 못하겠소, 윤 교수. 정말 안 좋았던 게요? 당신이 육체적으로나 정신적으로 하나 되길 원하는 상대였을 텐데 말이지. 거기에 걸린 주문은 바로 그런 거란 말이오. 욕망의 발현. 그 침대만큼 완벽하게 그 욕구를 채워주진 못하오. 그 침대는 섹스 기술이라든지 신음이라든지 사람을 끄는 말투라든지가 아주 완벽하게 설계됐거든. 그런 게 아니라면 말벗이 되었더라도 좋았을 것을."

"6년 전의 내가 그런 미치광이였소?"

"아니오. 그때도 당신은 숙맥이었지. 한국 인간들의 말로 치면 고리타분한 선비 같다고나 할까."

굳은 얼굴의 현민이 휙 내치며 계단 위를 앞장섰고, 루시퍼가 그 뒤를 천천히 뒤따르며 콧노래로 흥얼거렸다.

"루시퍼?"

현민의 어눌한 목소리가 조용한 메아리처럼 울렸다.

"알았소, 알아. 침대 얘기는 그만하지."

"그게 아니라 아까 그곳 말이오. 뭐하는 데요?"

"목욕탕이오. 샤워가 끝났기에 망정이지. 하마터면 창피를 당할 뻔했소. 그게 뭐, 문제 있소?"

"아니오. 그냥… 어울리지 않아서. 소름도 좀 끼치고."

현민은 물속에서 자신을 끌어당겼던 그 흑인의 얼굴을 알고 있었다. 노랗게 염색된 짧은 곱슬머리, 숯검정처럼 짙은 눈썹에 날렵한 코와 두툼한 입술. 턱이 뾰족한 그는 분명 미국의 영화배우 제라드 스미스였다. 이때서 그런 환영을 본 것일까.

"혹시 거기서 무엇을 본 게요?"

"아… 아무것도 아니오."

"무엇을 본 게로군."

돌연 멈춰선 현민은 천천히 그의 곁으로 돌아섰다.

"제라드 스미스였소. 날 물로 끌고 들어갔고, 뭐라고 말하는 것 같았는데 거기까지 듣진 못했소."

루시퍼가 층계참에 서서 눈알을 요리조리 굴리며 턱을 걸터듬었다. 표정이 진지했다.

"환영을 본 거요. 그 자의 이름이 나이트메어지."

"나이트메어?"

"당신 눈에는 세계적인 배우일지 몰라도 내 눈엔 그저 악마들 중 하나일 뿐이오."

현민의 얼굴에 경악이 번졌다.

"말도 안 돼."

"인간세계에 어울려 유희를 즐기는 축들이 있소. 하지만 나이트메어는 좀 의외로군."

"나와 그가 무슨 연관이라도 있단 말이오?"

"그건 나도 모르오. 다만 당신과 그의 운명이 어딘가에서 교차될 것 같은 느낌이 드오. 이미 스쳤거나 아님 앞으로 그리 되거나 둘 중 하나겠지만 난 그 조각 같은 미래를 해석할 능력이 없소. 그냥 나쁘지 않은 징조라고만 알아두시오. 그래, 맞소. 나이트메어라면 적어도 그 일에 안심하고 내맡길 수 있지."

루시퍼가 시선을 맞추며 하던 말을 이었다.

"내 목욕탕은 가끔 예측 못한 무언가를 보여줄 때가 있거든. 내 욕실은 아주 비밀이 많은 곳이라오."

루시퍼가 푸르스름한 입술 끝을 벌리며 소리 없이 미소 지었다.

층계 끝에 다다르자 눈앞에 궁륭지붕을 얹은 거대한 사각 석실이 드러났다. 사방에는 네 개의 아치문이 하수구처럼 뚫려있었다. 석실의 가운데는 이름 모를 석상이 한 길 높이의 둥그런 단에 올라서서 가시 돋은 팔을 멋들어지게 휘두르고 있었다. 당장이라도 되살아나 그 뾰족하고 끔찍한 바늘로 현민의 목을 단숨에 비틀어버릴 것만 같았다.

"교수에겐 미안하게 생각하오. 충분히 대비를 못한 내 탓이오. 지옥 상황이 복잡하게 돌아가고 있소. 주술 나무로 막아놓은 출입문이 그리 쉽게 부서질 거라곤 생각을 못했지. 어쩌면 이건 시작에 불과한지도 모르겠소."

현민은 루시퍼의 근심을 생경하게 쳐다봤다.

"반란이라도 일어난 거요? 세베알? 마몬이라는 작자? 벨리알이오?"

"그럴 수도 있고, 아닐 수도 있지만 아무튼 낌새는 좋지 않소."

"당신이 가진 힘을 능가할 자가 있는 거요, 루시퍼?"

그가 억지웃음을 지었다.

"그럴 순 없소."

뒷짐을 진 루시퍼가 이번엔 석상의 징그러운 사지 위를 흐리터분한 동공으로 올려다봤다. 현민도 그의 시선을 쫓아 성상의 머리 위에 멈춰섰다.

"혹시 루시퍼의 본 모습도 저렇소?"

"생각이 너무 사악하군, 윤 교수. 설마 내가 저렇게 멍청하게 생겼겠소? 저건 벨제부브요."

현민은 성상의 전체적 얼개를 다시 올려다봤다. 얼음수를 마신 것처럼 내장이 차가워졌다.

"루시퍼, 당신도 정신이 나간 게 틀림없소. 옛 군주의 유물을 그대로 방치하다니."

그가 현민과 마주섰다.

"난 사소한 일에 관심이 없소. 게다가 점점 내가 맡은 일에 지쳐가고 있지. 창조주가 요즘만큼 가증스러울 때도 없다오."

루시퍼가 끙 소리를 내며 한숨을 토해냈다.

"주님도 당신을 증오할 거요."

그가 피식피식 웃으며 눈가에 자글자글한 주름 다발을 만들었다.

"그럴지도 모르지, 윤 교수. 서로가 서로를 증오할지도."

루시퍼의 어깨는 장난도 무엇도 없는 순수한 인간을 닮아있었다. 현민은 본능처럼 다가가 그의 어깨를 토닥였다. 루시퍼가 현민을 굽어보며 게슴츠레 눈을 흘겼다.

"인간 따위의 쓰레기가 날 위로하는 거요? 대체 뭘 알고 있어서?"

현민의 어깨가 으쓱했다.

"루시퍼, 쓰레기가 말이오. 냄새는 나도 바퀴벌레에겐 천국 세상이요."

루시퍼가 어이없는 표정으로 이마에 손을 얹었다.

"내가 바퀴벌레란 얘기군. 참, 윤 교수는 이상한 말재주에 소질이 있소. 정말 창조적이야. 당신을 보며 느끼는 거지만 나에게도 유머 본능이 있나 보오."

"유머는 좋은 거요, 루시퍼. 우울증에 그만한 보약이 없지. 내가 보기에 루시퍼 당신은 우울증에 걸렸소. 필요하다면 정신병원에서 모르핀이라도 훔쳐 먹으시오. 어차피 당신에겐 부작용도 없을 테니까."

"거 참 좋은 생각이군."

둘은 또 다시 웃었다. 그러다가 루시퍼가 목을 가다듬고 느리게 돌아섰다.

"다시 인간세계로 넘어가야 하오. 당신이 끔찍이도 싫어했던 벨리알을 만나야 하지."

"지금 말이오?"

"벨리알이 어쩌면 피카소를 잡았을지도 모르겠소."

"그 전에 이 머릿속에서 들리는 서걱서걱 소리 좀 지울 수 없소? 짜증날 정도로 크게 들린단 말이오."

그가 고개를 가로저었다.

"그건 당신이 감당해야 할 무게요. 억척스럽게 버티시오. 자, 갑시다."

루시퍼가 앞장서 걸었고, 현민이 그 뒤를 곧장 따라 붙었다.

"이제 어디로 가는 거요?"

"대책없는 꼬장은 그만 부리고 저 입구 안으로 들어가기나 하시오."

루시퍼가 현민을 어두컴컴한 직선거리로 떠밀었다.

"도대체 날 어쩌려는 거요? 혹시 또 낭떠러지면 이번엔 정말 가만있지 않겠소."

도착해 보니 그 너머는 깊이조차 헤아리기 힘든 한가득의 어둠만이 존재하고 있었다. 곧장 고질병 같은 두려움이 밀려왔고, 그 기운이 심중을 비틀고 올라와 뒷덜미를 꽉 비틀어 당겼다.

"루시퍼, 돌아가기 전에 한 가지 부탁이 있소."

"말하시오."

그런데 루시퍼가 음흉한 미소를 뿌리며 난데없이 몸을 밀착해 왔다.

"잠깐! 경고하는데, 날 떼밀지 마시오. 또 다시 그러면 정말 화낼 거요. 나 혼자서도 얼마든지 뛰어내릴 수 있소."

"미안하지만 윤 교수. 어차피 당신은 마음속에 품고 있는 그 불안과 고소공포를 이겨낼 재간이 없소. 어쩔 도리가 없는 병증이지. 내 도움이 필요할 거요."

현민이 거리를 벌리고 서서 다급히 그를 막아섰다.

"그만! 내 몸에 손대지 말라고 경고했소. 절대 가까이 오지 마시오!"

루시퍼가 빙긋이 웃었다.

"내가 하찮은 인간 나부랭이의 말에 설득당할 것 같소?"

"지랄 맞을! 고소공포증 있는 건 어떻게 알아가지고. 그나저나 내 처소에 있던 책들. 내 일기장 말이오. 그걸 가져가고 싶소. 어짜피 당신에겐 쓸모도 없는 물건 아니오?"

루시퍼가 손을 까닥이며 똑 소리를 냈다. 그러자 현민의 몸이 급류에 휩쓸리는 돌멩이처럼 갑자기 붕 떠서 어둠속으로 매섭게 빨려들기 시작했다. 그는 반사적으로 문간을 잡고 버텼다. 몸이 기울어지고 돌풍 때문에 눈조차도 뜰 수 없는 상황이 됐다. 바람맞은 머릿결이 그의 앞에서 심하게 나풀거렸다.

"윤 교수, 그런 건 중요하지 않소. 일이 끝나면 가져가든지 말든지 알아서 하시고, 지금은 내 서기관 노릇이나 잘 하시오. 당신 머리는 앞으로 중요한 역할을 도맡아야 하니까. 알아듣겠소?"

현민의 입 안에 들어온 공기층들이 그의 볼을 볼썽사납게 흔들었다.

"꼭… 이런 식… 이여야만 하오, 루… 시퍼?"

바람이 점점 더 거세졌다.

"이따 봅시다, 윤 교수."

* * *

하늘이 뱅글뱅글 돌았다. 아스라한 높이에서 뭉게뭉게 핀 흰 구름들도 보였다. 양쪽 귀에서는 시끄러운 경적소리가 빵빵거렸고, 성능 좋은 자전거 바퀴가 접지력을 자랑하며 발밑에서 따르릉 지나갔다. 현기증이 점차 사그라지자 초점 잡힌 안구 위로 동전 하나가 툭 낙하했다. 그것은 목 밑으로 굴러 들어와서 현민의 살가죽을 간질였다.

"이 양반 좀 보게. 멀쩡해 보이는데 길바닥에서 왜 이러고 있을꼬."

검버섯이 보기 좋게 핀 노파가 양쪽 손에 탱탱한 비닐봉지와 지팡이를 들고 서서 종내에는 막대기의 뭉툭한 끝으로 현민의 목 언저리를 건드렸다.

"어이구, 살아있구먼. 난 또 죽은 줄 알았지. 노숙자구만, 노숙자여. 딱하기도 하지. 이 양반아, 잘라믄 구석에서나 자든가. 사람 나다니는 시장통 한가운데서 이게 뭐하는 꼴인가."

한데 모인 얼굴들이 주변으로 흩어졌다. 순간, 정신이 번쩍 들어 상체를 휙 일으켰다. 길가의 좌우로 긴 상인들의 행렬이 좌판을 깔고 앉아 분주하게 움직이고 있었다. 어떻게 이럴 수 있단 말인가. 이 시끄러운 시장통 한가운데서 노숙인 취급을 받으며 잠들어 있는 꼴이라니. 해괴망측해도 이렇게 망측할 수가 없었다.

현민은 다리를 털고 벌떡 일어나 주위를 쉼 없이 두리번거렸다. 지나가던 사람들이 슬쩍슬쩍 자신을 뜯어보는 게 느껴졌다. 그는 일단 인적이 드문 모퉁이로 얼른 몸을 숨겼다. 맨발이 뜨끔뜨끔했다. 다 풀어헤쳐진 옷과 바지는 또 어떻단 말인가. 아닌 게 아니라 지퍼까지도 볼썽사납게 열려있었다. 게다가 옷가지는 꼬장꼬장한 땀 냄새가 배고 시커먼 얼룩들이 이만저만 묻은 게 아니다. 헤지고 찢어져 누구 것인지도 모를 누덕누덕한 일종의 쓰레기였다. 망신 중에 망신이다.

주머니란 주머니를 다 뒤져도 씹다만 껌 딱지 외에는 아무것도 들어있지 않았다. 그렇다고 이 꼴로 경찰서로 향할 수도 없지 않은가. 유명대학교수의 거지꼴을 신문과 방송 면에 기분 좋게 올려주고 싶은 생각은 털끝만큼도 없었다. 현민은 큰길과 동떨어진 좁은 골목을 걷기 시작했다.

사람 둘이 겨우 지나갈 만한 틈새에도 영세한 상권은 버젓이 자리를 잡고 있었다. 녹슨 새시 문을 끼고 빈약한 가판을 내놓았는데 그 위에

건어물, 싸구려 액세서리, 유행 지난 모자, 비 맞은 헌책까지 갖은 물건이 내어져있었다.

현민은 바지 밑단에 묻은 진흙을 털어내고 냄새나는 셔츠의 아랫단을 훔쳐 바지 밑으로 집어넣었다. 고장 난 지퍼는 반쯤만큼 올라오다 손잡이 부분이 떨어져버렸다. 뭉개진 머리칼을 가다듬은 뒤 천천히 걸어갔다. 맨발이라는 게 절대적으로 흠이었다. 한 발을 내딛을 때마다 찔끔찔끔 아팠다.

점포 주인들이 현민의 몰골을 보고 알만하다는 듯 혀끝을 찼다. 현민은 발을 재게 움직여 점포가 늘어선 골목에서 빠르게 벗어났다. 그러면서 끄트머리 점포에 걸려있던 챙 모자를 얼른 낚아채 줄달음쳤다. 쌍욕이 터지고 부리나케 추적하는 묵직한 발소리가 뒤따랐다.

앞만 보고 달리면서 산동네 계단을 뛰어올랐다. 종아리가 뻐근해질 때쯤 추적자의 흔적도 기침소리와 함께 사라지는 듯했다. 허름한 판자촌에 등을 기대고 숨어있는데 어디서 개 짖는 소리가 들려왔다. 엎친 데 덮친 격으로 묵직한 발걸음이 또다시 쫓아오기 시작했다. 현민은 모자를 뒤집어쓰고 얼른 거기서 뒤꽁무니를 빼기 시작했다. 머리 뒤에서 또 한 번 쌍욕이 튀어나왔다.

내리막길을 골라 왔더니 그 끝에 큰 도로가 나타났다. 땅 속에 있어야 할 지하철이 머리 위로 지나가고, 눈앞의 대로에서는 버스와 승용차들이 신호의 방해 없이 마음껏 광속질주를 하고 있었다. 현민은 교각 밑에서 잠시 숨을 돌리기로 했다.

부랑자들의 임시 처소에는 곳곳에 종이 박스가 나뒹굴고 찢어진 비닐들이 거적때기처럼 걸쳐있었다. 아니나 다를까 구석에 다다르자 그 안쪽에 거지들의 널브러진 잔해가 옹기종기 모여 잠을 이루고 있었다. 빈 소주병에 먹다 남은 육포까지. 간밤의 동냥질이 제대로 걸렸던 모양이었다.

그는 빈자리에 능청스럽게 엉덩이를 깔고 앉았다. 벗겨진 발바닥에서 따끔한 쓰라림이 느껴졌다. 그러다가 낯익은 신발 한 짝을 거지 발바닥에서 발견했다. 단가 팔 십 만원을 넘는 이탈리아 페라가모. 현민은 다짜고짜 그 자의 신발 뒷굽을 움켜쥐었다. 취한 줄로만 알았던 거지가 발을 구부리며 뒤척였다.

"……."

재차 시도에 그 거지는 그로기 상태로 일어나 눈을 부라렸다.

"뭐요!"

"이보시오. 그 신발은 내거요. 이리 내시오."

"미친놈."

소리에 놀란 다른 거지들도 연달아 일어나 엉거주춤 뒷머리를 긁었다.

"미친 건 내가 아니라 당신이오. 내 물건을 훔쳐서 가져간 건 당신이라고. 경찰서라도 끌려가야 정신을 차리겠소? 이게 얼마짜린 줄 아시오? 내 옷들은 어디 있소?"

동료 노숙자들이 한 마디씩 거들었다.

"노형, 그거 훔친 거였소? 어쩐지 술이고 안주거리고 봉지 째로 사오더라니. 이거 미안하게 됐수다. 난 정말 모르고 먹은 거요. 그렇다고 뱃속에 들어간 걸 돌려달라고 하진 마슈. 이미 소화된 걸 어째. 짭새가 와도 난 잘못 없소."

불현듯 날아온 발길질에 현민의 몸이 기우뚱 넘어갔다. 그 틈을 타 용의자가 뒤꽁무니를 내빼는 꼴이라니. 그는 짝도 안 맞는 궁둥이를 뇌꼴스럽게 흔들고 있었다. 어이가 없었다. 현민은 얼른 쫓아가 다리를 걸고 넘어뜨렸다. 그가 누런 이빨을 내밀며 퉤! 하고 침을 뱉었다. 현민은 그 천인공노할 도둑놈의 멱살을 쥐고 흔들었다. 안면을 오지게 한 방 먹였다. 놈의 입가에서 질질 피가 샜다.

"신벌 내놔, 이 못된 놈아!"

"옜다 가져가라. 더럽고 치사해서는."

멀찍이 내던진 현민의 구두가 차량이 쌩쌩 지나는 도로 위에 불안하게 떨어졌다.

"내 옷은?"

"없어. 한 씨랑, 임 씨가 하나씩 챙겼으니까. 난 모르는 일이야. 찾아볼 테면 찾아보든가."

현민은 그의 멱살을 풀고 멀찍이 떨어진 구두를 향해 비척비척 걸어갔다. 가속 차량이 몰고 온 바람이 현민의 앞머리를 심하게 흔들며 매캐한 공기를 가져왔다. 그는 인내심을 가지고 기다리다가 차로에서 내 용물을 건져 올렸다. 구두코가 쭈그러지고 가죽이 좀 긁힌 것 말고는 말짱했다. 당장 중요한 건 구두에 찍힌 브랜드가 아니라 신발 그 자체였다. 나름대로 만족할 만한 성과이리라.

등 뒤에서 호루라기소리가 들렸다. 고개를 돌린 자리에는 순경 둘이 노숙자 셋과 나란히 서있었다. 눈이 마주친 풍채 좋은 순경이 그쪽으로 오라는 손짓을 했다. 워키토키를 쥔 오른손이 어딘가에 무전을 취하고 있었다. 입술이 뭉개진 노숙자가 그 옆에서 현민을 향해 종주먹을 흔들고 있었다.

현민은 구두를 끼고서 위험천만한 대로 질주를 시작했다. 차량들의 클랙슨소리가 시끄러웠고, 끼익 브레이크를 밟으며 중형 세단 하나가 미끄러졌다. 그 뒤를 택배 트럭이 받아 가볍게 접촉사고가 났다.

순경들의 표정이 일그러지고 곧장 뒤쫓아 왔다. 현민은 그들의 손아귀를 피하기 위해 중앙분리대를 딛고 넘어간 뒤 반대 차로로 힘차게 내질렀다. 구두 덕분인지 달리기가 한결 수월했다. 뒤돌아본 대로 위에는 경찰들이 몸을 사리느라 건너갈 타이밍을 놓치고 있었다. 순경들이 운전자들에게 신경질적인 손신호를 보내고 있었다.

현민은 시장통으로 다시 들어갔다. 몇 번은 물웅덩이에 미끄러져 무릎이 까졌고, 그 바람에 모자가 벗어져 사람들의 신발에 짓이겨졌다. 두 경찰은 약이 바짝 올라 쫓아오고 있는데 얼굴 위로 짜증스런 잔물결이 무늬처럼 나있었다.

현민은 가판대 사이의 좁은 길을 달리며 챙이 긴 모자 하나를 다시 한 번 낚아 올렸다. 경찰의 호루라기소리와 함께 모자장수의 어처구니없는 쌍욕이 터져 나왔다.

그는 시장통의 왼쪽과 오른쪽을 번갈아 돈 뒤 심한 갈증과 체력 고갈을 느끼며 낡은 건물의 2층 입구로 얼른 몸을 숨겼다. 다행히 경찰들은 마지막 코너에서 현민의 뒷모습을 놓친 듯싶었다. 2층 층계참에 달린 두꺼운 유리벽 바깥으로 두 경찰이 가쁜 숨을 몰아쉬며 주위를 둘러보는 게 보였다. 그 중 하나는 자신의 저질 체력에 하소연하듯 양손으로 무릎을 붙잡고는 하염없이 뱃가죽을 위아래로 놀리고 있었다. 그들의 포기를 기다리는 데는 많은 시간이 걸리지 않았다.

바깥으로 나온 현민은 지하철 출구부터 찾았다. 이 저주 받은 동네를 한시라도 빨리 벗어나고 싶었고, 무단 승차를 감행하기에는 지하철만한 대중수단이 없었다.

시장통을 완전히 벗어나 그에 면한 횡단보도를 가로지른 뒤 쇼윈도가 즐비한 보도를 따라 걸었다. 편의점 너머로 지하철 출구가 보이려는데 앞쪽에서 까마귀 한 마리가 나부시 내려앉았다. 까마귀의 가느다란 다리 사이에 쪽지가 단단하게 묶여있었다. 그것을 떼어냈더니 그것은 미친 듯이 깍깍 울어대며 맑은 하늘 위로 퍼덕퍼덕 올라가버렸다. 현민은 그것을 얼른 손바닥 위에 펼쳤다.

[윤 교수. 잠시 따로 행동해야겠소. 길진 않을 거요. 내일 오후 여섯시에 당신 집으로 찾아가리다. 이 영특한 새가 최대한 빠른 시간에 당신을 찾아내길 빌겠소.]

현민은 주워댈 수 있는 모든 욕지거리를 긁어모아 지하철로 내려가는 내내 저주를 퍼부었다.

* * *

여자는 존재들의 감시를 피해 홀로 불모의 땅 메데우스 북부평원에 다다랐다. 눈앞에는 풍파와 세월을 버티고 이겨낸 창조주의 제단이 세워져있었다. 작고 볼품없는 양식으로 지어진 그 허름한 건축물은 벽의 곳곳에 균열이 가있고, 지붕을 받치는 대들보가 엿가락처럼 휘어있었다. 지금은 빗물에 녹아 사라졌지만 6년 전만 해도 그곳은 천사와 악마의 혈로 피칠갑된 끔찍한 세력 싸움의 요충지였다.

청명한 바람에 실린 풀씨 하나가 두둥실 그녀의 파란색 눈을 간질이며 떠가다가 제단의 입구 앞에서 잔인하게 스러졌다. 세베알은 정말 거짓말을 한 게 아니었다.

여자는 하얀 대리석 조각을 밟으며 제단 안으로 이어진 거대한 석문 앞으로 올라섰다. 따사로운 하늘빛이 적막한 평지의 쓸쓸함을 뚫고 들어와 여자의 새하얀 발등에서 살포시 반사되었다. 곁따른 들바람은 그녀의 회색빛 머리칼을 쓸어 올린 뒤 날개 표면을 뒤덮은 은빛 깃을 잡고서 마구잡이로 흔들어댔다.

계단 끝에 오른 여자의 얼굴에 모로 선 그늘이 드리웠다. 그녀의 몸이 어둠 속으로 서서히 잠겨갔다.

동그란 받침대 앞에 선 여자는 푹 들어간 홈 위에 미리 가지고 온 열쇠를 적당히 끼워 맞췄다. 땅이 우르릉거리고 대들보 아래에 돌가루들이 흙처럼 떨어졌다. 여자가 주문을 외자 평원을 울리던 진동이 잠든 아이처럼 스르르 잦아들었다.

여자는 눈을 떴다. 둥그런 받침대에 검은 물감이 번지다 사라지고 있었다. 어째서일까. 루시퍼는 이 물건을 어떻게 사용했단 말인가.

여자는 열쇠를 빼낸 뒤 제단을 지나쳐 계단 세 칸을 더 올라갔다. 벽면 한가운데 그녀를 내려다보는 창조주의 자애로운 조각상이 새겨져있었다. 그녀는 성호를 긋고 묵상에서 깬 뒤 다시 벽면을 따라 왼쪽으로 나아갔다.

제단 벽면을 이룬 열 두 성상들은 옛 에덴의 파수꾼들을 상징했다. 그들은 메데우스 이전 시대를 악마들로부터 지켜내던 성인들이었으며 통일된 에덴의 수호신이었다. 그러나 지금은 어떤가. 통탄할 일이지만 루시퍼의 반란을 전후로 에덴은 메데우스란 이름 아래 분할 통치되고 있다. 반 토막 난 에덴을 둘러싸고 서로의 허점을 노린 채 때가 되기만을 기다리며 서로의 이빨을 드러내고 있지 않은가. 균형이 깨지는 즉시 에덴은 어느 쪽으로든 다시 한 번 통일을 이룰 것이다.

더 심각한 문제는 에덴에서 끝나는 문제가 아니라는 사실. 창조주의 죽음을 아는 루시퍼는 천상의 방벽인 신성 기운을 더 이상 겁내려들지 않을 것이다. 모든 것이 끝나면 루시퍼는 창조주의 방에 그 더러운 발을 드리우고 자신만을 숭배하는 새로운 궁전을 지을지도 모른다. 거기에 따르는 모든 희생과 핏물은 종당에 누가 책임져야 하는 것인가.

여자는 성상의 우직한 얼굴들을 두루 살폈다. 그러다가 창조주의 총애를 받았던 오비엘의 모습도 확인했다. 여자는 가슴이 미어졌다. 그런데 의문의 불씨를 지피는 새로운 사실에 문뜩 눈을 떴다. 왜 성상들은 하나 같이 한곳을 그렇게 응시하고 있는 것인가.

여자는 계단을 잰걸음으로 내려와 열두 시선이 가리키는 무너진 돌무더기를 걷어냈다. 바닥에 도도록하게 쌓인 먼지들은 날갯짓으로 가볍게 쓸어냈다. 아니나 다를까 그 아래 다급하게 새긴 옛 고대의 문양이 나타났다. 그건 제단이 지어졌을 당시에는 없던 누군가의 새로운 주술 문양이었다.

여자는 가운데 핵을 중심으로 엇갈려 공전하는 열두 돌기의 고대문양을 알고 있었다. 오비엘이 살아 있을 당시 즐겨 사용하던 주술식. 어째서 그 주술식이 여기 있단 말인가.

여자는 열두 돌기들을 하나로 뭉쳐 핵 안에 집어넣었다. 그렇게 하자 그림들은 요동을 치기 시작하더니 주술식의 중앙이 타들면서 그 밑에 있는 검은 공간을 열어주었다. 영혼이 공명하고 심장이 두근거렸다. 자신의 선택이 모두를 위한 것이라 다짐하며 여자는 얼굴을 내미는 후회의 잔물결에 강한 거부의 신호를 보냈다. 이미 엎질러진 물이었다. 손을 내뻗자 주변이 깜깜해지다가 공간이 찢어지는 소리가 들리며 순식간에 다시 환해졌다.

이제 그녀는 검붉게 타오르는 제단 안에 서있었다. 이내 익숙한 냄새가 코를 찌르더니 두꺼운 쇠사슬 끌리는 소리가 났다. 갑자기 쿵 소리가 나며 천장과 벽이 와르르 무너지더니 생각조차 꺼리고 싶은 끔찍한 존재가 나타났다.

"재미있군, 가브리엘. 당신이 여기까지 오다니. 루시퍼와 밀약이라도 맺은 건가?"

뜨거운 열기가 강풍처럼 몰아치자 가브리엘은 하늘반지가 내뿜는 신성 기운을 이용해 둥그렇게 방벽을 둘렀다. 벨제부브가 뿔 달린 손으로 침입자를 향해 쇠사슬을 휘둘렀다. 방벽과 충돌을 일으키며 시뻘건 불티가 사방으로 흩날렸다.

"오호라, 가브리엘. 천사장의 은물을 지니고 있는 게로군. 오비엘의 것이 될 줄 알았더니 너의 것이 되었단 말인가. 자격이 과연 있을지 의심스럽군."

분명한 악마의 도발이었다.

"멍청한 벨제부브, 오비엘은 죽었다."

벨제부브가 뱀처럼 생긴 코를 벌름거리며 포악하게 웃었다.
"너의 연인이 죽었단 말이냐. 그것 참 슬픈 일이구나, 가브리엘."
"입만 살았구나, 벨제부브. 어차피 넌 루시퍼에게 왕국을 빼앗긴 패주이자 옛 잔상이다. 지옥에 있는 군대는 이제 네놈에 대한 경배의식조차 올리지 않는다."
"오, 어리석은 가브리엘. 그건 비난받을 일이 아니다. 새로운 주인 앞에 경배를 올리는 건 당연한 일. 내가 만든 왕국은 힘의 위계를 가졌다."
가브리엘이 신성 기운을 풀자마자 단호한 목소리로 선언했다.
"널 풀어주러 왔다, 벨제부브."
뿔로 치장된 벨제부브의 눈이 무섭게 희번덕이기 시작했다. 주위는 고요했고, 그의 목소리는 간담이 서늘할 만큼 압도적이었다.
"제정신이 아니군, 가브리엘."
"루시퍼의 소멸에 네 힘이 필요하다."
벨제부브가 거친 후음을 쏟아내며 껄껄거렸다.
"루시퍼는 더더욱 강해졌다, 가브리엘. 넌 그 자의 상대가 될 수 없어. 널 도와야 할 이유도 없지. 허튼걸음을 했구나, 가브리엘. 내 잠을 방해 말고 어서 썩 사라져라."
가브리엘이 돌아서려는 그를 붙잡았다.
"원하는 걸 말해라, 벨제부브. 원하는 것 이상을 줄 수도 있다."
벨제부브의 쇠사슬에서 시뻘건 불꽃이 튀어 올라왔다. 그것은 가브리엘의 역광을 맞고 나서야 서서히 가라앉기 시작했다.
"넌 불가능해, 가브리엘. 넌 내가 원하는 걸 줄 수 없다."
"말해라."
"쓸 데 없는 입씨름이다. 넌 그것을 갖고 있지 못해."
"과연, 통이 크시군. 벨제부브."

그가 쇠사슬을 자기 몸 가까이 끌어당겼다.

"꺼져라, 가브리엘."

그는 완전히 등을 보이고 돌아섰다.

"너에게 새로운 권력을 주겠다, 벨제부브. 인간들의 땅으로 내려가라."

머뭇거리던 벨제부브가 극악한 포효를 내지르며 불덩이 같은 목구멍을 소름끼치게 내비쳤다.

"거짓말 마라. 넌 그럴 권능도 그럴 위치도 아니다."

가브리엘의 입가에 음흉한 미소가 걸리기 시작했다.

"내가 에덴과 지옥세계를 갖는 대신 넌 인간들을 가져라. 그것이 내 계약 조건이다. 악마와 천사들의 전쟁은 이걸로 깨끗이 종말을 맞을 것이다."

"창조주가 아끼던 인간들을 나에게 제물로 바치겠다고?"

"난 더 이상 인간들의 편이 아니다. 그들은 많은 부분 타락했고, 신의 권능을 져버리기 시작했다. 보호받을 가치도 없는 미약한 물건이 돼버렸지. 인간의 경배를 받는 일은 네놈이 바라던 일 아닌가."

뒤늦게 돌아선 벨제부브가 가브리엘 앞으로 걸어왔다.

"내 영혼과 육신은 인간세계로 건너갈 수 없다. 창조주가 쳐놓은 주술을 네가 풀 수 있단 말이냐?"

눈을 길게 찢어 올리며 벨제부브가 고개를 가로젓기 시작했다. 그러고는 말끝을 연달았다.

"그러기엔 네년의 힘은 너무 부족하지."

그런데 가브리엘의 품속에서 투박한 생김새의 검은 단검이 들려나왔다. 그걸 본 벨제부브의 눈이 동그랗게 말려 올라갔다.

"어떻게 네가 파괴검의 진본을……."

하늘반지의 신성 기운이 그것을 낚아채려는 벨제부브의 손목을 튕겨냈다. 그의 흉측한 눈은 물건에 압도되어 시선을 거두려고 하지 않았다. 녀석의 입가에 황홀한 미소가 느리게 번져 나왔다.

"어떤가, 벨제부브. 나와 거래할 수 있겠느냐?"

그가 미친 듯이 웃어재끼며 펄쩍펄쩍 뜀박질을 했다.

"기특하구나. 정말, 기특해. 제2의 타락 천사라……. 루시퍼도 따라올 수 없는 배짱을 지녔구나. 하지만 그 전에 네년이 꼭 알아야 할 일이 있지."

가브리엘의 표정이 가늘어졌다.

"뭐지?"

"날 인간세계로 보내라, 가브리엘."

가브리엘이 날개를 퍼덕이며 벨제부브를 질책하기 시작했다.

"무슨 수작이냐, 벨제부브. 루시퍼의 머리를 가져와라. 그 이전엔 어림없다."

벨제부브가 즉각 반박하고 나섰다.

"루시퍼는 나의 힘만으로 무너뜨릴 수 있는 상대가 아니다."

가브리엘이 예상했다는 듯 목소리를 차분히 가라앉혔다.

"메데우스에서 곧 전쟁나팔이 울릴 것이다. 그러면 루시퍼도 참전을 위해 올라오겠지. 넌, 자중지란을 일으켜 그를 사지로 몰고 가기만 하면 된다. 루시퍼의 목은 내 손으로 칠 것이다."

벨제부브가 가소롭다는 듯이 쇠사슬을 움켜쥐었다.

"멍청한 년, 아무것도 모르면서 네 손으로 그의 목을 친다고? 어림도 없는 소리. 그 전에 네년의 목이 안 날아가면 다행이겠지. 그는 네가 감히 넘볼 수 있는 상대가 아니다. 네년이 가진 권능은 루시퍼에 비하면 새 발의 피만도 못하지."

가브리엘의 눈 끝이 매섭게 씰룩이자, 벨제부브가 그것을 보고 가증스런 미소를 곁달았다.

"하지만 나라면 가능하지. 그의 약점을 알고 있으니까. 난 루시퍼를 두려워하지 않는다, 가브리엘."

가브리엘의 눈빛이 싹 돌변했다.

"그게 뭐지?"

"녀석의 인간애(愛). 피조물에서 터져 나오는 비명, 한숨, 눈물, 고통, 기회 없는 절망까지. 녀석은 고통 받는 인간을 절대로 외면하지 못한다. 그의 야욕은 인간세상의 파멸을 원하지 않지."

벨제부브가 기분 좋은 웃음을 토하며 계속해서 말을 이어나갔다.

"나는 루시퍼의 약점을 이용할 수 있다. 네년은 절대 할 수 없는 일이지."

"너만이 할 수 있는?"

가브리엘이 의심스런 목소리로 캐물었다.

"그가 가진 권능의 반감. 즉, 힘의 소멸!"

"벨제부브, 넌 루시퍼에게 도망친 패주다. 네 능력을 너무 과신하고 있는 것 같군."

"시간 왜곡이라고 들어봤나?"

가브리엘의 눈이 휘둥그레졌다. 그걸 본 벨제부브가 홍소를 터뜨리며 어깨를 들썩였다.

"그걸 위해 소모되는 권능이 얼마인지 나보다 네년이 더 잘 알고 있을 거다. 루시퍼는 자신의 유일무이한 능력을 야욕 대상인 인간들을 위해 사용하게 될 것이야. 놈의 지나친 욕심이 스스로를 밑바닥부터 갉아먹게 될 것이다. 나는 그 빈틈을 놓치지 않을 것이다."

"멍청한 소리 마라, 벨제부브. 그는 신과 계명을 져버린 악마다. 그가 인간 따위를 위해 권능을 소모할 거라고 생각하나?"

"이봐, 가브리엘. 그건 너 역시도 마찬가지 아닌가? 네년이 나와 하려는 계약만으로도 신은 널 용서하지 않을 거야, 가브리엘."

가브리엘이 침묵으로 일관하자 벨제부브가 기쁨에 겨운 괴성을 내질렀다.

"재밌는 사실을 하나 알려주지. 루시퍼가 날 살려둔 이유가 뭔지 아느냐? 바로 은물이다."

"은물이라고?"

"그래, 은물. 그건 창조주가 나에게 내리신 세 번째 약속이지."

얼굴이 달아오른 가브리엘이 그를 삿대질하며 호되게 꾸짖었다.

"허튼소리 마라, 벨제부브. 주님의 은물은 천사장에게 내려진 오직 두 개뿐이다. 너의 그 주둥이는 벨리알 만큼이나 거짓으로 물들어 있구나."

그 말을 듣고 벨제부브가 소름끼치는 웃음소리를 냈다.

"믿지 않아도 좋다, 가브리엘. 모르는 편이 나에게도 훨씬 이로우니까. 때문에 더 이상 우리가 반목할 이유는 없다. 창조주를 선하게만 인식하고픈 네년의 그 충성심은 높이 사마. 하지만 네가 알고 있는 게 전부라고는 착각하지 마라. 루시퍼는 창조주의 비밀을 알고 있다. 어쩌면 그 비밀을 통해 신의 자리에 올라서려는 건지도 모르지. 그의 계획은 상당부분 진전되었을 것이다."

"닥쳐라, 벨제부브. 난 너와 시시콜콜한 농담이나 할 시간이 없다."

벨제부브가 쩌렁쩌렁 울리는 후음으로 대답했다.

"서두를 거 없다. 계약은 이미 체결됐으니까."

가브리엘이 숨을 고르기 시작했다.

"그 전에 해야 할 역할이 있다, 벨제부브."

그가 눈을 치켜뜨고 소름끼치는 얼굴을 들이밀었다.

"네놈의 옛 부하들을 네놈 손으로 직접 처리해라. 나의 본대는 뒤늦게 움직일 것이다."

벨제부브가 큰 뿔을 흔들며 비꼬았다.

“오, 이런. 피를 보지 않으려는 네년의 마음이 눈물이 날 만큼 감동적이구나. 그런데 너의 이 변절자다운 모습을 알게 되면 그들이 뭐라고 할까. 타락한 천사 가브리엘. 루시퍼의 뒤를 이어 창조주를 버리다.”

가브리엘의 얼굴이 다시 붉게 달아올랐다.

“내 인내심을 시험하려 들지 마라, 벨제부브.”

“난 너 같이 그런 비루하고 나약한 생각을 지닌 존재들을 싫어하지. 좀 솔직해지는 게 어때, 가브리엘. 너도 실지는 신의 반열에 오르고 싶은 게 아니더냐? 스스로를 속이지 마라.”

“난 네놈과 같은 쓰레기가 아니다.”

벨제부브가 두꺼운 열기를 뿜어대며 속삭였다.

“좋다. 손수 키운 노리개는 내 손수 거둬들이도록 하지. 뭐, 대악마놈들을 싹 쓸어버리고 싶긴 했으니까. 아주 오래전부터.”

“계약은 성사된 건가?”

“물론이다.”

* * *

“무슨 일 있었어요? 어디 다친 데는요. 어디 봐요. 그러지 말구 이리 와서 나에게 보이라고요. 어머, 당신 일단 씻어야겠어요. 이야기는 이따가 하는 게 낫겠네요.”

이혼 도장까지 찍은 아내에게서 이런 후한 대접을 예상했던 건 절대로 아니었다.

“사정이 있었어.”

“알겠으니까, 일단 욕실에 들어가 씻어요. 옷은 내가 준비해 놓을 게요. 이리 와 봐요.”

아내는 머리에 쪽을 찐 상태로 셔츠와 헤진 바지를 벗기기 시작했다.

"왜 그래요. 부끄러운 거예요? 부부사이에 갑자기 내외하는 것도 아니고. 바지는 왜 잡고 그러는 건데요."

어째서일까. 그녀는 이런 애달고 부드러운 말투를 사용해선 안 된다. 단박에 '그 꼬락서니 하고는' 비웃든지 지나가는 똥개 쳐다보듯 모진 동공으로 무시해야 맞았다. 그런데 몇 일만에 거지꼴을 하고 돌아온 남편에게 존댓말에 구역질나는 이타심을 보이고 있다. 더군다나 집안은 깔끔하게 정돈된 데다 맛있는 된장찌개 냄새가 거실 위까지 흐드러지게 떠다니고 있다. 다용도실에서는 세탁기 돌아가는 소리마저 들렸다.

오랜만에 찾아온 집은 우중충했던 전과 달리 봄꽃이 피어날 듯 화사해져있었다. 처음 본 커튼의 주렁주렁 매달린 레이스가 자줏빛 천을 흔들며 유리창을 간질였다.

현민은 그녀가 미리 받아 둔 욕조에 전신을 담그고 천장으로 피는 물 수증기를 천천히 들이마셨다. 온몸이 정화되는 기분이란 바로 이런 걸 두고 하는 말이리라. 잠이 스멀스멀 기어들어와 머릿속을 간질였다. 곧장 그 상태에서 수면욕에 정신을 내맡겼다.

눈을 떴을 때 현민은 아직까지 욕조 속에 누워있었다. 몸은 부르텄고, 손바닥이 쭈글쭈글해져 있었다. 노크소리가 나며 아내의 부드러운 목소리가 이슬처럼 굴러들었다.

"여보, 아직 멀었어요? 너무 오래하는 것도 몸에 좋지 않아요."

"알았어."

화답하는 것마저 어색했다.

현민은 대충 비누칠만 하고 때를 씻어낸 뒤 세면대 거울에 얼굴을 비춰봤다. 살은 5킬로그램은 빠졌을 것 같았고, 턱을 필두로 귀밑머리를 그리며 털이 듬성듬성 자라있었다. 가지런히 정리된 수납장에서 면도칼을 꺼내들고 상하좌우로 말끔하게 처리했다. 거품을 닦아내고 다시 거울을 보는데 왼쪽 가슴이 눈에 거슬렸다. 손을 얹어보니 역시나 박동은 없다. 장기 하나가 없어졌을 뿐인데 사람처럼 느껴지지 않는 이유가 뭘까.

현민은 수건으로 입가를 닦은 뒤, 욕실을 빠져나와 아내가 준비해 둔 새 옷으로 챙겨 입었다. 뽀송뽀송한 촉감이 꼭 신혼생활을 연상케 했다. 물론 그때도 부부사이는 엉망이었다.

현민은 서재로 들어가 문을 잠갔다. 그런데 느닷없이 아내의 가녀린 비명소리가 들리고 연달아 걱정에 달뜬 성토가 이어졌다.

"여보, 정말 어딜 다친 거군요. 어서 나와 봐요. 바닥에 난 이 핏자국에 대해 설명해 보라고요."

잠긴 손잡이가 상하로 흔들리고 이내 쿵쿵 방문을 두드리는 소리가 현민을 정신없게 만들었다.

"괜찮아, 잠깐 긁혔을 뿐이야."

정말로 종아리 언저리에서 핏물이 떨어지고 있었다. 의식하고 나자 쓰라림이 밀물처럼 쓸려들었다.

"장난하지 마요. 이렇게 흥건하게 젖었는데……. 게다가 당신 양말에도 피가 젖었다고요. 대체 어딜 싸다니다 온 거에요. 정말 나오지 않으면 경찰에 신고할 거예요."

아내의 마지막 구절은 진심이리라. 드디어 본색을 드러내는 게로군. 현민은 방문을 덜컹 열어젖혔다. 그런데 가슴에 와락 안겨드는 아내 때문에 정신이 얼떨떨했다. 턱 밑으로 아내의 작고 동글동글한 정수리가 내다보였고, 코끝으로는 진한 재스민의 샴푸 냄새가 올라왔다. 정말 이건 어처구니가 없었다. 현민은 얼마 전에 이혼도장까지 찍지 않았는가.

그녀에게 거대한 심경변화가 인 이유가 무엇일까. 생각은 부정적인 흐름을 탔다. 이성을 차리고 사리판단을 하기로 했다. 궁핍할 미래 일이 걱정됐을까. 아니면 사귀던 애인에게 버림이라도 받은 걸까. 현민은 아내에게서 떨어지려고 팔을 천천히 떼밀었다. 그러나 그녀는 완강하게 버티며 두 팔로 그의 허리를 강하게 걸터듬었다. 가슴사이로 파묻힌 아내 얼굴이 간지럼을 태우기 시작했다. 현민은 이제 신경질적으로 반응하며 그녀를 떨쳐냈다.

"왜 그러는 거야, 정말. 우리 이혼한 거 몰라? 오늘이 며칠이지? 법원에 가려면 아직 멀었어? 이제 하다못해 연기학원이라도 등록했나? 잘난 네 애인이랑 사이가 틀어지기라도 했어?"

한바탕 냉기를 일으킨 현민은 벨벳 끌신을 발가락에 끼운 뒤 가죽 소파에 경직된 몸을 벌러덩 뉘였다. 그는 신경질적으로 리모컨을 낚아채서 의미 없이 채널을 돌리기 시작했다. 뉴스, 홈쇼핑, 영화 채널. 돌리다보니 문뜩 너무 심하게 군 건 아닌지 생각하게 됐다. 그런데 아내는 무덤덤한 얼굴로 쫓아와서는 현민의 어깨에 얼굴을 파묻기 시작했다. 그러고는 제 빈약한 가슴속에 현민의 손가락들을 가져갔다. 당황한 나머지 그는 얼른 일어나서 가련하게 올려다보는 아내를 쏘아봤다.

"뭐하는 짓이야, 지금. 너 지금 나 가지고 놀아? 왜 안하는 짓을 하고 그러는데?"

그의 아내는 무언가에 홀린 듯한 얼굴로 부스스 일어났다.

그녀는 현민을 마주 한 채로 블라우스와 치마, 속옷을 차례대로 훌훌 벗어 던지기 시작했다. 이내 새하얀 속살과 볼품없는 가슴, 매끈한 곡선을 그린 각선미가 눈앞에 훤히 드러났다. 아내는 볼륨 없는 관능미를 자랑하며 티끌 하나 없이 새하얀 피부로 현민에게 달려들었다. 한데 뒤엉킨 그들의 몸이 카펫 위로 넘어졌고, 아내의 왼손이 현민의 허벅지를 쓰다듬다 바지 버클을 끄르고 지퍼를 능수능란하게 내리기 시작했다. 곧바로 아내의 얼음 같은 입술이 현민의 타액을 연체동물의 빨판처럼 빨아들였다. 그녀의 앙상한 팔은 현민의 목을 휘감고 맹렬한 춤사위를 펼쳤다. 현민은 그녀의 몸을 튕겨내려고 애썼지만 녹록치 않다는 걸 깨달았다. 아내의 입술이 볼을 타고 올라가 귀 끝의 물렁물렁한 살에 닿았을 때 흥분 상태와는 전혀 다른 불규칙한 숨소리가 귓바퀴를 스쳐갔다. 그러다가 평소의 아내에게서는 상상할 수 없는 낯선 남자의 목소리를 듣게 됐다.

"가만히 있어라, 윤현민. 어차피 너에게 선택권은 없으니까. 조용히 죽음을 맞이해라."

머리털이 곧추섬을 느끼며 현민은 아내를 있는 힘껏 발로 떼밀었다. 순간 아내가 쥔 식칼이 현민의 인중을 향해 서슴없이 달려들었다. 잽싸게 피했지만 그 서슬 끝은 카펫 위에 끔찍한 좌상을 남긴 뒤 재차 위협사격을 가해왔다.

현민은 무거운 탁자에 발을 엇걸고 지렛대처럼 몸을 비틀었다. 하지만 그건 인생 최악의 실수였다. 엇나간 식칼 끝이 현민의 심장을 찔러버린 것이다. 그의 동공이 열리고, 머릿속에 전기가 빠직 하고 울렸다. 살인사건의 가해자는 자리를 벗어나듯 스스럼없이 물러나와 현민의 한가운데 박힌 식칼을 혐오스럽게 쳐다봤다. 그러더니 얼굴이 창백해지고 가녀린 몸피가 탁자의 유리 테이블 위에 쿵 쓰러졌다. 유리가 부서지면서 아내의 이마가 찢어지고 몸은 건조대에 널린 세탁물처럼 힘없이 널브러졌다. 그런데 그녀의 등마루에서 검은 안개가 피더니 하나의 응축물로 형체를 갖추기 시작했다. 그것은 죽은 인간의 시체였고, 두개골이 빠개진 젊은 남성이었다.

형체는 액체처럼 투명해서 속이 너덜너덜 비쳤다. 그러더니 넘어진 현민을 향해 재차 달려드는 것이 아닌가. 달아나려 했지만 시간이 촉박했다.

그런데 이상한 일이 벌어졌다. 놈이 가까이 오지 못하고 팔을 허우적거리기 시작한 것이다. 그러더니 얼굴을 흉물스럽게 일그러뜨리며 연기처럼 퍽 사라져버렸다.

죽음의 사선을 넘어 온 현민은 허리를 일으켜서 가슴에 박힌 식칼을 천천히 뽑아냈다. 칼끝에서 가슴 안쪽의 단단한 금속성 표면체가 느껴졌다. 심장이 없다는 사실에 감사하며 그는 얼른 달려가 아내의 나체를 안아 올린 뒤 소파위에 천천히 뉘여 놓았다. 다행히 숨은 고르게 쉬고 있었다.

그는 급한 대로 모포를 덮어준 뒤, 거실 수화기를 들고 구급대에 연락을 취했다. 통화를 마치고 돌아오려는데 카펫에 나뒹구는 유리조각들이 조금씩 흔들리는 걸 볼 수 있었다. 현민은 진땀을 닦으며 식칼을 움켜쥔 뒤 구석에 바짝 몸을 붙이고 섰다. 그렇게 엉거주춤 방어태세를 취하는데 뚝 떨어지는 기온변화가 느껴졌다. 순간, 지축을 뒤흔드는 폭음이 나며 베란다, 거실, 주방 할 것 없이 유리란 유리는 죄다 사방으로 터져나갔다. 귀를 움켜 막고 엎드린 사이, 아파트 내에서는 차량 경보음과 사람들의 웅성거림이 고개를 들기 시작했다.

일이 잘못돼도 한참이나 잘못됐다. 현민은 아내의 안전을 확인한 뒤 거실을 가로질러 부리나케 현관문을 박차고 나갔다. 승강기를 이용할 새도 없이 그는 비상계단을 단숨에 뛰어내려 사람들이 얼기설기 모인 곳으로 몸을 빼냈다. 순간 누군가 현민의 등을 덮쳐서 땅바닥에 나동그라졌다. 곧바로 무거운 하중이 허리를 짓누르고 손목을 비틀어 꺾었다.

"당신은 묵비권을 행사할 수 있고, 변호사를 선임할 수 있습니다."

수갑이 채워졌고, 풍채 우람한 대머리 사내가 가죽재킷을 휘날리며 현민과 함께 몸을 일으켰다. 곧장 아파트 주민들의 경멸과 의아함 녹은 시선들이 쏟아졌다. 그는 연식이 제법 된 검은 세단으로 거칠게 이송됐다. 그의 옆을 키 작고 눈 찢어진 형사 하나가 대동했다.

차문이 닫히고, 운전석으로 대머리 수사관이 올라탔다. 그가 가만히 앉아 담배를 하나 빼 물 때쯤 구급차와 경찰차들이 동시에 들이닥쳤다. 대머리 수사관은 정복을 차려입은 경찰들에게 현장 보존, 피해자 상황, 추후 상황 통보에 대해 주의를 준 뒤 기어를 넣고 차를 몰기 시작했다. 현민은 말이 나오지 않았다. 차는 아파트 단지를 빠져 나와 대로를 저속으로 내달리기 시작했다.

"허 참, 이 양반 이거 완전히 얼이 나간 표정인데?"

운전석에 있던 대머리가 기분 좋게 웃으며 반사경으로 흘낏거렸다.

"지금 이게 어떻게 된 건지 설명 좀 해주시겠소?"

현민의 목소리는 부들부들 떨렸다.

"이봐요, 윤현민 교수님. 증거도 다 잡았고, 발뺌해도 소용없어요. 꽤나 잘나가는 유명인사께서 참 안되셨구먼."

현민을 뒷좌석에서 지키던 키 작은 형사가 거들었다.

"그러게요, 김 형사님. 이런 거 보면 인생 아주 한 방인 거 같다니까요. 그나저나 우리가 한 건 올린 거 맞죠?"

"이보세요. 지금 이 상황을 설명해달라지 않습니까?"

현민의 강변에 대머리 수사관이 다시 입을 놀렸다.

"윤 교수, 최근 일주일에 어디 있었는지 말해줄 수 있겠소?"

그는 담배를 빨아 문 뒤 창문을 열고 창창하고 서늘한 하늘 위로 연기를 올려 보냈다. 창문이 닫히면서 차안은 다시 어두워졌다.

"이 보시오. 말 못하겠지? 그럼 내가 말해보리다. 당신은 닷새 전에 서울을 빠져나가 인근 소도시에 있는 콜로세움이란 술집에 들어갔소. 거기서 소문난 창녀 하나와 눈이 마주쳤지. 그래, 나도 인정하겠소. 만나봤더니 아주 색기가 넘치고 얼굴은 웬만한 연예인을 저리가라 하더군. 그래도 그러면 안 되는 거 아니오? 그것도 유명 대학교수에 국민적 지지도가 높은 부르주아 급 신분으로 말이지. 사실 이 사건만 아니었으면 나도 당신의 팬으로 남았을 텐데. 너무 아쉽군. 그런 점에서 당신은 나에게도 사죄해야 해. 이런, 또 말이 옆으로 새버렸어. 아무튼 당신은 거기서 그 뭐냐, 이름이 뭐였더라. 고 형사, 그 창녀 이름이 뭐랬지?"

"김연희입니다."

"아, 맞아. 김연희. 그 창녀와……."

"창녀가 아니오. 제대로 알아보기는 하는 거요?"

현민이 버럭 소리치자 형사들은 즐거운 웃음소리를 냈다.

"그래 좋소, 뭐. 나도 그 어여쁜 처자를 그렇게 부르고 싶은 건 아니요. 아무튼 좀 전 당신의 반응으로 보건데 내 시나리오가 틀리지 않음이 확실해졌어. 그래, 맞아. 당신은 그 김연희라는 창녀를 알고 있었어."

"이봐, 당신들!"

대머리 수사관은 기어를 바꾸더니 속력을 더 줄이며 현민의 분노를 가볍게 무시했다.

"아무튼 김연희 양과 밀애를 나누다 당신은 처와 사이가 안 좋다는 말까지 해버렸어. 거기서 윤 교수는 옳거니 한 거야. 처를 죽이고 보험금을 타내는 엄청난 계략을 꾸며낸 거지."

"당신들 지금 무슨 말을 하는 거요. 헛소리 집어 치우시오."

"이봐요, 윤현민 교수님. 다른 놈들도 처음엔 당신 같은 반응을 보여. 그렇게 악다구니로 버텨봤자 죄질만 나빠질 뿐이야. 무기징역이라도 벗어나려면 반성하는 기미를 보여야지. 다행히도 당신 아내가 살아있다고 하니까 천만다행인 줄 알라고."

"난 아내를 죽이려 하지 않았소. 오히려 아내가 날 찔렀단 말이오. 여기 보시오. 내 가슴에 칼자국이 나있소."

옆에 있던 키 작은 수사관이 현민의 가슴을 풀어 헤치더니 말끔한 젖꼭지를 확인하고 단추를 채웠다. 현민도 깨끗하게 아문 연유를 이해하지 못했다. 정신이 아찔했다.

"참나, 머리 꽤나 돌아간다는 사람이 허튼소리나 지껄이는 게요? 이봐, 고 형사, 아무래도 정신감정도 신청해놔야겠어."

"네, 경관님."

현민은 좌절감에 고개를 푹 숙였다.

"아무튼 당신 보니까, 부부 생명보험을 10가지 넘게 들어 놨더군. 최근 한 달 동안 말이지. 그것도 어떻게 꼬드겼는지 하나하나 아내가 직접 발품을 팔았단 말이지. 당신 정말 잔인한 거 아냐?"

"난 그런 적 없소. 난 보험 하나 들어본 적이 없단 말이오."

"기록에 다 나왔어, 이 사람아. 안방에서 나온 청산가리는 또 어떻게 할 거야? 그것도 아니라고 발뺌할 건가?"

"청산가리?"

"왜, 이제 좀 기억이 나시나? 보험금이 총 얼마였더라. 모두 50억이 넘었던 거 같은데. 이번에도 아내 짓이라고 발뺌을 해보시지 그래?"

현민은 무릎에 얼굴을 파묻었다. 그 모습을 지켜보며 경관이 옆에 앉아 등을 두드렸다. 반사경에 눈을 흘기던 대머리 조사관이 난폭한 입을 열었다.

"야, 고 경관. 살인자 등은 왜 토닥이고 그래?"

그러면서 시선을 다시 현민에게 돌리더니,

"이봐, 윤현민 교수님. 문제가 얼마나 심각한지 모르는 거 같아 하는 말인데. 보험 살인은 둘째 치고 당신에겐 더 무거운 혐의가 있어."

"……."

"골목 CCTV에 당신이 도망치는 거 다 찍혔다고. 그리고 당신의 이상한 행동을 목격했다는 편의점 아르바이트생 증언도 확인했어. 도대체 그 술집에서 뭘 어떻게 한 거지? 어쩌다가 그 동네 유지 중 한 명인 신성건설 사장을 죽여 버린 거냐고. 자선단체에 기부활동을 하고 장학재단을 운영하면서 얼마나 착실하게 살아오던 영감인데 말이야. 그 창녀가 늙은 갑부에게 추파를 던지는 게 그렇게 아니꼬웠던 거야? 도대체 시체는 어디다 파묻은 거야, 시팔. 이 개새끼야, 어디다 파묻었냐고?

내가 이 나이에, 제기랄! 늙은 남편 실종신고나 받고 발품이나 팔아야겠어?"

옆에 앉은 젊은 경관이 그의 격노를 누그러뜨리기 위해 말참견에 나섰다.

"김 형사님, 그래도 이번 건으로 특진 따놓은 거 아니겠습니까. 사건이 크잖아요."

"특진은 개뿔, 조만간 서장 얼굴에 침 뱉고 사직서 던지려던 참이었단 말이다."

현민은 아내가 자신을 죽이려했다는 사실에 고개를 떨궜다.

"김 형사님, 이쪽은 서로 가는 방향이 아닌데요."

"그 창녀도 잡으러 가야 할 거 아냐. 이제 증거도 확실해졌겠다. 도주 가능성이 커졌으니 확실히 덮쳐야지."

"역시, 김 형사님이세요. 아직 저는 배워야 할 게 많은데 사표라니요. 섭섭합니다, 김 형사님."

침묵이 침잠하는 동시에 자동차의 네 바퀴가 무서운 기세로 가속도를 붙였다. 그러면서 그것은 한강 다리 위를 기는 차량 행렬을 요리조리 빠져나가기 시작했다.

* * *

30제곱미터에 이르는 널찍한 방에 금박으로 테를 두른 이태리 명품 소파가 모여 있고, 그 뒤로는 빌딩숲이 내다보이는 통유리가 회장석의 뒷면을 병풍처럼 장식하고 있었다. 한쪽 벽면은 책이 빽빽하게 꽂힌 서가를 방불케 하며 다른 한 쪽은 비취색과 자색을 띤 항아리들이 평평한 선반 위에 앉아 볼품없는 그림들을 신처럼 떠받치고 있었다. 그늘진 의자가 삐걱 돌아가고 백발성성한 노인 하나가 정장차림으로 인상을 찌푸렸다. 노인의 자글자글한 손가락이 책상 한 쪽에 비치된 검정색 인터폰 스위치를 눌렀다. 곧장, 젊은 여자의 나긋나긋한 목소리가 들려왔다.

"법무팀장이랑 오 실장 좀 내 방에 불러!"

"네, 회장님. 그렇게 지시하겠습니다."

"아, 그리고 마실 것 좀 내와. 오는 김에 향도 좀 피우고."

"예, 회장님."

이충수는 지끈 거리는 머리를 지압하다가 손을 파르르 떨며 시가 하나를 깨물었다. 그 연기가 집무실에 자욱해질 때쯤, 노크소리와 함께 비서를 동반한 간부 둘이 머리를 조아린 채 모습을 드러냈다. 여비서는 익을 대로 익은 동선을 따라 모락모락 피어오르는 차를 품위 있게 내려놓았다. 그러고는 소파 사이를 빠져나와 선반에 향을 피우고 사라졌다. 여비서가 나가자 이충수가 업무 테이블을 느릿느릿 돌아 나와 소파 위에 자리를 틀었다.

"회장님, 용안이 안 좋아 보이십니다. 주치의를 부를까요?"

이충수 회장은 손끝으로 얼굴을 부드럽게 걸터듬은 다음 차를 천천히 들이키며 고개를 내저었다. 그가 메마른 기침을 연방 토해냈다.

"신경 쓰지 마. 임원은 자기 직무만 열심히 하면 되는 거야. 그보다 아들놈은 어떻게 됐어?"

"가까스로 합의는 받아 냈지만 돈으로 해결하기엔 좀……. 여자분 입장에서 충격이 상당했던 모양입니다."

이충수의 미간이 일그러졌다.

"그딴 소리를 묻는 게 아니잖아. 그 후레자식이 비공식적으로 사들인 골드생명 지분이 얼마나 되냐 이 말이야. 설마 네놈도 동조했냐?"

반질반질한 이마의 법무팀장은 바짝 허리를 세우며 진땀을 뺐다.

"아… 아닙니다, 회장님. 전혀 관련도 없고 알지도 못했습니다."

이충수가 혀끝을 차며 법무팀장을 노려봤다.

"뚫린 입이라고 말하는 거 봐라."

그러고는 시선을 다른 쪽으로 옮겨갔다.

"야, 오 비서. 너도 할 말 없는 거 알지?"

은테를 두른 넓적 얼굴의 소유자가 재빨리 허리를 굽혀 사죄어린 동조를 보냈다. 건너에 앉은 법무팀장이 다시 허두를 떼고 말했다.

"사실, 사장님이 일을 이렇게 크게 벌일 줄은 몰랐습니다."

이충수의 성난 코가 벌름거렸다.

"야, 김 팀장! 너 나랑 장난해? 내 앞에서 지금 변명할 때야?"

이충수가 핏대를 세우더니 이윽고 가래 섞인 기침으로 어깨를 들썩이기 시작했다. 이제 회장의 집무실에는 담뱃진 냄새를 넘어서는 이상야릇한 향기가 섞여들고 있었다. 상기된 얼굴로 고개를 쳐든 회장은 부여잡은 찻잔을 억지로 들이키더니 이내 평온한 모습으로 돌아와 명령조 지시를 내렸다.

"계속해봐."

"도중에 발각된지라 무리 없는 선에서 상황이 일단락됐습니다. 이참에 회장님 지분을 3.5% 더 끌어올리고 지배구조 개선방안을 마련해 빠른 시일 내에 올리도록 하겠습니다. 다행히 이현수 사장님이 M&A 세력과 손을 잡은 것 같지는 않습니다. 결과만 따지고 보면 현재 회장님의 경영권에는 아무런 이상이 없습니다. 그나저나 사장님 일은 어떻게……."

이 회장이 끙 소리를 냈다.

"그 여식 소속이 어디야?"

"유산그룹 부사장 장녀인데 전치 12주로 코뼈가 부러지고, 그보다 정신적 충격이 심한 게……."

법무팀장을 노려보던 이 회장이 찻잔을 바닥에 내던지며 신경질적으로 고함쳤다.

"누가 어디 다쳤는지 물었어?"

"……."

회장의 한숨소리가 구멍 난 타이어처럼 힘없이 빠져나왔고, 곧추섰던 그의 척추는 소파 등받이에 닿으며 천천히 제 모습으로 굽어갔다.

"그래, 누구 탓을 하겠냐. 그 여식 치료비, 합의금 합쳐서 넉넉하게 사례해. 혹시나 일감 줄 거 있으면 계열사 것 떼서 내려 보내고. 중요한 건 언론이야. 새어나가지 않도록 조심하고 당시 참석자들한테는 입막음 철저히 하도록 해. 나가봐."

법무팀장이 나가고, 오 실장만 홀로 덩그러니 남아 있었다.

"시킨 일은?"

"괜찮은 정보가 들어온 거 같습니다."

"보고서 펼쳐봐."

오 실장이 파일의 표면을 걷어내고 보기 좋게 각도를 튼 뒤 이 회장의 눈앞에 쓰윽 내밀었다.

"이거 확실한 거야?"

"네, 회장님.

이 회장은 보고서 양쪽을 집어 들고 눈이 빠져라 쳐다봤다. 그의 붙박인 눈매가 날카롭게 찢어지며 번뜩였다.

"여기가 확실해?"

"수치상으로 보면 그곳 판매율이 가장 높습니다. 저도 이상해서 몇 번을 확인해봤습니다만. 틀림없는 목표치 5,000% 달성입니다."

"그만한 물량이 우리한테 있었어?"

"여담에 의하면 구입자 중 하나가 공급량의 90%를 가져갔답니다."

"해충회사에서 사갔나?"

"회사가 아니라 개인이 사갔다는데요."

"뭐?"

오 실장이 이충수의 얼굴을 빤히 쳐다봤다.

"그런데 회장님. 죄송한 말씀이지만 바퀴벌레 회사는 왜 차린 겁니까?"

* * *

승강기 문이 열리고 연갈색 카펫의 긴 복도가 드러났다. 루시퍼는 곧장 내려서서 포개진 카펫을 따라 뚜벅뚜벅 걸어 나갔다. 마침, 모퉁이 끝에서 허우대 좋은 사내가 이쪽으로 걸어오고 있었다. 그 자는 루시퍼의 얼굴을 위아래로 조심스럽게 훑고 있었다.

"잠깐만요."

제지의 목소리에 루시퍼는 우뚝 서서 그 자를 돌아봤다. 그 자는 얇은 서류다발을 케이스에 주섬주섬 끼워 넣더니 루시퍼를 의미심장한 눈으로 흘겨봤다.

"당신, 누군데 여기 들어오는 겁니까?"

루시퍼가 태연한 표정으로 대답했다.

"회장님 호출로 왔습니다만."

"그러니까, 누구냐고요. 바이어? 협력사에서 왔어요? 직급은요?"

"그런 거추장스런 요식을 거쳐야 합니까?"

루시퍼는 중절모를 내려 한쪽 가슴에 껴안았다. 그러자 수려한 젊은이의 이목구비가 나타나 수입시계를 칭칭 휘감은 법무팀장을 무미건조하게 쳐다봤다. 그는 불쾌한 표정을 지으며 안색을 바꿨다.

"당신, 어디서 온 거요? 가만히 보니까 출입증도 목에 걸지 않았는데 자꾸 이렇게 비협조적이면 경비들을 부를 거요?"

루시퍼가 되물었다.

"근데 당신은 누구시오?"

"난 골드그룹 법무팀장이오. 웬만한 직급의 사람들은 내게 인사를 한단 말이지."

"내가 그것을 빼먹었구려. 미안하오."

루시퍼는 고개를 숙였다.

"뭐, 괜찮소. 그럼 일 보시오. 그리고 그 모자는 벗어버리시오. 회장님이 봤다가는 노발대발 할 거요."

그는 꼬투리를 잡을 것처럼 하다가 루시퍼의 어깨를 두드리고 그대로 지나갔다. 루시퍼는 어처구니가 없다가도 인간의 그 개그 본능이 재미있었다.

루시퍼는 전략기획실로 통하는 유리 통문을 밀고 들어가 분주히 움직이는 사원들을 지난 뒤 이중 잠금 된 문을 해제하고 회장실 쪽으로 걸어갔다. 새로 드러난 복도 옆에는 데스크를 놓은 비서들이 루시퍼를 예의주시하고 있었다. 경호실에서 곧장 무장차림의 사내들이 기립해 나왔다.

"어떻게 들어왔습니까?"

"회장님 초청으로 왔습니다만."

경비원이 비서를 돌아보자 여자는 고개를 가로저었다.

"아니라는데?"

여분의 경비원들이 더 나타났다.

"다시 한 번 확인해 보시오. 난 미리 연락을 했소. 루시퍼가 왔다고만 전해주시오."

"루시퍼?"

경비원들이 어처구니없는 표정으로 상대를 노려봤다.

그때, 이중문이 홱 젖히면서 비명에 가까운 통곡소리가 번개처럼 들려왔다. 그 자리엔 야들야들한 차림의 중년 여성이 달뜬 얼굴의 남자를 가로막으려고 안간힘을 쓰고 있었다. 갑작스런 소란에 기획실 사원들이 유리통에 코를 박고 몰려들었다.

"오빠, 이러지 마. 이런다고 해결되는 거 아니잖아."

"회장님! 회장님!"

남자는 자신을 가로막는 경비원들을 떼치더니 넘어진 얼굴들에 발길질을 먹였다. 당혹감에 물든 비서들이 낮은 비명을 내질렀다. 일을 끝냈는지 남자는 벌떡 일어나서 비척비척 회장실로 향하기 시작했다.

"회장님. 아들이 왔다고요, 아들이요."

그의 몸에선 진한 알코올 냄새가 났다.

느닷없이 인터폰이 울렸다. 발신처를 확인한 여비서가 테이블로 돌아가 상대와 조곤조곤 비밀 대화를 주고받았다. 그러더니 총총걸음으로 통로를 내달려 회장실 문을 벌러덩 열어젖혔다.

"사장님, 회장님이 들어오시랍니다."

여비서의 부름에 남자는 한숨을 푹 내쉬더니 비틀비틀 걸어서 회장실 안으로 들어갔다.

한차례 폭풍이 휩쓴 복도에선 입술이 터진 경비가 옷을 탈탈 털고 일어났다. 그의 멋쩍은 웃음이 주변인들을 더욱 안타깝게 만들고 있었다.

"괜찮으세요?"

여비서가 팔을 붙잡고 서서 경비원의 구겨진 옷 주름을 털어냈다.

"고마워요, 최 비서. 근데 그 이상한 남자는 어딜 갔죠?"

복도는 이미 텅 비어있었다.

* * *

"못난 놈."

빌딩숲을 쳐다보고 있던 이충수는 아들에게는 눈길조차 건네주지 않았다.

"재무부 팀장으로 가라니요. 제 얼굴에 똥칠을 해도 이럴 순 없다, 이겁니다."

성토하는 남자의 귀가 벌겋게 달아올랐다. 그의 목소리가 거칠었다.

"오빠, 일어나. 무릎 꿇고 지금 뭐하자는 거야, 쪽팔리게."

녹색 비단 스커트를 두르고 치렁치렁한 진주 귀걸이를 찬 여자는 남자의 거친 몸부림에 지쳤다는 듯 팔짱을 끼고 돌아서서는 소파로 걸어가 엉덩이를 착 깔아버렸다. 요염하게 다리를 꼰 여자의 스커트가 무릎 위까지 아슬아슬하게 올라가며 허벅지의 하얀 속살을 드러냈다.

"사실 오빠 말도 일리는 있어요, 아버지. 오빠가 누구에요. 골드그룹 얼굴이잖아요. 그런 사람을 팀장으로 강등하다니요. 그건 아버지 얼굴에 먹칠하는 것과 똑같아요. 차라리 경영 일선에서 잠시 손을 놓으라 하세요. 미국에 보내 공부를 좀 더 시키든가요."

여자가 회장이 앉은 테이블 옆으로 하이힐 소리를 내며 걸어갔다. 그러자 노쇠한 이충수 회장이 의자를 뱅그르르 돌려 힘겹게 두 다리를 짚고 일어났다. 그가 테이블을 천천히 돌아 나와 아들 곁에서 우뚝 멈춰 섰다.

"못난 놈. 넌 아직 멀었다. 너무 성급해. 어서 일어나."

"철회하시기 전엔 그렇게 못합니다."

여자가 신경질적인 목소리로 남자를 질책했다.

"오빠도 이제 그만 해. 정말 징글징글하다. 드라마 찍는 것도 아니고 아버지 앞에서 뭐하는 거야. 이러니까. 둘째, 셋째 오라버니들이 호시탐탐 그 자리를 노리는 거 아냐."

이 회장은 딸의 단정치 못한 옷차림을 훑어보며 혀끝을 찼다.

"옷이 그게 뭐냐. 천한 것들이나 입는 옷을. 제 어미를 쏙 빼닮아서는.”

“아버지!”

여자가 말문 막힌 사람처럼 입술을 이죽거렸다.

“다들 이리 앉아봐라.”

“아버지께서 재고해 주시기 전까지는…….”

“당장!”

굼뜬 동작으로 일어난 이현수 사장이 몇 걸음을 옮겨 소파에 주저앉았다.

“네 앞으로 된 골드생명 주식, 전부 내놔.”

이 사장의 얼굴에 핏기가 사라지더니 곰팡이 핀 메주처럼 딱딱해졌다. 여자의 얼굴 역시 그에 못지않았다.

“너도 마찬가지야.”

“아버지, 저는 왜요! 잘못이라면 오빠가 한 거잖아요.”

“그 입 닥치지 못해!”

“아버지!”

“내가 받은 상처는 생각도 못하는 거냐? 감히 내 경영권을 넘보려들어? 나 아직 안 죽었어!”

노인이 관자놀이를 지압하더니 얼굴을 찌푸리고 말했다.

“법무팀장은 언제 끌어들였지?”

여자의 얼굴에 당혹감이 번졌다.

“무슨 말씀이세…….”

“바른대로 말해! 마지막 기회니까.”

여자가 입술을 질끈 깨물었다. 그 모습을 낚아챈 이 사장이 혀를 내두르며 탄식했다.

“너… 설마…….”

“죄송해요, 아버지. 그렇지만 일부러 그랬던 건 아니에요.”

이현수가 여동생의 능글맞은 얼굴에 치를 떨기 시작했다.

"모두 골드그룹을 위한 거예요. 제 딴에는 그랬다고요. 솔직히, 아버지의 사업 확장은 너무 지나친 감이 있어요."

이 회장이 기침을 오래하다가 계속해보라는 손 신호를 보냈다. 여자가 이현수 사장에게 눈길을 보냈다.

"나 사실 엔터테인먼트 매각 건 이미 알고 있었어."

여자가 다시 이충수 회장을 응시했다.

"알짜배기를 매각하고 태양광 사업에 투자한다니요. 가당키나 해요? 가뜩이나 환율도 내려가고 기업 규제가 심해지는데 사운을 건 도박을 해서 뭘 얻겠다는 거예요."

이현수가 여동생을 노려보기 시작했다.

"그런 눈으로 쳐다보지 마. 그렇다고 내가 오빠 자리를 탐냈던 건 아니니까. 내게 이러지 말고 둘째나 셋째 오라버니를 조심하라고. 그네들이 무슨 일을 꾸미고 있는지 알기나 해? 오빠가 검사들에게 뿌린 돈. 그걸 가지고 뇌물혐의를 씌울 법무팀을 만들었단 말이야. 잘난 척하더니 꼴좋다."

이 사장이 도끼눈을 떴다.

"너 이 자식이."

남자가 손을 올리다 말고 부들부들 떨었다.

"그만 못해! 이것들이 애비 앞에서 뭐하는 짓거리야!"

이제 여자는 대상을 바꾸고 이 회장을 노려보기 시작했다.

"아버지도 그만 좀 하세요. 좋으나 궂으나 아버지 피를 이은 건 우리 둘밖에 없다고요."

순간 방 안에 포복절도의 웃음소리가 터져 나왔다. 세 사람의 눈이 휘둥그레졌다.

"인간들은 정말 경이로운 존재야. 안 그런가, 이 회장?"

루시퍼가 허공에서 스르륵 모습을 드러냈다. 그걸 본 이 회장이 벌떡 일어나서 루시퍼의 앞에 무릎을 꿇고 머리를 조아렸다. 두 자녀의 시선은 아비의 영문 모를 행동을 질타하기 시작했다.

"주인님."

"그래, 잘 있었나."

"연락도 없이 어찌 이리 갑자기."

"이건 무슨 냄새가. 고약하군."

루시퍼의 콧잔등이 찌그러졌다.

"두통이 심해져서."

루시퍼가 혀를 끌끌 차더니 두 자녀 앞에 엉덩이를 나부시 깔고 앉았다. 입술에 접착제라도 발린 듯 두 자녀는 아무 말도 하지 못하고 앉아있기만 했다.

"이 회장, 꼴사나운 짓거리 그만 하고. 자네 자식들 옆에 가서 앉아 봐."

"예, 주인님."

화들짝 놀란 두 자녀의 시선들이 질겁한 아비의 얼굴로 옮아가고 있었다.

"좋아, 이제 대화를 시작해볼까?"

폐부 깊숙한 곳까지 연기를 빨아들인 루시퍼가 탁자 위에 시가를 눌러 끄며 거무튀튀한 재를 남겼다.

"이 회장, 내가 시킨 일은 진척이 좀 됐나?"

몸을 일으킨 이충수가 책장에서 보고서 하나를 가지고 돌아왔다. 두 자녀는 이 현실을 부정하려는 듯 입술을 깨물며 좌우로 심한 발버둥을 쳤다. 그러나 결박된 몸이 쉽게 풀릴 리는 없었다.

"여기 있습니다. 미국 테네시 주 녹스빌입니다."

이충수가 자신 있게 수치를 하나하나 짚어 보였다.

"좋아, 잘 해줬어."

루시퍼가 자리에서 일어섰다.

"벌써 가시려는 겁니까? 또 언제쯤 오실 건지요?"

루시퍼가 피식 콧방귀를 꼈다.

"이 회장. 날 달가워하지 않는 거 아니까, 그렇게 연기할 필요 없어."

이충수의 입은 우물주물거리며 말을 잇지 못했다. 루시퍼가 그걸 보고 홍소를 터뜨렸다.

"근데 이 지독한 냄새는 좀 치워버리지 그래. 요즘 같은 첨단 시대에 사향이 다 뭔가. 방구석에 처박혀서 노루 생식기 냄새나 맡고 있다니. 자네답지 않아."

"죄송합니다, 주인님. 지병이 있어서."

루시퍼가 혀끝을 쯧쯧 찼다.

"자네 두통이 사향 때문에 더 심해지는 걸 몰랐나? 강심제를 구할 것 같으면 차라리 약을 구해 먹어. 그 정도 돈은 자네에게 넘칠 만큼 있을 텐데?"

주술에서 풀려나자 여자가 루시퍼를 향해 욕지거리를 해대기 시작했다. 마치 터럭을 곧추 세운 고양이 같았다.

"경비 불러요, 아버지. 뭐하시는 거예요!"

이충수의 손바닥이 날아와 여자의 뺨을 후렸다. 그녀는 얼얼한 한쪽 볼을 어루만지며 억울한 눈물을 뚝뚝 흘리기 시작했다.

"죄송합니다, 주인님. 이해해주십시오."

루시퍼가 안쓰러운 표정으로 여자를 내려다봤다.

"이 회장."

"네, 주인님."

"이렇게 된 거 선물 하나를 주고 가야겠네."

이충수 회장이 절레절레 손사래를 쳤다.

“아닙니다, 주인님. 저에겐 아무것도 필요한 게 없습니다.”

“뭐, 특별한 건 아니야. 진실을 좀 알려주려고.”

이충수가 빙충맞은 표정으로 쳐다봤다.

“내가 말이야, 이 회장. 비참해지려던 자네의 노후를 환한 빛의 세상으로 인도해주겠네.”

침묵이 맴도는 그곳에 팽팽한 긴장감이 서렸다.

“자네 딸아이 말이야. 저 아이 뱃속에 3개월 된 생명이 보인단 말이지.”

“그게 무슨 말씀인지.”

여자의 안면이 피가 말라가는 시체처럼 검붉게 변했다.

“방금 나간 법무팀장과 DNA 염기구조가 일치하는 아이일세. 축하하네, 이 회장. 드디어 진정한 할아버지가 된 걸 말이지.”

이충수의 얼굴이 파리하게 변해갔다.

“법무팀장은 벌써 자기 세상을 만난 사람처럼 의기양양하더군. 맘에 안 들면 잘라 버리게.”

여자가 비명을 지르며 소리쳤다.

“아니에요, 아버지!”

루시퍼가 이충수 회장의 어깨를 가만히 어루만졌다.

“너무 나무라진 말게. 협박을 못 이겨 강간당한 거니까 말이지. 인터넷에 자네 딸의 문란한 영상이 퍼진다고 생각해봐. 아주 볼만하지 않겠나? 자네 딸은 골드가(家)를 위해 아주 큰 희생을 치른 거라네.”

그녀가 울기 시작했다.

“죄송해요, 아버지.”

방 안이 수렁에 가라앉는 느낌이었다. 루시퍼가 안쓰러운 표정으로 그녀를 향해 돌아섰다.

“이봐요, 가여운 아가씨.”

여자가 마스카라가 번진 얼굴로 목소리 나는 방향을 주시했다.

"그렇게 서러워 할 필요 없어. 너나 네 오빠도 전부다 그렇게 태어났으니까."

방 밖을 나서려다 말고 루시퍼가 고개를 돌려 물었다.

"이 회장?"

"네, 주인님."

"시간도 많고 몸도 간지러워 그러는데 쓸 만한 온천탕이 더러 있나?"

"근처에 대규모 리조트 단지가 있습니다. 제가 직접 그곳으로 모시겠습니다."

루시퍼가 고개를 흔들었다.

"아냐, 나 혼자 생각할 문제가 있어서."

"그럼, 로비에 차를 대기시켜 놓겠습니다."

"좋아. 이 회장은 가끔 맘에 드는 구석이 있단 말이지."

떫은 입맛을 다시며 이충수가 루시퍼의 빈자리를 내려다봤다.

* * *

"지독한 놈. 넌 살인자야. 아주 흉악한 놈이지."

대머리 수사관은 핸들을 홱 돌리면서 고가도로가 뻗은 진입로로 머리를 틀었다.

"난 아무것도 모릅니다. 그리고 그 여자는 몸이나 파는 논다니가 아니에요. 학창시절 후배란 말입니다."

"좋아. 직접 만나 대면을 해보면 알겠지. 하지만 내 직감은 당신이 범인이라고 말해주고 있어. 당신은 무기징역 밑으로는 절대 구형받지 못할 거야."

고가도로를 빠져나온 차는 한강대교를 지나 간선도로를 타고 3km를 더 내달렸다. 일행이 탑승한 차는 곧장 낡은 시내에 들어서면서 붉은색 정지신호에 따라 횡단보도에 멈춰섰다. 그 사이 대머리 수사관은 라디오를 음악채널에 맞추고 볼륨소리를 높이기 시작했다. 현민을 감시하던 작다리 형사도 창밖에 시선을 돌리고 행인들의 얼굴을 훑어보고 있었다.

밖은 살을 에는 추위가 강했다. 운전석에 앉은 대머리 수사관이 왼쪽 깜빡이를 켜며 기어 변속을 시도했다. 그때 휴대폰이 시끄럽게 울려댔다.

"네, 서장님. 곧 갑니다."

상대조차 짜증스러워할 목소리였다.

"가요, 간다니까요. 너무 성급하게 굴지 말라 이겁니다. 뭐요? 신발을 거꾸로 신고 다니냐고요? 1분 1초가 아까우시면 직접 발로 뛰시던지 그럽니까. 뭐? 참나, 웃기고 있네. 내가 당신 종이야, 뭐야. 닥쳐. 어째? 명령불복? 좆 까라 그래. 내가 네놈 똥 싸면 밑이나 닦아주는 그런 사람으로 보여? 어디서 그 미친 입을 씨부렁거리고 지랄이야. 어쩔 건데. 그래, 이판사판이다. 너 대가리 썩었냐. 뭐? 당장 들어와? 직위해제? 이정도 되면 그 따위는 각오했단 거 모르겠어? 경찰대 나왔다는 놈이 머리 회전은 참 느리시구먼. 야, 이 시팔 놈아. 네놈 목구멍에 떨어진 검은 돈으로 검찰에 고발장이라도 제출해 주랴?"

뒤에서 경적이 울리고, 대머리 수사관은 찌푸린 얼굴로 4차선의 좁은 도로를 타기 시작했다. 그는 쌍욕을 해대기 시작했고, 뒷좌석에 있던 작다리 수사관은 거기에 보조를 맞출 수가 없었다. 이내 휴대폰이 날아가 창가에 부딪치고 바닥에 떨어졌다. 액정이 나간 휴대폰이 재차 울리기 시작했다.

대머리 수사관은 이제 좁은 골목길을 따라 차를 몰아가고 있었다.

시멘트로 포장된 언덕을 올라가자 간판조차 없는 동네슈퍼와 함께 담벼락에 면해있는 구식주택들이 줄줄이 늘어났다. 지나는 사람들의 옷차림은 하나같이 서민적 무늬를 표방했고, 주차된 차들은 녹슬고 벗겨진 것들이 대부분이었다. 대머리 수사관이 오르막길 한 쪽에 사이드 브레이크를 채우며 내려섰다.

"김 형사님, 이 사람은 어떻게 할까요. 같이 내려요?"

대머리 수사관이 옷깃을 여미며 작다리 경관과 눈을 맞췄다.

"딱 봐도 운동신경 없어 보이는데, 같이 올라가자. 그게 더 안전해."

10여 분을 올라 녹색 대문이 자리한 2층 집 앞에 멈춰섰다. 작다리 경관이 누르스름한 초인종을 여러 번 꾹꾹 눌렀다.

대문 뒤에서 인기척이 났다. 현민의 가슴이 두방망이질치기 시작했다. 바닥을 질질 끄는 무성의한 발씨소리가 가까워오고 있었다. 대문 틈으로 흐릿흐릿 왔다갔다가는 실루엣이 비춰 보였다. 그러나 기대를 무참히 깨버리며 쉰을 넘긴 듯한 아주머니가 풍성한 파마머리를 하고 얼굴을 빼곡 내밀었다.

"누구세요. 아! 그 형사님들이네요. 들어오세요."

대머리 수사관이 턱을 까딱거리며 인사했다.

"지하에 세 들어 사는 여자 아직 있죠?"

"아까 전에 잠깐 슈퍼에 간다고 나갔어요. 곧 올 거예요. 들어와 기다리세요."

대머리 수사관이 추궁하듯 질문했다.

"손에 뭘 들고 있지는 않던가요? 가령 여행 가방이라든지 아니면 옷차림이 범상치 않았다든지."

"아니에요. 그냥 평소처럼 평범한 차림으로 나갔어요. 워낙에 반듯해서 야반도주 같은 걸 꿈꿀 아이는 아니에요. 제가 장담하죠. 누차 말하지만 오해가 있을 거예요. 그 아이는 죄 같은 걸 지을 정도로……."

아낙네의 시선이 현민에게 채워진 수갑에 닿았다. 그러더니 얼굴색을 바꾸고 질겁했다.

"안돼요. 범죄자를 내 집에 들일 순 없어요."

작다리 형사가 어깨를 으쓱하더니 능숙한 말솜씨로 아낙을 설득하기 시작했다. 몇 번의 시도 끝에 일행은 연희가 거한다는 좁다란 지하방으로 내려갈 수 있었다.

습기가 꽉 베인 계단이었다. 그렇게 3미터를 내려가자 알루미늄으로 된 새시 문이 나왔다. 문은 열려있었다.

다리 없는 매트리스와 벽시계, 대충 먼지덮개만 걸쳐놓은 길쭉한 옷걸이. 어디서 주어왔는지 금이 쫙 간 화장대 하나가 투명 테이프로 칭칭 감겨서 드러났다. 화장 거울 밑에는 가판대에서 구입한 싸구려 스킨, 로션이 립스틱과 함께 놓여있었다. 그 옆으로 작은 액자가 나란히 서있었다.

입을 삐쭉 내밀고 교복 차림의 연희에게 뽀뽀하고 있는 꼬마. 현민은 그 사진 속의 남자 아이를 알고 있었다. 민수. 그녀의 유일한 혈육이자 청각장애를 갖고 태어난 여섯 살 터울의 남자아이.

작다리 수사관이 전등스위치를 올리자 형광등이 파득거리다가 투명한 빛을 뿜어댔다. 젊은 여자 혼자서 살기에는 상당히 비좁고 허술한 공간. 사고 없이 지내온 게 다행이었다.

현민은 화장대에 놓인 액자 앞에 쭈그려 앉았다.

나는 소 꽤나 키운다는 부유한 집의 맏아들이었고, 연희는 양 부모를 일찍 여윈 동네 판잣집의 외톨이였다. 현민은 고3, 그녀는 갓 들어온 신입생. 예쁘장한 얼굴은 당시의 연희에겐 도움이 되지 않았다. 시시껄렁한 여선배들의 질투. 그에 곁따른 놀림과 구타, 신상 털기를 줄곧 당해야만 했으니까.

매번 남자들의 선물 공세를 받던 그녀. 수줍음이 많았지만 절대 울지 않았고, 당당했으며, 동생을 사랑했던 그녀. 매번 담임선생님께 양해를 구한 뒤 동생을 마중 나가던 그녀. 문제는 비오는 날이었다.

왜 하필 그날 판잣집이 즐비한 그 후미진 곳을 경유하고 싶었던 걸까. 비가 왔고, 우산도 없었으니 지름길로 곧장 향하는 게 맞았는데. 어차피 젖어버린 몸으로 좀 싸다니고 싶었던 건지도 모른다. 빈틈도 자유도 일탈도 없던 나의 생활에 활력이 필요했는지도 모른다. 그러다가 드럼통이 켜켜이 쌓인 구석에서 연희의 악 받친 신음소리를 들었다. 불량배들에게 둘러싸인 연희의 겁먹은 얼굴. 물기 먹은 머리카락들이 입술 끝에 걸려있고, 교복 블라우스가 반쯤 내려가 낡은 브래지어가 비쳐 보이는 그 상황. 나는 지체 없이 덤벼들었다. 입술이 터지고 머리통이 짱돌에 찢어지는 그 고통을 감수하면서까지. 젖은 가방으로 황급히 도망가 버리는 연희를 응원하며 아무도 쫓아가지 못하게 녀석들을 붙잡아두었다. 비오는 날 순시를 돌던 정신 나간 순경이 없었더라면 난 그때 죽었을지도 모른다. 갈비뼈가 부러지고 두개골에 금이 갔으니 살아난 것도 다행이 아닐까. 그땐 아프지 않았다. 난 평소에 연희를 흠모한 적이 없는데. 난 그때 왜 그랬을까. 천한 것들과는 상종을 말아야 한다는 아버지의 세뇌에 가까운 교육 철학을 받아들이고 있던 내가. 도대체 왜.

퇴원하고 하교를 하던 어느 봄날. 손에 노란 개나리꽃을 쥐어든 동생의 손을 붙잡고 수줍은 듯 미소를 지으며 날 가로막고 섰던 연희. 메모가 든 초콜릿을 부끄럽게 선물하고 돌아 선 그녀. 고급 베이커리에서 샀을 그 초콜릿 때문에 난 한참동안 연희의 뒷모습에서 눈을 떼지 못했는데.

"피해!"

작다리 형사가 소리치며 현민의 몸을 급하게 떼밀었다. 그러고 들리는 끔찍한 총성. 탄환이 형사의 가슴을 관통하고 나자 박살난 거울조각들이 화장대 위에 와장창 쏟아져 내렸다. 방바닥에 흥건하게 핏물이 고여 들었고, 건너편에서는 대머리 수사관의 총구가 정확히 현민을 겨냥해 들어왔다. 그 초점 없이 흐리터분한 동공. 몇 시간 전의 아내와 정확히 일치했다. 대머리 수사관의 눈알이 무섭게 뒤룩거리더니 이내 코를 찌르는 유황 냄새를 훈장처럼 흩뿌렸다.

"대체 내게 원하는 게 뭐지?"

현민의 목소리가 바들바들 떨렸다.

"너의 죽음."

희망은 없어 보였다.

"루시퍼가 시켰나?"

"넌 그저 고깃덩이일 뿐이야."

"네놈 정체가 뭐야!"

놈이 방아쇠를 당기려는 찰나, 프라이팬의 딱딱한 부분이 대머리 수사관의 정수리를 때리고 지나갔다. 그가 옆으로 픽 쓰러지자 파랗게 질린 연희의 얼굴이 드러났다. 그녀는 손을 바들바들 떨다가 프라이팬을 방바닥에 떨어뜨렸다.

순간, 번뜩 눈을 뜬 악마가 연희를 낚아채서 벽면에 힘껏 내던져버렸다. 여자의 몸이 쿵 소리를 내며 매트리스 위에 떨어졌다.

현민은 권총을 멀리 차버린 뒤 연희와 함께 문 쪽으로 달아나려고 했다. 그러나 새시 문이 쾅 닫히더니 날름쇠가 철컥 고정돼버렸다. 겁에 질린 연희가 비명을 내지르며 문고리를 잡고 흔들었다. 악마가 이빨을 드러내며 덮쳐들었다.

그때, 주위물건들이 덜덜 떨리더니 금속성 소음이 들려오기 시작했다. 잠시 후, 새시 문이 용암처럼 녹아내리고, 그 구멍에서 역광의 빛무리가 귀신 씐 육체 위에 맹렬하게 쏟아져 내렸다. 대머리 수사관이 얼굴을 부여잡고 고통스럽게 몸을 흔들어댔다. 그러더니 바닥에 쿵 넘어져서 거품을 물고 심한 경련을 일으키기 시작했다. 현민은 와들와들 떠는 연희를 와락 부둥켜안았다.

경련이 잦아들자 시체의 등딱지에서 반투명한 암운이 이글이글 피어올랐다. 그것은 휘발성 불덩어리로 시커멓게 타오르다가 흐릿흐릿한 형체를 이루며 기괴한 이목구비를 드러냈다. 그 악귀는 시뻘건 눈꼬리를 길게 잡아 찢더니 결국 새시 문을 향해 증오에 가까운 비명소리를 내질렀다. 문이 떨어져나가고, 그 속에서 날개달린 천사가 아름다운 자태로 모습을 드러냈다.

"지옥의 고대 악귀가 어찌 인간 세상을 넘어왔단 말이냐. 루시퍼의 맹약은 거짓이었구나."

악귀의 후음은 공기에 진동을 일으켰다.

"하찮은 천족 주제에 나를 방해하지 마라."

천사가 날개를 펼치더니 투명한 손끝에서 차가운 얼음가루들을 만들어냈다. 그러고는 그것을 물방울처럼 모아 악귀의 온몸 위에 소금처럼 뿌려댔다. 성수에 맞은 악귀가 소름끼치는 비명을 내지르며 허옇게 타들어가기 시작했다. 그러더니 넘실거리던 불꽃이 깡통처럼 짜부라지고 마침내 흔적도 없이 사라지고 말았다.

일을 마친 천사가 고개를 돌려 현민 쪽을 쳐다봤다.

"겁먹지 마시오, 인간이여."

현민은 기절해버린 연희를 내려놓고, 황금빛 머리칼을 늘어뜨린 앳된 청년의 모습을 올려다봤다.

"저를 또 구해주셨군요."

천사가 천천히 걸어와 아름다운 얼굴을 내밀었다.

"인간이여. 나의 천명은 대천사 라피엘. 당신을 만나기 위해 많은 시간을 할애했소."

라피엘이 무릎을 꿇고 앉아 연희의 잠든 얼굴 위에 따뜻한 입 바람을 후 불어 넣었다. 그러자 그녀의 거칠었던 숨소리가 고르게 약동하며 깊고 편안한 표정으로 변해갔다.

"어서 여길 떠나야 하오, 인간이여."

동시에, 천사의 날개 끝이 민들레 꽃씨처럼 서서히 소멸되더니 몸을 휘감은 새하얀 피복마저 물 빠진 셔츠와 청바지차림으로 변해갔다. 머리카락도 짧게 줄어들고, 한국인들처럼 새카맣게 물이 들었다. 낯빛은 동양인의 가무잡잡한 살결로 짙어지다가 눈 밑으로 연한 주근깨를 드러냈다. 그의 초롱초롱한 눈빛만이 만고불변의 법칙처럼 처음 그대로 남아있었다.

"어디로 가야 하죠?"

현민이 물었다.

"우리는 천국으로 가야 하오. 가브리엘께서 당신을 기다리고 있소. 악마의 힘이 닿지 않는 그곳에서 당신과 나는 안전을 도모할 수도 있소."

현민의 얼굴이 초조해졌다.

"연희를 두고 갈 수는 없습니다. 함께 갈 수 있도록 해주십시오."

라피엘이 고개를 가로저었다.

"허락받은 인간은 당신 하나. 난 천사장의 명령을 거역할 권능이 없소."

"그럼, 전 여기를 떠나지 않겠습니다."

현민은 고개를 돌려 연희를 내려다봤다. 그녀의 입술 끝에 새근새근한 숨소리가 걸려 있었다. 달콤하고 푹신한 꿈을 꾸고 있는 게 분명했다. 그 평온이 얼마나 지속될 수 있을까.

"당신이 옆에 있으면 여자는 더 위험해질 것이오. 대신 이 여인이 안전하게 묵을 곳을 찾아 주겠소."

"그곳이 어디입니까?"

"그보다 지금 당장 움직여야만 하오. 시간이 없소."

"이것 좀 풀어주시겠습니까."

수갑을 확인한 천사는 가벼운 눈빛만으로 그것을 툭 끊어버렸다.

"서두르시오, 인간이여. 사람들이 몰려오고 있소."

현민은 대머리 수사관의 주검 앞에 앉아 가죽 재킷의 안주머니와 바지주머니를 꼼꼼하게 뒤졌다. 예상대로 그 속에서 지갑과 차 열쇠가 나왔다. 원위치로 돌아온 그는 천사의 도움을 받아 연희를 등 뒤에 업고 흘러내리지 않게 손가락을 꽉 고정했다. 그녀는 10년이 넘는 세월동안 한 치도 자라지 않은 것처럼 가벼웠다.

뒷목 언저리에서 얼굴로 추정되는 그녀의 따뜻한 살결이 느껴졌다. 추억을 후비는 은은한 살 냄새도 베어 나왔다. 가슴이 뭉클거렸지만 사치를 부릴 형편이 못됐다. 현민은 천사의 뒤를 따라 빠른 몸놀림으로 외부 계단을 성큼성큼 뛰어내렸다.

현민은 차가 세워진 언덕을 내려와서 그녀를 뒷좌석에 눕히고 재빨리 운전석에 올라탔다. 천사가 보조석에 올라타며 룸미러를 확인하기 시작했다.

변속 기어를 넣고 사이드 브레이크를 내렸더니 차는 경사로를 내려가서 간선도로를 달리기 시작했다. 신호는 무시했고, 도로 제한속도도 고려할 필요가 없었다.

"이제 어디로 가죠?"

"가까운 기차역으로 가시오."

"그 다음은요?"

"광주에 있는 안드레 성당으로 갈 것이오."

차량이 밀리면서 교통체증이 심해졌다. 고층 아파트들 사이에서는 해가 떨어지고 있었다. 그때, 철가방을 단 오토바이가 현민의 옆을 쌩 지나가더니 차량들 사이로 기우듬한 곡예운전을 하며 사라졌다. 그녀는 아직도 자고 있었다.

"악마들이 어째서 날 죽이려드는 거죠?"

"그건 내가 묻고 싶은 것이오. 당신의 정체에 대해 너무나 많은 것들이 베일에 싸여 있소."

그가 미안한 얼굴을 하며 어깨를 추어올렸다.

"천사들은 악마가 활개 치는 것을 보고만 있단 말입니까?"

"인간을 항상 지켜줄 수는 없소. 그건 천사들의 한계요."

"도대체 신께서는 무얼 하고 있단 말입니까. 나의 믿음은 흔들리고 있습니다."

차는 다시 움직였다. 급격한 변속 탓에 차가 앞뒤로 흔들리며 덜컹거렸다. 뒤에서 옅은 신음소리가 들렸지만 이내 잠잠해졌다.

"믿음을 버리지 마시오. 창조주께서는 모든 피조물들을 사랑한다오."

"모르겠습니다. 전 단지 살아야겠고, 더 이상 소중한 것을 빼앗기기 싫을 뿐입니다. 저로 인해 주변이 위험해졌습니다. 나는 시한폭탄이 됐고, 벌써 많은 사람들이 죽었습니다."

라피엘이 사려 깊은 목소리로 말끝을 달았다.

"천사장 가브리엘께서는 당신과 루시퍼의 관계를 궁금해 하고 있소. 더 나아가 당신이 물건을 소유하고 있는지에 대해서도 알고 싶어 하시오."

"물건이라고 했습니까?"

천사의 얼굴이 희색으로 물들었다.

"그 물건을 가지고 있소?"

"듣기만 했을 뿐 어디에 어떤 용도로 쓰이는지는 전혀 모릅니다."

그가 재차 물었다.

"그래서, 가지고 있지 않소?"

"네."

천사의 얼굴빛이 건조해졌다.

"솔직해야 할 거요, 인간이여. 당신은 6년 전에 그 물건을 가지고 있었소."

"난 모르는 일입니다. 모든 기억을 잃었어요."

천사의 낯빛이 험악하게 변했다.

"당신은 최근에 지옥을 다녀왔소. 당신 몸에서 풍기는 그 유황냄새가 증거요. 더 이상 거짓은 통하지 않소."

"그것을 부정하려는 게 아닙니다. 그래, 맞아요. 난 루시퍼와 만났고, 그를 따라 지옥이라는 끔찍한 세계를 유람했습니다. 거기서 죽을 고비도 넘겼지요."

천사가 고개를 흔들며 깊은 생각에 잠겨들었다. 현민이 기어를 바꾸며 덧붙였다.

"루시퍼는 가브리엘이 전쟁을 일으킬 거라고 했습니다. 그걸 막으려면 잃어버린 물건을 찾아야만 한다고도 했죠. 그 뭐더라…… 아무튼 이름 모를 악마들을 동원해 메데우스에 병력을 집결시키는 것 같았습니다."

천사는 현민의 증언이 사실에 기반을 두고 있음을 이해했다. 그리고 악마들의 기민한 움직임에도 놀라움을 갖지 않을 수 없었다.

"여하튼 당신은 우리에게 매우 중요한 인간이오. 가브리엘께서는 당신의 잊힌 기억을 살려내실 수 있소."

"루시퍼 말로는 자신의 권능을 통해서도 그건 가능하지가 않다고 했습니다."

천사가 현민을 노려보며 말했다.

"그 사악한 존재의 이름을 함부로 입 밖에 내지 마시오. 사방에 악마의 귀가 달려 있소. 악귀들은 당신을 찾아내기 위해 온갖 수단을 동원할 것이오. 그 이유를 알아내기 전까지 당신은 신과 가브리엘의 은총 밑에서 보호를 받아야 하오. 루시퍼의 감언이설에 속아서는 절대 안 되오. 그 자의 흉계는 천사들을 속이고, 종당에는 파멸의 나락으로 끌고 가는 힘을 지녔소. 창조주의 신임을 받던 그 더러운 존재는 대천사 열셋을 이끌고 천국을 탈출했소. 난 우리의 선조들이 무능하고 어리석었기 때문이라고 보지 않소. 루시퍼의 강력함은 그가 가진 권능 자체가 아니라 바로 상대를 주무르는 사악한 언술에 있소."

현민이 고개를 끄덕였다. 그때 뒷좌석에서 목소리가 들렸다.

"여기가 어디죠?"

천사가 현민과 시선을 교환한 뒤 뒷좌석으로 고개를 돌렸다. 거기엔 의자 깊숙이 허리를 댄 여자가 초조하게 몸을 웅크리고 있었다.

"걱정 마시오, 인간이여. 당신을 안전한 곳으로 인계할 것이오."

"내려줘요."

현민이 반사경으로 연희를 건너다봤다.

"연희야, 모든 게 내 탓이란 거 알아. 거기서 있었던 일은 너와 아무 상관도 없어. 때가 되면 모든 걸 설명할게. 하지만 지금은 아니야."

"어서 날 내려줘. 날 더 이상 혼란스럽게 하지 말란 말이야!"

그렁그렁 맺힌 눈물을 그녀는 강단진 표정으로 닦아냈다. 그녀의 발목 위로 새하얀 속살이 드러났다.

"미안해, 연희야."

속도를 높였다. 백미러 사이로 한 무리의 까마귀 떼가 쫓아오고 있었다.

* * *

역에 도착한 일행은 자동차부터 버리고 역사 안으로 뛰어 들어갔다.

유리문을 밀고 들어가자 방열기에서 뿜어대는 온기가 그들의 살갗을 파고들어왔다. 역내의 정갈한 분위기 때문에 일행들도 조금은 템포를 늦춰 행동하기로 했다. 사방에 걸린 전광판에서 기착지와 종착지를 알리는 안내멘트가 색색의 글자와 함께 갈마들었다.

자동 판매대의 앞쪽으로는 일자로 늘어선 행렬이 표를 구하기 위해 서있었다. 과자를 들고 뛰어다니는 아이들부터 대기석에 앉아 신문을 보는 노인까지 각양각색의 사람들이 이곳에 모여 있었다.

현민은 허기를 채울 간단한 먹을거리를 구입했고, 광주행의 가장 빠른 열차표 셋을 끊었다. 모든 지불은 연희의 신용카드로 이뤄졌고, 그녀는 거기에 아무런 불만과 토도 달지 않았다.

20분 후, 일행은 에스컬레이터를 통해 1층 플랫폼으로 내려간 뒤 역무원의 안전 지시에 따라 4호 열차에 몸을 실었다. 좌석을 마주보고 앉은 일행은 어둑한 밤하늘을 바라보면서 혹여나 모를 사태에 온 신경을 몰아 쓰고 있었다. 기차가 선로 위를 미끄러지기 시작했다.

라피엘의 경계어린 손이 차창 커튼을 홱 젖혀버렸다. 그러더니 잠시 망을 보겠다며 중앙통로를 경유해 화장실 쪽으로 사라졌다. 현민은 그가 완전히 사라지는 것을 보고 차창 커튼을 다시 걷어냈다. 서울의 불그스름한 도시가 앙상한 뼈대처럼 끔찍하게 내보였다.

"먹어요."

연희가 종이 팩에서 꺼낸 김밥을 내밀었다. 현민은 그것을 조용히 받아들었다.

"팍팍 좀 먹어요."

"알았어."

현민의 두 눈이 갈팡질팡하다 창밖에 고정됐다.

"미안해, 연희야."

"먹기나 해요. 혹여, 옛날 일 같은 건 꺼내지 말아요. 잊지는 못해도 기억하기는 싫으니까요."

김밥을 오물오물 씹어 먹는 연희의 조그만 입술이 눈에 들어왔다. 동그란 눈에 선이 분명한 이목구비. 화장기를 벗겨내 뽀송뽀송한 솜털을 드러낸 얼굴이 10년 전의 모습과 달라진 게 전혀 없었다. 그저 키가 좀 더 자라고, 연갈색으로 채색된 머리카락이 옛날의 청초한 분위기를 변주곡처럼 바꿔놓았을 뿐이다. 어떻게 상황을 설명해야 할까. 어디까지 기억하고 있는 걸까. 얼마나 진실을 말해 주어야 할까.

"오빠가 날 찾아올 거라고는 생각했어요. 경찰들이 왔다갔거든요. 아니라고는 믿지만, 설사 그렇다 해도 오빠 탓이 아니란 거 알아요."

"무슨 소리야."

연희가 마지막 남은 김밥 한 조각을 입 안에 억지로 밀어 넣은 뒤, 두 다리를 오므리고 앉았다.

"오빠를 상대로 사기를 친 건 미안해요. 정말 돈이 필요했어요. 민수를 찾아오려면 어쩔 수 없었어요."

"민수를?"

"시멘트 공장에 있어요. 고아라는 꼬리표가 그 아이 인생까지 망쳐놨어요."

그녀가 안구에 고인 습기를 얼른 걷어냈다.

"돈은 걱정하지 마. 내가 어떻게든 해볼게."

"됐어요."

무거운 침묵이 가라앉았다.

"모든 게 엉망이에요. 나나 오빠나 전부."

"널 많이 보고 싶었다."

현민의 얼굴에 두꺼운 그림자가 졌다.

"난 잊어버렸어요. 옛 감정은 그냥 추억인 거잖아요."

"……."

"그러니까 더 이상 과거에 머물지 말아요, 오빠도."

"미안해, 연희야. 사실, 그때 민수가 전화를 걸어서 네가 떠나리란 걸 알려줬어. 하지만 잡을 용기가 없었다."

연희의 눈동자가 불안하게 흔들리다 시선을 바닥 밑으로 돌렸다.

"그··· 그렇다 해도 상관없어요. 이제 지난 일이잖아요. 신경 안 써요, 이제."

"나 이혼했어."

그녀가 당혹스런 표정을 지었다.

"그만 해요, 오빠. 그런 얘길 듣고 싶은 게 아니에요."

"난 네가……."

그녀가 화제를 바꾸며 토를 달 듯 질책했다.

"오빠는 벌써 자신이 살인 용의자란 걸 잊었어요? 게다가 난 그 동조자가 돼버렸다고요."

"너에게 피해가 가진 않을 거야."

"약속해줘요."

"뭘?"

현민은 연희를 똑바로 마주봤다. 그녀의 눈가에 촉촉한 이슬이 뜨겁게 맺혀있었다. 마음이 너무 아팠다. 닦아주려고 하자 그녀가 고개를 홱 돌리며 반항했다.

"오빠를 도와드릴게요. 대신……."

그녀의 의도를 알아차릴 수 있을 것 같았다.

"혹여, 죄를 뒤집어쓰려는 생각은 마. 그 늙은이를 죽인 건 내가 아냐. 난 아무 관련도 없어."

그녀의 손가락 새에서 눈물이 삐져나오기 시작했다.

"어차피 내 인생은 가망이 없어요. 오빠 인생이 날 닮을 필욘 없잖아요. 모든 일을 내가 꾸몄다고 해요."

투명한 뺨 위에서 굵은 눈물이 흘러내렸다. 그녀의 가녀린 어깨도 함께 들썩였다. 억지로 눈물을 삼킨 그녀는 시선을 피한 뒤, 청바지에 얼굴을 파묻고 흐느끼기 시작했다.

연희는 그렇게 감정에 지쳐 잠이 들었다. 현민은 승무원에게 부탁한 모포를 그녀의 어깨 위에 덮어주었다.

열차가 흔들렸다. 몸이 밀착되면서 그녀의 아기 같은 숨소리가 들려왔다. 그 가늘디가는 호흡은 10cm도 안 되는 사이에서 현민의 얼굴 위를 마사지하듯 간질였다. 불현듯 낯이 뜨거워졌다. 그는 그녀의 정리되지 않은 머리카락을 두 가닥으로 쓸어내렸다. 다행히도 그녀가 알아차리는 것 같진 않았다.

어깨가 보였다. 금방이라도 무너져 내릴 것 같은 저 연약한 대들보. 지금껏 얼마나 힘들게 버텨왔을까. 안아주고 싶었다. 지켜주고 싶었다. 다시 죽고 못 사는 그 감정을 되살리고 싶었다.

현민은 그녀의 목 언저리에 얼굴을 기댔다. 숨을 들이마실 때마다 그녀의 노란색 셔츠자락에서 어렴풋하지만 분명히 기억할 수 있는 체취가 설탕물처럼 스며들었다. 오랜 세월 잊어버렸던 기억을 한꺼번에 움켜쥔 느낌이었다.

백합꽃 같이 하얀 그녀의 손목에 심장이 두근거렸다. 분명 떨렸다. 불가능했지만 맥박들이 다시 요동쳤다. 편안해졌고, 긴장으로 압축됐던 공기들이 날숨과 함께 한꺼번에 푹 밀려 나왔다. 온전한 그녀의 체온에 취해 그대로 잠이 들고 싶었다. 실제로 눈꺼풀이 감겨왔다. 의식이 점점 흐릿해지고 시야가 부옇게 변했다. 그녀와 맞댄 살결에서 느껴지는 압착감이 너무나 포근했고 근사했다. 세상 무엇에도 비할 바 없이 달콤했다.

* * *

“일어나시오, 당장.”

대천사 라피엘의 차가운 손이 현민의 어깨를 흔들었다. 그는 조급해 보였다.

“무슨 일입니까?”

눈을 비볐고, 자신이 연희의 허리를 감싼 채 누워있다는 걸 깨달았다. 화들짝 놀라 몸을 일으켰다. 정신이 번쩍 들었고, 연희는 몸을 한쪽으로 돌리며 다리를 웅송그렸다.

“지금 떠나야 하오. 시간이 없소. 불길한 존재가 엄습해오고 있소.”

현민은 창밖의 어둠을 응시했다. 아무것도 보이지 않았다. 천사가 커튼을 홱 젖혀버리며 여자의 곱게 잠든 어깨까지 흔들어댔다. 가까스로 뜬 그녀의 눈이 열차의 은은한 홍등에 쉽게 적응하고 있었다.

“날 따라오시오. 어서!”

“무슨 일이에요, 오빠.”

라피엘은 그들의 등을 떠밀며 통로 끝의 이음칸으로 사람몰이를 시작했다. 끝에 다다를 때쯤, 차가워지는 공기를 본능적으로 느낄 수 있었다. 대천사는 뒤돌아보는 걸 허락하지 않았다. 천사는 일행을 내쫓고 나서 다시 객차 안으로 들어갔다.

이음칸 밖으로 나오자마자 차가운 레일바퀴가 시끄럽게 짖어댔다. 공기는 생각보다 찼고, 우레탄 카펫을 덧댄 밑바닥은 사람들이 흘린 물기로 흥건했다. 그때 객차 칸막이의 좁은 창문을 통해 놀라운 광경을 목격했다. 객차 안의 틈바구니 속에서 사람들의 피부가 화염 폭풍에 쓸려나가는 것이다.

현민은 연희의 몸을 뒤에서 감싸 안았다. 곧장 엄청난 폭발음과 함께 둘의 몸이 튀어 올라 반대편 칸막이에 부딪쳤다. 그녀의 비명이 더해졌고, 칸막이 창문으로 화마 속의 어두운 존재와 싸우는 천사의 치열한 날갯짓이 엿보였다. 테두리가 검게 그을린 날개는 화염의 중심으로 넘나들기를 반복했다.

현민은 연희의 귀에 대고 괜찮을 거란 주문을 연거푸 되뇌었다. 그녀는 말문을 닫고 눈을 뜨지 않았다. 닫아놓은 칸막이 손잡이가 벌겋게 데워지며 그 위로 검은 수증기가 피어올랐다. 열차는 다시 한 번 요동치며 앞뒤로 흔들렸다.

그는 연희의 허리를 꽉 조인 상태에서 반대편 손으로 안전바를 힘껏 그러쥐었다. 곧바로 금속성 얼개가 짜부라지는 소리가 나면서 동체가 기울어졌다. 열차는 계속 달리고 있었고, 터진 파이프에서 수돗물이 샘물처럼 흘러나왔다. 덩달아 객차의 연결고리가 끊어지며 반대쪽 얼개가 긴 어둠 속으로 사라져버렸다. 아비규환에 빠진 사람들의 울부짖음이 들려왔다.

또다시 들리는 폭발음. 엄청난 후폭풍이 불어 닥치며 브레이크 잡힌 레일바퀴에 스파크가 튀기 시작했다. 그 서슬에 쏠리면서 현민의 몸이 바깥쪽으로 쭉 미끄러졌다.

무게를 버티지 못한 나사가 튕겨나갔고, 안전바의 위쪽이 뜯겨져서 몸이 1미터가량 밀려나갔다. 발목이 허공 끝에 걸리면서 차가운 밤바람이 바지 밑단으로 지렁이처럼 기어들어왔다. 시뻘겋게 익어가는 철골구조는 뜨거운 열기를 머금고서 수채물감 번지듯이 일행의 턱 밑까지 추격해 들어왔다. 현민은 기로 위에 설 수밖에 없었다. 끝까지 손잡이를 붙들고 있든지, 아니면 선로 위에 떨어지는 불가피한 선택을 해야만 한다. 그는 기절한 연희의 어깨를 부드럽게 감싸 안았다. 달궈진 쇳덩이가 사정을 봐주지 않고 지근거리로 접근하고 있었다. 결심을 세운 현민은 안전바에서 망설임 없이 손가락을 놓아버렸다.

순간, 시뻘건 칸막문이 터져 나오며 라피엘의 양쪽 손이 일행을 붙잡고 수직 상승해 들어갔다. 몸이 급작스럽게 붕 떠올랐고, 맞바람의 거센 기운에 다다 만 옷사락들이 꼴사나운 몸짓으로 나풀거렸다. 그는 눈을 떠서 아래를 내려다보았다. 장난감처럼 작아진 기차가 불 너울을 품에 안고 레일 위를 필사적으로 내달리고 있었다. 그러다가 뚜껑이 뒤쪽으로 뜯겨나가고 엄청난 가스폭발을 일으켰다.

* * *

"루시퍼입니까?"

여자를 안고 있던 라피엘이 고개를 저었다.

"그는 아니었소. 그랬다면 상황은 더 심각했을 거요."

현민은 라피엘의 품에 잠긴 연희를 걱정스럽게 내려다보았다.

"그래서 그 자는 죽었습니까?"

"그렇소. 하지만 의미 없는 얘기일 뿐이오. 악마는 당신을 놓아주지 않으려는 것 같소. 지금 당장 안드레 성당으로 가야 하오. 모든 게 위험해지고 있소. 악마가 여자의 존재까지 알아챘으니 이유를 막론하고 죽이려 들게요."

"연희는 이 일에 아무런 관련이 없질 않습니까?"

"그들은 의심의 씨앗을 살려두지 않소. 목표물의 주변을 완전히 정리하려 들 거요."

점점 불길해졌다.

"그런데 여기는 어디입니까?"

현민은 눈에 힘을 주고 에워싼 어둠을 가만히 주시했다. 아무리 깜깜부지의 장소라지만 그 흔하디흔한 가로등 하나가 보이지 않는다는 게 이상했다. 손발은 시리고 하늘에 뜬 보름달마저 차가웠다. 방향을 구분하기 힘들어 공간감마저 둔해지는 느낌이었다. 코로 찬바람이 들어왔다.

"산꼭대기요. 악마의 염탐꾼은 이곳을 찾아내지 못할 거요. 나의 친구들은 까마귀의 접근을 허락하지 않을 테니 말이오."

순간 높고 깊은 부엉이 울음소리가 메아리를 타고 바람에 실려 왔다. 천사가 곁달아 말했다.

"저들에게 들킨 이상, 인간들의 도시를 경유하는 건 피해야 하오."

"다른 천사들의 도움을 얻을 순 없습니까?"

"미안하지만 그들은 이미 천사장의 부름을 받고 인간세계를 떠났소."

"그럼 여기서 해뜨길 기다리란 말입니까?"

현민의 입 안에서 절망스런 탄식이 흘러나왔다.

"그렇소. 하지만 생각 없이 이 장소를 택한 건 아니라오. 시간을 벌어 공간 문을 열 계획이오."

"다시 말하지만 연희 없이 천국에 갈 생각은 없습니다."

현민의 목소리는 단호했다.

"걱정 마시오. 나 역시 그럴 생각은 없소. 안드레 성당으로 직접 통하는 길이 있소."

"정말입니까? 왜 일찍이 일러주지 않았습니까?"

"악마를 코앞에 두고 주문이나 욀 만큼 내가 어리석어 보이오?"

현민은 호의로 가득한 그에게 미안함을 느끼고 말았다.

"죄송합니다. 하찮은 인간 따위가 대천사의 생각을 판단하고 말았습니다."

"괜찮소. 난 당신의 경배를 받자고 하는 일이 아니오. 괜찮다면 땔감이나 좀 구해오시오. 여인의 체온이 너무 내려갔소."

현민은 어둠 속을 허위허위 저으며 마른 나무의 부스러기를 한데 끌어 모았다. 도중에 부엉이의 우렁찬 울음소리가 깊은 산중의 정적을 깨부수며 온몸에 난 터럭을 빳빳하게 만들기도 했다. 그는 양 손 한가득 구한 불쏘시개를 깔고 그 위에 자잘한 나무토막을 얹었다. 불이 필요하다는 생각을 하기도 전에 천사의 오목한 손바닥에서 한줄기 빛이 흘러나왔다. 주위를 나선형으로 감돌던 그 빛줄기는 노랗고 붉은 색으로 합쳐지며 열기를 피우기 시작했다.

불 너울이 상대방의 얼굴 위에서 서로를 향해 춤을 췄다. 현민은 새까맣게 그을린 천사의 셔츠자락과 화마가 휩쓴 바지 밑단을 확인할 수 있었다. 치열했던 싸움의 불온한 흔적 위로 침울한 듯한 천사의 혼곤한 눈이 보였다.

천사는 평평한 지면을 고르더니 그녀를 조심스레 눕히고 나서 출처가 불분명한 언어를 중얼거렸다. 연희의 얼굴이 편해지고 있었다.

"나에게 그의 계획을 좀 말해주겠소?"

천사는 여분의 나무부스러기들을 던져 넣으며 사색에 잠긴 눈으로 현민을 응시하고 있었다. 대천사와 독대라니. 기분이 좀 이상했다.

"루시퍼는 내가 기억을 잃어버렸다고 했습니다. 그렇게 만든 것도 자신이라고 했지요. 처음엔 못 믿다가 세베알을 만나고 나서 그게 진실이란 걸 알았습니다."

"그가 당신을 찾아온 이유에 대해서는 말하지 않았소?"

"협박에 못 이겨 끌려 다녔습니다. 그는 내 목숨을 여러 차례 구해주었지요."

라피엘이 선명한 목소리로 충고했다.

"루시퍼의 꾀에 넘어갔구려. 악마의 농락이 바로 그런 것이오. 처음부터 의심의 싹을 잘라버리는 거지. 당신이 빠졌었던 위험들도 루시퍼가 파놓았던 덫이었을 게요."

"아무튼 그를 어느 정도 믿었던 건 사실입니다. 그게 진심이든 아니든 말이죠."

라피엘이 고개를 가로저으며 설명했다.

"악마에게 진심 따위의 감정은 있을 수 없소."

라피엘의 음색은 차가우면서도 상대를 향한 배려심이라는 게 있었다.
"그는 나에게 서기관이란 직위를 내렸습니다. 그러면서 머릿속에 이상한 걸 집어넣었지요. 그게 뭔지는 저도 모르겠습니다."
라피엘이 왼손을 들어 현민의 이마에 가져갔다. 일순 그의 손에서 찬란한 빛이 일다가 기력이 다한 가스 불처럼 순식간에 잦아들었다. 라피엘이 의문스런 표정으로 고개를 흔들었다.
"나의 힘으론 역부족이오. 너무나 강력한 주문으로 복잡하게 잠겨 있소. 들어보지도 접해보지도 못한 방식이라 어떻게 해볼 수가 없소. 그러나 당신의 머릿속에서 무궁한 지혜의 힘이 느껴지는 건 부인할 수 없겠소. 너무나 찬란해서 내 머릿속이 하얘질 지경이오. 루시퍼가 어쩌면 그것을 노리고 있는지도 모르겠소. 그가 당신을 속였을 게요."
현민은 수긍의 빛으로 고개를 끄덕였다.
"그러나 이 모든 건 나의 추측에 불과할 뿐이오. 가브리엘께서는 분명 그 힘의 근원을 찾아내 비밀의 열쇠를 보실 수 있을 게요."
현민이 고개를 끄덕이며 말했다.
"루시퍼는 내게 벨리알을 만나야 한다고 했습니다."
"그는 고통을 먹는 대악마요. 벨리알의 방식은 누구보다 혹독하고 잔인하지. 시체를 통째로 뜯어먹는다는 얘기가 천사들 사이에서는 풍문처럼 퍼져 있다오."
순간 등골에 소름이 쫙 돋아났다.
"루시퍼는 벨리알을 통해 그 물건을 찾고 있습니다."
"틀린 말은 아닐 게요. 그 검은 신의 절대적 권능을 안고 태어났으니까."
"검이라고요?"
"그렇소. 그 물건은 파괴에 관한한 위대한 권능을 지니고 있소. 루시퍼도 소멸시킬 수 있는 능력이지. 가브리엘께서는 마지막 성전을 위해 그 물건을 쓰고자 하는 거요."

* * *

눈을 떴을 때, 시간은 꽤 지나 있었다. 사위는 어두웠지만 우듬지 끝에는 동틀 무렵의 서광이 아슬아슬하게 걸려있었다. 모닥불은 재티만 남아있고, 희뿌연 재가 그 위에 먼지처럼 쌓여 있었다. 무슨 이유인지 라피엘의 모습이 안보였다.

현민은 기어서 연희의 옹송그린 얼굴에 도착했다. 그녀의 목에는 나무로 된 얇은 십자 목걸이가 걸려있고, 간밤이 추웠던지 손목이 가슴께에 모여 있었다.

돌아가 누우려는데 연희가 불쑥 일어나 다람쥐처럼 눈을 비벼댔다. 지나친 숙면 탓인지 눈두덩이 붓고 혈색은 좀 죽어있었다. 그녀는 같은 자세로 한참이나 앉아있었다.

"괜찮아?"

현민이 먼저 허두를 떼고 물었다.

"악몽을 꿨어요, 오빠. 기차에서 많은 사람들이 죽었어요."

현민은 연희의 가슴을 뜨겁게 포옹했다.

"정말 괜찮은 거야?"

"어두운 존재가 내 귀에 대고 오싹한 소리들을 했어요."

현민은 그녀가 받은 충격이 걱정스러웠다. 좀 더 다가서려하자 그녀가 소리 없는 눈으로 제지했다.

"분명 천사의 날개를 봤고, 그 남자는 우리를 지키기 위해 치열하게 싸웠어요. 아직도 거기 있던 사람들의 비명소리가 들려요."

그녀는 목에 걸린 십자가를 수호신마냥 그러쥐고 있었다.

"그래, 맞아. 우린 사람들이 알지 못하는 신들의 영역에 침범했어. 악마가 나를, 이제는 너까지 위협하고 있지. 당분간 너는 신성한 장소에서 몸을 피하고 있어야 돼. 대천사 라피엘이 우리를 구해줬고, 우리를 안전한 곳으로 안내하고 있어. 그는 곧 여기로 돌아와 우리를 이끌 게 될 거야."

"결국 내가 본 건 환영이 아니었어요. 오빠가 살인을 저지르지 않았단 것도 사실이었어요."

그녀의 텅 빈 눈이 이울어가는 모닥불을 하염없이 바라보고 있었다.

"오빠……."

"그래, 뭐든지 말해봐."

"그 사람이 나에게 이상한 말을 했어요."

"그 사람이라니?"

"꿈속에서 본 그 악마 말이에요."

그녀는 현민의 눈을 똑바로 응시하며 말했다.

"'악마의 눈은 어디에나 있다. 라피엘에게 전해라. 해가 뜨기 전에 너의 꺾인 날개를 가지러 가겠다고.' 이게 무슨 말이죠, 오빠."

현민은 동공이 멀어지고 등골이 축축해지는 걸 감지했다. 소름이 끼쳤고, 피가 역류하여 몸속의 장기들을 쿵쾅쿵쾅 두드렸다. 해가 뜨기까지는 채 30분이 남지 않았다. 그녀가 들은 게 정확하다면 안전은 이미 물 건너간 것이 아닌가.

순간 푸드득거리는 날갯짓과 함께 비명에 가까운 새소리가 빈 하늘 위로 울려 퍼졌다. 익히 들어 알고 있던 평상시의 부엉이 울음소리가 아니었다. 얼마 후 파장이 다른 새소리가 한데 어우러지며 날뛰기 시작했다. 하늘을 올려다봤다. 길고 높은 우듬지의 끝에서 부류를 달리하는 새떼들이 부리를 엇걸고 발톱을 할퀴어대는 피 튀기는 난투를 벌이고 있었다.

현민은 남아있는 모닥불을 그 즉시 끄고서 숨을 만한 곳을 찾기 위해 양쪽으로 눈을 부라렸다. 그러다가 한 방향을 잡고 무작정 뛰기 시작했다. 바로 옆에서 연희의 연약한 숨소리가 가쁘게 들려왔다.

대천사를 향한 애절한 외침은 빈 메아리로 돌아왔다. 되레 그것은 추적자들에게 일행의 위치를 알려주는 꼴이 되고 말았다. 편백나무 뿌리에 발이 채여 넘어졌을 때, 뜯겨나간 부엉이 깃털들이 초겨울의 눈비처럼 나부시 떨어지기 시작했다. 일어나 다시 달렸고, 그때마다 연희가 손을 잡아줬다.

10분 남짓한 시간이 흐른 후부터는 공중전의 균형이 깨졌는지 현민과 그녀가 지나간 자리 위로 부엉이 시체들이 유성처럼 떨어지기 시작했다. 몇 마리는 연희와 현민의 어깨를 친 뒤 털썩 소리를 내며 추락했다. 하늘이 점점 하얗게 새고 있었다.

현민은 불현듯 뒤를 돌아봤고 거기서 썩은 눈의 까마귀 떼를 보게 됐다. 그 지옥의 추적자들은 저공비행으로 현민과 연희의 뒤를 쫓아오다가 나무 기둥에 부리를 박으며 수십 마리씩 떨어져 내렸다. 무식한 방법이라고만은 할 수 없는 게 그것들은 포기하는 법이 없었다. 긴 꼬리를 단 까마귀 떼는 결국 공세거리가 닿자마자 현민의 등을 할퀴고 단단한 부리로 머리를 쪼아대기 시작했다. 중심을 잃은 현민은 연희를 끌어안고 땅바닥에 데굴데굴 넘어졌다.

순간, 새빨간 불기둥이 튀어나와 그들 앞쪽에 가공할만한 위력의 화(火)벽을 만들었다. 벽에 닿은 까마귀들이 마구잡이로 타들더니 가까스로 벗어난 치들이 하늘 위로 포르르 뒤꽁무니를 빼며 달아났다.

"라피엘?"

"날 따라오시오, 어서."

현민은 대천사의 안내에 따라 가풀막을 끼고 도는 커다란 에움길을 지났다. 나무줄기를 휘감은 가시덩굴들이 일행의 발목을 할퀴며 쓰라린 상처를 내고 있었다. 개중에는 바짓가랑이에 들러붙어 거머리처럼 떨어지지 않는 녀석도 있었다. 까마귀보다도 지독한 놈들이었다.

사태의 급박함을 무시하고, 산 고개를 넘어온 여명이 우듬지 끝에 긴 그림자를 드리웠다. 새로운 하루를 맞으며 숲이 푸르른 빛으로 깨어나고 있었다. 그러나 일행의 등 뒤에서는 형언할 수 없는 공포가 숨죽인 승냥이처럼 쉼 없이 다가오고 있었다. 쉭쉭거리는 숨소리가 들렸고, 지면의 풀잎들은 병에 걸린 것처럼 싯누렇게 말라들었다.

마침내 숲길의 폭이 점차 좁아지고, 산길을 막아서는 평평한 바윗돌이 나타났다. 옆에는 잿빛 낭떠러지가 서있고, 비탈진 사면에는 단단한 덩굴식물들이 그물처럼 몸을 엉키고 있었다. 어디로도 피할 수 없는 절망적인 상황이었다.

"길이 막혔는데 어떡하죠?"

라피엘이 평평하게 깎인 바윗돌을 가리켰다.

"해가 뜨면 저 바위에 공간문이 걸리게 될 거요."

"얼마나 기다려야 합니까?"

그가 노르스름한 여명 빛을 분간하며 대답했다.

"10분."

그때, 주위 공기가 얼음장처럼 차가워졌다.

"놈이 가까이 왔소. 피하시오, 어서."

현민과 연희는 엉겁결에 측벽에 들러붙은 덩굴 속으로 들어갔다. 그는 격자로 엮인 넝쿨을 촘촘하게 끌어당긴 뒤, 그녀 옆에서 최대한 몸을 웅크리고 앉았다. 그렇게 숨을 죽이고 있는데 10미터 전방의 너럭바위 옆에 악마의 형체가 서서히 모습을 드러냈다.

팽팽하고 반들반들한 살가죽. 해골 뼈에 거죽만 남은 듯한 2미터 신장의 몸피 얇은 악마. 대악마 마몬. 어째서 저자일까. 정녕 나를 죽이려고 여기까지 쫓아왔단 말인가.

현민은 마른 침을 꿀꺽 삼키며 돌길의 막다른 부분을 긴장된 시선으로 돌아봤다. 석벽에 닿은 여명이 그늘을 지우며 천천히 내려오고 있었다. 공간문이 열리기까지는 아직도 시간이 좀 더 필요했다.

이쪽으로 걸어온 마몬이 절벽 위에 서서 두꺼운 후음을 토해냈다. 그는 낭떠러지를 내려다보며 무언가를 찾기 위해 코를 킁킁거리고 있었다. 그러더니 푹 꺼진 눈으로 현민이 숨어있는 덩굴 속을 불현듯 노려보기 시작했다.

순간, 바람처럼 나타난 라피엘이 마몬의 얼굴 위에 응축된 성수 방울을 방사하기 시작했다. 그것은 마몬의 얼굴을 살인벌레처럼 갉아먹다가 검붉은 상처 속에서 새까만 핏물들을 뽑아냈다. 누런 살점들이 떨어졌고, 움푹 파인 상흔에서 썩은 진물들이 오물처럼 흘러나왔다. 팔을 허위허위 내젓던 마몬이 뒤로 물러서며 엉덩이를 쿵 찧고 쓰러졌다.

바로 그때, 시커먼 까마귀가 검은 무리를 이루며 벌떼처럼 몰려들었다. 놈들은 라피엘의 날개와 손등을 물어뜯더니 날카로운 발톱으로 안면을 긁어대기 시작했다. 즉시 라피엘의 화염방패가 터졌고, 서슬에 닿은 까마귀들이 허공 밑으로 우수수 떨어져 내렸다.

그런데 기회를 틈탄 마수(手)가 라피엘의 목을 틀어쥐고 살갗을 억세게 파고들기 시작했다. 천사의 얼굴이 창백해지고, 양 날개가 무참히 뜯겨나갔다. 라피엘의 눈이 현민을 절망적 시선으로 내다보고 있었다. 결국, 좌우로 흔들리던 몸이 마몬의 의도에 따라 큰 충돌을 일으키며 바닥에 패대기쳐졌다. 그의 목과 입에서 시뻘건 핏물이 흘러나왔고, 몰려든 까마귀 떼들이 그의 살점을 게걸스럽게 뜯어먹기 시작했다.

그 순간, 해가 떠오르면서 마몬의 얼굴 위에 태양빛이 작렬하듯 쏟아졌다. 치익~ 소리가 났고, 마몬의 몸에서 시커먼 수증기가 피어올랐다. 그는 타들어가는 몸을 감싸며 미친 듯이 날뛰기 시작했다. 석벽 위에서는 직사각형의 공간문이 영롱한 빛을 껴안고 환영같이 모습을 드러냈다.

은신처에서 빠져나온 현민은 연희를 앞세워 그 공간문 속으로 잽싸게 뛰어들었다. 형언할 수 없는 힘이 그들을 낚아챘고, 장의자가 밀집한 어떤 신성한 장소에 도착할 수 있었다. 공간문 너머에서는 시커멓게 그늘진 눈이 이쪽을 내려다보며 끔찍한 포효를 내질렀다. 손이 들어올라치면 청색 기운이 피어나와 마몬의 살갗을 고통스럽게 태워버렸다.

안전해졌다고 생각하던 차에 그녀 입에서 갑작스런 비명이 터져 나왔다. 사제복 차림의 신부가 몰래 다가와서 그녀의 목에 단단한 노끈을 옭아맨 것이다. 발버둥이 시작되자 신부는 노끈을 한 번 더 휘감고는 경부에 모지락스런 힘을 가하기 시작했다. 그녀의 팔다리가 축 늘어지면서 얼굴이 새파랗게 질려가고 있었다. 현민은 온몸을 제압당해 옴짝달싹하지도 못했다.

성당 문이 누군가에 의해 닫히고, 연단 벽 위에 걸린 예수가 가시 면류관을 쓴 채 이 광경을 차분하게 내려다보고 있었다.

그때 노끈을 옭아매던 사제가 수류탄에 투척당한 것처럼 산산조각 터져나갔다. 동시에 현민을 붙잡고 있던 힘도 한꺼번에 스르르 풀려나갔다.

질곡에서 벗어난 현민은 얼른 달려가 그녀의 목에 감긴 노끈을 풀어냈다. 그러나 숨소리가 없고, 맥은 멈춰있었다. 자신의 탓이다. 모든 건 자기 때문에 휘말린 일이다. 흘러나온 눈물이 그녀의 목을 타고 길게 떨어져 내렸다.

"저리 비키시오."

현민은 얼굴을 들고, 상대를 확인했다.

"루시퍼?"

그는 숨을 격렬하게 내쉬면서 고통스런 표정을 하고 있었다. 주름은 자글자글했고, 머리카락은 백발노인과 견주어도 될 만큼 희끗희끗했다.

"일단 성당 밖으로 나가시오. 어서!"

현민은 그녀를 안아 올린 뒤 양편으로 늘어선 장의자를 따라 피 칠갑 된 시체 위를 재빨리 넘어갔다. 성당 밖으로 나오자 아찔한 높이의 종탑과 그것을 둘러싼 버드나무 잎사귀가 보였다. 사람들의 흔적은 없었고, 콘크리트 바닥에 파란색 포터 차량 한 대가 놓여 있었다. 성역을 빠져나온 루시퍼는 예전의 기색을 찾아 머리카락이 거무레하게 물들고 있었다.

현민에게 여자를 건네받은 루시퍼가 그녀를 바닥에 눕히고 나서 이상한 주문을 외기 시작했다. 곧장 여자의 몸에 푸르스름한 기운이 돌더니 하얗게 질린 얼굴이 불그스름한 빛으로 혈색을 되찾았다. 목에 난 멍 자국 역시 흐릿하게 번져나가다가 예의 그 보송보송한 살색으로 되살아났다. 깨우려하자 루시퍼가 손을 들어 제지했다.

"그냥 놔두시오"

현민이 손을 거둬들이더니 루시퍼의 소맷자락을 거칠게 붙들어 잡았다.

"정말 괜찮은 거요? 살아난 거요?"

"걱정 마시오. 목숨엔 이상이 없으니까."

그러다가 루시퍼에게 대놓고 화를 내기 시작했다.

"제기랄! 마몬이 날 죽이려했소. 알고나 있소?"

루시퍼가 무덤덤한 낯빛으로 현민을 뚫어져라 쳐다봤다.

"그보다 난, 교수에 대한 실망이 컸소."

현민이 이마를 짚으며 어안이 벙벙한 표정을 지었다.

"어처구니가 없군. 지금 날 탓하자는 거요? 내가 그동안 누구와, 어디서, 어떤 일을 겪었는지 알기나 하시오?"

루시퍼가 미간을 잔뜩 찌푸렸다.

"난 교수가 무슨 일을 겪었는지 모르오. 내가 아는 건, 당신의 눈빛이 지금 날 여지없는 범죄자취급하고 있다는 사실이오."

"그게 그렇게 중요하오? 맞소. 그래, 맞아. 이게 모두다 당신 탓이요. 당신을 만나고부터 모든 게 엉망이란 말이야. 난 직장도 권위도 잃고, 결국엔 살인자까지 되고 말았어. 게다가 당신 부하들은 날 죽이지 못해 안달까지 나있다고. 그런데도 당신을 믿어라? 당신이라면 그걸 믿겠어?"

"작은 일로 유치하게 굴지 마시오."

현민은 폭발하고 말았다.

"닥쳐! 루시퍼. 작아? 작다고? 인간도 아니면서 함부로 지껄이지 말란 말이야!"

"난 내가 인간이라고 말한 적은 없소."

"난 당신을 따라가지 않을 거야!"

"이곳은 안전한 곳이 아니오. 악마를 추종하는 인간들이 도처에 널려 있소."

현민은 악에 받친 고함을 치다가 분에 겨운 통곡을 쏟아냈다. 억울한 눈물이 자꾸만 안구 근처에 고여 들었다.

"날 놓아주시오, 제발."

루시퍼가 조용히 다가와 들썩이는 어깨를 그러쥐었다.

"원하면 말리진 않겠소. 그러나 내가 실패하고, 인간 세상이 몰락하더라도 후회는 하지 마시오. 창조주를 증오하는 것만큼이나 난 인간의 그 회한 역시 역겨워하니까."

루시퍼는 뒷모습을 보이고 조용히 멀어져갔다.

처진 어깨와 묵직한 걸음걸이. 활기가 사라진 그 움직임에는 생을 초월한 한과 어떤 증오가 서려있었다. 정신이 아득해졌고, 심한 갈등이 일어나며 명치 한 가운데가 불에 덴 것처럼 따끔거렸다. 거리가 더 벌어질수록 그와 맺었던 인연의 끈이 점점 옅어지고 있는 느낌이었다. 생각이 길어지면 그 끈은 분명 영영 복구되지 않을 것이다. 선택의 결과는 무심결에 찾아들 것이고, 후회하지 않을 자신이 있는지 반문해야 했다.

현민은 주님의 가호를 빌며 홀짝만 존재하는 운명의 주사위를 올려 던졌다. 포물선을 그리며 올라간 그것은 바닥에 떨어져서 빙글빙글 회전하기 시작했다. 주사위가 멈추고, 홀이 나왔다.

[따라가지 마시요.]

"당신을 따라가겠소!"

현민이 벌떡 일어나 소리쳤다.

"하지만 내게, 당신이 아는 모든 걸 털어놔야 할 거요. 이게 내 조건이오!"

다시 돌아선 루시퍼가 피곤에 찌든 눈웃음을 보였다. 그는 한 걸음 한 걸음 다시 천천히 돌아오고 있었다.

"개인 루시퍼가 아니라 대악마 루시퍼를 말하는 거라면 얼마든지."

루시퍼의 진한 웃음에 눈가에 붙어있던 주름들이 세 갈래로 쪼개졌다.

"그 전에 연희의 안전을 보장해 주시오."

"저 여자 말이오?"

현민이 고개를 끄덕이자 그는 여자를 안아든 뒤 눈 깜짝할 사이에 공간에서 사라져버렸다. 그러고는 1분가량이 지나서 혼자 나타났다.

현민의 얼굴이 초조했다.

"안전한 곳에 있으니 그렇게 안절부절못하는 표정 좀 거두시오. 내가 그 여자를 잡아먹기라도 한 것 같소?"

"믿어도 되겠소?"

"일이 마무리되면 꿈에 그리던 해후를 맞이하게 될 거요. 그래봤자 불륜사실이 변하지는 않겠지만."

"당신을 믿겠소, 루시퍼."

루시퍼가 가슴 안쪽을 뒤져 문뜩 권총 한 자루를 내밀었다.

"받으시오, 윤 교수. 6년 전에 당신이 애용했던 물건이오."

"이게 뭐요."

"악마나 천사로부터 인간을 지켜줄 무기."

"왜 이런 걸 지금에야 주는 거요. 진즉에 줬으면 상황을 낙관했을 수도 있었을 텐데. 총알도 얼른 주시오. 난 사격엔 제법 소질이 있는 편이오."

현민이 투덜거리며 나머지 손을 내밀었다.

"실탄은 필요 없소. 그것은 신뢰란 이름의 연결고리에 따라 작동되오. 100발을 쏘든 1,000발을 쏘든 밑바닥을 드러내지 않을 거요."

"그렇게 잘난 체를 하더니, 당신도 이제야 날 믿게 된 게로군."

"당연한 거 아니오? 의심의 눈초리로 경계하는 당신을 어찌 내가 믿을 수 있겠소. 만약 교수가 가브리엘의 편에 섰다면 난 교수를 어쩔 수 없이 죽여야 했을 거요."

"말을 해도 참 섬뜩하게 하시는군."

루시퍼가 현민의 어깨를 감싼 뒤 성당을 기분 좋게 내려가기 시작했다.

"시간이 예상보다 촉박해졌소. 운명조차도 우릴 버려가는 느낌이오."

"내가 없는 동안 무슨 일이 있었소?"

"중요한 사실 하나를 알려주자면 메데우스에서 전쟁이 일어났다는 사실이오. 이제 곧 전면전으로 치달을 거요."

"천사들이 선제공격을 했단 말이오?"

"아니. 우리 악마들이."

현민이 루시퍼를 경멸조로 올려다봤다.

"당신은 정말 구제불능이군. 도대체 그 검은 속내에는 무엇이 들어있단 말이오."

그가 고개를 흔들었다.

"아니오, 윤 교수. 난 그런 지시를 내리지 않았소. 어떤 음모가 나의 명령 없이도 군대를 움직이고 말았소. 그래서 상황이 더 복잡해졌다는 거요."

"그럼 우리의 목적지는 다시 지옥이 되겠구려."

"그것도 아니오, 윤 교수. 반역자를 색출하는 것보다 물건을 찾아내는 게 급선무요. 말했다시피 우린 벨리알을 만나야 하오."

"검의 형태를 지닌 어떤 것. 때에 따라서는 루시퍼 당신을 소멸시킬 수도 있는 강력한 힘. 가브리엘이 애타게 찾고 있는 신의 유물. 그렇지 않소, 루시퍼?"

그가 고개를 끄덕였다.

"어디로 가는 거요, 루시퍼."

"테네시 주 녹스빌로 갈 거요."

"미국으로 말이오?"

"그렇소."

* * *

세면대 아래로 떨어진 수돗물이 하수 구멍의 좁고 어두운 틈 속으로 물소리를 내며 빨려 들어갔다. 김이 서린 거울을 뽀드득 소리 나게 닦아내자 그 안에 살이 2~3kg은 빠진 듯한 때꾼한 눈두덩의 본인 모습이 나타났다. 그는 타일 벽에 한 손을 짚었다. 왜 이렇게 여위였을까. 그동안 무슨 일이라도 일어난 걸까. 오른쪽 뺨 주변이 설명 불가능한 이유로 이상하게 시큰거렸다.

현민은 비누거품을 턱 주변에 꼼꼼하게 묻히고 나서 덕지덕지 낀 각질과 함께 아래쪽에서 위쪽 방향으로 면도칼을 차분히 눌러 밀었다. 날에 낀 이물질을 탁탁 털어낸 그는 다시 귀밑머리 부근에 면도칼을 가져갔다. 순간 거울 너머로 형성되는 희미한 구름이 있었다. 눈을 가늘게 뜨는 동안 그 구름은 낯익은 형태로 변형되고 있었다.

관자놀이 부근의 희끗희끗한 머리칼. 단정하게 쪽을 찐 끄트머리는 반질반질 윤과 함께 비누향이 진하고 특이하게 배어 나왔다. 작고 좁은 입술과 오뚝한 콧날. 가느다란 눈매와 그 끝에서 퍼지는 주름물결. 누군지 알아보기도 전에 눈시울부터 붉어졌다.

"엄마?"

그는 면도칼을 떨어뜨리고 고개를 돌렸다. 아니나 다를까 정말 그분이 서계셨다. 생전의 그 모습 그대로, 아니 훨씬 더 아름답고 젊어진 모습으로 되돌아왔다. 어머니의 달콤한 목소리가 귓전 바로 앞에서 선명하게 들려왔다.

"사랑하는 우리 아들."

어머니를 향해 뻗은 손이 아무런 소득 없이 허공을 휘저었다.

"보고 싶었어요, 엄마."

"마찬가지란다, 우리 아들. 그동안 얼마나 힘들었니."

"모두 보셨군요. 그래요, 모두 보신 게 틀림없어요. 죄송해요, 엄마. 난 정말 행복해질 줄로만 알았어요."

"그래, 모두 이해한다. 엄마는 너의 결정을 원망하지 않았어."

"그런데 정말 어떻게 오신 거예요. 아버지는요. 아버지는 잘 계세요?"

"내 부탁을 들어주렴, 아들."

분위기가 숙연해지더니 입술을 가린 그녀의 손가락이 파르르 떨리기 시작했다.

"왜 우세요, 엄마. 울지 마세요. 도대체 무슨 일이에요?"

현민의 손끝이 다시 허공을 휘저었다. 닿을 수 없는 거리만큼 가슴이 미어졌다.

"부탁을 들어주렴, 아들. 그것을 찾아야만 한다. 이 지옥은 너무나 춥고 뜨겁구나. 너무나 고통스러워."

현민은 화상을 입은 것처럼 식도가 화끈거렸다.

"오, 맙소사. 지옥이라니요. 엄마가 왜요? 뭔가 잘못된 게 틀림없어요. 전 엄마가 얼마나 선하게 살아오셨는지 기억해요. 걱정 마세요. 제가 부탁해볼 만한 사람이 있어요."

"아니야, 아들아. 그런 건 중요하지 않단다. 지옥의 악마는 매 순간 내 살을 찢어대며 협박하고 있단다. 난 감당할 수가 없구나."

형체의 가슴이 바람에 나부끼듯 벗겨지더니 갈비뼈를 덮고 있는 살갗 위로 끔찍한 창상과 너덜거리는 살 조각들이 드러났다. 그 순간을 기다렸다는 듯 벌어진 구멍에서 시뻘건 핏물이 흘러내리기 시작했다. 현민은 입을 막고 비명에 가까운 신음을 터뜨렸다.

"오, 하느님 맙소사."

지혈을 위해 내민 손길은 역시나 허공을 가르고 있었다. 와중에 핏물은 점점 고여 타일 밑바닥을 흥건히 적시고 발목까지 차올랐다. 들큼하고 축축한 냄새가 나면서 발바닥이 미지근해졌다.

"죽고 싶어도 죽을 수가 없구나, 아들아. 제발 내 부탁을 들어주렴. 더 이상 견딜 수가 없어. 날 이곳에서 제발 꺼내주렴."

목이 멘 현민은 무릎을 꿇고 앉아 콧물범벅이 된 손으로 자기 가슴을 긁어댔다.

"제발 말하세요. 그게 뭐죠? 제가 뭘 하면 되는 거죠?"

한가득 고인 아들의 눈을 바라보며 여자가 속삭였다.

"나머지 조각들을 어디에 뒀니?"

"무슨 말씀이세요. 조각이요? 그게 뭐죠?"

"지옥의 군주가 훔쳐간 그 물건 말이다."

"물건? 아! 그 검을 말씀하시는 거군요. 애석하지만 저도 몰라요. 그래, 맞아요! 피카소. 피카소가 훔쳐갔다고 들었어요."

"아들아, 넌 잘못 알고 있어. 그걸 말하는 게 아니란 말이야. 창조주의 방에서 루시퍼가 훔친 그 조각들. 그 조각들을 어디다 숨겼는지 말하렴. 넌 알고 있지 않니?"

"창조주의 방이라고요? 전 몰라요, 엄마. 그런 건 못 들어 봤다고요."

"거짓말."

그녀는 이에 힘을 주어 완강하게 다그쳤다.

"왜 이러세요, 엄마."

"넌 날 이 지옥에서 영영 썩어 문드러지게 놔둘 작정이구나. 넌 날 버렸어. 넌 아들도 아니다. 그때 알아봐야 했다. 네 가정은 애초에 파탄 날 운명이었어."

현민은 무릎으로 바닥을 기었다.

"아니에요, 엄마. 전 정말 몰라서 묻는 거예요. 하지만 루시퍼라면 알지도 모르죠. 기다려요. 제가 알아올게요."

"이 거짓말만 일삼는 못된 망아지 같은 놈. 넌 항상 그랬지. 매 결정적인 순간에 나와 네 아비를 배신했다. 넌 우릴 죽이고 이 지옥에 처넣었어. 넌 쓰레기야."

현민은 목 멘 울음을 삼키며 루시퍼의 이름을 외쳐 불렀다. 그를 통해 조각들의 위치를 물어봐야 했다. 그녀의 절규와 함께 돌아온 건 사지를 두 갈래로 찢어버리는 악마의 거대한 손이었다. 흘러나온 내장을 입으로 꾸역꾸역 밀어 넣던 검은 손이 그제야 현민의 모가지를 비틀고 멱살잡이를 시작했다. 세면대에 부딪친 골반이 움푹 꺼지며 으드득 소리를 냈다. 그는 도움의 손길을 구하며 루시퍼를 외쳐 불렀다.

"윤, 교수?"

현민은 머리칼을 잡아당기는 바람결에 눈을 번쩍 떴다. 얼굴이 차창 밖에 반쯤 걸쳐있었다. 그는 얼굴을 안으로 쑥 집어넣으며 몸을 곧추 세웠다. 등 뒤가 푹신했고, 창문이 자동으로 쓰윽 올라갔다. 룸미러로 흘끔거리는 낯선 이국인도 확인했다. 푹 꺼진 그로기 상태에서 정신이 마약에 취한 듯 몽롱했다. 루시퍼가 그를 쳐다보더니 잇새에 낀 담배를 한쪽 손으로 옮겨 물었다. 텁텁한 담배연기가 택시 안쪽에 그득 고여 있었다. 계속해서 헛기침이 났다.

"악몽이라도 꾼 게요?"

그가 담배연기를 현민의 안면에다 뿜어댔다.

"알았으니 그만 좀 뿜으시오. 기침하다가 내장까지 쏟아지겠소."

과속 방지 턱을 넘자 택시가 위아래로 덜컹거렸다.

"당신 말대로 끔찍한 꿈이었소."

"죄를 지은 게로군."

그가 피식피식 웃으며 담배를 한 모금 빨아 물었다.

"당신 말이 맞소. 혼사문제로 말다툼이 잦았으니까. 그 방면으로 난 부모님께 후레자식이었소."

그가 끙 소리를 내면서 다리를 꼬고 앉았다.

"꿈속에 나타난 부모가 꽤나 거칠게 몰아붙인 모양이군?"

현민의 목에서 마른 침이 넘어갔다.

"아내는 날 처음부터 사랑하지 않았소."

"윤 교수, 그건 꽤나 재미있는 일이오. 내가 아는 어떤 노인네 집안과 비교해도 손색이 없지. 뭐, 따지고 보면 그보다 나은 편이긴 하지만."

"껍데기뿐인 생활은 사실이니까. 변명하지 않겠소."

"윤 교수. 미안하지만 이혼을 하기로 했다니 내 솔직히 털어놓으리다."

현민은 목을 젖히고 앉은 루시퍼를 흘금거리며 쳐다봤다. 무슨 말이 나올지 궁금했다.

"윤 교수의 아내는 결혼 전부터 유부녀나 다름이 없었소. 슬하에 세 살 난 딸자식도 있었지. 한술 더 떠서 뱃속엔 둘째 애까지 들었으니 상심이 크시겠소. 물론 교수 자식은 아니오."

"이번엔 빗나갔소, 루시퍼. 난 아내의 보험 살인 계획까지 확인한 상태요. 어처구니없긴 하지만 충격적이지는 않소."

"마음을 놔버린 모양이군. 이렇게 심심한 반응은 악마들이 가장 싫어하지. 도대체 어찌 알아낸 게요. 아무튼, 내가 교수 앞에 안 나타났으면 지금쯤 황천길에서 억울하게 떠돌지 않을까 하는데."

그는 웃으면서 말했다.

"악마는 원래부터가 그렇게 잔인하게 말하오?"

"물론이지, 윤 교수. 악마들의 유일한 놀이인데 잔인하다 말하면 쓰겠소? 그나저나 아내의 흘레질 상대가 누군 줄이나 아시오?"

"이제 더는 신경 쓰지 않소."

"옳거니! 앞으론 연희를 위해 순정을 바치시겠다. 내말이 맞소?"

"원치 않으면 매달릴 생각은 없소. 그녀를 지켜주고 싶을 뿐이오."

"멋있는 척은."

그가 비웃더니 말끝을 덧달았다.

"충격이 클 테니 지금부턴 흘려들어도 좋소. 당신 아내의 본남편은 아랫집에 사는 임 씨. 집들이에도 초대했던. 참 기가 막히지? 게다가 당신 아내는 유치원 선생질을 해본 적이 없소. 그 근처에도 가본 여자가 아니니까. 그럼 과연 무슨 일을 했을까?"

"……."

현민은 꿀 먹은 벙어리가 됐다.

"성매매업소 창녀. 근데 창녀란 말이 맞소? 어떤 인간쓰레기들은 성적 자기 결정권이라 주장하면서 직장 여성으로서 권리를 인정하라는 대정부 투쟁을 벌이던데 말이오. 거참 안타까운 건 그렇게 시위할 거면 얼굴이나 까놓고 하지, 왜들 그리 × 표시된 마스크랑 모자로 얼굴을 칭칭 동여매는지 모르겠소. 그렇다고 내가 어쭙잖게 인간 따위를 분류하려는 건 아니오. 내 생각은 변함없소. 인간은 너나할 것 없이 모두 다 쓰레기니까. 그나저나 이거 하나는 물어봅시다. 대체 어떻게 만난 거요? 창녀촌에서 하루 묵은 게요?"

현민이 텅 빈 얼굴로 대답했다.

"친구 소개팅이오."

"그거 보시오. 그래서 인간은 다 쓰레기라는 거요. 친구가 창녀를 소개해준다. 어찌 보면 인간은 악마보다 딱 만 배 정도 끔찍한 것 같소이다."

루시퍼는 잇새에 담배를 물고 히죽거렸다. 그의 콧구멍에서 담배 연기가 새어나오고 있었다.

10분을 더 달리자 택시는 한가로운 길가에 차를 세운 뒤 달러도 받지 않고 천천히 사라졌다. 내리기 직전에 본 기사의 흐리멍덩한 시선이 그 연유를 충분히 설명하고도 남았다. 6년 전, 기억을 잃었을 때의 자신도 저런 표정을 짓고 있었을까. 끔찍했다.

날이 어둑어둑했고, 보이는 것이라곤 다듬어진 잡목들과 잎사귀 넓은 나무들이었다. 주변은 평평한 잔디였고, 그것을 면해서는 1차선의 휘어진 도로가 노란 중앙선을 그리며 끼어 있었다. 휘어진 도로의 끄트머리는 파란색 알파벳 이정표를 기점으로 두 갈래로 나뉘어있었는데 처마 깊은 목조 건물들이 뜨문뜨문 자리를 잡고 있었다. 십자창문 밖으로는 불그스름하고 은은한 조명등이 새어나오고 있었다.

한 시간 전, 녹스빌 다운타운 공항에 도착했던 기억이 되돌아왔다. 루시퍼에게 투덜거렸던 자기 모습도 떠올랐다. 왜 악마란 존재가 촌스럽게 비행기나 타고 다니는지. 공간이동 같은 잔재주는 없는지 말이다.

"윤 교수?"

"뭐요."

"뺨에 좀 이상한 느낌이 들지 않소?"

"좀 시큰거리는 데 이유를 모르겠소."

"윤 교수가 직접 만져보면 알 거요."

현민은 오른쪽 뺨을 어루만지다 살이 움푹 찢어졌다는 걸 알아차렸다. 가슴이 덜컹했다.

"맙소사, 무슨 일이 있었던 거요?"

"자다가 눌린 자국이오, 윤 교수. 어찌나 달콤하게 자던지 깨우질 못했소. 택시 문틈에 얼굴을 박고 있기에 와플을 만들어 팔려고 그러는 줄 알았지."

루시퍼가 윗니를 보이며 기분 나쁘게 웃었다.

"닥치시오, 루시퍼."

"이거 미안하오. 당신과 함께 있었더니 유머를 이딴 식으로 사용하게 됐소."

"어서 앞장서시오. 여기가 맞기는 맞는 거요?"

루시퍼는 이정표 왼쪽의 야트막한 갈림길을 택했다. 1분도 안 돼서 눈앞에 거대한 공동묘지가 출현했다. 묘비는 종횡대로 놓여있었고, 군데군데 사람들이 왔다간 흔적들이 보였다. 그가 무덤 주위를 가로지르며 담배꽁초를 툭 떨어냈다.

"공동묘지는 왜 온 거요?"

"이 너머에 동떨어진 주택이 있소."

"거기에 벨리알이 있단 말이오?"

루시퍼가 고개를 끄덕였다.

"그걸 어떻게 아는 거요?"

"악마마다 풍기는 향취가 다르거든."

"벨리알은 무슨 냄새가 나는지 물어도 되겠소?"

"공포."

공동묘지를 넘어가자 넓디넓은 초원 위에 오두막처럼 후진 건물 하나가 나타났다. 걸어가는 내내 젖소울음이 들려왔고, 질척거리는 흙바닥 때문에 바지밑단이 더러워졌다.

현관에 다다르자 루시퍼는 깽판을 치듯이 문을 오지게도 부셔버렸다. 말릴 틈도 없이 순식간에 벌어진 일이었다.

실내는 어두웠지만 들어서자마자 마술처럼 전구불이 들어왔다. 누르스름한 마룻바닥이 드러나고 어지럽게 흩어진 잡동사니들이 의자와 함께 나뒹굴고 있었다. 귀퉁이에 떨어진 권총 하나가 흩어진 탄피들과 함께 의문스레 놓여있었다.

"냄새가 이상하군."

"소똥 냄새를 말하는 거요?"

루시퍼의 표정이 흘러내린 촛농처럼 딱딱해져 있었다.

"너무 늑장을 부린 모양이오, 윤 교수."

"그렇담, 그냥 가는 게 어떻겠소?"

"아니, 아직 여기 있소. 다만 골칫덩이를 만나 제법 고생을 하고 있구려."

그러더니 현민을 돌아보며 타이르듯이 얘기했다.

"고생이 되더라도 이번엔 그냥 건너뛰는 게 어떻겠소?"

"건너뛴다는 게 뭔 말이오?"

"준비됐소?"

타협은 없어 보였다.

일순, 눈앞이 캄캄해지다가 몸이 붕 뜨면서 몸속으로 최루가스의 매운 냄새가 들어오기 시작했다.

숨을 쉴 수 없었다. 아니, 쉬지 않았다. 그 냄새를 맡는 즉시 내장이 쓸려 녹고, 터져버릴 것만 같았기 때문이다. 고통이 정점에 다다르자 이번엔 위장이 부글부글 끓었다. 속이 울렁거리고 멀미가 났다. 이제껏 경험해 보지 못한 시큼한 창자 냄새가 식도를 따라 무섭게 역류하고 있었다. 혓바닥으로 자기의 내장 맛을 본 유일한 신(新)인류가 탄생하고 있었다.

"이런 제기랄!"

* * *

"희유한 제왕이시여. 이 얼마나 기쁜 일입니까."

벨제부브는 바깥 공기를 크게 들이마신 뒤 끄무러진 대지 위를 험악한 표정으로 내려다봤다. 흙냄새와 풀벌레소리가 진동하고, 잔잔한 바람에 날려 하얀 포자들이 한가하게 떠다니고 있었다. 그는 이것들이 전혀 마음에 들지 않았다. 이곳은 온 천지가 유황 냄새로 가득했어야 했다. 예전의 계획대로라면 분명 그래야 했다. 그러나 이제 그것들은 그의 관심사가 아니다.

첩첩한 돌산들이 들어선 이곳. 메데우스 북부의 계곡지대, 하디움이다.

"마몬, 너는 잘 해주었다. 모든 것은 계획대로 되었다. 가브리엘은 결국 나의 의도대로 움직였다. 일이 끝난 후 공적에 따라 치하할 것이다."

"감사합니다, 제왕이시여. 당신의 계획을 듣고 싶습니다."

마몬이 바닥에 엎드려서 고개를 푹 접었다.

"우리는 새로운 제국을 만들어야 한다."

"분부에 따라 군대를 진군시키고 있습니다. 에덴을 점령하는 것도 이제 시간문제입니다."

벨제부브가 눈꼬리를 찢으며 발끈했다.
“멍청한 놈. 그 따위 일은 루시퍼라도 할 수 있다.”
마몬이 몸을 움츠리며 덜덜 떨었다.
“나는 새로운 신으로 추앙받을 것이다. 천사들은 악마가 되고 나는 새로운 백성들의 왕이 될 것이다.”
마몬이 얼굴을 들고 벨제부브의를 올려다봤다.
“무슨 말인지 이해하지 못하겠습니다.”
“마몬.”
“분부하십시오, 희유하는 제왕이시여.”
“날 그렇게 부르지 마라.”
마몬의 얼굴이 거무레하게 경직됐다.
“난 새로운 시대의 창조주니라.”
“희유하는 창조주시여.”
벨제부브의 껄껄대는 웃음이 대지 깊숙이 울려 퍼지고 있었다.
“마몬, 메데우스와 지옥 따위는 잊어라. 나는 좀 더 큰 걸 가지고 싶다.”
“말씀만 하십시오. 주인님이 원하는 어떤 것이라도 대령하겠습니다.”
벨제부브의 목구멍에서 깊은 후음이 터져 나왔다.
“인간을 가져와라.”
마몬이 벌떡 일어나 벨제부브를 똑바로 쳐다봤다.
“어째서…….”
“거부하는 것이냐?”
벨제부브가 쏘아보자 그가 뻣뻣하게 일어나 말없이 뒷걸음질 쳤다.
“겁내지 마라, 마몬. 나는 너의 공적을 높이 산다 하였다.”
그가 다시 넙죽 엎드려 텅 빈 눈을 내리깔았다.
“우주에는 재미있는 존재가 있다. 그게 바로 인간이다. 그들은 강자에 대한 두려움으로 누구든 추앙할 수 있는 나약함을 지녔다. 그들은 나를 신으로 만들 것이며 나는 그들에게 자비를 베풀 것이다. 새로운 질서를 부여하고, 그들 스스로가 나의 새로운 천사들임을 자각시킬 것이다. 나는 그들을 사랑할 것이며, 지배할 것이고, 먹이로 삼을 것이다. 그들은 대를 이어가며 영원토록 나를 숭배할 것이다. 나는 목장을 운영할 것이고, 양을 칠 것이며, 새 시대의 신으로써 영원히 군림할 것이다."

떨리는 목소리가 새어나왔다.

"그럼 지금 있는 악마들은 어떻게 하실 겁니까."

"구시대의 쓰레기일 뿐이다."

마몬은 몸을 벌벌 떨며 천천히 일어났다.

"창조주시여. 저는 당신의 종이자, 피조물입니다. 아무것도 거역하지 않습니다."

벨제부브가 그의 턱과 목을 부드럽게 쓰다듬었다. 뱀과 같은 얼굴에 잔잔한 미소가 번지고 있었다.

"그것들을 위해 내가 가브리엘과 계약을 맺지 않았더냐."

마몬이 충직한 개처럼 그의 손길을 받아냈다.

"가브리엘은 주인님을 배신하게 될 겁니다."

"그럴 수도 있겠지. 하지만 난 그년의 어리석음을 믿는다. 미쳐 날뛰다 스스로 파멸을 자초하게 될 것이야. 그것들을 위해 난 선물을 쥐어줄 생각이다."

"무엇입니까, 창조주시여."

벨제부브가 눈을 부릅뜨고 명령했다.

"벨페고르와 베헤모스의 목을 잘라버려라."

마몬의 피가 거꾸로 솟고 있었다.

"그들은 자신들의 군대를 소유하고 있습니다. 루시퍼의 명령 없이는 움직이지 않을 겁니다."

벨제부브가 땅을 쿵 치면서 일갈했다.

"내게 불가능을 말하는 것이냐? 이 창조주에게?"

"아… 아닙니다, 창조주시여."

벨제부브가 휙 돌아서서 반질반질한 등짝을 내보였다. 그러면서 말끝을 맺었다.

"미끼는 세베알이 던질 것이다. 넌 구경만 하면 된다."

* * *

오만하고 당당한 벨리알의 모습은 없었다. 여섯 다리 중 절반이 잘려나갔고, 기다랗던 팔마저도 불기운에 닿아 흉측하게 꾸드러졌다. 패색은 짙었고, 숨통은 곧 끊어지려고 했다.

웨인마커의 다부진 얼굴에는 싸움을 즐기는 투우사의 눈빛이 서려있었다. 갑주가 번뜩였고, 다시금 전운의 기운이 감돌기 시작했다.

벨리알의 등딱지에서 거대하고 날카로운 가시들이 촉수처럼 빠져나왔다. 그것은 웨인마커의 정중앙으로 비수처럼 쏟아들더니 목표물을 비껴 애먼 석벽들을 와르르 무너뜨렸다. 공세를 피한 웨인마커가 즉각적인 반격을 가해왔다.

열 가닥으로 쪼개진 신성 검이 적(赤)기운을 덮어쓰고 섬광처럼 달려들었다. 상궤를 그리던 그것은 벨리알의 등딱지 위에서 깊은 뿌리를 박고 삽시간에 폭발했다. 그 후폭풍이 전장에 매서운 먼지구름을 피워냈고, 찢겨 나온 살점들이 바닥과 천장 위에 걸레처럼 들러붙기 시작했다. 벨리알의 몸뚱이가 한쪽으로 기울어졌고, 신성 검을 회수하며 웨인마커가 경멸어린 비웃음을 입 밖에 내흘렸다. 쿵 처박힌 벨리알의 턱에서 검정 진물이 고약하게 흘러나왔다.

"염병할."

벨리알이 금방이라도 넘어갈 것 같은 거친 숨을 할딱였다.

"잘 가라, 벨리알. 네놈 목은 내 기꺼이 수거해주마."

저벅저벅 걸어온 웨인마커가 벨리알의 목 끝을 겨누더니 반원을 그리며 칼끝을 치켜들었다. 그러고는 힘껏 아래로 내리쳤다. 그런데 불티가 나면서 손이 허무하게 튕겨나갔다. 즉시, 엄청난 빛이 쏟아졌고 동시에 거대한 돌풍이 회오리처럼 일어났다.

여파에 휩쓸린 웨인마커가 한없이 뒤로 밀려가기 시작했다. 날갯짓으로 균형을 맞춘 후에야 충격을 고스란히 받아낼 수 있었다. 뿌연 먼지가 사라지자 토악질을 해대는 인간 옆에 검은 정장을 빼입은 악마가 실루엣처럼 나타났다.

"멍청한 놈."

벨리알이 배꼽을 잡고 미친 듯이 웃기 시작했다. 거대했던 몸이 수축하면서 늙은 인간의 모습으로 천천히 되돌아갔다.

"웬 놈이냐?"

어둠이 걷히자 루시퍼의 창백한 얼굴이 드러났다.

"벨리알의 목숨은 내가 허락하지 않는다."

웨인마커의 칼끝이 반사적으로 올라갔다. 그의 긴장된 웃음이 어딘가 모르게 불편해 보였다.

"오호라, 드디어 나타나셨는가."

"건방 떨지 마라."

웨인마커의 은빛 갑주가 황금색으로 새로이 물들기 시작했다. 그러더니 귀가 먹먹할 정도의 거나한 기합을 천둥처럼 쏟아냈다. 동시에 웨인마커의 몸뚱이가 허공 위에 자석처럼 떠올랐다.

"겨뤄보자, 루시퍼. 네놈의 과장된 힘을 무참히 박살내주겠다."

웨인마커가 달려들려는데 갑작스레 땅이 흔들리고 천장에서 흙 부스러기들이 쏟아져 내리기 시작했다. 그러다가 바닥이 폭발하듯 융기하더니 날개달린 존재가 화살처럼 튀어 올라왔다. 미지의 존재는 웨인마커의 앞을 급하게 막아섰다.

"흥분하지 마라, 웨인마커."

훼방꾼을 확인한 루시퍼가 코끝을 태연하게 어루만졌다.

"오, 프리엘 영감이 아니신가. 그 나이에 땅굴도 파고 다녔단 말인가."

도발에 가까운 놀림에 프리엘의 어깨가 움찔거렸다.

"루시퍼, 네놈과 우리가 싸울 이유는 없다."

웨인마커가 자기 귀를 의심한다는 듯 입을 벌렸다.

"프리엘, 무슨 말씀을 하시는 겁니까?"

손위 천사가 굳은 표정으로 고개를 돌렸다.

"이미 우리 할 일은 끝났다, 웨인마커. 소란피우지 마라. 루시퍼를 우리 힘만으로 당해낼 순 없다."

벽간에 기대있던 벨리알이 끙 소리를 내며 일어나더니 반죽이 된 얼굴을 루시퍼의 관자놀이 옆에 내밀었다. 그의 부러진 코에서는 나사 풀린 수도꼭지처럼 끈끈한 핏물이 흘러나오고 있었다.

"주인님, 설마 저들을 그냥 보내시진 않겠지요?"

벨리알의 미세한 눈 떨림 속에 상대에 대한 복수심이 어른거렸다.

"프리엘, 내가 너희를 살려둬야 하는 이유가 뭐지?"

그걸 들은 웨인마커가 이를 악물고 대꾸했다.

"루시퍼! 내 직접 네놈의 목을 딸 것이다."

성미 급한 천사의 복수가 시작됐다. 웨인마커의 황금 갑주는 직선궤도를 그리며 쏜살같이 전면을 향해 나아갔다. 대지가 빠지직 울리면서 먼지 타는 냄새가 궤도를 따라 연하게 흩어지고 있었다. 동시에 쾅 소리가 났고, 맞부딪친 신성 검에서 소낙비 같은 스파크가 튀었다. 끓는 물에 농밀한 기름덩이가 충돌해버린 상황. 충격의 파동은 동심원을 그리다가 사방으로 거나한 열폭풍을 일으켰다. 바닥에 앉아있던 부스러기들이 귀퉁이로 밀려나가기 시작했다.

웨인마커는 기겁했다. 검 날이 루시퍼의 손바닥에 잡혀 옴짝달싹 못하고 있는 것이다. 힘을 주어 당겨보지만 그것은 시멘트에 박힌 자갈처럼 꿈쩍하지 않았다. 루시퍼가 귀엣말처럼 중얼거렸다.

"경거망동하지 마라, 웨인마커. 너 자신의 힘을 신뢰하지도 마라. 그것은 타락의 지름길이다."

루시퍼가 손을 놓자마자 광풍이 휘몰아치며 웨인마커의 몸뚱이가 반대쪽 구석에 침통하게 날아가 버렸다. 균형을 잡으려고 날개를 허우적거리지만 그는 뱅글뱅글 회전하다가 벽면을 심하게 들이받고 말았다. 엎친 데 덮친 격으로 루시퍼의 손끝에서 일어난 암흑파동이 프리엘의 날개 사이를 관통한 뒤, 웨인마커의 번득이는 방패를 종잇장처럼 짓뭉개버렸다. 방패가 우습게 짜부라지며 불에 달군 쇳물처럼 시뻘겋게 달아올랐다. 프리엘이 결국 얼음창을 꺼내들고 반격준비에 들어갔다.

그때 천장에 진초록의 잔물결이 일더니 옷자락을 나풀거리는 천사 하나가 사뿐히 내려앉았다. 황금빛 눈동자와 투명하고 수려한 얼굴. 루시퍼는 단박에 그의 존재를 알아차렸다. 조금은 의외라는 생각도 했다. 그가 기억하는 미카엘은 천지가 창조된 이래, 인간들의 세계에 발을 디딘 적이 없었다.

"그만해라, 루시퍼."

벨리알이 감격에 겨운 눈으로 입술 끝을 들어올렸다.

"주인님. 새로운 먹이가 찾아왔습니다."

루시퍼의 동공이 미카엘의 시선에 고정됐다.

"여기엔 어쩐 일인가, 미카엘."

"주님의 뜻을 거역한 타락 천사. 그 사악함이 지나쳐 분수를 넘어서고 있구나. 이 잔악무도한 살해자여."

루시퍼가 입술을 파르르 떨었다. 그러고는 깊고 그득한 눈망울을 번뜩 치켜들었다.

"가브리엘이 시켜 온 것이냐?"

"상관 마라, 루시퍼. 어차피 넌 전쟁을 일으켰고, 우리에게 도전장을 내밀었다. 지금 와서 능청을 떨 필요 없다. 평화는 깨졌다."

미카엘의 황금빛 동공 위에는 가까스로 눌러 담은 경멸과 분노가 차갑게 스며있었다. 그러나 그의 목소리는 햇빛에 반사된 물결처럼 잔잔한데다 착각을 불러일으킬 정도로 차분했다.

"지혜의 수호자 미카엘께서 평화라는 허상을 믿고 있었다니. 웃지 못할 일이로구나. 6년 전을 잊어버렸는가, 미카엘? 지금 와서 핑계를 대고 싶은 것이냐? 나를 자극한 건 처음부터 너희들이었다. 낯짝을 들고 거울을 쳐다봄이 어떠한가. 신의도, 맹약도 잊어버린 너희의 추해진 모습을 반성해라. 불행의 씨앗을 심은 것도 너희고, 그 잘난 가브리엘의 결정에 동조했던 것도 너희들이었다."

주위를 둘러보던 미카엘의 시선이 구석에 쪼그리고 앉은 한 인간을 향해 있었다.

"가브리엘에게 꼭 이대로 전해라. 미친 짓에는 그만한 대가가 따른다고."

천사들의 주변에 황금색 장막이 일기 시작했다. 그것이 걷혔을 때, 테두리 안에는 아무것도 남아있지 않았다. 여분의 빛 무리들은 금가루 안개를 일으키며 루시퍼가 서있는 자리까지 뻗쳐 들어왔다.

홱 돌아선 루시퍼의 주먹이 벨리알의 안면을 사정없이 가격했다. 쿵 나자빠진 벨리알이 급히 몸을 추스르며 루시퍼의 가랑이 사이로 기어들었다. 충성스런 개는 주인의 채찍질에 아무런 반항도 하지 않았다.

"누가 허락 없이 행동하라 했느냐, 벨리알."

"죄송합니다, 주인님. 저는 단지……."

"닥쳐라. 그래서 피카소를 잡았느냐?"

벨리알이 고개만 주억거리며 아무 말을 하지 못했다.

"멍청한 놈. 세상이 끝날 때까지 이곳에 처박혀 있어라. 거역하는 즉시 네놈의 목숨을 거둘 것이다."

"진심이십니까?"

벨리알이 억울한 낯빛으로 올려다봤다.

"왜, 맘에 들지 않느냐?"

"아닙니다, 주인님."

터벅터벅 걸어 나간 루시퍼가 벽 구석에 웅크리고 있는 현민을 부축했다.

"이제 갑시다, 윤 교수. 바깥 공기를 쐬면 좀 나아질 거요."

헛구역질은 멈추지 않았다. 현민은 뒤집힌 뱃속을 움켜잡으며 루시퍼가 이끄는 대로 걸을 수밖에 없었다. 등 뒤쪽에서 목덜미를 찍어 올리는 따가운 시선을 느꼈으나 연달아 오르는 욕지기 탓에 신경을 쓸 겨를이 없었다.

루시퍼가 어떤 문고리 하나를 홱 젖히자마자 새하얀 역광이 별빛처럼 쏟아져들었다. 축축한 풀냄새가 났고, 활엽 위로 후드득 떨어지는 빗방울소리도 들렸다.

그들은 이제 밤하늘의 음습한 풀밭 위를 걷고 있었다. 땅이 질퍽거렸고, 어깨와 정수리를 타고 무심한 빗줄기가 하염없이 떨어져 내렸다.

현민은 곁길로 달려가서 반쯤 소화된 음식물을 입 밖으로 쏟아냈다. 시큼한 위액 냄새가 코끝으로 올라왔다. 모두 게워냈다고 생각할 때면 위장이 느글느글해지면서 또 다른 욕지기가 치밀었다. 콧물범벅의 얼굴 밑에 루시퍼가 풀잎 하나를 삐쭉 내밀었다.

"씹어 보시오. 도움이 될 거요."

현민은 낚아채듯 오물거렸다. 쓰디쓴 풀뿌리의 일종이었으나 뒷맛이 맵고 넘길 때는 식도를 톡톡 쏘아댔다.

"더럽게 맛이 없군."

"하지만 속은 좀 나아지지 않았소?"

뱃속이 따끔거리는 대신 지옥같은 울렁증이 잔잔해졌다. 얼굴 위로 차갑게 떨어지는 빗방울도 정신을 차리는 데 도움이 되는 것 같았다. 현민은 가랑이를 구부리고 앉아 들숨과 날숨을 번갈아 크게 내쉬었다.

"왜 추궁하지 않았소, 루시퍼. 그가 음모의 주동자일 수도 있소."

루시퍼가 단호하게 고개를 가로저었다.

"벨리알은 아니오."

"강한 확신은 화를 부르는 법이오. 인간의 속담 중에는 돌다리도 두들겨 보라는 말이 있소."

"내통은 벨리알의 스타일이 아니오. 차라리 내 눈앞에서 칼을 들이민다면 또 모르겠소."

"당신이 아니라면 아닌 거겠지."

루시퍼가 현민의 어깨를 툭툭 두드렸다.

"여기서 기다리시오. 잠깐이면 되오."

"어딜 가는 거요?"

"근처에 피카소가 있소. 아무래도 만나고 와야 할 것 같소."

"놓친 거 아니었소?"

* * *

점점이 흩어진 핏물은 광활한 억새밭 속으로 이어져 있었다. 루시퍼는 천천히 억새풀을 헤치며 가늘게 이어진 숨통의 끈을 찾아 나섰다.

얼마 후 낑낑대는 옅은 비명이 불규칙한 높낮이로 귓전을 때리기 시작했다.

손가락을 튕겨 따스한 지옥 불을 붙이자 주변의 억새들이 시뻘겋게 넘실대기 시작했다. 내리는 비에도 아랑곳없이 그 거대한 화마는 주변의 풀들을 바작바작 집어삼켰다.

"피카소, 결국 이런 꼴로 보게 되는구나."

파열된 창자가 바닥에 길게 늘어져있고, 피카소의 얼굴에는 창백한 죽음의 그림자가 드리워있었다. 그가 딸꾹질을 하자 반쯤 잘린 목에서 검은 핏물이 축축하게 흘러나왔다. 그가 열심히 입술을 움직여보지만 피거품만 잔뜩 물 뿐 정확한 말소리를 내뱉지 못했다. 짓이겨진 턱 속에 혓바닥이 뿌리 채 뜯겨있었다.

루시퍼는 피카소의 머릿속에 전음 통로를 뚫었다.

"루시퍼께서 제 임종을 지켜주실 줄이야… 생각도 못해본 영광이군요."

그가 껵껵거리며 웃었다. 루시퍼가 그의 얼굴 옆에 무릎 하나를 짚고 쭈그렸다.

"물건이 누구 손에 있느냐, 피카소."

피카소가 한 번 더 씩 웃었다.

"역시나 알고 계셨군요. 저에게 없다는 걸."

"경우에 따라 너를 살려줄 수도 있다."

"그렇게 나올 줄 알았죠, 루시퍼 당신이라면."

"허나 네가 진실을 말해야 한다는 조건이다."

"그러나 전 당신의 구원을 받을 수 없다는 것도 잘 알고 있습니다. 아는 게 아무것도 없으니까요."

루시퍼의 눈빛이 변했다.

"나는 흥정을 하지 않는다, 피카소."

"물건은 한참 전에 가브리엘에게 넘어갔습죠."
"가브리엘의 꿍꿍이가 무엇인지 말해라."
"당연한 걸 물으시는군요. 그녀는 당신의 파멸을 원합니다."
"나는 결코 소멸될 수 없다."
"그녀는 그렇게 생각하지 않을 겁니다."
그가 꺼억꺼억 검붉은 피를 토했다.
"어디까지 관여했느냐, 피카소. 이미 메데우스에서는 전쟁이 일어났다."
"당연한 말씀을 하시는 군요. 파괴검을 쥔 가브리엘이 가만히 있을 거라고 보셨습니까?"
"나의 명령 없이 악마군이 움직일 수 있다고 생각하느냐? 전쟁은 천사들이 아니라 우리 쪽에서 일으켰다."
"놀랍군요. 반역이 일어났다니. 그렇다면 집정관 세베알을 심문하는 게 먼저일 텐데요."
"날 속이려들지 마라. 넌 가브리엘이 찾아온 진정한 목적에 대해 알고 있다."
피카소가 희뜩희뜩 웃었다.
"역시 지옥의 군주답습니다."
"세베알도 관련이 있느냐?"
"물론입니다. 주군이시여."
"언제부터냐?"
"50년도 더 된 일입니다."
"무슨 일로 널 찾아왔더냐?"
"유혹적인 물건을 가지고 있었습니다. 전 그 호기심과 제안을 도저히 뿌리칠 수 없었죠."
루시퍼의 눈초리가 가늘어졌다.

"유혹적인 물건이라고?"

"주군께서도 잘 아실 텐데요. 인간행세를 위해 쓰셨던 물건. 기억을 잊기 위해 심장에 박아 넣었던 긴 말뚝."

"세베알이 망자의 도끼를 가지고 왔단 말이냐?"

"루시퍼, 당신은 그 말뚝이 당신의 심장 속에 들어간다는 걸 각별히 유념해야 했습니다. 그 말뚝엔 필연적으로 당신의 피가 묻게 되니까요. 제가 그것을 마다 할 이유가 없지 않습니까. 당신의 비밀을 알아가는 짜릿함은 인간의 영혼이나 빨며 사는 쾌락만으론 비교도 할 수가 없죠."

"허튼짓을 했구나, 피카소."

"주군의 두 번째 실수는 기억을 지우는 일에 세베알을 임명했다는 점입니다."

루시퍼가 고개를 가로저었다.

"어차피 내 피론 아무것도 알아낼 수 없다, 피카소."

피카소의 배꼽이 들썩였다.

"맞습니다. 당신을 알기 위해선 더 많은 정보가 필요했죠."

"그래서 내 은물을 훔쳐갔느냐?"

"제가 살아가는 힘은 앎에 대한 채울 수 없는 욕구. 그걸 채우기 위해서라면 그보다 더한 짓도 할 수 있습니다."

"세베알이 찾아와 너에게 무슨 말을 하고 갔느냐?"

"집정관 세베알은 당신 명의의 날조된 인증서를 원했습니다. 피로 찍혀진 인장. 그것을 복사할 수 있는 존재가 저 외에 또 있지는 않을 테니까요."

"인증서를 복제하는 데 성공했느냐?"

"물론입니다."

그는 자신의 능력을 과신하듯 고통이 버무려진 웃음을 스스럼없이 토해냈다.

“세베알이 받아간 인증서는 무엇이었느냐?”

“지금 당신께서 보고 계시는 바로 이 전쟁입니다.”

루시퍼의 입에서 끙 소리가 튀어나왔다.

“가브리엘에게는 무엇을 받았느냐? 너라면 대가 없이 은물을 넘겨주지는 않았을 텐데.”

“그녀의 하늘반지를 받았지요.”

“허튼소리 마라, 피카소. 그 반지는 대가성으로 다룰 수 있는 물건이 아니다.”

“하루 동안 빌렸을 뿐입니다. 저에게는 반지 자체보다 거기에 든 지식이 중요하니까요.”

“가브리엘이 응했단 말이냐?”

“물론입니다. 그녀는 저를 유물이나 흉내 내는 덜떨어진 야공으로 보았으니까요. 주군만큼 똑똑하지는 못했습니다.”

“연기가 어설펐더라면 가브리엘은 널 살려 보내지 않았을 거다.”

“물론입니다.”

“내가 없는 동안 불경스런 짓을 많이도 저질렀구나.”

피카소가 키득키득 웃었다.

“설마 주군만 하겠습니까.”

루시퍼의 얼굴에 노기가 띠기 시작했다.

“지금 나를 농락하는 것이냐?”

“제가 아무것도 모를 거라고 생각한다면 커다란 오산입니다. 전 창조주의 방을 보았습니다. 타락 천사 루시퍼엘이시여.”

루시퍼의 가늘어진 눈이 검게 타올랐다. 그것은 이내 깊은 자괴감으로 변질됐다.

“네놈이 어떻게 그걸.”

"하늘반지 속에 가브리엘의 비밀이 숨어있었지요."

그러면서 덧달았다.

"검에 의해 일어난 순간적인 폭발. 그에 따라 조각난 창조주의 육신. 당신은 정녕 그 육신을 모두 회수했다고 생각하셨습니까? 잘 생각해 보십시오. 분명 당신은 깃털에 덮여있던 한 조각을 놓쳤습니다."

"설마 가브리엘이?"

"맞습니다. 그녀는 당신의 실수를 놓치지 않았지요. 새로운 신이 되고자 하셨습니까, 주인이시여?"

루시퍼가 텅 빈 눈을 하고 일어섰다.

"지나치게 욕심을 부렸구나, 피카소. 그 지식은 네가 감당할 수 있는 것이 아니다. 이걸로 거래는 없던 일이 됐다."

"좋을 대로 하십시오. 어차피 창조주가 소멸했다는 사실은 변하지 않을 테니까요. 헌데 죽기 전에 하나 물어보고 싶은 게 있습니다."

"끈질기구나, 피카소."

"어째서 파괴검에 오비엘의 지문이 묻어있는 거죠? 어째서 옛 사(死)천사의 기운이 서렸냐는 겁니다."

루시퍼가 비웃었다.

"그걸 알려주면 넌 나에게 무엇을 해 줄 것이냐, 피카소."

만신창이가 된 피카소가 심한 살 떨림을 일으켰다.

"가브리엘의 진짜 목적을 알려드리죠."

루시퍼의 얼굴이 표정 없이 아래를 내려다봤다.

"내가 오비엘이기 때문이다."

피카소가 헛웃음을 터뜨렸다.

"당신은 분명 루시퍼엘입니다. 내 연구를 욕되게 하지 마십시오."

"전방에 걸친 연구를 했다면서 이유가 굳이 필요한가?"

머릿속 전음으로 갑자기 피카소의 통탄해 마지않는 홍소가 흘러들었다.

"오, 맙소사. 쓰레기취급 당하던 악마 예언서가 그럼 사실이었단 말입니까?"

"이제 내 차례다, 피카소."

"좋습니다. 벨리알 얘기를 해드리죠."

"기껏?"

"들어보고 판단하십시오, 위대하고 진정한 루시퍼여."

"말하라."

"벨리알은 당신의 종복이 아닙니다. 그 자는 그저 아첨꾼이며 거짓말쟁이이자 배신자의 또 다른 이름일 뿐입니다."

"그래서?"

"그는 인간들의 왕으로 군림할 날을 기다리고 있습니다. 벌써 인간세계 곳곳에는 벨리알을 신봉하는 밀교가 가시덩굴처럼 뻗어나가고 있죠."

"그게 가능하다고 보느냐?"

"당신의 은물이 있다면 불가능한 얘기도 아니지요. 당신도 잘 아시지 않습니까. 파괴검으로 차원을 무너뜨릴 수 있다는 걸요. 천상세계가 끊어져버린 지구는 그의 독무대가 될 겁니다. 그가 정녕 주군을 위해 그 물건을 찾고 있다고 보셨습니까?"

"나는 벨리알의 본질을 이해하고 있다, 피카소."

"그러시겠지요. 당신은 위대한 루시퍼니까. 하지만 천사장 가브리엘이라고 벨리알의 그 멍청한 짓을 몰랐을까요? 밀교 신자의 상징이 된 벨리알의 역삼각 문양이 인간들의 몸에 늘어나고 있는데 말입니다. 가브리엘이 벨리알 밀교의 확장을 묵인하고만 있는 이유가 뭐라고 보십니까?"

이번엔 루시퍼도 퉁을 달지 못했다.

"밀교의 형태가 필요하기 때문입니다. 새롭게 등극할 인간계의 군주를 위해서 말이죠. 벨리알이 아니면 그녀는 누굴 그 땅의 주인으로 삼았을까요?"

"설마…… 가브리엘이?"

"전 그렇게 보지 않습니다. 그녀는 지금 창조주를 복원하는 일에 정신이 팔려있으니까요. 다만 인간들에 대해서는 커다란 회의감에 젖어있습니다. 모르긴 몰라도 그녀는 곧 인간들을 버리게 될 겁니다. 어쩌면 벌써 버렸는지도 모르겠지요."

루시퍼의 눈이 휘둥그레졌다.

"이제야 아셨습니까? 당신이 살려둔 악마의 제왕. 세베알이 목숨을 다해 그리워하던 존재. 벨제부브."

멀리서 연발의 총성이 들려왔고, 화들짝 놀란 루시퍼가 어둠 속으로 황급히 사라져버렸다.

불바다처럼 넘실거리던 불기둥은 한줌의 재로 변해 산발적으로 무너져 내리기 시작했다. 비는 멎어있었고, 루시퍼가 남긴 의지는 피카소의 난도질된 살갗을 점점 더 옭아매고 있었다. 그러다가 주먹만 한 심장이 풍선처럼 크게 부풀어 오르기 시작했다. 신음과 경련이 동반됐고, 피카소의 의미 없는 몸부림이 흙바닥을 고통스럽게 긁어댔다. 일정 순간, 팍 소리가 나면서 주변의 억새풀 위로 새카만 먹물이 튀어버렸다.

* * *

이마에 총을 맞은 괴수는 한쪽 몸이 축 처지면서도 끝까지 현민을 향해 쫓아들었다. 그것은 풍문으로나마 들어본 적 없는 머리 둘 달린 맹수였으며, 몸체는 대략 4미터에 생김새가 늑대와 흡사했으나 진짜 늑대보다는 훨씬 더 포악해 보였다. 놈은 접힌 윗입술 속에서 시커먼 잇

몸을 드러내고 악취 나는 침을 게걸스럽게 흘려댔다. 거리는 점점 좁혀졌고, 기사회생을 바랄만한 선택지는 아무리 생각해도 떠오르지 않았다. 포기하는 심정으로 돌아선 현민은 깊은 심호흡 몇 번과 함께 흔들리는 총구 위에 온 정신을 집중했다. 공중으로 치솟은 놈의 번뜩이는 발톱이 보였다.

현민은 방아쇠를 당겼다. 반동으로 그의 몸이 떠밀렸고, 동시에 검은 기운이 총구를 빠져나가 놈의 경부에 텅 빈 구멍 하나를 추가했다. 괴수의 몸이 옆으로 홱 나자빠졌으나 또 한 놈이 멀리서 달려오고 있었다.

자신감을 붙인 현민은 몸을 낮추고 사격자세를 취한 뒤 반대쪽 손으로 손잡이 밑을 받쳤다. 또 한 방이 터졌으나 어두운 조도와 먼 거리 탓에 나무 밑동의 파편들만 튀겨나갔다. 그가 한 방을 더 쏘려하자 이번엔 날개달린 짐승들이 무지막지한 숫자로 덤비기 시작했다. 직감적으로 열세를 감지한 현민은 다시 뒷걸음질 치며 내달렸다. 그러나 길을 앞질러 나온 박쥐 괴수들이 퇴로를 막고 서서 천박한 날갯짓과 함께 비명 같은 포효를 질러댔다. 길게 목을 빼낸 괴수들은 바늘 같은 이빨을 드러낸 상태로 현민을 향해 무차별적으로 덤벼들었다.

그때 현민의 등 뒤에서 채찍처럼 생긴 촉수가 쭉 뻗쳐 나와 박쥐 괴수의 목을 휘감고 냉큼 낚아채버렸다. 눈으로 따라가자 벨리알의 사나운 이빨이 사냥감의 목을 뜯어먹고 있었다. 현민은 총을 더 쏘아댔고, 바닥에는 괴수들의 시체가 켜켜이 쌓여갔다.

멀리서 푸드득 거리는 날갯짓이 들리더니 이번엔 수천의 까마귀 떼들이 현민의 머리 위에서 급강하를 시도했다. 머리를 숙여보지만 놈들은 끝까지 달려들어 피부를 쪼아댔다. 셔츠자락이 길게 찢어지고, 살갗이 벌건 염증을 일으켰다. 팔을 내저으며 필사적으로 저항했으나 까마귀의 공세는 좀처럼 그칠 줄을 몰랐다.

순간, 몇 만 볼트의 전기막이 현민의 몸을 감싸며 주위의 까마귀들을 시커먼 가루로 태워버렸다. 잠시 후 어둠 속에서 루시퍼의 몸이 바닥을 튕긴 공처럼 모습을 드러냈다. 살아남은 까마귀 떼가 푸드득 뒤꽁무니를 빼며 하늘로 상승비행을 시작했다.

루시퍼가 거지꼴이 된 현민 옆으로 걸어왔다.

"다치지는 않았소?"

"왜 이렇게 늦었소. 루시퍼. 하마터면 골로 갈 뻔했소. 근데 이것들은 다 뭐요?"

현민은 목이 두 개 달린 즐비한 시체들을 가리켰다.

"지옥의 악마들이오. 하피와 케르베로스."

"이 괴물들이 인간세상까지 넘어왔단 말이오?"

"그보다 더 시급한 일이 생겼소."

시선을 돌리자, 눈치 빠른 벨리알이 곧장 이쪽으로 뛰어왔다. 루시퍼가 그를 앞에 두고 큰 목소리로 꾸짖었다.

"어째서 네놈이 여기 있는 것이냐. 자숙하라는 말을 듣지 못했느냐!"

움찔거리던 벨리알이 무릎을 턱 굽히고 앉더니 루시퍼를 향해 꾸벅 절을 올렸다.

"저 인간 놈의 비명을 듣고 따라왔습니다. 용서해주십시오, 주인님."

현민은 하마터면 그의 머리통을 갈겨버릴 뻔했다.

"일어나라 벨리알, 시간이 없다."

벨리알이 불룩한 배를 움켜쥐고 천천히 몸을 일으켰다.

"벨리알, 지금 당장 지옥으로 돌아가야겠다. 윤 교수와 같이."

뒤통수를 얻어맞은 느낌이었다. 가슴이 뻥 뚫리고 머리에서 새소리가 들렸다. 어째서 하필 벨리알이란 말인가.

"무… 무슨 말을 하는 게요, 루시퍼."

루시퍼가 현민의 소매를 잡아끌더니 벨리알과 몇 발작 떨어진 자리에서 조용히 귀엣말을 했다. 찌릿찌릿한 시선이 뒤통수에서 따갑게 느껴졌다.

“지금부터 내가 하는 말을 잘 들으시오. 가브리엘이 벨제부브를 끌어들였소.”

현민의 동공이 커다랗게 확장됐다.

“고대의 악마가 살아 있었단 말이오? 어째서 내게 그런 얘기를 하지 않은 거요?”

“미안하지만 지금은 그런 걸 따질 계제가 아니오. 벨제부브가 인간들의 땅 위에 새로운 왕국을 세우려 하고 있소. 무슨 수를 써서라도 막아야 하오.”

“오, 맙소사. 어떻게 이런 일이. 빨리 말해보시오. 내가 무엇을 하면 되는 거요?”

루시퍼가 현민을 빤히 쳐다보며 한참이나 뜸을 들였다.

“가브리엘이 육신을 찾지 못하도록 해야 하오.”

“육신?”

“정확히는 창조주의 육신이오.”

현민의 안색이 창백하게 질렸다.

“오, 하나님 맙소사.”

“그걸 찾아서 내게 가져오시오.”

“그런 말도 안 되는……. 주님의 육신이 어째서 지옥에 보관되어 있단 말이오. 당신의 짓이오? 아니, 아무리 당신이라도 그럴 권능이 있을 리 없지. 불가능한 일이야. 절대로.”

루시퍼가 강하게 다그쳤다.

“정신 차리시오, 윤 교수. 그 물방울이 가브리엘의 손에 들어가는 날엔 인류도 악마도 끝장나는 거요. 지금 답답한 교리 문답이나 하고 있을 때가 아니란 말이오.”

"아니지, 루시퍼. 천사들이 신의 육신을 찾는 거라면 뭔가 그럴듯한 이유가 있을 거요."

루시퍼가 일갈했다.

"천만에. 가브리엘은 인간들을 버렸소."

현민은 기겁했다.

"그럴 리 없소, 루시퍼."

"나는 지금 농담을 하자는 게 아니오. 가브리엘이 인류를 내걸고 벨제부브와 추악한 거래를 해버렸단 말이오."

명치 밑에 주먹만 한 돌이 얹혀있는 느낌이었다.

"난 못하오!"

루시퍼의 표정이 차갑게 돌변했다.

"그런 멍청한 소리는 집어치우고 시키는 대로 하시오. 내 손에 누구의 목숨이 걸렸는지 까먹은 게요? 내가 당신을 이렇게까지 협박해야겠소?"

현민은 험악한 얼굴의 루시퍼를 긴 날숨을 토해내며 쳐다봤다. 흉통이 이는 것 같았다.

"좋소. 좋아. 알았소. 하면 되질 않소!"

루시퍼가 안주머니를 뒤져 종이쪽지 하나를 내밀었다.

"이게 뭐요?"

"일은 순리대로 흐를 거요. 미리 알 필요 없소."

현민은 반항하듯 쪽지를 펴들었다. 그러자 해석이 불가능한 기묘한 형태가 눈앞에 환영처럼 나타났다. 문자들은 마치 풀을 입힌 종이쪼가리에 무작위로 뿌려놓은 모래 알갱이처럼 허술했다. 내용을 알아먹지 못한 건 당연한 일이었다. 소용돌이 문양이 번쩍였지만 사소한 것에 통을 달고 싶지는 않았다.

마음은 급해졌다. 잔잔하게 흐르던 발라드에 갑작스런 비트 박스가 아무런 설명도 없이 변주곡으로 삽입된 느낌이었다. 불안하고 불쾌했으며 지독한 허기가 이유 없이 밀려들었다.

"이런 거 말고, 신의 육신이 어디 있는지, 그리고 어디서 다시 만날 건지, 그런 걸 말해줘야 될 거 아니오."

가만히 듣고 있던 루시퍼는 난데없이 현민의 눈을 가리고 이상한 주문을 외기 시작했다. 손을 치울 때까지 기다렸더니 윙윙대는 이명이 들리면서 시야가 흔들리고 눈앞이 쓰라렸다. 흐릿한 초점이 잡히고 나더니 어둠 속에 서있는 루시퍼와 하얗게 타들어가는 악마 시체들만 내보였다.

"지옥으로 넘어가면 침묵에 잠긴 이정표가 신기루처럼 나타날 거요. 그걸 따라가서 물건을 취하시오."

"그 다음은?"

"이정표가 시키는 대로만 하면 될 거요."

현민이 대꾸하기도 전에 루시퍼가 내달아 걷더니 벨리알에게 고압적인 태도로 명령했다.

"윤 교수를 절대 먹어선 안 된다, 벨리알. 그의 몸에 작은 상처 하나라도 생긴다면 내가 너의 모든 권능을 박탈할 것이다."

작심한 듯한 그의 말을 듣고 있자니 머리끝이 곤두서고 가슴 끝에 커다란 멍울이 졌다. 벨리알과의 동행이라니. 이렇게 끔찍한 일이 일어나도 되는 것인가. 루시퍼의 비장한 표정이 할 말을 잃게 만들었다.

"교수를 도와 지옥을 건너가면 세베알을 찾아내 죽여라. 힘에 부치면 다른 악마들의 도움을 받아도 좋다. 너에게 인증서를 내리겠다."

벨리알이 그것을 받아 들었다.

"너의 가장 큰 임무는 교수의 안위다. 그것이 성공하면 너의 지위를 집정관의 자리로 올리겠다."

벨리알의 안색이 확 밝아지더니 두 번째 인증서를 받아들었다.

“더불어 메데우스 집정의 모든 권한을 위시하여 지옥 군대에 대한 4할의 통치권을 부여하겠다.”

이번엔 입이 완전이 쩍 벌어져서 퉁방울 같은 눈을 뒤룩거리며 침까지 질질 흘려댔다.

루시퍼가 돌아서서 현민의 멀뚱멀뚱한 눈을 보고 속삭였다.

“벨리알을 한 번 믿어보시오. 이정도면 없던 충성이라도 쏟지 않겠소?”

* * *

“뭘 하느냐, 이 멍청한 인간 놈아! 이래서 내가 약골들을 싫어한다니까.”

현민은 네 발로 기다시피 주저앉아서 미쳐버릴 것 같은 울렁증과 또 한 번 전쟁을 치르고 있었다. 내장 냄새는 한층 더 역하게 올라왔고, 입을 통해 몸통에 들어있는 모든 것들이 쏟아져 나올 것 같았다. 시뻘겋게 달아오른 얼굴이 너무 뜨거웠다.

“그 잎사귀 좀 주시오. 빨리.”

벨리알이 곱지 않은 시선으로 다가와서는 무릎으로 옆구리를 푹 찌른 뒤, 보란 듯이 현민의 얼굴 밑에 노란 잎사귀를 떨어뜨렸다.

“이봐, 이깟 공간이동도 못 버텨서 어떡하자는 건데. 정말 한심해 죽겠군. 이래서 지옥에 갈 수나 있겠어? 난 루시퍼에게 세베알을 죽이란 명을 받았다고. 그년이 도망치기 전에 잡아야 한단 말이야.”

현민은 바닥에 떨어진 이파리를 우걱우걱 씹으며 눈물로 범벅된 얼굴을 하늘 높이 쳐들었다. 파란 하늘엔 그 흔한 먼지 한 톨이 걸려있지 않았다. 너무나 맑고 화창해서 뒷목이 뻣뻣해질 만큼 현기증이 밀려들었다. 그때 눈앞으로 오토바이가 쌩 지나갔다. 그리고 몰려든 남녀노소의 사람들. 도심 한복판에서 벌어진 말다툼이 그들에게는 꽤나 볼만했던 모양이었다.

현민은 잎사귀 하나를 더 씹어 삼켰다. 울렁증이 진정되고 있었다. 그런데 내장의 비릿한 향은 좀체 사라지지 않고 자꾸만 역류해서 입천장 안에서 맴돌았다. 입을 벌렸더니 매캐한 매연 맛이 화약 냄새처럼 혀끝에서 퉁 하고 번졌다. 모든 감각들이 정상치를 훨씬 넘어 견고하게 각성되어 있었다. 고통이 조금씩 누그러들자 귓전을 타고 충격적인 대화가 뒤통수를 갈겼다.

"어디서 많이 본 거 같은데? 어디서 봤더라?"

그때 벨리알의 늙은 몸뚱이가 모여든 사람들을 향해 훠이훠이 손을 내저었다.

"뭐 구경났어? 저리 안 꺼져? 확 내 입으로 잡아 먹어줄까 보다."

사람들이 노인네의 치매기 어린 으름장에 혼비백산하며 가던 길로 잰걸음을 쳤다.

"이봐, 윤 교수. 그만 하면 됐으니까, 얼른 일어나시지. 내가 먹이 따위로밖에는 안 보이는 네놈 때문에 대로 한복판에서 이런 지랄 맞은 연극을 해야겠어?"

"나 좀 일으켜줄 수 있소?"

"허허, 그놈 상판대기 한 번 넓네."

벨리알이 자글자글한 손으로 현민의 등을 착 휘감아 일으켰다. 벨리알이 누런 이빨을 드러내며 쩝쩝 입맛을 다시는 게 보였다.

"날 먹으면 루시퍼가 가만두지 않을 거요. 그와 나는 어떤 신비로운 힘으로 연결되어 있으니 일이 생기면 그 즉시 알 테지. 명심하시오."

벨리알은 둘러댄 말을 정말인양 믿는 눈치였다.

그들은 빌딩 숲의 한쪽 도로를 따라 걷기 시작했다. 금발의 외국인들 때문에 잠시잠깐 혼동을 하기도 했지만 분명 한국식 도로명과 이정표가 걸린 복잡한 서울 도심의 복판이었다. 커피숍, 편의점, 은행이 즐비했고, 지하철 입구에서 쏟아져 나오는 사람들은 어느 때라도 익숙한 한국인의 풍경이었다.

파란 시내버스가 돌아다니고 줄지어 다니는 택시들이 오토바이 하나를 따라잡지 못해 클랙슨을 찍찍거렸다. 귀가 뚫리고 눈이 맑아지자 도심의 짙은 색감들이 하나둘 모여들어 종합적인 그림을 그리기 시작했다. 그래 여기는 서울이다.

엇갈아 걷는 남정네들이 백발노인의 부축을 받는 현민을 심기 불편한 얼굴로 내다보고 있었다. 현민은 편의점 앞에서 걸음을 멈췄다.

"물 좀 먹어야겠소. 돈 좀 있소?"

"미쳐버리겠군, 정말. 귀찮아 죽겠어. 위대한 악마 벨리알에게 돈이라니."

"없소?"

인상을 쓰던 벨리알이 유리 통문을 밀고 편의점 안에 들어가더니 대번에 생수 한 통을 들고 현민의 가슴에 송구하듯 내던졌다.

"돈은 낸 거요?"

"미친, 장난 해?"

유리벽 너머의 카운터에는 개 거품을 문 중년 여성이 무언가에 홀린 듯 가만히 서있었다. 현민이 기겁을 해서 물었다.

"설마 죽인 거요?"

"저년의 운명이니 네놈이 알 바 아냐. 어서 통로가 있는 곳이나 안내하라고. 세베알이 눈치 채기 전에 해결해야 한단 말이지. 지금도 너무 늦었어."

"지금 장난하시오? 난 물을 달랬지. 사람을 죽이라고 하진 않았소."

"이봐, 교수. 한가롭게 덕담이나 나누자고 내가 운명에도 없는 이런 말도 안 되는 보디가드 노릇을 하는 줄 알아?"

“그건 벨리알 당신 사정이지. 난 인간이란 말이오.”

“참~ 이 꼴통 골칫거리군. 알았으니까. 통로로 가기나 해.”

“저 여자는 어쩔 거요?”

“안 죽을 만큼 손봤으니까, 그만 좀 징징대라고.”

잠시 후, 첨탑 모양의 대원빌딩이 눈앞에 모습을 드러냈다. 명소로 이름이 난 만큼 사람들이 발 디딜 틈 없이 몰려들어 있었다. 회전문을 밀고 들어가자 곧장 바그너 교향곡이 울려 퍼지면서 깔깔대는 연인들의 웃음소리가 들려왔다. 사람 사는 냄새에 콧등이 시큰거리는 것 같았다. 현민은 주위를 생경하게 둘러보면서 곧장 로비 중앙에 있는 엘리베이터로 이동했다.

“미쳐버리겠군. 이렇게 맛있는 냄새는 처음이야.”

벨리알의 눈은 가녀린 꼬마 아이의 뒤통수를 내려다보고 있었다.

“허튼수작 부리면 가만히 안 둘 거요, 벨리알.”

“그래, 알아. 난 머리를 장식으로 달고 다니는 줄 아냐?”

현민은 그렇다고 말해주고 싶은 마음을 억지로 참아 눌렀다.

“그런 끔찍한 말은 내 앞에서 좀 삼가주시오.”

“그나저나 저런 육즙은 정말 맛이 좋지. 일에도 우선순위가 있는 법이니. 다음으로 미뤄두겠어.”

그때 정복을 차려 입은 사내가 무전기를 들고 눈앞에 떡 버티고 섰다. 순간적으로 가슴이 덜컹 내려앉았다. 부리부리한 눈이 일행의 위아래를 세심하게 살피는 듯했다.

“잠시 신분을 확인해도 되겠습니까?”

“누구시죠?”

“경비 업체 직원입니다. 실례가 될지도 모르겠습니다만 이곳을 다녀가시는 관광객들 중에 이렇게 먼지투성이에 찢어진 바지를 걸치고 다닌 사람은 없었거든요. 아무리 요즘 패션이 날로 변화한다지만 좀 그렇잖아요. 최근 귀신을 봤다는 둥 하는 소란이 많아져서 경비가 강화됐습니다. 협조해 주시기 바랍니다."

현민은 바지 주머니 뒤지는 시늉을 하며 시간을 끌었다. 물론 있을 턱이 없다. 그러고 보니 바지 솔기가 뜯어져 가랑이가 훤히 드러나 있었다. 평소라면 이런 차림으로 거리를 절대 활보하지 못했을 것이다.

"어뜩하죠? 지갑을 가지고 오지 않았네요."

현민은 벨리알과 시선을 교환했다.

"죄송하지만 그렇다면 입장이 불가하겠습니다."

무전을 치려던 경비원의 워키토키를 벨리알이 홱 낚아챘다. 어안이 벙벙한지 경비의 눈알이 도끼눈을 세우며 벨리알을 쳐다봤다. 그러더니 갑자기 복부를 감싸 쥐며 개거품을 물고 쓰러졌다. 동시에 엘리베이터는 명쾌한 벨소리를 내며 로비에 도착했다.

사람들이 바닥을 뒹구는 경비원 쪽에 모여들었고, 현민과 벨리알은 그 틈을 타서 물살을 역류하듯 아무도 없는 승강기에 쓰윽 몸을 실었다. 문이 닫히자 사람들이 웅성거림이 잦아들었다. 층계 버튼을 누름과 동시에 귀가 먹먹해지며 몸이 붕 떠올랐다.

"이번에도 좀 살려달라고 그러지?"

벨리알이 비꼬듯 실실거렸다.

"죽였소?"

"저놈의 운명 아니겠어? 명줄이 길면 살겠지."

"평소에도 인간들을 그렇게 쉽게 가지고 노시오, 당신은?"

"천사들이 없잖아. 마실 나갔나보지."

꼭대기 전망대에 다다르자 사람들이 셔터를 누르며 추억을 담고 있었다. 더러는 난간에 기대 아찔한 지상을 내려다보며 짜릿한 쾌감을 느끼는 것도 같았다. 벨리알은 벌써 난간 너머의 통로를 발견하고는 고개를 끄덕이고 있었다. 그가 돌아오더니 얼굴을 가까이 들이밀고 귓속말을 했다.
"어떻게 할 거야. 여기 있는 사람들 다 골로 가게 만들어? 원한다면 가능해."
"그런 원시적인 방법은 지옥에나 가서 사용하시오."
"그럼 어쩔 건데? 사람들이 다 보는데 그냥 뛰어 내려? 설마 모르는 거야? 통로는 인간의 시선이 닿으면 열리지 않아."
"생각 좀 해봅시다."
"이봐, 시간이 없어."
벨리알이 발을 동동 구르며 조바심을 냈다.
"총을 쓰면 어떻겠소. 나에게 총이 있으니 사람들이 놀라서 달아날 거요."
"멍청하긴. 시선을 너무 잡아끌면 곤란해. 천사, 이 버러지 같은 연놈들은 인간 나부랭이들이 방출하는 희로애락에 쉽게 반응한단 말이야. 아무리 마실 나갔다 하더라도 이정도 분량이 한꺼번에 감정을 쏟아내면 금세 달려올 걸? 물론 내 존재를 알게 되면 두려움에 오줌을 질질 깔리겠지만."
현민은 농 같지도 않은 그의 말을 무시하고, 손 위로 박수를 치면서 사람들의 주의를 끌었다. 그러고는 깊이 참았던 숨을 토해내면서 얼굴에 열을 올리고 강변했다.
"여러분 여기 폭탄이 설치됐습니다. 어서 피해요. 어서요. 시간이 없습니다. 전 국가안보국에서 나온 요원입니다. 어서요, 어서."
사람들의 시선이 단박에 거지 몰골을 한 현민에게 쏟아졌다. 분위기는 뒤숭숭해졌으나 의도한 반응은 전혀 나오지 않았다. 늙다리 배우 지망생쯤으로 여기는 게 아닌가 싶었다.
"뭣들 하십니까. 지금 농담하는 거 아닙니다."
벨리알은 난간을 기대고 서서 어처구니없는 표정을 지어보였다.

덩치 큰 사내가 가녀린 애인의 만류를 뿌리치고 험악한 얼굴로 걸어오고 있었다.

"이봐, 당신 경찰에 끌려가고 싶어?"

"농담이 아닙니다. 빨리 대피하세요."

총을 꺼내들자 남자가 기겁을 하고 뒤로 물러났다.

"여러분 저는 국가안보국 소속입니다. 시간이 없어요. 테러범이 건물 안에 있으니 최대한 신속하게 내려가십시오."

전망대 문이 미어터지며 사람들이 썰물처럼 빠져나가기 시작했다. 현민은 철문을 단단히 잠그고 나서 벨리알 쪽으로 돌아섰다.

"갑시다."

"역시 내 스타일은 아니라니까."

벨리알이 어깨를 으쓱했다.

"닥치고 빨리 뛰어 내려요."

현민은 난간 아래를 굽어본 뒤 정확한 위치를 가늠했다. 그러고는 뒤로 몇 발 물러나 눈을 질끈 감고 머뭇거림 없이 앞으로 솟아올랐다. 몸에 짜릿한 정전기가 나면서 공포가 엄습했다. 중력이 그를 더욱 깊게 끌어당겼고, 실패와 허망한 죽음에 대한 일말의 불안이 검은 배경 속에서 초 단위로 찾아들었다. 발끝과 손끝에 바람만이 걸린다는 게 끔찍했다. 목 뒤축에 저릿저릿한 전율이 스쳐 지나가더니 엄청난 열기와 함께 미지의 장소에 첨벙 빠져들었다. 익숙한 촉감이었다.

* * *

혓바닥 위를 굴러다니는 까끌까끌한 흙 맛이었다. 현민은 그것을 침과 함께 내뱉으며 모래 구덩이를 기어 나왔다. 공기가 뜨거웠다.

"여기가 맞아? 아무것도 없는 사막이잖아."

"틀림없소. 밤중이긴 했지만 사하라의 이 모래바닥을 잊을 수야 없지."

"그 다음 통로는 대체 어디야?"

발싸심을 내던 벨리알이 평평한 모래 바닥 위에 어지러운 발자국을 찍어댔다.

"바위가 있었소."

"바위는 개뿔, 아무것도 없잖아."

벨리알이 양 팔을 가슴 높이로 들더니 앙칼지게 대꾸했다.

"언덕 하나를 넘었던 것 같소."

"이런 염병할. 시간도 없는데 이런 데서 산책이나 하자는 거야?"

현민은 투덜대는 그를 무시하고 모래 비탈을 무작정 내려가기 시작했다. 그러자 벨리알도 별 수 없었는지 현민의 뒤꽁무니를 한 뼘 가까이서 따라붙었다. 뜨거운 모래가 발목까지 차오르고 작렬하는 태양 빛이 가마솥 같은 열기를 몰고 와 독침처럼 찔러댔다. 분지 같은 구덩이를 벗어나자 다시 오르막 경사가 시작됐고, 간간이 불어대는 모래폭풍에 양팔로 얼굴을 가려야 하는 상황이 반복됐다. 콧속으로 잔모래의 미세한 먼지들이 들러붙었다.

언덕 정상에 올라서자 그는 바람이 잠잠한 틈을 타서 허리 아래를 굽어봤다. 기대했던 바위라고는 눈을 씻고 찾아도 없었다. 난감한 상태로 서있는데 벨리알이 어깨를 탁 치고 나오더니 손차양을 하고 주위를 두리번거렸다.

"어디 있다는 거야, 도대체?"

"사라졌소."

벨리알이 어처구니없다는 듯 어금니를 꽉 깨물었다.

"다시 잘 기억해 보라고. 머리는 장식으로 달고 다니는 게 아니라고."

"어쩌면 모래에 덮였을지도 모르겠소. 사막은 하루에도 몇 번씩 지형이 변한다고들 하니까."

"당장 찾아내, 이 멍청한 인간 놈아."

이유 없이 멸시를 받자니 화가 좀 치밀었다.

"그 입 좀 제발 다무시오. 나라고 얼씨구나 기분이 좋을 것 같소?"

두 사람의 이마에 더운 땀이 끈끈하게 흘러나오고, 그 표면을 미세한 모래들이 진드기 같이 들러붙었다. 순간 어디서 날아 왔는지 모를 묵직한 발등이 현민의 엉덩이를 잽싸게 걷어찼다. 현민은 바닥에 넘어져서 모래 사면을 구르기 시작했다. 비탈 중간에서 일어난 그는 모래를 한 움큼 쥐고 그를 향해 냅다 던져버렸다.

"이 미친 악마 자식아!"

"내가 먹이 따위에게 왜 이런 모욕을 들어야 하지? 염병할."

구부정한 노인네는 벗어진 백발을 휘날리며 내려와서는 현민의 안면에 주먹 한 방을 오지게 날렸다. 현민도 곧장 받아쳤다. 몸이 뒹굴고, 한데 뒤엉켜 아래로 데굴데굴 굴렀다. 그들이 모래인지 모래가 그들인지 불가능해질 정도로 전투는 격렬해졌다. 그때 화약 터지는 소리가 그들의 귓전 바로 뒤에서 선명하게 들려왔다. 지프 넉 대가 아지랑이를 뿌리며 다가오고 있었다. 그들은 싸움을 멈추고 일어났다. 현민은 손을 들었고, 벨리알은 귀찮은 표정으로 인상을 찌푸렸다.

두건을 쓴 흑인들이 기관총을 치켜들고 위풍당당 걸어오고 있었다. 바래고 늘어진 군복 위에 탄띠를 두른 것으로 보아 인근을 거점으로 활동하는 반군 세력이거나 테러 집단의 일원임이 분명했다. 멀대 같이 생긴 맨 왼쪽 사내가 하얀 이를 드러내더니 일행의 앞쪽에 경고성 총알을 속사포로 퍼부었다. 바닥 모래가 튀어 오르자 그들은 상당히 기뻐하는 것 같았다. 벨리알이 팔을 뚝 떨어뜨리더니 힘없이 중얼거렸다.

"되는 일이 없군. 인간 따위에게 나 벨리알이 이런 대접을 받아야 하다니."

벨리알이 모래 바닥을 박차고 튀어 나가자 놀란 얼굴의 흑인들이 그 자리에 버티고 서서 드르륵 수백 발의 총알 세례를 퍼붓기 시작했다. 지프에 남아있던 반군 세력들도 지원 사격을 가하며 가지고 있던 기관총에서 불꽃다발을 뿜어댔다.

아지랑이와 함께 사라진 벨리알의 몸이 지프 앞에 나타나 긴 촉수로 뎅강뎅강 차례대로 머리통을 자르고 비틀더니 허겁지겁 달아나는 세 인간들까지 쫓아가 가슴 한가운데 주먹 크기의 구멍을 송송 뚫어버렸다. 현민은 처참하게 살육된 시체들에 고개를 돌리고 말았다. 멀리서 보니 벨리알이 지프 하나에 엉거주춤 올라타고 있었다. 그 지프는 시야에서 사라지더니 한참이 지나서야 현민 앞으로 돌아왔다.

"어이, 인간 나부랭이. 어서 타시지."

그가 히죽히죽 웃었다.

"사막에서 레이스 하시오?"

"멍청하긴. 찾았으니까 타기나 해."

현민은 코를 막은 상태로 짐칸에 올라섰다. 조수석은 핏물과 뜯겨나간 살점들 때문에 도저히 쳐다볼 수가 없을 지경이었다. 지프가 휙 반원을 그리더니 달그락달그락 굴러가기 시작했다. 바퀴자국을 따라 나아가자 먼 시야에서 낯익은 바위 하나가 나타났다.

근처에 차를 세우자마자 현민은 풀쩍 뛰어 내려 바위 주변을 빙 둘러봤다. 그러다가 당시에 먹고 버린 게 껍질을 발견했다. 의심할 여지가 없는 그 장소였다.

"여기가 맞아?"

"그렇소."

"좋아, 그렇다면 빨리 가자고."

해는 중천이었다.

"시간이 좀 걸릴 것 같소."

"또, 뭔데."

"루시퍼 말이 새벽빛이 떠야 문이 열린다고."

벨리알이 두 손을 불끈 쥐고 고래고래 소리쳤다.

"이봐, 인간 나부랭이. 얼마나 기다리라는 거야, 지금. 당신 눈에는 하늘에 떠 있는 저 새파란 태양이 안 보이는 거야?"

현민도 이번엔 지지 않았다.

"나더러 어떡하라는 거요. 아 통로를 내가 만들었소? 그럴 거면 나중에 루시퍼한테 따지란 말이오."

벨리알이 현민의 얼굴을 뚫어지게 쳐다보더니 몇 걸음을 옮기며 걸어왔다. 기 싸움에서 밀리고 싶지 않아 꿋꿋이 버티고 섰는데 예상과는 다른 반응을 하기 시작했다.

"이봐, 나에게 좋은 생각이 있어."

"뭐요? 허튼수작 마시오. 난 당신 먹이가 아니니까."

"그래, 그건 나도 알아. 단지 아까 일은 없던 걸로 하지 않겠어? 그렇게만 해준다면 이 난관을 타계할 좋은 방도를 알려줄 수도 있어. 당신도 눈치 챘겠지만 난 루시퍼와 엄청난 거래를 했단 말이야. 거 입술에 피멍 든 거. 그냥 넘어져서 생긴 걸로 치자고. 나도 일부러 그랬던 건 아냐. 내가 좀 성격이 급하거든. 순간적으로 욱기가 치밀어 버렸다고."

"지옥에 가면 내 신변 안전이나 책임지시오. 난 그 구더기들이 정말이지 지긋지긋 하니까."

"물론이지. 그 노리개들은 당신 몸에 털 끝 하나 손대지 못할 거야. 딴 말 하기 없기야."

"알았으니까, 좋은 방도란 것 좀 들어 봅시다. 곧장 지옥에 들어갈 방법이 있소?"

"물론. 다른 녀석의 도움을 좀 받아야 하는 일이지만 말이야. 문제는 녀석이 날 싫어한다는 데 있지."

"허튼수작이라면 절대 사양이오."

"지금 상황에서 내가 그럴 이유가 없잖아."

현민은 수긍의 표시로 고개를 끄덕였다.

"자, 그럼. 인간 나부랭이 씨? 내 손을 잡아 보라고."

현민은 떨떠름한 표정으로 벨리알의 자글자글한 손바닥을 마주잡았다. 순간 욕지기와 내장 비린내가 나며 눈앞이 캄캄해졌다. 그가 무엇을 시도했는지는 직감적으로 깨달을 수 있었다.

* * *

벨리알은 시체마냥 축 처진 남자를 잡고서 밀걸레마냥 우둘투둘한 자갈 바닥에 질질 끌고 다녔다. 듬성듬성 포석이 깔린 천연잔디를 지나자 안뜰의 3분의 1을 차지하는 실외 수영장이 나타났고, 그 너머에 외등이 내려 보는 현관 입구가 서있었다. 그는 백색의 대리석 계단을 올라가 쥐고 있던 시체를 콘크리트 처마의 구석진 자리에 움푹 내려놓았다. 그러고는 벽면에 부착된 벨을 세 차례나 눌렀다. 곧장 스피커에서 사근사근한 여자 목소리가 흘러나왔다.

"누구시죠?"

"제라드 있소?"

"누구신데 제라드를 찾는 건가요? 여긴 어떻게 들어오셨죠?"

"긴 말 하긴 싫고, 제라드에게 벨리알이 왔다고 전하시오."

꺼진 스피커에 다시 붉은 점멸등이 켜진 건 그로부터 2분이 지나서였다.

"오, 이런 맙소사."

방정맞은 목소리가 문밖의 손님을 거부하고 있었다.

"이봐, 나이트메어. 용건이 있으니까, 문 좀 열지 그래."

"당장 꺼져. 무슨 낯짝으로 여길 나타난 거지?"

"이봐, 제라드. 내가 월척 하나를 건져 왔거든. 네 도움이 좀 필요할 것 같아."

"당장 꺼지라니까. 경찰을 부르기 전에."

"이봐, 섭섭한 소리하지 말라고. 참고로 이건 루시퍼의 명령이기도 해."

스피커에 침묵이 흐르더니 얼마 후 딸깍 소리가 나며 손가락 하나 두께의 틈이 벌어졌다. 아늑한 불빛과 함께 불쑥 튀어나온 안광이 주위를 두리번거리다가 인간과 벨리알 사이를 정신없이 오가기 시작했다.

"틀림없겠지? 만에 하나 거짓말이면 넌 나랑 결판을 내야 할 거다."

이윽고 문이 활짝 열렸다. 거기엔 노랑머리의 흑색 거인이 실크 소재의 가운을 걸쳐 입고 곱슬곱슬한 가슴 털을 드러낸 채 서있었다. 벨리알이 쓰러진 현민을 다시 잡아 터벅터벅 안으로 들어갔다. 털이 곤두선 여자의 비명이 터져 나왔고, 부리나케 달려간 흑인 사내가 그녀의 입을 막은 뒤 검지를 입술 사이에 댔다.

"캐리, 좀 조용히 해주겠소?"

여자가 바들바들 떨었다.

"제라드, 저 사람 죽은 거 맞죠? 그렇죠?"

여자는 뒤집어질 듯한 눈을 하면서 가슴을 쥐어뜯었다.

"캐리, 제발."

여자는 입을 가리고 거친 숨을 내질렀다. 그러다가 최면에 걸리기라도 한 것처럼 그녀의 몸이 바닥 위에 툭 하고 떨어졌다. 무릎 높이의 잠옷 새로 여자의 매끈한 다리 살이 드러났다.

"미안하오, 캐리."

흑인 사내가 여자를 안아 올렸다. 그 모습을 관찰하던 벨리알이 안락 소파에 눌러 앉아서 코웃음을 쳤다.

"누가 보면 진짜 인간이라도 된 줄 알겠군, 제라드."

차를 몰고 나간 흑인 사내는 1시간가량이 지나서야 저택으로 돌아왔다. 그는 곧장 2층으로 올라가더니 검정색 트렁크에 끌신을 꿰고 나타났다. 검붉은 대리석 바닥을 그대로 가로지른 남자는 부엌에서 벌컥벌컥 냉수를 들이키다가 글라스 한 잔을 더 채워서 거실로 되돌아왔다. 선반 위에 탁 소리가 나게 내려놓더니 맹해 빠진 벨리알과 뜨거운 시선을 교환했다. 그러더니 머리를 쥐어뜯으며 절규에 가까운 고함을 내질렀다.

"왜 하필 이 시점이지? 이제 15년만 기다리면 된단 말이야. 인간이 될 날만 기다리며 얼마나 많은 희생을 해왔는지 모른다고."

"이봐, 나이트메어. 그딴 멍청한 짓을 해서 뭐하려는 거야. 그래봤자 결국에 내 먹이 말고는 아무런 의미가 없다고. 나처럼 큰 뜻을 품고 대악마의 체통을 지키란 말이야. 난 네놈의 그 썩어 빠진 정신 상태를 진즉에 고쳐주지 못한 걸 후회하고 있지."

"용건이나 말해, 벨리알. 시체처럼 뻗은 저자는 대체 뭐야?"

안락의자에서 일어난 벨리알이 귀퉁이에 축 처져 있던 남자를 제라드의 정강이 앞에 끌어다 놨다.

"지옥문을 열어줘야겠어, 나이트메어. 지금 당장."

"이 시체를 데리고 가겠다는 거야?"

"물론."

제라드가 펄쩍 뛰었다.

"미쳤군, 벨리알. 설사 루시퍼의 명령이 있었다고 해도 그 짓만큼은 절대 안 해."

"이봐, 나이트메어. 네놈에겐 간단한 일 아니었나?"

"간단하고 말고의 문제가 아니야. 인간을 제물로 지옥문을 연 뒤에 그 다음은? 벨리알 네놈이야 상관이 없지만 난 또 다시 300년을 기다려야 돼. 피에 대한 굶주림을 버텨봤을 리 없는 네놈이 이걸 이해한다는 건 불가능하지."

"죽는 것보다 낫지 않아? 이렇게 비협조적으로 나오면 후환이 두려워질 거야."

벌떡 일어난 벨리알이 그의 코앞에 루시퍼의 인증서를 들이밀었다.

"오, 맙소사. 진정 세베알을 죽인다고?"

"루시퍼께서 명령하신 일이야."

"이유가 뭐지?"

"내 알 바 아니잖아?"

"믿을 수 없군."

"지금 중요한 건 우리 모두가 루시퍼의 인장에서 자유롭지 못하다는 거야."

망연자실하게 천장을 보던 제라드가 물 컵을 들더니 현민의 얼굴에다 사정없이 내뿌렸다. 남자가 몸을 뒤집으며 고통스러워했다.

"공간이동을 한 거야, 벨리알?"

"어쩔 수 없었어. 시간이 너무 부족했거든."

"어디에서."

"한국에서."

"맙소사, 제정신이 아니군. 한국에서 미국까지 공간이동을 했단 말이야? 인간을 상대로? 죽을 수도 있다는 가능성은 전혀 염두에 두지 않았나?"

벨리알이 언짢은 표정을 하면서 뒷머리를 긁적였다.

"재주껏 살려내 봐."

제라드는 무겁고 중차대한 임무에 어째서 멍청한 벨리알이 배정됐는지 납득하지 못했다. 그러나 일단은 허옇게 익어 있는 이놈의 인간부터 살려내야 한다. 그는 쓰러진 남자의 목 언저리에 손가락을 가져갔다.

남자는 땀에 젖어 새파랗게 질려 있었다.

"맥이 안 뛰는데 어떻게 숨을 쉬는 거지?"

벨리알은 안락의자에 앉아서 앞뒤로 몸을 흔드는 것에만 집중했다.

"죽은 사람도 살리는 나이트메어께서 별 걱정을 다하시네."

초조하긴 했었는지 벨리알이 빙긋이 웃으며 화답했다. 그러는 사이 제라드는 위층으로 성큼성큼 뛰어 올라가 파랗게 착색된 술병을 들고 나타났다. 그는 마개를 대충 벗겨내서 남자의 뒷덜미를 살짝 들어 올린 뒤 웅얼거리는 입속에 벌컥벌컥 들이부었다. 남자의 신음이 깊어지더니 이내 캑 소리를 내지르며 발버둥을 쳤다. 제라드가 명치 부근을 퍽 내려치자 한꺼번에 혈색이 번지더니 휘둥그레 뜬 눈에 상체를 젖히고 일어났다.

"오, 윤 교수. 일어났구먼."

벨리알이 뒤뚱뒤뚱 걸어와서 현민의 팔을 붙들어 당겼다.

"자, 이제 시간이 촉박하니 건너가 봅시다."

현민은 세수하듯 얼굴을 문지른 뒤 낯선 장소를 멀뚱멀뚱한 눈길로 감상했다. 반질반질한 대리석 바닥에 엔틱 풍의 고급 수납장, 대형 텔레비전에 창문 너머의 황홀한 전경까지. 벽에는 중세시대의 유려한 검과 '아비뇽의 처녀들'로 알려진 피카소 작품의 복사본이 걸려 있었다. 그러다가 동공이 화들짝 열리고, 몸이 뻣뻣하게 굳었다.

"제라드 스미스?"

제라드가 영화에서처럼 온화하게 미소를 짓고 있었다. 벨리알은 그런 현민을 상당히 못마땅한 듯 쳐다봤다.

"이봐, 나이트메어. 빨리 시작하지. 우린 지금 중요하고 무지 바쁜 임무를 가지고 있단 말이야."

유명 배우 제라드는 현민에게 가까이 오라는 손가락 짓을 하더니 귀에 대고 속삭였다.

“벨리알의 말이 사실이오? 루시퍼가 지시한 일이라는 게.”

현민은 엉겁결에 고개를 끄덕였다.

얼굴을 뗀 나이트메어가 인상을 찌푸리며 코끝을 긁었다. 그러고는 시선을 벨리알 쪽으로 옮겼다.

“벨리알, 네놈은 혼자 넘어가도 상관없잖아.”

“루시퍼께서 그 교수를 안전하게 모셔야 한단 조건을 달았어. 위험 예방 차원에서 같이 가는 건 당연한 거야. 지옥에 있는 구더기들이 살아있는 교수의 몸을 보면 환장을 하고 먹으려 들지 않겠어?”

“이봐, 벨리알. 어차피 내가 만들 수 있는 통로에 당신은 못 들어가. 한 번에 한 명밖에.”

“멍청한 소리하지 마, 나이트메어. 네가 만들었던 문으로 열댓 명도 가능했잖아.”

“그건 과거 일이고. 지금은 힘이 많이 빠졌어. 한 명 뿐이야.”

“멍청한 놈. 그러니까 그 병신 같은 짓거리 좀 그만하라고 안 그래? 인간이 되겠다고 그 지랄을 하니 힘이 떨어질 수밖에. 도대체 이유가 뭐야. 아까 그 계집 년 때문이지? 인간이랑 섹스하고 똥꼬나 빨아대는 게 그렇게 좋든? 넌 대악마의 수치야.”

벨리알이 퉁방울 같은 눈을 부라렸다.

“그건 네가 상관할 바 아냐. 그리고 부탁인데 대가리 좀 후딱후딱 굴려 볼 수 없겠어? 미리 지옥에 가서 기다리면 될 거 아냐. 바보 같긴.”

“어디로 떨어질지 내가 어떻게 알고. 저 인간 놈 몸에 상처가 생기면 내 목숨도 끝장난다고. 루시퍼가 가만있을 것 같아?”

“날 무시하지 마, 벨리알. 힘이 떨어졌다고 해서 이전의 섬세함마저 무뎌진 건 아니니까. 볼카눔에 있는 쓰레기터에 한 치의 오차 없이 보내주지. 우리가 신뢰를 주고받을 사이는 아니지만 이번만큼은 날 믿어도 될 거야."

"얼마나 걸리는데?"

"대략 30분."

"그 말 못 지키면 각오해야 할 거야. 네 몸뚱이를 내가 내장 하나하나까지 모두 다 씹어 줄 테니까."

"어련하실까."

벨리알이 현민에게 어기적어기적 다가와서는 어깨를 탁탁 두렸다.

"교수? 지옥에서 봅시다. 내가 먼저 가 기다리지."

말이 끝나자 벨리알의 몸은 흔적도 없이 사라져버렸다.

해묵은 골동품을 치워버린 것에 감사하듯 거구의 흑인은 안도의 숨을 푹하고 내쉬었다. 그러고는 현민의 얼굴을 빤히 쳐다보다가 등을 밀치며 길잡이 노릇을 자청했다.

"날 따라오시오."

헐렁한 티 쪼가리에 블랙 진 하나만 받쳐 입었는데도 그의 옷맵시는 범접하기 힘든 앙상블을 이뤘다. 가볍게 흔드는 양 어깨는 탄탄한 근육들이 가려져 있고, 역삼각으로 균형을 이룬 등짝은 격투기 선수를 연상케 할 만큼 힘이 넘쳤다. 게다가 그의 뒷목에는 검정색으로 휘감긴 장미 문신이 가시 돋은 줄기 끝을 티셔츠 밑에 파묻고 있었다.

나선형 계단을 끝까지 올라가자 은색으로 치장된 아치형 벽이 나타났고, 그 주변으로 접이식 철제 진열대가 크고 작은 관상 나무들을 넉넉잡아 백 그루 이상 붙들고 있었다. 반원으로 파인 궁륭 지붕엔 무색투명한 샹들리에가 가볍게 흔들렸다. 제라드는 긴 복도를 지나 맞은편에 있는 문을 열고 기다렸다.

"들어오시오."

실내등이 닿지 않는 내부는 어둡고 스산한 기운이 서려있었다. 한 발을 내딛자 나무 바닥이 삐걱 소리를 내질렀다.

"걱정 말아요. 아무 일도 일어나지 않으니까."

육중한 몸을 이끌고 들어온 제라드는 문을 단단히 걸어 잠근 뒤, 칠흑 같은 어둠 속에서 보이지 않는 물건들을 헤치기 시작했다. 바닥을 질질 끄는 소리도 났고, 실수였는지 무언가가 와장창 깨지기도 했다. 둔탁한 소리가 연거푸 일어나더니 책장을 훌렁훌렁 넘기는 소리도 들렸다. 그러다가 한 순간에 빛이 새어들었다. 그 희끄무레한 빛은 제라드의 얼굴에서 나오고 있었다. 아니, 좀 더 정확히는 그가 펼쳐 들고 있는 장정된 책의 한가운데서 흘러나왔다. 그 빛은 보통의 것과는 전혀 다른 형태를 띠고 있었다. 어둡고 차가웠으며 구불구불한 궤도를 따라 연기처럼 흘러 다녔다.

"뭐죠, 그게?"

현민이 조심스레 물었다.

"다크 라이트라는 물질이오. 지옥의 빛이라고 할 수 있지."

가까이 접근한 현민은 손가락을 펴서 움켜쥐어봤다. 그러자 곧장 자신의 회백색 뼈마디와 그 표면을 엮고 있는 그물 같은 핏줄이 투사돼 보였다. 손바닥을 빠져나간 그 연기들이 숨을 쉬는 것처럼 널뛰다가 원래 있던 책의 가장자리로 천천히 되돌아갔다.

"이쪽에 와서 앉으시오."

그가 지시한 자리에는 흐릿하지만 스툴 형태의 의자가 하나 놓여 있었다.

"벨리알에게 말했다시피 여기서 만들어진 통로는 볼카늄으로 연결될 거요. 행운이 있어 꼭 살아남길 바라겠지만 벨리알에 기댈 생각이라면 관두는 게 좋을 거요. 그 형편없는 자식을 믿는 건 돈 주고 죽음을 사는 것과 매한가지니까."

현민이 스툴 위에 몸을 부림과 동시에 그는 가지런히 모인 무릎에 암흑빛이 감도는 책을 그대로 올려놓았다. 어둠 속을 둥둥 떠다니는 촛불마냥 그의 회백색 흰자위가 유난히 도드라져보였다. 그러던 그의 눈이 한 곳을 향해 갑작스럽게 멈춰섰다.

"그게 뭐요?"

현민의 주머니에서 붉은 형광 빛이 새어나오고 있었다.

"나도 모르겠소."

그 속에는 두 번 접힌 쪽지가 들어 있었다.

"아! 이건 루시퍼가 내게 준 쪽지요."

"쪽지라고? 설마, 농담하는 거겠지. 이건 권능을 대리할 때나 쓰는 인증서란 말이오. 도대체 당신의 정체가 뭐요? 신종 악마? 혹시 피카소가 연구 끝에 탄생시킨 걸작?"

현민은 어둠 속에서 고개를 절레절레 흔들었다.

"난 순수한 인간이오. 심장이 없다는 게 흠이지만."

"당신에게 하달된 내용이 뭔지는 알고 있소?"

이번에도 역시 고개를 흔들었다.

"모래알 같은 글씨로 찍힌 걸 내 어떻게 읽겠소."

"이리 내보시오. 내가 한 번 읽어 보리다."

받아든 쪽지를 읽어나가던 나이트메어가 벌린 입을 한동안 다물지 못했다.

"중요한 내용이오?"

"아니오. 그냥 출입증 같은 거라고 생각하면 될 것 같소."

"어디에 쓰는 거요?"

대답 대신 그는 쪽지를 꼬깃꼬깃 접어서 현민의 셔츠 주머니 속에 넣어주었다.

"무슨 일이 생겨도 의자에서 일어나지 마시오."

이 말을 끝으로 그는 냄새나는 기름을 현민의 목덜미에 바르기 시작했다.

"뭘 묻힌 거요?"

"손을 내밀어 보시오."

고분고분하게 내밀자 제라드는 손가락을 깍지를 끼듯 부여잡고 인디언 같은 주문을 외더니 멀찍이 물러나서 어둠 속으로 게 눈 감추듯 사라져버렸다. 무릎에 놓인 책갈피에서는 암흑빛이 둥글게 소용돌이치다가 어느 순간부터 굉장한 속도의 회전운동을 시작했다. 순간, 제라드의 해괴한 목소리가 사방 군데서 들려오고, 삐걱대는 발소리가 의자 주위를 따라 한 바퀴 한 바퀴 순회해들었다. 이상한 분위기를 감지할 때쯤, 톡 쏘는 유황냄새가 콧속의 부드러운 점막을 자극하더니 앉아있던 의자를 기점으로 시뻘건 불 너울이 일어나 가장자리로 빠르게 번져나가기 시작했다. 방 안은 삽시간에 환해져 있었다. 기이한 건 제라드의 모습이 보이지 않는다는 거였다.

"제라드?"

바닥을 점령한 불길이 벽을 기어오르더니 지붕 끝에서 하나로 모이기 시작했다. 스툴 의자가 녹아내렸고, 현민의 몸이 그것과 함께 기우뚱 넘어졌다. 그는 자신만 덩그러니 남아있다는 걸 알아차리고 얼른 일어나서 들어온 방문 쪽으로 고개를 돌렸다. 그러나 애초부터 문은 존재하지 않았다.

"이봐요, 제라드. 대답 좀 해봐요."

대답은 돌아오지 않고, 불 너울만 계속해서 좁은 방 안을 집어삼키고 있었다.

30초가량이 더 지나자 좁다란 방바닥이 새빨간 불티를 날리며 타들어갔다. 그러더니 구멍 뚫린 종이컵처럼 한 길 높이의 이색적인 공간으로 재티들이 떨어져 내리는 것이 아닌가. 그 구멍 밑은 낯설고 황량한 장소로 이어져있었는데 풀쩍 뛰어내리자 보풀 같은 먼지가 턱밑까지 치밀고 올라왔다. 위를 올려다보니 구멍이 급속도로 메워지고 있었다.

현민은 자신이 볼카눔에 와있다고 생각했다. 그러나 주위를 제아무리 둘러봐도 보이는 것이라곤 아스라한 지평선과 빽빽한 흙부스러기뿐. 얼개를 이룬 땅바닥은 검은 밀가루를 뿌려놓은 것만큼이나 허술했고 꽉 막힌 하늘은 죽은 쥐를 보는 것만큼이나 답답했다. 상황 자체에 의문이 들만큼 머릿속이 뒤죽박죽으로 얽혀들며 복잡해지고 있었다. 한참을 생각하다가 마지못해 그는 한쪽 방향을 잡고 무턱대고 걸어나가기 시작했다.

인고의 시간이 지나자 까마득한 거리나마 히말라야 같은 모습의 용암지대가 나타났다. 거리가 좁혀질수록 유황 냄새가 짙어지는 매우 불쾌한 장소 중 하나였다. 날개달린 생물체를 발견한 건 그로부터 1시간가량이 더 지나서였다.

먹구름 낀 하늘을 활공하던 짐승은 현민의 머리 위를 지나치더니 곧장 선회해서 먹이를 낚아채듯 신속하게 미끄러졌다. 현민은 공격자의 포악스런 미간을 향해 정자세로 총을 조준한 뒤 천천히 방아쇠를 당겼다. 탕 소리가 나면서 날짐승의 몸뚱이가 푹 꺼져 내리더니 비행과 추락을 반복하다가 화산재가 쌓인 밑바닥으로 심하게 곤두박질쳤다. 현민은 반격할 태세를 취하며 살금살금 추락한 시체 옆으로 다가갔다. 바퀴자국마냥 길게 이어진 끄트머리에는 검정 핏물을 토해내는 생명체가 딸꾹질 같은 신음소리를 내면서 웅크리고 있었다. 하피라 불렸던 악마가 분명했다. 그놈은 뾰족한 턱을 위아래로 잘근거리며 살의에 가까운 공격본능을 여과 없이 드러냈다. 그러나 얼마가지 않아 흉흉하게 생긴 동공이 얼어붙고 거죽이 딱딱하게 굳어지더니 거무레한 재가 되면서 한꺼번에 폭삭 내려앉았다.

이제 그가 서있는 곳은 아무것도 보이지 않는 망망대해의 벌판이었다. 주위를 둘러보면 들어오는 것이라곤 시체 분말이 깔린 퍽퍽한 대지와 건조한데다가 끄무러지기까지 한 구릿빛의 어둑어둑한 하늘뿐이었다. 그는 더 이상 못 걷겠다는 생각을 하고 그 자리에 털썩 주저앉았다. 눈이 뻑뻑하고 시린데다가 허리는 접질리기라도 한 것처럼 욱신욱신거렸다. 돌이켜보니 자동차를 구입한 뒤로 이런 정도의 장시간 도보를 해본 적이 없었다. 그는 딱딱해진 종아리를 매만지다가 머리를 움푹 박고 땅바닥에 벌러덩 누워버렸다. 그 자세로 힘을 뺏더니 맥이 풀리면서 살갗이 몹시 나른해졌다. 눈이 감겼고, 숨이 고르게 펴졌다. 의식이 점점 옅어지고 있었다.

* * *

현민은 8차선 도로의 노란 중앙선 겹줄 위에 서있었다. 머리 뒤쪽의 교각 철로에는 지하철이 빠르게 지나갔고, 눈앞에는 길게 늘어선 차량들이 오토바이 하나 지나갈 틈도 없이 미어터지게 느림보 운행을 했다. 들쭉날쭉한 빌딩 숲은 시뻘건 빛으로 휘감겨 있다가 색이 점점 바래가듯 검붉고 어두침침한 여명으로 산화하기 시작했다.

들바람 같은 매연이 훅 끼쳐오더니 피켓을 든 군중들이 흐릿한 윤곽을 그리며 나타났다. 그들은 미어터진 차량을 피해 양 갈래로 비켜서더니 가로수를 따라 보도 위를 행진하기 시작했다. 걸음새가 단순했고, 보폭이 좁았으며 무겁게 흔드는 어깨 위는 세상을 포기한 자괴감이 괴물처럼 스며있었다. 그들의 형형한 동공은 광기에 사로잡혀 있었고 맨송맨송한 발바닥은 까맣게 때가 타고 군데군데 살이 갈라져 있었다. 대략 천여 명가량으로 보이는 그 무리들은 머리에 갈색 두건만 하나 걸치고서 나체 상태로 악마의 이름을 연호했다.

[예정된 신이 도래하셨다. 진정한 예루살렘을 세우시기 위해 친히 이 땅을 선택하셨다. 인간이여 동참하라. 경배하라. 신께서는 회개하지 않는 이들을 새

로 만든 지옥에서 고통 받게 할 것이다. 우리를 따르라. 국가는 무너졌다. 새로운 세상이 열렸다. 대항을 포기하라.]

등 뒤에서 뜨거운 바람이 훅 끼쳐왔고, 하늘 위에서 정신을 찢어버릴 듯한 굉음이 터져 나왔다. 고개를 쳐들자 수십 대의 전투기가 엄청난 속도로 대기를 건너지르고 있었다. 그때, 등 뒤로 군복을 차려입은 수많은 행렬들이 도착했다. 그들은 군용트럭에서 떼거지로 내려서더니 탱크와 미사일을 몰고 와 광신도들의 머리통을 서슬 퍼렇게 겨냥하기 시작했다.

어딘가에서 날아온 미사일 하나가 머리 위를 쉭 훑고 지나갔다. 대기를 잡아 찢는 그 소리에 사람들은 미간을 찌푸리고 고통스런 신음을 내질렀다. 미사일은 피켓을 든 무리들을 향해 곤두박질치더니 엄청난 폭발을 일으키며 건물과 함께 와르르 무너져 내렸다. 덩달아 헬기까지 나타나서 수십 발의 기관총을 난사했다. 군대의 목표가 무엇인지는 확인할 길이 없었다. 다만 집중포화의 장소에는 즐비한 시체들과 함께 시커먼 연기들이 소각장처럼 불타오르고 있었다. 밀교도의 광기가 되살아나면서 음습한 대기가 빛으로부터 재빨리 차단되고 있었다.

[신이 도래하셨다. 새로운 세상이 열렸다. 대항을 포기하라.]

엄청난 열기가 현민이 서있는 자리를 파도처럼 휩쓸고 지나갔다. 그것에 닿은 차량들은 새카만 연기를 피우며 쇳물처럼 흐물흐물 녹아내렸다. 창문들이 펑 터져나가고, 경보음이 시끄럽게 울렸으며 어떤 것은 절반으로 짜부라져서 살아있는 생물처럼 꿈틀거렸다. 하늘에서는 용감하게 돌진하던 전투기들조차 시커먼 제트 연기를 뿌리며 나락으로 추락하기 시작했다. 비행기 꼬리가 건물 벽에 부딪쳐 폭발하고, 그 부스러기들이 조각난 동체와 함께 도로 위에 쓰레기처럼 굴러 떨어졌다. 자녀들과 함께 달아나던 사람들은 끈끈한 시체물이 되어 허망하게 녹아내렸다. 군인들의 명령 체계는 무너졌고, 그들을 지켜주던 탱크들은 녹슨 고철이 됐다.

지상을 뒤흔드는 거대한 발소리가 나더니 먼발치에서 어둠을 등진 생물체가 윤곽을 그리며 걸어왔다. 가시가 달린 팔과 포악한 눈동자. 손에 들린 쇠사슬은 서슬에 닿는 모든 것들을 흔적도 없이 삼켜버렸다. 현민은 눈을 씻고 다시 봤다. 머리를 흔들었다.

그 존재는 피눈물을 흘리며 기도를 하고 있었다. 그 눈이 너무나 억울하고 슬퍼보였다. 가시관을 쓴 그는 온 몸에 무거운 쇠사슬을 감고 고난에 가까운 수행을 하는 것처럼 쇠약했다. 하얀 넝마 조각을 두른 그는 울기 시작했다. 그럴수록 도시는 더 비참한 광경으로 파괴되어갔다.

코앞에 서있던 벨제부브가 톱날처럼 생긴 이빨을 벌리면서 이글거리는 눈으로 자신을 쳐다보고 있었다. 허파를 쥐어짜는 극악한 공포에 현민은 본능적으로 숨을 멎고 말았다. 놈의 콧김이 날아와 머리카락을 뒤쪽으로 흔들었다. 모로 선 눈을 마주하자 현민은 그 자리에서 미쳐버리고 말았다.

* * *

가뭇가뭇한 파랑 빛이 게슴츠레 뜬 실눈 사이로 어렴풋한 형태를 그리며 감질나게 갈마들었다. 그것은 사라졌다 나타나기를 반복하며 현민이 보는 시야를 얄궂게 희롱하고 있었다. 완전히 눈을 뜨고 정신을 차렸을 땐 그것이 파란 형광 빛을 발하는 나비라는 걸 온전히 인식할 수 있었다.

그는 번뜩 일어나 주위를 살폈다. 꿈을 헤매다 땅바닥을 뒹굴기라도 했던지 겉옷은 달갑지 않은 시체 가루들이 잔뜩 묻어있었다. 대기는 애초의 납빛을 그대로 유지하고 있었고, 체감 기온만 상당할 정도로 내려가 있어서 몸이 으슬으슬했다. 눈앞에는 여전히 손바닥 크기의 파랑 나비가 부채 같은 날개를 팔랑거리면서 온몸으로 춤을 췄다. 그것은 현민의 안면 주위를 맴돌면서 긴 꼬리를 그리고 있었는데 마치 난쟁이 세계에서 봄직한 유성우(雨) 말단을 보고 있는 느낌이었다.

반동과 먼지를 보태 일어나자 파랑 나비 역시 더욱더 깊은 날갯짓으로 고도를 맞추기 시작했다. 손을 뻗자 그것은 중지 끝에 사뿐히 내려앉다가 다시 날갯짓을 하며 풀럭풀럭 방향을 바꿔 날았다. 마치 온몸을 이용해 자기를 따라오라는 수신호를 보내는 것 같았다. 아니, 정확히 맞을 것이다. 그건 틀림없이 루시퍼가 말했던 이정표이자 안내자이리라. 현민은 뒷주머니에 권총을 챙겨 넣은 뒤 무엇에 홀린 것처럼 무작정 나비의 뒤꽁무니를 쫓기 시작했다.

그렇게 30분가량을 쫓아가자 나비의 날갯짓은 의심스러울 만큼 난폭해졌다. 나비는 언젠가부터 속도를 높여갔고, 바닥난 체력으로는 도저히 따라잡을 수 없는 가속도로 약 올리는 변주를 일삼았다. 그렇다고 이 실낱같은 희망을 그냥 놓쳐버릴 수는 없는 노릇. 나비는 동서남북도 없는 이 황량한 벌판에서 유일하게 믿을 수 있는 천연의 나침반이 아닌가.

그런데 어느 순간부터 바닥이 질퍽거리고, 차고 축축한 물안개가 발밑에 몰려들기 시작했다. 눈앞은 한치 앞이 안보일 정도로 뿌예졌고, 기분은 울적한 변두리에 놓여있는 것처럼 나빠졌다. 아는지 모르는지, 나비는 안개 사이를 헤치며 어딘가를 향해 부지런히 나아가고 있었다.

10분이 더 지났고, 땅바닥은 썩은 물이 괸 진창바닥으로 변모해 있었다. 그러면서 정강이 아랫부분으로 질척하고 무른 흙이 차갑게 들러붙기 시작했다. 파랑 나비는 한참 전에 놓쳐버렸고, 대지는 먹이를 홀린 것을 기꺼워하며 고요한 정적으로 사방을 에워싸고 있었다. 움푹 빠진 정강이를 잡아당기자 신발만 놔두고 맨발이 덩그러니 올라왔다.

현민은 마침내, 네 발로 엉금엉금 기어가는 수준이 됐다. 그러지 않고서는 허벅지까지 빨아대는 마력을 도저히 버텨낼 수 없는 상황이었다. 1미터를 내딛을 때마다 숨이 차오르면서 공포가 시체처럼 엄습했다. 희뿌연 안개는 태평양처럼 넓어져서 '되돌아가 가볼까'라는 생각을 원천부터 차단하고 있었다. 가혹하지만 희망은 후퇴가 아니라 전진 속에서만 존재해 있을 듯했다.

[인내와 고통은 위대한 결과로 이어지리라.]

현민은 포기하고 싶을 순간이 찾아올 때마다 이를 악물고 버텨냈다. 그러다보니 머드축제를 찾아온 외지인처럼 새까만 진흙을 두르고 있는 꼴사나운 모습으로 전락하고 말았다. 사지가 부들부들 떨렸고, 온몸이 얼음장처럼 차가웠다.

바로 그때, 안개 속에서 의심의 여지가 없는 기습적인 움직임이 포착됐다. 그것은 가뭇가뭇한 음영으로 갈마들다가 귀에 거슬리는 쉭쉭 소리를 냈다. 여러 군데서 들려오는 걸 보면 한둘이 아닌 게 분명했다. 그렇다면 상대는 절대 벨리알일 리가 없지 않은가.

그는 잽싸게 몸을 뒤집어서 배를 위로 향한 채 새우등을 말았다. 그러고는 이럴 때를 대비해 챙겨둔 권총을 바지 뒤춤에서 조심스럽게 꺼내들었다. 그 순간에 깨달았다.

엉덩이가 허전하다.

가슴이 철렁 내려앉으면서 그는 왔던 길을 되돌아가기 시작했다. 들키지 않기 위해 몸을 납작 엎드리고 온 신경을 안개 너머에만 집중했다. 새로운 기척이 들려올 때면 뱃속이 땡땡 얼어버리는 아주 끔찍한 기분을 맛봐야만 했다. 안개 속의 괴음은 멀어지는가싶다가도 어느 순간에는 소름이 끼칠 정도로 가까이서 들려오곤 했다.

주위가 조용해지면 다시 바닥을 더듬으며 권총의 흔적을 추적했다. 그러다가 수렁에 처박혀 있는 권총 손잡이를 기적처럼 발견할 수 있었다. 현민은 잽싸게 뛰어가서 그것을 낚아채려고 했다. 그런데 음영 하나가 지나가면서 선수를 치고 달아나는 게 아닌가. 권총이 누워있던 자리엔 이제 화석 같은 흔적만 덩그러니 남아있었다. 뒤통수를 제대로 얻어맞은 기분이었다.

그때, 거친 손이 튀어나와 그의 팔목을 홱 낚아챈 뒤 어디론가 질질 끌고 나가기 시작했다. 접촉면의 꺼끌꺼끌한 질감이 상대의 정체를 쉽게 가늠할 수 있도록 만들었다.

결국 구더기인가.

여분의 구더기들이 나타나 갈퀴 달린 뒷발로 풀쩍풀쩍 뛰는 기쁨의 환호성을 내지르고 있었다.

* * *

“두목, 여기서 먹어 치워버립시다. 거기까지 갈 건 또 뭐요?”

어기대듯 걸어 나온 무리 둘이 상기된 얼굴로 흥분된 토끼뜀을 하기 시작했다. 그러나 우두머리의 생각은 좀 다른 듯했다.

“동족을 속일 순 없다.”

구더기 졸개의 입술이 파르르 경련을 일으켰다.

“이건 우리들의 보물입니다. 여태껏 살았지만 이런 기회는 없었다고요. 생각해 보십시오. 언제 또 하피를 쫓다가 이런 인간고기를 맛볼 수 있겠습니까. 솔직히 말해서 식구들의 입은 너무 많습니다. 손가락 하나

뜯어먹기도 힘들 거라고요."

"하피를 놓쳤으면 그 대신으로 인간고기를 가져가는 게 맞다."

졸개의 면피에 실망의 그늘이 짙게 내려왔다.

"다리 하나면 됩니다. 저 부들부들한 왼쪽 다리 하나 말입니다."

우두머리의 흔들리던 눈빛이 현민을 내려다보다가 이내 제자리를 찾아가 굳게 박혀버렸다.

"안 된다. 우린 지금 역사에도 없는 협업을 하고 있다. 한 번 와해되면 우리가 쌓아 올린 모든 게 무너져 내릴 수 있다."

졸개의 얼굴이 비굴하게 변했다.

"그럼 한 쪽 팔만이라도 안 되겠습니까? 하피를 쫓아 다른 놈들의 구역까지 넘어와 버렸잖습니까. 우린 너무 지쳐있다고요."

우두머리 구더기는 동료들을 하나씩 뜯어보며 시선을 훑어갔다. 그러다가 굳은 결심을 마친 듯이 고개를 위아래로 끄덕이는 화답을 보냈다. 환호성이 터지면서 기쁨에 겨운 한 놈이 현민의 배 거죽을 향해 겅중겅중 뛰어들었다.

"건들지 마!"

현민의 외마디 비명에 구더기의 발걸음이 명령을 받은 것처럼 우뚝 멈춰 섰다. 놈은 턱을 깊이 당기고 미간을 찌푸리면서 우두머리의 다음 반응을 살피기 시작했다. 결국 졸개들의 어깨를 밀치며 우두머리가 뒤룩거리는 눈알을 가지고 현민이 누워있는 자리로 접근했다.

"어째서 인간이 지옥 말을 하지?"

놈의 입내가 심했지만 어떻게든 버텨볼 만했다.

"난 인간이 아니다. 그리고 내 몸엔 치명적인 독이 들어있다. 넌 날 살려야 할 의무가 있다."

구더기들이 일제히 땅바닥을 보고 딸꾹질 비슷한 괴성을 내질렀다. 구더기들의 웃음이란 그런 식인 것 같았다.

"정말 웃기는 녀석이군."

우두머리는 외눈을 끔벅거리면서 썩은 살굿빛 이마 껍데기를 위아래로 잡아당겼다. 놈의 옹졸하고 못생긴 귀가 격렬하게 후들대면서 한 발 물러서있던 졸개들도 몸을 부르르 떨기 시작했다.

"넌 우리들의 싱싱한 고기일 뿐이야. 게다가 아주 특별한 요리 재료에 속하지. 악마의 말을 구사할 수 있다니. 정말 신기한 녀석이군."

우두머리는 인간고기에 달려드는 졸개를 쇠뭉치 같은 팔등으로 흠뻑 내쳐버렸다. 꽥 소리를 지르며 처박힌 구더기가 낑낑 바닥을 기며 동료들 곁으로 부리나케 몸을 숨겼다. 우두머리의 외눈이 다시 현민이 누워있는 자리로 돌아왔다.

"살고 싶으면 네놈을 살려야 하는 이유를 한 번 대봐라."

"네가 날 살리면 루시퍼가 너희 동족들에게 아주 큰 상을 내릴 거다. 어쩌면 새로운 지위에 임관될 수도 있겠지."

"가엾은 인간 놈. 기회를 줬는데도 쓸데없는 말장난이나 지껄이다니."

우두머리의 눈이 가늘어졌다.

"말장난이라니! 난 사실대로 얘기한 거다. 내 몸은 매우 요긴한 물건을 담고 있다. 루시퍼가 알게 되면 너희들에게 형별을 내릴지도 모른다."

뒤에 있는 졸개들이 흙바닥을 긁으며 딸꾹질을 해댔다.

"네놈 몸 따위가 루시퍼에게 그렇게나 중요하단 말이지?"

"물론이다. 그렇지 않고서야 내가 어찌 지옥에 들어올 수 있었겠는가."

우두머리의 눈알이 태양처럼 번뜩였다. 그러더니 한 치를 더 걸어 나와 인간고기의 어깨를 발로 툭툭 건드렸다.

"그럼 어째서 리바이어던의 영역에 그렇게 비참하게 버려져있는 거지? 루시퍼의 눈을 피해 도망이라도 친 건가?"

현민은 억지 조롱을 늘어놓았다.

"너도 벨리알만큼이나 사태파악이 느리군. 지옥에는 반란이 일어났다."

일순간 우두머리의 썩은 외눈이 농밀하게 흐려지다가 질기고 푸르스름한 핏줄이 불룩하게 도드라졌다.

"거짓말! 넌 거짓말을 하고 있어. 반란이라고? 한창 전쟁 중인데 이때에 그게 가능한 일이라고 생각하나?"

현민은 목소리에 칼을 세우고 격정적으로 반박해들었다.

"메데우스에서는 싸우는 척만 할 뿐이야. 루시퍼가 한눈을 팔고 있는 틈에 잔악한 역당들은 새로운 군주를 이곳으로 모시고 올 생각이니까."

우두머리가 험악한 얼굴로 두 주먹을 불끈 쥐었다.

"헛소리 짚어 치우시지, 이 고깃덩이야. 루시퍼는 아무도 이기지 못해. 정신 나간 벨리알도 루시퍼의 콧김 한 번이면 고개를 숙여버릴 정도다. 똥인지 밥인지도 분간 못하는 덜떨어진 것들과 날 비교하지 마라. 넌 날 속이는 데 실패했어. 난 무리의 우두머리다. 난 상당히 많은 사실들을 꿰고 있다."

그러나 갈등이란 이름의 반사광이 녀석의 썩은 눈동자 내에서 미세하게 어른거리고 있었다. 그 동요가 진정되길 기다려선 절대 안 됐다. 마구 흔들어야 한다. 그러다가 결정적인 순간이 도래하면 빼도 박도 못할 비장의 카드를 내밀어라. 그리고 그것은 우두머리의 정신을 홀릴 만큼 아주 파급력 있는 조커가 되어야 한다. 마음을 다잡은 현민은 겁을 상실한 이리처럼 거리낌 없는 행동에 들어갔다.

"벨제부브가 돌아오고 있다. 알고는 있나?"

뒤쪽에 남아있던 졸개들이 이빨을 드러내며 그르렁거리기 시작했다. 광분한 녀석들은 제 자리를 빙글빙글 돌고 바닥을 치며 쿵쿵 소리를 냈다. 비닐 같은 피부는 푸르스름하게 변색을 일으켰다.

"닥쳐! 그놈은 오래전에 죽었다."

우두머리의 안색이 파리했다.

"직접 봤나?"

"넌 거짓말을 하고 있어. 거짓말이다, 거짓말! 말도 안 되는 거짓말이다."

현민은 속으로 쾌재를 부르고 있었다.

"난 네놈이 말하는 그저 그런 고깃덩이가 아니다. 루시퍼는 내 몸속에 아주 비밀스런 힘을 숨겨놓았지. 그 힘만이 벨제부브의 계획을 망쳐버릴 수 있다."

우두머리가 이빨을 딱딱 부딪치며 말했다.

"증거를 대라! 이 협잡꾼아."

현민의 입가에서 음흉한 미소가 번져나갔다.

"비밀은 내 심장에 있다."

우두머리의 흉측한 외눈이 현민의 가슴 밑으로 느리게 고정됐다. 그러더니 불현듯 현민을 옆으로 넘어뜨리고, 훌쩍 뛰어올라 보이지도 않는 코끝을 벌름거리며 살 냄새를 맡기 시작했다. 짓누르는 무게 때문에 허파가 짜부라지면서 숨쉬기가 힘겨워졌다. 어깨 너머의 비좁은 시야에선 고기 파티를 바라는 졸개들이 우두머리의 행동을 오해하고 덩실덩실 어깨춤을 추고 있었다.

식은땀이 흐르고 있는데 키 작은 졸개 하나가 입맛을 다시며 거리를 좁혀 왔다. 그러고는 현민의 몸에 무릎을 맞대고 앉아 왼 손목 하나를 황홀한 눈빛으로 집어 들었다. 놈은 기고만장한 표정으로 악랄하게 벌어진 이빨을 서서히 들이밀었다. 찐득한 놈의 타액이 피부에 기분 나쁘게 들러붙고 있었다. 도살 직전의 돼지가 이런 기분일까도 싶었다.

손목이 잘려나가려는 찰나, 우두머리가 손을 번쩍 들고 제지 신호를 보냈다. 동시에, 애꿎은 손목 하나가 땅바닥에 내쳐지면서 먹이를 놓친 졸개가 커다란 외눈을 흉측하게 부라렸다. 가슴을 옥죄던 우두머리의 손도 치워졌다. 그러자 바튼 숨이 새어나오면서 먹먹했던 마음에 생기가 돌기 시작했다. 현민은 땅을 짚고 천천히 몸을 일으켰다. 그러고는 애써 태연한 척하며 담담하게 말을 붙였다.

"루시퍼에게 데려다 주면 너와 너희 일가는 매우 귀중한 보상을 얻게 될 거다."

한 발짝 물러난 우두머리가 대꾸했다.

"일단은 너의 말을 믿어주도록 하지. 최종 결정은 나의 무리들이 내릴 거다."

이건 또 뭔 소린가. 머리털이 삐죽거렸다.

"시간이 없다! 곧 벨제부브가 반역자들과 함께 들이닥친단 말이다. 날 루시퍼에게 데려가라."

졸개들이 그 이름을 듣고 다시 한 번 미친 듯이 날뛰기 시작했다.

"루시퍼는 쉽게 당할 존재가 아니야. 시간은 많다."

"멍청하긴. 내 존재가 발각되는 건 시간문제라고. 난 반역의 무리들에게 쫓기고 있단 말이다."

"네놈이 걱정할 문제가 아니다, 이 고깃덩이야. 우리들의 거처는 아무도 찾지 못할 은밀하고 깊숙한 곳에 마련돼 있으니까."

그때 상공을 찢는 시끄러운 괴성이 들리면서 날개달린 무리가 이쪽으로 무자비하게 활강해 들어왔다. 화들짝 놀란 졸개들이 십자 대형으로 기밀하게 등을 맞대더니 길고 두꺼운 팔뚝을 허위허위 휘두르기 시작했다.

위기를 느낀 우두머리는 현민을 번개처럼 떠메고 쏜살 같이 달려 나가기 시작했다. 언덕을 기어오르고 일부러 무성한 수풀을 찾아들며 지그재로로 덩굴과 그루터기를 통과해들었다. 졸개들 역시 쫓아드는 하피들을 따돌리면서 우두머리의 뒤꽁무니를 매섭게 따라붙었다. 귓등에 거센 맞바람소리가 났고, 나뭇가지에 스친 살갗에서 진득한 핏물이 우러나왔다. 현민은 생각지도 못한 추격에 휘말려서 우두머리의 꺼끌꺼끌한 피부를 생명줄 붙들 듯이 꽉 움켜쥐고 있었다.

날개달린 하피들은 그들의 큰 날개가 방해되어 수풀과 덤불을 넘나드는 추격에 제대로 힘을 발휘하지 못하고 있었다. 게다가 나무 기둥 사이를 지그재그로 옮겨 다니느라 시간차를 두고 모지락스럽게 고꾸라지기 일쑤였다. 그러나 하피들의 추격은 뒤에서만 비롯되지 않았다. 상공을 여유롭게 날아다니다가 쥐새끼를 발견한 맹금류처럼 재빠르게 뛰어드는 무리가 있었던 것이다. 그런 일이 생길 때마다 우두머리의 무쇠 같은 주먹이 놈들의 두개골을 인정사정없이 으깨버리곤 했다. 문제는 추격꾼의 수가 점점 더 불어나고 있다는 사실이었다. 수목이 빼곡하게 들어찬 지역이 나타나자 우두머리는 처마가 넓은 커다란 바윗돌 밑으로 민첩하게 몸을 숨겼다. 현민은 가쁜 숨을 몰아쉬는 그들 옆으로 내려섰다. 그러고는 우두머리의 얼굴에 대고 속삭였다.

"총을 줘봐."

우두머리가 역겨운 입 냄새를 풍기며 고개를 돌렸다.

"총? 그게 뭐지?"

"네놈 부하들 중 하나가 그걸 가지고 있다. 그게 있으면 여길 빠져나가는 데 도움이 된다."

우두머리가 졸개들을 쓸어 보더니 매서운 눈초리로 무리를 압박했다. 그러자 아까의 작다리 구더기가 걸어 나와 제 손으로 입 안을 걸터듬기 시작했다. 캑캑 거리던 놈은 끈적끈적한 검은 쇠붙이를 뱉어내서 우두머리의 손바닥 위에 회개하듯 내밀어놓았다. 썩은 냄새와 질퍽거림 때문에 얼굴이 절로 찌푸려졌다.

"이게 총이란 물건이냐?"

현민은 천천히 고개를 끄덕였다.

"어떻게 쓰는 거지?"

"이 부위를 잡아당기면 된다."

고개를 갸웃하던 우두머리는 졸개들을 겨눈 채로 격발을 시도했다. 현민이 급히 만류하지만 그는 요구에 응할 만큼 고분고분하지 않았다. 그러나 찰캉찰캉 날름쇠 걸리는 소리만 들릴 뿐 눈앞에서 아무 일도 일어나지 않았다. 총신을 흔들고 내어 던지는 갖가지 실험을 하고서야 그는 시범을 보이라는 식으로 권총을 툭하니 던져주었다.

권총을 돌려받은 현민은 하늘을 향해 탄환 한 발을 발사했다. 화약내가 번지고, 천둥소리에 놀란 구더기들이 등허리를 옹송그리며 움찔했다. 우두머리가 낚아채서 재차 시도하지만 결과는 변하지 않았다. 졸개들도 한 번씩 거들어보지만 어찌 될지는 불 보듯 훤한 일이었다. 성을 못이긴 시도 끝에 발로 뭉개버리는 놈도 생겨났다. 그치는 우두머리에게 싸대기를 맞고 나서야 겨우 정신을 차렸다.

무리는 사위가 조용해진 틈을 타서 다시 집단이동을 시작했다. 만약의 경우를 염려한 탓인지 우두머리가 등껍질을 내보이며 올라타라는 주문을 내렸다.

그렇게 1시간가량을 헤쳐가자 부글부글 끓어오르는 드넓은 진창 개울이 나타났다. 산마루 쪽에서 흘러온 그것은 깊고 넓은 고랑을 따라 산자락 밑으로 서서히 내려가고 있었다. 얼마나 뜨거운지 열감을 쥔 수증기가 허연 연기처럼 피어오르고 있었다.

우두머리의 입에서 일사불란한 지시가 떨어졌다. 곧바로, 두 명씩 한 개 조가 되어 개울 근처의 통통한 나무 밑동을 이빨로 갉아대기 시작했다. 턱 근육이 얼마나 드센지 한 번 입술을 걷어낼 때마다 큼직큼직한 파편들이 팔뚝 크기만큼이나 떨어져 나왔다. 나무가 넘어가면 그 끝을 개울 건너편에 맞대고 보기 좋은 건널목을 만드는 식이었다. 아무래도 불안한지 우두머리는 하나를 더 지시해서 나무기둥 두 개를 덩굴줄기로 엮도록 명령했다. 현민은 놈의 등에 다시 올라타고 건널 준비를 했다. 그때 등 뒤쪽에서 졸개 하나의 깨갱거리는 비명이 터져 나왔다.

고개를 돌린 곳에는 케르베로스의 날카로운 시선이 송곳처럼 번득이고 있었다. 나머지 얼굴 하나는 졸개를 유린하며 벗겨진 살과 거죽을 우걱우걱 씹어 먹고 있었다.

현민은 순간적으로 놈의 가슴팍에 총알 한 방을 쏘았다. 케르베로스가 깨갱 소리를 내면서 풀썩 고꾸라지더니 쥐약을 먹은 똥개처럼 허공에다 발을 흔들었다. 그 발버둥은 느리게 변하다가 싯누런 재가 되어 바닥으로 푹 꺼져 내렸다.

안도의 숨을 내쉬기도 전에 사방에서 놈들이 풀숲을 헤치고 튀어 나오기 시작했다. 그 즉시, 수십 발의 총성이 난무했고, 수십 마리의 케르베로스들이 꽥 소리를 내지르며 겹겹이 흙바닥으로 턱을 처박았다. 그러나 놈들의 숫자 공세는 도저히 멈출 기미를 보이지 않았다. 놈들은 수일을 굶주린 난폭한 이리떼였고, 눈빛에는 그 어떤 공포와 두려움도 엿보이지 않았다.

졸개들과 케르베로스의 격차는 절대적이었다. 졸개의 잘린 목이 굴러다녔고, 이전투구를 벌이던 한 놈은 상대하던 케르베로스와 함께 진창 속으로 무참히 빠져버렸다. 우두머리 역시도 찢어진 살갗을 손바닥으로 여미며 힘겨운 싸움을 치러내고 있었다. 그러던 중에 우두머리가 고기를 낚듯 현민을 홱 올려 태웠다.

그 날쌘 서슬 탓에 윗주머니에 넣어뒀던 인증서가 바람을 타고 공중 위로 훅 치솟았다. 현민은 본능적으로 인증서를 휘저었다. 천운인지 비운인지, 손가락 사이를 빠져나간 인증서는 돌개바람을 등에 업고 한자리에서만 맴돌고 있었다. 현민은 그 자리에 다시 한 번 손가락을 내밀었다.

그런데 왼쪽에서 튀어나온 케르베로스가 현민의 팔 거죽을 물고 길게 늘어졌다. 살이 순식간에 찢겨 나가고, 상처부위에서 시뻘건 핏물이 벌컥벌컥 쏟아져 내렸다. 그 사이 인증서는 산바람을 타고 희롱하듯 손바닥을 빠져나가고 있었다. 환부에 입은 상처는 누가 보기에도 심각했다.

현민을 등에 업은 우두머리는 완공된 다리 위로 풀쩍 뛰어올라 겅중겅중 내달리기 시작했다. 다리 위까지 쫓아오던 놈들은 균형을 잡지 못하거나 뒤따르던 놈들에게 떠밀려서 뜨거운 진창 속으로 줄줄이 떨어졌다. 건너오고부터는 우두머리가 안간힘을 써가며 나무다리를 걷어냈다. 추격이 불가능해진 놈들은 반대편 땅바닥을 긁어대면서 울분의 몸부림을 쳤다. 그러더니 왔던 길을 되돌아 잽싸게 무리이동을 시작했다.

우두머리가 현민을 내려놓았을 때 그는 정신을 잃고 시체처럼 쓰러져 있었다.

* * *

아스라했던 빛이 밝게 터지면서 그 안쪽에서 천사 셋이 올라왔다. 이들의 눈앞에는 메데우스의 드넓은 중앙 평야와 함께 구름 속을 갈마드는 수많은 천사들이 보였다. 금색 기운이 스러지자 시야가 좀 더 밝아지면서 웅장하게 세워진 중앙 제단의 창날 같은 첨탑이 내비쳤다. 거기엔 거대한 종이 매달려 있었는데 때마침 전투의 승리를 알리는 스물네 번 째 철금소리가 울려 퍼졌다. 그 울림은 피비린내 나는 대기를 발판삼아 지평선 끝으로 광활한 등불처럼 번져나갔다.

고개를 돌린 자리에는 농밀한 어둠 속에서 시신을 옮기는 분주한 몸놀림들이 있었다. 그들 중 하나가 싸릿개비로 엮은 바구니를 찾아 제단 입구로 걸어가는 것도 보였다. 바구니를 집어 든 천사는 날개깃을 크게 펼치더니 수복한 땅의 거친 흙바닥을 딛고 수직으로 날아올랐다. 원을 그리며 선회하던 그는 바구니 덮개를 걷어내고 그 속에서 파티유스 잎(생명의 씨앗)을 꺼내들어 평지 쪽으로 점점이 뿌려댔다. 잎이 닿는 대지 위에는 푸르고 아름다운 초목들이 그림처럼 돋아나기 시작했다. 프리엘의 눈가에서 물이 고였다.

"믿기지 않습니다, 미카엘."

덥수룩하게 자라난 수염 끝에 기쁨의 눈물방울이 흘러내렸다.

"프리엘. 전쟁은 이제 막 시작됐네."

눈물을 닦은 프리엘이 말끝을 곁달았다.

"하지만 이곳은 에덴의 상징, 중앙제단입니다. 우리 천사들의 오랜 숙명이 드디어 이루어진 게 아닙니까."

미카엘의 긴 침묵이 이상했다.

"왜 그러십니까, 미카엘. 당신은 너무나 슬픈 얼굴을 하고 계십니다."

"이 전쟁은 뭔가 석연치 않은 구석이 많네. 자꾸만 불안해지네."

프리엘이 웨인마커와 함께 중앙제단의 초입 부근을 두리번거렸다.

"천사장께서는 어디에 계십니까?"

"그녀는 이곳을 함락하자마자 남아있는 천사들을 이끌고 할데움(메데우스 서남부에 있는 커다란 호수지역)으로 향했다네. 거기서 리바이어던과 조우하게 될 테지."

심중을 파악한 프리엘이 무거운 눈으로 미카엘의 설명을 재촉했다.

"무엇을 걱정하는 것입니까, 미카엘. 저는 당신의 생각을 듣고 싶습니다. 당신이 전하는 지혜에 절대 의심을 품지 않겠습니다."

그러고는 웨인마커와 함께 꾸벅 고개를 숙였다.

"내가 놀란 건, 이곳을 지키던 악마군이 오합지졸에 불과했다는 사실이네."

"그것이 큰 문제가 된단 말씀이십니까?"

미카엘이 옅은 신음을 풀어냈다.

"전쟁이 터졌는데도 벨페고르가 보이지 않고 있네."

"아직까지 말입니까?"

미카엘이 고개를 끄덕였다.

"나는 셀타리온(메데우스 북부의 협곡지대, 천사들의 지배하에 있는 신성지역)의 침략을 막아낸 뒤, 그 즉시 가브리엘의 지령에 따라 이곳을 치는 원정 대열에 합류했네. 이동해올 때는 벨페고르가 지배하는 영지 쪽을 경유해왔지. 생각해보게. 자네가 벨페고르라면 자기 구역을 지나는 대천사를 가만히 두겠는가?"

"벨페고르가 아니라면 셀타리온 함락군의 선봉으로 저쪽에서 누굴 내세웠단 말입니까?"

"대악마 마몬이었네."

"혼자서 말입니까?"

미카엘이 다시 한 번 고개를 끄덕였다.

"진정 셀타리온을 빼앗고자 했다면 벨페고르는 아니더라도 베헤모스 정도는 대동했어야 하네. 저들은 처음부터 질 수밖에 없는 싸움을 걸어온 거네."

프리엘이 눈을 가느스름하게 뜨며 말했다.

"어쩌면 그들은 델피오르(지옥의 입구와 맞닿은 최대 거점지)에 들어앉아 전면전을 대비하고 있을 지도 모릅니다. 허풍선이 마몬은 그저 우리의 세를 확인하기 위한 첫 미끼였을 거고요."

미카엘의 표정이 한층 더 어두워졌다.

"그게 목적이라면 저들은 이곳 중앙평원만큼은 무슨 수를 써서라도 막아냈어야 했네. 이 길목이 무너진다는 건 천사와 악마 사이에 맞춰진 균형점이 깨져버리는 것과도 마찬가지니까."

"그만큼 원정군의 위세가 대단했다는 말이지 않습니까?"

흐뭇해하는 프리엘을 향해 미카엘이 고뇌어린 표정으로 얼굴을 흔들었다.

"아닐세. 우리가 중앙제단을 빼앗을 수 있었던 건, 저들이 곱절에 가까운 군세를 지니고도 대악마의 지원을 못 받았기 때문이네."

프리엘과 웨인마커가 경악에 가까운 탄식을 내질렀다. 그 사이, 대천사 미카엘이 연달아서 말을 이어나갔다.

"그 때문에, 저들은 전세가 기울었음에도 후퇴란 걸 생각조차 하지 못했네. 여길 방비하는 능력도 형편이 없었지. 숫자만 믿고 닥치는 대로 덤벼드는 게 전부였으니까."

프리엘이 눈썹을 끌어올리며 놀라워했다.

"악마들이 전멸을 선택했단 말입니까?"

"그렇네. 대악마의 지휘가 없었다는 명확한 방증일세. 그 때문에 천군의 피해도 덩달아 커질 수밖에 없었네."

프리엘이 다보록한 수염을 심각한 표정으로 어루만졌다.

"그러고 보니 루시퍼가 인간세계에 있다는 것도 이상합니다. 메데우스의 패권이 걸린 마당에 거기서 사냥놀이를 하는 것도 아닐 텐데요. 어쩌면 아직까지 파괴검을 찾고 있는 걸지도 모릅니다."

미카엘의 동공이 확대됐다.

"그렇지! 유물은 어찌 되었는가. 피카소를 찾았는가?"

긴장된 시선들이 프리엘을 향해 쏟아졌다.

"그를 만났지만 유물을 회수하진 못했습니다."

미카엘의 얼굴에 숨기지 못한 실망이 어른거렸다.

"결국 가브리엘의 예상 역시 빗나갔단 말이군."

"단정하긴 이릅니다. 어물쩍 넘어가려하면서 뭔가를 자꾸 숨기는 눈치였습니다."

"끝까지 실토하지 않더란 말인가?"

프리엘이 짧은 한숨을 내쉬었다.

"루시퍼가 나타나는 바람에 제대로 된 추궁을 하지 못했습니다. 죄송합니다, 미카엘."

"그게 어찌 자네의 탓이라고 할 수 있겠나."

미간을 찡그리던 프리엘이 갑작스레 이마를 어루만지기 시작했다.

"그러고 보니 피카소가 남긴 뒷말이 좀 이상했습니다."

"뒷말?"

"작은 것을 얻고, 큰 것을 잃을 거라 했습니다."

"그 말만 하던가?"

프리엘이 억지 말문을 열고 실토했다.

"신이…… 죽었다는 말도 덧붙였습니다."

미카엘의 얼굴이 벌겋게 달아오르더니 불현듯 등을 보이고 돌아섰다.

"왜 그러십니까, 미카엘."

"악마의 도발에 흔들릴 만큼 어리석은지 스스로 자문하고 있네."

"미카엘께선 설마 그걸 믿으십니까? 신이 죽었다는 풍문은 이미 수백 년 전부터 나돌던 저들의 음해공작입니다. 태초의 창조주께서는 광장에 모인 우리들에게 진심을 담아 얘기하셨지요. 본인이 사라지고 나면 거짓과 음해의 씨앗이 우리 맘속에 싹을 틔울 것이니 거기에 절대 현혹되지 말지어다."

미카엘의 거친 숨소리가 들렸다.

"그러나 창조주께서는 우리가 정말 듣고자 했던 말씀은 하지 않으셨네. 돌아오겠다는 선언. 정녕 우리의 마음을 모르셨던 것일까."

프리엘과 웨인마커가 놀란 눈으로 서로의 시선을 교환했다. 그러더니 프리엘이 앞으로 걸어 나와 무릎을 턱 꿇고 미카엘의 발밑에 얼굴을 조아렸다.

"어찌하여 흔들리십니까, 미카엘."

미카엘이 축축하게 마른 눈을 하고 돌아섰다.

"오해하지 말게. 나는 그분께서 언젠가 돌아오실 거라고 생각하네. 반드시 그리 되리라 믿고 있네. 자, 일어나게 프리엘."

프리엘이 미카엘의 손을 잡고 일어나자, 웨인마커가 화제를 급히 돌려 물었다.

"가브리엘께서는 전황을 어떻게 보시고 계십니까?"

미카엘이 억지 미소를 지으며 대답했다.

"루시퍼가 부재한 기회를 이용해 메데우스를 신속하게 장악할 생각이네. 그녀는 천국의 병력 재편이 끝나는 대로 그 여세를 몰아 모리엔(메데우스 서쪽의 언덕바지. 이곳을 넘어가면 곧장 델피오르가 나온다)을 수복하라는 지명을 내리고 떠났네. 선두는 자네들과 내가 맡기로 했고, 이쪽으로 곧, 재편을 마친 대군이 내려오게 될 걸세."

"가브리엘께서 이끌고 가신 군단은 얼마나 됩니까?"

웨인마커가 물었다.

"수비군을 제외한 메데우스의 전 병력을 차출했네. 30만이 조금 넘을 게야. 리바이어던이 손쉬운 상대는 아니지만 전세는 이미 기울었다고 봐야지. 그녀가 직접 나섰으니 전투가 길어지지는 않을 거네."

"모리엔을 함락한 다음은 어떻게 됩니까?"

"지금 북쪽에선 위시엘과 하시미엘이 진격하고 있네. 남쪽은 가브리엘 군단, 중앙은 우리가 맡은 셈이지. 결국 최종 목적지는 델피오르가 될 거네. 거기서 마지막 전투가 벌어질 게야. 문제는 루시퍼인데 그가 언제 어디서 어떻게 나타날지 아무도 예측하지 못한다는 거네. 게다가 그는 전쟁만 일으켜놓고 메데우스에 대한 통제권을 놓아버렸어. 결국, 승기는 우리가 잡게 됐지만 전황의 흐름을 보면 의심스러운 구석이 한둘이 아니네. 6년 전과는 너무나 다른 양상으로 진행되고 있어. 이 모든 것들이 무엇을 의미하고 있는지 모르겠네."

들바람이 불어와 프리엘의 긴 눈썹을 흔들었다.

"혹시 내분이 일어난 게 아닐까요? 루시퍼가 통제권을 잃었다면 그것밖에는 이유가 없습니다."

미카엘이 단호한 목소리로 부정했다.

"불가능하네. 지옥의 위계가 그리 허술하지도 않고, 루시퍼는 그 반역을 상쇄시킬만한 충분한 권능을 가지고 있어. 더군다나 그게 사실이라면 이런 무모한 전쟁을 벌이진 않았을 거야. 지금 상황에선 수수방관하는 루시퍼가 이상하다고밖에는 할 말이 없네."

그때 평원 상공의 한쪽에서 반시계 방향으로 휘감기는 다홍빛의 기운이 나타났다. 칼로 짼 듯한 균열이 생기더니 그 틈 속에서 신성 기운을 내뿜는 초록 머리의 천사가 전면으로 나타났다. 날갯짓이 거칠었고, 머리가 엉켜있는데다 종잡을 수 없을 만큼 시선이 불안정했다. 그는 제단 앞에 서있는 미카엘을 발견하자마자 이쪽을 향해 부리나케 날갯짓을 해왔다. 한눈에 봐도 급박한 상황이었다.

"무슨 일인가, 큐리엘."

"가브리엘께서 사라지셨습니다."

모두의 눈이 휘둥그레졌다.

"상세히 말해보게. 어디로 사라졌단 말인가?"

"저도 모르겠습니다. 제가 알고 있는 건 천사장 스스로 내린 결정이었다는 겁니다. 여기 이 편지를 받으십시오. 당신께 남겨두신 것입니다."

미카엘이 받기를 거부했다.

"자네가 직접 읽어보게, 큐리엘."

그가 편지를 뜯어내서 긴장된 표정으로 읽어나가기 시작했다.

[친애하는 내 벗 미카엘. 나를 용서해주게. 나는 전쟁과 에덴 수복이라는 중대한 결단 앞에서 자리를 이탈해야 할 불가결한 선택을 하고 말았네. 그러나 나는 이 길을 가야만 하네. 이것은 주님의 뜻이자 나의 뜻이고 천국의 뜻이 될 것임을 의심하지 않네. 자네가 이 편지를 읽는다면 난 이미 지옥에 들어와 있다는 말이 될 걸세. 거기엔 우리들이 반드시 되찾아야 하는 물건이 존재하네. 그것만이 이 모든 싸움에 종지부를 찍고 창조주의 옛 순간을 회복할 수 있을 걸세. 천사장으로서 명하네. 자네가 직접 남부군단을 이끌고 할데움과 델피오르로 진격하게. 자네의 능력을 알고 있기에 이런 부탁을 하게 되었음을 일러두는 바이네. 지금 이후부터, 내가 부릴 수 있는 모든 지휘권을 부여하겠네. 내가 다시 돌아오게 되면 모든 게 순리대로 끝나게 될 거네. 최대한 빠른 시일 내에 돌아오겠네.]

"맙소사."

모두가 입을 다물지 못하는 사이 미카엘의 눈빛이 확연히 달라지기 시작했다.

"큐리엘, 할데움을 지키는 대악마를 확인했는가?"

"리바이어던 무리들을 포착했습니다."

미카엘의 결기에 찬 명령이 이어졌다.

"큐리엘은 나와 함께 남부로 간다. 그리고 웨인마커와 프리엘은 여기 남아 있다가 200만 군을 이끌고 서쪽 모리엔으로 진격하게. 최대한 신속해야 하네. 그 일이 끝나면 루트를 서남쪽으로 돌려 루시퍼 성전이 있는 곳으로 와야 하네. 거기서 합류하는 걸로 하지. 북부의 하시미엘에게도 연락해서 집결지 변경을 통보하게. 델피오르는 그 다음으로 해야 할 것이네. 가브리엘이 없는 이상, 군을 집결하지 않고는 델피오르 함락은 불가능하네."

프리엘이 경건한 몸짓을 하고 나섰다.

"그러지 말고 웨인마커도 데려가십시오. 모리엔이라면 저 혼자서도 충분합니다. 남부를 리바이어던이 지키고 있다면 쉽지 않은 싸움이 될 겁니다. 전투가 길어지는 틈을 타서 루시퍼가 출현할 가능성도 있으니 그렇게 하십시오. 예상 밖의 문제가 생기면 그 즉시 도우러 가겠습니다."

미카엘이 고개를 끄덕였다. 그때 웨인마커가 대꾸를 달며 걸어 나왔다.

"왜 하필 루시퍼 성전입니까?"

"가장 취약한 곳이자 가장 강력한 지역이기 때문이다."

답변이 미흡한지 웨인마커가 정자세로 서서 고정된 시선을 거두려들지 않았다.

"납득할 수 없습니다. 그 불경스런 지역이 하필 천사들의 집결지가 되다니요?"

프리엘이 친절한 설명을 덧달았다.

"웨인마커, 루시퍼 성전의 근교에는 대군의 집결을 가능케 해줄 광활한 초지가 붙어있다. 델피오르로 진격하자면 우린 거기서 모여 수백만의 천군 병력을 전략적으로 재편해야 하지. 무질서한 싸움으로는 델피오르를 함락할 수 없어."

"하지만 놈들이 미리 매복하고 있다면 우리들의 피해는 걷잡을 수 없습니다."

미카엘이 웨인마커를 진정시키며 걸어 나왔다.

"그렇지 않네, 웨인마커. 여기서 벌어진 전투로 저들은 상당한 병력을 잃어버렸어. 이미 힘의 균형이 깨져버렸지. 게다가 유일한 구심점 역할을 할 리바이어던도 남부에 방치해뒀네. 그건 저들의 지휘계통에 커다란 문제가 발생했음을 의미하네. 지옥문과 직결된 델피오르는 저들에게 버릴 수 없는 보루일 테니 거기 있는 병력을 무턱대고 전진 배치시키진 않을 걸세. 설사 그런 상황이 온다면 우린 병력을 나눠 후방을 치면 되네. 껍데기만 남은 델피오르를 기습해서 거기 있는 지옥문을 닫아버릴 수만 있다면 우린 아무런 피해도 받지 않고 에덴을 온전히 수복하게 되는 거라네. 지옥에서 흘러드는 암흑 기운이 없으면 저들은 흔적도 없이 소멸돼버릴 테니까 말이지."

웨인마커가 끙 소리를 내며 반걸음 뒤로 물러났다.

"제 어리석음을 용서하십시오, 미카엘."

"됐네, 웨인마커. 지금 우리에게 필요한 건 속전속결이야. 루시퍼가 나타나지 않는다면 우리는 이 호기를 놓쳐선 안 되겠지. 자, 서두르세."

* * *

"먹으면 안 될까요?"

"안 돼."

"우린 너무 배가 고프단 말이에요."

"이 자는 우리 종족의 생사를 틀어 쥔 놈이야. 포식하게 될 테니까, 조금만 기다려. 아주 오랜만에 케르베로스 고기를 음미하게 될 거야. 그놈들 시체가 널려있는 곳에 내가 아랫놈들을 미리 보내놨지."

"그래도 인간의 고기만 하겠어요? 제발 한쪽만 뜯어 줘요. 당신 혼자서 먹으려는 것 다 알고 있어요. 난 오늘 당신에게 중요한 정보도 가져다 줬다고요. 당신에게 도움을 줬으니 대가를 주셔야죠."

우두머리의 눈빛이 싸늘해졌다.

"조금만 참아. 이제 곧 돌아올 거야. 그래, 마침 저기 오는군."

쿵쿵대는 발소리에 놀라 현민의 의식이 강제로 들어 올려졌다. 그 즉시 썩은 하수구의 걸쭉한 오물냄새가 후각을 마비시키며 입 안으로 흘러들어왔다. 입과 코를 움켜쥐려고 했으나 오른팔이 말을 듣지 않았다.

제어할 수 없는 불쾌함 덕분에 의식은 한결 더 또렷해졌다.

현민은 가만히 드러누운 상태에서 눈을 부릅떴다. 천장의 울퉁불퉁한 표면이 올려다 보였고, 거기에는 석기시대의 벽화를 연상시키는 크고 작은 짐승 그림이 새겨져있었다. 그때, 통로 끄트머리에서 왁자지껄한 잡소리가 들려오더니 측벽에 다수의 그림자가 길게 드리워지기 시작했다. 그 그림자는 높은 파도처럼 일렁이다가 굽이길 옆으로 흉측하고 못생긴 얼굴을 들이밀었다. 시체인척 누워있었더니 입맛을 쩝쩝 다시는 소름끼치는 소리가 들려왔다.

놈들이 지나가고 나서야 현민은 이마에 배인 땀을 쓸어내릴 수 있었다. 보들보들한 피륙이 팔목 부근에서 칭칭 감겨 있는 게 보였다.

현민은 상체를 들고 앉아 눈앞에서 익숙한 모습의 구더기 얼굴을 발견했다. 그런데 이 구더기 놈이 구부정하게 앉아서 머리를 툭툭 눌러대는 기분 나쁜 행동을 취하는 게 아닌가. 심술 난 원숭이의 재미난 노리개가 된 기분이었다. 어쩌다 일이 여기까지 꼬여버린 걸까.

현민은 애초부터 벨리알의 말을 듣는 게 아니라고 생각했다. 어쩌면 시간을 축내더라도 사막에서 기다리고 있는 편이 나았으리라. 현민은 거듭된 생각을 정리한 끝에 바지 뒤춤을 바들바들 더듬었다.

"이걸 찾고 있겠지?"

우두머리가 손가락에 걸어놓은 권총을 보란 듯이 좌우로 흔들었다. 그러더니 현민의 환부를 손가락질하며 말했다.

"내게 은혜를 입은 줄이나 알아라."

현민은 억지스런 코웃음을 쳤다.

"늑대에게 쫓겨 다니던 주제에 허세만큼은 정말 대단하구나."

"늑대? 그게 뭐지? 켈베를 일컫는 인간 말인가?"

놈이 눈을 가느다랗게 뜨며 대꾸했다.

"대충은. 그런데 치료가 제대로 된 거 맞아? 왜 이렇게 욱신거리지?"

"난 할 수 있는 데까지 한 거다. 하피의 머리거죽은 켈베의 독이 퍼지는 걸 지연시키니까."

"세상에, 그 끔찍한 박쥐인간의 두피로 내 상처를 덧씌워 놓았다니."

"입이 거칠군. 불만은 그 정도로 해라. 더 이상 들어주고 싶지도 않으니까."

현민은 온전한 팔로 땅바닥을 있는 힘껏 내리쳤다.

"내가 죽으면 네놈들 인생도 끝장난단 걸 몰라? 끽해봐야 벨제부브의 노리개 취급이나 당하겠지."

우두머리의 숨이 거칠어졌다.

"주둥이 닥쳐라, 이 고깃덩이야."

"대체 날 어디다 처박아 논 거지?"

"그렇게 궁금하면 직접 확인해 보시던가."

몸을 일으킨 현민은 바깥쪽이라 생각되는 희뿌연 빛을 따라갔다. 천장이 꽤 높아서 구부정한 자세를 할 필요 없었다. 얼마 후, 자라 등딱지 같은 입구가 드러났다. 깊이를 가늠할 수 없는 낭떠러지였는데 무릎을 꿇고 안전하게 고개를 내밀었더니 유황냄새의 물안개가 아래쪽에서 훅 끼쳐 올라왔다.

"여기가 네가 말한 아지트인가?"

"그렇다. 여긴 누구도 찾아낼 수가 없지."

현민은 낭떠러지 아래를 다시 한 번 굽어봤다.

"도대체 어떻게 올라온 거지?"

"벽을 타고 들어온다. 구더기들은 암벽타기 재주꾼이다. 우릴 따라올 놈들은 없다. 날개달린 놈들이야 어차피 이 물안개를 싫어하니까."

둘이 시선을 교환하며 마주앉았다.

"좋아. 이제 날 어떻게 처리할 거지?"

"왜 내게 거짓말을 했지?"

"무슨 소리야."

"돌아온 순찰병의 말 대로면 루시퍼는 지금 지옥에 없다. 네가 여기 온 진짜 이유를 대라. 벨제부브도 다 꾸며낸 얘기라는 거 안다. 속일 생각은 꿈도 꾸지 않는 게 좋다."

현민은 비웃음을 흘리며 침착하게 응수했다.

"이봐, 구더기. 대체 무슨 소리를 하는지 모르겠군. 대체 뭘 근거로 내가 거짓말을 했다는 거지?"

약이 바싹 오른 우두머리가 현민의 목을 틀어쥐고 절벽 바깥으로 내밀었다. 몸이 허공에 흔들리고, 안개에 닿은 셔츠자락이 축축하게 젖어 들었다. 현민은 아래를 내려다보지 않으려고 필사적으로 저항했다.

"이제 좀 정신이 드나, 이 고깃덩이야? 주도권이 누구에게 있는지 잊지 말라고."

바이킹을 몇 사례 태우던 구더기는 그의 몸을 동굴 안쪽에 성의 없이 내던졌다. 데굴데굴 구르던 현민의 턱을 그가 모지락스럽게 움켜쥐었다.

"다시 한 번 그 주둥아리를 놀리면 다음번엔 네놈의 그 보드라운 사지를 갈기갈기 찢어 줄 테다."

"마음대로 하시지. 그런다고 진실이 변하지는 않으니까."

우두머리가 자기 가슴을 쿵쿵 치기 시작했다. 그러자 피골이 상접한 조무래기 넷이 나타나서는 현민의 축 처진 사지를 들고 안쪽 깊숙이 데려갔다.

동굴 안쪽에는 원형으로 짜인 너른 광장이 존재했다. 대략 지름이 50m 정도는 될 것 같았는데 얼마나 다듬고 광을 냈던지 바닥이 반질반질하고 자를 댄 것처럼 평평했다. 천장은 수백 미터 높이로 솟구쳐서 그 내벽을 따라 덩굴 같은 나무뿌리들이 심줄처럼 들러붙어 있었다. 게다가 바벨탑처럼 생겨먹은 측벽 표면에는 검은 윤곽을 드러낸 연탄구멍들이 일정 간격으로 뚫려 있었다. 현민은 광장의 한쪽 구석에 부려졌고, 뒤따라 들어온 우두머리가 현민의 머리채를 심하게 잡고 늘어졌다.

"네놈 운명은 여기 있는 수백 무리의 거수기로 결정될 수도, 아니면 나의 개인적인 판단으로 결정될 수도 있다. 넌 좀 더 현명해져야 할 거다. 전자라면 너에게 미래는 없지."

광장 입구를 날뛰던 구더기 떼들은 널브러진 케르베로스의 내장을 난도질하면서 아래턱으로 찢어낸 살점들을 우적우적 씹어 먹기 시작했다. 간헐적으로 치켜드는 놈들의 입술 사이에선 육즙에 섞인 살점들이 흉하게 흘러내렸다. 시간이 좀 지나자, 시체 찌꺼기를 두고 벌이는 예기치 못한 알력싸움이 생겨났다. 편을 가르고 마주한 놈들이 큼지막한 입을 벌리고서 상대방을 향해 서로의 목청을 돋우기 시작했다.

보다 못한 우두머리가 그쪽으로 뛰어가서 구더기 한 놈을 족치기 시작했다. 훈계의 본보기로 전락한 동료를 내려다보면서 구경꾼들이 환호에 가까운 거친 딸꾹질을 해대고 있었다. 그 소리는 일정한 리듬으로 변화하다가 다시 커지길 반복하며 짓눌려 있던 광기로 승화했다. 우두머리의 모습은 어느새 가운데로 몰려드는 동족들에게 둘러싸여 시야에서 사라지고 말았다.

그러는 동안 현민의 얼굴 밑으로 외눈박이 얼굴 하나가 거미줄처럼 내려왔다. 모리배처럼 재수 없게 생긴 녀석은 새가 부리를 쪼듯 이빨을 딱딱거리더니 결국 살점을 뜯어내기 위한 발악에 겨운 괴성을 지르기 시작했다. 현민은 놈의 서슬을 피하고 나서 손가락을 깨물어버린 뒤, 약이 오른 얼굴에다 젖 먹던 힘까지 실어 발길질을 먹여버렸다. 소리에 놀란 우두머리가 이쪽을 쳐다봤고, 훈계 받던 구더기가 분을 삭이지 못하고 우두머리의 어깨를 우지끈 깨물었다.

통제를 상실한 구더기 무리들이 정신병자처럼 날뛰기 시작했다. 겁쟁이들은 내벽을 기어오르며 도망가고, 반동에 가담한 녀석들은 폭도로 변신해 주위의 약한 구더기들을 양아치처럼 두들겨 팼다. 일방적인 혈투 속에 구더기의 짜부라진 턱뼈가 튿겨 나오고, 검붉게 터진 내장들이 검은 핏물을 뿌리며 흙바닥을 찌꺼기처럼 굴러다녔다. 비명이 잦아들자, 그 자리에는 흥분상태의 반동무리들이 눈을 희번덕이며 피칠갑된 손등을 부들부들 떨고 있었다. 그러더니 눈빛이 무섭게 변하며 케르베로스 고기에서 느끼지 못한 어떤 무언가를 갈구하기 시작했다.

그런데 반동의 무리에 또 다시 반동을 범하는 무리들이 생겨났다. 녀석들은 포물선을 그리며 날아올라 사악한 무리들의 머리통을 단숨에 으깨버리는 결기를 보여줬다. 용기를 얻은 무리들이 추가적으로 생겨났고, 그러면서 상황은 걷잡을 수 없는 통제 불능에 직면했다. 싸움이 단순한 폭동을 벗어나 목숨을 내건 처절한 내전으로 변질되고 있었다.

현민의 발길질을 받은 구더기는 불쑥 나타난 우두머리에게 목덜미가 짜부라지고 말았다. 놈은 척추가 툭 끊어지면서 부들부들 경련을 일으키더니 입을 헤벌리고 빈약한 발버둥을 쳐댔다. 순간 우지끈 바스러지는 소리가 들리면서 도마뱀 같은 혓바닥을 내밀고 고개를 힘없이 푹 떨궈버렸다. 시체를 홱 내던지고 나서 절뚝절뚝 걸어온 우두머리가 벌러덩 누워있는 현민에게 검정 쇠붙이 하나를 내던졌다. 그러더니 등을 돌리고 육박전이 벌어지는 입구 쪽으로 바람처럼 달려가기 시작했다.

현민은 일단 광장을 벗어나기로 했다. 그러자면 알력 다툼이 진행 중인 저 입구 앞을 지나쳐야 했다. 그는 발소리를 죽이면서 놈들의 시선을 받지 않기 위해 측벽에 몸을 바짝 붙이고 움직였다. 덜렁거리는 오른팔이 거추장스러웠지만 떼고 갈 수는 없는 노릇이었다. 믿을 건 이제 왼손밖에 없었다.

그는 언제라도 방아쇠 당길 태세를 갖춘 뒤 벽을 쓰다듬으며 한 발짝 한 발짝 천천히 나아갔다. 거리가 가까워질수록 발에 걸리는 시체들이 많았고, 머리 위에서는 벽을 기어오르는 구더기들 때문에 마구잡이로 돌 부스러기들이 떨어져 내렸다. 입 안이 텁텁했지만 최대한 숨을 죽인 상태에서 나아가야만 했다.

지척으로 가까워진 출구가 보였다. 너무 긴장한 탓인지 종아리와 허벅지가 유난히 바들거렸다. 때마침 시체 하나가 데굴데굴 굴러왔는데 놈은 눈이 산채로 뽑혀서 지팡이를 잃은 맹인처럼 손발을 허우적거리고 있었다. 그 손길에 닿지 않으려고 최대한 신중을 기했으나 다른 쪽에 누워있던 시체의 가슴을 밟아버리는 실수를 저지르고 말았다. 문제는 그놈이 죽은 척 가장하고 있던 교활한 구더기였단 사실이다. 놈은 눈을 번쩍 뜨고 꽥 비명을 지르더니 현민의 발목을 비틀어 쥐고선 머리 뒤로 휙 내던져버렸다. 오지게도 재수가 없었던 건 붕 떠오른 몸뚱이가 한창 싸움중인 놈들의 격전지 부근에 떨어지고 말았다는 것이다. 게다가 날카로운 돌에 찍힌 팔꿈치에서는 시뻘건 피가 거품처럼 새어나왔다. 일순간, 구더기들의 폭력이 멈추고 모두다 이쪽을 돌아보기 시작했다. 놈들의 조그만 콧구멍이 불구덩에 기름을 끼얹은 것처럼 벌름거렸다.

이런 제기랄.

현민은 놈들의 공통된 본능이 자극됐음을 직감했다. 케르베로스의 살이 생선요리에 불과하다면 인간의 깨끗한 피와 살덩이는 저들의 최고급 스테이크에 해당했던 것이다. 놈들의 입술에 고인 질퍽한 침에서 표적을 먹어치우겠다는 강한 의지가 엿보였다. 달아나야 한다. 그 순간, 한 놈이 부리나케 달려오면서 그 뒤로 여러 마리의 구더기들이 연달아 합세하기 시작했다. 현민이 총을 마구잡이로 쏘았음에도 놈들은 관통당한 몸을 이끌고 켜켜이 쌓인 시체를 넘어 물소 떼처럼 덤벼들었다. 현민은 동굴 입구를 향해 죽어라 내달렸다. 그러다가 초입 부근의 뭉툭한 턱을 넘어서려는데 위에서 정체불명의 존재가 덮쳐 내려오며 총을 빼앗고 어깨를 모지락스럽게 깨물었다. 내장이 발겨지는 듯한 끔찍한 통증이 느껴졌고, 살가죽이 뜯겨나가는 소리가 들렸다. 그리고 놈의 씩씩거리는 콧바람이 목덜미를 흉포하게 긁어댔다. 쓰러지기 직전의 가시거리에는 떼거리로 달려드는 구더기의 들쭉날쭉한 이빨들이 내보였다. 바닥에 널브러진 총은 아슬아슬한 간격에 떨어져서 아무리 손을 내뻗어도 닿질 않았다. 희망이 사라지고 있었다.

그런데 그때, 땅바닥을 쿵쿵거리며 이쪽을 향해 돌진하는 우두머리의 상처 난 몸뚱이가 내보였다. 선두로 치고 나온 우두머리는 커다란 발길질 한 방으로 현민의 어깨에 들러붙은 흡혈귀를 장난감 다루듯이 떼쳐버렸다. 모서리에 처박힌 구더기가 옅은 신음을 내뱉으며 끈끈한 뇌조직을 똥물처럼 흘려댔다.

딱 버티고 돌아선 우두머리는 엄청난 포효를 내지르며 무리를 일갈했다. 놈들의 발에 브레이크가 걸리고, 보이지 않는 차단막이 그들의 발가락 사이를 붙들었다. 와중에도 배짱 좋은 놈 하나가 번개처럼 뛰쳐나왔다. 우두머리의 도끼 같은 주먹이 놈의 배를 움푹 찌르더니 목을 우지끈 비틀었다.

감질나게 엉덩이를 달싹이던 놈 하나가 또 다시 덤벼들었다. 놈은 턱을 벌리고 달려 들어와서는 우두머리의 지근 앞에서 땅바닥을 박차고 힘 있게 튀어 올랐다. 그러나 놈은 이빨이 닿기도 전에 서슬 시퍼런 주먹 한 방을 맞고 고스란히 하관이 어긋나버렸다. 비틀어진 하관을 부여잡고 놈은 꺽꺽 소리를 내더니 무릎으로 바닥을 기며 객혈을 토해내기 시작했다. 우두머리의 발꿈치가 놈의 갈비뼈를 푹 으그러뜨렸고, 구더기는 외마디 비명을 내지르며 미동 없이 쓰러졌다. 시끄러운 괴성이 들린 자리에서 이번엔 세 놈이 한꺼번에 몰려들고 있었다.

첫 놈은 우두머리가 휘두른 손등을 맞고 반대편으로 나가떨어졌다. 그러나 나머지 두 놈이 우두머리의 팔과 무릎에 들러붙으며 거머리처럼 떨어지지 않았다. 우두머리가 팔에 붙은 놈을 조개껍질 까부수듯 쪼개버리고 나서야 놈은 깊이 박힌 송곳니를 빼들고 꺼지는 숨소리와 함께 쓰러졌다. 구더기의 입술이 떨어진 자리엔 너덜너덜해진 살갗과 검은 핏물이 유전처럼 흘러나오고 있었다. 휘청거리던 우두머리가 종아리에 달라붙은 녀석을 뭉개버린 뒤, 그것을 무리의 정중앙으로 야구공 던지듯 내던져버렸다. 직선 구질로 날아간 구더기는 도열해있던 동족들을 무너뜨리고 반대편에 있는 벽간에 처박혀 외상성 경련을 심하게 일으켰다. 비틀비틀 일어선 우두머리의 무릎이 안쓰러울 정도로 심하게 휘어있었다.

우두머리의 무너진 권위를 확인하자 이성을 잃은 구더기들은 이제 거대한 파도가 되어 위협적으로 접근하기 시작했다. 그들은 서서히 시체들을 밀치고 넘어와서 가까스로 버티고 선 우두머리의 가슴통을 종잇장 다루듯이 옆으로 넘어뜨렸다. 오랜 세월을 지켜왔던 성벽이 와르르 무너져 내리는 순간이었다. 개혁에 눈뜬 세력들은 이제 시선을 돌려서 인간의 맛있는 살갗을 향해 날카로운 이빨을 딱딱거리기 시작했다.

바로 그때, 예상에도 없던 일이 벌어졌다. 흉악한 하피 무리가 입구를 뚫고 광장 안으로 갑작스레 쳐들어온 것이다.

혼비백산이 된 구더기들은 서로를 밀치고 떠밀면서 곧장 벽을 기어오르기 시작했다. 뒤따르던 놈에게 밀려서 앞으로 넘어지는 구더기들은 부지기수로 나타났다. 수백의 구더기들이 그렇게 뿔뿔이 흩어지고 있을 때쯤, 하피들은 허공을 이리저리 휘젓다가 하나씩 푹푹 고꾸라지며 이유 없는 추락을 시작했다. 그러다가 뭔가 분명해지는 소리가 들렸다. 정체불명의 무언가가 이쪽을 향해 다가오고 있는 것이다. 미지 존재의 숨소리는 화통처럼 거칠었고, 한발씩 내딛는 발소리는 땅바닥을 진동시킬 만큼 무거웠다. 부스러기들이 떨어지고, 동굴 바깥에서 엄청난 바람이 끼쳐 들어왔다.

현민은 부상당한 몸을 힘겹게 일으켜서 바닥에 떨어진 총기를 집어 들었다. 도망갈 기운도 없는데다 피난이라면 이제 몸서리가 났다. 설사 달아난들 어디로 간단 말인가. 낭떠러지에서 자유낙하를 할 생각이 아니라면 살아나갈 희망을 갖는 건 포기해야 했다. 더군다나 이제는 마음마저 지쳐버렸다.

크고 검은 그림자가 동굴 쪽에 길게 어른거리며 다가왔다. 벽에 비친 윤곽으로 미루어보건대 놈은 거대한 몸뚱이를 지닌데다 목이 케르베로스 만큼이나 길고, 머리가 길쭉하게 생겨먹은 신종 괴수가 분명했다. 현민은 총을 들고 머리를 기울여 가늠쇠에 눈을 맞췄다. 어차피 죽는 마당에 오지게 한 방 먹여주고 끝내리라. 어깨에서 흘러내리는 피가 등골을 타고 내려가 뭉툭한 엉덩이 골로 떨어지고 있었다. 목이 좀 탔고, 왼팔이 떨려서 가늠쇠에 초점이 맞질 않았다.

"오, 세상에."

양다리를 붙들던 힘이 쭉 빠졌다.

구원의 손길은 괴수의 등껍질을 내려와 우두커니 서 있는 현민 앞으로 뛰어왔다.

"맙소사. 완전히 걸레가 됐군. 늦지 않은 게 다행이오."

"이보시오, 제라드. 난 상당히 늦었다고 보는데."

그는 능숙한 솜씨로 붕대를 떼어내더니 환부를 들여다보고 눈살을 찌푸렸다.

"이런, 케르베로스 독이군. 이미 벌레 알이 슬었구려. 어떻소, 팔에는 감각이 있소?"

"전혀."

그가 어깨부위를 잡고 셔츠를 쫙 찢어 내렸다.

"그래도 많이 번지진 않았소. 당신이 직접 처치했소?"

"아니오, 저기 저 자의 도움이 컸소."

현민은 떡이 돼 누워있는 우두머리를 가리켰다.

"굉장하군. 사람고기를 마다한 구더기라니. 어쨌든 이 상태로는 아무것도 못하오."

그는 어깻죽지로 눈을 돌리고 구더기에 물린 상처를 살피기 시작했다.

"살살 좀 하시오. 죽을 것 같소."

현민의 대꾸에는 아랑곳도 않고 그는 외투 자락에서 꺼낸 앰플을 기울여 짓이겨진 어깻죽지 위로 서슴없이 뿌려댔다. 곧장 검붉은 연기가 피어오르고, 환부 주위가 돌덩이처럼 딱딱하게 굳었다.

"몇 시간 내로 새살이 올라올 거요. 그나저나 켈베 독을 풀려면 코스카 해초를 구해야 할 텐데. 아무튼 일단은 하피 거죽을 좀 더 감고 있어야겠소."

나이트메어가 압박감이 느껴질 정도로 팽팽하게 묶었다.

"제라드, 정말 난 지쳐버렸소. 그냥 돌아가고 싶은 생각 말고는 떠오르는 게 없소."

"나약한 소리 마시오. 어차피 일이 잘못되면 당신이나 나나 오갈 데 없는 신세가 되는 건 마찬가지니까."

현민이 긴 날숨을 내쉬며 하소연에 가까운 실토를 했다.

"이제 글렀소. 벨제부브를 막는 일이고 뭐고, 다 소용이 없게 돼 버렸어."

"방금 누구라고 했소?"

나이트메어가 식겁했다.

"벨제부브라 했소. 그 빌어먹을 새끼가 가브리엘과 계약을 맺었다는데 난 대체 누구 말을 믿어야 하는 거요? 천사? 악마? 제기랄, 난 아무런 힘도 없어. 정말 좆같고 거지같단 말이야. 도대체 뭐가 뭔지 하나도 모르겠다고! 게다가 길잡이가 돼 줄 나비까지 놓쳐버렸으니."

격통이 밀려들면서 현민의 몸은 재차 흔들렸다.

"진정하시오. 이런 식이면 켈베 독이 순식간에 퍼질 거요."

"빌어먹을. 되는 게 하나도 없어."

현민이 이를 악다물었다.

"그 이야기는 나중에 하기로 하고, 일단 여길 벗어납시다."

"벨리알은 어디 있소?"

"그 멍청이는 메데우스 전쟁이 일어난 것도 모르고 있소. 괜한 희망을 걸지 마시오. 자, 그리고 이거."

나이트메어가 잃어버렸다고 생각한 쪽지를 내밀었다.

"맙소사, 당신이 어떻게 이걸!"

"어떻게 될지 몰라서 당신 목에다 장미 기름을 좀 발라뒀었소. 냄새 맡는 데는 내가 또 선수이다 보니."

"난 기억나지 않는데……. 아! 의식 때 그 코를 톡 쏘던 끈끈이 물. 맞소?"

나이트메어가 고개를 끄덕였다.

"근데 어째서 날 따라온 거요?"

"그렇게 쳐다보지 마시오. 난 루시퍼가 시키는 대로 하는 거니까."

반신반의하는 현민에게 그는 억울한 표정을 지어 보였다.

"루시퍼에게 밀지라도 받았소?"

대답 대신 그는 턱짓으로 쪽지를 가리켰다.

"이거 말이요? 이건 당신이 출입증 같은 거라고……."

그가 난감해 했다.

"루시퍼는 당신이 날 찾아올 줄을 예견했던 것 같소. 그에게 선견지명까지 있는 줄은 모르겠지만 아무튼 그 인증서는 나와 당신에 대한 운명을 얘기하고 있소. 난 그 내용을 지킬 수밖에 없소. 거역하면 내게 남는 건 죽음뿐이니까. 자, 이제 출발합시다. 시간이 얼마 없소. 밖에 있는 놈들을 따돌리는 것이 만만치 않을 거요."

나이트메어의 손짓에 하피를 씹어 먹던 생명체가 땅을 쿵쿵 흔들며 걸어왔다. 놈은 모로 날이 서있는 싯누런 눈동자에다가 주먹만 한 콧구멍에서 간담을 서늘케 하는 크르릉 소리를 냈다. 거무레한 악어 껍질에 긴 목을 차례로 흔드는데 강심장이 아닌 이상 그걸 보고 오금이 안 저릴 수가 없었다. 나이트메어가 안장도 없는 놈의 등껍질에 훌쩍 뛰어올랐다.

"자, 어서 내 손을 잡으시오."

현민은 승마 견습생처럼 그의 앞자리에 딱 붙어 앉았다. 우둘투둘한 놈의 척추 뼈가 깔깔하고 질긴 겉가죽과 만져지자 난데없이 등골에 소름이 쫙 돋아났다. 놈이 움츠렸던 어깨를 펴고 일어날 때는 흙바닥이 멀어지면서 그 깊이가 낭떠러지만큼이나 멀게만 느껴졌다. 놈은 온 길을 되짚어 나가더니 통로 입구에서 가속도를 붙이기 시작했다. 녀석의 비약과 함께 현민은 잡다한 생각을 놓아버리고 두 눈을 질끈 감아버렸다.

온몸을 짓누르던 힘이 사라졌다. 몸은 깃털처럼 가벼웠고 머리에서는 아찔한 현기증이 일었다. 겨우겨우 눈을 떴을 땐 저 깊은 심연 속으로 허무맹랑한 추락이 이어지고 있었다. 서슬 퍼런 공기저항 때문에 실눈조차 뜨기가 힘들었다. 역시나 둘은 무리였던 걸까. 머리칼이 사정없이 펄럭였고 귓전에는 제트 엔진 같은 마찰음이 들렸다. 그 순간, 놈이 양 날개를 들어 올리더니 하늘을 향해 공기를 크게 한 번 내저었다. 몸이 붕 솟구치고 피가 발밑으로 쏠리면서 몸이 기울어졌다. 현민은 놈의 목 언저리를 젖 먹던 힘까지 내어 왼팔로 껴안았다.

본격적인 날갯짓이 시작되자 몸은 점차적으로 균형을 이뤄갔다. 기수를 안심시키려는 놈의 신중한 배려 같기도 했다. 아래를 굽어보자 지옥의 말라빠진 얼개가 한눈에 내려다 보였다. 묵묵한 화산지대와 그

귀퉁이에 서린 새하얀 안개. 불을 머금은 풀숲과 커다란 진창 호수도 보였다.

"짜릿하지 않소?"

나이트메어가 시끄럽게 물어왔다.

"이제 어디로 가는 거요?"

"루시퍼는 당신이 길을 알고 있을 거라고 했소."

현민은 고독한 여행길을 걷다가 난데없이 저격을 당한 기분이었다.

"제기랄."

"뭐라고 그런 거요? 잘 안 들리는데."

현민은 고함치듯 목청을 돋웠다.

"파랑 나비를 놓쳐버렸다 그랬소. 그게 루시퍼가 말한 이정표란 말이오."

"파랑 나비?"

"난 그걸 쫓아가다가 구더기들에게 잡혀버렸던 거요. 그걸 다시 찾아야 하는데 어디서 다시 찾는단 말이오. 그래서 내가 이미 글러버렸다 하지 않았소? 내 말을 귓등으로 들었군."

"이 나비를 말하는 거요?"

문뜩 뒤를 돌아봤더니 파랑 나비가 나이트메어의 손등에 살포시 앉아있었다.

"이보시오, 교수 양반. 이건 이정표 같은 게 아니라 내 애완 곤충이오. 혹시나 이걸 풀면 당신이 따라올까 싶었던 거지. 아까도 말했지만 난 당신을 찾으려고 별짓을 다했소."

"아니라고? 이게 아니라고?"

"그렇다니까."

현민은 정면을 보고 곰곰이 생각했다. 그럼 도대체 무엇이 신기루처럼 나타난단 말인가. 결론은 딱 하나였다. 루시퍼 이 새끼는 사람을 엿

먹이는 재주가 탁월하다. 이론의 여지가 없었다. 그때 나이트메어가 어깨를 두드렸다.

"루시퍼 말로는 당신 머리에 귀를 기울라던데."

"내 머리?"

칼날이 번쩍 스쳤다. 그래! 나는 공식, 비공식 위치에서 그의 서기관 노릇을 하고 있다. 머릿속에서는 내 경험들이 끊임없이 기록되고 있질 않는가. 신경에 거슬리는 그 소리를 무시하려다 보니 정말 새까맣게 잊어먹고 있었구나.

"뭐 생각나는 게 있소?"

나이트메어가 재차 물어왔다.

"내 귀를 좀 막아주시오."

"뭐라고?"

"귀 먹었소? 내 귀를 좀 막아달라고!"

그가 언짢은 표정으로 귀를 덮었다. 그러자 눈앞이 컴컴해지고 현민의 내면이 좁은 밀실처럼 먹먹하게 들여다보였다. 눈을 감고 소리에 집중했더니 여타의 잡소리가 섞여있긴 하지만 확실히 쓱쓱 거리며 굴러가는 얄팍한 연필 소리가 들어 있었다. 실험삼아 몸을 살짝 틀었더니 종이 긁는 소리는 확연할 정도로 옅어졌다. 몸을 홱 틀어버리자 다시 연필이 굴러가기 시작했다. 그러다가 직선비행을 유지하던 용이 보이지 않는 축을 중심으로 주변을 빙 선회했다. 그 순간 확실해졌다. 특정 방향을 유지할 때면 구르던 연필 소리에 침묵이 찾아들지 않는가.

옳거니. 침묵의 이정표가 바로 이걸 말하는 거였구나. 그런데 왜 이렇게 쉬운 길을 놔두고 아리송한 수수께끼를 냈던 것일까.

결론은 단순했다. 루시퍼는 애초부터 벨리알의 동행을 원치 않았던 거다. 나이트메어를 만나기까지 보디가드를 만들어줄 참이었는지도 모르지. 이런 추론들로 미루어보면 지금 현민이 찾아야 하는 물건은 파괴검만큼이나 유혹적인 물건임이 분명하다. 신의 육신. 그런데 가슴 한 편으론 찜찜한 기분을 감출 수가 없었다. 하나님의 육신이라니. 하나님이 죽기라도 했단 말인가. 신이 죽는다는 게 정말이지 말이나 되는 소린가. 나이트메어가 뒤에서 갑자기 목을 확 비틀어 잡았다. 용의 등짝에 현민의 뱃가죽이 한 몸처럼 밀착됐다.

가속이 붙으면서 날개달린 용은 무지막지한 힘으로 솟구쳐 오르기 시작했다. 납빛 구름을 뚫고 나오자마자 지구에 온 듯한 환영이 일면서 전신 위에 새하얀 광명이 쏟아졌다. 대신 체감기온이 급격히 떨어져서 살 거죽에 푸르스름한 실선을 만들었다. 나이트메어의 불가사의한 행동은 눈앞을 지나가는 뜨거운 불기둥을 보고서야 이해할 수 있었다.

용은 반격을 가하기 시작했다. 비스듬한 방향으로 활강을 시작하더니 벌어진 주둥이에서 상대방을 향한 푸르스름한 불기운을 뿜어대기 시작했다. 그럴 때마다 현민이 껴안고 있던 용의 목이 용암처럼 뜨겁게 부풀어 올랐다.

상대는 골격이 반만치 큰데다 거죽 표면이 방탄조끼를 끼워 입은 듯 거칠고 두꺼웠다. 꼬리가 유별나게 컸고, 인중 사이에는 도저히 귀여워해줄 수 없는 세 토막의 뿔이 소름끼치게 돋아있었다. 놈은 일행이 뿜어대는 불을 약삭빠르게 피해가면서 물고기 헤엄치듯 포기하지 않고 쫓아들었다.

패배감이 짙어지려는 찰나, 나이트메어의 몸뚱이가 옆으로 넘어가더니 허공 아래로 뱅글뱅글 곤두박질쳤다. 용이 그걸 따라 급속도로 하강하자 흉포한 추적자는 꼬리를 물며 뒤쫓아왔다. 나이트메어의 추락을 따라잡은 아군의 용은 그를 발톱으로 낚아채고는 몸을 돌려 붉은 추적자의 머리에 잽싸게 내던졌다. 그는 추적자의 용 뿔을 단단히 붙박아 쥐고 발악에 가까운 반동을 이용해 놈의 등 뒤에 훌쩍 올라타고 있었다. 몸을 점령당한 추적자는 날개를 파닥이고 몸을 흔들어서 그를 떨어뜨리려고 했다. 그러나 나이트메어의 칼날 같은 손이 하늘 위에서 번쩍 빛나더니 그대로 놈의 목을 내리치고 말았다. 피보라가 터지고 놈의 사체가 곤두박질치기 시작했다. 아군의 용은 추락체에서 이탈한 나이트메어를 잽싸게 낚아 올렸다.

그런데 상황이 더 심각해졌다. 치고받는 치열한 공중전 중에 일행의 위치가 발각되고 만 것이다. 곧장 사방에서 추악하게 생긴 하피들이 떼거리로 달려들었고, 그들은 돌출된 이빨을 위협적으로 들이밀더니 일행의 머리와 발밑을 아슬아슬하게 스치면서 귀에 거슬리는 시끄러운 소리를 내질렀다. 머릿수가 불어난 놈들은 일행에게 거리를 좁히더니 둘씩 짝을 지어 날카로운 손톱 끝으로 용의 거죽을 할퀴기 시작했다. 그러나 딱딱한 용의 비늘은 쉬이 상처를 허락하지 않았다. 이득을 못 본 놈들은 뒤로 돌아가더니 집요하게 꼬리를 물어뜯었다. 결국, 용의 살 중에 가장 연약한 부위가 터지고 붉은 핏물이 덩그러니 고여 들었다. 그걸로 부족한지, 놈들은 용의 뱃가죽에 들러붙어 날카로운 송곳니로 불시에 용의 비늘을 헤집기 시작했다. 용이 동체 회전을 시도하자 원심력을 버티지 못한 하피들이 부지기수로 떨어져나갔다.

상승비행으로 치솟은 용은 방향을 선회해서 내려오다가 떼거리를 바라보며 일시에 거대한 불을 내뿜기 시작했다. 그 서슬을 피하기 위한 산개 비행이 하피들 사이에서 혼비백산으로 펼쳐졌다. 그러나 대부분은 그걸 피하지 못하고 새카만 숯덩이 시체가 되어 끝도 없이 추락하고 말았다. 그러다가 쾅 소리가 나면서 용이 모로 기울어졌다. 손을 놓쳐버린 현민을 나이트메어가 반사적으로 낚아챘으나 두 번째 충격파가 번지면서 그들은 아군의 용에게서 완벽하게 분리되고 말았다. 승기를 잡은 하피들은 기세 좋게 몰려들어 일행 밑으로 곧장 파고들어왔다. 그러나 나이트메어에게 뻗쳐 나온 백색 섬광이 그것에 닿은 하피들을 허연 재티로 산화시켜버렸다. 그 일대가 놈들의 날카로운 비명소리로 채워졌다.

현민의 시야에 처참하게 추락하는 용이 내보였다. 그것은 안쓰러울 정도로 몸을 비비꼬다가 현민을 지나 빠른 속도로 곤두박질쳤다. 그 옆에서는 빛으로 둘러싸인 곤봉을 휘두르며 나이트메어가 악마들을 매몰차게 걷어내고 있었다. 현민도 권총을 꺼내들고 보이는 놈들의 머리통에 총알 수십 방을 후회 없이 박아줬다. 어쩌다 놈들의 두개가 짓무른 살과 함께 터져나갈 때면 짜릿한 쾌감마저 찾아들었다. 그때 눈이 멀어버릴 만큼의 강력한 섬광이 나이트메어의 곤봉에서 재차 터져나왔다. 그 빛 무더기는 시전의 주인공을 떠나 현민의 몸도 삼켜버렸다. 마치 온 세상이 도화지로 탈색되는 기분이었다.

몇 초 후, 그 기운은 힘을 분산시키면서 납빛 하늘을 되돌려줬다. 눈을 떴을 땐 회백색 가루들이 눈송이처럼 흩날리고 있었다. 그러다 별안간 놀라운 일이 벌어졌다. 나이트메어의 등 뒤에서 천사의 것으로 보이는 보송보송한 날개가 튀어나오는 것이 아닌가. 처음엔 시야에 남아있는 잔광 탓이라고만 생각했다. 그러나 그 존재는 푸득푸득 하던 날개를 거대하게 펼치면서 현민을 낚아채 수직하강을 시도했다.

시간이 지나면서 허공 밑으로 진갈색 땅이 보이기 시작했다. 그 옆에는 반짝거리는 지류가 흐르고, 물줄기의 양 기슭에는 날 것 그대로의 푸르른 수풀이 정글처럼 놓여있었다. 감속을 하던 나이트메어가 부드러운 곡선을 그리더니 파릇파릇한 초지 위에 나부시 내려앉았다.

"제라드, 그… 그 날개는 뭐요?"

난처한 표정을 짓더니 그가 날개를 반으로 딱 접었다.

"너무 놀라지 마시오."

"안 놀랄 수가 있소, 지금? 당신은 악마요? 천사요?"

"둘 다라고 하면 믿겠소?"

"오, 맙소사. 이게 어떻게 된 일인지 설명해 보시오?"

"우린 지금 루시퍼의 계획을 위해 여행을 하고 있다고 보면 되오."

정신이 사나워졌다.

"그래, 당신은 처음부터 다 알고 있었어."

"오해하지 마시오. 나도 전혀 몰랐소."

그가 난감한 표정으로 어깨를 으쓱거렸다.

"날 납득시켜보시오? 그 전에는 한 발작도 안 움직이겠소."

그의 한숨소리가 새어나왔다.

"내가 아는 한도 내라면 모두 다 털어놓겠소. 대신 그 전에 이것부터 합시다."

그가 오른팔에 감긴 붕대를 훌렁훌렁 풀어내더니 이리저리 환부를 살피기 시작했다. 부패한 살점 속에서 꺼멓게 변한 핏덩이가 보였다. 그 위에 더러운 유충들이 살을 파먹고 있었다.

"오, 맙소사."

"기다리시오."

나이트메어가 물가로 가더니 무릎을 꿇고 앉아 그 안을 헤집기 시작했다. 그러고는 무언가를 탁 끊어 다시 돌아왔다.

"뭐요, 그건?"

"전에 말했던 코스카 해초. 당신 목숨을 살려낼 귀중한 놈이니 그렇게 께름칙한 표정 짓지 마시오."

연노랑 빛이 감도는 코스카 해초는 손가락처럼 생긴 외양에 속이 물컹하고 혈관 같은 무늬가 나있었다. 그것은 나이트메어의 손바닥을 벗어나고 싶은지 몸통을 사정없이 꿈틀거렸다.

나이트메어가 그것을 현민의 환부 위에 올려놓았다. 그러자 유충을 삼켜먹으면서 놈의 몸통이 어둡게 변질되기 시작했다. 그러더니 돌멩이처럼 딱딱해져서 발밑으로 툭툭 떨어졌다. 나이트메어는 그 위에 노란 앰플을 떨어뜨리는 2차 처치를 병행했다. 곧장 검붉은 연기가 피어오르고 그 주위가 단단하게 굳어졌다.

"이제 됐소. 켈베 독으로 죽을 일은 없어졌어."

현민은 나이트메어의 짙은 눈을 뚫어지게 쳐다봤다.

"이제 당신 정체부터 밝히시오, 제라드."

그가 목덜미를 긁었다.

"좋소. 난 당신이 알고 있는 그대로요. 대악마 나이트메어. 하지만 다른 녀석들과는 태생이 좀 다르지. 5,000년 전에 난 루시퍼를 따라 지옥으로 내려왔소."

현민이 눈을 휘둥그레 떴다.

"천국의 반란에 가담했었단 말이오?"

"반란? 음……. 좀 서운하긴 하지만 아니라고 할 수도 없소."

"결국 루시퍼의 탐욕이 당신을 부추겼단 말이군. 내 말이 틀렸소? 타락한 천사 양반."

"탐욕은 없었소. 루시퍼엘의 지혜를 신뢰했을 뿐이오. 내가 비난받아 마땅한 점은 창조주의 생각보다 루시퍼의 견해를 더 좋아했다는 거요. 난 그분의 마인드가 마음에 들었소."

"주님을 몰아내고 그 자리를 꿰차자는 마인드?"

현민이 빈정거렸다.

"루시퍼는 나에게 딱 한마디를 했소. 내가 실수를 저질렀다. 그런데 이 모든 건 함정이다. 나를 도와 달라."

"그래서 루시퍼를 따라나섰다고?"

가볍게 호응하는 나이트메어에게 현민이 콧방귀를 먹였다.

"함정에 빠진 루시퍼엘을 못 본 채 할 수는 없었소."

"천사들은 항상 모든 것들이 그렇게 쉽소?"

나이트메어가 미간을 찌푸리고 말했다.

"이보시오. 우리의 수명이 인간과 같다고 보는 거요? 그는 수만 년이 넘는 세월동안 항상 옳았고, 항상 현명했소. 항상 모두의 본보기가 됐고, 창조주의 지극한 사랑을 독차지했소. 그런 분의 믿음을 사는데 몇 시간의 긴 설명이 필요할 거라고 생각하시오? 사실 그가 내 마음을 사고자 했다면 부연 설명 없이 단 한마디면 족했을 것이요. 나를 따르라."

"그렇담 지금은 어떻게 된 거요? 믿고 따르던 존재를 두려워한다는 게 말이나 되오?"

나이트메어가 슬픈 표정을 지었다.

"인정하겠소. 그는 내가 알던 예전의 루시퍼가 아니오. 허나 이것이 그의 변절을 얘기하는 건 절대 아니오. 최소한 그는 선한 인생을 살아온 인간에게 지옥행을 선사하지는 않았으니까. 이제 벨제부브를 막아야 할 이유를 아시겠소? 그 자는 선악의 질서 따위가 아니라 파괴와 선동에만 귀를 기울이는 추악한 괴물이오. 목적을 위해서라면 뭐든지 해버릴 작자요."

현민이 고개를 떨궜다.

"루시퍼는 가브리엘이 인간을 버렸다고 했소."

나이트메어가 현민의 어깨를 위로하듯 두드렸다.

"천사들이라고 해서 완벽한 존재들은 아니오. 그렇기 때문에 순간의 잘못된 판단이 세상을 그르칠 수 있는 거요. 완벽이란 말이 부끄럽지 않은 존재는 창조주 말고는 아무도 없소. 그 다음 존재가 나에겐 루시퍼였던 거고."

현민은 강변했다.

"주님은 대체 뭐하시는 거요. 벨제부브가 설치도록 이렇게 방관만 하고 있단 말이오?"

"그분께서는 천국에만 거하고 있지 않소. 있다 해도 결코 우리들 눈앞에는 나타나지 않을 것이오. 만인이 보는 앞에서 기약 없는 여행을 선언하셨으니까."

현민이 얼굴을 문지르며 괴로워했다. 그러자 나이트메어가 팔목을 착 휘감고 말했다.

"이럴 시간이 없소. 우리 어깨에 많은 목숨들이 달렸소."

"하나만 더 얘기해 주시오. 루시퍼가 저질렀다는 실수가 무엇이오?"

나이트메어가 고개를 가로저었다.

"애석하지만 나도 들어보지 못했소. 만나면 직접 물어보시오. 혹여 알게 되면 귀띔 좀 해주고. 나 역시 지금껏 살면서 그게 미치도록 궁금했으니까."

현민은 심호흡을 크게 하면서 대답했다.

"어쨌거나 이젠 용도 죽어버렸으니 어떻게 할 거요?"

나이트메어가 어깨를 으쓱했다.

"두 발은 뒀다 어디에 쓰시려고."

"맙소사, 걸어가자는 거요? 내 생각엔 용을 하나 더 부르는 게 낫지 않을까 하는데."

나이트메어가 푭 소리를 내며 웃었다.

"재미를 제대로 들이셨군. 세베알 일당에게 또 잡히고 싶다면 얼마든지."

현민이 그것만큼은 안 된다고 절레절레 흔들었다.

"우리의 새 동반자는 이거요."

그러면서 그가 휘파람을 세게 불기 시작했다. 그러자 수풀 안에서 회갈색 털을 가진 큼지막한 늑대 두 마리가 터벅터벅 달려 나왔다.

"혹시 직업이 동물조련사 아니오?"

"나는 선한 존재들의 생각을 조절할 수 있소."

"그럼 나도 가능하겠구려."

"그게 가능했으면 당신을 찾는 수고를 덜었겠지. 아마 당신 머리에 처진 강력한 결계 때문일 거요. 그도 아니면 당신 마음이 완전히 시궁창 같다든가."

일행은 각자 하나씩을 잡고 등 위에 올라탔다. 털의 부들부들한 감촉이 손끝에서 따뜻하게 어루만져졌다. 거리를 벌린 나이트메어가 내처 물어왔다.

"어디로 가면 되오?"

현민은 머릿속 연필 소리에 귀를 기울이다 번뜩 눈을 떴다.

"일단은 숲 쪽으로 가야 할 것 같소. 제라드, 근데 여긴 도대체 어디요? 지옥 같아 보이지 않는데."

늑대들이 방향을 잡고 뛰기 시작했다.

"여긴 악마들의 눈을 피해 마련한 정원이오. 아주 오래전에 루시퍼가 파티유스 잎을 뿌려뒀던 곳이지. 세월이 지나 그 씨가 이렇게까지 자라나게 된 거요."

"악마에게 발각될 염려는 없소?"

"루시퍼가 아무도 발견 못하도록 이쪽 공간을 왜곡시켜놨소. 우린 곧 여기를 벗어나게 될 거요. 그러니 각오를 단단히 해두시오. 세베알이 언제 또 쫓아올지 모르니까."

늑대들은 초목이 우거진 수풀을 지나 빛이 투영되는 흐릿한 벽 위로 풀쩍 뛰어올랐다. 그러자 죽은 납빛 하늘이 복원되면서 황무지처럼 메마른 대지가 다시 한 번 모습을 드러냈다. 열은 유황냄새와 우중충하고 끄무러진 대기. 그곳은 의심의 여지가 없는 세상의 지옥이었다.

* * *

"네놈 따위가 어떻게 여길."

육지와 섬을 잇는 3km의 철교 위에는 꼬리에 꼬리를 문 관광객들이 아찔한 높이의 난간을 내려다보면서 연초록 수면의 잔잔한 물결에 젖어들고 있었다. 비경에 취한 관광객들의 입에서는 크고 작은 탄성이 흘러나왔고, 원색의 배낭을 멘 자유분방한 젊은이들 사이에서는 시원시원한 환호소리가 터져 나왔다. 사진가들의 손에서 수많은 셔터 음들이 들려오고, 때마침 바다를 허옇게 가르는 카페리선이 나타났다. 그걸 구경해보겠다고 관광버스에 타고 있던 외지인들이 지붕 위로 따닥따닥 올라왔다.

루시퍼는 한 인간을 보고 있었다. 자글자글한 주름투성이에 지팡이를 짚고 굽은 등을 펴고 있는 노파. 그러나 루시퍼는 그녀가 인간의 뼈와 살을 가지지 않았다는 걸 알고 있었다. 힐끗힐끗 쳐다보던 노파가 북적이는 인파를 역류하면서 루시퍼에게 서서히 걸어오고 있었다. 다리 밑으로 카페리의 하얀 지붕이 잠겨 들었다.

"내가 누군지 모르진 않을 테지, 루시퍼?"

백발의 노파가 거리를 벌리고 서서 물어왔다.

"가브리엘을 만났더구나, 벨제부브."

노파가 피식피식 웃었다.

"역시 루시퍼 당신이야. 소식이 빨라. 어쨌거나 너의 그 소홀한 부하 관리 덕분에 난 가브리엘과 더없이 기쁜 계약을 하고 왔어. 세베알과 마몬이 고생을 참 많이 했지."

"어차피 네놈은 그들을 이용만 하고 버릴 거 아니었나?"

"정답."

자기 입을 틀어막은 노파가 사람들의 불쾌한 시선을 받으며 키득거렸다.

"우리의 루시퍼께서는 모르는 게 없어. 안타깝지만 어쩔 수 없는 일이란 항시 있는 거라고. 구시대의 쓰레기는 구시대의 유물로 남는 게 바람직하거든."

"날 여기로 부른 이유가 뭐냐?"

"오, 루시퍼. 너무 성급하게 굴지 마. 회포를 풀기도 전에 성을 내면 곤란하지. 신이 되고 싶어 하는 루시퍼엘."

노파가 비꼬듯이 웃었다.

"용건은 짧게 하는 게 좋을 거다, 벨제부브. 더 이상 널 살려둘 생각이 없으니까."

"오, 루시퍼. 대악마 벨제부브의 힘을 너무 과소평가하는 거 아닌가. 날 예전의 물로 보지 말라고. 난 시간이 지나면 지날수록 강력해졌어. 어쩌면 이번엔 네놈의 목이 달아날지도 모르지."

"그럴 일은 없다. 너의 헛된 망상이겠지."

노파의 표정이 진지하게 변하더니 곁달아 말을 잇기 시작했다.

"이봐, 루시퍼. 내가 메데우스에 봉인된 수천 년 동안 무슨 생각을 했을 것 같나. 복수? 탈출? 아니야. 그런 것들을 꿈꾸기엔 난 너무나 위대한 철학자가 돼 버리고 말았지. 왜 루시퍼가 날 살려뒀을까. 왜 네놈이 창조주의 세 번째 은물에 탐을 냈을까. 루시퍼가 왜 그토록 인간의 죽음에 연연하는가. 그리고 왜……. 네놈이 창조주를 죽였다는 말이 돌고 있는가."

루시퍼의 동공이 확장됐다.

"난 마침내 결론을 냈어, 루시퍼. 들어보고 싶지 않나? 아주 재미있을 텐데 말이야."

"넌 아무것도 모른다, 벨제부브. 알 턱이 없어. 절대."

노파는 난간을 짚고 아래를 내려다봤다.

"좋아. 이제 그 이유들을 하나씩 얘기해주지. 먼저 넌! 날 죽일 수가 없어. 죽여서는 안 되기 때문이야."

루시퍼의 흔들리는 동공을 노파는 재미있다는 듯이 구경했다.

"넌 정말 신이 되고 싶었던 거야. 만물의 왕. 창조주의 자리를 바랐단 말이지. 결국 넌 창조주를 시해하기로 결정했고, 파괴검을 통해 그걸 실행으로 옮기기까지 했지. 결국 이렇게 성공도 했고 말이야?"

"허튼소리하지 마라, 벨제부브."

"허튼소리라고? 그런데 그 숨막혀하는 표정은 뭐지? 뭔가 찔리는 거라도 있나? 그래, 그래. 넌 신을 시해하고 그 시신을 철저히 찢어 발랐으니까. 다시는 보고 싶지 않았겠지. 얼마나 힘들었느냐, 루시퍼. 그의 앞에서 수만 년 동안 너의 본심을 감추느라."

루시퍼의 몸이 딱딱해졌다.

"넌 완벽히 성공한 줄 알았겠지만 믿기 싫은 한 가지 사실을 알게 됐을 거야. 모든 게 그분의 시험이었다는 걸. 세 번째 은물이 존재한다는 걸 알게 되고 나서야 그걸 깨달았겠지. 창조주께서는 너에 대한 시험을 통해 진심의 가부를 가려내려 하셨어. 넌 그 놀음 장단에 열심히 춤을 춰댔겠지. 결국 신께서도 아셨을 거야. 네놈은 지옥이 훨씬 더 어울리는 탐욕가라는 걸."

루시퍼가 험악한 얼굴로 벨제부브를 쏘아봤다.

"은물은 네놈 따위가 다룰 수 있는 물건이 아니다. 이리 내놔!"

노파가 반 발짝 물러나며 빈정거렸다.

"욕심이 지나치군, 루시퍼. 아니, 신이 되고픈 비루한 천사장 루시퍼 엘이시여."

루시퍼의 눈에서 검은 아지랑이가 피어올랐다.

"거역하면 이번엔 기필코 네놈을 소멸시켜 버릴 것이다, 벨제부브."

벨제부브가 듣기 싫은 웃음소리를 냈다.

"하하, 넌 천국과 에덴, 지옥과 모든 우주를 탐낸 지상 최대의 야욕가야. 신도 너의 그 천박한 품성을 걱정하셨을 테지. 예정에도 없던 은물을 나에게 세 번째로 안겨주신 걸 보면."

노파는 몇 발짝을 더 물러섰다.

"내 놔라, 벨제부브. 네놈이 가지고 있을 물건이 아니다."

루시퍼의 얼굴이 열에 들떴다.

"나는 너의 야망을 충분히 이해할 수 있다, 루시퍼. 폭력과 지배, 추종과 형벌의 달콤함을 난 누구보다도 잘 알고 있으니까 말이야. 하지만 그 어떤 누구라도 내 위에 군림하려는 건 절대 용납할 수 없어. 이 문제에 대해서는 창조주도 나와 같은 생각일걸?"

검은 아지랑이는 루시퍼의 몸 전체로 번져나갔다. 벨제부브는 긴장된 자세를 취하며 뒤로 물러섰다.

"창조주께서 이 은물을 내리면서 내게 이런 말씀을 하셨지. 루시퍼가 많은 일을 하려 들 것이다. 절대 이 물건을 넘겨주지 마라. 난 그 의미를 오랫동안 알지 못했지. 그리고 최근에서야 깨닫게 됐어."

"이리 내! 멍청한 놈아."

"루시퍼, 네가 날 죽일 수 없었던 건! 혹여나 내가 이 은물의 힘을 다루게 될까봐 두려웠던 거야. 넌 창조주의 귀환을 절대 바라지 않으니까. 구슬은 따로 존재하지 않아, 루시퍼. 내 육신 그 자체가 근원의 구슬이니까."

루시퍼의 동공이 텅 풀렸다.

"자, 어떻게 할 거냐, 루시퍼. 나를 죽이고 창조주를 부를 테냐? 아니면 육신을 찾아 모으고 있는 그 멍청한 가브리엘부터 막을 것이냐?"

노파는 이제 멀찍이 물러나 있었다.

"둘 다 막을 것이다, 벨제부브. 그러나 너와 거래는 하지 않는다. 이 모든 건 오로지 내 것이야. 그 누구 것도 아닌 순전히 내 것이란 말이다."

루시퍼의 당당한 외침을 벨제부브가 가볍게 맞받았다.

"끝까지 그런 식으로 나오겠다 이거군, 루시퍼. 미안하지만 난 내 위에 군림하려는 어떤 놈도 살려두지 않아."

꿈틀대던 노파의 몸이 벨제부부의 원형으로 복구되기 시작했다. 고무처럼 늘어난 살갗이 벗겨지고 그 속에서 미끈미끈한 허물들이 시커먼 연기와 함께 새살처럼 돋아나왔다. 구겨진 종잇장처럼 변한 얼굴에서는 벨제부브의 거대한 뿔이 삐져나오며 울퉁불퉁한 이마 선이 눅눅한 햇살 아래로 서서히 윤곽을 드러냈다. 변태를 끝낸 악마는 싯누런 눈을 부라리며 벌겋게 달아오른 쇠사슬을 온몸에 칭칭 감아 올렸다. 그 순간, 천지가 뒤집히는 폭발음이 터지며 섬 건너편에서 시커먼 열 폭풍이 몰려오기 시작했다. 그것에 잠식당한 건물이며 여객선들이 처참하게 짜부라지고 뒤집히다가 치익 소리를 내며 허연 수증기처럼 피어올랐다. 식겁한 사람들이 무리를 이뤄 달아났고, 공포에 질린 비명소리는 숨진 아이를 찾는 절규와 함께 전시의 경고음처럼 끝도 없이 퍼져나갔다. 아스팔트에 거미줄 같은 균열이 생겼고, 철교 주탑이 엿가락처럼 끼익 소리를 내며 휘어졌다. 건물과 차량에서 뜯겨져 나온 자재들은 끄무러진 하늘 위에서 의미 없는 춤을 추며 날아다녔다.

"루시퍼, 내 놀이동산을 탐내지 마라. 여긴 내 꺼야."

사악한 미소가 벨제부브의 입가 사이를 빠져나오자 번쩍하는 섬광이 일면서 마천루의 모든 빌딩들이 폭약처럼 터져나가기 시작했다.

"벨제부브!"

루시퍼의 노호하는 외침과 함께 그의 손이 머리 위로 하늘 높이 들어 올려졌다. 그 손날을 내려치자마자 창백한 빛 무더기가 번개처럼 번져 나와 벨제부브의 정수리 쪽으로 전광석화로 떨어져 내렸다. 벨제부브가 벌겋게 달궈진 쇠사슬을 휘둘렀고, 그것이 눈부신 빛 무더기와 맞부딪치며 거무레한 열 폭풍을 주변에 부려놓았다. 철교는 다시 한 번 휘어졌다.

"루시퍼, 넌 처음부터 잘못된 선택을 했어. 애초에 피조물은 신이 될 수가 없거든. 넌 차선을 택하는 법을 모르는 게 가장 큰 허물이야. 신이 못된다면 제왕이 될 수도 있는 거잖아? 어차피 창조주께서도 우리들의 신성한 행위들을 묵인해 오셨어. 주님이 묵인하는 폭군은 신의 다른 이름이라는 걸 깨쳤어야지!"

격렬하게 떨리는 루시퍼의 몸이 벨제부브를 향해 뛰쳐나가는데 느닷없이 놈의 등 뒤가 열리면서 피골이 상접한 마몬이 시커먼 눈두덩을 내밀고 튀어나왔다. 그는 루시퍼를 보고 거칠게 손을 휘저었다. 벨제부브의 속삭임이 희미한 웃음소리에 섞여 들렸다.

"수고해라, 마몬."

눈 깜짝할 새에 마몬의 앙가슴이 뚫리더니 루시퍼의 손가락 새에 잡힌 놈의 심장이 처참하게 찢어발겨졌다. 마몬의 얼굴이 표독스럽게 일그러지다가 무릎이 탁 고꾸라지고 안면을 노면 위에 힘없이 처박았다. 곧 그것은 허연 먼지가루로 변해 우중충한 바다 옆으로 허망하게 흩날렸다. 루시퍼의 텅 빈 눈이 벨제부브를 향해 돌아갔다.

"죽여 버리겠다, 벨제부브."

"아직 안 끝났어, 루시퍼."

비웃음을 섞던 벨제부브가 손가락을 한 번 튕겨냈다. 동시에 도시 일대가 와르르 무너져 내리더니 뒤집히고 갈라진 땅 속에서 온갖 괴수들이 물밀 듯이 솟구쳐 나왔다.

"여긴 내 세상이 될 것이다, 루시퍼."

"……."

절정에 달아오른 분노는 루시퍼의 몸을 철판 위의 전자석처럼 지면위에 둥둥 떠오르게 만들었다. 그의 주먹이 떨리고, 질끈 감은 눈과 악다문 입술 사이에서는 포도주 같은 선혈이 들큼한 냄새를 뿌리며 농밀하게 흘러나왔다. 이마 위에서 도도록한 핏대가 불거지고 그것이 시약을 빨아 문 혓바닥처럼 시퍼렇게 염색돼 갔다. 그러다가 루시퍼의 육신이 갑작스럽게 폭발 직전의 초신성처럼 새하얀 순백의 빛 무리로 환원되어갔다. 분열반응을 일으키던 그 빛 무리는 창백한 모습으로 한계 없이 탈색되다가 정점의 순간, 화이트아웃 현상을 수 초간 일으킨 뒤 찰나에 고밀도의 폭약처럼 사방으로 전도돼 버렸다. 빛이 사라지고 난 자리에는 루시퍼의 육신이 흔적도 없이 사라졌다.

크르릉 소리가 나더니 하늘과 땅이 반대로 뒤집혔다. 유황 냄새가 걷히고, 구부러진 철교가 제자리로 돌아갔다. 무너져 내린 고층 건물이 우뚝 살아나고, 열 폭풍에 녹아버린 인간들이 그들의 절규가 무시됐던 공간 속으로 다시금 속속들이 모습을 드러냈다. 지퍼가 올라가듯 땅이 봉합되고, 죽었던 마몬이 되살아나 벨제부브의 등 뒤로 뒷걸음을 쳤다. 세상은 2차원의 필름이라도 되는 듯 마구잡이로 되감기고 있었다. 신의 설계도에서 가장 공을 들였다는 톱니바퀴가 불가능하리라 믿었던 인과의 순리를 역행하며 억지 흐름을 벌이고 있는 것이다. 이제 벨제부브는 허물을 벗기 전의 노파로 되돌아갔다. 그는 아래를 내려다보고 간간히 비웃음을 날리고 있었다. 유람선의 선미가 막 철교 밑을 지나기 시작했다.

루시퍼의 몸이 땅 바닥에 푹 떨어졌다. 사람들의 환호가 선명한 신호처럼 들려오고, 갖가지 셔터 음이 두 사람 사이를 갈마들었다. 노인의 얼마 없는 머릿결이 불어온 바람에 시원하게 나불거렸다. 주저앉은 노인의 눈가에서 투명한 눈물이 흘러내렸다.

"오, 루시퍼. 갑자기 왜 그러는가."

노파가 당혹스런 얼굴을 했다.

"너에게 순순히 넘겨주지는 않을 것이다."

루시퍼가 천식 환자처럼 쌕쌕거리며 말했다. 그 순간 온 세상이 느려지며 오래된 양피지처럼 누렇게 들뜨기 시작했다. 입술을 가까이하던 연인들, 셔터를 누르려던 사진작가들, 철교를 지나는 버스와 차량들, 멋지게 포즈를 취하고 손을 맞잡고 걷던 관광객들, 하늘을 비행하는 갈매기까지. 모든 것은 추억처럼 정지해 버렸다. 단 두 사람만을 예외로 둔 그 머뭇거림은 영원토록 지속될 것 같이 아주 느리게, 느리게 진행됐다. 벨제부브가 난간 위에 손을 걸어보지만 그것은 실체 없는 그림자처럼 그의 손가락 사이를 빠져나갔다. 벨제부브가 객혈을 토해내는 루시퍼를 내려다봤다.

"정말 환상적이야, 루시퍼. 이거 정말 멋진 세상인걸. 내가 살아온 세월들이 모두 환상이었다는 거잖아. 하지만 이런 건 너무 재미없어. 정지한 세계에 사는 건 내겐 천국이나 다름이 없거든. 그러고 보니 10분, 아니 5분 후에 내가 어떤 결정을 내렸을지 상상이 되는걸? 가엾은 루시퍼. 그 절대적인 권능을 지니고도 이렇게 무너질 수밖에 없단 말인가. 잔인하고도 잔인하구나. 창조주의 뜻은 오묘하고 미묘하면서도 참 허망하고 얄궂단 말이지."

루시퍼가 힘들게 고개를 들었다.

"난 당신을 증오합니다. 그리고 이해하고 싶지 않습니다."

벨제부브가 뒤를 돌아보았다. 아무도 없었다.

"누구에게 말하는 거지? 고해성사라도 하는 건가?"

루시퍼의 텅 빈 동공은 정확히 벨제부브의 흉측한 안면을 향해 열려 있었다.

"하지만……. 당신이 틀렸다고 말하진 않겠습니다. 이제 정말 나를 거두어 주십시오."

벨제부브의 미소가 사악해졌다. 그러더니 노파의 손바닥에서 달궈진 쇠사슬이 느닷없이 튀어나와 그의 목을 철거덕 소리를 내며 휘감았다. 팽팽하게 당겨진 루시퍼의 목이 균형을 잃으며 노파 쪽으로 쭉 딸려나갔다.

"그래, 루시퍼. 내가 직접 거둬주마. 네놈 머리통은 가브리엘의 선물. 아니, 나의 장식품으로 진열대에 걸어두지."

루시퍼가 말했다.

"감사합니다, 주님이시여."

* * *

천지로 뻗어가던 타종 소리가 중앙제단 외부의 허옇게 무너져 내린 벽 사이를 길게 통과하더니 단단하게 축조된 거대 궁륭지붕 밑으로 소리 없이 침범해왔다. 그 파동들은 원형으로 둘러싸인 내벽을 열심히 뛰어다니다가 내부를 장악하고 있던 공기층과 부대끼며 잔잔한 충격파를 일으켰다.

사(死)천사들의 넋을 위로하던 프리엘은 두 눈을 번쩍 뜨고 일어나 가슴 높이의 제단 앞에서 한 발짝 뒤로 물러났다. 머리를 조아리는 것을 끝으로 그는 홀연히 돌아서서 아치형 밀문 쪽으로 나아갔다. 밖을 나오자마자 광활한 평지를 침범해오는 어두운 그림자를 볼 수 있었다. 그 거대한 음영은 양 날개로 중앙평지의 절반 이상을 밀고 들어오다가 결국, 대기를 먹어치우듯 온 하늘을 먼지처럼 뒤덮어버렸다. 빛이 사라졌고, 그걸 대신한 그늘이 평지 아래로 거대하게 드리웠다. 원군을 올려다보는 천사들은 기쁨과 환영의 미소를 통해 그들의 움직임에 화답하고 있었다. 프리엘의 등장을 확인하자 갑주를 걸친 수천의 무리들이 주르륵 도열하기 시작했다.

프리엘은 지상 착지를 시도하는 100만 천군의 정병들을 눈으로 직접 확인했다. 몸에 두른 갑옷의 번쩍거림과 힘차게 바람을 가르는 드센 날갯짓들까지. 수를 헤아리기 힘든 그 집결된 위세에 프리엘은 자신이 한 없이 작은 존재에 불과하다는 사실을 실감했다. 루시퍼가 나타난다 한들 이 기세를 마주하면 그 즉시 꼬리를 내리고 도망치게 되리라.

프리엘은 100만 천군의 낙하 도열을 지켜보다가 세 키 높이의 바위 위에 올라섰다. 그러고는 천천히 얼음창을 꺼내들고 하늘 높이 위용 있게 치켜들었다. 그러자 창끝에서 하늘색 신성 기운이 터지면서 도열한 천군의 끄트머리까지 파도처럼 뻗쳐나갔다. 그걸 시작으로 전의 충만한 정병들의 함성소리가 땅을 뒤흔들고 천지를 요동시켰다. 프리엘이 얼음창을 가로로 세우자마자 평원은 삽시간에 고요해졌다.

"에덴의 수복이 눈앞으로 다가왔다."

정병들의 기합과 같은 함성소리가 퍼졌다.

"우리는 모리엔을 수복하고, 평원 서남부에 있는 루시퍼 성전을 향하게 될 것이다. 그곳에는 천사장 가브리엘께서 기다리고 있으니 전혀 두려워할 것이 없다. 그분을 따라 델피오르만 함락하게 되면 우리는 6년 전의 치욕을 벗어버릴 수 있는 찬란한 영광을 마주하게 되리라. 죄악의 천사 루시퍼는 지옥으로 쫓겨날 것이며 우리가 잃어버린 에덴은 원래대로 복구될 것이다. 우리에겐 승리만이 있으며 그 승리의 날을 위해 우리는 지금 여기 이 자리에 모여든 것이다. 주님의 보호하심이 우리와 함께할 것이니 전군은 용기와 기백을 잃지 말고 결연하게 대항하라!"

우레같은 환호와 함성이 뻗쳐 나오는데 그들 무리의 머리 위에 작은 공간 하나가 투명한 빛을 내며 쩍 벌어졌다. 그러더니 상위천사 위시엘이 네 명의 중위천사를 대동하고 나타났다. 그들은 부드러운 곡선을 타고 내려와서는 프리엘이 서 있는 널바위 옆에 가뿐히 내려앉았다. 날개를 접고 바라보는 위시엘의 표정이 사뭇 심각해보였다.

"무슨 일인가, 위시엘. 하시미엘과 같이 북부 루트에 있다고 하지 않았는가. 무슨 변고라도 생겼는가?"

위시엘이 입을 가져다 대고 조용히 속삭였다.

"너무 혼란스럽습니다. 잠시 따로 얘기를 나눠도 되겠습니까?"

심상치 않음을 느낀 프리엘이 가볍게 바위 아래로 뛰어 내려왔다. 그는 기립해 있던 중위천사들에 일러 진군 대열을 조정하고, 출정 준비에 들어가라는 엄중한 지시를 내렸다. 그러고는 잰걸음으로 마당을 가로지른 뒤 초조해하는 위시엘과 함께 제단 깊숙이 몸을 숙이고 들어왔다. 아치문이 완전히 닫히자, 위시엘은 우두커니 서서 서럽게 흐느끼기 시작했다. 휘어지려는 그의 몸을 프리엘이 간신히 붙잡았다.

"무슨 일인가, 위시엘! 말을 해보게?"

부축한 손끝에서 위시엘을 점령한 공포가 그대로 느껴졌다. 그는 바들바들 떨고 있었다.

"하시미엘이……."

"뭐?"

그는 현실을 거부하는 표정으로 일관하다 힘에 부친 듯 천천히 말문을 열었다.

"저의 동료 하시미엘이…… 죽었… 습… 니… 다."

순간, 프리엘은 영혼이 빠져버린 것과 같은 커다란 충격에 휩싸였다. 이럴 수가 있단 말인가. 어째서. 현실감각이 사라지고, 정신이 아찔해지면서 온 세상이 축축하고 어둡게 느껴지기 시작했다. 그러다가 두 발에 억지힘을 싣고 바닥에 주저앉은 위시엘을 호되게 꾸짖었다.

"당장 일어나라, 위시엘! 너에게 부여된 대천사의 지위가 네 주변의 것들만을 위해 작용한단 말인가!"

그는 위시엘을 단호히 일으켜 세운 다음 흐트러진 눈을 똑바로 응시했다.

"무슨 일이 있었는지 똑똑히 말해보라!"

"하시미엘이 하디움으로 진격하던 도중, 갑자기 정신을 잃고 지상 아래로 추락했습니다."

"악마들의 기습을 받았단 말인가?"

"아닙니다."

"그럼 대체 무슨 일이 있었단 말인가. 그래서 하시미엘은 지금 어디 있나?"

"엘리안을 불러 천국으로 안치시켰습니다."

위시엘이 눈물을 흘리며 대답했다.

"이유도 없이 추락했단 말인가?"

"내려갔을 땐 이미 심장이 뛰지 않았고, 신성 기운이 모조리……."

프리엘의 입술이 딱딱해졌다.

"그럼, 북부군단은 지금 누가 맡고 있는가?"

"셀타리온을 지키던 대천사를 불러들였습니다."

프리엘의 입에서 한숨소리가 새어나왔다.

"미카엘께서도 알고 계신가?"

위시엘이 고개를 좌우로 가로저었다.

"이 사실을 자네 말고 또 누가 알고 있는가?"

"아직 저와 엘리안밖에는 모릅니다. 경황이 없어 제때 소식을 전할 수가 없었습니다. 천사장께서 여기 계신다는 얘길 듣고……."

프리엘이 꺼지는 한숨을 내쉬었다.

"전령천사와 자네가 길이 엇갈렸나보군. 미리 소식을 알았더라면 이리로 오진 않았을 텐데. 가브리엘께서 내리신 위임장에 따라 미카엘께서는 북부군단의 최종 루트를 루시퍼 성전으로 옮기라 지시하셨네. 그곳으로 집결된 천군 병력이 델피오르와 마지막 성전을 치룰 걸세. 아마도 지금쯤이면 북부군단으로 그 서신이 도착했을 거야."

위시엘이 다소 차분해진 얼굴로 물었다.

"천사장께서 위임장을 쓰셨단 말입니까?"

"그렇다네. 가브리엘께서는 기약 없는 약속만 남기시고 뒷일의 모든 일을 미카엘께 부탁하셨네. 미카엘께서도 여길 한참 전에 떠나버렸지. 나는 천군의 정병 100만을 기다렸다가 서쪽 모리엔을 수복하고 루시퍼 성전을 향하도록 명령받았어."

그때 제단 문이 끼익 열리고, 역광을 등진 허연 실루엣이 문간 사이를 위태롭게 걸어 들어왔다. 거리가 빠른 속도로 좁혀졌고, 그늘을 벗은 이방인의 실체가 드러나면서 프리엘과 위시엘의 표정은 급속도로 경직됐다. 대천사 엘리안. 천국을 수호하고 있어야 할 그가 어째서 메데우스의 중앙 제단까지 손수 걸음을 했단 말인가. 불길함을 느낀 위시엘이 두서없는 발씨로 내달아 건더니 비틀거리며 다가오는 엘리안의 팔을 강하게 붙들었다.

"엘리안, 천국의 방비는 어떻게 하고 자네가 왔단 말인가. 그렇지! 하시미엘, 하시미엘은 좀 어떤가. 전혀 가망이 없는가?"

그는 침묵으로 일관하다가 위시엘을 그냥 지나쳐서 프리엘 쪽으로 걸어갔다. 그러더니 프리엘의 지근거리에 멈춰서서 참담한 얼굴로 고개를 푹 숙였다.

"라피엘의 사체를 확인했습니다."

프리엘의 눈가가 벌게지더니 입술을 꾹 깨물었다.

"그럴 리가……. 라피엘이 정말 맞나?"

"목은 잘려 있었고, 까마귀들이 파먹은 사체는 심하게 훼손돼 있었습니다."

"어디서 발견됐나?"

프리엘의 목소리가 가느다랗게 떨렸다.

"인간세계에 있는 무명지의 산꼭대기입니다. 그 일대가 악마들이 내뿜은 악의로 가득했다 합니다."

눈을 질끈 감아버린 프리엘이 이마를 짚고 뒤로 물러났다. 얼마 후, 실타래처럼 엉켜버린 프리엘의 머릿속으로 조금은 단단해진 듯한 목소리가 비집고 들어왔다. 위시엘이었다.

"지금 당장 이 사실을 미카엘에게 알려야 합니다."

"아니. 그러지 말게."

"예?"

"그럴 필요 없네. 그래, 그러지 않는 게 좋겠어."

프리엘이 독약을 삼키듯 중얼거렸다.

"이유가 뭡니까, 프리엘."

"적어도 당분간, 미카엘께서 두 대천사의 죽음을 모르시는 게 좋겠네. 그는 지금 가장 강력하다고 알려진 리바이어던과의 조우를 앞두고 있단 말일세. 비장한 각오에 있을 미카엘에게 이 사실은 절대 득이 되지 않을 거야. 일이 마무리되는 대로 내가 직접 얘기하겠네. 이건 천군의 사기와도 직결된 문제일세."

위시엘과 엘리안이 수긍의 표시로 고개를 끄덕였다.

"그럼 됐네. 자네 둘은 이 사실이 새어나가지 않도록 당분간 신중하게 처신하도록 하게. 그리고 각자 제자리로 돌아가 맡은 역할에 충실히 임해주게. 추후 이 일에 대해 비난이 인다면 그건 오로지 내 몫으로 남게 될 것이네."

엘리안이 떠나고 나자 제단은 다시 무거운 고요 속으로 침잠해 들어갔다. 둘은 마치 커다란 흉물 속에 꼼짝없이 갇혀 있다는 답답한 느낌을 받고 있었다. 물론 그 신성하지 못한 감정이 창조주의 부재로부터 생성된 불순임을 모르지는 않았다. 그분은 어째서 말도 없이 떠나버렸을까. 왜 천사들의 죽음에 대해 방관만 하고 계신 것일까. 다른 계획이 있을까. 아니면 미카엘의 의심처럼 정말 신은 우리를 버리고 홀연히 사라져버린 것일까. 어느 누구도 대신해 줄 수 없는 지독한 외로움이 밀려들었다. 프리엘은 불순물을 정제하듯 자신의 마음을 깨끗이 정화시키고자 노력했다. 그런데 어떤 형태의 분노 하나가 그의 발목을 끈덕지게 잡고 늘어졌다. 그건 도저히 묵과하고 지나칠 수 없는 치욕이었다.

결국 인간들이 짓고 버리는 허물은 천사들이 심판할 문제가 아니었단 말인가. 신을 부정해가는 인간 문명을 내려다보면서 도를 넘어가는 그들의 죄과와 미개함에 대해 그 얼마나 많은 성토와 심판의 잣대를 들이댔던가. 그런데 창조주의 육신을 직접 마주하고 대화하던 우리들이 그분이 잠시 잠깐 부재하다고 해서 이렇게나 흔들리고 있다. 이 혼란의 깊이가 늘어난다면 천사들이라고 해서 인간이 걷는 죄악에 빠져들지 않는다고 누가 장담할 수 있겠는가.

"위시엘?"

젊고 아름다운 청년이 깊고 그득한 눈동자를 가진 프리엘 쪽을 돌아봤다.

"왜 그러십니까?"

"흔들리지 말게."

"……"

실내가 고요해졌고, 위시엘은 그 의미를 이해했다.

"프리엘, 당신께서도 저와 같은 생각을 하시는 겁니까?"

둘의 눈이 마주쳤고, 서로는 기나긴 침묵을 통해 서로의 진정한 속내를 들여다봤다.

"프리엘, 저의 불경을 전제로 한 가지만 물어도 되겠습니까?"

프리엘이 억지 미소를 보이며 말했다.

"난 미카엘만한 지혜를 갖고 있지 못하네. 하지만 그 얘기를 들어보고 싶군. 설사 그분에 대한 믿음을 저버린 질문이라 해도 이 안에서는 문제 삼지 않겠네."

주저하던 위시엘이 결심을 굳힌 듯 눈을 크게 떴다.

"우리가 믿는 것은 무엇입니까?"

"당연히 우리의 주님이시네."

"우리는 주님의 무엇을 믿는 것입니까?"

"그분의 진리가 아니겠나."

"그 진리가 무엇인지 말씀해 주실 수 있겠습니까?"

프리엘은 순간 이런 생각이 들었다. 이러한 불신이 대천사들의 마음 속에 그간 얼마나 소리 소문 없이 자라고 있었을까. 그리고 그것을 억누르고 있었던 건 무엇이었을까. 의심을 억누르는 것이 정녕 선의였단 말인가. 조금은 혼란스러웠다.

"주님의 사랑과 자비, 그분의 지혜가 아니겠는가."

프리엘이 대답했다.

"누구를 위한 사랑이며 자비입니까?"

"선의를 지닌 모든 것이 아니겠나."

"주님께서 정녕 악마와 천사를 창조하신 이유가 무엇입니까. 어째서 그 둘은 자유의지를 가지고도 이토록 치열한 대결을 펼쳐야 하는 겁니까. 전지전능하다 여겨지는 그분께서는 왜 이토록 상대되는 것들을 만들어 험난한 길을 걷게 하시는 겁니까?"

"나도 잘 모르겠네. 하지만 고통과 실패의 과실이 우릴 더 단단하게 만든다는 건 알고 있네."

"악이 없다면 우리가 더 단단해지고 완벽해져야 할 이유가 있습니까? 설사 우리가 그 고통을 딛고 완벽해진다면 우리는 신이 되어야 하는 겁니까?"

프리엘은 대답하지 못했다. 그러자 위시엘이 눈물을 흘리면서 땅바닥에 절을 하기 시작했다. 그의 어깨가 심하게 떨렸고, 터져버린 번뇌물결은 길 잃은 미아 같이 혼란스러워 보였다. 미카엘이라면 어떤 얘기를 해줬을까. 서로간의 의심을 확인해버린 이상 그저 믿고 기다리라는 말은 공허한 되새김질에 불과할 것이었다. 프리엘은 바닥에 엎드린 위시엘의 전신을 감싸 안았다. 그가 겪는 외로움은 자기와 만치 크고도 농밀하리라. 위시엘이 눈물을 훔치며 재차 물어왔다.

"저처럼 멍청한 자가 또 있겠습니까. 저는 대천사의 자격이 없습니다, 프리엘. 전 그분의 말씀 자체를 믿어왔습니다. 그분의 말에서 저를 보지 못했고, 그 말씀이 저라고 착각을 하며 살아왔습니다. 저는 진리가 무엇인지도 몰랐고, 믿음 자체를 믿어오는 바보 같은 짓에 함몰했습니다. 전 어떻게 해야 합니까. 모든 게 무너지고 혼란스럽습니다. 어째서 창조주께서는 모든 이들의 마음속에 의심의 씨앗을 만들어 놓으신 겁니까. 그 씨앗이 어째서 선의를 가졌다는 존재들에게까지 고스란히 심어져 있단 말입니까. 차라리 믿음을 믿었던 시절로 되돌아가고 싶습니다. 길이 아닌 길을 걸어왔기 때문에 저에겐 돌아갈 길마저도 없습니다, 프리엘."

"위시엘. 나의 지혜는 여기까지라네. 하지만 당장 우리들의 눈앞에 떨어진 일들을 잘 보세. 결론이 어떻게 나든 우리는 본능적으로 알고 있지 않나. 우리들은 악마들에게 선의를 베풀어 줄 수가 없네. 이것은 저들도 마찬가지겠지. 모든 일이 끝나고 미카엘에게, 그도 부족하면 천사장 가브리엘을 통해 직접 답을 구해보세. 이러한 의심 자체에 대해 책임을 물어온다면 나는 기꺼이 보통의 피조물로 살아가는 걸 부끄럽게 여기지 않겠네. 그 의심의 꽃이 지면 우린 다시 예전으로 돌아갈 수 있을 걸세."

* * *

"정신 차리시오."

찰싹이는 뺨 소리가 났고, 검정 피부를 가진 상대는 혼절자의 얼굴 위에서 그걸 몇 번이나 반복했다. 볼이 따가웠고, 몸은 목석처럼 꿈쩍하지 않았다. 다만 손가락 끝 부분에서 차갑고 부슬부슬한 촉감이 났을 뿐이었다. 고개를 돌려보니(그렇게 생각했던 것 같다) 거기엔 회갈색 빛의 늑대 한 마리가 영혼이 빠져버린 눈을 하고 널브러져있었다. 그걸 마주본 순간, 현민은 영감을 얻은 미술가처럼 상황을 한꺼번에 이해했다. 그러면서 흉골 밑이 답답해지고, 마음이 초조해졌다. 늑대 한 마리는 현민의 이마 언저리를 앞발로 톡톡 문질러댔다.

"이보시오. 정신 차리란 말이오."

현민은 눈을 끔벅여서 일단 살아있다는 신호를 보냈다.

"그렇지, 이제야 정신이 드는 모양이군."

그러나 말을 해보려는 시도는 철저한 실패로 끝이 났다. 혓바닥을 지탱하는 근육이 주인의 대뇌 명령을 철저히 무시하고 있는 것이다. 두 번 죽기는 싫다. 이대로는 너무나 위험하다. 몇 분 후로 예견돼 있는 참상을 피하려면 지금 당장, 눈앞의 이 남자에게 내가 본 것들을 숨김없이 알려줘야 한다. 그러니까 어서 좀 움직여달란 말이다. 제발 좀.

현민은 사력을 다해 목구멍에 힘을 뺐었다. 허나 어찌된 일인지 입가에는 침샘에서 분비된 끈끈한 타액들만이 민망하게 흘러나왔다. 눈을 치뜨고 나이트메어를 노려봤지만 그는 혼절자의 광기를 그저 그런 단순한 발작 증세로만 여기는 듯 보였다. 그러다가 나이트메어의 동그란 눈이 현민의 바들바들 떨리는 무릎에 고정됐다. 휘둥그레진 나이트메어가 웃옷을 열어젖히더니 명치 한가운데를 촉진을 하다가 암 덩어리라도 발견한 의사처럼 놀라운 표정을 지어보였다. 그러더니 현민의 양 발목을 틀어쥐고서 물구나무를 세우 듯 전신을 거꾸로 들어올렸다. 그는 위아래로 흔들면서 등 언저리를 탁탁 두드렸다. 이윽고 현민의 입 안에서 짓무른 타액 덩어리가 흘러나오고, 활화산 같이 가쁜 숨이 목구멍을 타고 한꺼번에 터져 나왔다. 드디어 몸은 기적적으로 되살아났다.

"괜찮소?"

현민은 곧장 태연하게 앉아있는 그를 붙들고 일어났다. 그러고는 눈앞에 흐르는 계곡물 속으로 저벅저벅 들어갔다.

"빨리 도망쳐야 하오. 어서 날 따라오시오."

물속으로 끌고 들어가려는데 나이트메어가 힘을 주고 버티기 시작했다.

"기껏 살아났나 했더니 머리를 심하게 다쳤소?"

나이트메어가 혀끝을 차면서 긴 한숨을 내쉬었다.

"제라드, 곧 세베알이 우릴 잡으러 올 거요."

나이트메어가 어처구니없어 하는 표정을 지어보였다.

"난데없이 세베알이라니. 난 그녀의 기운을 느끼지 못했소."

"믿기 힘들다는 거 아오. 하지만 난 미래를 봤고, 내가 본 건 조만간 현실로 나타나게 될 거요. 속는 셈치고 날 따라와 보시오. 어서!"

현민은 의심쩍어 하는 그를 이끌고 물속으로 대번에 뛰어 들어갔다. 살이 닿는 곳에서 옅은 물너울이 일기 시작했고, 뒤에서는 살아남은 늑대 하나가 버림받은 처지를 비관하듯 낑낑 소리를 내며 물가 주변을 초조하게 왔다 갔다 했다.

물살은 세지 않았지만 깊이는 무시할 정도가 아니었다. 물은 곧장 가슴까지 차오르더니 턱 밑을 바짝 추격해 들어왔다. 발을 헛디딜 때면 그 얼음물이 턱 선을 넘어서 목구멍 안으로 심심치 않게 들어왔다. 현민은 모래를 뱉어내듯 그것을 입 안에서 연거푸 토해냈다. 좀 더 나아가자 지면에 발끝이 떨어지면서 부력의 힘이 고스란히 느껴졌다. 현민은 뒤따르는 나이트메어의 귓등에 대고 소리쳤다.

"잠수해야겠소, 제라드."

"뭐요?"

"잠수 모르오? 잠영!"

현민은 호흡을 깊게 끊고서 차가운 물속으로 몸을 쑥 집어넣었다. 곧바로 귀가 먹먹해지더니 시야가 뿌예지고 살갗을 에는 추위가 피부를 찢어대는 것처럼 찾아들었다. 생사가 걸린 문제인 만큼 현민은 부수적인 것에서 오는 고통을 최대한 생각하지 않기로 했다. 그는 대충 방향만 가늠한 채 유수를 거슬러 팔을 앞뒤로 휘젓고 발목을 위아래로 흔들었다. 추진력을 얻은 몸뚱이가 전방을 향해 단속적으로 움직이기 시작했다. 그렇게 물속을 휘젓고 다니다보니 어느 순간 시야가 검어지면서 손가락 사이에 조그만 조약돌들이 걸리기 시작했다. 현민은 배꼽 높이의 수면 위로 올라 나와 등만 보이고 떠있는 나이트메어를 툭툭 쳤다. 아무래도 나이트메어는 잠영의 의미를 모르거나 잠수가 불가한 육체적 한계를 지니고 있음이 분명했다. 어쨌건 안전하게 건너왔으니 가타부타 따질 이유는 없다. 그때 허연 김을 내뿜으며 나이트메어의 얼굴이 불쑥 수면 위로 튀어나왔다.

"조금만 더 가면 돼요."

나이트메어가 흠뻑 젖은 얼굴을 위아래로 쓸어내렸다.

"여길 왜 건너 온 거요?"

"쉿!"

현민은 고개를 숙이라는 신호를 보냈다. 동시에 나이트메어의 정수리를 누르면서 다시 물속으로 첨벙 들어갔다. 그러고는 신속하게 바닥과 주변 지형을 더듬었다. 조그만 조약돌들 밑으로 한 움큼 쌓여있는 부들부들한 흙모래들이 만져졌다. 발장구를 쳐서 안쪽을 좀 더 더듬다가 미끌미끌한 생물체가 그의 팔목을 휙 쓸고 지나가는 것도 느꼈다.

잠수에 허용된 시간이 초과하면서 가슴이 뻐근하고 숨이 차오르기 시작했다. 현민은 정신을 가다듬기로 했다. 이대로 포기하면 정말 개죽음이다. 현민은 무거운 조약돌 두 개를 손에 쥐고 두발로 기는 것처럼 앞으로 더듬더듬 나아갔다. 그랬더니 결국, 딱딱하고 뾰족한 이물감이 환란의 탈출구처럼 불현듯 찾아들었다. 바로 여기. 현민이 그토록 찾던 공간이다. 그러나 순간적인 방심으로 나이트메어의 손을 놓쳐버리고 말았다. 그는 시계와 상관없이 눈을 크게 뜨고 손을 허위허위 휘저었다. 순간적으로 나이트메어의 머리끄덩이가 걸려 잡혔다. 상당히 기분이 나쁠 줄 알면서도 현민은 머리채를 그냥저냥 붙잡고 찾아둔 방향으로 물속을 헤쳐 나가기 시작했다. 때로는 유수에 몸을 맡겼고, 때로는 자맥질을 해서 몸의 균형을 잡았다. 수심이 깊어지는 움푹한 지형으로 들어왔을 땐 마지막 생사기로에 섰다는 마음가짐으로 묵직한 돌덩이 바닥을 하나씩 하나씩 정확히 더듬어갔다. 그러다가 드디어 몸피 하나가 겨우 들어갈 만한 조그만 해저 동굴을 찾게 됐다. 몸을 붙박고 있자니 거세진 물살이 체력을 삽시간에 깎아먹기 시작했다. 그러나 버텨야 했다. 내가 찾는 장소는 바로 이곳이다. 현민은 나이트메어의 머리채를 잡은 손을 끌어서 그의 몸뚱이를 먼저 그 조그만 구멍 안으로 집어넣었다. 완전히 들어가는 걸 확인한 뒤에는 나이트메어의 뒤꽁무니를 따라 구멍의 테두리 속으로 자기의 몸도 쑥 밀어 넣었다.

동굴 안쪽은 물이 바깥보다 차가운 대신, 밑바닥이 평평하고 수심이 가슴 높이로 일정했다. 현민은 컴컴한 수면 위로 올라와서 그동안 참았던 숨을 하나도 남김없이 모조리 내뱉었다. 그러자 정지해있던 피가 돌기라도 하는 냥 몸속 세포들이 회생의 환호를 질러대기 시작했다. 그러나 채 몇 초도 지나기 전에 다시 입술이 파르르 떨리면서 뱃속의 내장들이 얼어붙기 시작했다. 팔다리에서 느껴져야 할 통각도 마비가 와버린 듯했다. 현민은 잔잔한 물살을 헤치면서 나이트메어를 찾아 불렀다.

"제라드, 내 말이 들리는 거요? 제라드, 어디 있소?"

어떤 손 하나가 불쑥 튀어나와 현민의 입막음을 했다. 조용한 숨소리가 두 사람 사이를 갈마들었고, 허연 입김이 현민의 귓등을 스치며 다가왔다.

"조용하시오. 바깥에 세베알이 온 것 같으니까. 난 그녀의 저 음습한 기운을 본능적으로 느낄 수 있소."

손이 조심스럽게 풀리자 그는 현민의 셔츠 뒷자락을 조심히 잡아당졌다.

"어쨌거나 당신이 옳았소. 이제 중요한 건 우리가 여길 벗어나야 한다는 거요. 이다음 계획은 있소?"

"계획 따위는 없소, 제라드. 난 그저 살기 위한 선택을 한 것뿐이오."

나이트메어가 옅은 신음을 내뱉었다.

"여기서 계속 이러고 있을 순 없소."

"투정 좀 그만 부리시오, 제라드. 인간도 아니라면서 왜 이리 엄살이 심한 거요. 난 지금 온몸이 얼어붙어서 죽기 직전의 상황이란 말이오. 그나저나 세베알은 갔소?"

추위에 잠식당한 현민이 이빨을 딱딱 부딪쳤다.

"아직 밖에 있소. 우리를 찾고 있는 것 같은데 여기로 건너올 생각은 안하는군."

"미쳐버리겠군. 이러다간 냉동인간이 돼버리겠어."

"일단 안쪽으로 들어가 봅시다. 바람이 느껴지는 걸로 보면 다른 쪽과 분명 연결이 돼 있을 거요."

현민은 고개를 끄덕이고 나서 물살을 휘저으며 동굴 깊숙이 들어갔다.

사방은 아무것도 보이지 않았다. 단지 천장에서 떨어진 물방울이 앞을 헤치며 나아가는 그들의 머리 위에 뚝뚝 떨어졌을 뿐이었다. 어디선가는 자잘한 물줄기소리가 들려와서 공허한 동굴 내부의 유일한 생명 같이도 느껴졌다. 수위가 배꼽 밑으로 낮아지면서는 일행의 진행 속도에 탄력이 붙기 시작했고 물살 가르는 속도도 빨라졌다. 그만치 둘이 일으키는 파열음도 덩달아 거세지면서 동굴 내부는 시끄러운 포말소리가 한소끔 흘러넘쳤다. 그럼에도 동굴의 울퉁불퉁한 측면을 더듬어 나가다보니 거리에 비해 시간이 다소 많이 소진됐다. 그렇게 반시간을 더 나아가자 공기울림이 심해지면서 폭과 천장이 좁아졌다. 수위는 급속도로 다시 깊어졌는데 앞장을 서던 나이트메어가 돌연 제자리에 멈춰섰다.

"제라드?"

"길이 막혔소."

"연결돼 있는 거 같다고 하질 않았소."

"맞소. 바람이 있다는 건 출구가 있다는 얘기요. 분명히 바람은 느껴지는데……. 물 밑에서 조약돌 하나만 집어 주겠소?"

현민은 손을 내뻗다 실패하자 몸을 물속에 완전히 집어넣은 뒤 밑바닥을 차근차근 더듬었다. 그러다가 손 그물에 걸린 조그만 돌 하나를 나이트메어에게 넘겨주었다. 그런데 나이트메어는 몇 번이나 퇴짜를 놓으면서 애써 찾아 준 조약돌들을 먼발치에 던져버렸다.

"지금 장난하는 거요. 왜 버리는데?"

"재질이 좋지 않았소. 가능하면 석영이 많이 포함된 돌이면 좋겠는데."

"그딴 돌을 이 속에서 나더러 어떻게 찾으란 말이오."

"시도하다보면 하나는 걸리지 않겠소."

신경질이 나기도 했지만 현민은 생각이 있어 저러겠거니 하며 얌전히 돌 낚시를 시도했다. 상반신을 연거푸 차가운 물속에 담구고 있자니 몸이 칼에 베이는 것만큼이나 고통스러웠다.

"이게 마지막이오. 더 이상은 추워서 못하겠소."

마지막 조약돌을 건네자 어둠 속에서 만족스런 목소리가 흘러나왔다.

"이거면 될 것 같소."

그러더니 갑자기 빛이 투영되어 나오면서 시커멓던 동굴이 환하게 비춰들었다. 물에 젖은 나이트메어의 담담한 낯빛이 허연 입김과 함께 선명하게 들어왔다. 시선을 위쪽으로 돌렸더니 좁다란 틈이 갈라져있고,

그 끄트머리가 직각으로 꺾여 다른 동굴과 하나로 이어져 있었다. 지나온 동굴의 뒤쪽에는 측벽의 가장자리에 두 세 사람이 올라설 수 있는 평평한 너럭바위가 형성돼 있었다. 현민은 그곳을 가리켰다.

"제라드, 일단은 저곳에서 좀 쉬었다 갑시다. 지금 체력으론 저 꼭대기까지 올라갈 수 없을 것 같소."

둘은 지나온 길을 거슬러 나아간 뒤 너럭바위 위에 흠뻑 젖은 몸을 기중기마냥 들어올렸다. 바짓단 밑으로 물이 질질 흘러내렸고, 차가운 공기가 허파꽈리 속에 둥지를 틀기 시작했다. 나이트메어는 자연 발광하는 조약돌을 화톳불마냥 내려놓더니 벽에 등을 기대고 앉아 가쁜 숨을 내쉬었다. 아쉬운 점은 그 조약돌이 전혀 열을 동반하지 못한다는 사실이었다. 현민은 셔츠를 벗어낸 뒤 있는 힘껏 물기를 짜냈다. 건너에 앉은 나이트메어를 쳐다봤더니 표정이 살아나고 얼굴이 쌩쌩하게 돌아오고 있었다. 솜털까지 오그라들 것만 같은 자신과는 너무나 대조적이어서 약이 오른다는 느낌마저 들었다. 현민은 고개를 젖힌 상태로 털썩 주저앉은 뒤 다리를 모아 세우고 양 손바닥을 겨드랑이 사이에 비벼 끼웠다. 배에서 꼬르륵 소리가 났다. 그 소리에 나이트메어가 반응을 보였다.

"배가 고픈가 보군."

"악마는 아무것도 먹질 않소?"

현민이 퉁명스럽게 대꾸했다.

"인간이 고기의 육질을 씹는다면 악마는 고기에 담긴 그것의 영혼을 씹는 이치요."

"이랬거나 저랬거나 난 지금 배가 고프오."

"난 인간의 식욕을 사랑하지. 영혼을 씹는 맛보다는 고기의 단백하고 짭조름한 맛이 더 좋거든."

"루시퍼만큼이나 유별나군."

나이트메어가 피식 웃더니 이맛살을 끌어올리며 물었다.

"어떻게 알았소?"

"무얼 말이오."

"세베알이 올지 어떻게 알았냐는 말이오. 난 솔직히 전혀 눈치 채지 못하고 있었소. 방심을 했다고 말하는 게 맞겠지. 설마 루시퍼의 왜곡장이 뚫릴 줄은 생각도 못했거든."

"이곳이 어딘지 알고 있는 거요, 제라드?"

"루시퍼가 마련해둔 지옥 정원은 총 세 곳이오. 하나는 한참 전에 봤을 거고, 여기가 그 두 번째 장소지. 그런데 세베알이 이곳을 알아내다니 그건 내 생각 밖의 일이었소. 어째서인지는 나도 도무지 이해할 수가 없군. 허락된 존재 말고는 눈에 보일 리가 없는 장소인데."

입을 굳게 다문 나이트메어가 시선을 맞추며 재차 토를 달았다.

"그보다 미래를 보았다는 말이 무슨 의미요? 이제 좀 설명을 해보시겠소? 내 궁금증을 만족시켜 준다면 사례를 톡톡히 하겠소."

현민이 입을 뗐다.

"무슨 연유인지는 모르겠지만 눈을 떴을 때 미래의 잔상들이 내 머릿속에 남아있었소."

나이트메어가 눈을 가느스름하게 뜨고서 턱 끝을 신중하게 어루만졌다.

"내가 기억하는 건 교수가 갑자기 정신을 잃고 비탈길 아래로 굴러 떨어졌다는 거요. 카니푸(지옥 늑대)가 당신 밑에 깔렸기에 망정이지 안 그랬으면 처박힌 바닥에 뭉개져서 갈비뼈 하나 못 추리고 내장이 터져버렸을 거요. 당신은 녀석에게 큰 빚을 진 거요. 무슨 말인지 아시겠소? 아무튼 이제 말이나 해보시오. 갑자기 왜 정신을 잃어버린 건지."

"나도 잘 모르겠소. 팽팽하게 당겨진 끈이 어떤 가위에 순식간에 잘려나가는 것 같았소. 몸이 뻣뻣해지면서 내 체온이 공기 중으로 증발해

버리는 느낌이랄까. 가풀막 아래로 추락할 땐 정말 죽는 줄 알고 얼마나 놀랐던지. 그렇게 밑바닥에 누워있는데 당신이 급하게 내려와서 내 얼굴에다가 계곡물을 뿌려대고 뺨을 후려치는 게 아니겠소? 날 살려보겠다는 생각인 건 알겠는데 기분이 좀 나쁘더군."

나이트메어가 난감한 표정으로 침묵했다. 조금 어처구니가 없어 하는 것도 같았다.

"생트집 좀 어지간히 부리시오. 인간이란 좋은 선의를 그렇게 결과로만 따지고 드는 나쁜 습성이 있지."

"아무튼 그걸 문제 삼고 싶은 생각은 없소. 다만 그 이후가 문제였소. 당신이 죽어버린 거요."

나이트메어가 어깨를 으쓱했다.

"내가 죽었다니. 날 죽은 놈 취급하는 게요?"

"세베알이 나타나 당신의 등짝에다 벌집만한 구멍을 만들었소. 너무나 순식간이었지."

"혹시 꿈을 꾼 거 아니오?"

"그럴 수도 있소. 정신을 잃을 때마다 이상한 꿈을 자꾸 꾸게 되니까 말이오."

"어떤 꿈인지 얘기해줄 수 있소?"

"온 세계가 불길에 휩싸여 파멸되는 꿈이었소. 사람들이 비명을 지르고 처참하게 죽어나갔는데 어떤 허름한 차림의 남자가 그 사이로 구슬픈 울음소리를 내며 걸어왔소. 그러더니 갑자기 벨제부브로 변모해서는……."

"개꿈이오. 겁을 좀 많이 먹은 게로군."

현민 역시도 동조할 수밖에 없었다.

"망상이 됐든 개꿈이 됐든 어쨌거나 내 덕분에 살아난 거 아니오."

나이트메어도 거기에는 더 이상 토를 달지 못했다.

“그럼 여긴 어떻게 알았소? 난 당신에게 이런 동굴이 있다고는 설명해준 적이 없는데.”

현민이 몇 번을 망설이다가 대답했다.

“그 뭐랄까. 직감도 아니고, 뭔가를 살짝 엿보았다고 해야 하나.”

“소설 쓰시오?”

“머릿속으로 어떤 정보들이 순식간에 들어왔고. 두통이라고는 표현할 수 없는데 아무튼 텅텅 비었다가 뭔가 묵직한 게 내 머릿속에 가득 들어차있는 느낌이오. 어떤 전체적인 얼개를 엿본 것 같기도 하고, 그런데 지금은 전혀 기억이 나질 않소.”

“내 질문의 요지는 여길 어떻게 알았냐는 거요? 나도 몰랐던 여기를.”

“그러니까 그걸 나도 확실히는 모르겠다는 거요. 그냥 뭐랄까. 그냥. 저…… 그……. 잠겨있는 금고에서 서류 하나를 훔친 느낌이랄까.”

“그런데 그 서류가 이 동굴의 구조도였다? 됐소, 됐어. 물어본 내가 잘못이지. 어쨌거나 당신의 그 머릿속이 문제라는 얘기군. 루시퍼의 꿍꿍이가 담겨 있는 그 머릿속이.”

“맞소. 루시퍼 그 작자가 날 속여먹은 게 분명하오. 이 머리통에 무슨 장치를 단단히 해둔 게지. 난 그 자의 꼭두각시가 돼 있는 것이 분명하오.”

“이쯤에서 결론을 냅시다. 결국 당신은 미래에 일어난 일을 보았다는 얘기가 아니오. 그런데 어째서 당신만 기억을 하고 있을까. 내가 궁금한 건 당신이 미래를 본 건지 아니면 미래에서 과거로 회귀한 건지…….”

나이트메어의 표정이 갑자기 딱딱하게 굳어졌다.

“제라드, 왜 그러시오? 뭔가 짐작되는 거라도 있소?”

“설마…….”

“궁금하게 하지 말고 얘기를 해보시오.”

나이트메어가 눈을 치켜뜨고 말했다.

"루시퍼의 권능. 시간 역행."

"시간을 되돌릴 수 있단 말이오?"

"그렇소. 신의 영역으로 들어가 창조주의 목을 억지로 비트는 것과 같은 거요. 하지만…… 역시나 아닐 거요. 그렇게 되면 루시퍼는 심각한 내상을 고스란히 입게 되니까."

나이트메어가 애써 부정하는 동작을 취했다.

"제라드, 그렇게 감정에 따라 판단할 문제가 아니오. 혹시, 루시퍼에게 불가피한 상황이라도 생긴 것 아니오?"

이번에도 태도는 한결같았다.

"벨제부브의 앞에서 그런 시전을 했다간 죽음을 면치 못할 텐데……. 아니, 그럴 리는 없소. 루시퍼가 죽었다면 분명 징조가 나타났을 거요."

"징조?"

나이트메어가 고개를 끄덕였다.

"가정 자체도 이상하지만 설사, 정말 루시퍼가 소멸됐다고 치면 우리가 앉아있는 이곳은 왜곡장의 균열과 함께 그 즉시 사라져버려야만 하오."

현민이 무릎을 탁 쳤다.

"세베알이 우릴 찾아냈다는 건 왜곡장이 걷혔다는 말도 되는 거 아니오?"

호들갑을 떨며 일어나는 현민을 나이트메어가 고개를 절레절레 흔들며 대꾸했다.

"그렇지 않소. 왜곡장이 걷혔다면 이곳은 지옥이 내뿜는 유황 때문에라도 벌써 잿가루가 돼버렸을 테니까. 우린 아직도 이 동굴 속에 갇혀 있소."

체념하듯 주저앉은 현민은 조약돌에서 번지는 미광을 가만히 쳐다보고 있었다. 그걸 마주하고 있자니 경직된 마음이 풀리면서 따사롭고 훈훈한 느낌이 차분하게 번져드는 기분이었다. 그러다가 뱃속이 헛헛해지고 푸르죽죽한 피부색이 흉물스럽게 비춰보였다. 연거푸 허연 입김을 불어보지만 호전의 기미는커녕 온몸은 차츰 더 딱딱해지고 칙칙하게 변해갔다. 그는 채 마르지도 않은 셔츠를 다시 털어 입은 뒤 무릎을 당기고 그 속에 싸늘한 얼굴을 파묻었다. 배에서는 다시 꼬르륵 소리가 났다. 나이트메어가 그걸 듣고 크게 웃기 시작했다.

"당신 뱃속에 태풍이라도 들었나보오."

"퍽도 웃음이 나나보군. 당신은 배가 고프다는 게 인간에게 얼마나 힘겨운 고통인지 모를 거요."

나이트메어가 손가락으로 수면 위를 몇 번 휘젓더니 부글부글 거품이 일면서 물고기들이 둥둥 떠올랐다. 그는 그것들을 쭉 뻗은 손으로 건져 잡더니 바위에 머리를 탁 두드려 확인 사살을 했다.

"튜파라 불리는 물고기인데 그 맛이 또 일품이지."

"불도 없는데 날 것으로 먹자는 거요?"

대꾸를 무시한 나이트메어가 반항이라도 하듯 물고기의 아가미를 쫙 내뜯더니 그 배를 가르고 희붉은 내장들을 몽땅 끄집어냈다. 그러더니 손질한 고깃덩이를 한쪽에 내려놓고 난데없이 물속으로 들어가는 것이 아닌가. 현민은 그가 건져 올리는 조약돌을 받아 든 뒤 힘들이지 않고 올라올 수 있도록 친절하게 손을 내밀었다. 너럭바위로 올라온 나이트메어가 자신의 내의를 벗어 둘둘 말기 시작했다.

"옷을 땔감으로 쓰겠다는 거요?"

"어쩌겠소. 당신에게는 그 꾀죄죄한 셔츠 한 벌 뿐인 것을. 내가 희생을 할 수밖에."

그는 물속에서 건져낸 조약돌을 내의 위에 올려놓고 검지 끝의 섬광을 이용해 손쉽게 불을 옮겨 붙였다. 불그스름한 불기둥은 순식간에 조약돌을 데워가기 시작했고, 나이트메어는 그 위에 미리 손질해둔 튜파를 올려놓았다. 잠시 후, 고기가 노릇노릇하게 익고 그가 현민을 향해 몸통을 뚝 떼어 코앞에 들이밀었다. 비린내가 심하고 끝 맛이 텁텁한 게 현민의 입맛에는 좀처럼 맞지가 않았다. 그래도 목구멍에 꾸역꾸역 구겨 넣어 체력을 보충하는 데 만전을 기하기로 했다.

식사가 끝나고 둘은 8미터 높이의 암벽을 서슴없이 기어오르기 시작했다. 다행히도 까끌까끌하고 울퉁불퉁한 동굴 표면 덕에 중력을 거슬러 오르기는 한결 수월했다. 나이트메어가 내민 손목을 잡고 정상에 올라간 뒤부터는 간만에 허리를 펴고 물기가 없는 평평한 지면을 걸어볼 수 있었다. 숨소리가 깊어지고, 반대편에서 불어온 미풍이 코끝을 차갑게 쓸고 지나갔다.

길을 안내하고 있는 건 나이트메어의 손바닥에 들린 은은한 조약돌이었다. 그 희뿌연 빛은 천장에 매달린 수 만개의 돌고드름을 내비췄으며 돌부리 사이를 아슬아슬하게 내걷는 일행에게 나아갈 방향을 정확하게 안내했다. 종유석이 통로를 완전히 뒤덮어버렸을 때는 우회로를 찾아 걸어야 했고, 고드름 벽의 얇은 부분을 골라 억지로 뜯어내야 하는 일마저 생겼다. 그렇게 20분을 더 들어가자 통로가 급격하게 가파르지고 마지막엔 뚝 끊어진 막다른 절벽이 나타났다.

“미끄러지지 않게 조심하시오, 교수.”

“다른 길을 찾아봐야 하는 것 아니오?”

“잠깐 기다려 보시오.”

나이트메어가 가지고 있던 조약돌을 시커먼 절벽 너머로 내던졌다. 그러자 자유낙하를 하던 그 조약돌은 불현듯 퐁 소리를 내면서 밑바닥의 깊은 계곡물과 만났음을 알려왔다. 일행이 얼굴을 내밀고 보니 그 조약돌은 한참을 더 가라앉다가 어렴풋한 발광만을 남긴 채 수심 깊은 곳에서 사라지고 있었다.

"수위가 있는 걸로 봐서 뛰어내려도 안전하겠소. 내가 먼저 내려갈 테니 일단 여기서 기다리시오."

나이트메어가 일자로 몸을 세우더니 망설임 없이 허공 밑으로 뚝 떨어졌다. 커다란 물거품소리가 나서 두려움을 무릅쓰고 아래를 굽어봤더니 빛나는 돌조각을 찾아 나이트메어가 잠영을 시도하는 게 보였다. 잠시 후, 그가 수면 위로 올라와 빛나는 조약돌을 머리 위에 들고 흔들었다.

"내가 있는 쪽으로 뛰어 내리시오."

현민은 텔레비전에서 익히 보아온 대로 숨을 크게 들이 마시고, 손을 엑스자로 붙인 뒤, 허공 위에 후들거리는 발끝을 내던졌다. 몸이 곧장 추락했고, 물 튀는 소리가 나면서 피부 안쪽까지 물 기운의 차가운 전율이 그대로 스며들었다. 현민은 발밑을 열심히 밀어대고 손자맥질로 반원을 그리며 올라왔다. 얼굴을 내미는 즉시 참았던 숨이 한꺼번에 토해졌다.

"날 따라 오시오."

현민은 나이트메어의 등 뒤를 바짝 붙어서 쫓아갔다. 물살을 가를 때면 거친 입김이 올라왔고, 불어난 잔물결들은 입술과 턱밑에서 두 가닥으로 차갑게 갈라졌다.

동굴 내부는 시간이 지나면서 다른 형태의 공간으로 점차 변화했다. 천장이 간간이 뚫려있고 거기서 눈부신 햇무리가 수직방향으로 쏟아지는 것이다. 물이 고인 밑바닥은 수영과 도보를 반복해야 할 만큼 오르락내리락 불규칙한 수심 변화를 일으켰다.

울룩불룩한 석주 두 개가 맞닿은 지점을 통과하고부터는 발목 깊이에서 흐르는 드넓은 여울목이 나타났다. 조각난 돌들이 마구잡이로 흩어져 있었고, 바위와 바위 사이에는 격자무늬의 거미줄이 이슬을 머금은 상태로 그물처럼 걸려있었다.

여울목 위로 올라온 일행은 두둑히 쌓인 잔돌들을 신발 끝으로 툭툭 헤치며 나아갔다. 그런 식으로 좁은 통로를 반복해 걷다보니 천장이 가파르게 꺾여 올라가면서 열 사람이 횡으로 걸어도 될 만큼의 넓고 평평한 동굴 지대가 모습을 드러냈다. 흥분을 감추지 못한 일행은 발걸음을 재촉했다. 바야흐로 시야가 반으로 쩍 열리면서 천장 밑까지 흘러내린 큼지막한 녹색넝쿨 줄기들이 보이기 시작했다. 넝쿨 사이를 비집고 몸을 억지로 넣었더니 뜨거운 햇살과 함께 기다리고 기다리던 하늘이 눈앞에 파노라마처럼 펼쳐졌다.

입구 앞으로 나온 일행은 진초록의 거대한 물웅덩이부터 마주했다. 거길 넘어가기 위해서는 또 한 번의 헤엄과 잠영이 번갈아 필요해 보였다. 현민은 반짝이는 수면 위로 첨벙 뛰어들었다. 수영법은 자유형을 택했고, 발목은 오리발이라도 신은 것처럼 위아래를 있는 힘껏 내리쳤다. 건너편 기슭 언저리에 닿았을 때는 미리 도착한 나이트메어가 현민의 젖은 몸을 부유물 건지듯 들어올려줬다. 현민이 그의 풀럭이는 날개깃을 가리켰다.

"참 유용한 물건이오. 당신네들의 조상이 궁금해질 만큼. 참고로 인간은 찰스다윈의 뜻에 따라 물고기에게 제사를 지낸다오."

"잡담은 그만 두고, 이제 방향을 찾아보시오, 교수. 이제 어디로 가야 하는 거요?"

현민은 벌떡이는 심장을 가까스로 달랜 뒤, 두 눈을 감고서 미지의 풀숲 너머를 쭉 한 번 훑어봤다. 그러고는 해가 떠있는 방향을 가리켰다.

"저기요!"

"확실한 거요?"

"이제 와서 못 믿겠다면 당신 마음대로 골라잡든가."

"그게 아니라. 그쪽은 지옥궁이 있는 곳이라. 제 발로 호랑이굴을 찾아가는 꼴이니 원."

"어쨌거나 방향은 그쪽이 맞소. 그나저나 제라드, 이제 어떻게 할 거요. 카니푼가 뭔가 하는 그 늑대들을 또 다시 부를 거요?"

"아니오. 걸어서도 충분하오. 그게 놈들 눈에 덜 띠는 길이기도 하고."

제라드가 현민의 눈길을 의식하며 물었다.

"왜 그렇게 쳐다보시오. 내 얼굴에 뭐, 묻었소?"

"그 쪽지에다가 루시퍼가 대체 뭐라고 써놓은 거요? 죽을 위험까지 무릅쓰고, 끈덕지게 따라붙는 게 이상해서 말이지. 내 보디가드라도 하랍디까?"

나이트메어의 얼굴이 붉어졌다.

"내가 보기엔 이유 없이 루시퍼를 돕는 당신 행태가 더 의심스럽소."

"이유가 없다니! 누누이 말하지만 난 루시퍼에게 완전히 놀아나고 있는 거요. 내 의도와는 전혀 상관없이."

"루시퍼에게 맺힌 한이 큰 것 같군. 교수가 원한다면, 지금 당장 인간세계로 올려 보낼 수도 있소."

현민은 가슴이 답답했다. 여기서 어떻게 그만 둘 수 있겠는가. 기차간에서 이유도 없이 녹아내린 사람들. 자신과 연희를 구하다가 마몬에게 죽임을 당한 대천사 라피엘. 이미 돌이킬 수 없을 만큼 너무나 많은 길을 걸어왔다. 인간세계로 넘어간다 한들 살인죄를 뒤집어 쓴 용의자를 어느 누가 반가워하겠는가. 게다가 그 끔찍한 악마들은 또 어떻고.

"인간 윤현민의 인생은 루시퍼를 만나고부터 이미 처참하게 망가졌소. 지금 돌아가면 기껏해야 유치장 안에 처박혀서 정신병자 행세나 하게 되겠지. 당신도 좀 솔직해지시오, 제라드. 당신이 날 돕는 게 단순히 루시퍼의 그 인증서 때문이오?"

"그렇소. 그건 바리새인의 율법과도 같은 것이오."

나이트메어의 얼굴이 부자연스러웠다.

"제라드, 근데 그거 알고 있소? 내가 루시퍼의 쪽지에 대해서 물을 때마다 당신이 얼렁뚱땅 넘어가고 있다는 거. 표정도 심상치가 않지. 갑작스레 의표를 찔린 표정이랄까. 어때, 내 추측이 틀렸소?"

바닥을 털고 일어나는 현민을 바라보며 나이트메어가 즉각적으로 알레르기 반응을 보였다.

"내가 언제 그랬단 말이오!"

"그것 참, 거울을 보여 줄 수도 없고."

"생트집 잡지 마시오!"

"도대체 쪽지 내용이 뭐요?"

"그… 그러니까. 세베알을 죽이고, 당신이 물건을 취하는 데 도움을 주라고 돼 있소."

"정말 그게 다요, 제라드?"

* * *

여정을 재개한지 30분이 지나면서 일행은 거친 초목이 빽빽하게 우거진 가시 수렁을 벗어날 수 있었다. 둔덕 밑으로는 듬직한 편백나무가 서있었고, 졸졸거리는 실개천 소리가 언덕 너머의 보이지 않는 곳으로부터 들려왔다. 도랑을 따라 내려가자 희롱하듯 날아다니는 다채로운 날벌레들도 나타났다. 그것은 일찍이 본 적 없는 희귀종이었는데 형태가 나비와 비슷했으나 꼬리는 두세 배가 더 길어서 지구에서 본 것과는 뚜렷한 차이가 있었다.

일행은 완만하게 뻗은 경사를 내려가면서 가시에 찔려 덧난 조그만 상처들을 긁어댔다. 나이트메어의 말로는 로카퓹이란 가시넝쿨이 상당한 독성 물질을 품고 있다고 했다. 뒤늦은 설명을 나무랐더니 그는 먼저 묻지 않은 게 죄라며 가타부타를 따지지 말라고 했다.

마침내 어떤 경계를 기준으로 주위의 모든 환경들이 송두리째 변해버렸다. 밝고 청명하던 하늘은 납빛 먼지가루로 뒤덮이고, 생기발랄하던 숲길 역시 고약한 유황 냄새가 올라오는 시커먼 황무지가 됐다. 불모지 너머의 머나먼 지평선에는 쇠사슬처럼 연결된 돌산들이 뜨거운 지옥 불을 머금고 느긋하게 일행을 기다리고 있었다. 우뚝 멈춰선 나이트메어가 불산 너머의 끄무러진 하늘을 가리켰다.

"저 산만 넘어가면 바로 지옥궁이오."

"근데 저건 뭐요?"

현민은 사선을 그리며 떨어지는 유성다발을 가리켰다.

"뭐가 말이오?"

"저게 안 보이는 거요? 하늘에서 떨어지는 저거."

유성은 눈 깜짝할 새에 산등성 너머의 보이지 않는 곳으로 사라졌다. 찰나의 순간, 대기가 무겁게 내려앉고, 정체를 알 수 없는 비명소리가 일행이 서있던 자리를 휩쓸고 지나갔다. 이윽고, 땅이 꺼질 듯한 진동과 함께 발을 딛고 있던 지축이 무섭게 뒤흔들리기 시작했다. 멀리서 형성된 검은 먼지 폭풍이 보였고, 그것은 이내 불 산을 삼켜버린 뒤 암흑 쓰나미가 되어 이쪽을 향해 곧장 덤벼들었다.

현민은 나이트메어의 날개 돋는 모습을 눈앞에서 지켜봤다. 그것은 쓰나미와의 충돌을 기점으로 온몸을 방패처럼 휘감더니 주위에 보호막을 형성해서 끔찍하고 지독한 모래 폭풍을 견고하게 견뎌내기 시작했다.

"이게… 다… 뭐요?"

현민은 보호막과 부딪치는 시커먼 돌조각들을 가리켰다. 그것들은 중력을 상실해버린 종잇장처럼 이리저리 맴돌이치다가 부러진 나뭇가지들과 함께 보호막 곳곳에서 강한 파열과 충돌을 일으키고 있었다. 그

속을 들여다보니 구더기의 발겨진 시체들이 섞여 보였다.

"나도 모르겠소. 다만 내 평생 이런 일은 처음이오."

폭풍이 지나간 자리는 그야말로 공허와 암울한 적막만이 남아있었다. 뜨뜻미지근한 낙진이 떨어졌고, 지옥을 대표하던 유황냄새마저 세제로 씻어낸 듯 대기에서 말끔히 사라지고 없었다. 마치 창조주가 나타나 빗자루를 들고 대지를 크게 한 번 쓸어버렸다고나 할까. 너머에 보이는 돌산은 타다 만 숯불처럼 흰 연기만 시체처럼 피워 올리고 있었다. 보호막이 걷히자 나이트메어가 현민을 향해 눈을 돌렸다.

"서둘러야겠소. 무슨 일이 생긴 게 분명하오."

그 순간, 경계 끝에서 하늘을 향해 솟구치는 거대한 광명이 피어 올랐다. 납빛 하늘이 물러났고 뻥 뚫린 구멍 사이로 둥그런 빛 무리가 그 주위를 차례대로 번져갔다. 나이트메어의 얼굴색이 변했다.

"오, 맙소사. 어째서 가브리엘의 별빛이."

"뭐요? 가브리엘이 나타났단 말이오? 제기랄! 우리가 한 발 늦었어. 루시퍼의 말이 사실이었군."

나이트메어가 다급한 표정으로 돌아섰다.

"그 말인 즉, 당신은 그녀가 나타날 줄 미리 알고 있었단 얘기요? 어째서 내게 말하지 않은 게요?"

"당신이 물어보지 않았으니까."

나이트메어가 험악한 얼굴로 노려보았다.

"미쳐버리겠군."

"제라드, 난 당신과 말다툼을 벌이고 있을 생각이 없소."

나이트메어가 현민의 어깨를 강하게 붙잡았다.

"말하시오, 교수. 대체 왜, 가브리엘이 지옥까지 넘어왔는지."

"루시퍼는 가브리엘이 신의 육신을 찾으러 이곳에 올 거라고 했소. 하지만 너무 걱정 마시오, 제라드. 그 보물지도는 내 머릿속에만 들어있으니까."

나이트메어가 현민의 머리통을 희망찬 낯꽃으로 걸터듬었다.

"오, 세상에. 비밀은 바로 그거였어. 풍문으로만 들었던 얘기가 사실이었단 말이지."

"제라드, 한가하게 잡담이나 나눌 때가 아니오."

나이트메어가 목을 쳐들고 결기 있게 대답했다.

"좋소, 꽉 잡으시오."

나이트메어가 한 손으로 현민의 겨드랑이를 단단히 휘감았다.

"뭘 하려는 게요?"

"지옥궁으로 곧장 날아갈 거요."

"세베알에게 들키면 어쩌려고."

"교수는 물건을 찾는 데만 열중하시오. 당신은 꼭 성공해야 하오. 루시퍼는 절대 무모한 결단을 내린 적이 없지. 당신의 어깨에 많은 것이 달렸다는 걸 이제야 믿을 수 있게 됐소."

몸이 곧장 공중으로 치솟았다. 지면이 멀어졌고 맞바람이 느껴지면서 지상 위의 모든 장애물들이 한없이 오므라들었다. 구름을 뚫고 올라온 몸뚱이는 날갯짓을 따라 곧장 지옥궁을 향해 꼬리를 그리기 시작했다. 앙상하게 썩어버린 나무들이 내려보였고, 영롱한 빛에 휘감겨 있는 지옥궁의 낯선 얼개가 드러났다.

"교수, 꽉 잡으시오."

하강 곡선을 그리던 나이트메어가 지상 위에 부드럽게 안착하더니 날개를 반으로 접고서서 지옥궁의 눈부신 궁륭지붕을 가리켰다. 거기서는 범접키도 힘든 빛 무리가 사방 군데로 힘있게 번져나오고 있었다.

"저 빛은 가브리엘 지팡이가 쏟아내는 신성 기운이오. 저 빛덩이 속에 그녀의 지팡이가 꽂혀 있는 게 틀림없소."

현민은 안구로 쏟아지는 둔통을 참아가며 그 영롱한 빛줄기 끝을 똑바로 마주했다.

"날 저 위에 들어올려 주시오, 제라드. 내가 당장 뽑아내버리겠소."

나이트메어가 고개를 설레설레 흔들었다.

"난 들어갈 수 없소. 저 빛은 내게 허락된 모든 권능을 방해하고 있소."

그러더니 검지를 깨물고 그 안에서 피를 뽑아 내기 시작했다. 그러고는 그 불그죽죽한 내용물을 현민의 코앞에 들이밀었다.

"이걸 삼키시오. 잠시지만 내 권능을 부릴 수 있게 될 거요. 실수는 하지 마시오, 기회는 단 한번뿐이오."

현민은 내키지 않는 표정으로 그 걸죽한 체액을 들이켰다.

"자, 이제 달리시오."

"나더러 어떻게 하라는 거요?"

"생각. 그걸 이용하시오. 모든 건 생각으로 이루어지니까."

"대체 뭐라는 건지."

현민은 나이트메어를 남겨둔 채 투명한 막을 통과해서 지옥궁 앞을 향해 곧장 내달렸다. 발등에 녹아내린 뼛조각들이 채였고, 부슬부슬한 먼지들이 머리 위까지 피어올랐다. 그러다가 눈을 질끈 감고, 등 뒤에서 날개가 튀어나오는 이상한 상상을 했다. 깃털의 부드러운 감촉과 함께 용을 타면서 겪었던 속도감을 모조리 상상 속의 한 지점에 반추하려고 시도했다. 그러고는 도움닫기와 함께 죽을힘을 다해 하늘 높이 뛰어올랐다.

추락을 예상했던 몸은 붕 떠올랐다. 겨드랑이 밑에선 뭔가가 펄럭펄럭 휘돌고 있었다. 꿈에서나 봄직한 천사의 날개. 그런데 조종간으로 움직이는 게 아닌지라 방향 잡는 법을 몰랐다. 지붕을 향해 날아오르던 몸은 한쪽으로 치우치다가 결국 삐뚤삐뚤 곡예비행을 치고 말았다.

엎친 데 덮쳐, 한쪽 날개가 먼지처럼 사라져버리고 균형을 잃은 몸이 허공 위에서 어지럽게 회전하기 시작했다. 피가 한쪽으로 쏠렸고, 아찔한 현기증이 척수를 타고 느릿느릿 올라오고 있었다. 순간, 하나 남은 날개마저 훅 꺼져버리고 몸이 아래쪽에 그대로 곤두박질치기 시작했다. 동시에 엄청난 광명이 안구 밑으로 한꺼번에 쏟아져 들어왔다.

건물 꼭대기에 부딪힌 몸은 가로로 나자빠지더니 배가 하늘로 향한 채 급속도로 미끄러졌다. 잠시 후에는 엉덩이에 둔탁한 게 걸리면서 극악한 통증까지 스며들었다. 몸의 중심이 오른쪽으로 기울어지고 다시 아래를 향한 끔찍한 추락이 시작됐다.

현민은 감각적으로 몸을 뒤집은 다음, 손에 잡히는 돌 부리를 독수리처럼 낚아챘다. 눈 뜨고 확인했더니 그것은 벨제부브를 닮아있는 여러 개의 지붕장식 중 하나였다. 무릎이 지붕 끝에 걸려서 종아리가 진자처럼 흔들리고 있었다.

어쨌든 저 위로 올라가야만 한다. 현민은 지붕 표면에 사지를 밀착시킨 다음, 손톱을 세우고 접착력을 높이기 위해 신발까지 벗어 던졌다. 그러고는 살갗이 긁히는지도 모르고 아랫배로 지붕을 쓸어가며 한 발 두 발 기어 올라갔다. 숨을 고르려고 멈춰섰을 때는 사지가 후들거려서 아무런 생각도 나지 않았다. 두려움을 이겨내야 했고, 여기에 나의 모든 것을 걸어야 했다. 가브리엘보다 늦어서는 안된다. 시간이 없다. 어서 빨리 움직여라.

현민은 거미가 됐다는 상상을 하며 손발을 부지런히 놀렸다. 그러자 몸이 수평을 되찾아가면서 머리칼에 바람이 걸리고 지팡이가 내뿜는 강력한 별빛 광선을 직선거리에서 받아낼 수 있었다. 조금만 더 가면 됐다. 한 발만 더. 한 뼘만 더. 바로 지금이다.

현민은 지팡이를 움켜 쥔 다음, 그것을 있는 힘껏 잡아당겼다. 드르릉 마찰소리가 났고, 그 순간, 온 세상이 암전돼 버리면서 들고 있던 지팡이가 홀연한 연기 속에 흩어져버렸다.

해낸 건가?

눈을 떴을 때 거기엔 시커멓게 그을린 세베알이 가증스런 얼굴로 서 있었다.

“드디어 만났군.”

“세… 세… 베…… 알?”

현민은 엉거주춤 뒤로 물러났다.

“당신을 찾아다니느라 난 정말 피곤한 나날을 보내왔지. 운이 좋은 건지 꼼수가 좋은 건지. 당신은 숱한 함정들을 요리조리 잘도 빠져나가더군.”

“역시나 당신이었군.”

“그래 맞아. 6년 전의 치욕을 되갚아 주기 위해 당신을 기다려왔어. 어차피 당신은 기억도 못하겠지만.”

고개를 돌리고 나이트메어 쪽을 내려다봤다. 하피와 수백의 켈베 무리들이 벌떼처럼 그를 에워싸고 있었다.

“어딜 보는 건가, 교수. 당신은 달아날 수 없어.”

“벨제부브가 시켰나?”

가당치도 않다는 듯 세베알이 입 꼬리를 길게 끌어당겼다.

“나의 주인님께서 한낱 인간 따위를 상대하신다고? 당신을 너무 과대평가하고 있는 거 아닌가?”

“그럼 이유가 뭐냐?”

세베알이 소름끼치는 비명을 내지르다가 현민의 가슴 한가운데를 툭 치며 손가락질했다.

“넌 내 물건을 훔쳐갔어.”

“뭐라고?”

“네 가슴속에 들어 있는 게 진정 뭐라고 생각했던 거지?”

“도대체 무슨 말을 하는 거야?”

"얼렁뚱땅 넘어갈 생각은 하지 않는 게 좋아. 당신도 이미 알고 있을 텐데. 당신에게 인간의 심장이 없다는 것쯤은."

"그게 당신과 무슨 상관이지?"

"역시 내 생각대로야. 아무것도 모르고 있군. 윤 교수, 당신은 루시퍼에 대해 얼마나 알고있지?"

비명을 지르고 싶었지만 목구멍이 막혀버린 것처럼 아무 말도 할 수 없었다. 그녀가 한 발짝 더 다가왔다.

"윤 교수, 당신은 6년 전에 죽었어야 했어."

"이 배신자 같으니."

세베알의 뺨이 움찔거리더니 당장에라도 죽여 버릴 것처럼 표독스럽게 노려봤다.

"닥쳐! 네놈 따위가 내 고통을 알 리가 없지."

"고통? 그건 고통이 아니야. 추악한 악마에게 내리는 전지전능한 주님의 벌이지."

전광석화처럼 뻗어온 손가락들이 현민의 목을 강하게 움켜쥐었다. 현민의 안면이 시뻘겋게 부풀어 올랐다. 몸을 흔들고 저항해 보지만 그럴 때마다 손가락들은 더 깊숙이 파고들며 현민의 숨통을 야멸차게 조여들었다. 세베알의 다섯 겹 눈동자에서는 이유를 알 수 없는 눈물이 흘러내리고 있었다.

"난 루시퍼를 존경했어."

"거… 거짓… 말 마. 이 오물덩이야."

현민은 세베알의 허벅지를 걷어차는 무의미한 반항을 계속했다.

"그런데 왜! 어째서! 내 심장이 네 몸속에 들어가야 하는 거지? 그 치욕을 네놈이 알기나 할까? 루시퍼는 널 살려내기 위해 내 심장을 선택했어. 죽어 마땅할 네놈의 그 생명연장을 위해 내 영혼을 팔아먹었다고. 서열 제2의 집정관? 웃기지 말라 그래. 심장이 없는 집정관이 대체 무얼 할 수 있을까. 지옥을 벗어나기만 해도 먼지처럼 사라져버리는 권력자. 대체 무슨 소용이지? 루시퍼의 명령서나 전달하고 이 지옥의 유황냄새나 맡고 있어야 하는 병신 같은 신세를 누가 하나 부러워하는 이가 있겠냐고. 난 그 거지 같은 명목으로 어디에도 나설 수 없는 허수아비가 돼 버렸어. 바로 너 때문에!"

검게 타버린 피부 결이 요동치면서 그녀의 굵은 눈물이 팔뚝 근처에 떨어졌다.

"난 오늘 그걸 돌려받아야겠다. 교수."

무참히 뜯겨나간 셔츠 사이로 현민의 매끈한 앙가슴이 드러났다. 세베알이 자신의 뾰족한 손톱으로 그 위를 톡톡 두드렸다.

"얼마나 기다렸니, 아가. 곧 꺼내줄 테니 조금만 기다리거라."

현민은 온 힘을 짜내서 발버둥 쳤고 그럴수록 점점 더 절망과 좌절에 압도되어 갔다. 세베알의 손톱 끝이 현민의 명치 사이를 갈라놓았고 붉은 선혈이 그 새에서 주르륵 흘러나왔다. 그녀는 긴 고통을 주고 싶어 하는 잔혹한 사냥꾼처럼 행동했다. 세베알이 들큼한 액체를 찍어서 혓바닥 사이로 가져갔다.

"음~ 이 얼마 만에 맛보는 핏물인가."

그런데 어떤 정체불명의 촉수가 나타나 팽팽한 긴장을 깨고 엄청난 탄성과 함께 현민의 몸을 쭉 잡아당겼다. 경악에 가까운 세베알의 울음소리가 들렸고, 그녀는 곧장 현민을 좇아 허겁지겁 허공 아래로 뛰어내렸다. 그러나 둘의 거리는 빠른 속도로 멀어졌다. 잠시 후, 꼴사납게 떨어진 현민의 살갗에서 까슬까슬한 맨바닥이 느껴지고 몸을 휘감고 있던 촉수가 하나둘 떨어져나갔다. 등 뒤쪽에서 어떤 사내가 기습적으로 모습을 드러냈다.

"벨리알?"

백발이 성성한 배불뚝이 노인이 현민을 내려다보고 있었다.

"오, 윤 교수. 꼬락서니가 말이 아니군."
"왜 이렇게 늦은 거요?"
벨리알이 눈을 모로 세우며 꾸짖었다.
"적시적소에 나타난 구세주에게 정말 무례하기 이를 데 없군. 근데 나이트메어가 왜 여기 있는 거지? 둘 중에 누가 날 속인 거야. 당신인가?"
"그건……."
"상관없어. 당신이 살아있는 걸로 만족하니까. 어쨌거나 난 끝까지 당신을 지켜낸 거라고. 루시퍼를 만나면 이 말을 꼭 전해야 할 거야. 위대한 대악마 벨리알께서 루시퍼의 인증서 내용을 목숨을 다해 지키려 했다고 말이지."
어처구니가 없었지만 고개를 끄덕이지 않을 수도 없었다.
"좋아, 좋아. 말귀를 잘 알아듣는군."
바로 그때 시커먼 흙먼지를 일으키며 어떤 음영 하나가 뚫고 들어왔다. 그걸 본 벨리알의 입에서 경박한 웃음소리가 튀어나왔다.
"오~ 세베알. 아름답던 얼굴에 그 숯검정은 뭐란 말이냐. 군불을 쬐다 그을리기라도 했나?"
그녀의 얼굴이 불편하게 일그러졌다.
"집정관으로서 명령한다. 그 자를 내게 넘겨라."
벨리알이 턱을 쳐들고 홍소를 흘렸다.
"병신 같은 년."
"나를 거역하려는 것이냐!"
벨리알이 손가락 사이에 인증서를 끼고 흔들었다.
"이봐, 세베알. 이제 네년은 끝났어. 루시퍼의 척살령이 떨어졌지."
순간 나이트메어를 에워싸고 있던 하수들이 등을 돌리고 일제히 세베알 쪽을 노려보기 시작했다.

"세베알, 미안하지만 그 집정관의 자리는 내게 넘겨줘야겠다."

이윽고 켈르벨로스 무리에 섞여있던 일부가 톱날 같은 이를 흔들며 세베알의 머리 위로 거침없이 뛰어올랐다. 그에 따라 세베알의 거친 저항이 시작되고, 그녀의 칼날 같은 손가락들은 케르베로스의 내장들을 하나둘 휘저어 갔다. 허무하게 조각난 고깃덩이들은 사방으로 떨어져 구슬픈 신음소리를 냈다. 동료의 죽음을 목격한 케르베로스 무리들이 네 다리를 떡 버티고 서서 언제라도 덤벼들 태세로 가르릉 소리를 냈다.

"뭣들 해, 이 머저리들아! 빨리 죽여 버리란 말이야!"

벨리알의 고압적 명령이 떨어지자 한계에 다다른 무리들의 융단폭격이 시작됐다. 이번엔 관망하던 하피들까지 합세해서 지상 밑으로 그녀의 목덜미를 노리는 날카로운 꼬리 공격을 시도했다. 혼란스러운 격전에 치여 시체들이 나가떨어지고, 그 자리에서 검은 핏물이 수원지의 개울물처럼 쉴 새 없이 솟구쳐 올랐다. 일당백의 기세로 응수하던 세베알 역시 몸 여기저기에 생채기가 나면서 급속도로 속살이 발겨지고 있었다. 거기에 나이트메어의 섬광까지 가세해 힘의 균형은 빠른 속도로 무너졌다. 승리에 대한 명확한 판단이 섰던지, 뒷짐만 지고 있던 벨리알이 콧구멍 속에서 지렁이처럼 생긴 기다란 촉수들을 끄집어냈다.

벨리알의 비릿한 웃음과 함께 세베알을 겨냥한 촉수가 피비린내 나는 대기를 총알처럼 뚫고 지나갔다. 그것은 케르베로스의 흉부를 거침없이 관통하더니 다음 목적지인 세베알의 허벅지로 쏜살같이 질주해 들었다. 그런데 느닷없이 나타난 검은 존재가 그의 촉수를 허무하리만치 쉽게 감아 제쳐버렸다. 반동에 휩쓸린 벨리알의 몸뚱이만 노쇠한 외마디 비명을 내지르며 흙바닥에 쿵 짜부라졌다. 나이트메어가 급히 달아나보지만 소리 없이 뻗쳐 나온 손이 틈을 놓치지 않고, 그의 날개깃을 꺾어 바깥쪽으로 내동댕이쳤다.

"너희들의 시대는 끝났다."

"마몬?"

텁텁한 먼지구름 속에서 몸피 얇은 악마가 시커먼 눈두덩을 내밀고 하느작하느작 걸어 나왔다. 맨발 차림에 포대기조각 하나 걸치지 않는 민둥민둥한 몸으로, 그는 대지를 무겁게 짓누르며 사악한 기운을 사방으로 뿜어대고 있었다. 건어물 같이 생긴 매끈한 피부 위에 푸르스름한 힘줄들이 불거지고, 구멍처럼 텅 빈 시선이 어느 한 쪽에 고정됐다.

"벨리알에 인간 나부랭이. 거기다 나이트메어까지 납셨을 줄이야."

분노한 벨리알이 바닥을 짚고 천근 같은 몸을 일으켰다.

"네깟 잡놈이 감히 나 벨리알을."

"세상이 바뀌었다는 걸 모르고 있군, 벨리알. 역시 멍청한 자식이라니까. 무식하게 힘만 쌔서는."

벨리알이 턱을 부들부들 떨며 루시퍼 인증서를 꺼내들었다.

"마몬, 날 거역하지 마라."

마몬의 기꺼운 웃음소리가 터져 나왔다.

"오, 벨리알. 지금 그 허세는 뭐란 말이냐. 이 상황에서 루시퍼의 인증서 따위나 들이밀다니. 내가 그걸 보면 오줌이라도 지릴 줄 알았느냐?"

"……."

"루시퍼는 죽었어, 벨리알. 네가 들고 있는 건 휴지조각에 불과해."

현민은 놈의 간교한 이간질이라고만 생각했다. 마몬이 말끝을 연달았다.

"루시퍼의 마지막은 너무나 비참했지. 비굴하기까지 하더군. 그 눈물을 너희가 보았어야 하는데."

절뚝이며 일어난 나이트메어가 화통 같은 목소리로 일갈했다.

"닥쳐라, 마몬! 너의 그 간교한 말에는 아무도 속아 넘어가지 않는다."

"이렇게 가여울 수가 있나. 죽은 군주를 추앙하는 꼴이라니."

벨리알이 삿대질을 하며 한 발짝 나아갔다.

"마몬, 네놈이 대단히 실성을 했구나. 네놈 따위의 힘으론 루시퍼의 털 끝 하나도 건드리지 못해."

"벨리알, 어째서 그 대상이 나라고만 생각하지? 너를 만들어내신 그 분을 떠올리지는 못하는 건가?"

"뭣이?"

"네놈의 태생인 구더기를 대악마로 키워주신 존재. 벨제부브님을 말이다."

벨리알의 얼굴이 하얗게 질리더니 숨이 멎은 것처럼 조용해졌다.

"그 똥 씹은 표정 하고는. 벨리알, 제왕의 은혜를 설마 벌써 잊어버린 건 아니겠지?"

"그… 그럴… 리가."

마몬의 등 뒤에서 세베알이 피식피식 웃으며 걸어 나왔다. 그러고는 그의 얼굴에 대고 작게 속삭이기 시작했다.

"저 인간을 사로잡아야 한다, 마몬. 지금 당장."

그런데 갑자기 마몬의 손가락들이 그녀의 가슴을 지나 등 뒤까지 꿰뚫고 지나갔다. 그걸 지켜본 이들의 눈이 휘둥그레졌다.

"설쳐대지 마라, 세베알. 네년의 지시를 받는 것도 이제는 영영 끝이다. 집정관 세베알."

마몬이 어깨를 들썩이며 코웃음 치기 시작했다.

"어… 어째서… 날……."

세베알의 무릎이 꺾이고, 마몬이 흉측하게 일그러진 그녀의 턱을 그러쥐었다.

"벨제부브께서 말하셨다. 네년의 멍청한 배반이 본인을 살리셨다고.

그리고 이렇게 전하라 이르셨지. 힘의 질서를 무시한 장난감은 나에게 필요 없다. 마음껏 증오해라, 세베알."

마몬의 손끝에서 세베알의 턱뼈가 끔찍하게 뜯겨 나왔다. 그는 분리된 턱뼈를 벨리알 쪽으로 내던졌다.

"이제 알겠느냐, 벨리알? 벨제부브께서 우리의 곁으로 돌아오셨다. 다행인 건 그분께서는 너의 능력을 높이 사고 계시다는 거지. 자, 선택해라. 아니지. 이건 선택이 아니야. 너에게 길은 하나뿐이다. 따를 것인지 죽을 것이지. 새롭게 등극하실 창조주께서는 너에게 아주 쉬운 선택지를 내려주셨다. 새 나라의 새 일꾼으로 말이지."

벨리알이 나이트메어와 현민 쪽을 번갈아 쳐다보더니 몸집을 산처럼 부풀리고 그 위를 덮고 있던 살 거죽을 허물처럼 벗겨내기 시작했다. 그와 함께 흉물스러운 모습의 역삼각 얼굴이 피부를 뚫고 나오더니 벌레 같은 몸뚱이를 길게 늘이며 등딱지에 들러붙은 촉수 바늘들을 부르르 흔들었다. 싯누렇게 찢어 올라간 눈매가 나이트메어를 노려보며 툭 튀어나온 턱과 이마를 부르르 흔들었다.

"선택의 여지가 없군, 나이트메어."

"더러운 족속 같으니. 그럼 그렇지. 넌 원래부터 이런 놈이었으니까."

나이트메어가 그 즉시 빛으로 얼키고 설킨 새하얀 방벽을 만들어냈다. 잠시 후, 명멸하는 녹색의 오로라 빛이 나타나 동심원을 그리며 난폭한 회오리 폭풍을 일으켰다. 그러고는 불식간에 현민의 눈 앞으로 몸을 보이며 돌아섰다.

"폭발이 일면 당신은 있는 힘껏 여길 달아나시오."

"제라드, 당신은 어쩌고……."

나이트메어가 낙담한 얼굴로 현민의 어깨를 꽉 그러쥐었다.

"교수, 난 이미 글렀소."

"아니, 우린 같이 달아날 수 있소."

그가 고개를 내저었다.

"최대한 시간을 끌어보겠소. 마몬의 눈길까지 잡아두려면 기회는 단 한번 뿐이오. 부디 안전하게 빠져나가시오."

"오, 맙소사. 나 혼자 빠져나간들 대체 무슨 소용이 있단 말이오."

"내가 아는 루시퍼는 무책임한 말을 할 분이 아니오. 당신은 그가 시킨 임무를 따라 이 일을 마무리 지어야만 하오. 지옥궁에서 물건을 찾은 뒤에 이 조약돌을 던지시오. 나를 대신할 새로운 조력자가 나타나게 될 거요. 끝까지 함께 못해 미안하오."

그러면서 현민에게 해저동굴에서 건져올린 푸르스름한 조약돌을 건넸다.

"폭발과 동시에 움직여야 하오. 그 다음은 교수의 운명에 맞길 수 밖에."

"제라드?"

그는 이미 사라지고 없었다. 대신 연막처럼 퍼지는 오로라 기운들이 진폭을 넓혀가며 모든 시야를 장막처럼 막아서고 있었다. 잠시 후, 폭풍에 실린 자갈들이 정강이를 후려치기 시작했고, 거기서 파생된 흙먼지들이 드높은 구름 위까지 무지막지하게 튀어 올랐다. 아무것도 보이지 않았다.

마몬과 집정관 세베알, 이제는 거짓의 군주 벨리알까지. 벨제부브의 출현은 이제 기정사실이 돼버린 것 같았다. 지옥 군주의 인증서는 휴지조각처럼 쓸모없게 됐고, 모든 권력의 실세들은 사악한 자의 손발 앞에서 아부를 떨기 시작할 것이다. 그 자의 말대로 정말 루시퍼가 죽임을 당했을까. 그렇담 나의 여정은 이에 앞서 어떤 의미를 가질 수 있는 걸까. 힘도 권능도 없는 인간 따위가 제왕 벨제부브에 홀로 맞선다고? 여기서 그만 두자. 내가 도대체 뭘 할 수 있단 말인가. 차라리 내가 가진 비밀을 무기삼아 가브리엘과 계약을 맺는 것이 어떨까? 최선이 아니라면 차선을 택하는 거다. 그래, 협정을 맺고 부탁을 해보자. 그녀에게 목숨을 구걸하고 사정을 해보자.

그때 대기가 찢어지는 듯한 파열음이 들리고, 눈앞을 뒤흔드는 왜곡장이 연달아 눈을 현혹하기 시작했다. 그래, 나이트메어가 말한 바로 그 순간이다. 뛰어라. 계속 뛰어라. 창조주의 육신을 찾고, 그걸로 루시퍼의 유훈을 마무리 지어라. 물건을 찾아주고 가브리엘에게 확답을 얻어내라. 인간을 지켜달라고 하자.

그런데 몸뚱이가 말을 듣지 않았다. 마치 누군가 다리를 꽉 붙잡고 놓아주지 않는 것처럼. 육신이 제자리에 석불처럼 고정돼 있는 것이다. 맙소사. 나는 지금 무얼 두려워하고 있는 거지? 뛰어라, 제발 움직이란 말이다.

자욱한 먼지바람이 가라앉으면서 벌어진 시야 사이에서는 다시는 보고 싶지 않는 벨리알의 더럽고 기괴한 몸체가 드러났다. 꺾인 날개로 반항하는 나이트메어의 뒷모습은 곱절 크기의 벨리알과는 비교도 안될 만큼 빈약해 보였다.

달아나. 달아나라고 이 멍청아. 굼뜨고 있을 시간이 없단 말이다.

벨리알의 싯누런 동공에 사로잡힌 뒤부터는 아예 종아리가 후들거려 똑바로 서있기조차 힘들었다. 이대로 끝이라는 생각을 했을 때 문뜩 눈앞을 스쳐 나온 존재가 현민을 등딱지에 떡 업어 메더니 네 다리를 잽싸게 놀려 공포에 짓눌려있는 그곳을 빠른 속도로 벗어나기 시작했다. 손끝에서 느껴지는 거칠고 차가운 피부 감촉. 이 낯설지 않은 이 물감.

"넌!"

"입 닥치고, 꽉 잡기나 하시지."

놈은 무너진 석벽을 딛고 갈라진 밑바닥을 훌쩍 건너뛰더니 미로처럼 얽힌 콜로네이드 주랑을 지나 어두침침하고 음습한 기운이 스민 지옥궁 아래의 어떤 미지의 통로 같은 곳으로 내빼기 시작했다. 그렇게 가다 멈추기를 반복하더니 결국은 물이 떨어지고 측벽이 붕괴된 어떤 허름한 밀실 앞에다 내려주었다.

"살아있었구나."

"난 쉽게 죽지 않는다."

"여기까지 어떻게 온 거야?"

"네놈 몸에서 나는 냄새는 지독하니까."

그가 밋밋하게 생긴 코를 벌름거렸다.

"어째서 날 도와주는 거지?"

벽에 걸린 횃불 밑으로 우두머리의 때꾼한 얼굴이 불그스름하게 넘실거렸다.

"말해도 넌 이해하지 못한다."

우두머리의 목젖 밑으로 전에 보지 못했던 차고 깊숙한 상처들이 보였다.

"벨제부브 때문에?"

"그 이름을 함부로 내뱉지 마라."

우두머리가 볼을 크게 부풀리며 거부반응을 보였다.

"알다가도 모르겠군. 네놈 정도의 수완이면 벨리알을 능가하는 대악마가 될 수도 있었을 것 같은데."

"그런 건 시시한 일일 뿐이다."

현민은 안도의 숨을 내쉬며 긴 터널을 둘러보았다.

"그런데 여긴 어디지? 날 어디로 데려온 거야?"

벽에 걸린 횃대를 집어 들더니 구더기가 밀실 안쪽을 비추기 시작했다.

"비밀 통로다. 어디로든 연결된다."

방 안을 쬐는 불빛 너머로 지하로 연결된 작은 돌계단이 내보였다.

"어떻게 네가 이런 곳을 알고 있는 거지?"

“네놈이 참견할 일이 아니다. 어서 일어나 움직이기나 해라. 이 게을러 터진 인간놈아.”

계단을 따라 내려가자 시궁창 냄새가 떠도는 작은 사각 수로가 나타났다. 차갑고 검은 물이 정강이 위를 쿨렁쿨렁 간질이는 수위 낮은 하수로였다. 거기서부터 일행은 벽에 들러붙은 축축한 이끼를 짚어가며 한 걸음씩, 한 걸음씩 천천히 물살을 헤집어갔다. 현민이 앞장을 서면 그 뒤를 횃불을 든 우두머리가 바짝 붙어 뒤쫓아 오는 형국이었다. 간간히 기분 나쁜 비명소리가 들려왔고 그럴 때마다 발걸음을 멈추고 혹여나 있을 기습을 대비해 숨을 죽여야만 했다. 생각했던 것보다 훨씬 더 낡고 복잡한 고(古)시대의 미로였다. 그런데 눈앞을 비추던 불너울이 사라지고 첨벙거리며 달아나는 기습적인 발소리가 들려왔다.

“이봐, 어디 가는 거야?”

뒤를 돌아봤지만 아무런 반응이 없었다.

“우두머리?”

구더기 특유의 썩은 냄새가 서서히 흩어지고 있었다. 그는 멀리 떠나버린 게 확실했다. 의도를 좀 잡을 수 없는 정말 특이한 녀석이라는 생각이 들었다.

저놈의 속내는 대체 뭘까. 왜, 여기까지 날 끌여들었을까. 하는 수 없이 현민은 나이트메어의 조약돌을 주머니 바깥으로 꺼내들었다. 손바닥 위에 올려놓고 몇 차례 걸터듬었더니 곧장 백색광이 새어나오면서 일대 근방이 대낮처럼 밝아들기 시작했다. 현민의 정수리 위로 물방울 하나가 툭 떨어졌다.

현민은 이제 혼자서 물살을 헤치지 시작했다. 연필이 침묵하는 방향을 따라갔고, 어느새부턴가는 말라버린 수로의 드러난 돌바닥 위를 걷고 있었다. 폭이 좁아진 걸 제외하면 수로 초입의 사각 틀을 그대로 유지하고 있었다.

바로 그때 밀폐된 어둠의 건너편에서 주르륵 떨어지는 아스라한 물줄기 소리가 들려왔다. 머릿속 나침반이 가리키는 방향과도 정확히 일치했다. 드디어 신의 육신이 있는 곳까지 찾아온 걸까. 혓바닥이 바싹바싹 마르고, 뜨끈한 열기가 목구멍 밑에서 심장을 뚫고 올라왔다. 현민은 언제든 달아날 태세를 취하고서 물소리의 흔적을 좇아 살금살금 접근을 시도했다. 막다른 곳에는 깔때기 모양의 천장 밑에서 투명한 호숫물이 낙폭을 줄이며 천천히 흘러내리고 있었다.

"뭐지?"

그는 물을 한 움큼 떠서 빛깔의 이상 유무를 확인한 다음, 재차 코로 가져가 냄새를 맡아보았다. 의심할 만한 어떤 징조도 없었다. 현민은 빛나는 조약돌을 천장 가까이 올려들고 물줄기가 빠져나오는 조그만 구멍 사이를 찬찬히 훑어보았다. 순간, 조약돌에서 새어나오는 빛이 훅 꺼져버리면서 사방이 칠흑같이 어두워졌다. 그러다가 영롱한 빛이 스러지듯 나타나서는 주머니 안쪽을 그득한 풍선처럼 불룩하게 채워나가기 시작했다. 주머니에 담긴 인증서를 꺼내려고 하자, 정수리를 짜고 뒤트는 마력이 느껴지면서 용암에 피부가 녹아내리는 말할 수 없는 고통이 찾아들었다. 그러다가 몸이 용솟음치는 듯한 돌발적 상승감이 발생하고 온 살갗의 표면에서 미끈미끈한 점액질이 만져지기 시작했다.

눈을 떴을 땐, 신전과 연결된 웅장한 돌기둥 입구에서 물살을 헤집고 있는 자신을 발견할 수 있었다. 머리칼이 해초처럼 춤을 추고, 입 안쪽에서는 물거품이 연거푸 올라왔다.

현민은 인증서를 손에 쥔 채, 백돌로 수놓은 높은 계단을 뛰어넘어 웅장한 모습의 신전 내부로 들어섰다. 머리 위로는 으리으리한 돔이 올려다 보였고, 그 사이사이에는 일정 간격으로 아치형의 커다란 들창이 나있었다. 그 새에서 흘러든 희뿌연 빛 무리가 아래쪽의 좁은 선반에서 합쳐지고 있었는데 놀랍게도 그 위에는 조그만 나무상자 하나가 투박한 형태로 놓여있었다. 가까이 다가가 손을 뻗으려고하자 그러쥐고 있던 인증서가 이유 없이 녹아내리기 시작했다. 그러더니 마침내는 번쩍이는 금가루로 바뀌어서 선반 아래쪽으로 찬찬이 흘러내리는 게 아닌가. 그 순간, 상자 뚜껑이 홀연히 벗겨지고 그늘 속에서 큼지막한 물거품들이 부글부글 끓어오르기 시작했다. 그 안에는 정체불명의 황금색의 톱니바퀴가 기묘한 형태의 빛을 머금은 채 놓여있었다.

현민은 그 물건을 집어 들었다. 그러자 몸체가 둥둥 떠오르더니 신전이 왜곡돼 보이고 시야에 닿는 모든 것들이 흐물흐물 아지랑이를 피우기 시작했다. 그러더니 발밑에 추진체라도 달린 것처럼 미끈미끈한 물줄기를 따라 몸이 수면 위로 거칠게 솟구쳐 올랐다. 참았던 숨을 토해내고 가까스로 신선한 공기를 들이마셨을 때는 별빛 눈망울을 지닌 아름다운 여인이 회백색 머리칼을 흩날리며 환영 같은 모습으로 서있었다. 그녀가 말을 걸어왔다.

“다시 보게 되는구나, 인간이여.”

가브리엘의 지팡이가 현민의 턱 끝을 겨누더니 숨이 턱 막히도록 그를 허공 위에 대롱대롱 매달았다.

“당신은…….”

“정녕 나를 기억하지 못한단 말이냐?”

지팡이를 흔들자 현민의 몸이 지면 위로 쿵 소리를 내며 떨어졌다. 피부가 쓸리고 입 안에서 고통에 겨운 신음이 흘러나왔다.

“가브리엘?”

“이제야 기억이 나셨나보군, 루시퍼의 동조자여. 각설하고 취한 물건부터 이리 내놓아라.”

가브리엘이 지팡이를 겨눈 채 다시금 거리를 좁혀왔다.

“그런 물건은 없소.”

가브리엘이 투명한 얼굴 위에 노기어린 이빨을 드러냈다.

"그건 네놈의 것이 아니다!"

"당신의 것도 아니지. 주님의 육신은 누구의 소유물도 아니니까."

가브리엘이 날개깃을 펼치고 거대한 돌풍을 일으키더니 지팡이 끝에 구체의 둥그런 빛 뭉치를 만들기 시작했다.

"악마의 동조자 따위에게 대천사의 자비를 내려주고 싶지는 않다."

일시에 푸른색의 빛 뭉치가 굉음을 내며 날아들었다. 그러나 그것들은 현민의 피부 표면에 닿자마자 허무하리만치 산산이 부서져 내리고 말았다. 이해할 수 없는 광경 앞에서 가브리엘의 표정이 차갑게 돌변했다.

"정신 결계? 어째서 오비엘의 권능이 네놈 따위에게."

현민이 가브리엘을 향해 힘겨운 삿대질을 했다.

"당신이 인간의 목숨을 담보로 벨제부브와 거래했다는 게 사실이오?"

가브리엘이 목을 길게 빼고 현민을 험악하게 노려봤다.

"그렇다. 이 더럽고 추악한 피조물아."

"당신에겐 그럴 권리가 없어."

현민이 노골적으로 다그쳤다.

"인간들은 타락했다. 걷잡을 수 없을 만큼. 그럴 바엔 차라리 고통과 두려움을 먹고 자라나는 게 훨씬 낫지."

"그건 당신 생각일 뿐이야."

"그분께서도 인정하실 것이다."

"거짓말. 당신은 주님의 피조물에 대해 생명을 박탈할 권리가 없어. 그분은 이런 모습의 당신을 절대 용서하지 않을 거요."

가브리엘이 비릿한 미소를 흘렸다.

"네놈이 상관할 바가 아니다. 이 미천하고, 어리석은 짐승아. 내가 인간의 설득 따위에 동요될 거라고 생각하지 마라."

"대체 이유가 뭐야!"

"에덴이 회복되는 걸로 내 역할은 끝난다. 그분이 설사 내게 죄과를 물으신다 해도 상관은 없는 일이지. 세상은 좀 더 평화롭고 아늑해질 것이다. 천사들의 근심도 이걸 계기로 완전히 덜어지게 되겠지. 필요하다면 마땅히 그 더러운 물에 내 손을 집어넣을 것이다."

"그 대가가 어째서…… 인간이란 말인가!"

절망에 물든 눈동자가 가브리엘을 날카롭게 노려봤다.

"너희들이 신념이라고 부르는 그 더러운 생각. 이교를 만들고, 살인을 방관하고, 심지어 대량의 살상무기를 만들어 내는. 너희들은 자유의지를 이용해 끝까지 어린애나 할법한 장난질이나 일삼고 있지. 이런 너희들에게 희망이 있을까?"

"그렇지 않은 사람들도 많다. 설사 그 끝이 절망적이라 해도 당신이 인간들의 남은 희망까지 박탈할 권리는 없어."

가브리엘이 웃었다.

"순진하군, 인간이여. 너희들이 만든 시스템은 한결같다. 약소국을 착취하고 강대국이 되는 것. 그 일이 마무리되고 나면 너희들은 피골만 남은 노예들에게 살점 하나 없는 뼈다귀를 던져주곤 한다. 그걸 마치 봉사와 헌신이란 이름으로 떠들고, 광고하고, 퍽이나 보람 있는 일이라며 종용하지. 마치 순결하고 아름다운 척. 구정물을 마시고 있지 않은 고결한 요정인 척. 허나 내가 보기에는 더럽고 역겨울 정도로 이중적인 가식일 뿐이다. 니들이 사는 방식은 한결같다. 옷과 커피를 마시고, 심지어 돌멩이에 불과한 다이아몬드를 가지려고 발광들을 하지. 그러면서 그 물건을 만드는 데 들어가는 어린 아이의 피와 약소국의 처절한 몸부림은 완벽히 외면하고 만다. 하지만 너희들은 귀를 막고 입을 닫은 채 진지한 현실을 외면하는 데 많은 노력을 기울였어. 게다가 연말에는, 받은 혜택의 몇 분의 1도 안 되는 성금을 내놓고 뿌듯한 선의를 음미하는 데 상당한 만족감을 보인다. 이것들이 너희들이 일삼아오는 이중적 잣대들이다. 100을 받고 그 대가로 1을 주는 것. 그 1마저도 100을 받아내기 위한 치졸한 산수계산의 부산물이라는 것. 더 지랄 맞은 건 너희들의 대부분이 바보스러울 정도로 간단한 순환 고리를 인식하지 못한다는 거다. 그러면서 몰랐다고들만 말하지. 하지만 내가 선언한다. 너희들은 모른 게 아니라 귀를 막아왔다. 너희들이 만약 그들을 위해 자생할 수 있는 힘을 전수해 줬더라도 일은 이렇게 되지 않았을 거야. 하지만 명심해라. 너희는 1,000년이 지나도 같은 방법으로 같은 일을 할 것이다. 그리고 이렇게 말할 것이다. 내가 이겼고, 인간이 승리했노라. 우리가 새 시대의 주인이자 모든 피조물의 신이노라. 우리의 시스템은 완벽했노라. 이 승리를 위해 소중한 것들이 자발적으로 희생을 감수했노라."

가브리엘이 텅 빈 동공으로 현민을 응시했다. 그러고는 말을 덧달았다.

"너희들의 과학과 기술이 쓸모없어지는, 벨제부브의 압제 속에서 한 번 살아 보거라."

현민의 얼굴을 향해 있던 지팡이 끝이 주위에서 맴돌이치는 별빛 기운을 그러모으기 시작했다. 그러자 미지의 힘에 휩싸인 톱니바퀴가 현민의 허리춤 사이를 빠져나와 가브리엘의 품안으로 허무하게 건너가 버렸다. 그녀가 물건의 이곳저곳을 걸터듬으며 뜨거운 눈물을 흘리기 시작했다.

"인간을 용서해 주시오, 가브리엘."

그녀가 고개를 들고 현민을 차가운 시선으로 내려다봤다.

"너희들은 숱한 기회를 버려왔지. 수만 년이 지나도 변하는 건 없다."

"당신이 원하는 걸 이미 가져가지 않았소."

"이건 취급할 수 있는 물건 따위가 아니다. 단지 제자리에 돌려놓을 뿐이다."

현민이 무릎을 꿇고 앉았다.

"부탁이오."

"소용없다. 그러나 너의 영혼을 취하는 거라면 기꺼이."

가브리엘의 지팡이가 붉은 빛이 감도는 칼날로 둔갑하더니 주위의 공기들을 빠직빠직 데우기 시작했다.

"역시 루시퍼의 말이 맞았어."

현민이 혼잣말을 하며 어금니를 꽉 깨물었다.

"네놈은 절대 살려둘 수가 없다. 6년 전이나 지금이나 너에게서 불길한 느낌을 지울 수가 없거든."

이글이글 타오르는 칼날은 이제 현민의 목젖까지 와서 살갗을 태워 먹기 시작했다.

"주님께서 당신을 절대 용서하지 않을 거요, 가브리엘."

"결과만 좋으면 된다, 인간이여. 그리고 이미 난 이겼다."

현민은 마지막으로 성호를 그은 다음, 장렬한 죽음을 기다리며 조심스레 눈꺼풀을 내리깔았다. 눈앞이 깜깜해지자 실패와 두려움에 대한 절망감으로 목구멍 밑이 뜨끈해졌다. 루시퍼에 대한 미안함이 폐부를 찌르고 연희에 대한 아쉬움이 심장을 도려내는 상흔을 만들었다. 벌어진 상처에 소금이 뿌려진 느낌이었다.

바로 그때, 몇 번의 둔탁한 진동이 들려오더니 벽을 무너뜨리고 나타난 검은 물체가 가브리엘의 전신을 향해 겅중겅중 덤벼들었다. 반사적으로 가브리엘의 하늘반지가 터졌고, 그 안에서 흩어져 나온 빛 무리들은 순식간에 그녀의 몸을 에우며 사방을 하늘색으로 물들여 놓기 시작했다. 살갗에 닿은 공기가 연달아 폭발하자 침입자의 맹렬했던 기세는 숙진 해바라기처럼 삽시간에 퉁기며 뒤로 꺾여버렸다. 여파에 휩쓸린 뼛조각들은 너덜너덜한 살점을 붙이고서 한쪽 귀퉁이 옆에 처참하게 들러붙었다. 부들거리며 일어선 우두머리가 현민을 등지고 서더니 크고 무거운 이빨로 상대를 위협하기 시작했다. 우두머리의 어깻죽지가 잘려 나갔고, 거기서는 검은 핏물이 샘물처럼 흘러나오고 있었다. 그가 하나 남은 손으로 무언가를 은밀히 건네주더니 달아나라는 신호로 무너진 석벽의 어둠 속을 가리켰다. 가브리엘이 황홀경에 가까운 빛을 뿌리며 다가왔다.

"이게 누구신가. 구더기 왕 헤롯이 아닌가. 네놈이 지금껏 저 인간 녀석을 감싸주고 있었단 말이냐?"

우두머리가 방어태세를 취하며 물러났다.

"아무리 변명을 해본들 네년이 벨제부브와 똑같은 족속이란 사실엔 변함이 없지."

말이 끝나기 무섭게 가브리엘의 날개가 푸득거리고, 그녀의 뺨 근처에서 차가운 경련이 일어나기 시작했다. 결국 가브리엘의 노호한 성기가 붉은 칼날을 쥐게 만들고, 그 끝이 우두머리의 배 거죽을 앞뒤로 사정없이 갈라버렸다. 조각난 시체 밑에서 걸쭉한 핏물이 점점이 괴어들고 있었다. 가브리엘이 안쓰러운 낯꽃으로 혼잣말을 중얼거렸다.

"설계자 헤롯왕. 에덴이 수복되고 나면 내 친히 당신을 위한 제단을 마련할 것이다."

* * *

대지를 둘로 가르는 거대한 물줄기는 물살이 빠른 쪽으로 거미줄처럼 갈라지다가 차차 그 위세가 약해지면서 개흙을 담은 음습한 늪지대로 흘러들었다. 말라비틀어진 풀포기에는 시뻘건 박명의 전운이 되감기고, 축축한 대기의 사이사이를 수십만에 달하는 하피의 무리들이 꼬리에 꼬리를 물고 비벼댔다. 차가운 해거름이 짙게 내려오면서는 수억에 달하는 켈베와 구더기 무리들이 수렁에 빠진 더러운 발을 붙들고서 상공을 휘젓는 용에게 오싹한 비명을 질러댔다. 먼발치의 수목이 불길에 타오르기 시작했고, 성채에 담긴 북이 울리자 벌어진 땅 구멍에서 곱절에 달하는 졸개들이 잔혹한 이빨을 드러내며 기어 올라왔다.

대지 위를 내려치는 희뜩한 번개를 신호로, 마침내 핏빛에 가까운 살육전이 온 누리의 늪지대 위에서 막을 올렸다. 성채 상공으로 접근한 10만의 중위천사 밑으로 수십만에 달하는 하피 무리들이 혐오스러운 쇳소리를 내지르며 벌떼같이 덤벼들기 시작한 것이다. 뒤이어, 천사들의 검날과 하피의 날카로운 꼬리가 맞부딪치고, 양 날개가 화려한 곡예비행을 펼치면서 난투에서 비롯된 핏물을 서로의 경직된 얼굴 위에 경쟁적으로 뿌려댔다. 한층 높은 상공에서는 용들의 시뻘건 화염이 아래를 향해 쏟아졌고, 그 서슬은 아군, 적군 가릴 것 없이 주위의 모든 생명체들을 한 순간에 추풍낙엽으로 떨어뜨렸다. 뻥 뚫린 구멍을 메우기 위해 악마군의 후방 군대가 재차 진격해 들어오고 상위천사들의 지원을 등에 업은 중위천사들이 우월한 기동력을 과시하며 하피들의 길쭉한 꼬리를 잘라내기 시작했다. 뒤늦게는 구더기들이 던져 올리는 수백만 돌팔매질이 시작되면서 공중전을 펼치던 상위천사의 날개깃에 무시 못 할 근막 상처들이 늘어나기 시작했다.

전열이 혼란스러워지자 기회를 틈탄 하피들의 협공이 시작되고, 기울었던 전세가 균형을 맞춰가기 시작했다. 그러나 악마군의 선전은 오래토록 지속되기 힘들었다. 대천사 웨인마커가 견고한 이지스(웨인마커의 신성 방패)를 가슴에 앞세우고 습지 뒤쪽에서 광폭의 질주를 해 들어온 것이다. 대지를 쓸어 담는 듯한 그 현란한 움직임은 지나는 모든 것들에 빛과 파열음을 흩뿌리며 악마들의 꼴사나운 몸뚱이를 제자리에서 공중 분해시켜버렸다. 뒤이어, 후방에 속해있던 미카엘의 황금 광명이 터져 나오고, 공포에 찌든 켈베 무리들이 이성을 잃고 동족상잔의 만행을 일으키기 시작했다. 대천사 큐리엘은 변두리에 홀로 남아 천사들의 승리를 기원하는 가호의 주문을 외워댔다. 천사들의 벌어진 상처가 빠른 속도로 아물기 시작했다.

20만 돌격대가 투입되고 창과 검을 든 하위천사들이 두 얼굴의 케르베로스를 가볍게 두 동강내기 시작했다. 전세가 급격히 기울어지고, 성채의 북소리를 신호로 지옥군의 퇴각 행진이 이어졌다. 그 뒤를 미카엘의 지시에 따라 사기충천한 천군들이 열화와 같은 함성을 내지르며 추격해들었다.

바로 그때, 땅이 흔들리더니 습지가 푹 꺼지고 성채의 오른쪽을 휘감아 흐르던 강물 속에서 리바이어던의 웅장하리만치 거대한 몸체가 태산처럼 떠올랐다. 놈의 흉물스런 입에서 거친 입김이 흘러나오고 네 발 달린 미끈미끈한 몸뚱이에서는 초록색 가스가 안개처럼 피어올랐다. 내장을 뒤집어 놓은 듯한 면피에는 여섯 개의 뒤룩거리는 눈이 전방과 후방을 노려보며 두툼한 목을 야멸차게 흔들어댔다. 정수리 쪽에 달린 촉수들은 매섭게 날을 세우더니 그 끄트머리를 통해 붉은 기운이 감도는 매캐한 독극물을 수증기처럼 뿜아 올렸다. 곧장 수만의 비행 천사들이 녹아떨어지고, 천군 전체의 진군 속도가 대치 선을 그리며 멈춰섰다. 진정한 전투가 이제 막 시작되려고 했다. 대악마 리바이어던과 상위천사 미카엘. 증오에 물든 두 존재의 충돌은 앞으로 누가 이기든 어마어마한 비극의 역사로 기록될 예정이었다.

* * *

현민은 발바닥이 찢어지는 고통을 무시한 채 앞만 보고 달려 나갔다. 서슬에 놀란 횃불이 정신없이 흔들리고, 쾌쾌한 공기가 가득 찬 통로에는 자고 일어난 침묵이 거칠고 다급한 숨결에 맞바람을 놓고 있었다. 어디로 가는지는 둘째 치고 무엇을 해야 하는지도 몰랐다. 단지 가브리엘의 추적을 피해 달아나야 한다는 생각이 전부였다. 그러던 중에 거무스름한 돌덩이가 전방에서 훅 튀어나오더니 현민의 갈비뼈와 사정없이 맞부딪쳤다. 사망선고와도 같은 충격에 몸이 넘어져 땅바닥에 나뒹굴었다.

"……."

그늘이 상대의 넓적다리 위를 완전히 가리고 있었다.

"누구냐?"

"……."

밝은 곳으로 나온 상대를 확인하고 현민의 얼굴이 미묘하게 일그러졌다.

"제라드?"

그가 현민을 일으켜 세웠다. 반가운 마음을 이기지 못해 현민은 가슴이 바스러질 정도로 상대를 껴안았다. 포옹이 풀리자 나이트메어가 억지 미소를 지으며 코를 긁었다.

"이게 어떻게 된 거요, 제라드?"

"놀라운 일이 벌어졌소. 나도 전혀 예상하지 못했던 일이."

그의 옷차림 이곳저곳은 솔기가 뜯어지다 못해 보기 흉한 상처 자국들로 심하게 얼룩져있었다.

"난 줄곧 당신이 끔찍한 일을 당한 줄로만 생각했소, 제라드."

"난 아직 이렇게 살아 있소. 당신과 조금은 더 함께 보낼 시간이 생긴 것 같군. 그나저나 지금 이러고 있을 때가 아니오. 그래, 물건은 찾았소?"

둘 사이에 무거운 침묵이 가라앉았다.

"가브리엘에게…… 빼앗겨버렸소. 미안하오."

나이트메어가 실망한 기색을 원색적으로 드러내며 미간을 찡그렸다.

"어쩔 수 없잖소, 교수. 최선을 다했다면 그걸로 된 거요."

"하지만……."

현민은 가브리엘과 있었던 사실을 솔직하게 털어놓을 자신이 없었다.

"이제 마지막 한 수만이 남았소, 교수."

"아직 끝난 게 아니란 말이오?"

현민이 반색하며 그의 얼굴을 쳐다봤다.

"지금 벌어지고 있는 전쟁을 악마군의 승리로 끝내야 하오."

"제라드. 그건 내 능력 밖의 일이오."

나이트메어가 현민의 어깨를 부여잡았다.

"우리는 루시퍼 성전으로 가야 하오, 교수"

"루시퍼 성전?"

"그렇소. 교수가 찾고 있는 물건은·아직 그곳에 잠들어 있소. 벌써부터 희망을 버릴 때가 아니란 얘기요."

"하지만 분명 물건을 빼앗겼는데……."

"그건 육신을 얻기 위한 열쇠에 불과할 뿐이오. 인증서에는 물건의 최종 위치가 그의 성전으로 표시돼 있었소. 육신은 분명 그곳에 있소."

"정말이오?"

"그리고 지금부터 해 줄 얘기에 절대 놀라지 마시오."

나이트메어가 조심스럽게 다가왔다.

"무슨 얘긴데 그러는 거요."

"정말 놀라지 말아야 하오. 그리고 교수의 임무를 절대 망각해버려서도 안 되오."

"거참, 빨리 얘기하시오. 답답하게 굴지 말고."

코를 긁적이던 나이트메어가 결심이 선 듯 다부진 목소리로 말문을 열었다.

"사실 그 인증서는 지옥군에 대한 통솔권 위임을 포함하고 있었소."

현민의 눈이 휘둥그레졌다.
“세상에. 오, 맙소사.”
나이트메어가 현민의 몸을 흔들어 깨웠다.
“이제, 내가 왜 당신에게 내용의 일부를 숨겼는지 아시겠소?”
현민이 텅 빈 동공으로 퉁을 달았다.
“말도 안 돼. 왜 진즉 얘기하지 않았소?”
나이트메어가 고개를 가로저었다.
“솔직히 말했으면, 교수가 과연 루시퍼의 부탁을 들었겠소?”
“염병할, 루시퍼 이 자는 끝까지 날 엿 먹이는군.”
나이트메어가 현민의 눈을 뚫어지게 쳐다봤다.
“지금 중요한 건, 그럼에도 불구하고 루시퍼가 당신을 악마들의 사령관으로 삼았다는 거요. 솔직히 말하면 나도 루시퍼의 결정을 온전히 이해할 수 없소. 대체 6년 전에 무슨 일이 있었던 건지.”
나이트메어가 궁금한 표정을 지으며 내려다 봤다.
“난 아무 능력도 없소, 제라드. 6년 전이라면 아무런 기억도 없단 말이오. 그 자는 대체 나의 뭘 보고.”
현민의 동공이 불안하게 흔들렸다.
“루시퍼의 전권이 위임장 하나를 통해 당신에게 모두 다 넘어갔소. 선택의 여지는 없소, 교수.”
“왜 지금에서야 말 하는 거요? 차라리 끝까지 비밀로 하지 그랬소.”
나이트메어가 숨을 크게 고르면서 뜸을 들였다.
“쪽지에는 이런 내용이 있었소. 교수가 가브리엘을 의심하기 전까진 모든 것을 비밀에 부쳐라.”
현민이 신음을 터뜨리며 주저앉았다.
“오, 맙소사.”
“난 루시퍼의 지혜를 한 번도 의심해본 적이 없소. 설사 그게 얼토당

토 않는 명령이라 해도. 내가 그의 지령을 어기리라고 보시오?"

"왜 하필 나여만 하는지. 어째서."

"그건 루시퍼 외에는 아무도 모를 거요. 자, 이제 떠납시다. 우리에겐 마지막 한 고비가 남았고, 그걸 처리해야 할 소명도 극명해졌소."

나이트메어가 망설이는 현민을 안타깝게 쳐다봤다.

"두렵소?"

"……."

"여기서 멈추게 되면 모든 걸 잃게 될 거요. 더 이상 교수의 목숨 하나로 끝나는 문제가 아니오, 이젠."

"두렵지 않소."

"그럼 왜 망설이는 거요?"

현민이 머리를 감싸며 괴로워했다.

"잃어버렸소."

"뭐라는 거요, 지금."

"맞소. 나에게 지금 그 인증서가 없단 말이오."

* * *

무너진 석벽 안으로 들어서자 옅은 신음을 흘리고 있는 구더기의 모습을 발견할 수 있었다. 앞장서 달려간 현민이 우두머리의 잘려진 상반신 앞에 재빨리 무릎을 꿇고 앉았다.

"이 보시오, 우두머리. 이게 어찌된 일이오. 가브리엘은 어디 갔소?"

우두머리의 힘겨운 손놀림이 지옥 빛이 쏟아지는 무너진 천장을 가리켰다. 그의 메마른 흰자위가 안쓰러울 정도로 심한 경련을 일으키고 있었다. 그러더니 툭툭 뼈마디 끊어지는 소리가 나면서 잘려진 상체의 아랫부분부터 화사한 잿빛이 딱딱하게 스며들기 시작했다. 경부를 쓸고 지나온 그 기세는 우두머리의 입과 콧구멍을 지나더니 결국에는 희뿌연 먼지가루를 날리며 땅바닥 아래에 폭삭 내려앉았다. 등 뒤에서 지켜보던 나이트메어가 현민의 어깨를 부여잡고 돌려세웠다.

"교수, 창조주께서는 아마도 우리의 손을 들어주고 싶었던 모양이오. 숨겨진 조력자들이 곳곳에서 나타나 도와주는 걸 보면."

현민이 노란 구슬을 꺼내서 나이트메어에게 보여줬다.

"제라드, 혹시 이게 뭔지 아시오?"

"그게 뭐요?"

"우두머리가 죽기 전 나에게 건네준 구슬이오. 왜 그런 건지를 모르겠소."

구슬을 건네받은 나이트메어가 눈앞에 이리저리 굴려보며 세심하게 뜯어 살폈다.

"제라드, 어디다 쓰는 물건인지 아시겠소?"

"모르겠소. 난 루시퍼가 아니니까."

현민은 그 구슬을 다시 넘겨받은 뒤, 잿가루가 날리는 자리를 내려다봤다.

"구더기도 이름을 가지고 있소?"

"구더기는 이름을 갖지 못하오, 교수."

"그럼, 어째서 가브리엘이 저 구더기를 가리켜 헤롯이라고 불렀을까."

"헤롯?"

나이트메어가 고개를 갸웃거렸다.

"제라드, 난 그 이름을 세베알에게 들어본 적이 있소. 처음엔 그저 그런 허구성 짙은 이야기라고만 생각했는데……."

나이트메어가 물가 쪽으로 성급하게 등을 떠밀었다.

"이제 갑시다, 교수. 조약돌은 가지고 있소?"

"여기."

나이트메어가 무덤덤한 표정으로 받아들더니 조약돌을 웅덩이 사이에 힘껏 내던졌다. 풍덩 소리가 들리면서 초록의 광명이 수면 밑으로 서서히 침잠해 들어갔다. 얼마동안은 아무 일도 일어나지 않았다.

"원점에 서있다 다시 원점으로 돌아온 기분이오, 제라드. 사실 환영 속에서 당신을 처음 보게 된 것도 바로 여기 이 자리란 말이지."

나이트메어가 메마른 미소를 머금으며 말끝을 달았다.

"지금은 환영이 아니오, 교수."

"그래서 소름이 끼치는 거요. 루시퍼가 당시에 내게 이런 말을 했소. 이 욕실에는 많은 비밀이 있다. 좋든 싫든 운명의 어디쯤에서 나이트메어와 만나게 될 것이다."

나이트메어가 눈썹을 길게 끌어당겼다.

"교수 말을 들으니 마치 루시퍼가 지금 상황을 예견이라도 한 것처럼 들리는구려."

물웅덩이 한가운데서 허연 물거품들이 끓어오르더니 건물 전체가 좌우로 뿌리째 흔들리기 시작했다. 구멍 난 들보 위에서는 아래쪽 수면으로 연갈색 돌 부스러기들이 폭포수처럼 흘러내렸다. 옆걸음을 치며 다가온 현민이 나이트메어의 팔뚝을 강하게 붙들었다.

"이게 무슨 일이오, 제라드."

"당황할 것 없소. 메데우스로 안내할 조력자. 그가 오고 있는 소리니까."

잠시 후, 수면 아래로 길쭉한 음영이 갈마들더니 마침내 세 갈래의 두툼한 발톱이 땅바닥을 여러 번 긁어대며 산만한 몸체와 함께 기어올라왔다. 그것은 뱀 같이 생긴 눈을 좌우로 부라리더니 비좁은 욕실 안에서 난데없이 거대한 날갯짓을 해대기 시작했다. 강풍이 휘몰아치자 맞은편에 있던 석벽들이 맥없이 허물어지고 웅덩이에 고인 물이 일행이 서있는 곳까지 솟구쳐 올라왔다. 한 번은 팔뚝만한 이빨을 드러내고 포효를 내지르는데 그 서슬에 머리칼이 휘날리고 하마터면 오줌까지 지릴 뻔했다.

"이게 뭐요, 제라드."

"용들의 왕. 타이탄."

자기 이름을 들은 산만한 덩치의 괴수가 방향을 돌려 잡으며 긴 목을 빼들었다. 한번 씩 움직일 때면 지진이 난 것처럼 바닥이 심하게 흔들렸다.

"흥분을 가라앉혀라, 나의 타이탄이여."

그가 애정이 담긴 목소리로 놈의 콧등 언저리를 쓰다듬자 푸르스름한 혓바닥이 나이트메어의 얼굴을 위아래로 끔찍하게 훑어댔다. 상견례를 마치고, 나이트메어가 현민 쪽을 돌아다봤다.

"이 놈이 우리를 메데우스까지 안내할 거요. 자, 올라갑시다."

천사 날개를 활짝 펼친 나이트메어가 현민의 겨드랑이를 붙잡고 날아오르더니 놈의 등짝 위에 안전하게 내려주었다. 그는 직접 시범을 보이면서까지 갈고리 모양으로 돋은 거죽을 놓지 말라며 당부에 가까운 잔소리를 몇 번이고 반복했다. 타이탄이 그 몸을 들썩이려 할 때는 아찔한 높이의 크레인 위에 앉는 소름끼치는 감정마저 찾아들었다. 나이트메어의 긴 휘파람소리를 신호로 양 날개가 거인처럼 움직이면서 그 아래에 무시무시한 제트기류가 형성되기 시작했다. 그러더니 동체가 느릿느릿 떠오르고 부서진 천장의 일부마저 남김없이 허물어졌다. 그 순간, 수직방향으로 꺾인 타이탄의 몸뚱이는 천장을 빠져나와 가공할 만한 속도로 상승비행을 시도해 들어갔다. 놈의 두툼한 목덜미 덕택에 공기저항이 생각만큼 심하지는 않았다. 납빛 구름을 뚫고 올라간 타이탄은 적당한 높이에서 반 바퀴 선회비행을 하더니 큰 포효를 지상 아래에 흩뿌리고 나서 안전감 있는 수평비행을 고집하기 시작했다. 아래로는 지옥궁의 화려한 외관이 내려다보이고 그 옆에는 폭격을 맞은 전쟁터가 점점이 시커먼 연기를 피워 올리고 있었다.

"제라드?"

"말하시오."

현민이 지상에 벌어진 격전지를 가리켰다.

"저기서 대체 어떻게 살아난 거요?"

나이트메어가 귓등에 대고 큰 소리로 대답했다.

"벨리알이 배반을 했소."

"그건 나도 알고 있소, 제라드."

"아니, 그게 아니라. 놈이 배반한 건 우리 쪽이 아니라 벨제부브였다는 말이오."

믿기 힘들만큼 놀라운 소식이었다.

"그 자가 제라드 당신을 구해줬다고?"

"놈은 날 공격하려다 말고 방향을 바꿔서 마몬 쪽으로 뛰어들었소."

"대체 벨리알의 속셈은 뭐란 말이오?"

나이트메어가 대기의 차가운 공기를 빨아들이며 대답했다.

"워낙에 제멋대로인 놈이니까. 그렇다고 놈을 비호하고 싶은 생각은 추호도 없소. 마몬을 제거한 뒤에 그 다음이 어땠을지는 아직도 모르는 거니까 말이오."

불그스름한 돌산 하나를 넘어가자 육중한 몸뚱이의 타이탄이 구름 속에서 비스듬한 하강 곡선을 그려 내려가기 시작했다. 맞바람을 맞으며 아래를 굽어보니 삐쩍 마른 사막지대에 지름 1km가량의 웜 홀이 거대한 하수구처럼 형성되어 있었다. 현민은 그 크기에 정신이 압도당하는 것만 같았다.

"제라드, 우린 지금 어디로 가는 거요? 저게 다 뭐요?"

"메데우스로 연결된 차원 문이오."

"에덴이 지옥의 밑바닥에 있었단 말이오?"

"방위는 인간세계에서나 따지는 거요, 교수. 이쪽 세계에는 위아래란 게 따로 존재하지 않소."

목표점과 타이탄의 거리는 급속도로 가까워지기 시작했다. 지상 가까이 내려온 타이탄은 이내 꼬리 끝에 적황색 모래바람을 일으키다가 한눈에도 다 들어오지도 않는 그 거대한 입구 안으로 수직 방향을 유지한 채 미끄러지듯 빨려 들어갔다. 그 즉시 빛의 경계가 허물어지면서 분간할 수 없는 미지의 공간에 외롭고 고요하게 떠있게 되었다. 속도감마저 느껴지지 않고, 상하좌우의 위치감각이 박탈되었다. 더럭 내장들이 오그라들더니 모든 것이 무서워지기 시작했다. 손가락이 파르르 떨렸다.

"제라드?"

"겁낼 것 없소. 이제 메데우스의 하늘을 보게 될 것이오."

현민은 타이탄의 등딱지를 강하게 그러쥐었다.

"이 길은 어디로 연결돼 있소?"

"군단의 심장인 델피오르로 연결되오."

"루시퍼 성전이 아니고 말이오?"

"타이탄의 위력을 과소평가하지 마시오. 수 분만에 도착해버릴 테니까."

미지근하고 축축한 수분감이 느껴지더니 일행의 머리 위쪽에서 조그만 잿빛 구멍이 열리기 시작했다. 타이탄의 육중한 몸이 그곳을 향해 홱 꺾여 들어갔다.

* * *

늪지에 고인 물웅덩이는 이제 들척지근한 핏물이 한가득 담겨 있었다. 성채를 휘감아 도는 강가 기슭에는 녹아내린 천사들과 반 토막 난 구더기들이 켜켜이 쌓인 시체 산을 이루었다. 잔혹했던 밤하늘 밑으로는 초록색과 붉은색 가스들이 아직도 남아 성단의 그늘처럼 끈끈한 대기 위를 구름처럼 떠돌아다녔다.

악마군이 퇴각한 늪지 위에는 얼빠진 표정들의 하위천사가 질퍽한 진창 바닥을 뒤적이고 다녔다. 그들은 추락하고 잘려나간 시신들을 수습하면서 잔병의 전열을 가다듬는 데 온 힘을 쏟아내고 있었다. 허공에 떠있는 미카엘의 황금 수정이 천군의 주둔지 위를 대낮처럼 비추었다.

"이제 어떻게 하실 겁니까, 미카엘. 희생을 감내해야 한다면 지금 당장 밀어붙이는 게 현명한 선택이 될 수도 있습니다."

웨인마커의 신성 갑옷이 각성된 빛과 함께 홀연히 벗겨졌다.

"이렇게 많은 희생이 날 줄은 몰랐네."

미카엘이 자기 탓이라도 되는 냥 자조 섞인 투로 고개를 흔들었다. 그를 옹위하던 상위천사들이 시선을 돌리고 묵묵히 흐르는 눈물을 삼켜냈다.

"죄송합니다, 미카엘. 저의 부족함 때문입니다."

미카엘이 고개를 내저었다.

"아니네, 웨인마커. 자네가 없었더라면 상황은 걷잡을 수 없이 끔찍했을 거야. 프리엘의 충고를 들길 잘했다는 생각이 드네."

웨인마커가 성채 너머의 어둠을 응시하다가 유(有)색의 푸르스름한 하늘을 올려다봤다.

"리바이어던의 독액이 중화되려면 상당한 시간이 걸릴 것 같습니다, 미카엘."

"아마 그러겠지."

"천군을 성채 반대편으로 우회시키면 어떻습니까? 그러면 독가스를 피해 당장에라도 놈들의 성채 일부를 함락시킬 수도 있습니다."

미카엘이 그것에 대해 명확한 의사를 표시하지 않았다.

"사상자가 얼마나 되나, 웨인마커."

"30만에 달했던 천군에서 8만에 가까운 사상자들이 생겨났습니다. 대부분은 공중전을 담당했던 상위천사들로 보입니다."

"리바이어던 때문인가?"

웨인마커가 고개를 끄덕였다.

"많은 희생을 치렀네, 웨인마커. 내 어찌 그들의 희생 앞에 부끄러운 이 몸을 들 수 있단 말인가. 가브리엘의 빈자리가 너무나 크게 작용했네."

그때 까마득한 밤하늘의 지평선 너머에서 홀연한 불기둥이 소리 없이 솟구쳐 올라가더니 상당한 시차를 두고 그들이 서있는 자리에 엄청난 굉음을 몰고 왔다.

"저긴 루시퍼 성전이 아닙니까, 미카엘?"

"……."

"프리엘께서 미리 도착하신 게 아닐까요?"

미카엘이 단호한 목소리로 대답했다.

"아니네. 너무 일러. 무엇보다 저 불기둥은 프리엘의 것이 아니네."

"그럼 대체……."

미카엘의 목소리가 미묘하게 흔들렸다.

"저건 일종의 집결신호라네. 왜 하필 이 시기에……."

"그게 대체 무슨 말입니까, 미카엘."

웨인마커가 상기된 얼굴로 돌아봤다.

"루시퍼의 성전 쪽으로 대악마들을 불러들이고 있어. 하지만 너무 극단적이군. 너무 소란스럽게 행동하고 있네. 우리가 보고 있다는 걸 뻔히 알 텐데 말이네."

"그럼 리바이어던은 어떻게 됩니까?"

미카엘이 시선을 교환하며 똑 부러지게 대답했다.
“모르긴 몰라도 조만간 군사적인 움직임이 있을 거네. 어쩌면 성채를 버릴 지도 모르지.”
“여기를 버리고 간다고요?”
“집결의 봉화는 저들의 수중에 강력한 구심점이 생겼다는 말이네. 드디어 모습을 드러낸 건가.”
“루시퍼가 나타났단 말씀입니까?”
바로 그때, 등 뒤쪽에서 공기를 잡아 찢는 듯한 이물적인 소음이 들려오기 시작했다. 그러더니 좌우의 공간 틈이 벌어지고 그 안에서 눈을 멀게 할 정도로 휘황찬란한 빛 무리가 상서로운 기운을 등에 업고 초신성처럼 흘러나왔다. 검은 윤곽이 흔들리더니 마침내는 아름다운 자태의 은빛 천사가 별빛 눈망울을 간직한 채 가지런히 걸어 나왔다.
“가브리엘?”
미카엘의 동공이 확장됐다.
“수고가 많았네, 미카엘.”
상위천사들이 그 즉시 목과 무릎을 굽히고 빈틈없는 예를 갖췄다. 가브리엘이 여유로운 미소로 화답했다.
“다들 일어나게.”
희망이 부푼 얼굴들에 환연한 꽃망울이 터지기 시작했다. 그러나 미카엘만큼은 상당히 경직된 자세였다. 그러다가 분기와 불만이 섞인 표정으로 지근거리의 천사장을 가감 없이 몰아세웠다.
“천사장께서는 이후에 분명한 설명을 하셔야 될 겁니다.”
미카엘의 상반된 반응이 좌중의 분위기를 압도했다.
“너무 노여워하지 말게, 미카엘. 자네의 어깨가 무거웠다는 건 나 역시도 잘 알고 있네. 그리고 정도에 어긋난 내 행동에 대해서는 차후에 하나하나 설명하도록 하겠네. 미안하네.”

미카엘이 가브리엘의 갸름한 턱 선을 꼿꼿이 올려다봤다.

"누구를 향한 사죄입니까. 저입니까, 아니면 천군들의 못다 핀 영혼들입니까?"

주위가 찬물을 끼얹은 듯 무겁게 가라앉았다.

"물론 둘 다네, 미카엘."

"그렇다 해도. 전 당신을 이해할 수 없습니다."

가브리엘이 미카엘에게 측은하고 실망스런 시선을 내보냈다.

"자네라면 이해해줄 줄 알았네, 미카엘. 에덴을 위해 어쩔 수……."

미카엘이 말을 자르며 대꾸했다.

"계급을 막론하고 저에게는 죽은 이들 모두가 제 동지들이자 자매입니다. 설사 그들을 창조신과 비교한다 해도 저는 경중을 가릴 수 없다고 선언할 수 있습니다. 전 그분께 그렇게 배웠고, 그걸 잊지 않기 위해 지금껏 수많은 노력을 해왔습니다. 천사장께서는 지금 이 끔찍한 참상이 눈에 보이지 않는단 말씀이십니까!"

날개를 꺼내들더니 그는 암울한 전장의 한복판으로 홀연히 날아가 버렸다. 숙진 분위기를 헤치며 그녀가 웨인마커의 앞으로 걸어 나왔다.

"사상자는 얼마나 되는가?"

"중위천사 8만이 목숨을 잃었습니다. 리바이어던의 갑작스런 출몰이 상황을 어렵게 만들었습니다. 그리고 미카엘의 무례함에 대해서는 용서를 해주시기 바랍니다. 전례 없는 희생에 그 슬픔이 너무 크셨던 것 같습니다."

가브리엘이 차가운 눈빛으로 웨인마커를 내려다봤다.

"그를 이해한다. 하지만 지금은 감상에 젖을 시기가 아니지. 우리에게 필요한 건 희생을 각오로 한 필사적인 용기와 저항뿐. 에덴의 옛 영광을 회복하게 되면 우리 모두는 창조주의 눈부신 재림을 마주하게 될 것이다."

가브리엘이 신성한 기운을 끌어 모아 오른손에 천사장의 지팡이를 현현시켰다.

"웨인마커, 천군의 본대는 어디쯤에나 도착했는가?"

"아마 모리엔을 넘어 이제 막 루시퍼의 성전을 향하고 있을 겁니다. 원하신다면 진군 루트를 델피오르 쪽으로 변경하실 수도 있습니다."

가브리엘이 고개를 내저었다.

"아니, 그럴 것 없다. 이대로 루시퍼의 성전을 향해 군세를 몰아갈 것이다."

웨인마커가 불안한 낯빛으로 물었다.

"외람된 말씀이지만 좀 전에 붉은 봉화가 타올랐습니다. 미카엘께서는 그것이 루시퍼의 복귀를 의미하는 거라고 생각하시는 것 같습니다."

가브리엘의 입가에 옅은 미소가 번졌다.

"그렇지 않을 것이다. 루시퍼는 신경 쓸 것 없다. 안심해라."

"하지만……."

들을 필요도 없다는 듯 그녀는 전장 아래를 지나 성채 쪽으로 시선을 돌렸다.

"지금 당장 천군을 행군 대열로 도열시켜라."

웨인마커가 미지근한 얼굴로 대꾸했다.

"하지만 아직 천군의 시신이 수습되지 않았습니다."

그러자 가브리엘이 본 적 없는 얼굴로 호되게 질책했다.

"여유를 부릴 만큼 한가로운 상황은 아니다. 너마저 미카엘의 나약함에 젖어들고 만 것이냐!"

웨인마커의 손등에 옅은 경련이 일어났다.

"하지만 미카엘께서는 이해하지 못할 것입니다."

"원한다면 그를 여기에 홀로 남겨둘 것이다. 나는 최종적인 승리를 원한다, 웨인마커. 오늘이 바로 그날이 될 것이다."

가브리엘의 눈은 확신에 차있었다.

"알겠습니다, 천사장이시여."

웨인마커의 턱이 지면을 향해 힘없이 떨어졌다.

* * *

"제라드, 이렇게 하면 정말 대악마들이 모인단 말이오?"

"최소한 안 오고는 못 배길 거요. 루시퍼의 명령이라고만 생각할 테니까."

봉수기단의 사면을 따라 내려오면서 현민은 성전 앞을 가득 메우고 있는 불그스름한 갈대 벌판을 내려다보고 있었다. 잠시 후에는 기세좋게 타오르던 봉화 기운이 옅어지고 까마득했던 평야 위에 차고 시커먼 어둠이 서리처럼 내려앉기 시작했다. 기단 주위의 풀숲에서는 기척에 놀란 풀벌레들이 쓰륵 소리를 냈고, 성전의 우뚝 솟은 첨탑 위에서는 가깝고도 먼 듯한 쏙독새의 외로운 비명이 앙칼지게 들려왔다. 봉화불이 완전히 사라지자 그곳은 다시 예의 암전된 폐허로 돌아왔다.

"이건 너무 무모한 행동 같소, 제라드. 그들이 온다고 해도 나를 증명할 물건은 아무것도 없질 않소. 침입자로 몰려 죽지나 않으면 다행이겠지."

봉수기단을 내려온 일행은 직각으로 면한 계단을 지나 어둡고 허물어진 처마 밑으로 자리를 옮겨갔다. 나이트메어가 주워 든 돌조각에다 알 수 없는 주문을 내걸더니 이내 그것이 촛불 역할을 자처하며 흐릿하게 밝아들었다. 곧바로 헐고 기울어진 석벽의 입구가 드러나면서 성전 내부를 좀먹어버린 썩은 줄기식물들이 내보였다. 머리 위에는 열길 높이의 큼지막한 갈색 나무가 석벽을 뚫고 나온 뒤, 그 위를 자잘한 줄기 끝으로 거미처럼 기어오르고 있었다.

"여기가 루시퍼의 성전이라니. 차라리 버려진 무덤이라고 하면 납득이 가겠소."

그들은 허물어진 입구를 지나 썩은 낙엽이 즐비한 성전 내부로 들어갔다. 실내는 네 개의 회백색 돌기둥들이 방진 형태로 천장을 떠받치고 있었는데 벽의 곳곳에 심각한 균열이 갔고, 내부의 움푹 들어간 귀퉁이에는 삼단으로 두둑이 채워 올린 단조로운 왕좌가 놓여있었다.

"나도 여긴 처음이오, 교수. 이 성전은 루시퍼의 명으로 출입이 엄금돼 왔소."

아찔한 높이의 천장을 올려다보며 현민이 혼잣말을 했다.

"메데우스는 지구와 정말 판박이처럼 닮아있는 것 같소."

머리 위에서 먼 허공을 배회하는 타이탄의 무거운 날갯짓 소리가 들려왔다.

"제라드. 이곳 어딘가에 정말 주님의 육신이 있을 거라고 생각하시오?"

"그렇소. 인증서에서 언급한 물건이 정말 교수 말대로 그 육신을 가리키는 것이라면."

"그럼 난 어떻게 해야 하는 거요. 내가 대체 여기서 뭘 할 수 있단 말이오?"

"여길 지켜야지. 어떻게 해서든."

현민이 한숨을 내쉬며 말했다.

"가브리엘을 막으면 정말 내가 사는 세계를 지킬 수 있는 거요?"

"그렇소. 가브리엘이 실패하게 되면 결코 벨제부브는 인간을 쥐락펴락할 수 없을 거요."

"어째서?"

현민의 얼굴에 희색이 돌았다.

"둘 사이의 계약이 정말 인류를 내건 도박이었다면 벨제부브는 반드시 받아야 할 물건이 있었을 게요. 바로 창조주가 루시퍼엘에게 내린 은물, 파괴검. 인간세계와 천상의 모든 연결고리를 끊어버리려면 반드시 그 은물에 담겨진 권능을 사용해야 하니까. 벨제부브는 필시 가브리엘에게 맹약의 조건으로 그 파괴검을 요구했을 거요."

"그럼 가브리엘이 벨제부브를 통해 얻는 건 무엇이오?"

"에덴 수복 전을 펼칠 동안 루시퍼가 메데우스로 돌아오지 못하게 묶어두는 것이겠지. 지금처럼."

"가브리엘은 어째서 파괴검을 사용하지 않는 거요? 마음만 먹으면 루시퍼와 벨제부브를 인간세계에 영원히 가둬버릴 수도 있을 텐데."

나이트메어가 고개를 가로저었다.

"그렇게 간단하지 않소, 교수. 인간과 우리들의 세계는 셀 수도 없이 많은 문들이 존재하오. 현실적으로 루시퍼의 눈을 피해 그 모든 구멍을 메우는 건 불가능에 가깝지."

"루시퍼가 없다면 가능하다는 얘기요?"

"그렇소."

둘의 시선이 무겁게 교차했다.

"제라드, 혹시 마몬의 말대로 루시퍼가 정말……."

"다시 한 번 말하지만 그건 아닐 게요. 우린 루시퍼의 왜곡장이 무너지지 않은 걸 두 눈으로 똑똑히 확인했소. 흔들리지 마시오, 교수. 루시퍼는 쉽게 죽지 않소."

"미안하오, 제라드."

순간, 입구 쪽에서 검은 소용돌이가 거세게 휘몰아치더니 돌풍을 등에 업고 젊고 매끈한 피부를 가진 청년이 성전 내부로 성큼성큼 걸어 들어왔다. 그는 새까맣고 반질반질한 머리카락에 투명하고 다부진 눈망울을 가지고 있었는데 겉으로 드러난 이미지와는 반대로 척박해 보이는 걸음걸이에 중유를 끼얹은 듯한 더러운 미소를 머금고 있었다.

"리바이어던."

"이게 누구신가. 지옥의 반항아 나이트메어 아니신가!"

달갑지 않은 표정으로 다가온 그는 현민을 곁눈질하다가 데면데면한 얼굴로 허두를 뗐다.

"당신도 있었군, 인간이여."

"나를 아시오?"

"마치 날 처음 본 것마냥 얘기하는군."

"미안하지만 난 기억을 잃었소. 6년 전의 일이라면 난 아무것도 얘기해 줄 게 없소."

리바이어던이 혀끝을 차며 꼴사납다는 반응을 했다.

"루시퍼께서 또 쓸데없는 일을 하신 모양이군. 그나저나 나이트메어. 주군께서는 대체 어디계신가?"

성전 내부의 공기가 무겁게 짓눌렸다.

"여기 없네."

"뭐?"

그의 눈이 동그랗게 말려 올라갔다.

"봉화는 내가 올렸네, 리바이어던."

"나랑 농담을 하자는 건가? 금기를 깨고 자네가 루시퍼 봉화에 직접 손을 대?"

"루시퍼의 명령을 하달하러 왔네."

"좋아, 그럼 인증서를 가지고 있겠군. 어서 꺼내보게."

일행의 시선이 불안하게 교차됐다.

"이곳으로 오는 도중에 잃어버렸네."

가만히 듣고 있던 리바이어던이 이마와 허리를 짚고서 통쾌하게 허허거리기 시작했다.

그러는 사이 입구 근처에서는 또 한 명의 사내가 들어오고 있었다.

델피오르의 기둥 아스모데우스. 그는 3미터에 달하는 훌쭉한 키에 털이 없는 얼룩덜룩한 면피를 두르고 있었는데 말라비틀어진 괴상한 얼굴에는 좁쌀 크기의 오징어 눈이 실종된 콧구멍과 함께 혐오스럽게 매달려있었다.

"여기들 있었군."

위압적인 목소리가 흘러들더니 거인 모습의 대악마가 일행의 곁으로 천천히 접근해왔다. 그런데 갑작스럽게 돌아선 리바이어던이 그의 앞길을 막으며 불편한 심기를 토해내기 시작했다.

"아스모데우스, 어째서 할데움으로 아직까지 지원 병력을 보내지 않는 것이냐? 미카엘이 이끄는 군대가 벌써 우릴 습격해왔다. 도대체 뭘 꾸물거리고 있는 거지?"

그가 퉁을 달며 대꾸했다.

"무슨 말을 하는가, 리바이어던. 미카엘의 습격이라니. 천군이 중앙 평원을 넘어 몰래 잠입하기라도 했단 말이냐?"

리바이어던이 어처구니없는 표정으로 고개를 가로저었다.

"멍청한 놈. 델피오르에 들어앉아 도대체 뭘 하고 있었던 거지? 사태가 어떻게 돌아가는지도 모르고 군단 배치를 한단 말이냐. 셀타리온에서 시작된 전쟁은 중앙 평원을 지나 나의 영지에까지 들이닥쳤다."

아스모데우스가 놀랍다는 반응을 보였다.

"그럴 리가 없다. 베헤모스에 딸린 대군이 분명 셀타리온의 주둔지를 전멸시킨 뒤 중앙 평원으로 집결했다고 들었다."

"병신 같은 놈! 누가 그런 엿 같은 소리를 지껄인단 말이냐!"

아스모데우스가 다급히 변명을 늘어놓기 시작했다.

"군단은 집정관의 지시에 따라 이루어졌고, 마몬이 상황보고를 해왔다."

이번엔 나이트메어가 나섰다.

"그건 거짓말이네, 아스모데우스. 지옥에는 루시퍼의 반대세력이 등장했어. 그 주동자가 바로 세베알과 마몬이네."

아스모데우스가 허탈한 표정으로 나이트메어를 내려다봤다.

"설마……. 난 분명 루시퍼의 인장을 두 눈으로 확인했다. 세베알은 루시퍼의 명령을 정확히 하달했어."

리바이어던의 한 발 앞으로 나왔다.

"나의 영지 앞에 가브리엘까지 나타났다. 이건 어떻게 설명할 건가, 아스모데우스."

"그… 그건……."

"델피오르의 수장이 이렇게나 물러 터졌으니 천군이 내 영지까지 들어오는 게 아닌가."

"난 분명히 확인을 했다. 루시퍼의 인장이 확실했다고."

리바이어던이 험악한 분위기를 만들며 일갈했다.

"닥쳐라, 아스모. 상황이 이렇게 될 때까지 뭘 하고 있었단 말이냐. 루시퍼께서 이 사실을 아신다면 네놈은 당장에 죽어도 이유를 달지 못할 것이다."

아스모데우스 역시 지지 않고 응수했다.

"뭔가 잘 못된 게 틀림없어. 난 루시퍼의 명령에 따라 움직였을 뿐이다."

인내심의 한계를 경험한 리바이어던이 아스모데우스의 얼굴에 옹골진 주먹 한 방을 먹였다. 아스모의 얼굴에 두툼한 코뼈가 붙어있었더라면 분명 그 서슬을 이기지 못해 한 바가지의 들큼한 핏물을 쏟아냈을 것이다. 이에 격분한 아스모데우스가 넘어진 자리에서 리바이어던을 향해 몸을 던지려고 했다.

"그만들 하게."

나이트메어가 중재 역할을 자처하며 둘 사이를 떼어놓았다.

"이거 봐라, 나이트메어. 저 핏덩이 같은 놈이 감히 대악마 아스모데우스에게 치욕을 안겨줬단 말이다."

리바이어던의 입가에 비릿한 웃음이 흘렀다.

"머저리 같은 놈."

이때 현민이 앞으로 나서며 둘을 싸잡아 비난했다.

"정말 한심하군. 기껏 모아놨더니 싸움이나 벌이고 있고. 나이트메어, 이런 자들을 믿고 여길 방비해야 한다는 건 애초부터 말이 안 되는 거 아니오?"

"여길 방비한다고? 그게 무슨 소리지?"

꼬투리를 잡은 리바이어던이 힘 있게 대꾸했다.

"루시퍼는 내게 가브리엘로부터 이 성전을 지켜내라고 했소."

리바이어던이 현민의 인중 사이를 노려봤다.

"그래, 인간. 당신은 매번 붙어 다녔으니까 알고 있겠군. 그래, 루시퍼께서는 지금 어디계시냐?"

"때가 되면 나타나지 않겠소? 루시퍼 그 자는 워낙에 멋대로인 사람이니까."

"사람?"

나이트메어가 현민을 거들며 걸어 나왔다.

"리바이어던, 루시퍼께서는 전군의 지휘권을 윤 교수에게 일임하셨네."

지켜보던 아스모데우스가 코웃음을 치기 시작했다.

"나이트메어, 지금 농담하는 거겠지? 인간 따위에게 우리에 대한 지휘를 맡긴다고?"

"루시퍼의 명령이네, 아스모데우스."

"좋아, 그렇다면 그 인증서를 한 번 꺼내봐, 나이트메어."

나이트메어가 축 처진 목소리로 대답했다.

"지금은 없네."

아스모데우스가 다시 한 번 홍소를 터뜨렸다.

"나이트메어. 혹시 이 모든 게 네놈의 술책인 거 아니냐? 반란군도 네놈이 꾸며낸 얘기겠지?"

나이트메어의 얼굴이 붉게 상기됐다.

"나를 모욕하지 마라, 아스모데우스."

"모욕이라니. 인간세계의 떠돌이 악마 주제에 이제 와서 대악마의 권리를 주장하시려고?"

그때 입구의 저편에서 불룩한 뱃살을 흔들며 검고 땅딸막한 실루엣이 걸어 들어오기 시작했다. 현민과 나이트메어는 주인공의 얼굴을 확인하고 놀라지 않을 수가 없었다.

"벨리알?"

"나이트메어의 말은 하나도 틀리지 않다. 내가 방금 세베알과 마몬 그 새끼들을 손봐주고 오는 길이거든."

리바이어던이 벨리알 쪽으로 시선을 던지며 말했다.

"메데우스에서 벨리알 네 녀석을 보게 될 줄은 꿈에도 생각 못했군."

그늘을 빠져 나온 벨리알이 늘어진 턱살을 매만지면서 어깨를 으쓱했다.

"난 뭐, 메데우스에 관심을 가지면 안 되나? 할데움 강가에 살아서 그런지 리바이어던 네놈은 날이 갈수록 회춘을 하는 모양새구나. 촌스런 얼굴이 영 마음에 들지 않아."

일행의 곁을 빠져나온 벨리알이 구석진 가장자리로 올라가더니 루시퍼의 왕좌에 무릎을 쩍 벌리고 앉았다. 리바이어던이 그 행태를 보고 험악하게 다그쳤다.

"벨리알, 네놈이 감히 루시퍼의 왕좌에 엉덩이를 깐단 말인가."

"이봐, 리바이어던. 쩨쩨하게 굴기는. 어차피 루시퍼께서는 이 허물어진 성전 따위에 관심이 없어. 이 갈라지고 문드러진 돌바닥들을 봐. 이게 어디 관리를 제대로 한 몰골인가."

"당장 내려와라, 벨리알."

키득키득 웃던 벨리알이 주머니 안에서 인증서 세 장을 꺼내 흔들었다.

"여기 내게도 루시퍼의 인증서가 있지. 여기엔 세베알에 대한 척살령도 함께 포함됐다."

아스모데우스가 인증서를 낚아챈 뒤 찬찬히 훑어 내려갔다. 그러다가 옅은 신음을 토해내며 중얼거렸다.

"말도 안 돼."

벨리알이 성전이 떠나갈 듯한 목소리로 껄렁껄렁 웃었다.

"대단하지? 루시퍼께서는 나에게 집정관의 지위와 더불어 지옥군 4할의 통할권까지 부여하셨어."

아스모데우스가 인증서를 떨어뜨리며 멍한 눈으로 하늘을 응시했다. 그러자 리바이어던이 그걸 주워서 제 눈으로 직접 확인 작업에 들어갔다. 그러고는 눈을 쳐들고 반박조로 대꾸했다.

"벨리알, 이 권한은 지금 당장 주어지는 게 아니다. 고로 너에게 주어진 지옥군 4할에 대한 통치권도 인정할 수 없어."

"물론."

벨리알이 기분 좋은 얼굴로 일어나 왕좌 밑으로 내려왔다. 그러고는 하던 말에 덧붙여 긴 설명을 이어나갔다.

"당장 달라는 건 아니야. 단지 이런 것이 있다는 걸 확인하고 싶었을 뿐이지. 그분께서 날 인정하셨다는 사실 자체로도 상당히 의미 있다고 생각하지 않나?"

"그래서 하고 싶은 말이 뭐냐, 벨리알."

"나는 나이트메어의 의견에 상당히 동조하는 편이야. 사라진 인증서를 내 눈으로 똑똑히 확인했으니까."

모두의 눈이 휘둥그레졌다. 아스모데우스가 앞으로 튀어나왔다.

"벨리알, 그 말에 책임질 수 있느냐?"

"내가 뭐가 아쉬워서 거짓말을 하겠나, 아스모. 루시퍼께서 돌아오시면 명명백백하게 드러날 일을 가지고 말이야. 난 지옥 제2서열의 집정관에 오르실 몸이라고."

이번엔 한 인간을 향해 시선들이 모아졌다. 그러다가 리바이어던이 달뜬 얼굴을 하고 입을 열었다.

"인간이여, 정말 당신에게 루시퍼의 인증서가 있었단 말인가? 한 치의 보탬도 없이 솔직하게 얘기하라."

"그렇소."

"어떻게 그 중요한 물건을 잃어버릴 수 있단 말인가?"

"지옥에서 가브리엘에게 빼앗겨 버렸소."

나이트메어가 현민의 뻔뻔하고 교활한 얼굴에 은근한 미소를 던졌다.

"설마… 지옥에 가브리엘이 나타났단 말인가?"

벨리알이 현민의 대답을 가로챘다.

"지옥은 지금 엉망이 돼 있어, 리바이어던. 가브리엘이 쑥대밭을 만들어 버렸거든."

아스모가 거친 호흡을 내쉬면서 포효했다.

"벨리알! 네놈은 그걸 보고도 가만히 구경만 하고 있었단 말이냐!"

"이봐, 아스모. 상대는 가브리엘이야. 아무리 배짱 좋은 신사라도 사리분별은 할 수가 있어야지. 게다가 난 루시퍼께서 하달하신 분부에 충실을 기했을 뿐이라고. 반역의 무리를 처단하는데 얼마나 많은 위험을 감내해야 하는지 알면 그런 말은 함부로 지껄이지 못할 걸? 뭐, 영지나 축내면서 사태파악도 못하고 있던 네놈에게 이해를 바란다는 게 애초부터 무리이겠지만."

아스모데우스가 꿀 먹은 벙어리모양으로 부들부들 떨었다. 리바이어던이 벨리알 쪽으로 터벅터벅 걸어 나왔다.

"벨리알, 그럼 네가 본 대로 얘기해봐라. 인증서의 내용이 무엇이었나?"

성전 내부가 물을 끼얹은 듯 조용하게 가라앉았다.

"하찮은 인간 따위에게 메데우스 전쟁의 지휘권을 위임한다는 거였지."

"확실한가?"

"귀찮게 굴지 마, 리바이어던. 난 두 번 말하는 건 딱 질색이니까."

그가 이번엔 나이트메어 곁으로 발씨를 옮겼다.

"너의 의견에 동조하겠다, 나이트메어."

그러고는 옆에 서있던 현민을 향해 차분히 눈을 돌렸다.

"인간이여, 당신의 지시를 따르겠소."

현민의 얼굴이 홍당무처럼 벌게졌다. 나이트메어가 긴장하라는 의미로 그의 어깨를 툭툭 건들었다.

"아스모, 나는 여기 있는 인간의 지시를 따르기로 결정했다. 이젠 네 차례다."

재촉을 받은 아스모데우스가 음흉한 시선을 담아 현민 쪽으로 걸어왔다. 그러고는 입술 주위를 심하게 어루만지다가 가슴을 떡 펴들고 당당하게 선언했다.

"나 역시 마찬가지요, 인간이여. 당신의 지시를 따르지."

그가 고개를 돌렸다.

"벨리알, 이번엔 네 차례다."

벨리알이 긴 콧김을 내쉬며 이죽거렸다.

"멍청한 놈. 난 아까 말했잖아."

모든 의견을 취합한 리바이어던이 상황을 정리하듯 현민 쪽을 건너다봤다.

"이제 어떻게 하면 되겠소, 인간이여."

"잠깐!"

아스모데우스가 리바이어던을 밀어냈다.

"마몬과 세베알은 그렇다 치고. 왜 아직까지 벨페고르와 베헤모스의 모습이 안 보이는 거지?"

리바이어던이 상황을 유추해 설명했다.

"반동 세력에 가담했든지, 아니면 알게 모르게 변을 당한 거겠지."

아스모데우스가 끙 소리를 내면서 어깨를 떨궜다.

"당신의 생각을 듣고 싶소, 인간이여."

현민은 나이트메어와의 눈 맞춤을 반복하다가 침을 꼴딱 삼키고 구상해둔 전략을 풀어놓았다.

"일단 우리의 일차 목표는 가브리엘로부터 이곳 루시퍼 성전을 지켜내는 것입니다."

"왜 하필 이곳인지 물어봐도 되겠소?"

나이트메어가 머뭇거리는 현민을 대신해 나섰다.

"루시퍼의 예언대로라면 가브리엘은 당장 이쪽으로 군세를 몰아올 거네. 그 내막에 대해서는 우리도 언질을 받지 못했어."

현민이 기다렸다는 듯 그의 말을 이어받았다.

"우리가 당장 고민해야 할 것은 가브리엘의 군세를 막아낼 수 있는가 여부입니다."

아스모데우스가 팔짱을 끼고 대답했다.

"막을 수 없다. 반론의 여지없는 악마군의 필패로 끝날 것이다. 델피오르에 남은 악마들을 모두 동원한다고 해도 기껏해야 시간벌이로밖에는 쓰이지 못할 거야. 루시퍼께서 뒤를 받쳐주시지 않는다면 이건 도저히 불가능한 싸움이다."

여기에 대해서는 모여 있는 그 누구도 반박을 하지 못하는 듯했다. 현민은 자신의 입장을 털어놨다.

"나는 기본적으로 루시퍼가 돌아올 거라고 믿습니다."

먼발치에 서있던 벨리알이 동의하지 않는다는 듯 고개를 절레절레 흔들었다.

"하지만 문제는 시간입니다. 그가 언제 돌아올지 전혀 예측할 수 없다는 거지요. 그렇다면 우리에게 남아있는 수단은 단 하나. 최대한 시간을 벌어줘야 한다는 겁니다."

리바이어던이 물었다.

"어떻게 말이오?"

"가브리엘의 군세가 절대 뭉치지 못하도록 흩뜨려 놓는 겁니다."

그가 옆머리를 긁적이더니 찬찬히 고개를 끄덕였다.

"그럴 듯한 생각이오, 인간이여. 할데움에 몰려 있는 천군은 넉넉잡아 30~40만에 이르는 소군에 지나질 않았소. 6년 전과 비교해 놈들은 아직 하나의 군세로 합쳐지질 못한 것이오. 지금쯤 어딘가에서 수배에 달하는 본대가 이쪽을 향해 움직이고 있을 것이오. 델피오르의 남은 군세를 활용하면 저들의 진군 속도를 최대한도로 늦출 수는 있을 거요."

아스모데우스가 통탄스런 얼굴을 하고 끼어들었다.

"미안하지만 리바이어던, 델피오르의 군세는 바닥났다."

"뭐라고?"

"델피오르 방비병력을 뺀 나머지를 벨페고르의 지휘 아래 중앙평원으로 이동시켰어. 중앙 제단 쪽으로 원군을 집결시키라는 명령을 받았거든."

"누가 감히 그런……."

"집정관 세베알이 여러 번 인증서를 하달해 왔어. 나도 더 이상 해줄 말이 없군."

벨리알이 고소하다는 듯 그를 향해 킥킥 비웃었다.

"거참 꼬일 대로 꼬였구먼, 아스모. 대악마의 체면을 완벽하게 구겼어. 반란군에 놀아난 병신 같은 꼴이라니."

리바이어던이 땅바닥을 치며 일갈했다.

"그만 해라, 벨리알. 지금은 내분을 일으킬 때가 아니다."

그가 현민 쪽으로 돌아섰다.

"어쩔 수 없겠소, 인간이여. 내가 최대한 할데움에서 버텨보겠소. 루시퍼께서 늦지 않게 도착시하길 바라는 수밖에."

벨리알이 또 다시 퉁을 달았다.

"이봐, 리바이어던. 개죽음을 당하고 싶은 거야? 내가 오면서 보니까. 거기엔 가브리엘 그년뿐만 아니라 미카엘은 물론, 웨인마커라 불리는 된통 무식한 괴물까지 딸려 있었다고. 참고로 말하는데 웨인마커는 좀 고약스런 놈이더란 말이지."

리바이어던이 벨리알의 말을 무시하며 현민 쪽으로 돌아섰다.

"하루는 더 버틸 수 있을 거요. 하지만 그 이상이라면 나도 어쩔 수가 없소."

현민은 그들 하나하나를 뜯어보며 짧은 한숨을 토해냈다.

"우리에게 필요한 건 전선에 대한 정보입니다. 가브리엘의 본대가 얼마나, 어떤 규모로, 어떠한 루트를 통해 집결하고 있는지 알아내야만 합니다."

나이트메어가 발 벗고 앞장섰다.

"메데우스의 지리가 생소할 테니 내 생각을 말해 보겠소, 교수. 일단 루시퍼의 예언대로라면 리바이어던과 대치하고 있는 가브리엘은 남부 협곡을 타고 이 성전으로 북진해올 것이오. 가브리엘과 미카엘이 한몸으로 움직인다고 했으니 나머지 주력 분대에는 프리엘이나 라피엘, 그도 아니면 하시미엘이 수장의 지위를 얻었을 거요. 반대로 다수의 대천사들이 공동으로 군세를 몰아올 가능성도 있소."

현민이 반문했다.

"나이트메어, 루시퍼 성전으로 들어오는 입구는 어떻게 돼 있소?"

"리바이어던의 영지 할데움을 거쳐 북진해 오는 방향 하나, 북부 셀타리온의 서부 협곡을 타고 길게 남하해 오는 방향 하나, 나머지는 동쪽에 있는 모리엔을 넘어 오는 것이오."

"당신의 생각에 주력 분대의 예상지는 어디요?"

리바이어던이 답변을 가로챘다.

"모리엔을 넘어오는 쪽이오, 인간이여. 지세가 낮고 평준해서 습격에 대한 걱정 없이 빠른 속도로 진군할 수 있소."

"그렇다면 모리엔이란 거점은 지금 누구의 수중에 들어 있습니까?"

"그곳은 베헤모스의 세력 하에 있는 지역이오. 집결의 봉화에 응하지 않는 걸 보면 저들의 수중에 떨어졌을 확률이 크오."

아스모데우스가 자조적인 신음을 재차 토해낼 동안 나이트메어가 다가와 은밀한 귀엣말을 전해왔다.

"윤 교수, 내게 좋은 생각이 있으니 아스모데우스와 벨리알에게 각각 북쪽과 동쪽 입구를 맡겨 천군 주력 분대의 발을 묶어두도록 명하시오. 그리고 만약 상황이 불리하게 기울어지면 성전은 생각에 두지 말고 둘 다 모리엔으로 달아나도록 지시하시오."

"뭣 때문이오, 나이트메어. 놈들은 유인책에 속지 않을 거요. 게다가 모리엔으로 달아나면 벨리알과 아스모데우스는 꼼짝없이 천군의 세에 갇혀버리게 되오. 저들을 죽음으로 내몰 작정이오?"

"윤 교수, 내가 간과하고 있던 사실이 있는데 그건 가브리엘이 신의 부재를 군사들에게 숨기고 있을 거라는 사실이오. 이유가 무엇이겠소? 바로 군의 사기요. 그녀는 신의 육신을 모두 찾아내기 전까지 그 진실을 어떤 경로로든 입 밖에 내려들지 않을 게요."

현민의 머릿속에 희망어린 전율이 스쳐갔다. 그는 정면을 향해 굳건히 돌아섰다.

"아스모데우스?"

"말하라."

"벨리알과 함께 각각 북부와 동부 루트를 맡아주시오. 대치 전선을 최대한 늘이고 실전 싸움은 가급적 줄여야 합니다. 그러나 패퇴했을 시에는 이쪽이 아니라 동쪽의 모리엔으로 달아나야 합니다. 유인전을 펼치란 얘기입니다."

벨리알이 거친 후음을 내뱉으며 악에 받친 소리를 냈다.

"뭐야, 나더러 죽으라는 거냐? 놈들을 막아내지 못할 거면 제 발로 사지 굴을 찾아 들어가라고?"

리바이어던이 벨리알을 질책했다.

"벨리알, 저자의 권리를 증명한 건 바로 여기 있는 네놈이다. 위임자의 명령을 거역하지 마라."

"싫다면 어쩔 건데?"

아스모데우스가 오징어 눈알을 희번덕이며 걸어 나왔다.

"좋소, 인간이여. 조건 없이 그 지시를 따르겠다. 만약 벨리알이 당신의 뜻을 거스르면 결단코 저 자식의 사지를 남김없이 갈라버리지."

"뭐야? 네놈이 나를?"

아스모데우스가 벨리알을 조롱하며 화를 돋웠다.

"미래의 집정관께서 규칙을 어기시면 쓰나. 죽음으로 권력자의 명을 수행하는 건 지금껏 우리들이 숱하게 이어온 고통스런 숙명이다. 거짓과 선동의 주동자, 벨리알이여."

이 얘기를 끝으로 대악마 리바이어던과 아스모데우스는 급한 듯 다른 자세를 유지한 채 황급히 성전 밖으로 사라져버렸다.

그들 두 어깨에는 이제 많은 것들이 달려있었다. 그리고 루시퍼의 복귀 여하에 따라 메데우스의 판도 역시 완전히 새롭게 뒤바뀔 참이다. 비협조로만 일관하던 벨리알도 아스모데우스가 델피오르 수문(지옥 기운이 스며드는 장소)을 개방하고 잔여 군단을 꾸릴 때까지 성전 내부를 감상하며 기다리겠다는 의사를 개진했다. 결국엔 현민의 최종 지시를 받아들이겠다는 에두른 표현의 일종이리라. 나이트메어가 침묵하고 있는 벨리알을 보고 그간 참았던 의문을 허심탄회하게 털어냈다.

"벨리알, 어째서 거짓말까지 하면서 우리를 도왔지?"

왕좌 앞으로 걸어간 벨리알이 속내를 알 수 없는 애매모호한 미소를 머금었다.

"거짓말이라고? 정말 그렇게 생각해, 나이트메어? 날 너무 과소평가하고 있는 거 아냐?"

왕좌에서 앉은 그는 느닷없이 뒷목을 주물러대기 시작했다.

"정말 피곤하군. 정말 예상치 못한 반전이야."

그러고는 일행을 향해 피식피식 경박한 웃음을 흘려보냈다.

"난 네놈이 그 인증서 얘기를 꺼낼 때부터 어쩌면 그게 사실일지도 모른다고 생각했어. 어째서 그러한가. 그걸 내게 묻는 거라면 네놈이 지금 내 눈앞에 서있다는 사실만으로도 충분한 증거가 되지. 안 그래? 잘 생각해봐, 나이트메어. 내가 네놈을 몰라? 나와 함께 떠나기로 했던 저 인간 놈이 갑자기 사라져서 대악마 나이트메어와 함께 지옥궁 앞에 덜컥 나타났다. 어떻게 받아들여야 할까. 루시퍼의 이면 지시가 있었다고밖에는 설명할 수가 없어. 네놈이 뜬금없이 지옥으로 건너올 인물이야? 대악마 체면은 다 무시하고 인간 나부랭이가 되겠다고 지지리 궁상을 떠는 주제에? 뭔가 다른 속셈이 있던가, 아니면 루시퍼가 밀교를 내렸겠지. 거부할 수 없는 지시가 아니고서야 네놈이 여길 찾아올 수는 없지, 안 그래? 게다가 넌 지옥에서 그친 게 아니라 메데우스까지 올라왔어. 더군다나 금지된 이 성전을 찾아와 무턱대고 집결의 봉화까지 올려버렸지. 솔직히 말해서 나도 여기까지 올라올 생각은 없었어. 마몬만 아니었으면 여기에 전쟁이 일어났다는 것도 까마득히 몰랐을 거야."

나이트메어가 어깨를 으쓱했다.

"앞으로 네놈 이름 앞에 '멍청한'이란 수식어를 지워야겠군. 그나저나 왜 마몬 앞에서 날 살려줬지? 난 솔직히 그게 더 궁금하거든. 벨제부브의 편에 들어갈 거라고 생각했는데 말이야."

벨리알이 주둥이를 쭉 내밀면서 턱을 설레설레 흔들었다.

"혹시 내가 루시퍼의 위세를 두려워한 나머지 이런 결단을 내렸다고 생각하는 거냐?"

"그럼 아니라고?"

벨리알이 혀끝을 차면서 왕좌에 주저앉았다.

"루시퍼는 죽었어, 나이트메어. 난 그 사실에 의심을 품지 않는 편이지. 이 싸움은 가브리엘의 승리로 끝나게 될 거야."

나이트메어의 눈이 휘둥그레졌다.

"직접 목격한 게 아니면 그 불경스런 언사는 삼가라, 벨리알!"

"오호라, 네놈은 그분의 오랜 충복이라 이 말인가? 천국을 함께 도망쳐 나온? 이거 눈물이 나서 목이 다 멜 지경이구만. 하지만 말이야. 난 벨제부브가 계획을 가지고 움직인다는 사실에 내 모든 걸 걸 수 있어. 메데우스의 상황을 살펴보고 나서야 비로소 그의 생각을 눈치 챘지."

"벨제부브의 계획?"

"헤롯왕이라고 들어봤나, 나이트메어?"

일행의 미묘한 시선이 교차하자 눈치 없는 벨리알이 멈췄던 말을 계속해 지껄였다.

"네놈이 알 리가 없지. 루시퍼가 내려오기도 전, 그러니까 벨제부브의 권세가 미치던 시대의 전설처럼 내려오던 소문이니까. 나에게 비밀 하나가 있다면 아마도 그 전설의 내막을 가장 잘 이해하고 있다는 게 아닐까? 너도 알다시피 내 태생이 바로 구더기거든. 그것도 태초부터 생존해온 구더기."

"내막이라고?"

벨리알이 현민을 손가락질했다.

"저 하찮은 인간들이 생기기도 전의 무지무지 오래된 이야기지. 잘 들어봐. 고대의 악마는 벨제부브만이 아니었어. 수도 없이 많이들 존재했지. 이제는 하도 오래돼서 이름도 기억나지 않는군. 그때도 구더기들은 놈들의 밥이었고, 식량인데다가 노리개에 불과한 건 똑같았어. 나도 거기서 자유로울 순 없었지. 이유도 없이 전쟁터에 몰려다니면서 벨제부브의 끝 모를 야망을 일궈줘야 했으니까. 어쨌거나 세력 다툼이 한창이던 지옥에 결국엔 두 무리의 군세만이 남게 되는 순간이 찾아왔지. 지옥 통일을 내건 발칸과 벨제부브의 싸움. 정말 매력적이지 않아? 종내에는 통일전(戰)의 최종적 승자로 벨제부브가 결정됐지. 그가 발칸보다도 더 강했기 때문일까? 물론 지금에 일컬어지는 벨제부브야 옛날과 단순 비교하기는 힘들어. 악마간의 싸움이란 게 패자의 영혼을 흡수하면서 영향력을 확장시켜 나가는 일련의 과정이니까 말이야. 이랬거나 저랬거나 벨제부브의 승리는 설계자 헤롯의 도움을 통해 이루어진 거야."

"설계자 헤롯?"

"발칸이 강력한 힘을 가지고도 패배할 수밖에 없었던 건, 구더기들에게 미래를 제시하지 않았기 때문이야. 그저 사리사욕에 눈이 멀어 구더기들을 전쟁터로 짐승 다루듯이 몰고 다니는 게 전부였지. 하지만 벨제부브는 달랐어. 미래를 생각했지. 통일 된 지옥을 꾸려나갈 새로운 질서체계를 원했어. 그 해답을 제시한 게 바로 구더기 왕 헤롯이야. 지옥의 설계도를 제작했지. 폭력이 지배하는 1인 지하의 위계질서. 그는 구더기들의 근성을 타성적이라고 판단하고 강력한 채찍을 휘둘러 벨제부브가 그 위에 군림하길 바랐어. 그러기 위해선 저들에게 대악마로 진화할 기회를 주고 서로간의 죽자고 덤비는 싸움을 만들어야 한다고 생각했지. 반란의 싹을 애초부터 잘라버린 거야. 속셈을 감춘 헤롯왕은 구더기들의 둔한 머리를 감언이설로 꾀어내기 시작했지. 통일된 지옥에서는 구더기들이 세상의 주인이 될 수 있노라고. 특정하고 편안한 안식처를 제왕 벨제부브의 이름 아래 마련해주겠다고. 희망과 꿈에 부푼 벨제부브의 군세는 발칸의 아성을 한 순간에 뒤집어 버렸지. 벨제부브가 지옥을 장악하자, 그는 헤롯왕의 설계도에 따라 궁을 짓고 제국의 기강을 만들어 나갔어. 수백억에 달하는 구더기 무리들은 벨제부브의 지시 아래 진화를 위한 동족 살인을 감행했지. 헤롯왕의 계획은 상당히 성공을 거두는 듯했어. 구더기들 사이에서 귀족 대우를 받는 대악마들이 태어나고, 그에 반동하는 세력은 지옥 땅에 발을 디딜 수가 없게 됐으니까. 자기의 설계 작품이 현실화되는 걸 보고 무지 감동을 먹었을 거야. 그런데 그거 알아? 패배한 우두머리, 발칸을 살려두자고 제안한 것도 헤롯왕이라는 사실을. 속속들이 태어나는 대악마들을 경계할 대척점의 세력이 필요했던 거지. 그 인원을 충당하기 위해 기억을 소멸시킨 발칸과 그 부하들을 활용했어. 종족적인 뿌리도 구더기들과 달랐기 때문에 아주 이상적이었지."

벨리알이 희뜩희뜩 웃었다.

"리바이어던이 그 발칸이지."

일행의 눈이 휘둥그레졌다.

"벨리알, 진정 사실이냐?"

"지금 상황에서는 믿거나 말거나 아닌가? 아무튼 네놈이 알고 있는 대악마들의 태생은 모두 거기서 비롯됐어. 리바이어던, 아스모데우스, 벨페고르, 베헤모스, 세베알, 마몬. 본인들은 아무것도 모르지. 내가 왜 저 놈들을 무시하는지 알아? 바로 근본도 모르는 녀석들이거든."

벨리알이 호탕하게 웃어재끼기 시작했다.

"계속 해봐라, 벨리알."

"좋아, 이제는 좀 더 현실적인 얘기를 해주지. 벨제부브가 어떤 계획을 꾸미고 있을지. 그러자면 옛 헤롯왕의 얘기를 좀 더 해야겠군. 벨제부브의 시대는 한동안 유지됐어. 그러면서 인간종이 차원 너머의 세계에 태생하고, 세력을 넓히고자 하는 벨제부브의 야심이 에덴 숲으로 옮아갔지. 물론 에덴을 어찌 할 수는 없어. 창조신이 버티고 있었으니까. 그는 존재의 근원이자 절대권능의 소유자라 벨제부브라고 해도 당해낼 수 있는 상대가 아니었지. 벨제부브는 눈을 돌리게 됐어. 바로 인간들에게."

현민의 손이 꿈틀거렸다.

"그래, 인간이었어. 에덴이 불가능하다면 인간세계로 나아가면 된다는 논리였지. 그러나 그것 역시 만만한 놀이는 아니었어. 천사들이 직접적으로 개입하기 시작했으니까. 서로의 존재를 드러내지 않는다는 조건으로 인간세계의 알력다툼은 끝 모르게 번져갔지. 지금 와서야 하는 말이지만 벨제부브는 인간에게 상당한 매력을 느꼈던 것 같아. 구더기들과 달랐거든. 권력자를 창조신과 비등한 존재로 대우할 줄 아는 병신 같은 센스를 지녔으니까. 어떤 것에든 신의 이름을 갖다 붙이고, 신비로운 힘 앞에는 무의미한 돌탑까지 쌓아 올리며 숭배란 숭배에 모든 정성과 열을 쏟아 올렸지. 거기에 벨제부브의 야심이 발동하게 된 거야. 신이 될 수 있는 지름길이 생긴 거지. 다툼이 심해지면서 처음의 조건부 계약이 깨지고 인간세계는 천사와 악마의 전쟁터가 돼버렸어. 급기야 창조신이 중재에 나서기 시작했고, 그 결과 선악을 기준으로 삼아 인간의 영혼을 양간에 취하기로 결정했지. 그리고 다시는 인간세계에서 그 같은 전쟁을 벌이지 않는다고 맹약을 맺었어. 하지만 그 맹약이 잘 지켜질 리가 있나? 벨제부브가 두고만 볼 것 같아? 그러던 중에 헤롯왕이 벨제부브의 계획에 찬물을 끼얹는 언동을 하고 말았지. 한 마디로 지옥이나 잘 다스리라는 거였어. 헤롯의 입장에서는 자신이 구상한 설계도에 인간이 필요하지는 않았었거든. 거기서부터 구더기들의 몰락이 시작됐지. 헤롯이 권능을 약탈당한 채 지옥궁에서 쫓겨나고 구더기 태생의 대악마들은 끔찍한 모습으로 벨제부브에게 흡수됐어. 제국의 구성원이던 구더기들이 가장 미천하고 볼품없는 존재로 타락한 거지. 거기서 내가 홀로 살아남을 수 있었던 건 벨제부브에게 인간 제물을 바치는 일을 소홀히 하지 않았기 때문이야. 살아남기 위해서는 권력자의 마음을 읽는 기술이 필요하지. 그러다가 타락 천사 루시퍼가 내려오게 된 거야. 그는 에덴을 두 쪽으로 나누고 인간세계의 알력 다툼을 메데우스에 그대로 옮겨놨어. 인간들 입장에서는 루시퍼의 행동을 상당히 고마워해야 할 거야. 그렇지 않았다면 아직까지도 천사와 악마의 전쟁터에 불과한 행성이 됐을 거니까."

현민은 입을 꾹 다물고 있었다.

"내가 메데우스에 올라와서 확인한 건 악마군이 벨제부브로 예측되는 반동세력에 놀아나고 있다는 거였어. 중앙 제단과 모리엔은 이미 저쪽 수중으로 넘어갔더군. 구더기랑 켈베 시체들이 산만큼 쌓여 있고, 벨페고르와 베헤모스는 몸이 완전히 짜부라져서 델피오르 인근 기슭에 껌 딱지처럼 눌려있었어. 벨제부브가 영혼을 흡수하고 나면 흔히 나타나는 증상들이야. 그가 다녀갔다는 증거가 되는 셈이지. 시체 수습의 은혜를 베풀려는데 나이트메어 네놈이 올린 집결의 봉화를 확인했지. 하마터면 정말 루시퍼가 살아있다고 믿을 뻔했어. 난 마몬의 말을 믿어 의심치 않지. 벨제부브 그 자가 메데우스에 마음대로 들락날락한다는 것, 그 자체로도 루시퍼의 변고를 의미하는 거니까. 그러나 저러나 전체적으로 메데우스는 천군의 차지가 돼가고 있어. 이미 3분의 2

이상이 넘어갔지. 모든 게 가브리엘의 찬란한 업적으로 남을 테지만, 그럼 벨제부브는 이 꼴을 왜 가만히 구경만 하고 있을까. 답은 단순하지 않겠어? 그토록 원했던 인간세계. 둘 사이에 모종의 거래가 성립된 거야. 창조신이 모습을 감춘지도 오래됐으니까 누가 나서서 말리겠어. 간단한 셈법 아닌가? 이런, 아스모가 벌써 군세를 이끌고 온 모양이야. 이제 헤어져야 할 시간인가?"

찬찬히 일어난 벨리알이 삭막한 분위기의 내실을 지나 입구 쪽으로 빠져나가기 시작했다. 나이트메어가 급하게 그를 불러 세웠다.

"기다려, 벨리알. 넌 아직 이유를 설명하지 않았어. 어째서 벨제부브 편에 서지 않은 거지?"

"멍청하긴, 나이트메어. 벨제부브가 얼씨구나 날 받아줄 거라고 생각하는 거냐? 도대체 그 순진해빠진 생각은 어디서 나오는 거지? 벨제부브는 이용가치가 끝나면 날 죽일 거야. 항상 그래왔으니까."

벨리알이 멈췄던 걸음을 다시 재우치기 시작했다.

"어디로 가는 거지, 벨리알?"

"거참, 정말 귀찮게 구는군. 내가 도망이라도 가는 것처럼 보여? 이제 와서 어디로? 남아있는 곳이 지옥 말고는 또 있나? 쓸데없는 걱정은 안 해도 돼 . 아스모를 도와서 최대한 시간을 끌어줄 테니까. 물론 실패하리란 것도 알고 있지. 그래도 난 지옥 정착을 위한 상당한 명분을 얻게 될 거야. 인간세계에 어엿한 내 세력을 만들어가려던 참이었는데. 정말 아쉽게 됐어."

벨리알의 멀어진 뒷모습이 홀연한 어둠 속으로 사그라졌다.

"나이트메어?"

현민의 부름에도 그는 의기소침하게 서있었다. 할 수 없이 그는 직접 앞쪽으로 돌아가 맥 풀린 동공을 걱정스럽게 마주했다

"정신 차려요, 나이트메어."

현민이 그의 몸을 흔들자 나이트메어가 제자리에 주저앉았다.

"윤 교수, 정말 루시퍼께서……."

"일어서시오, 나이트메어."

현민은 그의 어깨를 잡고 가까스로 몸을 일으켜 세웠다. 초점을 잃어버린 눈이 불안하게 흔들리고 있었다.

"날 봐요, 날."

"틀렸소, 교수. 이제 정말 끝나버린 것 같소."

"나더러 희망을 잃지 말라더니, 정말 이러기요?"

"하지만……."

"벨리알이 누구요, 나이트메어. 저자 말을 믿는 거요?"

"그래도……."

현민은 내장에서 끌어올린 숨을 그의 앞에 전부다 뿜어댔다.

"좋아요, 벨리알의 말이 백 번 옳다고 칩시다. 그렇다고 이대로 주저앉을 순 없잖소. 당신은 몰라도 난 이대로 끝낼 수 없소, 나이트메어. 난 인간이니까. 당신도 인간이 되고 싶다 하지 않았소? 해볼 수 있는 건 모두 다 해봅시다. 루시퍼가 돌아오지 않는다 해도 일말의 가능성은 있소. 벨제부브와 가브리엘이 맺은 계약을 우리가 몽땅 엎어버리는 거요. 내게 생각해 둔 묘수가 있소."

나이트메어의 싸늘했던 눈이 점점 홍색을 되찾아왔다.

"묘수?"

"나이트메어, 신의 육신이 정말 이곳에 있는 게 확실하오?"

"그렇소."

잠시 침묵이 겉돌았다.

"그럼 여길 파괴해버립시다. 가브리엘조차도 못 찾게 말이오."

나이트메어가 두 눈을 희번덕이더니 성전의 천장과 바닥을 차분히 두리번거렸다.

"당신 정말 기특한 생각을 했어. 성공하리란 보장은 없지만 희망을 걸어볼 수는 있을 것 같소. 가브리엘도 거기까진 생각해보지 않았을 거요."

그의 입가에 교활한 미소가 걸렸다.

"파괴할 방법은 있겠소, 나이트메어?"

나이트메어가 고개를 끄덕이고 말했다.

"타이탄의 화염이면 낡아빠진 이 성전 하나는 단숨에 쓸어버릴 수 있소."

"좋소, 나이트메어. 그렇게 합시다. 다만 모든 방법이 틀어졌을 때라야만 하오. 루시퍼가 제때 시간을 맞춰 나타날 수도 있으니까 말이오. 난 왠지 그가 이곳으로 꼭 돌아올 것만 같소."

"당신의 예지력을 믿어 보기로 하지."

둘은 손을 맞잡고 의기투합했다.

"그런데 이거 하나 물어봅시다, 나이트메어. 왜 벨리알과 아스모데우스가 하필 모리엔 쪽으로 도망쳐야 하는 거요?"

"위험하긴 하지만 그렇게 하면 시간을 좀 더 벌 수 있게 되오. 대천사 급의 소명의식을 지녔다면 막다른 골목으로 쫓기는 대악마를 그대로 내버려두기가 쉽지 않으니까. 대악마의 수가 줄어들면 줄어들수록 저들에게는 델피오르의 최종 함락이 거벼워지게 되는 거요. 반대로 우리는 루시퍼가 돌아올 시간을 벌어주는 셈이 되고."

"혹여 가브리엘 혼자 이곳에 잠입해 올 가능성은 없겠소?"

나이트메어가 고개를 설레설레 흔들었다.

"아무리 가브리엘이라도 그렇게 무모한 방식을 택하진 않을 거요. 군세를 지닌 리바이어던은 그리 호락호락하지가 못하거든. 괜히 지옥 최강이라 불리겠소? 대악마들은 기본적으로 천사들이 품고 있는 신성기운의 이동을 직감적으로 알아차릴 수 있소. 만약 그런 일이 생기면 리바이어던 측에서 즉각적으로 신호를 보내올 거요."

"그래도 방비는 해야 하오, 나이트메어."

"그럼 이렇게 합시다, 교수. 예상치 못한 경우가 생기거든 내가 시간을 벌 동안 교수가 기단 위의 봉화를 공중으로 태워 올리시오."

"버틸 수 있겠소, 나이트메어?"

"델피오르의 지원군이 도착할 테니. 얼마 정도는 시간을 벌 수 있을 거요. 게다가 우리에겐 타이탄이 있질 않소."

그가 뿌듯하게 미소를 머금었다.

"좋소, 이제 시작해 봅시다."

성전 밖으로 빠져나온 일행은 여명이 싹터오는 비루한 새벽하늘을 물끄러미 올려다봤다. 무덤가의 차가운 습기를 남몰래 껴안고 있는 소슬하고 고독한 느낌이었다. 먼 거리의 상공에서 타이탄의 소름끼치는 포효가 들려오고, 갈대 물결을 타고 온 들바람은 일행의 어깨를 지나 터무니없는 희망을 조롱하듯 창조주의 비밀을 간직한 자리로 점점이 모여들기 시작했다. 예고된 충돌이 끝을 향해 막 치달아가고 있는 중이었다.

* * *

"예사롭지 않습니다, 천사장 가브리엘."

진군 무리의 대열 사이를 뚫고 웨인마커가 경직된 얼굴로 걸어 나왔다.

"무슨 일인가?"

"리바이어던의 안개가 걷히기는커녕 북쪽 루트를 향해 수도 없이 짙어지고 있습니다. 이대로 강행하다가는 자칫 우리 측에 엄청난 희생이 따를 수도 있습니다. 아무래도 저쪽에서 우리 군에게 길을 호락호락 내주고 싶지 않은 것 같습니다."

가브리엘의 근심이 깊어졌다.

"미카엘은 뭘 하고 있던가?"

"부상당한 천사들을 치료하는 데 집중하고 있습니다. 그는 진군 속도를 늦추고 부상당한 천사들의 회복 시기를 기다려야 한다고 말했습니다. 저 역시 같은 생각입니다만."

가브리엘의 안색이 딱딱하게 굳어졌다.

"정말 그렇게 생각하는가?"

"프리엘께서는 지금 100만에 가까운 본대를 이끌고 루시퍼 성전을 향해 서진을 하고 계십니다. 때를 기다렸다가 프리엘과 양동작전을 펼치면 할데움의 성채는 물론, 대악마 리바이어던까지 손쉽게 사로잡을 수 있을 겁니다. 무엇보다 우리 군의 희생을 최소화할 수 있습니다."

"그럴 필요 없네, 웨인마커. 나는 이대로 루시퍼 성전을 향할 것이네."

"하지만……."

가브리엘이 지팡이를 든 손으로 맥동하는 강줄기의 상류를 가리켰다.

"리바이어던의 독소는 강물이 없으면 전혀 사용할 수가 없지. 그런고로 우리는 저곳만 통과하면 되네. 분명 안개로부터 자유로워질 것이네."

"어째서 그렇게 서두르는지 물어봐도 되겠습니까, 천사장이시여."

가브리엘이 지긋한 시선으로 건너다봤다.

"날 믿고 따라와 주게. 지금은 모든 걸 설명해줄 수 없네."

그때 박명의 새벽하늘을 가로질러 대천사 큐리엘이 중위천사들을 꼬리처럼 붙여달고 나타났다. 그는 날개짓을 신속하게 접어 내리더니 잰걸음을 유지한 채 가쁜 숨을 몰아쉬었다. 얼굴이 몹시 상기돼 있었다.

"무슨 일인가, 큐리엘."

"천사장 가브리엘이시여. 리바이어던의 분대가 습지 전체를 감싸며 끝도 없이 넓게 도열하고 있습니다. 수세에 몰렸다고 하기엔 뭔가 이상합니다. 곧 닥칠 충돌을 대비해야만 할 것 같습니다."

그때 습지 밑이 푹 꺼지더니 천사들의 흩어진 전열을 틈 타 셀 수 없이 많은 연탄구멍 속에서 시커먼 그늘을 등진 구더기들이 벌거벗은 개미처럼 한없이 기어 나오기 시작했다. 놈들은 잔혹한 이빨과 손톱을 무기삼아 하위천사들의 목덜미와 허벅지를 인정 없이 찢어 발겼다. 살점이 튀는 혈투가 벌어지고 멀리서는 거대한 북소리에 맞춰 박쥐 모양을 한 수천만 하피 떼들이 끔찍한 괴성을 지르며 활강해 들어왔다. 놈들이 몰고 오는 공포 때문에 조용했던 전장은 순식간에 도살 직전의 냉혹한 아수라장이 돼버렸다. 하위천사들의 동강난 머리통이 터져 나온 눈알과 함께 핏물이 그득 고인 습지 위를 굴러다니기 시작했다.

곧장 하늘반지의 기운이 터지면서 가브리엘의 몸이 상공 위쪽으로 쭉 휘돌아 올랐다. 그러더니 기운을 머금은 지팡이 끝으로 습지 아래를 향해 엄청난 별빛 광명을 투사하기 시작했다. 빛줄기에 닿은 구더기들의 머리가 벌겋게 타오르더니 폭삭 내려앉으면서 잿빛의 먼지 구름을 희끗하게 피워 올렸다. 그때 다시 한 번 북소리가 울리고, 격전을 벌이던 구더기들이 난데없이 파고 나온 땅굴 밑으로 줄행랑을 빼기 시작했다. 아니나 다를까, 위협적으로 돌격해오던 시커먼 하피 떼들도 언제 그랬냐는 듯 성채가 있는 산기슭으로 민첩하게 꽁무니를 틀어 돌아갔다. 가브리엘이 지면 아래로 내려오자 각성된 갑주를 걸쳐 입은 웨인마커가 그녀를 향해 기민한 속도로 걸어 들어왔다. 멀리로는 미카엘의 황금 기운이 상위천사 여럿과 함께 성채로 향하는 하피들을 끝까지 추격하고 있었다.

"놈들의 기습으로 상황이 심각해졌습니다, 가브리엘. 차라리 전열을 정비해 이대로 성채에 돌격하라는 명을 내려주십시오. 아직은 우리의 군세가 저들보다 우위에 있습니다.”

돌아온 큐리엘마저 가브리엘을 앞에 두고 동조하는 의견을 냈다.

“더 이상 시간을 끌 수 없구나. 천군을 둘로 나누고 병력을 재편해라, 웨인마커. 1군의 지휘를 너에게 맡길 테니 큐리엘은 나와 함께 성전으로 이동한다.”

지시를 받은 대천사들의 표정에 깊은 의문이 드리웠다. 그러자 가브리엘의 투명한 얼굴이 악에 받친 마녀처럼 흉하게 일그러지기 시작했다.

“뭣들 하느냐. 내 말이 들리지 않는가!”

바로 그때, 주둔지의 뒤쪽에서 땅을 치며 몰려드는 육중한 말발굽 소리가 들려왔다. 큐리엘이 사태파악을 위해 상공으로 떠올랐고, 그 뒤를 갑주를 걸친 웨인마커가 긴장된 몸짓으로 쫓아갔다. 그러더니 습지가 시작되는 테두리 너머에서 강력한 신성 기운의 충돌이 여진처럼 번져 들어왔다. 지독한 늑대 울음이 가브리엘이 서있는 자리까지 전해지고 있었다. 상황을 예의주시하던 그녀의 전면에 큐리엘이 번쩍이는 섬광처럼 나타났다.

“무슨 일인가, 큐리엘.”

“케르베로스 부대입니다. 후방에서 갑작스럽게 들이닥쳤습니다. 지금 웨인마커가 홀로 그들을 막아내고 있습니다.”

가브리엘의 안색이 창백해졌다.

“수는 얼마나 되나?”

“어림잡아도 수백만입니다.”

그녀가 목청을 돋워 소리쳤다.

“할 수 없구나. 지금 당장 여길 떠나야겠다. 이곳은 미카엘과 웨인마커에게 맡긴다. 너는 동원 가능한 중위천사들을 이끌고 내 뒤를 은밀하게 밟아 오거라. 이대로 루시퍼 성전으로 향할 것이다.”

“그게…….”

당황한 큐리엘이 천사장의 얼굴을 빤히 올려봤다.

“시간이 없다, 큐리엘. 리바이어던의 목적은 우리의 발을 묶어두려는 것이다. 정녕 날 믿지 못하겠다는 것이냐?”

“미카엘께는…….”

“그에게는 아무 얘기도 흘리지 마라. 이해할 수 있는 시간이 조만간 도래할 것이다.”

큐리엘이 손을 얹고 대답했다.

“따르겠습니다, 가브리엘이시여.”

핏자국이 선명한 습지 위에는 마침내 길고 우중충한 햇무리가 올라와서 켜켜이 쌓인 사체들 위에 잔혹한 빛줄기를 말끔하게 뿌려대기 시작했다.

공중에서는 그때까지도 중위천사와 하피들의 긴박한 사투가 치열하게 전개되고 있었다. 호각세의 천군을 절망으로 밀어 넣은 건 어느 기점을 시작으로 등장한 대여섯의 적룡 무리였다. 구름을 뚫고 내려온 놈들은 도끼날 같은 눈알을 희번덕이면서 대기 위를 미끄러지듯 날아 무시무시한 이빨 사이로 불기둥에 가까운 화염 폭풍을 인정사정없이 뿜어댔다. 그 서슬에 닿은 생명체들은 아군이며 적군이며 할 것 없이 풀뿌리에 엉켜 붙은 상태로 새까만 숯덩이 시체가 되어 나가떨어졌다. 그러나 대천사가 포함된 천군의 기세는 만만하게 볼 상대가 절대 아니었다.

지상 반대쪽에서 터져 올라온 미카엘의 황금광명이 놈들의 두껍고 우둘투둘한 껍질 안쪽을 광속으로 투과해 들어가더니 고통에 찬 울분소리와 함께 그 커다란 덩치를 습지 밑으로 처참하게 곤두박질시켰다. 이에 질세라 수십 가닥으로 뻗쳐 나온 웨인마커의 신성 검은 끄무러진 하늘을 붉게 수놓으며 새까맣게 뒤덮인 박쥐 인간들을 공포로써 흩뜨려놓기 시작했다. 뒤이어 중위천사들의 연달은 반격이 시작되고,

후군에서 밀려온 화살촉과 창검들이 기세 좋던 악마군의 사기를 한순간에 꺾어 놓았다. 음울한 북소리가 울려 퍼지자, 놈들의 후퇴는 오래된 습관처럼 다시 반복적으로 일어났다.

선두에 있던 미카엘이 손을 번쩍 들어 천군의 추격전을 중지시켰다. 그러는 동안 침통한 표정의 웨인마커가 대열 사이를 젖히고 급하게 달려왔다.

"미카엘!"

그가 뒤돌아보지 않고 천명했다.

"전군은 긴장을 늦추지 마라. 전열을 가다듬고, 혹시 모를 기습에 철저한 대비 태세를 갖춰라."

승리의 환호가 땅과 하늘을 가득 메우기 시작했다. 성채와의 거리도 한결 가까워져 있었다. 이제 바로 눈앞이었다.

"미카엘, 천사장께서 보이지 않습니다."

순간, 웨인마커가 서있는 쪽으로 미카엘이 홱 돌아섰다.

"뭐라고?"

"아무래도 이쪽과는 따로 움직이고 있는 것 같습니다."

미카엘이 호된 소리로 질책했다.

"자네는 지근거리에 보좌하면서 대체 무얼 보고 있었단 말인가?"

"죄송합니다, 미카엘. 이번 기습을 틈타 소규모 분대로 이탈을 하신 것 같습니다. 북동 방향의 루시퍼 성전입니다."

미카엘의 안면에 가느다란 경련이 일었다.

"이런 무책임한 지고. 리바이어던이 버젓이 살아있거늘 가브리엘은 대체 무엇이 그리 급하다는 말인가."

수만에 달하는 천사들이 한껏 기지개를 펴고 하나둘 대열 속에 합류했다.

"어떻게 할까요, 미카엘."

미카엘이 한참이나 뜸을 들이더니 결기에 찬 목소리로 대꾸했다.

"그녀의 말대로 남은 천군을 둘로 나누게."

"예?"

"군 편성이 끝나는 대로 자네는 그 즉시 가브리엘을 쫓아 루시퍼 성전으로 향하게. 나는 여기 일을 마저 끝내고 뒤쫓아 감세. 그리고 리바이어던의 독안개를 지날 때는 각별한 유의를 기해야 하네."

"정녕 그래도 되겠습니까, 미카엘."

"나는 지금껏 천사장 가브리엘이 이렇게 조급하고 독단적으로 행동하는 일을 본 적이 없네. 그래서 이번만큼은 그녀의 진심을 믿고 싶은 심정이네. 전부를 이해할 순 없지만 그녀가 이러는 데에는 분명 이유가 있을 거네. 더군다나 리바이어던의 반복된 기습은 자네도 느끼다시피 뭔가 석연찮은 구석이 있어. 마치 우리 쪽의 시간을 좀먹으려는 의도로 보이질 않냐 이 말이야."

"알겠습니다, 미카엘."

돌아서려는 웨인마커의 어깨를 미카엘이 붙잡았다.

"웨인마커, 되도록 신속하게 움직여야 하네. 어쩌면 지금, 그녀에겐 자네의 도움이 절실히 필요할지도 몰라. 가브리엘의 성급함이 혹여 그녀의 지혜를 좀먹었을까봐 매우 불안하네. 그리고 리바이어던이 매복과 함정의 명수라는 사실을 명심하게. 내 말을 이해할 수 있겠는가?"

턱짓을 주고받은 웨인마커가 대열의 무리 속으로 급하게 멀어져갔다.

* * *

"이봐, 아스모. 이 많은 구더기들을 모두 어디서 데리고 왔지? 델피오르에 이만한 병력이 남아 있나?"

"신경 끄시지, 벨리알. 네놈 따위가 언제 적부터 메데우스에 신경을

셨다고. 군세를 다루는 법이나 알고 있을지 걱정이군. 다시 한 번 말하지만 우리가 헤어지고 나면 무턱대고 덤벼드는 그 멍청한 버릇을 고쳐야 할 거다. 시간을 버는 게 목적이란 걸 명심해라."

벨리알은 뜨거운 황무지 벌판을 기어가는 힘없는 구더기 떼들을 둘러봤다. 며칠을 굶었는지 놈들은 갈빗대 밑이 앙상하게 처지고, 앞길을 응시하는 홑눈 밑에 시커먼 그늘이 시체처럼 드리워있었다. 그 뒤를 가르릉 소리를 내는 케르베로스 무리가 전열을 유지하며 뒤따라 들어왔다.

구릿빛 하늘에는 여남은에 불과한 황룡들이 수십만에 이르는 하피 떼들과 함께 거나한 날개를 깃발처럼 휘젓고 있었다. 마침내 땅 색깔이 바뀌고 축축한 풀내음이 끼쳐들면서 내려가는 길 양옆으로 까끌까끌한 잡목들이 드넓게 모습을 드러냈다. 악마군의 임시 편대는 이제 산과 산을 낀 가파른 비탈 경사를 내려가기 시작했다. 조금만 더 가면 히스틱 강(메데우스 북부에서 할데움으로 흘러드는 큰 물줄기)이 나와 너머의 동북 갈림길과 곧바로 이어지리라. 그런데 아스모데우스의 갑작스런 손 신호에 강행을 펼치던 구더기 첨병들이 돌연 멈춰섰다.

"뭐야!"

벨리알이 신경질적으로 내질렀다.

"뭔가 이상하다."

"뭐가? 천족 낌새는 없는데 뭘 그래. 하여간 그 겁대가리하고는."

벨리알과는 반대로 아스모데우스의 얼굴이 뻣뻣하게 일그러졌다.

"히스틱 강의 물소리가 들리지 않는다."

"말라 비틀어졌나보지."

그가 분기어린 목소리로 힐난했다.

"벨리알, 이 멍청한 놈. 히스틱 강은 절대 마를 리가 없다."

"그래? 좋아, 그럼 내가 다녀와 보지. 아무 일도 없으면 한 바가지 욕을 퍼부어 줄 테다."

벨리알은 그 즉시 공간이동을 시도해서 얼부푼 땅바닥 위에 떨어졌다. 그런데 하필이면 도착했다는 곳이 희뿌연 안개로 둘러싸인 무명지의 수풀 속이 아닌가. 온기 하나 없는 사위는 흐릿하게 분산된 빛을 머금고 축축하고 음습한 기운을 제 새끼처럼 끌어안고 있었다. 주위를 감돌고 있는 기운이 너무 생경하게 느껴졌다. 아스모의 말대로 확실히 뭔가 이상하다.

벨리알은 발끝을 지표삼아 천천히 발걸음을 떼어갔다. 그러자 고드름 낀 나뭇가지들이 나타나 벨리알의 호기심어린 앞길을 켜켜이 막아서기 시작했다. 손끝으로 살짝 건드리자 그것은 얼음가루를 흩뿌리면서 땅 밑으로 산산이 부서져 내렸다. 벨리알은 시선을 돌리고, 안개 사이에 서있는 흐릿한 형체를 응시했다. 그러나 음영만으로는 그것에 확신을 갖기가 힘들었다. 그는 최고조의 긴장상태를 유지하며 그쪽으로 천천히 걸음을 내딛기 시작했다.

벨리알은 시퍼렇게 얼어붙은 대천사의 경멸을 마주했다. 상대를 마주하고 있자니 좀체 입을 다물고 있기가 버거울 정도였다. 떡 벌어진 어깨에 다보록한 반백 수염. 얼음창을 꺼내든 상대는 허공을 쳐다보며 누군가를 향한 극도의 공포를 드러내고 있었다. 어째서 여기에 대천사 프리엘이 얼어붙어있단 말인가. 순간, 등 뒤쪽에서 검붉은 형체가 안개 사이를 휙 가로질러 갔다. 벨리알의 주먹에 반사적으로 힘이 들어갔다. 등골이 저려오고 이마에서는 식은땀이 개울물처럼 흘러내렸다. 바로 그때, 안개 너머로 익숙한 인기척이 들려오기 시작했다. 벨리알은 당장 그곳을 떠나야 한다고 생각했다. 주섬주섬 공간 주문을 외우려하자 바깥에서 불그스름한 기운이 섞여들며 하얀 눈꽃이 날아왔다. 기억하고 싶지 않은 후음이 그의 뒷덜미를 훅 낚아챘다.

"벨리알, 네놈이 여기엔 웬일이냐?"

땅바닥에 떨어진 벨리알은 허옇게 질린 얼굴로 슬금슬금 뒷걸음질을 쳤다.

"주군이시여, 희유하옵니다."

"네놈의 변덕을 의심했지, 벨리알."

"용서해 주십시오, 제왕이시여."

암흑의 존재가 한 걸음씩 쫓아와 그의 퇴로를 막아 세웠다.

"벨리알, 살고 싶으냐?"

"주군을 위해 무슨 일이라도 하겠습니다."

벨리알은 상대의 오른손에서 믿기 힘든 물건을 목격했다. 그의 얼굴이 퍼렇게 질려갔다.

"아스모데우스의 목을 따와라, 벨리알."

"지당하신 말씀입니다, 주군이시여."

벨리알은 허리가 닿을 듯이 연거푸 절을 했다.

"네놈의 충정은 그때 가서 판단하도록 하지."

고개를 들었을 때 고대의 악마는 그 자리에 환영처럼 사라지고 없었다. 벨리알이 주눅 든 어깨를 펴고 천천히 일어났을 땐, 어둡고 차갑게 스민 안개가 보이지 않는 곳까지 거미줄처럼 뻗어있었다. 그는 방향을 바꿔 프리엘의 육신이 서있던 자리로 돌아갔다. 거기엔 숨결이 멎어버린 대천사가 수많은 대군들과 함께 억울한 표정으로 잠들어 있었다. 벨리알은 웃음을 터뜨렸다. 그러고는 그의 코앞에 대고 조용히 속삭였다.

"네놈을 믿을 수 있을지 없을지 정말 모르겠단 말이야."

* * *

움푹 들어간 숲길에 4열 횡대로 줄지어진 긴 꼬리의 중위천사들이 나아가고 있었다. 길 양옆으로는 물기 머금은 수목들이 빼곡히 들어차 있고, 미끌미끌한 땅 밑에서 눅눅하고 기름진 흙내음이 질퍽한 발자국을 남기며 기어 올라왔다. 진군하는 속도는 더뎠지만 야산 하나를 막 넘어온 터라 할데움에서는 상당할 정도로 멀어져있었다. 이러한 시도는 리바이어던의 독 그늘을 완벽한 가림막으로 이용했기에 가능했다. 게다가 가브리엘의 신성한 보호막이 오염된 독구름으로부터 중위천사들을 차단하고 있지 않은가. 그럼에도 불구하고 5천에 달하는 천사들 사이에는 텁텁하고 메마른 긴장이 동공과 동공 사이에서 불안하게 진을 치고 있었다. 1만도 채 안 되는 소수의 임시 분대인지라 악마군에 발각되는 즉시 위태로운 상황이 전개될 수밖에 없기 때문이다. 산기슭 밑으로 내려온 대열이 이제 막 울퉁불퉁한 조약돌 지대를 만나 500미터 폭의 개천 한가운데를 통과하기 시작했다. 천군의 정강이 밑으로 차가운 개울물이 손아귀처럼 감기고 있었다.

바로 그때, 통나무 부러지는 소리가 으쩍 들려오더니 열길 높이의 흰색 포말 파도가 기마병의 무서운 기세로 행군대열의 정중앙을 덮쳐오기 시작했다. 사방에서 천사 날개가 푸드덕 펼쳐지고 서슬을 피하기 위한 상승 비행이 경쟁적으로 시작됐다. 그러나 그건 완벽한 실수이자 가슴 졸이며 기다린 적군의 감탄할만한 노림수였다. 먼저 날아오른 천사들이 독안개에 닿은 살갗을 부둥켜안고 격랑의 물너울 속으로 처참하게 추락하는 것이다. 가브리엘의 노호하는 외침에 따라 당황했던 천사들이 속속들이 다시 보호막 안으로 집결했다.

"대열을 흩뜨리지 마라!"

큐리엘이 가볍게 분 입 바람은 엄청난 회오리로 변하더니 산그늘만한 파도에 부딪쳐 고요하고 잔잔한 일렁임으로 대상을 누그러뜨려버렸다. 그런데 이번엔 양쪽의 수풀 새에서 돌을 깎아 만든 화살촉들이 장대비처럼 쏟아져 드는 게 아닌가. 방어막을 뚫고 들어온 비수는 뭉툭하고 못생긴 날을 이용해 중위천사의 날개와 몸뚱이를 파고들거나 방패에 가로막혀 튕겨나갔다. 그것으로 죽은 숫자만 열댓 무리에 달했다.

다시 한 번 날아든 화살촉에는 가브리엘의 돌풍이 휘몰아쳐서 그 상궤를 상대방 쪽으로 돌려버렸다. 숲 전체가 고요해지자 둥둥 떠 있던 천사 시체가 물속으로 꼬르륵 침잠해 들어갔다.

"가브리엘, 지금 당장 이 개울을 건너가야 합니다."

"그건 안 된다, 큐리엘. 저들의 노림수다. 우리의 다음 행동을 기다리고 있다."

"그럼 어떻게 합니까, 천사장이시여."

"이 숲을 모조리 태워버려야 한다. 놈들도 어쩔 수 없이 모습을 드러내게 될 것이다."

턱짓을 주고받은 가브리엘이 갑자기 공중으로 떠올라서 지팡이 끝에 별빛의 기운을 담아내기 시작했다. 동시에 그녀를 향한 화살촉들이 또다시 인정사정없이 날아 들어왔다. 하지만 그 얄팍한 술수로는 천사장의 가장 바깥에 있는 방어막조차 뚫고 들어오기가 버거웠다.

잠시 후, 별빛이 담긴 지팡이는 붉은 기운을 순식간에 담아내더니 천지를 향해 폭발적인 기세로 뻗쳐가기 시작했다. 그 서슬에 하늘을 좀먹고 있던 독안개까지 한쪽으로 걷혀버렸다. 사방의 나무들이 활활 타오르고 숨겨진 곳곳에서 괴성에 가까운 비명들이 줄기차게 터져 나왔다. 그러더니 수천의 하피 떼들이 불붙은 몸을 이끌고 하늘로 덥석 튀어 올라왔다. 그녀의 계산은 정확했다. 그 즉시 가브리엘의 칼날 같은 섬광들이 번져나가 놈들의 사지를 칭칭 휘감은 뒤 그 몸체를 종잇장처럼 잘라내 버렸다.

"큐리엘, 즉시 개울물을 건너가라!"

천사장의 지시에 따라 경계 태세를 유지한 중위천사들이 시체 사이를 헤집고 재빨리 물길을 빠져나가기 시작했다. 하지만 상황은 조금도 나아지지 못했다. 산기슭에서 내려온 수백의 케르베로스 무리들이 이때를 기다렸다는 듯 면도날 같은 이를 흔들며 천군의 허벅지와 어깻죽지를 향해 겅중겅중 뛰어왔던 것이다. 반사적으로 튀어 오른 중위천사들이 회백색 날개를 푸드덕 거리며 선회비행을 시도하기 시작했다. 뭉툭한 검을 꺼내든 중위천사들은 켈베의 목을 댕강댕강 잘라가며 후군이 뭍으로 올라올 때까지 온 힘을 다해 시간을 벌어주었다. 그때 다시 검푸른 기운이 실린 독화살들이 곡선을 그리며 무지막지하게 쏟아져 들어왔다. 그것은 폭약처럼 연달아 터져나가면서, 그 여파에 휩쓸린 중위천사들을 깡마른 휴지조각처럼 모지락스럽게 밀려내버렸다. 한 발 늦은 큐리엘이 황급히 방어막을 쳐보지만 수백으로 늘어난 사체덩어리는 이미 형체를 알아볼 수 없을 만큼 훼손되어 우박처럼 쏟아지고 있었다. 그러던 중에 거무레한 형체 하나가 불쑥 뻗쳐 나와 큐리엘의 목구멍을 쥐고 고통스럽게 조이기 시작했다. 그 강력한 압박에서 생겨난 핏물이 큐리엘의 식도를 타고 잔인하게 흘러내렸다. 바로 그때, 등 뒤쪽에서 등장한 별빛 가닥들이 놈의 팔목을 끊어버리더니 그 끝을 실타래처럼 휘감아올리기 시작했다. 결국 바작바작 타들어간 손가락들이 검은 먼지로 변해 대기 위로 풀풀 흩어졌다. 단숨에 도착한 가브리엘은 여유를 부리지 않고 그 앞에다 거대한 방어막을 펼쳐내기 시작했다.

"괜찮은가, 큐리엘."

그는 목을 쓰다듬었다.

"무엇이었습니까, 가브리엘."

"리바이어던이다."

천사장을 바라보는 그의 표정이 변했다.

"네? 어째서 그가 여기까지 왔단 말입니까?"

진중한 대화를 나눠보기도 전에 이번엔 거대한 날개바람을 타고 번뜩이는 비늘을 가진 적룡 세 마리가 나타났다. 놈들은 공중에 스며있는 독안개에도 아무런 상처를 받지 않는 것처럼 보였다. 상황이 절박했다.

"이대로 회군해야 하지 않겠습니까, 가브리엘."

"여기서 시간을 더 지체할 수는 없다, 큐리엘."

"하지만 방법이 없습니다, 천사장이시여."

가브리엘의 투명한 피부에 의중을 헤아리기 힘든 물결이 내비쳤다.

"미카엘이 날 도와주기로 했나 보구나."

"네?"

그 즉시, 공기 찢어지는 소리가 나면서 수십 가닥의 붉은 광선들이 케르베로스 무리들 사이로 눈 깜짝할 새에 들이닥쳤다. 그것은 놈들의 목과 가슴을 소리 없이 휩쓸고 지나가더니 결국에 길게 목을 빼고 있던 케르베로스의 두개골을 작살내고 그 안에서 검붉은 살점들을 내장째로 쏟아내 버렸다. 자신들의 핏물이 흥건하게 고이자 지레 겁을 집어먹은 무리들이 정신없이 날뛰며 불길이 이는 숲속으로 달아나기 시작했다. 뒤이어 엄청난 기세의 화살촉들이 신성 기운을 타고 날아와 상공 위를 배회하던 하피들에게 억수같이 쏟아져 들었다. 이윽고 큐리엘과 가브리엘의 맞은편에 갑주를 걸쳐 입은 웨인마커가 찬란한 광명을 뿌리며 나타났다.

"천사장이시여, 다치신 곳은 없으십니까?"

웨인마커가 무릎을 꿇고 가브리엘의 발밑에 고개를 조아렸다.

"일어나게. 이 모든 건 미카엘의 지시인가?"

그가 고개를 끄덕였다.

"성채에 남은 잔재를 몰아내고 그 즉시 뒤따라오신다고 하셨습니다."

"다른 말은 않던가?"

"천사장의 행동엔 필시 그럴만한 이유가 있을 거라고 하셨습니다."

가브리엘의 얼굴이 연민으로 물들었다.

등 뒤쪽에서는 수만에 달하는 천군들이 허연 날개를 펄럭이며 속속들이 모여들기 시작했다. 곳곳에서 환호소리가 터져 나오더니 서로가 서로를 얼싸안으며 제 일처럼 기뻐했다. 하지만 어떤 이들은 조각난 시신을 끌어안고 애통한 피눈물을 흘려냈다. 가브리엘의 애끓는 시선이 울음과 환호가 뒤섞인 전장을 빠져나와 독안개가 버티고 있는 끄무러진 하늘 위로 올라갔다.

"저 독안개들을 걷어내야겠네. 내가 그 일을 할 동안 자네는 이곳 방비를 철저하게 맡아주게."

"시신들은 어떻게 수습할까요?"

"우리에겐 시간이 없네. 지체 없이 나아가야 할 거야. 내 말뜻을 이해하겠나?"

"알겠습니다, 가브리엘."

다짐을 받은 가브리엘이 은빛 날개를 커다랗게 펼쳐낸 뒤 가공할만한 속도로 날아 올라갔다.

* * *

억새풀을 뚫고나온 들바람에는 들큼하고 비릿한 핏물냄새가 불결하게 섞여있었다. 아니다. 그건 현민의 환상이다. 그도 아니면 이제 곧 들이닥칠 비극적인 참상을 예고하는 건지도 모른다. 현민은 손가락들을 쥐었다 폈다 반복했다. 그러고는 바들바들 떨리는 손바닥을 한없이 내려다봤다. 공포와 두려움이었다.

계단을 내려온 현민은 나이트메어의 비호 아래 제 구색도 갖추지 못한 초라한 악마군들을 둘러보았다. 기껏, 천 마리도 안 되는 구더기에 듬성듬성 배회하는 하피 무리들. 이걸로 대체 무엇을 할 수 있을까. 시간이 지나갈수록 루시퍼에 대한 의구심과 회의가 심중에 밀려들었다. 그는 언제쯤 도착하게 될까. 돌아올 수 있을까. 시뻘건 노을빛이 그들의 이마 위로 쏟아졌다.

"혹시 땅이 흔들리고 있소?"

나이트메어가 곁으로 바짝 다가왔다.

"아니오. 하지만 그녀가 매우 가까이까지 왔다는 것은 알 수 있소."

"얼마나 되는 것 같소, 제라드."

"모르겠소. 하지만 우리의 처지와는 비교도 되지 않을 거요."

현민은 쓰러질 듯 기울어진 첨탑 위를 올려다봤다.

"난 어때 보이오, 제라드. 떨고 있는 것 같소?"

그가 코를 매만지며 웃었다.

"아주 많이. 하지만 난 당신의 용기를 높이 산다오. 교수는 인간이 닿을 수 없는 한계까지 너무 멀리 와버렸소. 루시퍼의 의도가 어떠했든 당신에겐 정말 고약한 일이 되고 말았소."

"끝이 어떨 것 같소, 나이트메어. 주님께서 우리의 기도를 들어주시겠소?"

"당신이라면 모를까 악마의 기도를 들은 척이나 하시겠소?"

현민은 나이트메어의 웃음 뒤에서 꺼져버린 희망을 발견했다.

"이제 얼마나 걸릴 것 같소, 제라드."

"길어봤자 두세 시간 정도."

현민은 성전 외부의 바깥 계단으로 돌아왔다. 그러고는 두 손을 짚고 앉아 오로라 빛이 감도는 드넓은 하늘 위를 올려다봤다. 순간 이곳이 매우 낯익으면서도 아름답다는 생각이 들었다. 나이트메어가 나란하게 앉아서 쌍둥이처럼 따라했다.

"여긴 꼭 지구를 닮았소, 제라드."

"이곳이 에덴이었을 당시엔 지금보다 훨씬 더 화려했다오. 가브리엘이 그때를 그리워하는 건 어쩌면 교수와 같은 마음이 아닐까 하는데."

현민이 무릎을 굽히고 앉아 옅은 웃음을 토해내기 시작했다.

"제라드, 당신은 왜 인간이 되고 싶어 했던 거요?"

그가 코끝을 긁으며 겸연쩍게 대답했다.

"아름답기 때문이오."

현민이 절레절레 고개를 가로저었다.

"너무 감상적이오, 나이트메어. 인간의 삶은 그리 녹록하지 않소."

"최소한 따분하지는 않을 거 아니오."

대지 위에 무서운 해거름이 내려오기 시작했다.

"윤 교수, 당신은 돌아가면 보고 싶은 사람이 있소?"

"그냥 일상으로 돌아가고 싶은 마음뿐이오. 설사 옥살이를 한다 해도 이제는 그편이 나을 거 같다는 생각이오."

나이트메어가 의외라는 듯 눈을 치떴다.

"살인? 강도? 죄질이 어떤 거요?"

현민은 그를 똑바로 쳐다봤다.

"살인. 하지만 내가 한 짓은 아니오."

"윤 교수도 정말 제대로 꼬인 인생이군. 출소하면 돈 걱정은 없이 살게는 해주겠소. 미국으로 건너오시오."

둘 사이에 영혼 없는 웃음이 한소끔 터져 나왔다. 대신 눈가에는 의미 없는 눈물이 그득 고이기 시작했다. 현민이 멈추지 않는 웃음 사이로 대꾸했다.

"돌아갈 수는 있소, 제라드?"

"신께서 우리의 소원을 들어주신다면."

"좋소, 제라드. 그 약속 어기면 지옥 끝까지 쫓아갈 거요."

둘은 떨리는 손을 마주잡고 힘 있게 일어났다. 그런데 이상한 낌새가 등 뒤에서 몰려들었다. 민첩하게 돌아선 자리에는 검은 연기가 감실감실 피어오르며 뚜렷한 형체를 만들어가고 있었다.

"리바이어던?"

팔 하나가 사라져버린 그가 난도질당한 몸을 이끌고 저벅저벅 걸어왔다.

“이게 어찌된 일인가, 리바이어던.”

“미안하네. 가브리엘을 막지 못했어. 내가 가진 군세는 모조리 전멸을 당하고 말았네. 그녀는 생각보다 빠르게 진군해오고 있어. 해가 지기 전에 이쪽으로 당도할 거야. 차라리 지금 집결의 봉화를 올리게. 벨리알과 아스모를 이쪽으로 불러들여.”

계단 밑을 내려간 나이트메어가 기단 위로 허겁지겁 내달더니 그 위로 엄청난 둘레의 불기둥을 피워 올리기 시작했다.

“인간이여, 이제 어떻게 할 것이오?”

“여기에 모인 악마들을 이끌어주십시오.”

그가 무덤덤한 얼굴로 대지 아래를 기울여봤다.

“5천도 되지 않을 잔병들이오.”

“성전을 파괴할 시간으로는 충분하다고 생각합니다.”

리바이어던이 눈썹을 길게 끌어당겼다. 멀리서는 적군의 나팔소리가 선명하게 들려왔다.

“이유를 요구하진 않겠소. 다만, 정녕 이 방법뿐이 없소?”

“만약의 경우를 대비한 안전장치입니다.”

그가 조용히 고개를 끄덕였다.

“좋소, 루시퍼의 마지막 위임자여. 당신의 명에 따르겠소.”

나이트메어가 올라오기도 전에 그는 근처의 병력을 규합해서 성전의 맞은편 방향으로 신속하게 사라졌다. 들판 너머에는 지평선을 뚫고 올라온 대군들이 파죽지세로 접근하고 있었다. 땅이 울렸고, 죽음을 예고하는 악취가 점막 안까지 기분 나쁘게 들러붙고 있었다.

나이트메어의 휘파람소리에 천지를 휘젓고 다니던 타이탄이 역풍을 일으키며 억새밭 위에 내려앉았다. 놈은 두터운 다리를 질질 끌고 다니며 억새풀 위에 시뻘건 불덩이를 내뱉기 시작했다. 연기가 피어오르고,

노랗게 메마른 풀들 사이로 뜨거운 불길이 치솟기 시작했다.

"제라드, 리바이어던이 무너지면 그 즉시 이 성전을 무너뜨려야 하오."

"당신은 어쩌려는 거요?"

그가 걱정스럽게 물었다.

"마지막까지 여길 지켜야겠소. 루시퍼가 나타날지도 모르니까."

현민의 눈가에 열의 없는 웃음이 번져 나왔다.

"혼자 있어도 괜찮겠소, 교수?"

"약속이나 잘 지켜요, 제라드. 출소하게 되면 당신을 정말 찾아갈 거요."

나이트메어가 어이없다는 듯이 입 고리를 잡아당겼다. 그러더니 타이탄의 어깨 위로 풀쩍 뛰어올라 먼지께나 날리며 상공 위로 사라져 버렸다.

기습적으로 돌아선 현민은 성전 내부로 돌아왔다. 사위는 어둠이 짙게 깔린 상태였고, 까마득한 천장에서는 으슥한 한기가 땅거미처럼 내려오고 있었다. 미묘한 인기척을 느낀 건 바로 그때였다. 구석진 그늘의 뒤쪽에서 정체를 알 수 없는 숨소리가 고르게 퍼져 나오고 있는 것이다. 팽팽한 긴장감이 돌면서 숨통을 조이는 듯한 둔통이 목구멍 밑에서 불쾌하게 넘어오기 시작했다. 그는 눈을 가느스름하게 뜨고 소리가 들려오는 쪽에 온 신경을 집중했다. 마침내 구석진 자리가 호롱불처럼 밝아들더니 익히 알고 있던 존재가 눈앞에 전신의 모습을 드러냈다. 별빛 눈망울의 아름다운 여인. 가브리엘.

고래고래 악을 지르려는 시도에 그녀는 전광석화와 같은 움직임으로 다가와 입을 틀어막고 목젖을 눌러버렸다. 손바닥에서 흘러든 온기가 입술을 타고 천천히 몸을 데워오기 시작했다. 술기운에 취한 것처럼 그의 팔 다리가 여지없이 휘어졌다.

"인간 주제에 꽤 멀리까지도 왔구나. 영광인 줄 알아라."

고결하게 웃던 가브리엘이 품속에서 황금색 톱니바퀴를 풀어놓았다.

"그건……."

손아귀를 벗어난 톱니바퀴는 7개의 우둘투둘한 날을 들이밀고 허공에 붕붕 떠서 빠르게 회전하기 시작했다. 덩달아 성전 내부의 차가운 공기들이 원을 그리며 매섭게 소용돌이쳤다. 그 서슬을 타고 인간의 몸뚱이 하나가 반대쪽 석벽에 날아가 모지락스럽게 부딪쳤다. 뒤이어, 성벽 내부의 벌어진 틈새 곳곳에서 빨갛고 노란 다양한 색상의 물방울들이 하나둘 회전하는 톱니바퀴 안으로 빨려 들어가기 시작했다. 요란했던 회전이 폭풍과 함께 잦아들자 그 자리엔 오색 빛깔을 머금은 황금색 톱니 날이 가브리엘의 손바닥 밑으로 느리게 내려왔다. 그녀가 거리를 좁혀 걸어왔다.

"네놈 덕분에 많은 것들이 가능할 수 있었다. 6년 전의 죄과를 죽음으로 묻지는 않겠노라."

가브리엘의 하늘반지가 열리고 그 안에서 한 조각의 물방울이 손등을 타고 기어올랐다. 그러더니 톱니바퀴의 그늘을 지나 7번째 주둥이에 스르륵 흡수됐다. 가브리엘의 눈가에 투명한 눈물이 또그르르 흘러내렸다.

"주님이시여, 당신을 만나게 되어 영광입니다."

현민은 불완전한 연극 하나를 보고 있다고 생각했다. 그녀의 시선이 현민이 엎어진 자리로 옮아갔다.

"여기서 창조주의 환생 과정을 똑똑히 지켜보라."

뒤돌아선 여인은 어둠 속으로 홀연하게 사라져버렸다. 현민은 풀어진 몸을 다잡고 일어났다.

"제라드!"

목청껏 이름을 외친 현민은 서둘러 바깥으로 빠져나왔다. 돌계단 너머에는 바람을 소화시킨 화마가 시뻘건 혓바닥을 널름거리며 드넓은 억새밭을 활활 잠식해가고 있었다. 소매로 얼굴을 가려야 할 만큼 거기서 나오는 열기가 엄청나게 뜨거웠다. 그때 희뿌옇게 타드는 연기구름 사이로 육중한 덩치의 타이탄 하나가 큼지막한 날개를 휘저으며 나타났다. 낮고 기우듬하게 내려온 그것은 결국 현민을 부드럽게 낚아채서 성전 한 바퀴를 빙 선회하기 시작했다. 나이트메어가 타이탄의 발등에 들러붙은 인간을 향해 다급히 팔을 내밀었다.

"내 손을 잡으시오, 어서!"

나이트메어의 도움을 받아 용 껍질 위로 기어올랐다. 정상에 올라 아찔한 높이를 내려다봤을 때는 손마디가 시큰거리고 종아리에 경련이 일어났다. 타이탄의 고공비행이 시작되면서는 매서운 맞바람이 양쪽 뺨을 세차게 후려치기 시작했다. 나이트메어가 주둥이를 대고 소리쳤다.

"대체 무슨 일이 있었소? 듣도 보도 못한 섬광들이 성전 안에서 뻗쳐 나왔단 말이오."

"모든 게 틀어졌소, 제라드."

바람 소리가 시끄러웠다.

"잘 안 들리는데 뭐라는 거요? 지금 성벽을 부스란 말이오?"

고개를 세차게 흔들어 거부의사를 표시했다.

"날 리바이어던이 있는 곳으로 데려다 주시오, 제라드."

나이트메어가 기겁을 하며 대꾸했다.

"미쳤소?"

"이래저래 내 미래는 없소."

나이트메어가 말문이 막힌 표정을 지었다.

"대체 뭘 어쩌겠단 거요? 그녀 앞에서 인간을 용서해달라고 통사정이라도 할 거요?"

"벨제부브의 계약을 끊을 수 있다면 못할 것도 없지."

그가 낙담어린 한숨을 연발했다.

"정말 못 말리는 인간이군. 교수 눈에는 저게 정녕 안 보이시오?"

먼 거리의 들판 아래는 수만에 달하는 천사무리들이 하늘과 땅을 수놓으며 악마군 주변을 벌떼처럼 에워싸고 있었다. 그 테두리 안에서 리바이어던의 피비린내 나는 전투가 벌어지고 구더기들과 하위천사들의 죽고 죽이는 술래 잡이가 연달아 반복됐다. 후군에서 당겨진 활시위들은 푸르스름한 화살촉들을 공중 위로 쏟아 올렸고, 그 웅장한 서슬은 완만한 곡선을 그리다가 수백에 달하는 두개골을 으깨 부스며 사지를 갈라놓기 시작했다. 뒤이어, 연이은 폭발과 함께 폭음이 터졌고, 곤죽이 된 시체들이 피범벅 상태로 걸쭉하게 문드러졌다. 시선을 돌리며 그가 고집스럽게 재촉했다.

"부탁이오, 제라드."

"정말 어처구니가 없군."

"날 저 아래에 부려주고 델피오르로 돌아가시오. 이제 당신의 역할은 끝났소. 수고했소, 제라드."

그러더니 고도가 급작스럽게 낮아지며 음속에 가까운 저공비행이 시작됐다. 공기저항이 심해서 차마 눈을 뜨고 있기가 힘들었다.

"뭐… 뭐하는… 거요, 제… 라드."

피비린내 나는 열기 속에서 창과 방패가 부딪치는 치열한 몸놀림이 느껴졌다. 눈을 떴을 때, 현민은 자신이 타이탄의 등 거죽에 들러붙어 거나한 전장 속으로 활강하고 있다는 걸 알아차렸다. 타이탄은 1미터 남짓한 허공을 미끄러지듯 가로지르며 기세 좋게 덤벼드는 무리들을 향해 끔찍한 포효를 내지르고 있었다. 흩날리는 머리칼 옆으로 당황한 천사들의 기에 억눌린 시선들이 느껴졌다. 발밑으로는 용 비늘을 뚫지 못한 화살촉이 바위를 때린 날계란처럼 우수수 떨어지고 있었다. 그러더니 생각지도 못한 타이밍에 제동을 위한 날갯짓이 시작되고, 엄청나다고밖에 할 수 없는 화염다발들이 동시다발적으로 사방에 뿜어졌다. 굼뜨게 행동하던 천사들은 그 여파에 매몰되어 외마디 비명조차 못 지르고 타들었다.

지상 위에 내려온 타이탄이 크고 날카로운 발톱을 긁어대며 불길 너머로 사라진 천사들을 살벌하게 위협하기 시작했다. 핏물을 뒤집어 쓴 리바이어던이 일행 쪽으로 급히 되돌아왔다. 수많은 생채기들이 끔찍한 핏물과 함께 그의 온몸을 적시고 있었다.

"결국 루시퍼께서는 나타나지 않았나 보구려."

현민의 긍정 표시에 그가 뺨에 튄 핏물을 닦아냈다.

"그럼 성전은 파괴했소?"

"미안하오, 그것마저 실패했소."

그때 나이트메어가 땅 위로 풀쩍 뛰어내렸다.

"눈물겨워 못 보겠군, 이거. 루시퍼의 충절을 지키는 지옥의 세 용사들이라니."

나이트메어의 입가에서 회한에 갇힌 미소가 새어나왔다.

"제라드, 당신에게도 미안하오. 모든 게 물건을 빼앗긴 내 탓이오."

그가 어깨를 툭툭 치며 평소의 버릇대로 코를 긁었다.

"난 아쉬울 것 없소, 이제. 이정도 살아봤으면 살만큼 살았으니까. 진짜 인간이 돼보지 못한 게 천추의 한으로 남겠지만."

그 순간, 거센 불 너울을 뚫고 별빛의 빛 무리가 접근하기 시작했다. 경계 태세로 돌아선 타이탄이 콧김을 뿜어대며 상대방을 향해 이빨을 드러냈다.

"가브리엘."

뒤이어, 광폭의 돌풍이 원심 형태로 뻗쳐나가더니 기세 좋게 넘실거리던 불기운들을 한꺼번에 쓸어내 버렸다. 시커먼 재티 바람이 휘날리고 휘영청 터진 시야 사이로 피와 살로 얼룩진 대지가 괴기한 모습을 드러냈다. 동시에 천사 날개를 단 수만의 대군들이 나타나 복수와 증오의 칼날들을 일행의 목에다 섬뜩하게 겨누었다. 막다른 운명에 도달했음을 직감적으로 깨닫게 되는 순간이었다. 그들은 창과 방패를 꺼내들거나 활시위를 당긴 상태에서 조금의 흐트러짐도 없이 악의 무리들을 노려봤다.

"이 더러운 족속들. 창조주를 배신한 역사가 영원히 지속될 줄 알았더냐."

가브리엘이 푸른빛이 새어나오는 지팡이를 리바이어던 쪽으로 겨누었다. 그러자 성수를 뿌린 것마냥 그의 겉껍질이 고통스럽게 타들어갔다. 나이트메어가 그 빛을 막아서며 일갈했다.

"목숨을 거두려거든 그딴 술수는 부리지 마라, 가브리엘."

가브리엘의 머리칼이 투명한 입술 위에서 흩날렸다.

"정말 역겹구나, 로미엘. 하긴, 동족을 배신한 상위천사 따위가 무슨 말을 못하겠느냐."

그 즉시, 웨인마커의 신성 검이 리바이어던의 가슴을 뚫고 그의 심장을 야멸차게 터뜨렸다. 곧장 환부에서 원유 같은 핏물이 솟구치고 희멀건 수증기가 연기처럼 피어올랐다. 그의 얼굴은 심한 경련으로 부풀다가 잉걸불마냥 바작바작 타들었다. 결국엔 유혈이 낭자한 대지 위로 영양가 없는 거름이 돼 폭삭 내려앉았다. 우레와 같은 환호가 도열한 천사들 무리에서 터져 나왔다. 웨인마커가 그 끝을 나이트메어 쪽으로 가져갔다.

"어서 죽여라, 가브리엘."

목을 치려던 웨인마커를 가브리엘의 손이 급히 막아섰다.

"기다려라, 웨인마커. 로미엘에 대한 심판은 다른 분에게 맡길 것이다."

나이트메어의 숙져버린 눈이 현민과 그들 사이를 번갈았다.

"수작부리지 마라, 가브리엘."

그녀의 얼굴에 환연한 웃음꽃이 피었다.

"주님을 앞에 세우고도 그런 소리가 나오는지 내 두 눈으로 똑똑히 지켜보마."

전군이 지켜보는 가운데 드디어 그녀가 바라던 순간이 찾아들었다. 가브리엘은 품안에 넣어둔 물건을 조심스럽게 꺼내들고 공손하고 경건한 손짓으로 그것을 가슴 높이에 부려놓았다. 뱅그르르 자가 부상한 물건은 흠집 하나 없는 광택에 일곱 빛깔의 물방울을 습기처럼 머금고 있었는데 쪼개진 시간을 느린 속도로 좀먹어가며 신기하고 영묘한 기운을 정중앙에 담아내기 시작했다. 마침내 번쩍하는 섬광이 일고, 구형태의 커다란 본체가 나타났다. 중심에 핵이 있고, 바깥에는 시커먼 돌기들이 궤도를 그리며 소용돌이치고 있었다. 물질은 이제, 가까운 빛과 소리를 흡입하면서 상상할 수 없는 에너지로 세를 확장하기 시작했다. 먹구름들이 몰리고, 천둥이 내려쳤으며, 갑자기 불어 닥친 강풍에 천사들이 한정 없이 밀려나갔다. 가브리엘이 나풀거리는 머리칼 사이로 소리쳤다.

"돌아오십시오, 창조주시여."

가브리엘 반지의 하늘색 기운이 터짐과 동시에 뻗쳐 나온 빛 무더기들이 완곡한 둘레를 따라 부드럽게 빨려 들어가기 시작했다. 표면을 감싼 돌기들이 무서운 기세로 회오리쳤고, 궤도를 이탈해 나온 백색광들은 일행의 눈앞에서 하얗게 터져나갔다. 그러다가 마침내 구체를 형성하던 물질은 고막을 찢을 듯한 붕괴를 일으키며 오컬트의 순수한 빛을 천지사방으로 뿜어대기 시작했다. 머리가 도화지처럼 하얗게 새버렸다.

시간이 타버리면서 우주를 운행하던 힘이 멈춰섰다. 적막했고, 쓸쓸

했으며 우주의 기원이 알 듯 모를 듯 감질나게만 느껴졌다. 현민은 이 상황이 영원히 지속될 것이라고 믿었고, 그것은 정말로 현실이 돼가는 듯 보였다. 오감이 사라졌고, 그걸 대신한 광명만이 완연한 기쁨을 간직하고 봄꽃처럼 피어올랐다. 영겁의 세월을 살아왔다고 느꼈을 즈음에 낯선 어둠이 찾아들며 막연한 중력의 힘이 현민의 발밑을 끌어당기기 시작했다. 뒤이어, 검게 끄무러진 하늘이 휘영청 내려앉고 핏물 선명한 대지가 생경한 모습으로 펼쳐졌다. 모든 것이 제자리로 돌아와 있었다. 가브리엘과 나이트메어의 당황한 낯빛까지도. 그렇게 안심하려는 순간, 공간이 급작스럽게 뒤틀리고 그 안에서 금빛 실오라기를 걸친 인간형태의 이물질이 모습을 드러냈다.

"창조주시여."

가브리엘이 투명한 눈물을 쏟아내며 바닥에 넙죽 엎드렸다. 어깨가 들썩였고, 이물의 형체가 위로하듯 그녀의 별빛 머리칼을 어루만졌다. 그 보이지 않는 시선은 다시 나이트메어를 향해 돌아왔다. 시선을 받은 그가 휘둥그레진 얼굴로 전신을 덜덜 떨기 시작했다.

"주… 주… 주님이시… 여."

"……."

침묵으로 다가온 빛은 이제 현민 쪽을 향해 몸을 돌려세웠다. 그러고는 신묘한 빛의 왼손을 들어 세례를 하듯 앞머리를 어루만졌다. 그런데 그 손끝을 형성하고 있던 기운이 점점 윤곽을 흐려가며 사방으로 흩어지기 시작했다. 그것을 본 가브리엘의 입에서 경련에 가까운 신음이 재앙처럼 터져 나왔다. 아연실색한 그녀가 창백하게 질린 낯꽃으로 달려왔다. 지팡이는 내던져졌고, 가슴 절절한 눈물이 그녀의 눈 밑에서 통절하게 흘러내렸다. 창조주가 서있던 자리엔 침묵을 껴안은 어둠만이 존재했다.

"가브리엘"

기분 나쁜 후음이 방향을 가늠할 수 없는 곳에서 악취와 함께 딸려 들어왔다. 그러자 공포에 짓눌린 천사들이 창과 방패를 끌어올리며 곧 들이닥칠 위험에 방어태세를 취하기 시작했다. 기합소리가 터졌고 절도 있는 동작으로 수만 대군을 갖춘 새로운 진형이 만들어졌다. 잠시 후, 그 두터운 방벽을 뚫고 시뻘건 쇠사슬을 등에 진 악마가 뿔로 치장된 눈을 부라리며 일행을 향해 천천히 걸어 들어왔다. 입가엔 채워지지 않는 야욕이 걸려있었고, 섬뜩한 눈초리에는 영혼을 찢어버릴 듯한 냉혹함이 도사렸다. 뱀 껍질 같은 손가락에는 정체를 알 수 없는 물건이 묵직하게 들려있었다.

분기한 웨인마커가 그 즉시 상승비행을 시도하며 선제공격에 들어갔다. 거리가 좁혀지고 웨인마커의 날개가 면도날 같은 깃털들을 폭우처럼 뿌려대기 시작했다. 그러나 벨제부브의 손끝은 어느새 웨인마커의 멱살을 움켜쥐더니 도열한 천군들 사이로 오물 버리듯 내던져버렸다. 서슬에 닿은 천사들은 볼링 핀처럼 쓰러지고, 반사적으로 당겨진 활시위들이 왱왱 소리를 지르며 꼬리에 꼬리를 물고 날아들었다. 하지만 벨제부브를 감싸고 있던 흑 기운은 그 날카로운 위세를 손쉽게 삼켜버린 뒤, 시퍼런 화염과 함께 전장을 일직선으로 갈라버리기 시작했다. 악마가 지나간 자리에 내장을 손에 쥔 시체들이 즐비하게 떨어졌다. 전의를 상실한 천사들이 벨제부브가 지나는 모습을 무기력하게 지켜봤다.

"욕구를 채웠으면 약속한 물건을 내놓아라, 가브리엘."

그녀가 채 마르지 않은 얼굴로 돌아섰다.

"줄 수 없다, 이 더러운 자식아."

가브리엘 역시 이빨을 드러냈다. 그러자 손에 들린 물건을 내던지며 상대를 향해 성의 없는 비웃음을 날리기 시작했다. 그것은 땅바닥을 데굴데굴 굴러 현민의 코앞에 떨어졌다. 루시퍼였다.

"잘 봐라, 가브리엘. 네년이 그토록 원하던 루시퍼의 머리다."

가브리엘이 대꾸했다.

"헛소리는 아니었구나, 벨제부브. 안타깝지만 더 이상 내게 필요한 물건은 아니구나."

벨제부브의 눈썹이 꿈틀했다.

"약속한 대로 내 몫의 파괴검을 내놓아라, 가브리엘."

고대 악마가 채근하듯 성급히 소리쳤다.

"내 목적을 이루지 못하면 네놈과의 계약도 없는 거다, 이 더러운 악마여!"

악마의 절규가 대지 표면에 무거운 진동을 불러왔다. 그러더니 벨제부브가 가브리엘을 향해 우악한 불량웃음을 토해내기 시작했다. 그 사이 몸을 회복한 웨인마커는 수천에 달하는 천사들을 대동하고 가브리엘의 뒤쪽으로 도열해들었다. 살얼음 딛는 긴장이 두 진영 사이에 팽팽하게 감돌았다. 충돌은 시간싸움 같았다.

"멍청한 가브리엘 같으니. 난 루시퍼의 영혼을 흡수했다. 지금의 나를 예전의 벨제부브로 착각하지 마라."

가브리엘이 바닥에 부러진 지팡이를 불러들여 백합꽃 같은 손안에 그러쥐었다.

"계속해 지껄여 봐라, 벨제부브. 어차피 네놈의 운명도 루시퍼와 다르진 않을 거다."

순간, 팽팽했던 긴장감이 끊어지고, 가브리엘의 지팡이가 어마어마한 별빛을 뿌려대기 시작했다. 그 빛 무리는 벨제부브의 질겁한 눈을 현혹시키다가 수백 가닥으로 분리된 뒤 감각을 마비시키는 거대한 초신성 폭발로 이어졌다. 광풍의 여파가 대지를 미친 듯이 휘몰아치고, 오컬트색을 담은 잔광들이 사방으로 손을 뻗쳤다.

큼지막한 소란이 잦아들자 대기를 가득 채운 먼지들이 땅바닥에 내려앉았다. 그런데 뭔가 이상했다. 살을 에는 듯한 한기가 폭발의 진원지에서 기분 나쁘게 번져나오는 것이다. 게다가 그 한기에는 푸르스름한 기운까지 섞여 잔잔한 물결 파동을 일으키고 있었다. 숨소리 죽은 전장에서 벨제부브의 얼굴이 먼지를 뚫고 나타났다. 그의 손에는 프리엘의 얼음창이 들려있었다.

"어째서 네놈이 얼음창을……."

가브리엘의 투명한 낯이 얼음장처럼 차가워졌다.

"가브리엘, 네년이 이러고 있는 사이, 모리엔 너머의 강기슭에는 수십만에 달하는 네 졸개들이 죽어가고 있다. 정녕 살리고 싶지 않은 게냐, 가브리엘."

벨제부브가 깊은 후음을 내쉬며 비아냥거렸다. 그 순간, 놈의 손끝에서 형성된 비수들이 가브리엘의 심장을 겨냥해 번개처럼 날아 들어왔다. 그 즉시, 등 뒤에서 튀어나온 웨인마커가 번뜩이는 이지스 방패로 기세 좋게 덤벼드는 섬광을 다른 방향으로 튕겨냈다. 그걸 본 벨제부브가 아쉬운 표정으로 이빨을 갈기 시작했다.

"선택지는 둘이다, 가브리엘. 그들을 구하러 가든지 아니면 여기서 피를 토하고 죽든지."

신성 검을 치든 웨인마커를 가브리엘이 급하게 제지하고 나섰다.

"좋다, 벨제부브. 계약대로 파괴검을 주겠다."

나이트메어의 만류를 뿌리치고 현민이 그들 사이로 뛰쳐나갔다.

"멈춰, 가브리엘. 당신이 인간의 존폐를 판단할 권리는 없어."

웨인마커의 검 날이 반사적으로 현민의 목 끝을 겨눠들었다. 옅게 베인 경부 밑으로 즉시 붉은 선혈이 농밀하게 흘러내렸다.

"물러서라, 인간이 끼어들 자리가 아니다!"

현민은 웨인마커의 신성 검을 밀쳐내고 가브리엘과의 거리를 좁혀들었다. 그러고는 그녀의 얼굴 앞에 한 치의 망설임 없이 선언했다.

"인간의 미래는 인간이 결정한다. 천사나 악마 따위가 간섭할 일이 아니다."

지켜보던 벨제부브가 호기심을 드러내며 대꾸했다.

"이건 뭐지? 인간 따위가 어떻게 메데우스로 올라올 수 있는가."

현민이 검은 눈을 노려보며 각을 세웠다.

"난 당신의 노예가 될 생각이 없다, 벨제부브."

"칭송하지 않는 인간은 오로지 죽음뿐이다, 나의 노예여."

현민은 자신 쪽으로 뻗쳐오는 시커먼 암흑 연기들을 지켜봤다. 그것은 달아나려는 인간의 발목을 낚아채서 삽시간에 공중으로 내던져버렸다. 내동댕이쳐진 몸을 땅속을 파고 올라온 벌레들이 끔찍하게 기어오르기 시작했다. 극악한 고통이 밀려들며 벌레들의 아랫배가 영양가 높은 핏물로 불룩하게 변해가고 있었다. 참다 못 한 나이트메어가 자신의 동맥을 잘라 검게 나온 핏물을 현민의 온몸에 뿌려댔다. 그러자 허연 연기가 일면서 흡혈벌레들이 시커먼 암흑 연기로 되돌아갔다. 그가 끔찍한 몰골의 현민을 낚아채서 타이탄의 얼굴 밑으로 질질 끌고 갔다.

"너무 무모했소, 교수. 가브리엘은 당신의 얘기에 귀를 기울이지 않을 거요."

그러고는 루시퍼의 잘린 머리를 부상당한 몸뚱이 옆에 내려놓았다.

날렵한 눈썹 위에 정수리까지 벗어진 이마. 지그시 감긴 눈 밑에는 삐뚤어진 코뼈가 노조원에게 당한 방송 사고를 기억하고 있었다. 가까이서 본 그의 뺨에서 자질구레한 기미들도 새롭게 발견했다. 그는 루시퍼가 확실했고, 부정하고 싶었기에 더더욱 그의 과거 모습이 그리워졌다. 들바람에 그의 듬성듬성한 머리칼이 거볍게 흔들리기 시작했다.

현민은 피 묻은 손으로 루시퍼의 뺨을 어루만졌다. 다시 본 그의 얼굴은 어느 때보다 평온해 보였다. 갑자기 뜨끈한 국물이 목구멍 밑에서 치솟았다. 현민은 결국 왈칵 눈물을 쏟아내고 말았다. 나이트메어가 현민의 목덜미를 만지며 위로했다.

"벨리알의 말이 맞았소. 이제 모든 건 끝났소."

그 순간, 루시퍼의 얼굴이 천년의 풍상에 시달린 것마냥 허연 잿빛으로 바작바작 메말라가기 시작했다. 턱과 이마에 단층 같은 균열이 생겼고, 대충의 얼개마저 오랜 묘비석처럼 깎여나갔다. 결국엔 먼지 하나 남기지 않고 모든 것이 바람에 실려 사라졌다.

현민의 머릿속에서 생각지도 못한 일이 벌어졌다. 우주와 신에 대한 지식이 빛의 속도로 떠밀려오기 시작한 것이다. 창조신, 루시퍼, 벨제부브, 헤롯, 가브리엘, 오비엘, 인간. 찰나의 순간에 모든 이유와 기원, 태생들을 뿌리째 이해하기 시작했다. 현민이 순간적인 환희에 마약처럼 빨려들 때쯤 두개골을 짓누르는 힘이 안에 들어있던 지식들을 어디론가 빼내기 시작했다. 몸이 급속도로 가벼워졌고, 어느새부턴가 현민은 나약한 인간으로 돌아온 자신을 발견했다. 우주에 대한 지식 역시 돌이켜지지 않았고, 잠시 잠깐 무언가를 확인했다는 것 말고 아무것도 생각나는 게 없었다.

그때, 전장이 시끄러워지고 새로운 변화가 물꼬를 트며 나타났다. 대천사 프리엘. 어디서 나타났는지, 그가 벨제부브의 얼음창을 빼앗아 가브리엘의 진지로 번갯불처럼 내려앉은 것이다.

"가브리엘이시여, 당신을 뵈옵니다."

천사장의 투명한 얼굴에 안도의 미소가 떠올랐다.

"자네에게 날 놀래는 재주가 있을 줄은 몰랐네."

"죄송합니다, 천사장이시여."

천지를 떠나보낼 듯한 포효가 벨제부브의 목구멍에서 폭발음처럼 터져 나왔다.

"이놈들이!"

그런데 공간이 벌어지고 또 한 명의 조력자가 나타났다. 거짓의 악마 벨리알. 그는 콧노래를 흥얼거리며 질펀한 엉덩이를 둥싯둥싯 흔들었다. 그러고는 벨제부브를 향해 어깃장을 놓듯이 빈정거렸다.

“저 역시 죄송합니다, 옛 주군시여. 아스모를 처단하지 못했습니다. 대신 프리엘의 육신을 받으시지요.”

벨제부브가 눈알을 굴리며 노기를 터뜨렸다.

“감히 나 벨제부브를 배신하고 능멸하다니, 이 저급한 구더기 놈.”

“배신이라니요, 벨제부브. 저의 주군은 루시퍼입니다. 이 모든 건 당신이 세운 질서입니다. 그 이상의 설명이 필요합니까?”

벨제부브의 뿔 달린 눈매가 가느스름하게 변해갔다. 그러더니 동공 위에 검은 그림자가 이글거리기 시작했다.

“좋다. 네놈들 모두 여기서 지옥의 고통을 맛보게 되리라.”

벨제부브의 팔등과 등골에서 낫처럼 흰 가시들이 속속들이 튀어 올라왔다. 뒤이어 뼈 으스러지는 소리가 나면서 온몸을 이루고 있던 얼개들이 두 세배로 불어나기 시작했다. 말려 올라간 윗입술에는 갈고리모양의 송곳니들이 살점마저 떼어버리고 섬뜩한 소리를 내며 도드라졌다. 싯누렇게 변해버린 눈동자가 매서운 눈초리로 모든 이들을 노려봤다.

“덤벼라, 이 잔챙이들아!”

가브리엘의 돌진을 시작으로 수만에 달하는 천사들이 피복을 무섭게 흩날리며 몰려들었다. 빛과 어둠이 충돌하고 여파를 담은 대기가 광풍을 쓸어 담으며 동심원으로 퍼져나갔다. 프리엘의 얼음창이 푸르스름한 섬광들을 맥동하듯 뿌려대고, 웨인마커의 신성 검은 고대 악마의 무릎 밑에서 쉼 없이 튀어나오는 가시들과 치열한 백병전을 받아냈다. 그러나 교활한 벨제부브는 대천사와의 강 대(對) 강 싸움을 의도적으로 회피하기 시작했다.

놈은 주기적으로 공간이동을 반복하더니 변두리의 힘없는 천사들부터 무자비하게 소탕하기 시작했다. 네 가닥으로 갈라져 나온 손톱이 암흑 기운을 뿌려대며 수백에 달하는 천사들을 말려 비트는 것이다. 근접거리에 있던 천사들은 그 서슬을 피하지 못해 목이 잘려나가는 참혹한 수모를 겪어야만 했다. 흙바닥에는 뜯겨나간 천사 날개가 즐비하고, 수족을 뻗대고 누운 천사들은 하늘을 올려다보며 고통스럽게 절규하고 있었다. 가브리엘과 상위천사들이 접근하면 놈은 또 다시 사라져서 대열이 정비된 분대 사이로 급거 나타나 눈을 부라렸다. 혼비백산하는 천사들이 산 채로 낚여서 고대 악마의 입속에 들어갔다. 그런데 단 한 번의 소동이 일면서 그 지루했던 전투가 종말의 뿌리를 드러냈다.

하늘을 가르는 희고 차가운 번개가 불현듯 전장 한가운데 쾅 내려쳤다. 그러더니 무섭게 불던 강풍이 멈추고, 대신 미풍에 실린 습기가 성전 쪽에서부터 은은하게 걸어오기 시작했다. 그 여파에 손가락 길이의 풀초들이 물결 모양으로 드러눕고, 희뿌연 안개들이 연기처럼 대지에 쌓여갔다. 한 치 앞도 못 볼만큼 시야가 흐려지자 가브리엘의 별빛이 전장 한가운데서 은연중에 터져 나왔다. 빛 무더기에 잡아먹힌 안개들이 바람에 밀리는 구름처럼 서서히 흩어지기 시작했다. 그러고 나서, 몇 번을 확인해도 믿을 수 없는 당혹스런 광경을 목격하고 말았다. 새카만 중절모에 맵시 좋게 차려입은 흑색 정장. 풀어진 와이셔츠 위로 그토록 고대했던 무미건조한 얼굴. 지옥의 군주 루시퍼. 그가 살아서 이쪽으로 걸어오는 것이 아닌가. 불현듯 사라져버리자, 벨제부브와 가브리엘이 그를 찾기 위해 안간힘을 쏟아내기 시작했다.

"교수?"

눈을 빼돌린 자리에 쓴 웃음을 짓는 루시퍼가 서있었다. 지근거리의 나이트메어가 입을 다물지 못하고 경악했다.

"루시퍼? 정말 당신이오?"

현민은 와락 끌어안는 걸로 시작했다. 이 얼마나 감격스런 일이란 말인가. 그가 돌아왔다. 죽은 줄만 알았던 지옥의 군주가 인간을 구원하기 위해 돌아왔다. 등을 토닥이는 그의 손길이 따뜻했다. 눈을 씻고 여러 번 확인했다. 그는 루시퍼가 확실하다.

"말도 안 돼. 정말 믿을 수 없어. 루시퍼, 난 당신의 시체를 확인했단 말이오. 이게… 이게 정녕 이럴 수 있는 거요?"

"윤 교수, 미안하오."

현민이 놀라움을 감추지 못하며 고개를 설레설레 흔들었다.

"아니오, 루시퍼. 당신을 얼마나 기다렸는지……."

순간, 가슴 밑에서 뜨끈한 돌덩이가 기습적으로 파고들어왔다. 시선을 옆으로 돌리자 기겁한 얼굴의 나이트메어가 뒷걸음을 치고 있었다. 비릿한 피 냄새가 올라왔고, 현실을 부정하고 싶은 마음에 턱밑으로는 쳐다보고 싶은 생각도 들지 않았다. 왜일까. 그가 왜 이런 선택을 하는 걸까. 어디가 잘못됐을까. 정말 믿고 있었는데. 몸뚱이가 기우듬해지자 루시퍼가 그의 어깨를 잽싸게 감싸 안았다.

"천국으로 가서 편한 미래를 보장받으시오. 미안하오, 윤 교수."

이윽고 훼손된 육신이 땅바닥에 힘없이 떨어졌다. 가슴엔 주먹만 한 구멍이 뚫렸고, 웅덩이 같은 핏물이 그 밑에서 샘물처럼 솟아나왔다. 성대의 경련으로 거친 딸꾹질이 일고, 끈끈한 핏물이 돼지죽처럼 토해졌다. 시야가 흐릿해지고 생각은 현민의 바깥쪽을 떠나 자꾸자꾸 안으로만 빠져들었다. 나는 죽어가고 있다. 그래, 나는 죽어가고 있구나.

멀어지는 생각을 붙들고 싶었다. 그러나 약해질 대로 약해진 생(生)의 의지는 그 주인에게 포기를 권고하고 있었다. 그만 놓아라. 이대로 끝이다. 그래, 여기서 끝났다. 부정하고 싶겠지만 이것이 현실이다.

시체는 새파랗게 질려 뻣뻣한 돌조각으로 굳어졌다. 억울함에 사무친 눈은 채 감지도 못한 상태로 호흡을 멈췄다. 완전히 끝났다. 그래, 이렇게 끝났다. 정말 끝나버렸다.

노란 구슬 하나가 시체 옆으로 또그르르 굴러 나왔다. 어떤 손 하나가 그 구슬을 막 집어 들고 있었다.

* * *

침대 맡에 놓인 알람 소리에 현민은 의식을 주워대며 현실세계로 귀환했다. 뒤척이며 팔을 뻗는 중에 손아귀에서 빠진 자명시계가 바닥으로 다이빙을 치며 떨어졌다. 뚜껑이 빠지고 데굴데굴 건전지 구르는 소리가 났다.

현민은 부지중에 이불을 걷고 상체를 일으켜 세웠다. 재깍재깍 초침 소리가 났고, 벽에 걸린 시계는 정확히 오전 7시를 가리켰다. 여기가 어디지? 더블침대에서 내려온 현민은 연초록의 커튼을 확 열어젖혔다. 얼마나 오래 잤으면 아침햇살 따위에 눈덩이 밑까지 뻐근했다. 적응된 눈으로 내다본 경치는 한강둔치의 반짝이는 물결이었다. 이 얼마나 반갑고 아름다운가.

문 바깥에서 지글지글 생선 굽는 냄새가 났다. 여기가 천국인가? 천국이 이렇게 인간적인 곳이었나? 루시퍼는? 나이트메어는? 벨리알은? 가브리엘은? 벨제부브는……. 메데우스는 어떻게 됐지?

거울 달린 화장대가 보였고, 받침대 위에는 심플한 색상의 립스틱, 스킨, 에센스들이 여느 가정집처럼 깨끗하게 정돈돼 있었다. 그 앞에는 신혼생활을 상징하는 원앙 한 쌍. 주둥이를 맞대고 정답게 눈을 맞췄다. 붙박이장 옆에는 턱시도와 면사포 두른 여자가 대형 웨딩사진 속에서 행복한 미소를 입에 걸고 있다. 그때, 낯익은 목소리가 문을 확 젖히며 들어왔다.

“이러다, 늦겠어. 오늘따라 왜이래? 정말 이러기야?”

“연희……?”

그녀가 현민의 가슴 앞에 새침한 얼굴을 들이밀었다.

"잠꼬대하지 마. 자기, 덜 깼어?"

그러고는 현민의 입술에다 가벼운 입맞춤을 하는 게 아닌가.

"연희야, 너 왜이래."

그녀가 게슴츠레 눈을 뜨더니 앞치마를 풀럭이며 나가버렸다.

"악몽이라도 꿨나보구나? 빨리 나와. 자기 좋아하는 고등어구이 해놨단 말이야. 맛없다고 타박하면 안 돼. 그러면 정말 나 울어버릴 거야."

현민은 얼굴을 꼬집었다. 지독한 현실감. 절대 꿈이 아니다. 그래. 그거였구나. 이게 진짜 현실이고, 그것이 정말 망상된 꿈이었어. 그래, 나의 상상력이 재미있는 모험 소설 한 편을 보여줬던 거야. 그제야 웃음이 났다.

문턱을 넘어 나온 현민은 스트레칭 삼매경에 빠진 연희를 뒤에서 조용히 끌어안았다. 그러고는 얼굴을 돌려 그녀의 입술에 진한 키스 세례를 퍼부었다. 달콤하고 부드러운 감촉이 목구멍 밑까지 넘어갈 것만 같았다. 그녀의 침은 향긋한 민트 맛이었다.

"아침부터 지나친 애정행각은 삼가세요."

연희가 입술을 떼더니 볼을 쭉 빨며 꾸짖었다.

"싫은데?"

현민은 그녀를 번쩍 껴안고 뱅글뱅글 돌았다. 그녀가 등을 두드리며 행복한 비명을 내지르기 시작했다. 그때 현관 너머에서 애정행각을 방해하는 초인종 소리가 들려왔다. 연희가 부엌으로 달려가는 동안 그는 신발장 옆에 서서 인터폰 수화기를 들었다. 액정화면에 검은 챙 모자를 쓴 택배 조끼가 내비쳤다.

"택배입니다."

"아침에도 택배를 옵니까?"

의심하고 싶지는 않았지만 그렇다고 이유 없이 문을 열어줄 수도 없었다. 지금은 아침 7시다.

"네, 긴급 배달입니다. 싸인 좀 부탁드릴 게요."

아침부터 누구일까? 고개를 갸웃거리며 현민은 안전체인을 걸고 나서 현관문을 5분의 1만큼 젖혀 밀었다. 빠끔 열린 문틈 사이로 조그만 택배상자가 손과 함께 들어왔다.

"누가 보낸 거죠?"

"잘 모르겠습니다. 일단 여기 싸인 좀 해주시겠습니까?"

PDA 사인을 넘겨주고 나서 현민은 현관문을 닫고 거실을 지나 개인 서재 안으로 들어갔다. 거실 밖에서 애정 어린 푸념이 들려왔다.

"왜 또 서재로 들어가는데?"

"어, 잠깐만. 뭔지 확인만 할게."

"빨리 나와. 밥 식겠어."

현민은 펜슬꽂이에서 쿼터 칼을 빼들고 테이프 자국을 따라 쭉 베어나갔다. 포장 날개를 젖히자 노란 고무줄로 칭칭 휘감은 검은색 우편봉투가 눈에 들어왔다. 겉면에는 화이트 계열의 매직으로 이런 글귀가 쓰여 있었다.

[눈을 감고 셋을 세시오.]

내가 왜? 현민은 고무줄을 풀고 내용물을 들여다보았다. 그러나 아무것도 들어있지 않았다. 이게 대체 무슨 의미일까. 그때 서재 문이 열리고 뾰로통한 입술이 얼굴을 내밀었다.

"출근 안 할 거야?"

"응, 알았어."

현민은 봉투를 내려놓았다. 그대로 돌아 문지방을 넘어서려는데 등골이 찌릿하면서 소름이 쫙 돋기 시작했다. 루시퍼? 그 즉시, 눈을 감고 마음을 진정시켰다. 그리고 천천히 셌다. 하나, 둘, 셋.

주변이 소란스러웠다. 옅은 파도소리와 함께 짭조름한 바다 냄새가 났다. 눈을 뜨자 비키니차림의 금발 여인들이 서핑 보드를 끌어안고 부서진 포말 사이로 달려가는 게 보였다. 현민은 방갈로 밑의 의자에 앉아 신문을 보고 있는 어떤 사람을 마주하고 있었다. 〈워싱턴포스트〉. 그가 신문을 접더니 현민을 마주보기 시작했다. 상대의 입가에서 의도를 알 수 없는 웃음이 터지고 있었다.

"루시퍼?"

"가슴은 좀 괜찮소?"

심장이 너무 빠르게 뛰고 있었다.

"루시퍼? 정말 루시퍼가 맞소?"

"맞기도 하고, 아니기도 하오."

그가 젖은 웃음을 닦아냈다.

"맙소사. 대체 이게 다 뭐요? 난 꿈인 줄만 알았는데."

현민이 머리를 감싸 쥐며 주위를 두리번거렸다. 해변 가까운 곳에서 수상 보트들이 허연 물결을 가르며 지나가고 있었다. 그걸 본 젊은이들 사이에서는 열에 들뜬 환호성이 터져 나왔다. 그즈음 해서 방갈로 안에는 나비넥타이를 맨 흑인 남자가 바닷가재 요리를 들고 나타났다. 루시퍼가 신문을 한쪽으로 치우더니 테이블 앞쪽을 가리켰다.

"저 사람 앞에다 놓으시오."

정중하게 음식을 내려놓은 웨이터가 백색 모래사장을 지나 본 건물 안으로 들어갔다. 한낮의 해변은 햇살이 너무 따가웠다.

"이게 대체 어떻게 된 일이오, 루시퍼. 아니, 그보다 먼저. 내가 지금 제정신이긴 하오?"

"제정신이 맞으니까 이러고 있겠지. 안 그렇소?"

"당신이 날 죽였잖소."

"그것도 맞소."

현민은 입을 다물 수가 없었다. 그러자 진득하게 앉아있던 루시퍼가 머리를 긁적이며 말끝을 달았다.

"혹시, 오늘 아침 뉴스를 보고 왔소?"

"뉴스는 무슨 뉴스. 난 당신의 소포를 받고 이곳으로 공간이동됐단 말이오."

"그거 참 안타깝군. 루시퍼의 지난 성과물을 뉴스로 직접 확인할 수도 있었을 텐데."

"성과물?"

루시퍼가 접힌 신문을 펼쳐들었다.

"자, 여기 있는 이 노인네를 아시겠소? 골드그룹 이충수 회장."

현민은 어째서 이 문제를 지금 시점에 논의해야 하는지 의아했다.

"그게 어쨌단 거요?"

"자선 사업을 시작했소. 이름 하여 [3세계 기술 이전 프로젝트]. 자금의 5할을 골드그룹 본사에서 출자하고 나머지는 세계 기금을 모아 현실화할 계획이라더군. 전례 없는 이 계획에 세계 각지에서는 기대와 우려를 표명하는 시선들이 엇갈리고 있소. 당신네 나라의 외교부는 이 문제로 상당한 골치를 썩고 있다지 아마? 이 문제가 어떤 식으로 전개될지는 윤 교수가 시간을 두면서 지켜보시오."

"당신 짓이오, 루시퍼?"

그가 희뜩희뜩 웃었다.

"정확히 말하자면 2대 루시퍼요."

"2대라고? 그건 또 무슨 말이오?"

"당신이 알고 있는 루시퍼는 죽었소, 윤 교수. 다만 그의 기억은 내가 모조리 갖고 있소. 나는 그 뒤를 이른 세 번째 루시퍼요."

"오, 세상에."

현민은 경악을 금치 못했다.

"그렇게 놀랄 것 없소. 자, 이 책들을 받으시오. 당신이 그토록 원하던 애장품이지 않소?"

루시퍼가 6년 전의 일기장을 테이블 위로 스윽 내밀었다.

"이제 필요 없소. 솔직히 말하면 다시는 그런 일에 엮이고 싶지도 않고."

루시퍼가 어깨를 으쓱하며 도로 끄집어 내렸다.

"나쁠 것 없는 선택이오. 내가 당신이라도 같은 선택을 할 것 같으니까. 그보다 이 책을 훑어보다가 아주 놀라운 사실을 발견했지. 무엇인지 아시오?"

"놀라운 사실?"

"6년 전에 당신이 왜 기억을 잃었는지."

현민은 즉각적으로 반박했다.

"그야 루시퍼 당신이……."

이젠 앞에 앉은 이 남자를 뭐라고 불러야 할지 난감했다.

"날 하대하지 마시오. 난 오비엘이 아니니까."

"미안하오. 그럼 뭐라고 불러야겠소?"

그가 호탕하게 웃었다.

"난 루시퍼요, 교수. 두 번째든 세 번째든 변하는 게 없지."

"좋소, 루시퍼. 아무튼 옛 루시퍼는 나에게 이런 얘기를 했소. 기독교의 역사를 반면교사로 절대 기억을 유지한 서기관을 인간세계로 내보내지는 않겠다고."

그가 즉각적으로 반응했다.

"틀렸소, 교수."

"그게 아니란 말이오?"

"그렇소, 그 기억을 지운 건 루시퍼가 아니라 당신 스스로의 부탁이었소."

"말도 안 돼. 그럴 리가 없지 않소."

등골에 오싹한 한기가 스몄다.

"난 루시퍼의 영혼만 없을 뿐 그의 기억은 온전히 유지하고 있소. 게다가 이 일기장의 뒷부분엔 당신의 고뇌와 역사에 대한 기록이 빠짐없이 서술돼 있지."

"그럼 6년 전에 대체 무슨 일이 일어났던 거요?"

그가 뜸을 들이다 긴 설명을 이어나갔다.

"6년 전, 당신은 오비엘의 입에서 상당히 많은 것들을 알아냈소. 창조신과 루시퍼의 존재 이유. 더 나아가 창조신의 의도까지. 그걸 알아낸 건 순전히 당신과 오비엘의 긴밀한 유대관계에서 비롯됐소. 오비엘이 버거워하는 짐을 당신이 많은 부분 덜어주었으니까."

"그의 이름이 오비엘이었소?"

루시퍼가 고개를 끄덕였다.

"아주 길고도 오래된 얘기요. 굳이 알고 싶다면 말해줄 수도 있소."

"듣고 싶소."

그가 목을 가다듬었다.

"좀 귀찮게 됐군. 아무튼 루시퍼엘이 천국의 천사장으로 재직하던 시절이오."

현민은 고개를 끄덕였다.

"어느 날, 천사들이 모인 광장에 경악을 금치 못할 소동이 벌어지고 말았소. 창조주께서 기약 없는 여행을 선언하고서 예고도 없이 사라져버린 것이오. 슬픔이 극으로 치닫자 루시퍼엘은 창조주의 방 앞으로 다급히 발걸음을 옮겼소. 물론 그건 창조주의 언명을 어기는 일이자 힐난을 받아도 무방한 일이었지. 그런데 예상 밖의 일이 발생했소.

창조주의 황금대문이 그를 기다렸다는 듯 열려버린 것이오. 루시퍼엘은 창조주의 부름이라고 생각했소. 더군다나 주님에게 언제 돌아올지에 대한 확답도 받아내야 했으니까. 결국 천사장의 지위를 버릴 각오로 방 안에 들어섰소. 하지만 거긴 아무도 없었지. 그저 구체로 휘도는 어떤 물질들만 있었으니까."

"나도 그 물질을 보았소."

현민이 끼어들며 말했다.

"그렇소, 그건 물질로 화한 신의 육신이오. 루시퍼엘 역시도 그것이 형태만 달리한 창조주라는 걸 금세 알아차렸지. 그런데 한 가지 눈에 거슬리는 게 있었소. 구체의 겉면을 휘도는 돌기들. 그 시커먼 돌기들이 암흑 기운을 뿜어대며 신성한 기운들과 대칭을 이루고 있었던 것이었소. 루시퍼엘은 그걸 떼어내기로 결심했소. 신의 육신에 그런 불결한 이물질이 붙어 있다는 건 생각조차도 하기 싫었으니까. 그러나 손을 대자마자 물질은 엄청난 반동을 일으키며 산산이 부서졌지."

루시퍼가 현민의 얼굴을 똑바로 쳐다봤다.

"이것이 바로, 타락 천사 루시퍼의 전말이오. 그는 13명의 천사들을 이끌고 그 즉시 지옥을 쳐들어갔소."

현민이 고개를 갸웃거렸다.

"이해할 수 없네요, 루시퍼."

그가 가볍게 미소 지었다.

"루시퍼엘은 너무나 현명했소. 신의 의도를 그 즉시 간파했지. 자신이 창조주의 덫에 걸렸다는 걸 알아차리면서."

"그럴 리가. 신께서 왜 그런 짓을……."

루시퍼가 물었다.

"빛과 그림자라는 말을 들어본 적 있소?"

현민은 고개를 끄덕였다.

"어느 걸 더 좋아하시오?"
"빛이오."
"그림자는?"
"더울 때 빼고는."
"빛이 없는 그림자가 있을 수 있소?"
"……."
"빛과 그림자는 하나요, 윤 교수. 빛이 없으면 그림자도 없지. 반대로 빛이 있으면 그림자도 있소."
"그렇다면."
"그렇소. 신의 육신에 붙어있던 돌기는. 더러운 이물질이 아니라 창조주 본래의 그 모습 그 자체였소.
"맙소사. 루시퍼엘이 창조주를 살해했군요."
루시퍼가 고개를 가로저었다.
"말했다시피 그건 덫이었소. 창조주의 덫. 신께서 꾸며낸 가공할 만한 계획이었지. 천사장까지 속여내서 이루어낸 계획."
"설명을 해주시오, 루시퍼."
"우주가 본격적인 운행을 시작하게 된 근본적인 이유. 그건 바로 신의 육신이 조각나버린 결과요. 그러니까 당신이 보아온 모든 것은 신의 일부였단 말이오."
온몸에 전율이 돌았다.
"맙소사."
"창조주께서는 그 계획을 위해 루시퍼엘을 끌어들였소. 그의 심기를 이용했고, 마침내 자신의 몸을 파괴하는 데까지 성공했소. 완벽했던 창조주께서 스스로를 불완전한 길로 내모신 거요."
"그럼 루시퍼는 왜 지옥으로 내려간 거요?"
"현명했던 루시퍼엘은 진실을 확인했소. 불완전한 힘의 주인으로 창조주께서 자신을 선택했다는 걸 말이오. 모든 뜻을 이해하자 그는 기꺼이 신을 용서하고 자기를 희생하기로 결정했소. 왜냐? 그분의 뜻이 그러하니까."

현민이 이마를 짚으며 한숨을 내쉬었다.

"믿겨지지 않소, 루시퍼."

"문제는 창조신께서 자신의 결정에 대해 확신을 가지지 못했다는 거요. 완벽한 존재는 불완전함을 겪어보기 전에는 그 본질에 대해 절대 이해할 수 없는 법이니까. 그래서 인간세계의 우스운 말로 치면 보험이란 걸 들어뒀소. 벨제부브에게 내린 회귀구슬이 그것이오. 여차하면 모든 걸 원래대로 돌이켜 버리려했던 모양이지."

그가 계속해서 말을 이었다.

"그러나 주님께서는 자신의 계획이 반드시 성공하길 바라셨소. 그리고 이제는 불확실한 경험을 통해 어느 정도 확신을 가지고 있는 것도 같소. 지금에 와서 당신과 오비엘, 그리고 나 하시미엘을 이용한 걸 보면."

"당신의 이름이 하시미엘이오?"

루시퍼가 고개를 끄덕였다.

"1대 루시퍼는 100년 전쟁 중에 오비엘의 기습을 받고 소멸했소. 역설적이게도 첫 번째 서기관을 담당했던 인간이 그 기억을 오비엘에게 넘겨줘버렸지. 당신이 알고 있는 루시퍼가 바로 그렇게 탄생했소."

"그럴 리가."

"오비엘은 어느 누구보다 현명했소. 그러면서도 어느 누구보다 불행했지. 창조주에 대한 그리움. 그분의 의지를 지키기 위해 때에 따라 옛 동료들을 죽일 수밖에 없다는 고달픈 숙명. 마음이 너무 여렸소. 인간에 불과했던 당신이 그에게 많은 힘을 실어 주었지. 오비엘이 그러더군. 윤 교수와 함께 있으면 근심을 덜 수 있게 된다고. 이유는 지금도 모르겠소. 아마 당신과 오비엘 사이에 우정이라 불리는 교감이 있지 않았을까 싶소."

"그럼 세 번째 루시퍼를 내가 만들었단 말이오?"

그가 지긋이 웃었다.

"물론이지. 난 당신과 6년 전부터 알고 지내왔소. 최근엔 윤 교수의 목숨을 구해준 적도 있소. 아주 최근인데 기억이 안 나시오?"

떠오르지 않았다. 하시미엘이 누군지도 모르는데 도움을 받았다니.

"모르겠소."

"이런, 이런. 지옥궁에서 구더기들에게 납치당한 일을 잊었단 말이오?"

번쩍이는 기억이 뇌리를 스쳐왔다.

"그게 당신이었소? 난 그 구더기가 실수로 놓친 거라 생각했는데."

"우연은 없소, 윤 교수. 그때 당신은 내 덕을 톡톡히 봤지."

어릴 적 얘기를 하는 것마냥 아득했다.

"오비엘은 정말 죽었소?"

그가 씁쓸한 표정을 지었다.

"내가 여기 앉아있다는 건 그가 죽었다는 걸 의미하는 거요, 윤 교수."

다시 볼 수 없다는 생각에 가슴이 미어져들었다.

"내가 기억을 잃은 진짜 이유가 머요, 루시퍼."

그가 밑을 긁적였다.

"윤 교수는 오비엘에게 화가 단단히 나있었소."

"내가 루시퍼에게 화를 냈단 말이오?"

그가 고개를 끄덕였다.

"오비엘은 6년 전에 대단히 극단적인 선택을 했소. 파괴검을 일부러 흘렸고, 그것이 가브리엘의 손으로 자연스레 넘어가게 만들었소. 소멸의 길을 택해 그 힘겨운 짐을 나에게 덜어버리려 했으니까. 하지만 그 계획은 교수의 활약 덕분에 실패했소. 교수가 진검과 가본을 루시퍼도 모르게 뒤바꿔 놓았으니까."

현민은 믿을 수가 없었다.

"내가 이 손으로 말이오?"

"6년 전, 메데우스 전투는 악마군의 승리로 끝이 났소. 하지만 거기서 윤 교수는 프리엘의 얼음창을 맞아 죽음을 맞이하고 말았지. 오비엘이 당신을 살리기 위해 정말 많은 노력을 기울였소. 그 결과가 바로 세베알의 심장이오. 게다가 그 안에 아주 비밀스런 물건까지 넣어두었소. 창조주의 나머지 육신 한 조각. 가브리엘은 그걸 몰랐기 때문에 실패한 거요. 바로 당신 심장 속에 들어있는 하나를."

현민은 그 얘기를 듣고 하마터면 자지러질 뻔했다. 그러고는 가슴 언저리를 멀거니 내려다보았다.

"맙소사, 그게 정말이오? 어째서."

"아무튼 신이 복원된다면 루시퍼의 존재 이유도 사라지는 거요. 지옥 군주의 역할은 만물로 쪼개진 신을 불완전한 상태 그대로 놓아두는 것. 필연적으로 커져나갈 악(惡)의를 어둠을 가장한 선(善)의를 통해 제어하는 것이니까."

"그럼 어젯밤 날 죽인 건 누구요. 당신 아니었소?"

"맞소. 바로 나지. 그리고 놀라지 마시오. 난 정말 당신을 죽일 생각이었소."

목덜미가 차가워질 만큼 섬뜩했다.

"난 어제 죽었었소, 루시퍼. 어째서 멀쩡하게 살아있는 거요. 메데우스는 어떻게 됐소?"

그가 얼굴을 찌푸렸다.

"자, 자, 질문은 하나씩. 내가 하시미엘이 아닌 루시퍼로서 눈을 떴을 때, 난 제일 먼저 당신을 죽여야 한다는 걸 알아차렸소. 오비엘의 망령 때문에 힘들었지만 그렇다고 루시퍼의 소명을 저버릴 순 없는 노릇이니까. 나는 당신의 심장에 들어있는 마지막 한 조각을 이용해 신을 복원해야겠다고 생각했소. 그걸로 모든 것에 마침표를 찍을 생각이었지."

"혹시, 당신도 가브리엘과 같은 생각으로?"

그가 고개를 흔들었다.

"아니오. 난 창조주의 뜻을 거역하지 않소. 틀렸다고도 생각하지 않지. 다만 벨제부브를 두고 볼 순 없었소. 그대로 뒀다간 희생은 희생대로 치르고 소명은 소명대로 깨져버리게 생겼으니까. 벨제부브는 오비엘의 영혼을 흡수하고부터 나조차도 막을 수 없는 지경까지 성장해버렸소. 결론은 하나. 불필요한 희생이 번지기전에 그분을 불러내는 수밖에. 우주가 어긋나는 걸 볼 수는 없지 않겠소? 그런데 사체가 된 당신의 주머니 속에서 노란 구슬이 딸려 나온 거요. 내가 얼마나 놀랐는지 아시오? 당신은 기억도 못하겠지만 6년 전에 교수는 그 물건을 찾겠다고 온 지옥궁을 개미처럼 뒤지고 다녔소. 헤롯왕의 유물. 황금구슬을."

"그게 대체 뭐요? 난 우두머리가 준 걸 그냥 내 주머니 속에 넣어뒀을 뿐인데."

그가 비꼬듯이 웃었다.

"당신의 기억이 온전했다면 지금과는 전혀 다른 반응을 보였을 거라고 장담하오. 아마 좋아서 미쳐 날뛸지도 모르지."

현민은 조금 머쓱해졌다.

"말해보시오, 그게 대체 뭐냔 말이오?"

"회귀구슬은 벨제부브의 야욕에 따라 그의 몸과 일체가 돼버렸소. 그런데 지옥에는 헤롯왕의 유물에 관한 얘기가 떠돌고 있었지. 창조주께서 그에게 또 다른 은물을 내리셨다는 얘기였소. 그게 사실이면 전

우주에는 총 4개의 은물이 존재하게 되는 거지. 권능을 담아낼 수 있는 만능의 물건이라는데 누구는 꾸며낸 거짓이라고 했다가 또 누구는 직접 보았다는 등 해서 사실관계를 확인하기가 힘들었소."

"혹시, 벨리알이오?"

루시퍼가 고개를 끄덕였다.

"벨리알의 말을 듣고, 당신은 그 유물만 있으면 벨제부브의 몸에서 회귀권능을 추출할 수 있다며 기뻐했소. 물론 난 반신반의했지만."

"그런데 그 구슬이 내 주머니 안에 있었다는 거요?"

"그렇소. 내가 놀라지 않을 수가 있소? 기운을 불어넣자마자 벨제부브와 결합된 권능이 만물의 구슬 안으로 분리돼 들어왔소. 그걸 파괴하는 건 찾는 거에 비하면 아무 일도 아니었지. 결국, 그분의 의지대로 근원의 구슬은 파괴되었소."

"그럼, 벨제부브는 어떻게 된 거요?"

"다시는 빠져나오지 못할 감옥으로 돌아갔소. 그는 창조주의 또 다른 이름이니까. 이 평화가 되도록 길게 이어지길 바라는 수밖에."

그러면서 루시퍼는 현민 앞에다 파괴검의 진본을 내보였다.

"어디서 났소?"

"가브리엘에게서 빼앗았지."

"어째서 주님께서는 그 물건을 헤롯에게 주었을까요?"

루시퍼가 주둥이를 내밀며 따분해했다.

"오비엘이 거기에 대해 매우 의미심장한 말을 한 적이 있소. 그분은 주사위 놀이를 하지 않는다. 선악과는 신이 만들어놓은 계획된 함정이다. 우린 그분의 계획에 따라 항상 놀아난다. 자유의지? 개나 줘버려."

현민은 그 의미를 알아듣고 파안대소를 하고 말았다. 건너편에 있던 루시퍼 역시 껄껄거리며 웃었다.

"내 심장은 어떻게 된 거요, 루시퍼."

가까스로 웃음을 거둔 루시퍼가 말했다.

"맞소, 아직도 당신의 몸엔 세베알의 심장이 들었소. 다만 그녀의 죽음을 계기로 다시 맥동하기 시작했지."

"다른 이들은 모두 무사하오?"

"저기 저 자들을 말하는 거요?"

현민은 루시퍼의 손끝을 따라갔다. 비치파라솔 밑에서 검은 선글라스를 낀 사내 둘이 벌러덩 누워 이쪽을 향해 손짓을 하고 있었다. 하나는 노랑머리의 흑인, 다른 하나는 중년의 배불뚝이 신사였다. 어울리지도 않는 꽃무늬 반팔셔츠를 누가 권해줬는지 모르겠다. 그래도 반가움이 밀려들었다. 현민은 손을 흔들어 화답했다. 곧장 둘이 티격태격하며 말싸움을 시작했다. 역시나 저 둘은 사이좋게 지내는 게 불가능하다. 현민은 시선을 아래쪽으로 넘겼다.

"이건 뭐요, 루시퍼."

현민은 바닷가재를 가리켰다.

"루시퍼의 의지요. 그가 말하길 교수는 사막 게 요리에 불만이 매우 컸다는 구려."

눈시울이 붉어지면서 머릿속에 뭔가가 핑 하고 돌았다. 보고 싶다는 마음이 간절해졌다.

"루시퍼, 당신이 왜 날 여기로 불렀는지 이제 알겠소."

그가 입 꼬리를 끌어올리며 말끝을 달았다.

"오비엘의 말대로 꽤 머리가 좋구려, 교수. 자, 이번엔 어떤 선택을 하시겠소?"

현민은 한참을 생각하다 결론을 내놓았다.

"지워주시오."

"모두 다 말이오? 후회 안 할 자신 있소?"

솔직히, 후회 안 할 자신은 없었다.

"어쨌든, 이제는 필요 없을 것 같으니까. 대신, 사막 어디에서 누군가와 게 껍질을 빨았다는 기억쯤은 하고 싶소."

루시퍼가 피식 웃었다.

"오비엘이 당신을 왜 좋아했는지 알 것도 같군. 자, 그럼 이제 눈을 감고 셋을 세시오."

현민은 벨리알과 나이트메어에게 작별인사로 손을 흔들었다. 티격태격하던 그들은 지금이 서로를 알아볼 수 있는 마지막 순간이란 것도 모르는 듯했다. 앞을 보았다. 루시퍼였다. 하지만 현민이 알고 있던 루시퍼는 아니다. 그래도 너무나 반갑고 고마웠다. 그는 루시퍼니까. 그에게도 마지막 작별인사를 하고 싶었다.

"한 번만 안아 봐도 되겠소?"

루시퍼가 어깨를 으쓱하더니 벌떡 일어나 이쪽으로 건너왔다.

"이제 됐소?"

현민은 포옹을 하고나서 가벼운 눈 맞춤으로 미소를 교환했다. 그리고 눈을 감았다.

"하나, 둘……."